本书为国家社会科学基金一般项目"彼得·阿克罗伊德小说的叙事艺术研究"（批准号：16BWW045）研究成果。

彼得·阿克罗伊德小说的叙事艺术研究

郭瑞萍 —— 著

The Narrative Art of
Peter Ackroyd's Novels

中国社会科学出版社

图书在版编目(CIP)数据

彼得·阿克罗伊德小说的叙事艺术研究／郭瑞萍著.—北京：中国社会科学出版社，2023.8
ISBN 978-7-5227-2371-6

Ⅰ.①彼… Ⅱ.①郭… Ⅲ.①彼得·阿克罗伊德—小说研究 Ⅳ.①I561.074

中国国家版本馆 CIP 数据核字（2023）第 145800 号

出 版 人	赵剑英
选题策划	宋燕鹏
责任编辑	金 燕
责任校对	李 硕
责任印制	李寡寡

出　　版	中国社会科学出版社
社　　址	北京鼓楼西大街甲 158 号
邮　　编	100720
网　　址	http://www.csspw.cn
发 行 部	010-84083685
门 市 部	010-84029450
经　　销	新华书店及其他书店
印　　刷	北京明恒达印务有限公司
装　　订	廊坊市广阳区广增装订厂
版　　次	2023 年 8 月第 1 版
印　　次	2023 年 8 月第 1 次印刷
开　　本	710×1000　1/16
印　　张	23.5
字　　数	351 千字
定　　价	128.00 元

凡购买中国社会科学出版社图书，如有质量问题请与本社营销中心联系调换
电话：010-84083683
版权所有　侵权必究

目　录

导　论 …………………………………………………………（1）

第一章　互文小说与互文叙事模式的确立 ……………（18）
第一节　互文性 ……………………………………………（18）
第二节　《伦敦大火》 ……………………………………（25）

第二章　传记小说与跨界叙事 ……………………………（44）
第一节　《一个唯美主义者的遗言》 ……………………（47）
第二节　《查特顿》 ………………………………………（68）
第三节　《伦敦的兰姆一家》 ……………………………（86）

第三章　侦探小说与非模式化叙事 ………………………（103）
第一节　《霍克斯默》 ……………………………………（104）
第二节　《丹·莱诺和莱姆豪斯的魔鬼》 ………………（124）

第四章　考古小说与超越时空叙事 ………………………（137）
第一节　《第一束光》 ……………………………………（138）
第二节　《特洛伊的陷落》 ………………………………（164）

第五章　成长小说与魔幻现实主义叙事 …………………（197）
第一节　《英国音乐》 ……………………………………（199）

1

第二节 《迪博士的房屋》…………………………（219）
第三节 《三兄弟》………………………………………（242）

第六章 虚拟小说与反历史事实叙事…………………（255）
第一节 《弥尔顿在美国》………………………………（257）
第二节 《柏拉图文稿》…………………………………（271）

第七章 改编小说与经典的后经典重构……………（283）
第一节 《克拉肯威尔故事集》…………………………（286）
第二节 《维克多·弗兰肯斯坦个案》…………………（301）
第三节 《亚瑟王之死》…………………………………（322）

结 论 …………………………………………………（340）

参考文献 ………………………………………………（353）

附录 彼得·阿克罗伊德作品目录……………………（366）

致 谢 …………………………………………………（369）

导　　论

彼得·阿克罗伊德（Peter Ackroyd，1949—　）是英国当代文坛最独特和最多产的作家之一，自20世纪70年代以来，已发表50多部作品，包括诗歌、传记和小说，另有140多篇书评、影视评论、散文、演讲和杂文等散见期刊和报端。目前，国内外学界对其重视与日俱增，传记和小说的获奖[①]为他赢得"当代最有才华的传记作家之一"[②]和"历史小说大师"的称号，并被授予英国高级勋位，因此，作家阿普尔亚德（Brian Appleyard）预言："在同代作家中，阿克罗伊德是最有望被人们阅读上百年的少数英国当代作家之一。"[③]

阿克罗伊德笔耕不辍，对他来说，写作已经从职业和爱好渐渐变成激情和必需。他的博学和广泛兴趣使他具有极强的吸纳力、创造力和超凡的想象力，因此，他的作品不仅丰富多样，而且形式迷人，内容厚重。阿克罗伊德自20世纪70年代便开始创作，最初钟情于诗歌。虽然早期的诗集未能产生深远影响，但成就了他独特的诗人气质，为他以后的传记和小说奠定了扎实的基础，"使他的创作带上了一股神秘朦胧的诗味"[④]，也使得"在所有当代英国小说家

[①] 奖项主要包括：惠特布雷德传记奖（Whitbread Biography Award，1984）、惠特布雷德小说奖（Whitbread Novel Award，1985）、《卫报》小说奖（Guardian Fiction Prize，1985）、毛姆小说奖（The Somerset Maugham Award，1984）和海涅曼图书奖（Heinemann Award，1984）等。

[②] Thomas Wright ed., *Peter Ackroyd, The Collection: Journalism, Reviews, Essays, Short Stories, Lectures*, London: Vintage, 2002, p. xxiv.

[③] Grubisic, Brett Josef, Encountering This Season's Retrieval: Historical Fiction, Literary Postmodernism and the Novels of Peter Ackroyd, Ph. D. dissertation, The University of British Columbia (Canada), 2002, p. 11.

[④] 阮炜等：《20世纪英国文学史》，青岛出版社2004年版，第346页。

中，只有阿克罗伊德揭示了伦敦所蕴藏的诗意"①。自20世纪80年代起，阿克罗伊德开始同时创作传记、小说和文学评论，成为一名当之无愧的全才作家。

除系统而多样的传记成就外，阿克罗伊德也"因其历史小说的独特性和系统性，在此领域成就斐然，引人瞩目"②。20世纪80年代，他连续发表5部小说，1982年第一部小说《伦敦大火》(*The Great Fire of London*, 1982) 问世，虽然这是他的处女作，但是已充分展现出作者娴熟的叙事技巧和大胆的想象力，其复杂的互文性叙事模式为他以后的小说奠定了基调和范式。随后，他又发表了《一个唯美主义者的遗言》(*The Last Testament of Oscar Wilde*, 1983)。在该小说中，他通过采用"腹述语"(ventriloquism) 和日记的形式让王尔德本人讲述自己人生最后的日子，在此，作者驾驭语言的才能和模仿能力可见一斑。第三部小说《霍克斯默》(*Hawksmoor*, 1985) 被《纽约时报》评论家称为"一部杰出的想象之作"③。接下来的一部小说是备受评论界关注的《查特顿》(*Chatterton*, 1987)。这一时期最后一部小说是《第一束光》(*First Light*, 1989)。虽然它与作者的其他小说不同，故事背景不是作者笔下恒定的背景伦敦，而是多塞特郡，但其主题和之前的小说一样与作者始终关注的"英国性"(Englishness) 有关，且通过小说人物让作品依然与伦敦构成联系。跨入20世纪90年代，阿克罗伊德又发表了5部小说：《英国音乐》(*English Music*, 1992)、《迪博士的房屋》(*The House of Doctor Dee*, 1993)、《丹·莱诺和莱姆豪斯的魔鬼》(*Dan Leno and the Limehouse Golem*, 1994)（又名《伊丽莎白·克莉的审判》*The Trial of Elizabeth Cree*, 1995)、《弥尔顿在美国》(*Milton in Americ*, 1996) 和《柏拉图文稿》(*The Plato Papers*, 1999)。21世纪初，阿克罗伊德的小说创作达到高峰，6部小说相继出版：《克拉肯威尔故事集》(*The Clerkenwell Tales*, 2003)、《伦敦的兰姆一家》(*The Lambs of*

---

① 瞿世镜：《当代英国小说》，外国教学与研究出版社1998年版，第476页。
② 张浩：《彼得·阿克罗伊德的历史小说创作》，《外国文学动态》2010年第5期。
③ JohnGross, "Reviews of Peter Ackroyd's Earlier Books", *Books of The Times* (November 7, 1984) (accessed April 12, 2012), http：//partners.nytimes.com/books/00/02/06/specials/ackroyd.html#news.

London，2004)、《特洛伊的陷落》(*The Fall of Troy*，2006)、《维克多·弗兰肯斯坦个案》(*The Casebook of Victor Frankenstein*，2008)、《亚瑟王之死》(*The Death of King Arthur*，2010)和《三兄弟》(*Three Brothers*，2013)。

此外，阿克罗伊德还发表了两部重要文学批评专著《新文化笔记》(*Notes for a New Culture*，1976)和《阿尔比恩：英格兰想象的源头》(*Albion：The Origins of the English Imagination*，2002)，彰显出其作为一名批评家的深厚学养和扎实的理论功底。《新文化笔记》是他之后所有作品的理论基础。例如，在该书再版前言中他写道："如果有人愿意花时间阅读我以后创作的一系列作品——包括传记、小说和诗歌——我相信《新文化笔记》中所涉及或关注的问题将会在后来这些作品中以更加繁丽的形式呈现。"① 他的其他众多评论文章主要收录于由托马斯·莱特(Thomas Wright)编著的《文集：杂志、评论、散文、短篇故事和演讲》(*The Collection：Journalism，Reviews，Essays，Short Stories，Lectures*，2001)。

陈众议先生曾说，尽管外国文学和文学理论正在或已然"转向"，但一些西方学者和作家一直执着于文学经典或传统方法，"他们并非不了解形形色色的当代文论，却大都采取有用取之，无用弃之的新老实用主义态度"②。尚必武教授认为："无论是从叙事形式还是从创作主题上来看，英国小说在21世纪的发展都可以用'交融中的创新'来形容。"③ 阿克罗伊德正是两位学者所说的执着于文学经典和传统方法，并能在经典与后经典叙事交融中创新的作家。他从不照搬传统的标准化叙事模式，而是能将现实主义文学，现代主义文学和后现代主义文学的创作手法杂糅，将创作形式和创作主题有机关联，在叙事的迷宫中寻求创作灵感和最佳表达方式。

在国内，阿克罗伊德自20世纪80年代后期引起学界重视，一些学者开始翻译阿克罗伊德的作品。1989年刘长缨、张筱强翻译出

---

① Peter Ackroyd, *Notes for a New Culture*, London：Biddles Ltd., Guildford, Surrey, 1993, p. 8.
② 陈众议：《当前外国文学的若干问题》，《外国文学动态研究》2015年第1期。
③ 尚必武：《交融中的创新：21世纪英国小说创作论》，《当代外国文学》2015年第2期。

彼得·阿克罗伊德小说的叙事艺术研究

版了《艾略特传》,是国内第一部阿克罗伊德作品的译著。进入21世纪,更多译著相继出现,主要有余珺珉的《霍克斯默》(2002)、方柏林的《一个唯美主义者的遗言》(2004)、周继岚的《血祭之城》(2007)和《生命起源》(2007)、冷杉和杨立新的《古代埃及》(2007)、《古代罗马》(2007)、《死亡帝国》(2007)、冷杉和冷枞的《古代希腊》(2007)、暴永宁的《飞离地球》(2007)、郭俊和罗淑珍的《莎士比亚传》(2010)、包雨苗的《狄更斯传》(2015)、翁海贞等的《伦敦传》(2016),这些译著标志着阿克罗伊德已进入国内学者的研究视界。另有学者对阿克罗伊德部分作品及思想进行评述,这主要见于英国文学史编写中。瞿世镜的《当代英国小说》(1999)和阮炜的《20世纪英国文学史》(1999)都曾介绍了阿克罗伊德。王守仁先生与何宁教授编著的《20世纪英国文学史》(2006)将阿克罗伊德及其作品置于历史、社会、文化背景之中,就其文本进行深度解读,对阿克罗伊德的创作做出更全面评价。此外,有少数学者开始关注和评价阿克罗伊德的历史小说,并在重要期刊上发表相关文章,如曹莉和张浩分别在《外国文学评论》和《外国文学动态》上发表了《历史尚未终结——论当代英国历史小说的走向》(2005)和《彼得·阿克罗伊德的历史小说创作》(2010)。曹莉重点分析了《查特顿》的"元小说"特征,张浩简要介绍了阿克罗伊德5部历史小说的创作特点。2018年,学者金佳在《外国文学》上发表了文章《"孤岛"不孤——〈英国音乐〉中的共同体情怀》,从"尚古情怀""天地情怀"和"后现代策略"三方面讨论了《英国音乐》重构英国传统的努力。

国外阿克罗伊德研究起始于20世纪70年代。他的《新文化笔记》一发表就在评论界引起热议。英国最早对此书的评论见于1976洛奇(David Lodge, 1935—)发表在《新政治家》的书评中,他对此书的抨击和指责引发其他学者争议。洛奇不仅抨击该书晦涩难懂,而且还指责阿克罗伊德"对文化历史的歪曲和过于简单化"[①]。与此相反,另一些评论家却对此书热情称赞,充分肯定阿克罗伊德对揭示艺

---

① DavidLodge, "Mine, Of Course", *New Statesman*, March 19, 1976, p.364.

术家之间的内在联系所做的努力。如彼得·康拉德（Peter Conrad）对本书的评价是，"思辨性强、严谨、有益，值得一读"①，并得到苏珊娜·奥涅加（Susana Onega）的认同，她说："作为了解阿克罗伊德对英国文学传统独特感悟的理论阐述，这本书很值得阅读"②。

20世纪80年代，随着小说《伦敦大火》和《霍克斯默》的发表以及传记《艾略特传》的获奖，阿克罗伊德作为传记家和小说家的声誉逐渐提升，赢得评论界更多关注和称赞。《纽约时报》评论家葛罗斯（John Gross）在评价《艾略特传》时说："这是在艾略特逝去约20年后第一次为他写传记的严肃尝试……总之，这本书获得引人注目的成就。"③ 美国当代文坛著名女作家乔伊斯·卡罗尔·欧茨（Joyce Carol Oates，1938— ）曾说："《霍克斯默》是一部聪明睿智的幻想小说，可与阿克罗伊德备受赞誉的传记《艾略特传》相媲美。"④ 然而，直到20世纪90年代，研究阿克罗伊德的专著和博士论文才相继问世。奥涅加的《彼得·阿克罗伊德》（1998）是第一部研究阿克罗伊德作品的著作，系统评价了阿克罗伊德在20世纪90年代以前出版的多数诗歌、传记、小说和非小说作品等，有助于全面了解阿克罗伊德。奥涅加的第二部专著《阿克罗伊德小说中的元小说和神话》（1999）涵盖了阿克罗伊德9部小说，揭示出这些小说中存在的张力：神话和"元小说"。相比第一部专著，作者对阿克罗伊德作品的研究更加深入，并且注意到作者在对伦敦历史的书写中所采用的神话元素。这一时期的博士论文如勒斯纳（Jeffrey Roessner）的《神秘历史：当代英国小说中的过去之谜》（1998）分析了阿克罗伊德如何在小说中将历史神秘化，反对将阿克罗伊德的小说视为"元小说"的观点，遗憾的是作者只分析了《英国音乐》。丹

---

① Peter Conrad, "Notes for a New Culture: An Essay on Modernism", *Times Literary Supplement*, December 3, 1976, p.1524.

② Susana Onega, *Peter Ackroyd*, Plymouth: Plymbridge House, 1998, p.5.

③ JohnGross, "Reviews of Peter Ackroyd's Earlier Books", *Books of The Times*, November 7, 1984, (accessed April 12, 2012), http://partners.nytimes.com/books/00/02/06/specials/ackroyd.html#news.

④ Joyce Carol Oates, "Reviews of Peter Ackroyd' Earlier Books", *Books of The Times*, January 7, 1986, (accessed April 12, 2012), http://partners.nytimes.com/books/00/02/06/specials/ackroyd.html#news.

彼得·阿克罗伊德小说的叙事艺术研究

娜·乔伊·席勒（Dana Joy Shiller）的博士论文《新维多利亚小说：重塑维多利亚时代》（1995）探讨了阿克罗伊德如何以后现代视野审视19世纪历史，然而作者仅以《查特顿》和《英国音乐》为分析文本。另有其他博士论文从不同视角对阿克罗伊德的作品进行分析，如凯西·伊丽莎白·海曼森（Casie Elizabeth Hermansson）的《女权主义者的互文性和蓝胡子的故事》（1998）和杰弗里·威廉·洛德（Geoffrey William Lord）的《后现代主义与民族观差异：英美后现代主义小说比较》（1994），然而，这两篇论文都不是对阿克罗伊德的专项研究，选取的文本也较少。

    21世纪初，涌现出更多专著和博士论文，拓宽了阿克罗伊德研究视野和维度。部分学者已开始关注阿克罗伊德作品中的"英国性"主题，如杰里米·吉普森（Jeremy Gibson）和朱利安·沃弗雷（Julian Wolfreys）合著的《彼得·阿克罗伊德：明晰而复杂的文本》（2000）较全面地研究了阿克罗伊德2001年以前出版的多数作品，涉及诗歌、小说和传记等。他们着重探讨阿克罗伊德作品中诸如文体学、叙事结构、模仿、记忆、时间性、个人和民族身份、伦敦等元素，对其他研究者有重要借鉴意义。亚历克斯·默里（Alex Murray）的著作《追忆伦敦：彼得·阿克罗伊德和伊恩·辛克莱（Iain Sinclair）作品中的文学与历史》将两位作家的作品置于自1979以来的伦敦文化、社会和政治背景之中进行分析，首次对阿克罗伊德和辛克莱的作品进行比较研究，探讨文学与城市、历史话语和历史学等议题，旨在引发人们对文学与历史之间关系的思考。同年出版的另一部研究阿克罗伊德的专著是巴里·刘易斯（Barry Lewis）的《回声：彼得·阿克罗伊德作品中的过去》（2007）。作者评论了阿克罗伊德在2007年之前发表的20多部作品，包括诗歌、散文、评论著作、传记和小说等，重点分析了阿克罗伊德如何书写过去，让过去的声音回荡在其作品中，其中涉及的一些问题如"英国性"（Englishness）、伦敦、文学传统等都是阿克罗伊德在作品中反复强调的主题，也是该研究旨在深入分析的问题。同时，这一时期的博士论文也开始从新的维度阐释阿克罗伊德的小说。布雷特·约瑟夫·格鲁比希奇（Brett Josef Grubisic）的《历史回归：历史小说、后现代主义文学和彼得·阿克罗伊德的小说》（2002）探讨了阿克罗伊德作品中的戏仿、喜剧性、历史书写和历史小说叙事等。亚历克斯·林克（Alex Link）的论文《当代城市哥特小说中的后现代空间性》（2003）分析了哥特文学中的空间和空间关系，《霍克斯默》是作者选取的分析文本之一。在劳拉·萨武（Laura Savu）的论文《追认的后现代主义者：20世纪后期叙事文学中的作家身份和文化修正主义》（2006）中，作者对《一个唯美主义者的遗言》和《查特顿》作出后现代解读，着重对两部作品的语言、作家身份、过去的再现等主题进行分析。然而，以上提到的专著都没有对作者如何通过不同叙事技巧表现"英国性"主题进行系统论述，也没有博士论文对作者的叙事艺术进行专项研究和系统分析。

通过以上梳理可以发现：国内阿克罗伊德研究还处于起始阶段，到目前为止只有笔者在2018年出版的一部专著，期刊论文也相对较少。国外阿克罗伊德研究也还存在若干局限：（1）视角多元，但研究文本单一，多数研究都集中于阿克罗伊德的少数作品，缺乏整体把握和关于专门问题的系统分析。（2）现有研究多将阿克罗伊德与其他后现代作家一并分析，却对不同作家重新书写历史的根本区别有所忽略。（3）阿克罗伊德作品的后现代写作风格往往是研究者关注的焦点，而其对叙事艺术的开创性探讨却没有被引起足够重视。

阿克罗伊德小说中的两个重要元素是"英国性"和"伦敦"。阿克罗伊德的作品虽然体裁多样，数量众多，却具有内在一致性，主要通过伦敦和"英国音乐"（English music）或"英国性"形成有机整体。他在《阿尔比恩：英格兰想象的源头》中写道："英国性是英国文化，英国民族精神和民族身份的象征，丰富多样。杂糅是英国文学、音乐和绘画的形式和特点之一，这既体现出一种由众多不同元素构成的混杂语言，又体现出一种由许多不同种族构成的混杂文化。"[①] 在1993年所做的一个题为《英国文学的英国性》的演讲中，阿克罗伊德通过梳理英国文学史揭示出，在文学创作方面"英国性"主要包括"异质性"（heterogeneity）、"改编"（adapta-

---

[①] Peter Ackroyd, *Albion: The Origins of the English Imagination*, New York: Random House, 2004, p.463.

tion)、"戏剧性"(theatricality)、"连续性"(continuity)和"尚古情怀"(antiquarianism)等。对阿克罗伊德而言,"英国性"既是精神的,也是物质的,随着历史的发展,它的内涵会不断拓展。他以英国文学为例解释道:

> 英国文学的"英国性"不只是指文学作品、过去的博物馆和封闭的等级秩序,英国人情感深处对异质性的青睐表明,"英国性"的范畴是包容广阔的。我试图描述一股巨大的力量,它是我们现在正写下的这些句子的生命和呼吸。我也试图梳理出源远流长的英国文学史。有人可能会认为这是约束,但对我来说,这是解放,就像长期待在异国他乡后要回家的感觉。这正如乡思,是一种归属的需要,是连续性的需要,是拥抱你来自的那个城市和街道的需要。但什么样的家能比我们的语言更强大、更持久呢?因此当我谈论关于英国文学的"英国性"时,我并不是指某种僵死的传统,而是指那些与我们息息相关的事物。①

阿克罗伊德在多部作品中强调,"英国性"不只涉及一些抽象的概念,因为它不是静态的、单一的、封闭的,而是动态的、多元的、开放的。因此,他在小说中既探讨"英国性"的美好传统,又揭露英国文化中的阴暗传统,显示出自觉的民族文化意识。

对于伦敦,阿克罗伊德曾解释说:"伦敦是我想象力的灵感源泉,它已成为我每部作品中的一个鲜活人物。我一直在间接地为它写史,写传。因此,我认为我现在所有的著作,包括传记和小说都是到我生命结束时才能完成的整部作品的其中一章而已"②。可见,伦敦是他小说中另一个重要元素和他进行创作的内在动力和原风景,然而,它不只是构成其作品的呆板背景,更是其作品的实质基础。美国汉学家蒲安迪曾说:

---

① Wright, Thomas, eds., *Peter Ackroyd, The Collection: Journalism, Reviews, Essays, Short Stories, Lectures*, London: Vintage, 2002, p. 340.

② "An interview with Peter Ackroyd", *Bold Type*, Vol. 2.8, October-November 1998, http://www.randomhouse.com/boldtype/1098/ackroyd/interview.html.

导 论

　　就像巴尔扎克笔下的巴黎、陀思妥耶夫斯基的彼得堡、狄更斯笔下的伦敦、乔伊斯笔下的都柏林，这些独特形态的都市风情不仅是作品的呆板背景，更是作品的实质基础。中国小说也是如此，如《儒林外史》的南京、《红楼梦》的北京，这些大都市的繁茂花园与僻街陋巷，甚至《金瓶梅》的清河县——一个死水一潭的外省城市，它们都是这些小说所刻画的现实的主要组成部分——正如兴起较晚的激荡的邪恶之都上海，体现了晚清及民国时期多部小说的实质素料一样。[1]

这段话也适合评价阿克罗伊德的作品，伦敦既是他个人的生活空间，也是他小说的原风景和底色，承担着重要角色。正如刘易斯所说："伦敦在阿克罗伊德的作品中从来不只是消极的背景，而是一种重要的在场和事件的决定因素。"[2] 阿克罗伊德是典型的"伦敦小说家"和"伦敦幻想家"[3]，"伦敦是阿克罗伊德的缪斯，他处处彰显出是都市小说家之王"[4]。他曾说："伦敦成就了我的事业，我最成功的著作都以伦敦为主题。"[5] 哈伯曼认为："最能表达'英国性'的是地方"[6]，阿克罗伊德也认同这种观点，声言伦敦是他"想象的风景"，相信"传统在某种意义上是由地方传达的"[7]。他曾说："我所说的'地方影响论'的意思是，某些地区，某些街道，小巷和房屋会影响居住其中的人们的生活和性格。"[8] 在他眼中，伦敦处处都有

---

[1] ［美］浦安迪：《前现代中国的小说》，刘倩等译，载浦安迪《浦安迪自选集》，生活·读书·新知三联书店2011年版，第101—102页。

[2] Barry Lewis, *My Words Echo Thus: Possessing the Past in Peter Ackroyd*, Columbia: University of South Carolina Press, 2007, p.181.

[3] Wright, Thomas, eds., *Peter Ackroyd, The Collection: Journalism, Reviews, Essays, Short Stories, Lectures*, London: Vintage, 2002, p.xxv.

[4] Barry Lewis, *My Words Echo Thus: Possessing the Past in Peter Ackroyd*, Columbia: University of South Carolina Press, 2007, p.181.

[5] Barry Lewis, *My Words Echo Thus: Possessing the Past in Peter Ackroyd*, p.1.

[6] Ina Habermann, *Myth, Memory and the Middlebrow: Priestly, du Maurier and the Symbolic form of Englishness*, London: Palgrave Macmillan, 2010, p.20.

[7] Peter Ackroyd, *Albion: The Origins of the English Imagination*, New York: Random House, 2004, p.xxx.

[8] Vianu, Lidia, "The Mind is the Soul", in Lidia Vianu, eds. *Desperado Essay-Interviews*, Bucharest: University of Romanian, 2006.

过去的印记，甚至一砖一瓦中都有可能隐含着永恒和传统，值得人们认真思考和精心维护。他还指出，这种"地方影响论"也适用于整个民族本身，"英国作家、艺术家和音乐家都会受到地方的影响，保留过去的传统会使一个地方变得神圣"①。

阿克罗伊德之所以将伦敦作为其故事的恒定风景是因为他相信，"从伦敦的点滴生活中可以发现整个宇宙"②。因此，伦敦不仅是他多数小说的创作风景，而且具有多重作用和角色：既是一个客观存在的物质世界，又是一种"隐喻"，还是一种"话语"；既像是一部美好而迷人的小说，又像是一座巨大的图书馆，所有的过去都同时在场，还像是一间巨大的回音室，充满历史的回声；同时，又像是一个巨大的考古公园，每一块石头、每一座建筑仿佛都在向人们讲述历史。阿克罗伊德曾把伦敦比作海绵，认为它可以吸收和保存历史。他甚至认为伦敦是一个活生生的人，例如，他在《伦敦传》中曾说："伦敦是一具人体，这个形象奇特又卓绝……这是一具神秘的身体，……伦敦也被想象为年轻男子，伸展两臂作解放状。这个形象虽源自一尊罗马铜像，却充分展示了一座以磅礴的进取精神和自信永在开拓的城市"③。纵观其作品可以发现，阿克罗伊德对伦敦的历史书写是多元的，"复调的，因为他试图公正地对待所有的伦敦声音"④，这在他的小说中表现的最为突出。他将作品置于相同的背景中达到了两种美学效果：一方面，缩短了作品与读者之间的距离；另一方面，增强了作品内在的统一性，使所有作品成为伦敦书写的一部分。

广义而言，阿克罗伊德的小说都属于历史小说（historical novel），因为它们不仅引入了历史人物、历史地点和历史事件，而且都在一定程度上具有历史小说的特征。《不列颠百科全书》对历史小说的定义是：

---

① Peter Ackroyd, *Albion: The Origins of the English Imagination*, New York: Random House, 2004, p. 464.
② Peter Ackroyd, *London: The Biography*, London: Chatto & Windus, 2000, p. 772.
③ ［英］彼得·阿克罗伊德：《伦敦传》，翁海贞等译，译林出版社2016年版，第5页。
④ Jeremy Gibson and Julian Wolfreys, *Peter Ackroyd: The Ludic and Labyrinthine Text*, London: Macmillan, 2000, p. 171.

导 论

　　试图以忠于历史事实（有时仅表面如此）和逼真的细节等手段来传述一个既往时代的精神、习俗及社会状况的小说。作品可以描写真实的历史人物，如 R. 格雷夫斯的《克劳狄乌斯一世》（1934），也允许以虚构人物和历史人物相混合，它还可以集中描绘一桩历史事件，如 F. 魏菲尔的《穆萨·达的四十天》（1934），生动地描绘了对一座亚美尼亚要塞的守卫。较常见的是，它试图对过去的社会作较为广泛的描述，以虚构人物的私生活从社会重大事件中所受的影响来反映这些重大事件。自从第一部历史小说，即司各特的《威弗利》（1814）问世以来，这类小说始终很受欢迎。①

　　历史小说的丰富内涵和外延引发众多学者对其进行定义。例如有学者指出，历史小说是"对历史人物和历史事件进行想象性重构"②。乔治·卢卡奇认为："在历史小说中，重要的不是对重大历史事件的重述，而是诗意地唤醒那些事件中的人物。"③ 日本作家菊池宽说，历史小说是"将历史上有名的事件或人物作为题材的那种小说"④。郁达夫认为："现在所说的历史小说，是指由我们一般所承认的历史中取出题材来，以历史上著名的历史人物和事件为骨干，再配以历史背景的一类小说而言。"⑤ 王守仁先生指出："历史小说是指取材于历史的小说，……作为一种叙述文本，历史小说中历史与文学虚构共存。历史小说以历史为根据，表现历史人物和事件。另一方面，作家拥有合理'想象'的权利，可以进行虚构。"⑥ 马振

---

　　① 美国不列颠百科全书公司：《不列颠百科全书》（国际中文版修订版第 8 卷），中国大百科全书出版社 2007 年版，第 98 页。
　　② Harry Shaw, *Concise Dictionary of Literary Terms*, New York: McGraw-Hill Book Company, 1972, p. 133.
　　③ GeorgeLukacs, *The Historical Novel*, trans. Hannah and Stanley Mitchell, London: Merlin, 1962, p. 42.
　　④ ［日］菊池宽：《历史小说论》，洪秋雨译，载《文学创作讲座》第 1 卷，光华书局第 1931 年版，第 2 页。
　　⑤ 郁达夫：《历史小说论》，载《郁达夫文集》第 5 卷，花城出版社、三联书店香港分店 1982 年版，第 283 页。
　　⑥ 王守仁：《论格雷夫斯的小说和诗歌创作》，《外国文学研究》2002 年第 3 期。

方先生认为："它是以真实历史人事为骨干题材的拟实小说"①，"千差万别的小说形态实际只有两大类：现实性的拟实类和超现实的表意类。历史小说无论有多少虚构成分，也是以模拟历史现实的形态出现的，属前一类"②。总结以上不同定义可以发现：历史小说是指以反映历史人物和事件为核心的小说，以史有所载的人事为题材，但是也可以虚构人物和事件，拟实是基本，但是也会有超现实表意成分。阿克罗伊德在评论英国历史小说家麦克尔·摩考克的《迦太基的笑声》时说："摩考克有历史想象的天才，有本能地创造或重现过去的天赋，而不是诉诸多数历史小说家所通常使用的手段。他之所以能洞察过去，是因为他能明察现在，他书写过去，同时也在书写现在。"③ 事实上，这正是阿克罗伊德本人的创作理念，在创作过程中，他不仅能凭借想象再现过去，而且能在书写历史中融入对现代和未来问题的历史思考。

在西方，历史小说经历了从传统历史小说到现代历史小说和后现代历史小说的发展过程。批评界一致认为历史小说由英国作家沃尔特·司格特开创，《威弗利》的出版标志着历史小说的诞生。司格特是第一个在小说里以令人信服、细腻的笔触来再现历史氛围的作家，影响了许多欧洲国家和美国的文学，因此从19世纪后半叶到20世纪初，许多作家开始创作历史小说。这一时期的历史小说大都延续了司格特所开创的历史小说模式，以历史为背景，通过描写历史事件或塑造某一时期的历史人物来展示时代精神和风貌。在20世纪前半叶，英国又涌现出一些现代主义历史小说。以格雷夫斯（Robert Ranke Graves，1895—1985）等为代表的现代历史小说有以下特点：

第一，在历史时期的选择方面，现代历史小说并不追忆昔日的荣耀，而是热衷于表现充满社会动荡和文化变革的时代。

---

① 马振方：《历史小说三论》，《北京大学学报》2004年第7期。
② 马振方：《历史小说三论》，《北京大学学报》2004年第7期。
③ Thomas Wright ed., *Peter Ackroyd, The Collection: Journalism, Reviews, Essays, Short Stories, Lectures*, London: Vintage, 2002, p.161.

导 论

第二，瓦尔特·司格特式的历史传奇小说充满英雄气概和浪漫气氛，给历史抹上一层英勇的色彩。从格雷夫斯起的现代历史小说舍弃了这种历史观念，它用现实主义眼光把历史人物看作与现代普通人一样有奋斗、有失败、有高兴、有痛苦的人。第三，现代小说以丰富的历史知识为基础，而不任意编造历史。第四，以格雷夫斯作品为始的真正的历史小说，总是尽量使人物的思想保持历史和时代的本来面目。[①]

进入20世纪后期，西方后现代主义历史小说大量涌现，带来历史小说的繁荣。例如，约翰·福尔斯的《法国中尉的女人》（1969）、萨尔曼·拉什迪的《午夜之子》（1981）、安吉拉·卡特的《瀑布河城的斧头凶杀案》（1981）和《丽兹的老虎》（1981）、朱利安·巴恩斯的《福楼拜的鹦鹉》（1984）和安东尼娅·苏珊·拜厄特的《占有》（1990）等都被视为后现代主义历史小说。这些小说主要表现出如下特征：题材更加丰富多样；借鉴了后现代主义文学的多种技巧；对历史实事做出相反的假设，让小说参与对历史的构建。这些表明，后现代主义历史小说的创作模式已超越传统历史小说的"反映论"[②]。当然，这些特征不能涵盖所有的后现代作品，因为在书写历史时，不同作家的创作旨归和方法不尽相同。阿克罗伊德就是一个典型例子，在历史小说创作方面有独到见解。

阿克罗伊德对传统历史小说、现代历史小说和后现代历史小说的优势和局限性都有清醒的认识。在他看来，传统历史小说对时代风貌和英雄人物的描写有时趋于类型化和程式化，影响了作品的审美价值，而后现代历史小说满足于从历史书籍的字里行间捕捉人物或事件，有时甚至任意杜撰，从而失去历史小说的味道。因此，他善于将传统历史小说、现代历史小说和后现代历史小说创作技巧相融合，取各家之长。鉴于阿克罗伊德作品的异常丰富性、复杂性和包容性，该研究旨在从叙事学视角分析阿克罗伊德的小说，因为"叙事学是一门包容性很强的学科，是众多学科和

[①] 侯维瑞：《英国文学通史》，上海外语教育出版社1999年版，第482页。
[②] 李维屏：《乔伊斯的美学思想和小说艺术》，上海外语教育出版社2000年版，第89页。

13

学派共同建构的产物"①。

叙述学或叙事学（narratology）"是关于叙述、叙事文本、形象、事象、事件以及讲述故事的文化产品的一整套理论"②，"在文学理论中指对叙述结构的研究"③，被认为是"探寻讲故事奥秘的学问"④，"一门研究各种叙事文本的综合学科，研究对象包括叙事诗、日常口头叙事、法律叙事、电影叙事、戏剧叙事、历史叙事、绘画叙事、广告叙事等。尽管如此，小说依然是叙事学研究的对象"⑤。叙述学一词在20世纪60年代由法国学者茨维坦·托多罗夫在他的《〈十日谈〉的语言用法规则》（1969）中提出，他说："这门著作属于一门尚未存在的科学，我们暂且将这门科学取名为叙事学，即关于叙事作品的科学"⑥。叙事学主要包括经典叙事学与后经典叙事学。

经典叙事学也称为结构主义叙事学。罗兰·巴特（Roland Barthes）、热拉尔·热奈特、罗曼·雅克布森、克劳德·斯特劳斯、杰拉德·普林斯和乔纳森·卡勒等学者都以现代语言学创始人索绪尔的著述为基础，信赖科学方法，注重文本分析，将叙事作品视为一个完整的符号系统。例如普林斯说："叙事是可以分为各种类组的信号之集合。"⑦ 查特曼声称："值得一提的是，我关心形式，而不是内容；或者说，仅仅当内容可以表示为形式的时候，我才关心内容。"⑧ 普洛普（Vladimir Propp）认为，故事形态研究应该"像有机物的形态学一样地精确"⑨，并通过研究俄国民间故事以破解它们的

---

① 胡亚敏：《叙事学》，华中师范大学出版社2004年版，第10页。
② [荷] 米克·巴尔：《叙述学：叙事理论导论》（第3版），谭君强译，北京师范大学出版社2015年版，第4页。
③ 美国不列颠百科全书公司：《不列颠百科全书》（国际中文版第12卷），中国大百科全书出版社2007年版，第1页。
④ 傅修延：《中国叙事学》，北京大学出版社2015年版，第1页。
⑤ 申丹、王丽亚：《西方叙事学：经典与后经典》，北京大学出版社2010年版，第3—4页。
⑥ 胡亚敏：《叙事学》，华中师范大学出版社2004年版，第2页。
⑦ [美] 杰拉德·普林斯：《叙事学：叙事的形式与功能》，徐强译，中国人民大学出版社2013年版，第7页。
⑧ [美] 西摩·查特曼：《故事与话语：小说和电影的叙事结构》，徐强译，中国人民大学出版社2013年版，第2页。
⑨ [俄] 弗拉基米尔·普洛普：《故事形态学》，贾放译，中华书局1998年版，第7页。

语言结构。他发现，所有的民间传说或神话故事都基于31个固定要素或叙事功能。卡勒强调对语言结构进行考察，在他看来，"文学属于第二层次的符号系统，语言是它的基础"①。可见，结构主义叙事学将研究视角从文本外部转向文本内部，在一定程度上割裂了作品与社会历史文化语境的重要关联。

后经典叙事学主要包括自20世纪80年代以来西方的修辞性叙事学、女性主义叙事学、认知叙事学等各种跨学科流派。它的诞生与政治批评、文化研究、认知科学、后结构主义和接受美学等其他学科的发展相关，因此，认为"文学作品须在文本与读者的双向交互作用下才得以实现，文本的意义存在于阅读活动中"②。同时，后经典叙事学"将叙事学研究与女性主义批评、精神分析学、修辞学、计算机科学、认知科学等各种其他学科相结合，大大拓展了叙事学的研究范畴，丰富了叙事学的研究方法"③。与经典叙事学不同，后经典叙事学注重作品与其创作语境和接受语境的关联，有助于使叙事学从封闭走向开放。

自20世纪20年代起，西方学者就发表了一系列重要著作，构成叙述学的基础。例如，

> V. 普洛普著写的《民间故事结构研究》（1928），书中为民间故事创立了一种基于7个"活动范围"和31个"功能"的模式；C. 列维·斯特劳斯著写的《结构人类学》（1958），书中概括叙述了神话学的基础；A. J. 格雷马斯著写的《结构语义学》（1966），书中提出了6个称作"施动者"的结构单位；以及T. 托多洛夫著写的《〈十日谈〉的语言用法规则》（1969），书中引入了"叙述学"一词。其他有影响的叙述理论家有R. 巴特，C. 布雷蒙和N. 弗莱等人。④

---

① ［美］乔纳森·卡勒：《结构主义诗学》，中国人民大学出版社2018年版，第132页。
② 胡亚敏：《叙事学》，华中师范大学出版社2004年版，第10页。
③ 申丹、王丽亚：《西方叙事学：经典与后经典》，北京大学出版社2010年版，第7页。
④ 美国不列颠百科全书公司：《不列颠百科全书》（国际中文版第12卷），中国大百科全书出版社2007年版，第1页。

彼得·阿克罗伊德小说的叙事艺术研究

20世纪70年代以来，就叙事学理论而言，在西方已经形成传统。正如斯科尔斯（Robert Scholes）所说："在西方世界，真正的叙事文学传统的确存在。可以说，所有艺术都是传统化的，因为艺术家们在很大程度上正是从他们的前辈身上习得技艺。在创作之初，他们总会以自己熟悉的前人成就为参照，设想各种摆在自己面前的可能性。"①

与西方叙事学相比，我国的叙事学研究发展较晚，虽然有学者指出，"就叙事模式，唐传奇无疑高于同时期的西方小说。第一人称叙事、第三人称限制叙事、倒装叙述以及精细的景物描写，都不难在唐传奇中找到成功的例子"②，但是，不可否认，中国当代叙事学主要得益于西方叙事学的影响。可喜的是，目前我国学界一些具有世界影响力的叙事学专家发表了许多重要成果，为我国叙事学研究和发展做出重要贡献，发挥了开拓性和引领性作用。正是得益于国内这些叙事学家的著作，本书才得以从叙事学视角研究阿克罗伊德的作品。

本书以阿克罗伊德自20世纪80年代以来发表的16部小说为分析文本，从其叙事艺术、创作主题和社会历史语境的深度关联为切入点对其进行全面研究，旨在探讨作者如何用不同的叙事模式表征强烈的民族意识、弘扬民族文化精神和价值取向。虽然阿克罗伊德的小说皆属于历史小说，但是依据每部小说的不同叙事特征，又可将其分为互文小说、传记小说、侦探小说、考古小说、成长小说、虚拟小说和改编小说七种，因此，该成果主体部分由七章内容构成。

第一章主要阐明互文性以及《伦敦大火》中的互文叙事模式。互文性是阿克罗伊德所有小说创作的一个重要叙事特征，因此，在开篇章节对其进行专门介绍，以便同时与该章第二节内容形成更好呼应。《伦敦大火》是作者的处女作，也是一部典型的互文小说，其主要人物都与狄更斯的名著《小杜丽》有关。阿克罗伊德让过去历史以互文性的形式在以现代生活为背景的小说中若隐若现，这一叙事模式成为作者后来其它小说的基调。第二章包括《一个唯美主义者的遗言》《查特顿》和《伦敦的兰姆一家》三部传记小说。阿克

---

① ［美］罗伯特·斯科尔斯等：《叙事的本质》，于雷译，南京大学出版社2015年版，第2页。
② 陈平原：《中国小说叙事模式的转变》，北京大学出版社2010年版，第19页。

罗伊德是一位善于融合多种文类进行创作的作家，在传记小说中表现的最为突出。他摆脱了标准传记叙事手法的束缚，大胆采用自由而灵动的小说叙事艺术进行合理虚构，使叙事表现出明显的跨界特征。第三章分析两部侦探小说《霍克斯默》和《丹·莱诺和莱姆豪斯的魔鬼》。在这两部小说中，阿克罗伊德在运用传统侦探小说叙事技巧，以案件发生和推理侦破过程为主要描写对象的同时，又突破了传统侦探小说的时间维度叙事的局限性，使叙事实现了从时间维度到空间维度、从平面到立体、从线性和时序到并置和拼贴的叙事方法的创造性转变。第四章分析《第一束光》和《特洛伊的陷落》两部考古小说。根据阿克罗伊德本人声言，在这两部小说中，他旨在追溯人类历史的根源、身份认同、人类文化传统和时间本质。作者大胆打破传统时空观，让空间并置，让时间循环，使小说展现出"故事时空"被重新安排后的审美效果。第五章分析《英国音乐》《迪博士的屋子》和《三兄弟》三部成长小说。作者通过采用魔幻现实主义叙事手法描写了主人公所经历的一些幻象，激发了读者对人类神秘历史传统的更好认知和想象。第六章探讨作者如何采用反事实叙事手法在《弥尔顿在美国》和《柏拉图文稿》两部虚拟小说中对历史事实进行不同程度的虚构和假设，讲述与历史实事不同的故事。第七章分析《克拉肯威尔故事集》《维克多·弗兰肯斯坦个案》和《亚瑟王之死》三部改编小说。阿克罗伊德通过分别运用"还原改编""疏离式改编"和"颠覆式改编"等叙事策略对英国文学中的经典文本进行后经典重构。在改编过程中他不仅依附原著，而且还巧妙地嵌入个人思想和意图，给原著注入新鲜元素，为传统的延续作出重要贡献。

阿克罗伊德小说的魅力不仅因为讲述了一个个迷人的故事，采用了灵活多样的叙事手法，而且在于其蕴含着作者对民族文化的深厚情感和历史责任感，对其它民族的作家有重要启发，值得系统研究。因此，该书旨在挖掘其作品的审美价值、丰厚内涵和世界意义，一方面推进阿克罗伊德在中国的进一步研究，另一方面探讨其对当代中国文学创作以及中国文化走向世界中的文化观念塑造、民族精神弘扬和自我意识调整的借鉴意义和启示。

第一章 互文小说与互文叙事模式的确立

第一节 互文性

阿克罗伊德小说的一个最明显特征之一是互文性（Intertextuality）。互文性是西方文学理论中的一个术语，也是当代文化中一个重要概念。根据艾布拉姆斯（M. H. Abrams）的解释，

> 互文性是指用来表示任何文学文本事实上都是由其他文本构成的各种方式：通过公开或隐蔽的引用和暗指；对早期文本形式和本质特征的重复和转换；或者仅仅不可避免地参与到既定的，构成我们民族话语的共同语言和文学传统和秩序之中。[1]

互文性被认为由法国作家朱丽娅·克里斯蒂娃（Julia Kristeva）提出和推广。然而，格雷厄姆·艾伦（Graham Allen）发现，它最早可以追溯到20世纪的语言学，尤其是瑞士语言学家费迪南德·德·索绪尔（Ferdinand de Saussure）的开创性著作《普通语言学教程》（*Course in General Linguistics*, 1916）。索绪尔在格林兄弟（Grimm brother）和卡尔·维尔纳（Karl Verner）历时方法的基础上，引入了共时的研究方法，引发了语言学革命，使人们开始关注语言的系统性。例如他说："单个的词语仅靠自身不可能有意义。因为语言是一种控制着声

---

[1] M. H. Abram, *A Glossary of Literary Terms*, Beijing: Foreign Language Teaching and Research Press, 2010, p. 364.

第一章　互文小说与互文叙事模式的确立

音、词语和其他组成要素的规则系统，所以单个词语只有在这个系统中才能获取意义。"① 艾伦认为："索绪尔的语言学促进了互文性概念的生成，他对语言系统特征的强调建立了意义关系，并进而建立了语篇关系。"② 艾伦还指出，互文性概念也曾出现在巴赫金（M. M. Bakhtin）的"对话"和"复调"理论中，和索绪尔不同的是，"巴赫金更加关注语言在特定社会情境中的存在"③。巴赫金认为："不仅话语的含义，而且它的实际性能也具有历史和社会意义，无论在当下、在特定的环境中、还是在一定的历史时期和特定的社会情境中。话语的存在本身就具有历史和社会意义。"④ 虽然索绪尔和巴赫金的理论中都包含了互文性概念，但是他们实际上都没有使用这个词本身，因此，大多数学者都把互文性的发明者归功于克里斯蒂娃。

克里斯蒂娃"试图将索绪尔和巴赫金的语言和文学理论结合起来，并在 20 世纪 60 年代后期首创了互文性理论"⑤。艾伦在谈到巴赫金对克里斯蒂娃的影响时甚至说："克里斯蒂娃不仅创造了互文性这一术语，而且在此过程中，还引入了一个人物，这个人物被认为是 20 世纪最重要的文学理论家，互文性与巴赫金的作品是不可分割的。"⑥ 克里斯蒂娃认为："一个文本是多种文本的组合，是特定文本空间中的互文性，其中，取自其它文本中的各种话语相互交叉和中和。"⑦ 可见，在克里斯蒂娃看来，任何文本都是一种互文本：是无数其他文本的交汇场所，并且仅通过与其他文本的关系而存在。

互文性一词被克里斯蒂娃推广后，许多评论家开始运用它来阐述自己的理论或批评他人的理论。它最初被后结构主义理论家和批

---

① ［美］布莱斯勒：《文学批评：理论与实践导论》（第 5 版），赵勇等译，中国人民大学出版社 2014 年版，第 121 页。
② Graham Allen, *Intertextuality*, London: Routledge, 2011, p. 2.
③ Graham Allen, *Intertextuality*, p. 3.
④ M. M. Bakhtin and P. N. Medvedev, *The Formal Method in Literary Scholarship: a Critical Introduction to Sociological Poetics*, trans. Albert J. Wehrle, Baltimore MD and London: Johns Hopkins University Press, 1978, p. 120.
⑤ Graham Allen, *Intertextuality*, London: Routledge, 2011, p. 2.
⑥ Graham Allen, *Intertextuality*, p. 15.
⑦ Julia Kristeva, *Desire in Language: A Semiotic Approach to Literature and Art*, trans. Thomas Gora, Alice Jardineand Leon S. Roudiez, Oxford: Blackwell, 1980, p. 36.

彼得·阿克罗伊德小说的叙事艺术研究

评家用来解构固定意义和客观解释的概念。例如，罗兰·巴特运用互文理论来挑战长期以来关于作者在意义产生中的角色和文学意义本质的设想。在他看来，文学意义永远不可能完全由作者来决定，因为文学作品的互文性总是将读者引向新的文本关系。因此，作者无法控制读者在文学文本中发现的多重意义。巴特认为这种情况是对读者的解放，一种从传统的'作者'权力和权威中的解放，因为"作者已死"①。巴特对互文性的运用，对多元性和读者自由的颂扬，是典型的后结构主义。然而，互文性理论的另一个分支对读者和其所阅读的文学文本之间的关系采取了截然不同的方法。这些批评家和理论家属于结构主义，他们利用互文性来论证与克里斯蒂娃和巴特截然相反的批评立场。例如，法国文学评论家热奈特和迈克尔·里法泰尔（Michael Riffaterre）虽然存在差异，但是他们都采用互文理论来论证批评的确定性，或者至少是对文学文本表述明确、稳定和无可争议的事情的可能性。热奈特认为，"每一个超文本都可以单独阅读或通过其与指向文本的关系而阅读"②，在他看来，"每一个超文本，甚至是一个仿作，都可以被单独阅读；它被赋予了独立的意义，因此在某种程度上是独立的。但是独立并不意味绝对，在每一个超文本中都有一种歧义"③。对于互文性，布鲁姆（Harold Bloom）也有自己的观点。他说："一个诗人不敢承认自己是前辈作者的模仿者，但是也不能接受任何他认为应属于其前辈作家的替代品。"④ 他还指出，后弥尔顿时期的诗歌源于两种动机。第一种是模仿先辈诗歌的欲望，从中诗人第一次了解到什么是诗歌。第二种是对原创的渴望，反对认为诗人所做的一切都是模仿，而不是创造。这表明布鲁姆对诗歌的看法是互文的。他认为诗歌，事实上所有的文学，只能模仿以前的文本。在《影响的焦虑》一书中，布鲁姆清

---

① Roland Barthes, *Image-Music-Text*, frnas. Stephen Heath, New York: Hill and Wang, 1977, p. 148.

② Gerard Genette, *Palimpsests*: *Literature in the Second Degree*, trans. Channa Newman and Claude Doubinsky, Lincoln NE and London: University of Nebraska Press, 1997, p. 397.

③ Gerard Genette, *Palimpsests*: *Literature in the Second Degree*, trans. Channa Newman and Claude Doubinsky, p. 397.

④ Harold Bloom, *A Map of Misreading*, Oxford: Oxford University Press, 1975, p. 19.

第一章　互文小说与互文叙事模式的确立

楚地阐明了这些观点，作为对之前批评方法的修正。

此外，其他一些理论家和批评家还试图从女权主义和后殖民主义立场出发运用互文理论，但并没有拥抱后结构主义者对这一术语多元性和"作者之死"的颂扬。例如，伊莱恩·肖沃尔特（Elaine Showalter）将女性批评的方法描述为，"对女性写作的女权主义研究，包括对女性文本的解读和对女性作家之间（女性文学传统）以及女性与男性之间互文关系的分析"[①]。从这一女性批评的方法可以看到一个依赖女性作家之间所隐含的互文关系的女性文学传统形象。在此，肖沃尔特的想象是一组"形象、隐喻、主题和情节"，它们将跨时期和跨民族的女性写作联系起来，构建成一种像男性文学经典传统一样具有凝聚力和丰富互文性的女性文学传统。然而，与布鲁姆不同的是，一些女性批评家，如吉尔伯特和古芭（Sandra M. Gilbert and Susan Gubar）认为，布鲁姆所说的"影响的焦虑"（anxiety of influence），在一个众多经典作家构成的文学传统中，对富有想象力的自由的渴望，以及试图修正或胜过前辈或先驱作家的渴望，与女性作家的经历和驱使她们写作的动机无关，因为，"作为有许多父辈作家的年轻男作家今天感到自己是无可救药的迟来者；作为只有少数母辈作家的年轻女作家感到自己正在帮助创造一种肯定会出现的独立的传统"[②]。与其他女权主义者不同是，肖沃尔特批评了那些寻求完全脱离男权话语主导的女性写作的女权主义批评形式。她认为，这样一个女性话语空间，一个女性话语和写作的"荒野地带"是无法实现的，而且是对父权制社会中定位和培养女性写作以及发扬女性积极主体地位等真正任务的偏离。她说："荒野中女性文本的概念是一个有趣的抽象概念：在现实中，我们必须把自己作为批评者，女性写作是一种'双重话语'（double-voiced discourse），那些沉默的和占主导地位的社会、文学和文化遗产都会体现出来。"[③] 在

[①] ElaineShowalter, "Feminism and Literature" in Peter Collier and Helga Geyer-Ryan, eds. *Literary Theory Today*, Oxford: Polity Press, 1990, p. 189.

[②] Sandra M. Gilbertand Susan Gubar, *The Madwoman in the Attic: the Woman Writer and the Nineteenth-Century Literary Imagination*, New Haven CT and London: Yale University Press, 1979, p. 50.

[③] ElaineShowaltered., *The New Feminist Criticism: Essays on Women, Literature and Theory*, London: Virago, 1986, p. 263.

彼得·阿克罗伊德小说的叙事艺术研究

此，巴赫金"双重话语"的概念起到重要作用，它可以使女权主义的批判焦点集中到父权制文化和社会背景中的女性写作的他者性，承认对话和话语的双重话语特征，允许肖沃尔特和其他女权主义者停止探索那种完全的他者写作传统，从而开始探索女性以及其他边缘化群体的共同写作方式：永远是一种多种可能性的混合。另一位批评家帕特里夏 S. 雅格尔（Patricia S. Yaeger）也运用巴赫金的对话性（dialogism）理论探讨女性写作，作为反抗父权的独语性（monologism）。反抗的中心集中在对他者的认识，这与互文性和双重话语的观念有明显联系。例如，她说："肖沃尔特坚持认为女性创作必须解决女性写作中各种话语交集的理论是正确的，因为最好的女性写作不仅会与它试图摆脱的主导意识形态发生冲突，而且还会与之进行对话。"①

一些批评家指出，对话并不一定意味着在语言游戏中主体之间的平等"对话"，更具体地说，它指的是语言和话语之间的冲突，不仅可以导致社会分裂，而且可以引起单个主体内部不同话语构成空间。例如，一位非裔美国女作家可能会发现自己是不同（甚至矛盾）话语的"主题"，且不可能简单地解决。这样一个主体话语肯定是"双重话语"，即使不是三重话语，而且支配话语和被压抑话语之间的冲突很可能就存在于这个双重话语之中。为了形容这一多元复合的文化身份，巴巴（Homi Bhabha）用了一个最具影响力的术语"杂糅：一种内在的差异，一种介于中间存在的主体"②。在此基础上，后殖民批评的焦点是高度互文的，探索"更复杂的文化和政治领域"③。也就是说，后殖民作家像女作家一样，作为一个"分裂"的主体而存在，他们的话语总是"双重的"，他们自己的话语中充满他者的话语，因此，具有重要的社会互文性观念。奥尔登·L. 尼尔森（Aldon L. Nielsen）通过黑人奴隶被迫习得英语的历史，阐明了这些观点，认为现代美国正是在这些黑奴的基础上建立起来的。他指出，美国的情况不仅向我们展示了非裔美国人对英语语言的习得，而且同样

---

① Graham Allen, *Intertextuality*, London：Routledge, 2010, p.158.
② Homi K. Bhabha, *The Location of Culture*, London and New York：Routledge, 1994, p.2.
③ Homi K. Bhabha, *The Location of Culture*, p.173.

第一章 互文小说与互文叙事模式的确立

向我们展示了非裔美国人在对英语的修改、挪用和转变成新的形式和风格的过程中对美国英语的影响,因为"每一次试图在种族语言内划定边界和确立领土所有权的尝试,都会遭到现存的他者语言的反击。美国黑白混血的过去,虽然在 20 世纪后期的政治话语中几乎看不见,却不断地在其语言中传播。每一个讲某种语言的主体都说着一种具有种族差异和融合的语言"[1]。可见,尼尔森的观点并没有将传统区分为"非洲"和"美国",而是明确地认识到这些传统是相互交织的,没有一个作者所写的语言不显示这种互文、双重话语特征。通过采用克里斯蒂娃的互文理论,以及巴赫金双重话语和反对单一话语立场的对话理论,尼尔森提出一种积极的阅读模式:"语言既是我们自己的也是他人的"[2]。这种互文和对话的理论显然是对那种否认写作本身具有对话性和互文性的单一种族身份和话语的抵抗。

小亨利·路易斯·盖茨(Henry Louis Gates, Jr)在其后殖民理论中也采用了巴赫金的对话理论,讲述埃祖·埃拉格巴拉(Esu-Elegbara)的传统,认为这一神话人物的两张嘴象征着多元。盖茨的核心论点是,非裔美国人的写作在与标准英语和黑人本土话语的关系中是双语的、自觉互文的,即使黑人本土话语在历史上被以欧洲为中心的白人文化价值观变为失语,"在白人语言中,黑色是缺席的标志"[3]。盖茨认为,非裔美国人写作的双语现象深深植根于标准英语写作和黑人群体非标准口头传统之间的张力中。通过对 20 世纪一些非裔美国作家的分析,他指出,创造标准或白人写作传统,没必要牺牲黑人原有话语,因为可以采用对话和双语写作方式。例如,佐拉·尼尔·赫斯顿(Zora Neale Hurston)的小说《凝望上帝》(*Their Eyes Were Watching God*, 1937)一开始就突出了标准文字和黑人角色语言之间的区别。小说开篇以第三人称叙述者的写作风格完美地融入了标准英语的文学风格:"远处的那些船上,承载着每个人

---

[1] Aldon L. Nielsen, *Writing Between the Lines: Race and Intertextuality*, Athens GA and London: University of Georgia Press, 1994, p. 78.
[2] Aldon L. Nielsen, *Writing Between the Lines: Race and Intertextuality*, Athens GA and London: University of Georgia Press, 1994, p. 26.
[3] Henry Louis Gates, Jr, *The Signifying Monkey: A Theory of Afro-American Literary Criticism*, New York and Oxford: Oxford University Press, 1988, p. 169.

的愿望。对于有些人来说，它们随波逐流。对于另一些人来说，它们永远在地平线上航行，永不消失，永不着陆，直到观察者的梦想被时间嘲弄、扼杀后，无可奈何地转开视线。这就是人生。"① 但是小说中一些黑人人物（珍妮）的语言表现出明显的口头语言风格，盖茨将赫斯顿的小说定义为一种"言说文本，其修辞策略旨在代表口头文学传统，模仿实际讲话的语音、语法和词语模式，并产生口头叙述的幻觉，保留口语特权和其固有的语言特征"②。这种言说文本也是巴赫金理论的很好例证，因为小说中的人物话语不仅表达一种观点，而且还蕴含着一种他者性，即黑人语言模式和体裁传统的在场。然而，赫斯顿的小说并不只是给予黑人口头传统一种书面表达这样简单。盖茨揭示出，随着珍妮的自我意识和身份感的增强，叙述者或作家的标准语言和小说主人公的语言被合并在一个自由间接话语中，读者有时无法判断出是叙述者、珍妮、还是两者共同的观点，因此盖茨断言："《凝望上帝》解决了标准英语和黑人方言之间隐含的紧张关系，这两种声音在文本的开头段落中起着语言对应的作用"③。盖茨认为，这种明显的作者和讲话者声音的融合，在非裔美国文学传统中首次产生了一个解决非裔美国作家面临的主要挑战的方法。这种解决方法的典型特征为双重话语，它没有否定而是融合了白人和黑人两种话语，成为一种混合的声音，超越了任何单一或固定身份概念。盖茨还分析了爱丽丝·沃克的《紫色》。他认为，小说中的茜莉是一个具有多重声音的单个人物，她的语言是自我和他人、方言和书面语言的合成（在赫斯顿的作品中是分开的）。茜莉的双语写作，不仅包含了她自己和其他所有角色的话语，也包含了非裔美国人在白人和黑人语言形式之间寻找身份认同的传统，表明美国黑人写作的互文性特征，体现出在一种杂糅、多种族和多话语环境中的成功自悟。盖茨的研究证明了评论家们在重新定义互文性概念，以便分析与最早的互文性理论家和作家所关注的那些先

---

① Zora NealeHurston, *Their Eyes Were Watching God*, New York: Harperperennial, 2006, p. 1.
② Henry Louis Gates, Jr, *The Signifying Monkey: A Theory of Afro-American Literary Criticism*, New York and Oxford: Oxford University Press, 1988, p. 181.
③ Henry Louis Gates, Jr, *The Signifying Monkey: A Theory of Afro-American Literary Criticism*, New York and Oxford: Oxford University Press, 1988, p. 192.

第一章 互文小说与互文叙事模式的确立

锋派和经典现实主义文本所不同的文本。同时，盖茨也强调了巴赫金在互文性理论发展中所具有的开创性地位。

可以说，阿克罗伊德的所有小说都在不同程度上采用了互文叙事模式，因此，在此对互文性这一概念作简要梳理。同以上其他理论家和作家一样，阿克罗伊德通过小说创作实践也对互文性理论的发展做出重要贡献，认为英国文学的"杂糅艺术归因于英国种族的杂糅本性"①，没有作家能够凭空创作，所有的创新都是在前人创作基础上的创新。作为一名有自觉民族意识和历史意识、心怀全人类的后现代作家，他对文学传统的坚信、对前辈作家的浓厚情感和发自内心的敬仰和热爱，都用有形或无形、公开或隐含的方式融化在每一部小说的背景选择、情节设计、人物刻画、叙事策略等创作手法之中。因此，阅读阿克罗伊德的作品，犹如进入一个藏有人类所有书籍的图书馆，读者可以处处听到经典作家的回声，又如同进入一个英国文学百花园，处处可以闻到经典作品的沁人花香。鉴于各章节的侧重点不同，本章只分析阿克罗伊德一部最明显的互文小说《伦敦大火》。它不仅是作者的第一部小说，也是一部作者公开声明的互文小说，有一定的代表性，为作者后来的小说创作奠定了重要基调，因此，在此对其进行单独分析和研究。其他小说中涉及对互文性理论的运用将在后面相关章节中分别论述，在此不再赘言。然而，需要指出的是，阿克罗伊德的作品不仅与其他作家的作品在主题、人物、事件等不同层面形成复杂的互文，而且他本人的不同作品之间也形成各种互文和重复。正是这种复杂的互文关系，使他的每部作品都超越了单个文本的界限，与文学史的宏阔领域构成紧密联系，让作品的意义异常丰富。

第二节 《伦敦大火》

阿克罗伊德始终尊重历史和经典，并往往通过丰富的想象将其

---

① Thomas Wrighted., *Peter Ackroyd, The Collection: Journalism, Reviews, Essays, Short Stories, Lectures*, London: Vintage, 2002, p.339.

和当下意识融合在一起,使其小说处处流露出与历史事件、人物以及众多经典文本的互文和对话。互文性在《伦敦大火》中表现得最为突出,因为,小说的主要人物、主题、情节、场景等都与狄更斯的名著《小杜丽》(*Little Dorrit*,1855—1857)有关。在这部小说中,阿克罗伊德让过去的历史和文本以互文性的形式在以现代生活为背景的小说中若隐若现,采用了典型的互文叙事风格。《伦敦大火》是阿克罗伊德的第一部小说,标志着作者从一个年轻的诗人到一个成功的小说家的重要转变,引起评论界较大争议。例如,虽然马里恩·格拉斯顿伯里(Marion Glastonbury)对书中塑造的怪诞的人物形象赞叹有加①,但是梅尔文·布拉格(Melvyn Bragg)认为它"篇幅短小而缺乏自信"②。然而,无论学界如何评价,《伦敦大火》已被认为是阿克罗伊德小说创作的里程碑,蕴含着作者后期小说中反复出现的诸多重要元素。

阿克罗伊德极为欣赏庞德、艾略特和乔伊斯等前辈作家以及他们那种充满引喻、互文性和古今融合的创作风格。他同样崇拜乔叟、莎士比亚、狄更斯等经典作家的成就以及他们博采众长的创作方法,如借用、改编、巧合等。刘易斯曾说:

> 庞德的诗章,就像艾略特的《荒原》("The Waste Land",1922)和乔伊斯的《尤利西斯》(*Ulysses*,1922)一样,为如何有效地将过去和现在并置和比较提供了典范。这些作品彰显出一名现代主义者解决 20 世纪缺乏连续性困境的方法。在一个价值观被世界大战破坏的西方文明中,与传统建立某种对话、让现代与历史重新建立联系至关重要。大都市通常是这些岔流的核心。③

在前辈作家的启发和影响下,阿克罗伊德的小说彰显出博采众长、

---

① Marion Glastonbury, "Body and Soul" New Statesman, January 29, 1982, p. 20.
② Melvyn Bragg, "The Hulk's Gal", *Punch*, February 3, 1982, p. 201.
③ Lewis, Barry, *My Words Echo Thus: Possessing the Past in Peter Ackroyd*, Columbia: University of South Carolina Press, 2007, pp. 17 – 18.

第一章　互文小说与互文叙事模式的确立

古今交融、动态灵活的叙事特征，并充分体现在《伦敦大火》中。作者将 20 世纪 80 年代的伦敦与狄更斯所处的维多利亚时代的伦敦联系起来，像前辈作家一样，强调与过去对话的必要性。同时，他以狄更斯及其小说《小杜丽》为媒介将自己小说中的不同人物联系在一起，并通过他们对狄更斯及其作品的不同评价揭示出伦敦的现状：伦敦是庞大的、贫瘠的和荒芜的。

互文性是《伦敦大火》最明显的叙事特征，狄更斯和《小杜丽》多次出现，成为推动小说叙事的关键因素。小说一开始就回响着狄更斯的文本，在小说第一部分题为"迄今为止的故事"（the story so far）"楔子"（"引子"）中，作者对《小杜丽》第一部分的情节进行了如下总结：

迄今为止的故事

　　小杜丽出生在马夏尔西监狱（Marshalsea Prison），已经和她的父亲住在那里很多年了。他曾因一笔小额债务而入狱，但现在已失去了将自己从监禁中解救出来的意愿。虽然小杜丽的父亲是一名囚犯，但被称为"马夏尔西之女"的她可以随心所欲地进出监狱。为了养活父亲，她被迫去找工作，并在一个商人家庭找到了工作。这个家庭笼罩着一种阴暗而可怕的秘密——小杜丽无意中成为其中的一部分。这家人的儿子亚瑟·克莱南（Arthur Clennams）决定尽其所能帮助小杜丽和她的父亲。在特工潘克斯（Pancks）的帮助下，他发现杜丽家族实际上是一大笔财富的继承人。最终，他们在热烈的庆祝中被从马夏尔西释放出来，尽管小杜丽在被从她唯一熟悉的生活中带走时晕倒了。她必须离开她唯一的朋友，一个一直依靠她，叫她"小妈妈"的弱智者。这是查尔斯·狄更斯在 1855 年到 1857 年间写的小说的第一部分。虽然它不是一个真实的故事，但有些事情会引发某些后果……①

---

① Peter Ackroyd, *The Great Fire of London*, London: Penguin Books, 1993.

读完小说标题和这个引子后，多数读者会猜想这部小说与"伦敦大火"和《小杜丽》到底有什么关系。诚然，小说标题会使读者自然联想起英国历史上有名的伦敦大火灾，但是小说中的大火并不是指1666年那场几乎摧毁了英国首都的大火，而是指发生在当代的一场大火。然而，小说中有许多与过去的伦敦相似之处，也有许多效仿狄更斯的《小杜丽》之处，狄更斯和《小杜丽》频频出现，与这部小说在不同层面上形成互文。

《小杜丽》是狄更斯的一部巨著，描写了普通大众特别是下层人的生活困境，不仅是推动阿克罗伊德小说叙事的关键因素，而且也是他创作《伦敦大火》的样板。狄更斯在写《小杜丽》时，已买下盖德山庄的房子，那是他小时候父亲指给他看的离罗切斯特很近的房子，父亲当时告诉他说只有成功之士才可能买下这座房子。他对城市生活无情和虚伪的厌恶使他的小说叙事蒙上一层灰暗的色调。布鲁姆在评论狄更斯时曾说："无论是发生的地点还是人物的经历，他的作品都和伦敦有着错综复杂的关系。他对贫民救济院、监狱、贫民窟、昏暗狭窄的街道以及无时不在的烟雾生动的描述在我们的脑海中留下了对维多利亚时期伦敦的深刻印象。"[①] 阿克罗伊德认为，在《小杜丽》中，人们"没有逃离自我或世界监狱的办法"[②]。通过让《伦敦大火》与《小杜丽》形成互文，阿克罗伊德旨在揭示同样的伦敦状况："街上的每个人都破旧肮脏，整个城市正在衰退，其中的居民就像某种丑陋疾病的证据……到处充满衰败的迹象"[③]，充斥着消防车的警笛声和苍蝇的嗡嗡声，在肮脏的酒吧里穿着皮衣的男人寻找一夜情，还有在地铁站闲逛的流浪汉。与《小杜丽》一样，《伦敦大火》中的所有人物也都在想方设法寻找逃离枯燥而乏味生活的出路，因此，小说中充满阴暗的监狱、肮脏的街道、浓浓的烟雾等意象。

《伦敦大火》的情节结构分为两部分，第一部分包括第1—18

---

① ［美］布鲁姆、郭尚兴主编：《伦敦文学地图》，张玉红、杨朝军译，上海交通大学出版社2011年版，第86页。
② Peter Ackroyd, *Introduction to Dickens*, New York: Ballantine Books, 1991, p.139.
③ Peter Ackroyd, *The Great Fire of London.*, London: Penguin Books, 1993, p.135.

第一章 互文小说与互文叙事模式的确立

章,第二部分涵盖第 19—28 章。小说主线围绕着对狄更斯小说《小杜丽》的现代电影改编过程,并采用了维多利亚时代小说特有的多情节叙事模式。在第一部分的前四章中,外视角叙述者依次介绍了小说中的几位主要人物。一位是痴迷于狄更斯的电影导演斯宾塞·斯宾德(Spenser Spender),他想把狄更斯的《小杜丽》拍成电影,并相信这部电影可以帮助他解开某种将伦敦与他个人生活联系在一起的谜团。其他几位主要人物是游戏厅老板小亚瑟(Little Arthur)、年轻人蒂莫西·科尔曼(Timothy Coleman)和他的女友奥黛丽·斯凯尔顿(Audrey Skelton)、斯宾塞的妻子蕾蒂西娅·斯宾德(Laetitia Spender),以及同性恋者罗文·菲利普斯(Rowan Phillips)。通过前四章对人物的素描式介绍,让读者对小说中的一些主要人物有了初步了解之后,从第五章开始,阿克罗伊德采用场景式叙事手法对前四章出现的人物进行分章详述。这些人虽然偶然相识或相遇,但是在接下来的章节中,作者通过他们对电影拍摄或对狄更斯的共同兴趣将不同人物的生活相互联系和交织在一起,形成错综复杂的社会关系网。例如蒂莫西和奥黛丽有时会在小亚瑟所经营的游戏厅玩游戏,蒂莫西和罗文在大街上的偶然相遇发展成为一段同性恋情。在电影制作过程中,小阿瑟、奥黛丽、罗文和斯宾塞的人生也有了交集。这些偶然的相遇反映出狄更斯在《小杜丽》中所强调的主题:偶然相遇的个体可以形成复杂的关系,并在很长一段时间内彼此之间会相互影响。在情节安排上,阿克罗伊德充分借用了狄更斯《小杜丽》的叙事模式。例如在《小杜丽》中,角色之间最初的冲突是偶然形成的,然而,他们随后的互动是有机发展的,就像在现实生活中一样。这也是阿克罗伊德在《伦敦大火》中所采用的将所有人物联系在一起的叙事手法。例如,在小说中描写蒂莫西和罗文一起走在马夏尔大街上时,他写道:"他们如同两种不同的鸟,是偶然决定走同一条路线的"[1]。如果说在小说的第一部分作者描写了小说中几位人物从互不相识到相遇、相知甚至生活在一起,那么在第二部分作者讲述了第一部分中相遇的几位人物如何以不同的方式最终

---

[1] Peter Ackroyd, *The Great Fire of London*, p. 31.

分离。

《伦敦大火》中的人物都与狄更斯本人及其小说人物和主题有一定联系，有的人物似乎像是直接从狄更斯的小说中走了出来。电影制作人斯宾塞就是这样一位人物，极为痴迷于伦敦和狄更斯。例如他对妻子说："伦敦有点奇怪……我相信一定有什么魔法或其他什么东西。你知道如果你在霍克斯默建造的所有教堂之间画一条线，它们会形成五角形吗？"① 他感觉伦敦有一种超越历史的神秘或魔法的一面，认为狄更斯在他的小说中成功地捕捉到了这种神秘感。因此他拍摄《小杜丽》的初衷基于他的信念："狄更斯了解伦敦，是个伟大的人，知道一切是怎么回事，了解城市人的不同行为方式。他自始至终就在这里，知道将会发生什么。"② 参与电影拍摄的人员还有罗文（编剧）、乔布·潘斯通（Job Penstone）（马克思主义学院讲师）和弗雷德里克·卢斯特兰伯爵士（Sir Frederick Lustlamber）（电影财务委员会主任），他们都对将狄更斯作为恢复伦敦历史的方式感兴趣。罗文是一位学者出身的编剧，斯宾塞邀请他参与这部电影的创作时，他正忙着写一本关于狄更斯的书。冷漠的金融家卢斯特兰伯爵士长着一个像《小杜丽》中的人物庞奇（Punch）一样的鹰钩鼻子。可以说，《伦敦大火》中最具狄更斯风格的人物是小亚瑟，他个子矮小，因谋杀了一个小女孩而锒铛入狱，后来破坏了斯宾塞在监狱里建造的电影布景。另一个与拍摄电影有关的角色是奥黛丽，她最后破坏了泰晤士河边的电影设备。

为了强调"跨越历史的联系"和互文关系，阿克罗伊德对人物的命名做了精心设计，因为这些名字由长期积淀的文学和历史回声构成，因此是超越历史的。例如，"斯宾塞·斯宾德（Spenser Spender）的名字会让人同时想起20世纪30年代的诗人斯蒂芬·斯宾德（Stephen Spender）、进化主义哲学的创始人赫伯特·斯宾塞（Herbert Spencer）和文艺复兴时期的诗人埃德蒙·斯宾塞（Edmund Spenser）"③，以及"来自库克姆的有远见的艺术家斯坦利·斯宾塞

---

① Peter Ackroyd, *The Great Fire of London*, London: Penguin Books, 1993, p.16.
② Peter Ackroyd, *The Great Fire of London*, p.16.
③ Susana Onega, *Peter Ackroyd*, Plymouth: Plymbridge House, 1998, p.28.

(Stanley Spencer)"①。同样,"小亚瑟的名字让人同时想起小杜丽和亚瑟·克莱南"②。但是最复杂的"跨越历史"的例子是电话接线员的名字奥黛丽·斯凯尔顿(Audrey Skelton),她的姓氏让人想起 15 世纪的诗人约翰·斯凯尔顿(John Skelton)。同时,阿克罗伊德另一部小说《迪博士的房屋》中的人物伊丽莎白·斯凯尔顿(Elizabeth Skelton)也与此名相呼应。从这些人物名字的互文方式中,读者也可以发现这部作品与狄更斯原作的呼应。这种"跨越历史的联系"不仅表现在人物的名字中,随着情节的发展,一些人物凭直觉意识到,他们只不过是那些已经生活在伦敦某个地区数千年的一代又一代男人和女人的后代,古人的生命痕迹可以在现代人们的脸上,或者在他们经常光顾的胡同里、广场和建筑上看到,因此,他们都以某种方式与这座城市的过去构成联系,更好地了解伦敦的历史将有助于他们了解自己。当然,阿克罗伊德之所以创造这些名字不只是在做文字游戏,而是蕴含着作者反复强调的观点:过去与现在有联系,认识过去可以更好地认识现在。

在人物塑造方面,阿克罗伊德没有沉溺于情节的铺陈,而是侧重精细地选择生活体验,围绕着人物的典型特征和性格进行刻画。例如,小亚瑟被自己的矮小身材和在游戏厅的工作弄得精神错乱,谋杀了一个小女孩后被关进那所斯宾塞在其中为《小杜丽》拍摄场景的监狱。蒂莫西和奥黛丽的关系正陷入困境,于是蒂莫西在与罗文的同性恋关系中寻求安慰。他和罗文交往的初衷只是想通过认识一位作家使奥黛丽钦佩他。与此同时,奥黛丽参加了诺曼小姐(Miss Norman)主持的降神会,地点在伊林公园附近的一所房子里。在此作者有意暗示 T. S. 艾略特的《荒原》中索索斯特里丝夫人(Madame Sosostris)的行为。在这首诗中,通灵者对腓尼基人弗莱巴斯(Phlebas)、岩石女神(the Lady of the Rocks)和拿着三个法杖的男人等的幻象将分散的片段整合在一起。同样,当奥黛丽拜访通灵者时,她被小杜丽的灵魂附体。在整个小说中,奥黛丽的精神状

---

① Barry Lewis, *My Words Echo Thus: Possessing the Past in Peter Ackroyd*, Columbia: University of South Carolina Press, 2007, p. 19.

② Susana Onega, *Peter Ackroyd*, Plymouth: Plymbridge House, 1998, p. 28.

况不断恶化并最终疯狂,以至于给斯宾塞在泰晤士河畔的电影设备放火。在这一事件中,罗文的自私和懦弱使他最终选择独自离开,而没有从河边仓库燃烧的火焰中营救出斯宾塞,任其被大火烧死。最后,大火蔓延,直到给"整个城市带来灾难和毁灭"①。罗文在他人面前装作很勤奋,但事实上却对自己的研究没有发自内心的热情,"他写书的方式和其他人一样,只是心不在焉地涂鸦而已,缺乏真实情感"②。他在伦敦买公寓并不是为了他所声称的那样想靠近狄更斯过去常去的地方,而是为了在街上游荡,寻找一夜情。有一次,当斯宾塞来到罗文所在的剑桥大学宿舍拜访他时,他们共同为墙上的狄更斯画像干杯。然而,斯宾塞并不知道,在他到来之前,照片是被胡乱塞在橱柜里的,为了让他进到屋后能看到罗文才刚刚挂上去的。在这次会面中,斯宾塞透露了他自己对狄更斯的偏爱。他对《小杜丽》的拍摄方案遵循的是极简主义者理念,设想的"完美结构"是,只拍摄小说的第一部分,放弃所有非伦敦背景的场景。为了凸显斯宾塞拍摄电影的艰难,作者还勾勒出几位次要人物。例如,斯宾塞不得不接受电影财务委员会董事吕斯特兰伯爵士关于预算方面的考虑,答应使用英国戏剧公司(British Theatre Company)的演员。为了给电影赋予纪录片风格,斯宾塞还采纳了乔布的观点,作为马克思主义学院的一名讲师,乔布认为《小杜丽》是"反资本主义的、反工业的、反独裁的"③。

在所有的人物中,斯宾塞和罗文两人在某种程度上都有阿克罗伊德本人或狄更斯的影子,因为作者在他们身上注入了许多个人经历和情感。斯宾塞同阿克罗伊德一样,都出生在沃姆伍德监狱(Wormwood Scrubs prison)附近,致力于通过电影创作现代版《小杜丽》。阿克罗伊德在《伦敦大火》中塑造斯宾塞的形象时甚至还借用了狄更斯本人的经历。小说中提到,斯宾塞想将《小杜丽》搬上银幕的同时,与妻子的婚姻正走向破裂。同样,狄更斯在构思《小杜丽》时,也正处于不满和不安之中,因为与妻子凯瑟琳(Cather-

---

① Susana Onega, *Peter Ackroyd*, Plymouth: Plymbridge House, 1998, p.165.
② Susana Onega, *Peter Ackroyd*, p.19.
③ Peter Ackroyd, *The Great Fire of London*, London: Penguin Books, 1993, p.80.

ine）的关系越来越疏远。同样，编剧罗文是加拿大学者兼小说家，是对阿克罗伊德本人的最好模仿，两人有许多相似之处。例如罗文也曾在剑桥读书，学英国文学，后来留校做了讲师，也发表了一部《威尔基·柯林斯传》，也正在研究狄更斯，也是同性恋者，在他的伦敦公寓里也到处是关于狄更斯的研究材料：

  在他的小卧室里是成堆的报纸和书籍：《狄更斯的伦敦》、《查尔斯·狄更斯的世界》、《狄更斯在伦敦：结构研究》、《狄更斯：巴洛克灯》、《燃烧的镜子：查尔斯·狄更斯》、《狄更斯伦敦中的假设和矛盾》、《狄更斯和扭曲的蜕变》、《摇曳的火焰：神秘的狄更斯》、《查尔斯·狄更斯与讽刺》[1]。

虽然这些研究材料的标题是作者虚构的，但是它们实现了作者的叙事意图，旨在暗示狄更斯研究成果数量和种类之多。事实上，阿克罗伊德自己在后来创作的《狄更斯传》的参考书目中也列出了几百个类似这样的条目，与罗文卧室里的这些研究材料的标题极为相似，例如有《狄更斯的伦敦》《狄更斯的世界》《燧石与火焰：查尔斯·狄更斯的艺术》《狄更斯的秘密》等。

  阿克罗伊德为了表现对狄更斯阐释的广博性和多元性，特意让不同人物对狄更斯进行独到评价和解读。因此，在拍摄电影过程中，每一位《小杜丽》电影股东都可以发表个人见解，即使是边缘人物也有自己的发言权，于是，每个人都很投入，认真地用不同方式做出回应。然而，对狄更斯投入情感最深的人物是奥黛丽。她是一名耽于幻想的电话接线员，有时甚至想象自己就是小杜丽。她和小杜丽的神缘起始于她参加诺曼小姐的降神会。奥黛丽和她的朋友玛杰里（Margery）去降神会的初衷只是为了取乐，但当导灵语开始时气氛却改变了。奥黛丽突然失去意识，然后僵硬地弓起身子，用一种异样的声音说，"我虽然很小，但是我出生在这里"[2]。这与《小杜丽》第一部第七章中小杜丽在为自己找工作时说的话极为相似。小

---

[1] Peter Ackroyd, *The Great Fire of London*, London: Penguin Books, 1993, p. 19.

[2] Peter Ackroyd, *The Great Fire of London*, London: Penguin Books, 1993, p. 40.

杜丽的父亲因欠债到马夏尔西监狱服刑后，她被迫承担起照顾全家的义务。她找到一位舞蹈老师，请求她让姐姐免费上舞蹈课，还找到一位女帽商，希望能为自己找一份工作，然而对方感觉她太弱小，这时她回答说："是的，我的确很矮小"①。朋友玛杰里被奥黛丽发出的奇怪声音吓坏了，因为她的声音很幼稚，很像疯话。当诺曼小姐向奥黛丽询问关于附体灵魂小杜丽的更多信息时，她听到的回答是，"伦敦太大了，太贫瘠了，太荒凉了"②。这句话也呼应了《小杜丽》中小杜丽去拜访亚瑟·克莱南，感谢他帮助她弟弟时所说的话："伦敦看起来那么大，那么贫瘠，那么荒凉"③。借助这一穿越时空的声音，阿克罗伊德表现了与狄更斯作品相同的主题之一：伦敦既庞大、贫瘠、荒凉，又无情与空虚。奥黛丽的着魔以她完全揭露附体灵魂的身份而告终："我是这个地方的孩子……小杜丽。我是马夏尔西之女。"④ 这一具有感染力和神秘的场景传达出《伦敦大火》的一些重要叙事特征：借体发声、互文性、模仿、扮演、突破时空、突破生死、突破神人界限，这些叙事手法都将在他后来的小说中被频繁运用。

阿克罗伊德曾说："伦敦既是天使之城，又是魔鬼之家。"⑤ 然而在《伦敦大火》中，伦敦似乎是一座没有天使的魔鬼之城，和狄更斯笔下的肮脏、破败、罪恶之城唤起的是同样的情感，没有哪位人物能逃脱最终的悲剧命运。首先，虽然罗文是一名很成功的年轻学者，但是作为一名同性恋者，有自己不可告人的秘密和窘境。例如，作者借罗文本人的视角，描写了他从公共汽车内看窗外时的心情："外面的人都是过客，他们的表情像大缸底下生长的花朵一样柔弱而苍白。只有那些建筑物看起来坚固而持久，在他的想象中，所有的建筑物汇成为一栋建筑，又黑、又矮、被烟雾笼罩"⑥。通过这种巧妙的叙述，作者在此传达出罗文的灰暗心境。此外，小说中其

---

① Charles Dickens, *Little Dorrit*, London：Wordsworth Editions Limited, 2002, p. 73.
② Peter Ackroyd. *The Great Fire of London*. London：Penguin Books, 1993, p. 40.
③ Charles Dickens, *Little Dorrit*, London：Wordsworth Editions Limited, 2002, p. 162.
④ Peter Ackroyd, *The Great Fire of London*, London：Penguin Books, 1993, p. 40.
⑤ Peter Akroyd, *Hawksmoor*, London：Hamish Hamilton, 1985, p. 56.
⑥ Peter Ackroyd, *The Great Fire of London*, London：Penguin Books, 1993, p. 21.

他人物也都有各自的痛苦、困境和无奈。例如，斯宾塞的妻子蕾蒂西娅感觉与斯宾塞在一起的生活平淡无味，想过一种更自由、浪漫、充满激情的生活，于是便轻信了一位叫安德鲁的浅薄寡情的电影人的引诱并与他同居。然而，四个月过后，安德鲁对她失去兴趣、激情和尊重。她开始怀念和斯宾塞在一起的日子，怀疑目前的生活，感到困惑和失望。走在大街上时，她发现自己"被高大、黑暗的街道所吸引，因为某种原因，春天被拒之门外……在街角处，有一个像流浪汉一样的年轻人在吹大号，那大号的音调和经过他身边人的生活一样粗野而不和谐"①。后来，作者还让蕾蒂西娅在街上看到"戴着扁帽的工人，独自发笑；一个老妇人像一株忘记了太阳的植物，弯着腰，在一个古老的院子里踱来踱去。一个脸色苍白、衣衫褴褛的小男孩在街上急匆匆地跑着，仿佛那些办公室和房屋本身在恐吓他，威胁要打他"②。作者通过蕾蒂西娅的眼光不仅揭示出她个人的绝望、困境与痛苦，而且还捕捉到伦敦大街上普通大众的生活掠影。极度痛苦与绝望使蕾蒂西娅最终选择吞药自杀，被安德鲁无情地抛弃。在医院被救活以后，蕾蒂西娅怀着愧疚之心回到真诚关心她的斯宾塞身边。然而没过多久，当她满怀对生活的新希望时，斯宾塞却在大火中丧生。因此，可以说，阿克罗伊德在《伦敦大火》中不只是为了再现狄更斯式的小人物，而是试图再现狄更斯笔下的伦敦，反观当下伦敦普通大众的生活现状，蕴含着作者强烈的平民思想和忧患意识。

《伦敦大火》的魅力和意义在很大程度上取决于其结尾的匠心安排。作者为小说设计出两个平行的高潮或结尾，分别由奥黛丽和小亚瑟引发。第一个高潮发生在泰晤士河附近。有了在降神会的奇怪经历后，奥黛丽的精神状况迅速恶化，有时行为古怪，同事们也对她说三道四。后来，她买了一本《小杜丽》，并向蒂莫西朗读其中的段落，然而她的声音让他感觉极为不自然。阿克罗伊德对此评论说："当这样做时，她采用不同的声音，并发出奇怪的噪声。当扮演小杜丽时，她的声音会呈现出一种奇怪的恳求和耳语，特别不自然，让

---

① Peter Ackroyd, *The Great Fire of London*, London: Penguin Books, 1993, p. 116.
② Peter Ackroyd, *The Great Fire of London*, p. 134.

蒂莫西感觉很不愉快。"① 当怀疑男友蒂莫西在秘密地和罗文约会时，她变得越加多疑和古怪，晚上经常会出去寻找马夏尔西监狱的旧址。她还仔细地标记了所有与狄更斯有关的酒馆和房屋，好像正在进行一种特别的寻宝活动，尽管她说不出宝藏是什么。后来，她的精神完全崩溃，导致她在工作时用指甲锉敲击控制台而使电话交换机发生爆炸。随后，她开始唱歌，自己编写词和曲："谁在院子里流血？总是她！谁的生活被毁了？总是我"②！这一描写也是对狄更斯小说的模仿。在《小杜丽》中，"伤心花园"（Bleeding Heart Yard）是丹尼尔·多伊斯（Daniel Doyce）的工厂所在地。据说它的名字来自传说中一位年轻女孩的名字。由于拒绝嫁给父亲为她选中的求婚者，女孩被锁在自己的房间，此后，她一直为所爱的男人唱歌，直到去世，她唱的就是"流血的心，流血的心，流血的心"③。在此，作者巧妙地运用奥黛丽的歌声暗示出一种因禁和缺乏爱情的伦敦生活。后来，奥黛丽通过蒂莫西和罗文的关系了解到《小杜丽》的拍摄情况。在此期间，她时而认为小杜丽是一个真人的灵魂，通过某种方式复活并附体于她，时而又认为自己就是小杜丽。因此，当听说泰晤士河附近布置的灯光和摄像机时，她认为摄制组正在寻找她失去的东西。在拍摄现场，为了重现狄更斯小说中最初激发其电影创作灵感的那个场景，斯宾塞将道路涂成黑色，仓库涂成灰色，用一块厚重的帆布遮住阳光，以增强夜景的黑暗效果。他想再现的场景是：小杜丽和玛吉（Maggy）晚上在街头游荡时遇到了一个认为小杜丽是个小孩子的疯女人。为了再现这一场景，三位女演员正在临河的栏杆边进行排练。因为导演不满意，这一场景被拍摄了好几次："所以同样的对话被一遍又一遍重复"④。狄更斯小说中的话在空气中回响。同样，镜头也必须重复跟踪拍摄。这时，一群旁观者正在观看整个过程，奥黛丽也来到了现场，当认出扮演小杜丽的女演员时她很生气，因为认为自己才是小杜丽，于是扇了那个演员一

---

① Peter Ackroyd, *The Great Fire of London*, p. 61.
② Peter Ackroyd, *The Great Fire of London*, p. 114.
③ Charles Dickens, *Little Dorrit*, London: Wordsworth Editions Limited, 2002, p. 130.
④ Peter Ackroyd, *The Great Fire of London*, London: Penguin Books, 1993, p. 107.

巴掌，然后跑开。一周多后，她又回到了拍摄场地，在一些流浪汉的帮助下，点燃了拍摄现场中的一个仓库，斯宾塞在大火中丧生，引出小说的第一个高潮。

与第一个高潮平行的事件发生在沃姆伍德·斯克鲁伯斯监狱废弃的侧厅，斯宾塞决定在这里拍摄电影中的马夏尔西监狱场景。第一个要排练的场景是定场镜头，一些临时演员正在"模仿一个嘈杂无助的社区的生活"①。随后，斯宾塞准备拍摄《小杜丽》中的一段小插曲——小杜丽的父亲威廉·杜丽（William Dorrit）在监狱里因悲叹个人命运而伤心地哭泣，质疑自己的生存价值，并将目前的监禁生活与自己入狱前的状况进行对比：

> 我吃饭还是饿着有什么关系呢？像我这样饱受折磨的生活，现在结束，下周结束，还是明年结束，又有什么关系呢？我对别人有什么价值呢？一个可怜的囚犯，靠施舍和残羹剩饭过活；一个肮脏、无耻的坏蛋！……艾米！我告诉你，如果你能像你母亲当年看到我那样看我，你不会相信那是你透过这个牢笼的铁栏看到的那个人。那时我年轻，优雅，漂亮，独立。②

斯宾塞对第一次拍摄的这一场景不太满意。尽管这段对话是由罗文从狄更斯的小说中几乎一字不差地引用过来，但是听起来让人感觉"有点不自然"③，演员演得不真实，于是经过导演指导后他们继续拍摄。不料，在开始第二次拍摄时，一盏小弧光灯掉了下来，落下的电缆伤到一名技术人员的脸。最终，由于工会反对这种危险的工作条件，影片拍摄无法继续进行。后来，小亚瑟利用这些废弃的设备引起了监狱的骚乱，从而引出小说的第二个高潮，因为小亚瑟破坏电影设备造成的短路使监狱的灯光、警报器和电子锁全部关闭，导致了犯人大规模越狱，这一事件与河边拍摄场地烧死斯宾塞的那场大火同时发生。

---

① Peter Ackroyd, *The Great Fire of London*, p. 121.
② Charles Dickens, *Little Dorrit*, London: Wordsworth Editions Limited, 2002, p. 217.
③ Peter Ackroyd, *The Great Fire of London*, London: Penguin Books, 1993, p. 122.

阿克罗伊德为小说精心设置的两个平行结尾寓意深远，暗示和呼应了几个重要历史事件，使小说的意义更加厚重。首先，奥黛丽在河边引发的火灾和小亚瑟在监狱引发的越狱两个同时发生的事件犹如重演了1885年摧毁马夏尔西监狱的那场大火。事实上，作者在《伦敦大火》的第四章中曾提及这一历史事件，让罗文和蒂莫西一起在塔巴德街（Tabard Street）寻找到了马夏尔西监狱旧址，1885年的大火事件就记录在墙上挂着的一张蓝色金属布告上："这里是因查尔斯·狄更斯著名作品《小杜丽》而闻名的马夏尔西监狱旧址。在1885年12月14日，监狱被大火烧毁"[1]。其次，大火和越狱同时发生，还在很大程度上呼应了1780年6月反天主教暴乱（戈登暴动）（anti-Catholic Gordon riots）期间伦敦发生的暴动事件。例如阿克罗伊德在《伦敦传》中写道："火烧新门监狱（Newgate）与释放囚徒依然是伦敦历史上最惊人、最意味深长的暴行。"[2] 众所周知，狄更斯在他的另一部作品《巴纳比·鲁奇》（*Barnaby Rudge*, 1841）中也描写了这场暴动。因此，阿克罗伊德的《伦敦大火》与狄更斯的《巴纳比·鲁奇》在一定程度上也形成互文。另外，小说中与大火有关的第三个历史事件是"这座城市历史上最关键事件之一"[3]，也就是1666年9月1日的那场大火，隐含在阿克罗伊德对小说《伦敦大火》的命名之中。通过以这场著名的历史大火为小说冠名，阿克罗伊德巧妙地挑战了读者的阅读期待，通过读者的误读和联想，以及小说中的明指与暗示在现在和过去之间建立起非同寻常的联系与呼应，让作品更具有悬念和张力，更耐人寻味。

对于这部小说的结尾，不同学者持不同意见。刘易斯对其高度赞赏，认为"《伦敦大火》以一声巨响结束"[4]。然而，约翰·萨瑟兰（John Sutherland）认为"结尾的大灾难过于敷衍了事"[5]，

---

[1] Peter Ackroyd, *The Great Fire of London*, London: Penguin Books, 1993, p. 25.
[2] Peter Ackroyd, *London: The Biography*, London: Chatto & Windus, 2000, p. 487.
[3] Peter Ackroyd, *London: The Biography*, p. 221.
[4] Barry Lewis, *My Words Echo Thus: Possessing the Past in Peter Ackroyd*, Columbia: University of South Carolina Press, 2007, p. 25.
[5] John Sutherland, "Generations", *London Review of Books*, March 4–17, 1982, p. 19.

而弗朗西斯·金（Francis King）则称赞阿克罗伊德"叙事的简洁"①。虽然评价不一，然而细细体味，小说的结尾彰显着作者独具匠心的叙事艺术，意味深长。弗朗西斯的观点不无道理，小说的结尾虽然简洁，但与整部小说的简洁叙事风格是一致的，因为这部小说总长度才169页。细心的读者还会发现，小说的结尾段与开篇"引子"的叙事话语是相互呼应的。"引子"中作者在谈到《小杜丽》时说："虽然这不能被描述为一个真实的故事，但是依然会产生某些后果。"② 在小说的结尾，阿克罗伊德对《伦敦大火》也做出同样评价。他说："这不是一个真实的故事，但是会引发其他事情。就这样，在那个星期天下午，也就是斯宾塞死于奥黛丽引起的那场大火的那个星期天，小阿瑟将那些囚犯释放。"③虽然作者刻意强调《小杜丽》和《伦敦大火》都不是真实的故事，但是《伦敦大火》却涉及众多真实的历史人物与事件，作者甚至还通过小说人物、情节和场景将其移植到几个世纪之后。正是通过这种让历史与现代人物和事件构成的表层互文，阿克罗伊德让读者领悟到这些互文形式背后所隐喻的深刻意蕴。通过对比可以发现，小说中首尾段落的重复不仅在叙事话语和结构上形成对称和互文，而且也隐含着作者的创作意图：通过融合历史与想象实现"狄更斯式"的现实主义描写，从而反观一个时代人们的精神风貌和生存状态。

可以说，在《伦敦大火》中，阿克罗伊德的叙事既继承了以狄更斯等作家为代表的英国传统小说的许多优点，如第三人称叙事技巧，全景式结构，以全知的视野观察和描述小说中的人物和事件，又发展了这一传统，为其小说赋予新的艺术特征：突破时空、突破生死、突破神人界限。为了更好地描述不同人物的各自经历，作者充分利用复线和交叉叙事模式，不再让叙事者局限于对单一事件或人物的叙述和评论，而是以狄更斯的小说《小杜丽》为叙事核心和主体，让相关人物和事件都围绕其展开。因此，虽然小说中

---

① Francis King, "Lusty Debut", *Spectator*, January 30, 1982, p. 20.
② Peter Ackroyd, *The Great Fire of London*, London: Penguin Books, 1993, p. 3.
③ Peter Ackroyd, *The Great Fire of London*, p. 169.

的叙事线索和人物关系复杂，但是整个结构杂而不乱，因为各个分散场景叙事中的人物和事件都指向共同的中心《小杜丽》，因此，整个小说的结构如同一朵盛开的玉兰花，各个章节如同一个个花瓣，既独立，又被联系在一起，看似松散分离，却通过《小杜丽》这一中心花托形成一个相互联系的有机整体。这种结构不仅令叙事更为自由灵动，还可以使作者从不同侧面和视角描绘出纷繁复杂的社会图景。

在《伦敦大火》中，为了巧妙地达到互文叙事效果，阿克罗伊德故意模糊历史事实与虚构之间的界限。事实上，这种做法并无不当之处。一方面，从内容上讲，17世纪的伦敦大火本身早已成为神话，在作品、绘画和诗歌中曾被不断地书写和呈现，伦敦的毁灭性灾难甚至已被比作类似古代迦太基（Carthage）和特洛伊（Troy）的灾难；另一方面，从叙事层面上讲，阿克罗伊德首次展示了其小说创作的一个重要理论：模糊事实和想象的界限，这也成为他以后创作的传记和小说的共同特征。作者在强调作品的虚构性同时，又以"伦敦大火"这一历史事件作为标题，显然是想让读者接受这样一个事实：在《伦敦大火》的世界里，虚构和现实之间的界限是模糊的，"虚构"的人物和"真实"的人物，"真实"和"虚构"的世界之间很难区别开来。遵循现实的逻辑，读者本能地认为阿克罗伊德小说人物活动其中的"真实"世界和狄更斯小说人物的"虚构"世界之间存在本体论的区别。因此，小杜丽的灵魂在奥黛丽身上转世，只有在我们接受耽于幻想的电话接线员的"虚构性"或狄更斯笔下人物的"现实性"的情况下才会发生。

阿克罗伊德既是一位善于吸取经典作家作品之长，又是一位有个性，始终坚守自己内心的作家，从不盲目追随时尚和潮流。尽管近些年来有些人对全知叙述视角持审美偏见，但他在这部小说中的成功运用证明了它永远不应该被认为是"一种过时的，作家们为追求更激进的形式实验而拒绝使用的叙事声音"[1]。刘易斯曾说："《伦敦大火》蕴含了接下来20年时间里构成阿克罗伊德小说和传记的许

---

[1] Paul Dawson, *The Return of the Omniscient Narrator: Authorship and Authority in Twenty-First Century Fiction*, Columbus: The Ohio State University Press, 2013, p. 3.

多元素：伦敦背景，互文性，灵活多变的风格，对过去的想象。"①阿克罗伊德后来的作品的确证实了刘易斯的这一论断，《伦敦大火》虽然短小，但可谓是字字珠玑，处处充满隐喻，特别是其伦敦背景，素描式的人物刻画，平行而交叉的情节结构以及开头和结尾叙事的重复、对称与呼应等都成为其后来传记和小说的标志性特征。诚然，互文性作为这部小说最明显的叙事特征，在小说中的运用是显而易见的。首先，如上所述，在开篇部分阿克罗伊德就提供了狄更斯小说《小杜丽》的情节概要。通过让这部小说和《小杜丽》在不同层面上形成互文，他不仅确立了叙事模式，而且还通过展示个体人物的生活经历和命运，传达出他对一个时代人们精神和生活状态的"狄更斯式"的认识和思考，引发人们对个体生存处境的反思，对时代精神和社会问题的再审视。其次，如果说《伦敦大火》与《小杜丽》在显性层面上形成互文的话，那么小说题目《伦敦大火》与历史上"伦敦大火"的互文关系则更为隐性，因为虽然小说中的大火并不是人们熟知的1666年9月那场"伦敦大火"，但是，小说中的大火却是一种隐喻，暗示了那场大火的破坏力。例如作者在小说的结尾写道："它摧毁了许多虚伪和丑陋的东西，也摧毁了许多辉煌和美好的东西。有些人渴望它烧毁一切，但是对于另一些人来说，有了一种新的、不安的无常感。最终，围绕它的传说不断涌现。人们普遍认为这是一场天灾，预示着更可怕的事情即将到来。"②这与作者在《伦敦传》中对伦敦大火的评论是一致的，他说："火灾也能抖出这座城市被遗忘或忽略的历史"③，"这场大火尤其被视为驱除以往时代'悖逆不道之心、亵渎之行、狂恣之风'的绝佳时机。这是指涉内战，指涉查理一世被处决……。这将是一座崭新的城市，以'崭新'这个词的每一种意义"④。因此，作者让这部小说以大火结尾寓意深远，蕴含着小说的深刻主题。

阿克罗伊德本人后来曾对《伦敦大火》的创作做过评价，例如

---

① Barry Lewis, *My Words Echo Thus: Possessing the Past in Peter Ackroyd*, Columbia: University of South Carolina Press, 2007, p. 25.
② Peter Ackroyd, *The Great Fire of London*, London: Penguin Books, 1993, p. 165.
③ [英] 彼得·阿克罗伊德：《伦敦传》，翁海贞等译，译林出版社2016年版，第184页。
④ [英] 彼得·阿克罗伊德：《伦敦传》，翁海贞等译，译林出版社2016年版，第189页。

在评论他的小说《英国音乐》时曾说：

> 我想我对"英国音乐"的寻找始于我的第一部小说《伦敦大火》，在这部小说中，我描写了一个在当代伦敦拍摄查尔斯·狄更斯《小杜丽》的失败尝试。有人告诉我，从那时起，我的小说就一直在研究过去与现在的关系，事实上，还包括人类事务中某种连续的可能性，这种连续性可以让过去活在现在。当然，当时看起来并不是这样。我只是在讲故事，而我的每一本书最初都是作为一个简单的故事而为人所知的。每一部小说都是一个崭新的开始，直到后来，当文字定格在书页上时，才让我感觉同样的想象变得更加明晰。我并不是因为这个原因才把我的传记和小说区别开来的；它们都是同一过程的一部分。这不是一个简单复活过去的问题，而是要认识到"过去"只是我们从"现在"中认识或理解的过去：如果我的作品有一个中心目标的话，它就是通过思考其中所有的潜在力量恢复当代世界的真正面目。①

因此，可以说，《伦敦大火》不仅是阿克罗伊德创作生涯的转折点，而且还是其小说创作生涯的起点，为其后来的小说和传记提供了重要的理论基础、创作方向和叙事模式。例如，他对狄更斯的钦佩促使他创作了一部长达1195页的《狄更斯传》，对伦敦的情感让他完成了《伦敦传》和16部以伦敦为背景或与伦敦有密切关系的小说。同时，在《伦敦大火》中，阿克罗伊德还把伦敦描绘成一座集英国民族智慧于一身的超越历史的神秘城市，这也为他以后的作品做好了重要铺垫。在评价狄更斯的《小杜丽》时他曾说："这部小说源自他对暴力的莫大兴趣，对人群的过度痴迷，但是也源自他对于这场暴动的深入研究。"② 在此，阿克罗伊德对狄更斯的评价也适用于评价他本人，《伦敦大火》也是如此，源于作者对伦敦大火的深入研

---

① Wright, Thomas, ed., *Peter Ackroyd, The Collection: Journalism, Reviews, Essays, Short Stories, Lectures*, London: Vintage, 2002, p. 384.

② Peter Ackroyd, *London: The Biography*, London: Chatto & Windus, 2000, p. 484.

究和历史思考。正如作者自己所言,《伦敦大火》是他寻找"英国音乐"的开始,此后,他将一次又一次在接下来的每一部新小说中寻找不同的路径,采用不同的叙事技巧,以生动美妙的文笔,一次次书写他对伦敦的厚爱和深情,带领读者穿越时空,畅游伦敦的每一个角落,讲述伦敦的过去、现在和未来。

第二章　传记小说与跨界叙事

阿克罗伊德是一位善于融合多种文类进行创作的作家，因此，他的传记和小说都彰显出明显的跨界叙事特征，其传记小说尤其如此。在《一个唯美主义者的遗言》《查特顿》和《伦敦的兰姆一家》三部传记小说中，他既能依据历史事实描写传主的主要人生轨迹，又能借助小说叙事艺术根据需要改变历史事实以便表达更重要的主题，让传主成为一个文学象征，既表征自己的时代又表征其它时代。

自20世纪上半叶以来，传记小说（biographical fiction）逐渐成为一种主要艺术形式之一。卢卡奇曾说："一些重要的现代历史小说呈现出明显的传记化倾向。在许多情况下，两者之间的直接联系很可能是当代流行的历史传记文学。"[1] 阿克罗伊德也是这一文学形式的重要贡献者，不仅有独到的传记小说创作理论，而且还躬亲实践，先后创作出以上三部传记小说。它们是当代英国传记小说中的佳作，"不但以其小说技巧增添了传统报道文学和历史学并不追求的紧张、刺激和情感诉求，而且对读者而言，所读故事有'真实'依据这一点，更赋予作品一般小说无法比拟的阅读驱动力"[2]。

传记小说源于传记文学。据《不列颠百科全书》的定义，传记文学是：

> 最古老的文学体裁之一，它以各种书面的、口头的、形象化的材料和回忆为依据，用文学再现作者本人或他人的生平。

---

[1] George Lukacs, *The Historical Novel*, Lincoln：University of Nebraska Press, 1983, pp. 300 – 301.

[2] ［英］戴维·洛奇：《小说的艺术》，卢丽安译，上海译文出版社2010年版，第242页。

传记有时被认为是史学的一个分支，最早的传记常被人们当史料看待。现在举世公认，传记和史书是两种明显不同的文学形式。史书往往概述某个时期（如文艺复兴时期）、某个时期某些人（如北美的英国殖民地居民）或某种制度（如中世纪的寺院制度）。而传记则往往集中描写一个人和他的生平特点。传记和史书也有相同之处，即都叙述过去的事。传记文学可按其叙述对象的不同，分为两大类：传记和自传。传记又可分为两类，即依据第一手资料写成的传记和依据研究编写的传记。①

依据研究编写的传记按照作者写法的客观性，往往又被分为六种，包括资料性传记、评传、标准传记、阐述性传记、小说化的传记和传记式小说。前四种传记一般不允许虚构或杜撰材料。相比而言，小说化的传记或传记式小说可以更加自由，允许虚构和想象，具体而言：

> 小说化的传记材料可以自由虚构，地点和对话也可凭想象而定。作者往往根据第二手资料，进行粗略研究之后，就开始动笔。他们把小说的感染力和含糊的真实性混杂在一起，创造了一种混合的文体。如欧文斯通描写梵·高的《渴望生活》。传记式小说这类作品纯属虚构，是一种以传记和自传形式写就的小说，如格雷夫斯描写罗马皇帝克劳狄乌斯（又译克劳狄）一世的《克劳狄乌斯》。②

以上定义表明，传记小说属于传记文学中的小说化的传记或传记式小说，就其本质而言，是一种将传记与小说叙事杂糅的文类。随着传记小说的发展，一些作家、学者在不同时期曾给出各自定义。洛奇认为："传记小说以真实的人与事为想象题材，通过利用小说技巧

---

① 美国不列颠百科全书公司：《不列颠百科全书》（国际中文版修订版 第2卷），中国大百科全书出版社2007年版，第481页。
② 美国不列颠百科全书公司：《不列颠百科全书》（国际中文版修订版 第2卷），中国大百科全书出版社2007年版，第481页。

来展示主观的，而非客观的，有一定依据的传记话语。"① 洛奇把这种小说和传记的混合体称为"交叉小说"和"混合小说"，凯特·斯托佛（Kaite Mediatore Stover）将其称为"历史传记小说"。中国一些学者对传记小说的热议也做出积极回应，例如聂珍钊认为，"非虚构的传记小说是在对原始性资料研究的基础上，以某个伟大人物为主角展开情节、叙述故事的。它以记叙历史事实为主要原则，但又允许杜撰材料，凭想象虚构场景和对话，把小说的故事性和传记的真实性糅合在一起"②。虽然各位学者的定义不尽完全相同，但是多数学者都强调了传记小说的本质文类特征：采用小说技巧讲述真人真事。因此，"传记小说属于纪实小说，既有生命书写（life writing）的纪实性，又有小说的虚构性双重特征，是具有典型'跨文体'特征的文体形式"③。

  传记小说在发展过程中涌现出众多重要作家和作品，例如在英国最早有以利顿·斯特拉奇（Lytton Strachey，1880—1932）和弗吉尼亚·伍尔夫（Virginia Woolf，1882—1941）为代表的"新传记"《维多利亚时代名人传》（1918）和《奥兰多》（1928）。在美国，欧文·斯通（Irving Stone，1903—1989）被誉为传记小说的创始人，曾创作描写梵·高的《渴望生活》（1934）和达尔文的《起源》（1980）等传记小说。在当代众多传记小说中，阿克罗伊德的传记小说赢得很高声誉，《一个唯美主义者的遗言》荣获1984年毛姆奖，《查特顿》获布克奖提名。阿克罗伊德之所以被誉为"当代最有才华的传记作家之一"和"历史小说大师"是因为他是一位善于融合不同体裁和元素的作家，在传记和小说中都彰显出自由、灵动的创作风格。他始终秉承个性化的小说和传记创作理念，曾说："传记的全部目的就是创造一件艺术作品，既能像小说一样令人信服，又能像历史一样充实。传记和小说只有一个区别；在小说中，作家必须讲真话，而在传记中，作家可以——实际上常常是被

---

① David Lodge, *The Year of Henry James*, London: Harvill Secker, 2006, p. 8.
② 聂珍钊：《论非虚构小说》，《中南民族学院学报》1989年第6期。
③ 蔡志全：《英美传记小说的文类困境与突围——以戴维·洛奇传记小说为例》，《现代传记研究》2019年第1期。

迫进行虚构。"① 这些理念充分体现在他的传记小说创作中。

第一节 《一个唯美主义者的遗言》

《一个唯美主义者的遗言》是阿克罗伊德创作的第二部小说，是对奥斯卡·王尔德（Oscar Wilde，1856—1900）在巴黎最后岁月的艺术重构和哀婉动人的详细叙述，堪称是一篇能与王尔德本人在狱中时所写的《在深深处》（1905）相媲美的动人祭文。这部小说一出版就荣获毛姆奖和众多好评。如玛丽·柯什在《泰晤士报》发表评论说："阿克罗伊德先生驾轻就熟地运用着王尔德的语言和思想，成功地再现了以警句、悖论为代表的王尔德式的机智。不仅如此，作者还刻画了一个藏在面具后的孤独者的脆弱"②，弗兰克·朗福德在《旁观者》杂志发表对这篇小说的书评，认为从某种意义上说，这本书是可信的，因为从理论上讲奥斯卡·王尔德很可能自己也会这样写"③。这些评论在很大程度上肯定了阿克罗伊德在这部作品中所展现出的天才小说家的叙事才能和魅力。

作为一名爱尔兰才子、英国维多利亚时期重要的诗人、戏剧家和小说家，王尔德"是19世纪末英国唯美主义运动的代言人，该运动主张'为艺术而艺术'；他还是涉及同性恋的一些民事和刑事诉讼案的目标并最终遭到监禁（1895—1897）"④。王尔德的最大文学成

---

① Wright, Thomas, ed., *Peter Ackroyd, The Collection: Journalism, Reviews, Essays, Short Stories, Lectures*, London: Vintage, 2002, p. 265.
② Cosh, Mary, *Review of the Last Testament of Oscar Wilde*, *Times* (*London*), Apric. 14, 1983.
③ longford, Frank, "The Lasf Testament of Osear Wilde Peter Ackroyd" (Book Review). The Spectator, Vol. 250, No. 8075, Apr. 16, 1983, p. 226.
④ 美国不列颠百科全书公司：《不列颠百科全书》（国际中文版第18卷），中国大百科全书出版社2007年版，第253页。

就之一是社会喜剧，主要包括《温德米尔夫人的扇子》(1892)、《无足轻重的女人》(1893)、《理想的丈夫》(1892) 和《认真的重要性》(1895)。另外，他还创作了悲剧《莎乐美》(1894)，由于描写违反自然的爱情，曾遭到禁演。《道林·格雷的画像》(1891) 是他最著名的小说，不仅表现了作者对艺术的独到观点，而且也讽刺和揭发了当时伦敦的上层社会。他的童话故事如《快乐王子童话集》(1888) 使他跻身于世界最优秀童话家之列。1897 年 5 月出狱后王尔德去了法国，在那里写下他最后一部作品《雷丁监狱之歌》(1898)，揭露英国监狱中的非人待遇。王尔德在作品和生活中都处处捍卫他的"为艺术而艺术"的理念，并用自己的一生将其尽情演绎。英国剧作家、诗人 W. S. 吉尔勃特（Sir William Schwenck Gilbert, 1836—1911) 曾在他的歌剧《忍耐》(*Patience*, 1881) 中提及王尔德: "让俗气的人们去拥挤吧，你倒成为高雅的美学信徒，只要把一束罂粟或百合拿在你中古式的嫩手里，迈着花步沿皮卡迪里大街走来，大伙准会说: 如果他只需要我绝对不需要的那种吃素的爱情，他可真是一个纯而又纯的纯洁青年!"[①] 作为一名爱尔兰人和同性恋者，王尔德是 20 世纪初一位争议颇多的作家，命途多舛，以悲剧而终结一生。阿克罗伊德对王尔德悲剧命运充满同情与理解，在小说中充分展示了其独特个性、超凡才能和不幸遭遇，引发读者强烈共鸣和深思。

英国维多利亚时代小说家和诗人乔治·梅瑞狄斯（George Meredith, 1828—1909) 曾把王尔德描述为"阿波罗和怪物的混合物"[②]。

[①] 王佐良:《英国文学史》，商务印书馆 2019 年版，第 394 页。
[②] Wright, Thomas, ed., *Peter Ackroyd*, *The Collection*: *Journalism*, *Reviews*, *Essays*, *Short Stories*, *Lectures*, London: Vintage, 2002, p. 396.

阿克罗伊德说："如果王尔德确实是个'怪圣'的话，很多证据可以证明这一点"[①]，因为他身上有其所生活其中的维多利亚时代英国所不能容忍的"毛病"，是个"异类"，其行为和思想都与时代相悖。既然王尔德与当时的英国格格不入，阿克罗伊德为什么要通过讲述这样一位人物的故事来探讨"英国性"就成为一个值得探讨的问题。

阿克罗伊德通过分析和梳理英国历史发现，有许多关于"英国性"起源的神话：如特洛伊的布鲁图斯、不列颠的亚瑟、亚利马太的约瑟等都被认为是"英国性"的最早代表人物。在阿克罗伊德看来，这些传奇人物中没有一个是地地道道的英格兰人的事实并没有影响他们在民族历史中的地位，因为"关于'英国性'的一个奇怪现象是，它的形成过程是一个不断吸收和同化其他文化的过程，例如它借用的欧洲文化元素和资源最多"[②]。他还发现，英语语言的典型特征是多种方言的混合，同样，英国民族身份也是混杂的，而不是单一的，这曾在丹尼尔·笛福（Daniel Defoe，1660—1731）的讽刺诗《地道的英国人》（*The True Born Englishman*，1701）中有最形象的描述。在这首诗中，笛福称英国民族为"罗马—撒克逊—诺曼—丹麦—英格兰（Your Roman, Saxon, Danish, Norman, English）"[③]。阿克罗伊德认为，除这些民族外，其他民族也都为"英国性"做出过重要贡献，其中也包括爱尔兰人。因此，他认为，"英国性"不必指纯英格兰特性，在某种意义上，它是不同民族特性的相互碰撞与融合的结果，例如，在王尔德身上，"英国性"就表现为英国特性与爱尔兰特性的冲突与最终融合。这些思想充分显示出阿克罗伊德具有开阔的心胸和伟大的远见，并充分体现在其宏大而丰富多样的小说叙事之中。

阿克罗伊德指出，王尔德的特殊人生经历可以说明，"英国性"是动态而杂糅的，因此，他把探讨王尔德的个人经历同探讨"英国性"结合起来。首先，虽然王尔德背负着爱尔兰人这一"他者"身

---

① Wright, Thomas, ed., *Peter Ackroyd, The Collection: Journalism, Reviews, Essays, Short Stories, Lectures*, p. 396.
② Wright, Thomas, ed., *Peter Ackroyd, The Collection: Journalism, Reviews, Essays, Short Stories, Lectures*, London: Vintage, 2002, p. 317.
③ Daniel Defoe, *The True-born Englishman: A Satyr*, London: British Library, 1701, p. 4.

份,但是他代表的是维多利亚时期的伦敦,是英国性的符号。其次,王尔德本人的不幸经历在见证英国文化的吸纳力方面具有一定的代表性和说服力,揭示出"英国性"的局限和危害。透过王尔德的凄美一生,阿克罗伊德引发了读者对"英国性"内涵的重新认识和反思,寄予了作者对多元、开放和杂糅的"英国性"的期待。

在《一个唯美主义者的遗言》中,为了与王尔德的思想与感情达到深度契合与共鸣,阿克罗伊德选择了一种能够深入历史人物内心意识的叙事技巧,即主要通过王尔德的单一意识视角聚焦,因为"有限视角具有最高程度的表现力和真实感"①。为此,阿克罗伊德借助"腹语术"(ventriloquism)或"去个人化"(impersonation)叙事策略直接让王尔德本人用日记的方式记录他人生的最后岁月,让叙述者和历史人物通过用一个声音说话达到内在的统一与共鸣。这种叙事策略既有利于王尔德充分彰显其独特的情感、生命与激情,又可以充分发挥第一人称叙事视角的长处,让人物形象更为自然而真实。如果说在《查特顿》中过去和现在时有交叉、时有融合的话,那么在《一个唯美主义者的遗言》中,作者、叙述者和王尔德完全融为一体,阿克罗伊德既是自己,又是王尔德,既属于自己的时代也属于王尔德的时代,因为阿克罗伊德始终认为通过穿越到另一个人的时代能使其揭示出那个人的更多秘密。在小说中他借王尔德的视角明确地表达了这一观点:

> 罗浮宫里有幅年轻人的画像——我想他是个王子,画像中的他双眼流露出悲伤。我想在临死前再去看看这画像。我想回到那个过去——进入另一个人的心灵。在那个过渡时刻,我既是自己又是他人,既属于自己的时代也属于他人的时代,此时宇宙的秘密会为我展现。②

事实证明,通过运用"腹语述",阿克罗伊德让自己进入到王尔德的

---

① David Lodge, *Author, Author*, London: Penguin Books, 2005, p. 230.
② [英]彼得·阿克罗伊德:《一个唯美主义者的遗言》,方柏林译,译林出版社2004年版,第193页。

内在情感和灵魂世界,对其进行深层挖掘,不但能把他的内在思想矛盾、情感激荡描绘得生动而深刻,而且还增强了作品的艺术感染力。

具体而言,在《一个唯美主义者的遗言》中,阿克罗伊德采用日记体讲述了王尔德自1900年8月9日到1900年11月30日之间的生活。这部小说最牵动人心之处在于作者对王尔德痛苦经历的描写,为此,他采用现实主义叙事手法,以王尔德身上所体现的"悲"为主调,多维度地勾勒出王尔德跌宕起伏的生活。弗里德里希·席勒(Friedrich Schiller,1759—1805)曾说:"不要把灾难写成是造成不幸的邪恶意志,更不要写成由于缺乏理智,而应该写成环境所迫,不得不然。"① 阿克罗伊德深谙悲剧的奥妙之处,洞悉时代和环境对人类行为乃至命运的决定性影响,因此,他没有把王尔德的悲剧写成是由缺乏理智所致或纯属性格使然,也没有把他写成失败的弱者。相反,在他的笔下,王尔德始终是一个精神的强者,勇敢面对生活中所遇到的灾难和不幸。例如在被控告时他坚定地说:"虽然控告我的人折磨过我,把我像一条下贱的狗一样流放到荒野,他们都没有摧毁我的精神——他们办不到。"② 这部小说的重要意义在于,作者能通过王尔德的个人悲剧传达出时代和人类的悲剧,将个人的日常生活与"英国性"的宏大叙事联系在一起。例如,小说中的王尔德曾说:"我是我所处时代的艺术与文化的象征。"③ 在阿克罗伊德看来,"这是他的福分,也是他的悲剧,因为这个时代本身就是一个衰亡的时代"④。王尔德的"为艺术而艺术"的美学思想以及他所推崇的新享乐主义生活哲学是对立于当时社会的主流思想和文化的,为其时代所不容,无疑会激怒正统的上流社会。王尔德的同性恋身份

---

① [德]弗里德里希·席勒:《论悲剧艺术》,张玉书译,杨业治校,载《古典文艺理论译丛》(6),人民文学出版社1963年版。第101页。
② [英]彼得·阿克罗伊德:《一个唯美主义者的遗言》,方柏林译,译林出版社2004年版,第2页。
③ Wright, Thomas, ed., *Peter Ackroyd, The Collection: Journalism, Reviews, Essays, Short Stories, Lectures*, London: Vintage, 2002, p. 397.
④ Wright, Thomas, ed., *Peter Ackroyd, The Collection: Journalism, Reviews, Essays, Short Stories, Lectures*, p. 397.

更得不到主流价值观的认可,后来也因此被审判,并被投进监狱,罪名是"有伤风化"[①]。他在监狱度过两年后去了巴黎,最终在贫病交加中辞世,年仅46岁。

阿克罗伊德认为,王尔德的悲剧主要是由他的思想与维多利亚时代社会文化传统观念之间不可调和的矛盾所致。因此,他以王尔德自我人生理想与传统文化价值取向之间的矛盾为切入点,多维度、多层次地呈现人物,生动地刻画了王尔德的内在情感和欲望,很好地还原了王尔德作为其时代的一个独特形象。阿克罗伊德主要从生活化叙事、历史情韵、身份认同等方面对王尔德的悲剧进行全面展示,并挖掘出王尔德个人悲剧所蕴含的文化意蕴,从而实现其通过人物个人悲剧反观"英国性"的目的。

一般而言,优秀的历史小说既要有主要历史事件做支柱,又需要历史人物感性逼真的生活化和人情化叙事,因为要真实地反映历史生活和面貌,单靠一些枯燥而毫无生命气息的史料远远不够,因此,栩栩如生的感性生活细节和情景描述尤为重要。它既有助于丰富和提高历史小说的艺术审美境界,又是历史小说获得深厚的文化意蕴与历史情蕴的重要方法,同时也是获得真实性与历史感的一个核心环节,如阿克罗伊德所说:"没有细节一切将失去生命。"[②] 鉴于此,在《一个唯美主义者的遗言》中,阿克罗伊德在充分运用史料的基础上通过生活化和人情化叙事生动地传达出王尔德的人生悲剧和他身心所遭受的痛苦。然而,历史小说的生活化叙事并非易事,对于任何作家来说都是极大的挑战。首先,作家要熟悉和掌握大量相关历史资料和生活化叙事技能。否则,缺乏历史依据的生活化与人情化叙事难以触动人心,更不能让人体味出应有的历史和文化意蕴。同时,作家还需要充分调动艺术想象力,通过唤起个体生活与生命体验,描绘出真实可感的日常化历史生活情景。其次,作者要对生活化叙事进行思想的凝练和提升。历史小说的创作不仅要呈现

---

① [英]彼得·阿克罗伊德:《一个唯美主义者的遗言》,方柏林译,译林出版社2004年版,第155页。
② Wright, Thomas, ed., *Peter Ackroyd, The Collection: Journalism, Reviews, Essays, Short Stories, Lectures*, London: Vintage, 2002, p.395.

一些具体感性的历史生活画面，而且更需要融入创作主体的情感和思想，使历史生活情景饱含丰富的历史人文内涵与深厚的精神意蕴。

《一个唯美主义者的遗言》在生活化叙事方面表现出独到的优势。作者对王尔德日常生活的描写，虽然是虚构，但写得细腻而逼真，生动感人。例如，王尔德刚被关进监狱时说："我的新生活是一种贫乏无味的工作，这种工作可以在不思考（但有感情）的条件下开展。我为邮局缝帆布袋，我的手指都缝出了血，几乎不能碰任何东西"①，"我的囚室是个恶魔般的地方，……囚室里只有一张木板床和一张凳子。我每天只能吃发霉的面包，喝浸有我眼泪的咸水，勉强维持着生命。在那间囚室里，忧愁、寂静、黑暗相互交织，沉重得难以言表。我想我迟早会疯掉"②。王尔德后来被转到雷丁监狱，阿克罗伊德同样以细腻的笔触描写了他在那里的凄苦生活，和王尔德的《雷丁监狱之歌》（*The Ballad of Reading Gaol*，1898）一样动人：

  在雷丁的前几个月，我很无助，非常地无助。我只能哭泣，我用无法排遣的愤怒摧残自己的身体，我以痛苦伪装这愤怒，用这愤怒对付我自己。在监狱时摘麻絮的工作也使得我的视力衰弱了，还有，受过伤的耳朵听力也在下降。在紧张和歇斯底里之中，我想我会疯掉。其实我对发疯都有几分喜爱了——我不知道还有什么别的方法来排解我的痛苦。③

---

① ［英］彼得·阿克罗伊德：《一个唯美主义者的遗言》，方柏林译，译林出版社2004年版，第166页。
② ［英］彼得·阿克罗伊德：《一个唯美主义者的遗言》，方柏林译，译林出版社2004年版，第167页。
③ ［英］彼得·阿克罗伊德：《一个唯美主义者的遗言》，方柏林译，第170页。

王尔德不仅承受身体的伤害，而且还遭到他人的鄙视，他在日记中写道："有一次，我在埃及咖啡馆，抽着烟——我愚蠢地认为这一定是埃及烟。一个英国人从我身边路过，向我吐唾沫。我如遭枪击"①，"所以现在我一般情况下一个人吃饭，或者和一些街头流浪儿一起吃，这些流浪儿就好像是从维克多·雨果的书中走出来的。他们的做伴让我入迷，因为他们眼中的世界是真真切切的；因此他们对我就十分了解。我想我最好的故事是讲给他们的"②。王尔德还经历了从未有过的孤独，曾回忆说："我枯坐在咖啡馆，一坐就是几个小时，看着周遭的人。……我第一次观察到迷失者和孤独者，他们如同亏欠了世人，小心谨慎地挪动着步子，穿梭在人群当中，匆匆如客旅。我哭了，我得承认，我哭了"③，"社会让我恐惧，而孤独更让我不安"④。王尔德不仅要忍受这些，而且后来还陷入穷愁潦倒的地步。阿克罗伊德饱含同情地描写了他向之前的好友博西借钱时的尴尬、可怜的情形，同样营造出王尔德的悲凉境地："他从口袋里掏出几张法郎，扔到我面前的地上，离开了咖啡馆，边走边大声说：'你知道吗奥斯卡，你现在的举止和妓女一样。'我立刻把法郎从地上拾起，又要了一杯酒"⑤。王尔德甚至还遭到一些他曾经帮助过的艺术家的冷落，伤心地说：

> 不过在英国人那里碰钉子还是让我不快，最难容忍的就是故意被其他艺术家冷落。几周前，我坐在格兰都咖啡馆外，突然威廉·罗特斯坦从我的桌子边路过……他看到了我，却好像我根本不存在一样：一个年轻人，居然冷落把自己带出来的诗人，这真是荒谬！需知是我教会了他如何塑造艺术家的个性，而这以前他是块多么不可雕琢，多么不可雕琢的料子！⑥

---

① ［英］彼得·阿克罗伊德：《一个唯美主义者的遗言》，方柏林译，第15页。
② ［英］彼得·阿克罗伊德：《一个唯美主义者的遗言》，方柏林译，第16页。
③ ［英］彼得·阿克罗伊德：《一个唯美主义者的遗言》，方柏林译，第12页。
④ ［英］彼得·阿克罗伊德：《一个唯美主义者的遗言》，方柏林译，第64页。
⑤ ［英］彼得·阿克罗伊德：《一个唯美主义者的遗言》，方柏林译，第10页。
⑥ ［英］彼得·阿克罗伊德：《一个唯美主义者的遗言》，方柏林译，译林出版社2004年版，第16页。

如果说他人的嫌弃、朋友的背叛、同行的冷落使王尔德感到恐惧和孤独的话,那么家人的遭遇和不幸使王尔德感到刻骨铭心之痛和深深自责。例如当他在日记中写到母亲、妻子和儿子时说:

> 我内在的诅咒超过了我的世纪给我的诅咒。凡我经行之处,必有毁灭之人——我的妻子康丝坦丝静悄悄地躺在热那亚附近的一个小小的坟茔下,墓碑上甚至都没有我的名字。我的两个儿子的生活也毁了,他们的姓氏也改换了。我母亲的状况更糟糕,完全是死在我手里,和我用刀子把她杀了没什么两样。①

另外,阿克罗伊德还善于运用比较和对照的叙事手法来反衬出王尔德在今昔对比中体验到的难以言表的锥心之痛。例如,在小说中作者通过描写王尔德以前和两个儿子在一起时的快乐时刻更加反衬出其当前的凄苦境遇:

> 真是奇怪,回首往事,我只能依稀记得一些很小的琐事:我记得我给西里尔送过一辆小小的运牛马车,上面一匹小马被他损坏了,我竟花了一下午时间用胶把碎片重新黏合到一起。我还记得,我有时候会让西里尔骑在我背上,我会告诉他说我们的目的地是天上的星星。不知怎的,每次我把维维安举起来,他都会哭起来,我只好用蜡烛笔哄他。我知道他们都还生活在某个地方,而我却无法相见,这种滋味实在难以言表。……现在我都不忍见到街上的孩子。我总是担忧他们会不会走在路上被车辆撞上。每次我见到父亲让孩子骑在肩膀上,我就心动不已,要强忍着才不会去乞求人家不要这样让孩子骑在肩上。我不知道这都是怎么回事。我有时候真不知道痛苦究竟以什么样的面目呈现。②

显然,作者通过对比和反衬对王尔德昔日快乐生活的描述比直接描

---

① [英]彼得·阿克罗伊德:《一个唯美主义者的遗言》,方柏林译,第18页。
② [英]彼得·阿克罗伊德:《一个唯美主义者的遗言》,方柏林译,第89—90页。

写王尔德现在的痛苦更能达到悲剧效果,使读者能更充分地理解主人公内心所承受的不可承受之痛。这些生活化描写不仅使人物显得更为真实和丰满,而且还可以让读者体验到一个个具体感性的历史生活画面,体味出这些历史生活情景所蕴含的精神和文化意蕴,与人物达成情感和思想共鸣。

虽然《一个唯美主义者的遗言》以忠于历史细节的描述而倍受赞誉,但这并不是作品的重心,阿克罗伊德的意图不局限于通过生活化叙事单纯描写王尔德悲剧本身,而是想透过王尔德个人悲剧窥视和反思整个维多利亚时代。

阿克罗伊德历史小说的特点之一是注重营造时代氛围以及人物所处的历史和文化环境,因此他的小说都具有浓郁的历史情韵与深厚的文化意蕴。尽管一些后现代历史小说在创作方法上转向空灵虚幻的诗性书写或商业性、大众化的通俗书写,但是阿克罗伊德依然以现实主义创作原则为基调,因此他的小说仍以史实的厚重扎实,书写的严谨质朴而别具一格。作为一名严肃作家,阿克罗伊德在创作时总能以史家的眼光,在特定的历史文化语境中解读和审视人物,《一个唯美主义者的遗言》是一绝佳案例。阿克罗伊德对王尔德的悲剧并没有作简单化评判,而是将他置于时代的大背景之中,从他与那个时代之间不可调和的矛盾和冲突之中寻找造成其悲剧的重要根源。

《一个唯美主义者的遗言》的历史背景被定位在维多利亚时代的伦敦。王尔德在19世纪80年代初从牛津来到伦敦,事实证明,伦敦既吸引了他,也吞噬了他。他对这座城市的最初印象是,"离开牛津到伦敦,感觉上是离开雅典去寻找罗马"[1]。这一比喻已暗示出当时伦敦正经历着重大变化或衰退。王尔德后来明白,他进入的是一个躁动不安的地方,丑陋的建筑物正被拆迁、重建,整个城市喧嚣繁忙。虽然电灯的出现取代了煤气灯,为伦敦的街道赋予了鲜明的现代美,但是王尔德说:"不过这灯红酒绿的景象我很快就腻味了,

---

[1] [英]彼得·阿克罗伊德:《一个唯美主义者的遗言》,方柏林译,译林出版社2004年版,第47页。

我反而去寻找其周遭的阴影。"① 在他看来，这只不过是表面的浮华，因为当远离繁忙的道路时，穿过小巷之中，他"看到了贫穷，看到了羞耻"②。然而，王尔德又对伦敦充满希望和幻想："我带着年轻的想象，把伦敦看做一个大熔炉。我们如若靠近它，非死即伤，但这大熔炉也创造了光和热。似乎整个地球的力量都汇集到这一点上来了，沉浸于此，我的个性也大为充实"③。王尔德准确地预言了他的命运，在这个城市他虽然获得了荣誉和成就，但最后也被这座城市烤伤并毁灭，因为那是一个无情的"钢铁时代"，没有人能理解他。正如他在日记中所说：

> 报纸上说我们生活在"过渡"时期，这一次或许算它们说对了。旧的一切正在裂成碎片，而没有人，包括记者在内，能够说出有什么可以取而代之。我本可以成为新时代的声音，因为我宣扬的全是我这个时代所不知道的东西——也就是每个人都应力求完美。但是没有人理解我：他们却在力求自行车的完美。这真是一个钢铁的时代。④

阿克罗伊德认为王尔德说得对，这不仅是一个漠视人情和人性的钢铁时代，而且还是一个道德虚伪和败坏的时代，因此对于一心"要伸张艺术和想象的价值"⑤，宣扬新思想、新理念、而又敢于揭露和讽刺社会真相的王尔德来说，这个时代注定会给他带来悲剧。

王尔德狂傲不羁的性格和行为举止也不能为其时代所容。在他看来，"英国是伪君子达尔杜福的故乡"⑥，因此，他无法接受英国绅士的虚伪和假正经。他嘲讽地说："我从一开始就知道，我永远不会摆出英国绅士那种荒唐的假正经姿态。这些英国人要是没话可说，

---

① ［英］彼得·阿克罗伊德：《一个唯美主义者的遗言》，方柏林译，第48页。
② ［英］彼得·阿克罗伊德：《一个唯美主义者的遗言》，方柏林译，第48页。
③ ［英］彼得·阿克罗伊德：《一个唯美主义者的遗言》，方柏林译，第49页。
④ ［英］彼得·阿克罗伊德：《一个唯美主义者的遗言》，方柏林译，第191页。
⑤ ［英］彼得·阿克罗伊德：《一个唯美主义者的遗言》，方柏林译，译林出版社2004年版，第59页。
⑥ ［英］彼得·阿克罗伊德：《一个唯美主义者的遗言》，方柏林译，第106页。

就摆出不屑一顾的样子,要是没什么可想,就会装出若有所思的神态。"① 王尔德故意表现出与众不同,据他所说:"我的穿戴要么是18世纪的,要么是20世纪的——代表着昔日的荣华,或来日的富丽,我也说不准到底代表了哪一种,但我坚决不和现在这个世纪牵连在一起。……在朋友眼中,我是'世界奇迹',在仇人眼中,我是反基督。"② 因此,王尔德决心通过创作表达他的思想,告诉为他定罪的那些人他们生活其中的是个什么样的世界,让他们明白他这个专事以艺术作品揭露他们的人曾经见证了他们极度的无耻和愚蠢。当然,他也因此得罪了这些人。

王尔德的文艺思想更与其时代格格不入。他对当时的英国文学作品和评论界表示出强烈不满,曾说:"我不喜欢文学界的诸公,他们也不喜欢我。我嘲讽他们的价值观,他们也对我反唇相讥。确实,我的个性一直让别人头疼,到了后来,我的作品又让人们晕头转向了。"③ 他不喜欢同时代的作品,因为在他看来,现代小说总是试图追求动人心魄的东西,但结果总是令人失望,他甚至认为"现代英语作品乏味可陈,拙劣作品总是被过分追捧,真正的优秀作品却总难觅知音"④。王尔德认为,现代英语作品缺乏以前经典作品所能激起的那种真挚而强烈的情感,在回忆童年时的阅读经历时曾说:

> 在那个年代我发现了诗歌,发现了诗歌,我也从中发现了自己。有一本书完完全全地改变了我。我有一次偶尔拿起一本丁尼生的诗集。当时夜已深,本来该睡觉了,但我却躺到床上看了起来。我把灯光调得很低,书页上的字很暗。我的眼睛扫过书页,如饥似渴地寻找这些永恒的精神食粮,突然间我看到

---

① [英]彼得·阿克罗伊德:《一个唯美主义者的遗言》,方柏林译,第50页。
② [英]彼得·阿克罗伊德:《一个唯美主义者的遗言》,方柏林译,第54页。普鲁士国王腓德烈二世(1712—1786)在世时毁誉参半,当时有人称其为"世界奇迹",也有人称其为"反基督"。
③ [英]彼得·阿克罗伊德:《一个唯美主义者的遗言》,方柏林译,第55页。
④ [英]彼得·阿克罗伊德:《一个唯美主义者的遗言》,方柏林译,译林出版社2004年版,第91页。

了这样一行字:"风经过之处,拂动芦苇顶梢。"不知怎么的,这句诗竟然如此让我震动:好像把我从长久的沉睡中唤醒了。①

王尔德还说,即使在监狱的时候,他也能从以前的作品中获得生存的力量和信心:

> 我怀着一颗谦卑之心认真地看这些作品,就像个孩子一样。我开始看的是简易拉丁文版的圣奥古斯丁的作品。然后我开始看但丁的作品,并和但丁一起走入炼狱。这炼狱我以前就熟悉,但是到现在才能深味其中意义。他们还给了我一本埃斯库罗斯的作品,让我再一次为古代之事而倾倒:监狱的阴影淡去了,我站到了明净而晴朗的天空下。埃及的文字本身有种特别的质地,仿佛是福楼拜笔下坦尼丝的面纱,包裹着我,保护着我。我呼唤着酒神狄厄尼索斯这个放纵自己嘴唇和内心之神,他的光彩把我和黑暗隔开,让我恢复了活力,振奋了精神。是的,这有些奇怪——一个人居然能在监狱里体验快乐,因为我已经在自己身上找到了超越愁苦和屈辱的东西。②

此外,除了这些经典作家外,王尔德对一些法国作家也特别推崇,并从法国众多名家的作品中学到当时英国文学作品所缺少的东西。他说:"在我的眼中,巴黎是欧洲文学的中心……我用头脑崇拜福楼拜,我用心灵崇拜司汤达,我用穿戴打扮来崇拜巴尔扎克。"③ 他还说:"波德莱尔发出的痛苦之音声如洪钟,深深影响了我,我开始探索世界的阴暗角落。"④ 确实如此,王尔德通过吸纳这些作家的思想,为当时的英国文学注入了新鲜元素,如通过宣扬享乐、渲染畸爱与赞美罪行等揭露和讽刺上层社会,这不仅构成了王尔德唯美主

---

① [英]彼得·阿克罗伊德:《一个唯美主义者的遗言》,方柏林译,译林出版社2004年版,第25页。
② [英]彼得·阿克罗伊德:《一个唯美主义者的遗言》,方柏林译,译林出版社2004年版,第172—173页。
③ [英]彼得·阿克罗伊德:《一个唯美主义者的遗言》,方柏林译,第68—69页。
④ [英]彼得·阿克罗伊德:《一个唯美主义者的遗言》,方柏林译,第77页。

义思想中"恶"的内容，而且后来也演变为"英国性"的一个重要方面。阿克罗伊德指出，恰恰因为王尔德与维多利亚时代始终保持着一定的距离，因此他才能以旁观者的身份观看世风世俗，见证世道的沧桑变幻，更清楚地了解那个道德虚伪、假仁假善的世界。王尔德以自己的方式对其时代给予痛击，把自己形容为"想象世界的虚无主义者"①，以文学为武器反叛其所处的社会，使每个人从他身上都"看到了自己的罪恶"②。他曾自豪地说：

> 我真正有影响的第一部作品是《道林·格雷的画像》(*The Picture of Dorian Gray*, 1891)。它虽不是开山之作，但也仅次于最出色的作品，是个丑闻。它只能是这样：我想及时警醒同时代人，同时我也想创造出挑战传统的英语小说。……所有人物身上都有我的影子，尽管我并不能确切地知道是什么力量推动着他们的发展。在写作之中，我完全意识到有必要让本书以悲剧作结：只有看着这个世界在羞愧和疲惫中崩溃，我才能展现出这个世界的面目。……我已经迎面痛击了传统社会。我嘲笑了这个社会在艺术上的虚伪矫饰，嘲笑了它的社会道德；我展现了穷苦人的陋室和恶人的宅院，我还暴露传统家庭中充斥的虚伪和自负。我把自己的失败追溯到此书问世之时——此刻监狱之门业已为我洞开，正等着我的到来。③

---

① ［英］彼得·阿克罗伊德：《一个唯美主义者的遗言》，方柏林译，第56页。
② ［英］彼得·阿克罗伊德：《一个唯美主义者的遗言》，方柏林译，第182页。
③ ［英］彼得·阿克罗伊德：《一个唯美主义者的遗言》，方柏林译，译林出版社2004年版，第137页。

为了反叛当时过于沉闷压抑、虚伪势利的社会现实,王尔德试图"从时代价值的废墟中拯救出'美'和'快乐'的概念"①,因为他深知正生活在一个衰败的社会。为此,他将沃尔特·佩特(Walter Pater, 1839—1894)和约翰·罗斯金(John Ruskin, 1819—1900)的思想融合到他所设想的一种美好的人生哲学之中:"如果说我在牛津的时候从罗斯金身上学到了独立见解所体现的正直,那么我从佩特处学到了感情的诗情画意"②。然而,他创作的那部挑战传统的小说和对"美"的追求却酿成了他一生的悲剧。

(Right: Robert Ross)　　(Above: Oscar Wilde and Douglas in 1893)

王尔德的同性恋取向更是对维多利亚时代价值观的极大挑战。在1886年王尔德遇到罗斯(Robert Ross, 1869—1918),开始了他的同性恋生活。1891年又遇到阿尔弗雷德·道格拉斯勋爵(Lord

---

① Wright, Thomas, ed., Peter Ackroyd, *The Collection*: *Journalism, Reviews, Essays, Short Stories, Lectures*, London: Vintage, 2002, p. 398.
② [英]彼得·阿克罗伊德:《一个唯美主义者的遗言》,方柏林译,译林出版社2004年版,第42页。

Alfred Douglas，1870—1945），也与他建立了亲密的同性恋关系，这无疑为当时的社会所不齿。用王尔德自己的话说，是别人为他的恋爱事件"加上了肮脏污秽的阐释"①，才把他毁了。阿克罗伊德能站在后现代高度，一方面通过王尔德本人之口对王尔德的性取向进行重新审视和辩解，并深表同情：

> 我和阿尔弗雷德·道格拉斯勋爵的爱情为男人之间的爱赋予了美和尊贵，而英国人却不忍卒视，大惊小怪：这正是他们把我送入大牢的原因。……如果我能设想出一种更高尚的爱，一种平等的爱，他们是万万不会接受的，也会因此无法饶恕我。尽管这样的爱莎士比亚、哈菲兹、维吉尔（在其第二篇《牧歌》中）都赞美过，但这种爱是不敢声张自己名字的，因为它本来就是无名的——就如同印度神话中天神的秘语，一说出来就会遭到天谴。②

另一方面，在小说中，阿克罗伊德还通过他人视角为王尔德的遭遇鸣不平。例如一天早上王尔德在塞纳河边散步时和一对年轻夫妇的相遇和对话暗示着作者对王尔德的同情：

> "俺不是有幸见到王尔德先生了？"（年轻人对我说。我对他说感到荣幸的是我。）
> "俺只想握握您的手，王尔德先生。"（他又说道。）
> "是这样的，王尔德先生，俺们看过关于您的所有倒霉事，对不，玛格丽特？"但您现在开心不？您现在是不是恢复得和以前一样了？"
> （他们都是好心人，我告诉他们说我已经大大恢复了。）
> "他们对你做的事太坏了。"
> ……
> "酒吧里的人为您吵个没完，王尔德先生。您知不知道森林

---

① [英]彼得·阿克罗伊德：《一个唯美主义者的遗言》，方柏林译，第155页。
② [英]彼得·阿克罗伊德：《一个唯美主义者的遗言》，方柏林译，第141页。

山那里的'环球'?"

（我说我不是很清楚。）

"我们在那儿为您争得面红脖子粗，对不，玛格丽特？他们有些人说该把您绞死，但我把枪都掏出来了。我告诉他们说，'他啥坏事也没有做。他做了啥坏事？'要是真相大白，俺们大部分人都会站到您一边，王尔德先生。俺们不知道这么整您有啥意思嘛。我对他们说，'他做的事你们看看是不是成千上万的人都做过？'他们只好同意，对不？"①

王尔德和这位年轻人的对话蕴含着作者的特殊用意。一方面，它帮助构成小说中的张力，吻合了作者创作的整体用意，即引发人们对维多利亚时代所代表的传统文化进行后现代审视与自觉反思。另一方面，从艺术审美角度来讲，它构成了小说中的"杂语"现象，使价值判断呈现多元、开放的态势，是对以往二元价值观判断模式的一种超越与挑战，更具人性化，让王尔德的形象更加丰满。

另外，作者还通过让王尔德赞美过去的文学大师，间接地表达了对王尔德的肯定：

> 所有的伟大创作都需要突破均衡状态，最伟大的艺术正源自我和其他人所经历的那种狂热的爱。男性之爱激发米开朗琪罗写出完美的十四行诗；它让莎士比亚用火一般的语言把一个年轻人化为不朽的文学人物；它同样指引着柏拉图，马洛写出如此伟大的作品。②

通过赞美以往大师们的成就，阿克罗伊德旨在说明，王尔德并不是异类，不是他个人出了问题，而是他所处的时代有问题。作者借王尔德之口说："19世纪是一个充满肉欲的，肮脏的时代，但我想把感官的感觉神圣化，使其在层次上超越于商业阶层所梦想达到

---

① ［英］彼得·阿克罗伊德：《一个唯美主义者的遗言》，方柏林译，译林出版社2004年版，第182—183页。

② ［英］彼得·阿克罗伊德：《一个唯美主义者的遗言》，方柏林译，第127页。

的境界。……这种做法激怒了我的同时代人。他们不能在任何情形下看到自己的罪恶。"①

　　王尔德的身份也是造成其悲剧的重要原因之一，因此，阿克罗伊德在小说中对他的多重身份也进行了深入探讨。阿克罗伊德认为，王尔德只是一个仅仅因为生不逢时而遭到惩罚的艺术家，他的思想和行为因与时代格格不入才使他的身份不被认同，成为英格兰人眼里的一个"异类"和"他者"。王尔德对自己的这一身份有清醒的认识，他曾说："即便在我用一句话阐释自己的哲学，即便当我站在伦敦的这间客厅里的时候，我也知道我是个异类。……从根本上说，我是他们中间的外族人，……我是爱尔兰人，所以我是永远的流浪者。"② 作为一个爱尔兰人，王尔德明白，他注定要受到迫害，因为他知道"英国人把对爱尔兰人的报复变成了一门艺术"③。而且，在第一次审判后被保释回到母亲那里时，王尔德才了解到他原来还是一个私生子，并不是威廉爵士的亲生儿子，他的父亲是个爱尔兰诗人和爱国者，很多年前就已离开人世。私生子的身世更加重了王尔德的"他者"身份，因为"私生者被迫走自己的人生之路，……从母亲的告白中，我确信我也一样应归在被遗弃者的行列"④。在受审的那些日子里，他甚至接到一封来信，打开后发现里面是一幅画像，画的是一个怪兽。他心想："这就是英国人对我的看法。对了，他们还想把我这头怪兽给驯服了。他们把它关押了起来。"⑤ 王尔德随后意识到，他的一切取决于他在社会上的地位，失去了这种地位，个性就一钱不值，身份也随之丧失，成为他者，不得不接受人们的冷眼、鄙视以及冠以他的不同诨名：

　　　　以前，更糟糕的诨名我都有过：人们从诅咒的渊薮中刨出

---

① ［英］彼得·阿克罗伊德：《一个唯美主义者的遗言》，方柏林译，译林出版社2004年版，第136页。
② ［英］彼得·阿克罗伊德：《一个唯美主义者的遗言》，方柏林译，译林出版社2004年版，第110页。
③ ［英］彼得·阿克罗伊德：《一个唯美主义者的遗言》，方柏林译，第110页。
④ ［英］彼得·阿克罗伊德：《一个唯美主义者的遗言》，方柏林译，第35页。
⑤ ［英］彼得·阿克罗伊德：《一个唯美主义者的遗言》，方柏林译，第2页。

恶言秽语，纷纷向我掷来。我用什么名字都无所谓了——他们为了戏剧效果，称我为塞巴斯廷·美墨斯①和 C.3.3. 也罢，反正我的真名实姓已经死了，背上这两个绰号，也不失恰当。记得在孩提时，我对自己的大名是很在乎的，第一次写奥斯卡·芬格尔·欧弗莱赫蒂·威尔斯·王尔德，我的心里都洋溢着莫大的喜悦。这个名字里寄托了爱尔兰的所有传说，这名字似乎能给我力量和现实。这是我第一次感受到文学教喻能力的确证。不过现在我对它有些厌倦了，有时候甚至避之惟恐不及。②

阿克罗伊德认为，正因为王尔德看透了这个世界，所以比其他人更清醒、更敏锐，因此才不为世人所宽容和认可，身份和名字被人随意践踏和侮辱。

通过多维度地描写王尔德与其时代之间的紧张关系，一方面，阿克罗伊德传达出"英国性"所隐含的内在危机，另一方面，强调了王尔德对"英国性"的贡献。阿克罗伊德对王尔德给予极高评价，肯定了王尔德为"英国性"所注入的新鲜血液，甚至认为王尔德拯救了维多利亚时代，因为当所有其它的价值观遭到人们质疑时，是王尔德大胆阐释和维护了艺术家的良知和意识。如小说中写道：

> 拿破仑说过，"深重的悲剧是培养伟人的学校"，至少这话在我身上应验了——在生活的神秘面前，我所创造的一切都不值一提，甚至连不值一提都说不上。我们只能从个人——像我这样穷愁潦倒的人——身上，从个人生活的奥秘当中，找到意义的所在。生活，生活的洪流能够战胜一切。它比我自己伟大，但是如果没有了我，它将是不完整的：这就是真正的奇迹。③

---

① 美墨斯是集流浪汉、倒霉鬼、邪恶者为一身的人物。美墨斯是查尔斯·罗伯特·马图林（1782—1824，王尔德母亲的舅公）小说《流浪者美墨斯》中的主人公。他把灵魂出卖给魔鬼换取长寿，后来出于后悔，不断寻找替身以求解脱，但是这些人都不愿意出卖灵魂。以美墨斯为名，是指王尔德在自己过往的经历与美墨斯出卖灵魂之举中看到相似之处。
② ［英］彼得·阿克罗伊德：《一个唯美主义者的遗言》，方柏林译，译林出版社2004年版，第4页。
③ ［英］彼得·阿克罗伊德：《一个唯美主义者的遗言》，方柏林译，译林出版社2004年版，第181页。

这段话表明，在阿克罗伊德眼里，王尔德是那个时代的重要组成部分，他个人生活的奥秘中蕴含着时代的意义，他曾为那个时代赋予激情与活力，因此没有他那个时代将不完整，他所做的一切不是不值一提，而是具有历史意义，值得人们永远铭记，下面王尔德这段话可以最好地证明这一点：

> 我是这个时代最伟大的艺术家，我对此毫不怀疑，正如我的悲剧也是这个时代最大的悲剧。在欧洲和美国我都享有很高的艺术声誉。在英国，我的作品总是巨大的商业成功——我对此并不感到羞耻。……我掌握了各种文学体裁。我把喜剧带回到英国舞台，我用我们自己的语言开创了象征戏剧，我为现代读者创造了散文诗。我把批评从实践中分离出来，形成一门独立的学问，我还写出唯一一部现代意义的小说。还有，尽管我把自己的戏剧作为一种本质属于私人表达的形式，但我的理想是把戏剧变成生活和艺术交汇的地方，我一直锲而不舍地追寻着这一理想。①

阿克罗伊德指出，王尔德最终获得英国身份的事实已经表明他为"英国性"所做出的重要贡献。1995年，他获得被埋葬在英国威斯敏斯特教堂"诗人角"的殊荣，这表明，和乔叟、莎士比亚、狄更斯等公认的英国经典文豪们一样，王尔德也最终被视为"英国性"的象征。

在小说的结尾，阿克罗伊德描述了几个蕴含深意的动人场面，既体现出王尔德所宣扬的"每个人都应力求完美"的理念，也可以被看做是作者对未来美好"英国性"的期望和信心，例如小说中描写道：

> 早上我又疼痛不已，因为房间有时颇有坟墓的气氛，我走了出去，来到美术大街——我现在走得很慢，步履艰难，但仍保持

---

① ［英］彼得·阿克罗伊德：《一个唯美主义者的遗言》，方柏林译，第185页。

着一种新奇感。有个男孩在雅各大街角的一架手风琴边玩耍。他把人们丢给他身边的老人的几个苏捡起来，费力地放到老人边上。在街对面，有两个年轻人在搀扶着一位老妇上她家的楼梯——搀扶者的脸上充满了快乐的神色，看着他们，我心上的重担不由得减轻了。一个男孩溺爱地拍着他的狗，而狗则把爪子搭到他的肩膀上。我的思想和心灵现在就寄托在这些细节上了。在这一天，1900 年 10 月 8 日，这些东西会成为永恒。①

作者在此让王尔德从年轻一代人身上看到了他毕生所追求的人性的完美，看到了真诚、关爱、情感和希望，这些美好和永恒的东西才是他希望看到的真正的"英国性"：人与人、人与自然、生活与艺术都能达到完美融合。

阿克罗伊德指出，"英国性"所隐含的内在危机是造成王尔德悲剧的主要原因。在小说中，他借王尔德对查特顿的评价阐明了这一观点：

> 时至今日，每当我想到查特顿之死，仍不免潸然泪下——他落到了没有面包果腹的境地，却完全知道身后定会声名鹊起。一个奇特而虚弱的孩子，他的天才这么早就崭露了，甚至要借他人之名来承载横溢之才。这是 18 世纪的沉痛悲剧，18 世纪可谓文学的悲剧世纪，或许只有薄柏的诗歌是例外。②

通过这段话作者让王尔德引出查特顿的悲剧命运，这样作者可以将这一评价巧妙地融入作品思想主题的揭示中。对于阿克罗伊德来说，造成王尔德和查特顿悲剧的原因在于守旧、狭隘和封闭的"英国性"。通过对他们人生悲剧的历史书写，作者旨在引起当代人对传统的"英国性"进行反思。他坚持认为，英国文化应是开放和包容的，积极同其它文化进行交流和对话，因为"不同文化之间的人们是展

---

① ［英］彼得·阿克罗伊德：《一个唯美主义者的遗言》，方柏林译，译林出版社 2004 年版，第 181 页。

② ［英］彼得·阿克罗伊德：《一个唯美主义者的遗言》，方柏林译，第 76 页。

开对话，达成相互理解，还是维持互相误解的状况，不同的选择就会产生不同的结果"①。在《一个唯美主义者的遗言》中，阿克罗伊德笔下的王尔德对维多利亚时代的批判是多元的，既剖析了消费文化下膨胀的欲望，又揭示出机械时代人们的虚伪、无情和冷漠，还抨击了狭隘的"英国性"。

可见，阿克罗伊德不是简单讲述王尔德的凄美经历，而是旨在阐明"英国性"应是一个不断吸收其他文化的杂糅过程。他曾多次强调这一点，认为杂糅是英国文学、英国绘画、英国音乐、英语语言和文化的一个最重要特征。阿克罗伊德的这一思想对任何民族文化的形成都有重要启示和历史意义。

第二节 《查特顿》

阿克罗伊德的另一部传记小说《查特顿》（*Chatterton*，1987）取材于英国18世纪少年天才查特顿（Thomas Chatterton，1752—1770）。在这部小说中，所有叙事都围绕查特顿展开，并使他成为连结不同世纪作家和艺术家的桥梁。在创作方法上，阿克罗伊德充分运用了现实主义和浪漫主义相结合的杂糅技巧，在叙述查特顿的身世和创作经历时采用历史叙事，在描写查特顿之死和他的影响时运用大胆的虚构和想象，使整部作品既有历史的厚重又有艺术的轻灵与唯美。

众所周知，查特顿既被认为是一个天才，又曾被视为一个剽窃者，还是英国浪漫主义的伟大先驱。据历史记载，查特顿是：

---

① 姚君伟：《论赛珍珠跨文化写作的对话性》，《外语研究》2011年第4期。

第二章　传记小说与跨界叙事

18世纪英国哥特文艺复兴运动的主要诗人，英国最年轻的老练诗作作者及浪漫主义的先驱。幼年聪慧，10岁能诗。11岁时作田园诗《埃利努尔和朱佳》，诡称15世纪作品。此后又写有一些诗篇，假托是15世纪一名为罗利的修士所作。后来去伦敦，打算以讽刺作品震撼全城一举成名。滑稽歌剧《报复》虽为他带来一些收入，但一个有希望的赞助人的去世使其希望破灭。此时写下了他最感伤的一部"罗利"诗。虽然实际上在忍受着饥饿，但他拒绝朋友们所给的食物。1770年8月24日夜，在寓所服砒霜自尽，年仅18岁。他去世后却成名。[①]

查特顿生于英国西部港口城市布里斯托尔并在那里长大。父亲是一位贫寒的教师，也是一个古文物研究者和旧货收藏者，在查特顿出生前便已离世。查特顿和母亲相依为命，小时候只在一个免费的学校读过几年书，并曾跟一位在教堂里当司事的叔叔生活了一段时间。他从小敏感，想象力丰富，《圣经》和《仙后》培养了他的阅读兴趣和能力。同时，教堂的生活经历激发了他想象15世纪僧侣的生活情形，并把对中世纪的幻想用文学形式表现出来，开创了"古典想象"（antiquarian imagination）的英国文学传统。后来，查特顿声称他在布里斯托尔的圣玛丽·雷德克利夫教堂后面的一间屋子里发现了15世纪的布里斯托尔僧侣诗人托马斯·罗利（Thomas Rowley）的诗歌。他把它们交给一名律师看，后者认为这是真正的15世纪作品，使头卜来。这大大激励了渴望成功的查特顿，于是，他声称发掘出更多的"罗利诗篇"。事实上，这些诗歌都是查特顿模仿罗利的诗歌所作，其中最优秀的仿作是他在1768年间所写，时年不足16岁。查特顿的作品里有一些田园诗，其清新的文风、独特的立意引起批评界关注。在1769年，查特顿寄给贺拉斯·沃波尔（Horace Walpole，1717—1797）几首他写的"罗利诗篇"，沃波尔很欣赏这些诗作，真以为这是15世纪的作品，因为这些诗歌的确有中世纪诗歌的魅力。后来沃波尔把这些诗拿给英国著名诗人托马斯·

[①] 美国不列颠百科全书公司：《不列颠百科全书》（国际中文版修订版第4卷），中国大百科全书出版社2007年版，第92页。

格雷（Thomas Gray, 1716—1771）看，格雷却断定其为伪作，于是沃波尔把诗退还给查特顿。1770年，年轻的查特顿来到伦敦，决心靠自己的努力和实力成为一名伟大的作家，然而，未能如愿以偿。他在伦敦举目无亲，穷愁潦倒，5个月后，陷入极度贫困之中，但因不愿向人借钱或乞讨，在绝望中写下一首告别诗后便服毒自杀。查特顿的超常才华使他早年就声名鹊起，但最终又过早地陨落，留给世人的印象是在英国画家亨利·沃利斯（Henry Wallis, 1830—1916）以小说家乔治·梅瑞狄斯（George Meredith, 1828—1909）为模特所作的油画《查特顿之死》（*The Death of Chatterton*, 1856）中的形象，即年轻的查特顿服毒后陈尸在凌乱不堪的床上的情形。有学者认为查特顿是"天才的诗人，极善于模仿。他虽然运用了15世纪的英语词汇，但他的诗歌节奏和观点却相当现代化。他可以被看作英国浪漫主义诗人的先驱者之一"①。

当然，查特顿作品的价值后来得到认可，并被尊为英国浪漫主义诗人的先驱之一。几乎所有重要的浪漫主义诗人都曾以不同的方式表示对他的钦佩，在他们的心目中查特顿是一名英雄。例如布莱克深受其影响，始终表示对他的敬慕。华兹华斯在诗歌《决心与独立》（*Resolution and Independence*, 1807）中写道："我想起查特顿，非凡的少年，怀着自尊而泯灭的失败者。"② 这成为描写查特顿的名句，至少已

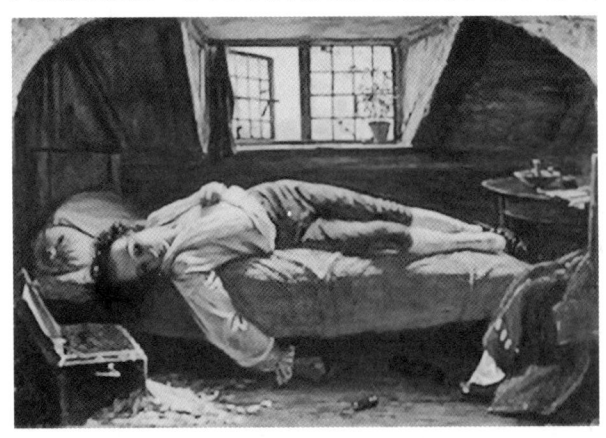

(Above *The Death of Chatterton* by Henry Wallis, Birmingham version, for which George Meredith posed in 1856)

---

① 李赋宁：《英国文学论述文集》，外语教学与研究出版社1996年版，第196—197页。
② William Wordsworth, *Lyrical Ballads and Other Poems*, London: Wordsworth Editions Limited, 2003, p. 177.

有两本查特顿传记借用"非凡的少年"("The Marvelous Boy")作为书名。柯勒律治为他写了一首挽歌《哀查特顿之死》（*Monody on the Death of Chatterton*, 1790），为他的遭遇鸣不平，痛惜他过早夭折。柯勒律治对此诗十分重视，并不断加以修改，足见他对查特顿的惋惜和仰慕之情。罗伯特·骚塞（Robert Southey，1774—1843）也为他的作品编著了全集。约翰·济兹（John Keats，1795—1821）也在其诗《致查特顿》（*To Chatterton*, 1814）中伤悼查特顿的"悲惨命运"，希望世上的好人会保护他的名誉。济慈深受其影响，并"把长诗《恩底弥翁》（*Endymion*, 1818）题献给他"①，认为查特顿是最纯粹的英国作家，尤其喜欢他作品的本土语言。此外，雪莱在《阿多尼斯》（*Adonais*, 1821）中也赞扬了查特顿，拜伦、司各特和罗塞蒂（Dante Gabriel Rossetti）等都对他称颂备至。法国浪漫派作家也将其视为典范。

　　查特顿的多重身份及其演变过程使得阿克罗伊德对其所蕴含的历史文化背景产生浓厚兴趣。一方面，阿克罗伊德从这一演变过程中看到以查特顿为代表的英国作家身份的流动性和"英国性"的构建性特征，认为查特顿的多元身份反映出不同历史时期人们对他的不同认识和评价，他最终的"英国浪漫主义诗人先驱之一"身份的确立是历史演变的结果。另一方面，阿克罗伊德还发现了查特顿身上所具有的典型的"英国性"特质，如模仿、尚古情怀、古典想象力等，认为他同乔叟、莎士比亚和狄更斯一样也是承上启下的作家，影响了不同时代的作家和艺术家，将自己纳入到英国文学传统之中，并且已幻化成一种源远流长的英国精神，成为"英国性"的象征。

　　在《查特顿》中，阿克罗伊德在运用现实主义叙事手法讲述查特顿生平的同时还能充分发挥浪漫想象，不仅丰富和增强了小说的叙事艺术，而且更有利于表达主题。虽然作者以查特顿这一真实的历史人物为支柱，但对虚构人物的刻画，对查特顿之死的阐释，都闪耀着浪漫光华，增强了丰富的写意成分。正是由于这些虚构成分的加入，《查特顿》往往被评论界定性为"元小说"。持这种观点的

---

① 常耀信：《英国文学通史》（第1卷），南开大学出版社2010年版，第639页。

学者认为，这部小说旨在强调不可能有创新天才，文学史和历史都是剽窃。因此，阿克罗伊德设想出查特顿之死的多种解释：一是传统的观点，认为查特顿因造假被揭发而自杀。二是他的死纯系伪造，目的是隐姓埋名，以便继续借其他诗人之名进行创作，因为现代诗人查尔斯·威奇武德（Charles Wychwood）在一家古董店发现一幅画，并在教堂里发现一些手稿。画里的肖像是查特顿中年时的模样，手稿是查特顿写的回忆录。在回忆录中查特顿说，他的自杀现场是伪造的，目的是继续行骗。查尔斯的这一重大发现引起批评界高度关注，于是，他决心撰写一部关于查特顿的传记。三是依查特顿本人所说，为了治病他误服了超量的砒霜和鸦片才中毒身亡。四是约翰逊的儿子可以证明查特顿是自杀身亡，因为那些被查尔斯发现的画和回忆录事实上是他伪造的。

纵观以上原因，将《查特顿》解读为元小说似乎不无道理。不可否认，《查特顿》的确包含元小说元素，特别是作者对查特顿之死的大胆猜测和设想。但是，是否因此就将其归类为元小说还需斟酌，因为阿克罗伊德并不完全赞同后现代创作观。例如，他不认为"历史叙事和文学叙事本质上都是虚构的，历史叙事是扩展的隐喻象征结构，其话语是比喻性的，历史修撰风格、历史的情节编排与文学没有多大差别"①。因此，阿克罗伊德的小说叙事和后现代一些元小说叙事有根本差别。事实上，细读文本会发现，在《查特顿》中，阿克罗伊德无意颠覆历史，更无意盲目追随后现代主义创作模式，和他创作的传记作品以及历史小说一样，通过历史书写探讨"英国性"才是这部小说的核心。对此，阿克罗伊德曾明确表示过：

> 如果查特顿认为过去和过去的语言是可以复活的，那么，在此意义上，他是正确的。通过运用15世纪那种充满激情的节奏和华丽的词汇进行写作，查特顿超越了他生活其中的那个对想象力极力抑制的时代。他既不是牛顿，也不是洛克，他是一个能借助神话和传说了解现实世界的预言家。这就是为什么他

---

① ［美］海登·怀特：《后现代历史叙事学》，陈永国、张成娟译，中国社会科学出版社2003年版，第170—171页。

倍受威廉·布莱克敬佩的原因。①

阿克罗伊德认为，查特顿不只是抗拒抑制想象力的理性时代的一个典型例子，更重要的是，他具有深远的历史意义：

> 在复兴，或者可以说在实际创造中世纪的文学中，查特顿是在恢复一种传统，即佩夫斯纳（Nikolaus Pevsner，1902—1983）在《英国艺术的英国性》（*The Englishness of English Art*，1956）中所描述的一种英国人不可或缺的情感。几百年来英国的艺术家和作家一直运用杂糅的历史风格作为理解过去的一种方式。这与一些所谓的"后现代"叙述没有关系；相反，它只与这个民族的传统历史意识相联系。我们距查特顿这个能在自己身上发现过去存在的"了不起的男孩"的时代已经很远，但事实上，他可以被视为是一个可以恢复和重建历史的伟大天才。②

在这段话中，阿克罗伊德明确肯定了查特顿对"英国性"的贡献：一是他在复兴中世纪文学的同时也恢复了一种民族传统——古今杂糅的历史风格。二是运用想象恢复和重建历史，实现了过去与现在的联系。因此，阿克罗伊德说："这不是一个简单的回忆过去的问题，而是要认识到'过去'就是我们从现在之中所能了解到的'过去'或'过去'就在现在之中：如果我的作品有一个中心目的的话，那就是通过思考所有这些潜在的力量来恢复当代世界的真面目"。③ 在此，阿克罗伊德旨在强调，虽然他每部作品的主题各有侧重，但是它们共同关注的问题是现在与过去的神秘联系，共同表现一个宏大的民族主题，即"英国性"。例如，在谈到小说《英国音乐》时阿克罗伊德曾说："所有单独的主题结合在一起后就会变得更

---

① Wright, Thomas, ed., *Peter Ackroyd, The Collection: Journalism, Reviews, Essays, Short Stories, Lectures*, London: Vintage, 2002, pp. 392-393.
② Wright, Thomas, ed., *Peter Ackroyd, The Collection: Journalism, Reviews, Essays, Short Stories, Lectures*, p. 393.
③ Wright, Thomas, ed., *Peter Ackroyd, The Collection: Journalism, Reviews, Essays, Short Stories, Lectures*, p. 384.

强大、更深远，父亲和儿子的故事只是更大故事的一部分，这个大故事就是构成一个民族历史和文化的每一代人的故事。"① 据此，把《查特顿》和其它后现代主义历史小说不加区别地归为元小说失之偏颇，因为它与元小说有根本区别，在这部作品中作者不是想解构历史，相反，而是旨在通过查特顿这一人物的特殊经历表现过去与现在的联系，探讨英国文化传统和查特顿身上所具有的典型的英国特性。

阿克罗伊德发现，查特顿表现出的一个重要的"英国性"特质是许多经典作家都曾表现出的"尚古情怀"。查特顿对古籍的热爱已达到痴迷的程度，不仅喜欢阅读古书，甚至会吞食其中的书页。阿克罗伊德认为，查特顿之所以对中世纪文学有浓厚兴趣主要有两种原因。其一，源于对其父亲的特殊情感。他继承了父亲对古籍的激情，把对古籍的研究视为其父亲的无形存在，甚至认为"过去本身就是他父亲"②。过去赋予查特顿以灵感和激情，他曾说："我要创造一个奇迹，我要让过去再现。"③ 其二，根据阿克罗伊德的推断，查特顿也曾受到珀西（Thomas Percy）的著作《古英语诗歌遗迹》(*Reliques of Ancient English Poetry*, 1765) 的启发。查特顿善于从各种古典作品中获得创作灵感，这一特有的"尚古情怀"特质影响了一代代作家和艺术家，"像传说中所说的亚瑟王没有死并将重返人间一样，查特顿也将永远活在后代诗人和小说家的作品中"④。因此，在《查特顿》中，作者通过对小说结构进行精心设置，巧妙地阐明"尚古情怀"的传统是如何在不同时代作家和艺术家的共同努力下得以传承，并借此充分传达出这一"英国性"特质的"建构性"特征。

在阿克罗伊德看来，"英国性"不是越擦越薄的羊皮纸，而是不

---

① Wright, Thomas, ed., *Peter Ackroyd, The Collection: Journalism, Reviews, Essays, Short Stories, Lectures*, p. 385.
② Peter Ackroyd, *Albionn: The Origins of the English Imagination*, New York: Random House, 2004, p. 440.
③ Peter Ackroyd, *Chatterton*, London: Hamish Hamilton, 1987, p. 83.
④ Peter Ackroyd, *Albionn: The Origins of the English Imagination*, New York: Random House, 2004, p. 444.

同时期人们共同建构起来的历史叠层，如同地表下面的化石地层一样。于是，在小说中，他采用不同叙事媒介以表明这一观点。例如，《查特顿》的开篇对多德花园的象征性描述暗示伦敦这座城市本身就是历史的叠层，是不同时代的人们共同建构的结果。作者借助查尔斯的视角观察到：

> 壁柱以缩小的比例仿制18世纪建筑的正面设计，铁制的小阳台，有一些新涂过漆，另一些锈迹斑斑；门窗上的山墙破旧不堪，几乎辨认不出；造型奇特的扇形窗也因日久变色，不能透光；精致的粉刷也有不同程度的损坏，有的木材已经腐烂，石头也被损坏。这就是多德花园，伦敦W14 8QT。[1]

作者对查尔斯在伦敦西区住处的描写也是一种隐喻，具有同样的象征意义，强调了同样的思想。如小说中是这样描写的：

> 查尔斯一家住在伦敦西区一所住宅的三楼。它曾经是一处较华丽的维多利亚家庭住宅，但在60年代已被改建成一些小楼房。然而，某些原始的风格已被保留下来，特别是楼梯，虽然一些木板正在下垂，并且许多栏杆也已破损，但是它依然在楼层与楼层之间形成优雅的弧线。[2]

和多德花园一样，这座建筑也是经由不同时期人们整修的结果，也同时承载着过去和现在。除此之外，在小说中，作者还通过两幅画表现这一思想。一幅是中年查特顿的肖像，"有许多层次，……是在不同时期画的，包含几个不同画像的重叠痕迹"[3]，因此这幅画本身也形成一种叠层。另一幅画是沃利斯的《查特顿之死》。虽然这幅画不是直接形式意义上的重叠，然而在隐喻的层面上它同样可以说是历史的叠层，因为作者在小说中有意强调这幅画不是一次完成，是

---

[1] Peter Ackroyd, *Chatterton*, London: Hamish Hamilton, 1987, p. 7.
[2] Peter Ackroyd, *Chatterton*, London: Hamish Hamilton, 1987, p. 13.
[3] Peter Ackroyd, *Chatterton*, p. 205.

在不同地点，如沃利斯的画室和查特顿的房间，并由梅瑞狄斯多次模仿查特的顿姿势才完成，是数次努力合成的结果，同样体现出逐渐构建的特征。事实上，阿克罗伊德曾在一次采访中表明，伦敦这座城市本身就是一个历史叠层，就像它的地质一样层叠有致，过去、现在和未来相互融合。

为了更好地传达小说主题，阿克罗伊德对《查特顿》的叙事结构进行了独具匠心的构思，让小说中生活在不同世纪的人物多次相遇或联系在一起，使整个小说的叙事时间和空间跨度都相当大，囊括了三个世纪的宏阔而复杂的社会生活。具体而言，作者采用了网状结构，即一种多条矛盾、多条线索，纵横交错而又相互制约的结构，通过让三条不同叙事线索共存，使叙述在三个不同的历史时空之间自由转换和巧妙交织。第一条叙事线用第一人称和第三人称相结合的方式讲述查特顿的人生经历。第二条叙事线讲述19世纪艺术家沃利斯如何以小说家梅瑞狄斯为模特创作油画《查特顿之死》的故事。第三条叙事线讲的是20世纪80年代的故事，围绕作家查尔斯展开。一天，查尔斯在一家古董店发现了一幅肖像，并认定它是查特顿中年时的模样。查尔斯认为他发现了关于查特顿的最大秘密，于是，怀着极大的兴趣和热情对其进行研究和考证。然而，由于他身患绝症，不久离世，最后他的同学兼好友菲利普继承了他的研究。这种复调叙事的方法让三个世纪的人物时而分离、时而相聚，既有利于表现过去与现在的联系，又有利于传达源远流长的"英国性"主题。

阿克罗伊德不仅设计出三条叙事线而且还将其和场景叙事相结合，充分利用写意之笔，使小说形成相当强烈的画面感，既适应了表达主题的内在要求，又体现出绚丽的美学色彩。作品中一个个蕴涵深意的画面激起读者无限想象和阅读欲望，彰显出作者独到的叙事策略：将纷繁复杂的历史事件浓缩于瞬间，以富有视觉感染力的画面表明观点。具体而言，阿克罗伊德主要通过突破传统时空观将三个世纪生活的广阔内容移植到查特顿的故事中，让读者看到一幅纷繁复杂、古今交融的动感画面。小说中的人物虽然生活在不同世纪，但作者多次描述他们相遇的场景，让他们自由穿越时空，让历史形成叠层。另外，作者还往往把画面和梦境、幻想联系在一起，为小说增添了一层朦胧感和神秘感，构成一种虚景，更引人深思。丹尼斯·狄德罗（Denis Didero，1713—1784）曾说："作品需简单明了。因此，不需要加任何闲散的形象，无谓的点缀。主题只因是一个。"① 在叙事的构图上，《查特顿》也具有狄德罗所说的这种简约绘画风格，寥寥几笔就勾勒出一幅幅古今交融的画面意境。

《查特顿》虽然由许多画面构成，但是，这些画面的风格并不单调类同，有实景、也有利用梦境、幻想等写意手法所构成的虚景，实景和虚景的交融使其呈现出多种美学色彩，取得了其他叙事手法难以达到的效果。例如，在20世纪的叙事线中，小说一开始，作者就引入一个实景的画面，让读者看到现代小诗人查尔斯在莱诺古董店（Leno Antiques）偶然发现的一幅油画：

> 这是一幅人物肖像画：画中人的坐姿很随意，但查尔斯注意到他紧握着的左手放在大腿上的几页手稿上面，右手犹豫不决地停留在一个上面放有四卷书籍的小桌子上空，似乎想要熄灭书籍旁摇曳的蜡烛。他穿着一件深蓝色的外套和一件开领白色衬衫，宽大的领子翻在大衣外。这种穿着看上去太浪漫，对于一个已经进入中年的男人来说似乎还显得有点太年轻。白色的短发两边分开，露出高高的额头，鼻子短而扁，嘴巴很大，但查尔斯特别注意到他的眼睛似乎有与众不同的颜色，因此使画中人有一种滑稽甚至不安的表情，然而他的面容令人感觉熟悉。②

查尔斯一看到这幅画就为之着迷，因为觉得画中人很熟悉，于是他迫不及待地用他本想卖掉的两本旧书换下这幅画。得到这幅画后，他很激动，因为后来好友菲利普和他一致认为画中的男人颇像人到中年的查特顿，因此查尔斯做出一个大胆设想，即"查特顿的自杀

---

① ［法］丹尼斯·狄德罗：《绘画论》，载伍蠡甫主编《西方文论选》（上），上海译文出版社1979年版，第386页。

② Peter Ackroyd, *Chatterton*, London：Hamish Hamilton, 1987, p. 11.

是伪造的"①。自此之后，在小说中，作者让查尔斯和查特顿多次以各种方式直接或间接地联系在一起，构成一幅幅过去与现在相联系的画面。

随着情节的展开，阿克罗伊德又用写意之笔绘出另一幅虚拟画面。例如有一次，当查尔斯坐在一个小公园喷泉池旁时，由于头痛病突然发作便晕倒在地上，于是产生了幻觉：

（这时一陈风起，树枝在查尔斯头顶摇晃，褐色的树叶飘落满地。当查尔斯醒来时，发现树叶已被卷走，一个红头发的年轻人站在他旁边，正聚精会神地注视着他，一只手放在查尔斯手臂上，好像刚才一直在照料他。）

年轻人说："你生病了吗？"

查尔斯回答说，"可能是吧。"这时查尔斯想站起来。

年轻人说："先别起。先别起。我会再来看你的。先别起"。

（查尔斯不知道该说什么，然而当他再抬头看时，年轻人已经消失。②

在这一画面中，作者通过查尔斯的幻觉让他和查特顿第一次相见。这段虚景描写生动逼真，耐人寻味，也为后来画面的再次出现埋下伏笔和做好铺垫。接下来，作者再次运用写意画面把查尔斯和查特顿间接地联系在一起。例如，在医院时，临终之前，查尔斯想象自己正躺在布鲁克街寓所里查特顿临死时躺的那张床上："他看到了查特顿房间的一切：敞开着的阁楼窗户，窗台上枯萎的玫瑰，放在椅子上的紫色大衣，小红木餐桌上熄灭的蜡烛。"③

阿克罗伊德将查特顿和查尔斯联系起来的意图可以通过小说中其它场景和情节描写得到阐释。通过研读文本不难发现，查特顿的"尚古情怀"和古典想象的特质在查尔斯身上得到了很好的再现和延续，从某种程度上可以说，查尔斯就像是活在20世纪的查特顿。查

---

① Peter Ackroyd, *Chatterton*, London: Hamish Hamilton, 1987, p.121.
② Peter Ackroyd, *Chatterton*, London: Hamish Hamilton, 1987, p.47.
③ Peter Ackroyd, *Chatterton*, p.169.

尔斯不仅继承了查特顿的尚古情怀和古典想象力,而且还继承了查特顿的一些嗜古怪癖。他们都有吃书页的习惯,例如,在查尔斯和朋友菲利普一起去布利斯托尔的路上,菲利普吃惊地发现,"查尔斯满意地环顾车厢里的其他人,然后从《远大前程》(*Great Expectations*,1860—1861)的一张书页中撕下一小片,揉成一个小团放进嘴里。这是他的一个老习惯:总想吃书页"①。除了在行为上继承了查特顿的习惯外,查尔斯还坚信"查特顿没有死,仍然活着"②。当查尔斯和儿子爱德华站在泰特美术馆里沃利斯所画的查特顿画像前时,查尔斯明确地表达了这样的信念。他说:"噢,不。那是梅瑞狄斯。他是模特儿。他是在扮演查特顿。……是的,查特顿没有死。"③ 查尔斯认为,查特顿是历史上最伟大的诗人,布莱克、雪莱和柯勒律治都得益于查特顿。查尔斯有时甚至把自己"查特顿化",例如在看查特顿画像时,他设想自己死时的模样正是查特顿在画面中的姿势,"他躺在那里,左手紧紧攥在胸前,右手垂在地板上"④。通过这些画面,阿克罗伊德旨在将生者与死者,过去与现在神奇地融为一体,使得查特顿身上所具有的"英国性"特质在查尔斯身上得到再现与传承。

在 19 世纪的叙事线中,阿克罗伊德也通过描述一些特殊画面将查特顿和 19 世纪作家梅瑞狄斯、画家沃利斯通过同样方式联系在一起。沃利斯要以梅瑞狄斯为模特儿创作一幅油画《查特顿之死》。沃利斯的创作热情和对查特顿的兴趣不亚于在 20 世纪的叙事线中查尔斯对查特顿的痴迷。沃利斯从一位熟人彼得·特兰特(Peter Tranter)那里获知一位叫奥斯汀·丹尼尔(Austin Daniel)的布景画师住在查特顿当年自杀的那幢房子里,于是他便请特兰特立刻去拜访丹尼尔,请求他让沃利斯借用那个房间作画,丹尼尔答应了他的请求。为了使画像能取得逼真效果,沃利斯精心布置和还原了那所房间里的布局。例如,他故意在地上撒一些碎纸片,并对梅瑞狄斯说,

---

① Peter Ackroyd, *Chatterton*, pp. 48 – 49.
② Peter Ackroyd, *Chatterton*, p. 59.
③ Peter Ackroyd, *Chatterton*, London:Hamish Hamilton, 1987, p. 132.
④ Peter Ackroyd, *Chatterton*, p. 132.

"根据历史记载,在查特顿的尸体旁发现了一些撕碎的手稿。我很高兴你能欣赏我为求得逼真效果所做的这些努力"①。在小说中,作者详细地描写了沃利斯的这些努力:

> 沃利斯从床下拖出一个破旧的木箱。……他打开盖子,里面什么都没有,于是将其装满手稿,然后走到对面的角落里,观察眼前的情景,认为还不够完美。……然后沃利斯动作敏捷地走向梅瑞狄斯,俯过他身体把窗户打开。十一月的寒风立刻吹进房间。随后他把一个小木椅挪动了几英寸,并把自己的外套随手放在上面。他又走过去把刚才那个木箱放在靠墙处,然后走到屋子的一角。梅瑞狄斯一直怀着极大的兴趣注视着沃利斯的这些举动。②

沃利斯对这所房间的精心布局永远定格在了他所创作的那幅《查特顿之死》的油画中。他说:"我很高兴我们来到了这里。这是查特顿的房间,是他睡过的床,是伦敦的阳光。乔治,没有什么能比这些更真实了。"③ 在此,作者又一次通过这间屋子和画像让生者和死者合二为一。例如梅瑞狄斯告诉沃利斯说:"我将成为查特顿,而不再是梅瑞狄斯。"④ 梅瑞狄斯的预言是对的,因为虽然画像中的人是他,但这幅画永远被认为是查特顿,梅瑞狄斯也通过查特顿变得不朽,因为他永远定格在这幅画像中,而查特顿也通过梅瑞狄斯得到永生,死者与生者、过去和现在再次融合。事实上,为了强调这一思想,在小说中,作者还通过梦境使梅瑞狄斯和查特顿两次相遇。例如梅瑞狄斯对沃利斯说:"亨利,我告诉过你我前天晚上梦到查特顿了吗?我梦到我在一个旧楼梯上和他相遇。这意味着什么呢?我相信楼梯是一种象征。是你说过吗?楼梯是时间的象征。"⑤ 这正是阿克罗伊德想表达的观点,他始终坚信,一些建筑

---

① Peter Ackroyd, *Chatterton*, p. 137.
② Peter Ackroyd, *Chatterton*, pp. 137 - 138.
③ Peter Ackroyd, *Chatterton*, p. 139.
④ Peter Ackroyd, *Chatterton*, p. 133.
⑤ Peter Ackroyd, *Chatterton*, London: Hamish Hamilton, 1987, p. 139.

本身就承载着历史，古老的楼梯也一样，是历史的见证，承载着过去和现在。如伍尔夫所说："凡是作家都会在用过的东西上留下印记，与其他人相比，他们的这种印记更难消失。"① 在小说中，查特顿的房间也一样，虽然人去无踪，正如承载着历史印记的楼梯一样，查特顿在这所房间里也留下了无法抹去的历史印记。因此，阿克罗伊德认为，这是为什么沃利斯可以从中获得在别处难以获得的创作灵感和激情的原因。沃利斯的努力使查特顿的形象流传至今，和查特顿一样，通过想象和艺术创造，再现了一个历史时期，让过去得以复现。

在作者所描绘的众多画面中，最复杂、最厚重和最浪漫的一幅画出现在小说结尾章节中。阿克罗伊德让跨越四个世纪的人物和情景出现在同一个时空之中。作者仅仅用寥寥数笔，粗线条地勾画出故事发生的地点，其余大量的篇幅都是查特顿个人在梦境中的意识活动。小说中写道，当试图治愈性病时，查特顿服用了致命剂量的砒霜和鸦片酊，于是在临死前做了一个梦：

> 查特顿梦到自己，沿着两边为深渊和洞穴的狭窄画廊壁架飞翔。教堂中殿是用石头铺成的宽敞地面，俯瞰底下，他看到自己曾经模仿过的秃顶和尚托马斯·罗利正举着手向他打招呼，他们远距离地彼此凝视着对方。……后来查特顿飞落下来，当沿着一个旧石楼梯往下走时，碰到一个正在上楼梯的年轻人。查特顿不停地走，也不停地穿过那个年轻人，而且那个年轻人还给他看左手拿着的一个木偶。后来查特顿又来到一个因头疼而低着头的年轻人旁边，他背后有一个喷泉……最后，两个年轻人——他之前在楼梯上碰到的那个年轻人和低着头坐在喷泉旁的年轻人——都走近他，默默地站在他身旁。查特顿告诉他们，他会永生。他们手拉着手，朝向太阳鞠躬。②

这一画面描写的是，查特顿在临死前梦到自己又回到圣玛丽·雷德

---

① [英]弗吉尼亚·伍尔夫：《伦敦风景》，译林出版社2010年版，第32页。
② Peter Ackroyd, *Chatterton*, London: Hamish Hamilton, 1987, pp. 233-234.

克利夫教堂，在那里看到了梅瑞狄斯、查尔斯和罗利和尚。四个历史时代的人物在同一时空相聚有重要寓意，不仅强调过去与现在的神秘联系，而且再次强调了"英国性"传统。阿克罗伊德采用的是典型的"艾略特式"或"英国式"结尾：让死者复活，过去永远在场。例如他曾说：

> 死去诗人的灵魂会以梦的形式在生者面前显现。赫里克（Robert Herrick，1591—1674）看到过阿那克里翁（Anacreon，c582 B.C.—485 B.C.），荷马（Homer）曾出现在查普曼（George Chapman，1559—1634）的梦中，布莱克曾见到过密尔顿，查特顿曾出现在汤普森（Francis Thompson，1859—1907）面前，并救了他，使他放弃了自杀的念头。乔叟和高尔（John Gower，1330—1408）都曾显现于格林（Robert Greene，1558—1592）面前，并安慰这位莎士比亚的竞争对手。哈代看到过华兹华斯的灵魂独自在剑桥国王学院礼拜堂徘徊、游荡，同时，在剑桥，华兹华斯也曾被弥尔顿和斯宾塞所感动。[①]

在《查特顿》中，作者有意采用这种方法，让生者与死者、不同时代的作家之间形成内在联系，以便更好地强调英国文学史中这一"英国性"传统。

阿克罗伊德把三条叙事线索融合在一起的叙事策略不仅使小说文本有了层次感，而且还使它们形成呼应和共鸣，从而更好地传达出作者的意图："英国性"由于不同时代的人们共同努力才得以源远流长。值得注意的是，在《查特顿》中，有的画面重复出现，如查尔斯的幻影和查特顿的梦境都发生在喷泉旁，且惊人的相似，梅瑞狄斯和查特顿也从各自视角讲述了同样的梦。这种重复叙事策略不仅在修辞效果上形成前后共鸣，而且也起到了强调主题的作用，更有利于凸显过去与现在的神秘联系、互文和相互影响。

通过分析这些画面可以看出，阿克罗伊德做到了一个小说家

---

① Peter Ackroyd, *Albion: The Origins of the English Imagination*, New York: Random House, 2004, pp. 57 – 58.

"用笔达到画家用笔所达到的效果"①，使作品同时具有了诗和画的魅力。因此，《查特顿》尽管构图元素简单，但它所承载的内容却具有立体感和层次感，不仅可以制造悬念，而且可以产生"画有形而意无穷"的美学效果。

虽然阿克罗伊德对于查特顿之死的构思与史书中的史料有一定距离，但是他没有歪曲历史，而是通过高度艺术加工让合理的文学想象填补了史实的空白，让小说更具文学魅力，因为"历史小说，无论是传统的还是后现代的，首先属于文学，然后才属于历史"②。亚里士多德在谈论历史学家和诗人的不同时也曾说："两者的差别在于，一个是叙述已经发生的事，一个是描述可能发生的事。因此，诗比历史更富于哲学性，更值得认真关注。因为诗所描述的是普遍性的事件，而历史讲述的是个别事件。"③ 由此可以说，文学和历史的主要差别在于，文学不必拘泥于历史细节，可以根据史料发挥想象，创造出可能存在的历史。当然，这种想象应是基于历史事实的合理想象，否则也不能被归为历史小说。事实上，在《查特顿》中，"阿克罗伊德对历史人物和历史事件进行如此这般的构建并非毫无依据，文学界和史学界早有关于查特顿服药意外死亡的假设和推断"④。在《查特顿》史料的选择方面，像在其他历史小说中一样，阿克罗伊德主要以史实构筑主要框架，并在此基础上进行虚构题材的填充。

一般认为，好的历史小说往往是历史精神与当代意识交融的结果。黑格尔曾希望历史学能够讨论民族性的精神特征，借暂时的人表现永久的人。阿克罗伊德的历史小说显然不纯粹为发远古之幽思，而是通过暂时的人表现永恒和不朽。例如作者让查特顿在一首歌中这样唱道："我的诗行是古代的遗迹；将会像影子一样伴随后代人。

---

① ［意］莱昂纳多·达芬奇：《笔记》，载伍蠡甫主编《西方文论选》（下），上海译文出版社1979年版，第183页。
② 赵文书：《再论后现代历史小说的社会意义——以华美历史小说为例》，《当代外国文学》，2012年第2期。
③ ［希腊］亚里士多德：《诗学》，郝久新译，九州出版社2006年版，第35页。
④ 曹莉：《历史尚未终结——论当代英国历史小说的走向》，《外国文学评论》2005年第3期。

让我的歌像我的幻想一样明亮；像未来一样成为永恒。"①

在阿克罗伊德的笔下，查特顿的形象并不仅仅为把历史内容还给历史，为表现历史而去描绘历史人物，而是有着更深刻的寓意。在阿克罗伊德看来，查特顿不只是一位作家形象，而已成为一种意识、一种精神，一个集过去和现在于一体的化身和符号，是"英国性"的象征。例如，借助评论雅克·布莱恩特（Jacob Bryant, 1715—1804）著作，他赞扬了查特顿的才华和成就，指出布莱恩特的《评托马斯·罗利的诗：诗的真实性》（*Observations Upon the Poems of Thomas Rowley: in which the Authenticity of those Poems is Ascertained*, 1781）想论证的是，这些诗是发自内心的强烈情感，不可能是伪造，如果我们认为人心是一个能容纳灵感和历史记忆的博大精深器官的话，这个结论现在仍然站得住脚，查特顿创作了许多优美的中世纪诗歌，"查特顿的诗歌语言对柯勒律治和济慈的作品产生了重大影响。只有蠢才会相信这些诗只是仿作。它们是真正的创作，如果天才可以被定义为一个能够改变语言本质的人的话，那么查特顿有权享此殊荣"②。

阿克罗伊德坚信，查特顿身上所体现出的"英国性"特质将世代流传，像亚瑟王一样，他将永远同后代诗人和小说家同在或融为一体。在作品中，作者曾在多处暗示过这一思想，例如当查尔斯死后，他的儿子爱德华独自一人再去看和父亲生前一起看过的查特顿油画时，阿克罗伊德又一次用写意之笔描写道：

> 爱德华之前没有仔细看过躺在床上的人，但是现在，当他再看的时候，他不由得惊讶地后退：他看到父亲躺在那里，正向他伸出手。爱德华走上前去，托起父亲的手。他想父亲可能要说话，但看到他不能抬头，只是微笑。然后这一画面就消失了。爱德华眨了眨眼睛，尽力不让自己哭。他僵硬地站在那里，片刻之后，意识到他正在凝视玻璃中反射出的自己的脸，同时

---

① Peter Ackroyd, *Chatterton*, London: Hamish Hamilton, 1987, pp. 216-217.
② Peter Ackroyd, *Albion: The Origins of the English Imagination*, New York: Random House, 2004, p. 444.

也看到父亲的脸，于是爱德华笑了，他又见到了父亲，父亲会一直和他在一起，在画中，他将永生。①

通过爱德华的视角，阿克罗伊德让查尔斯、查特顿和爱德华三人融为一体，使过去与现在又一次获得神秘交织。后来，当查尔斯死后，作者在菲利普和查尔斯的妻子维维恩的谈话中进一步强调了这一思想：

> 菲利普似乎在盯着远处，但事实上他正在凝视查尔斯曾坐过的那把椅子……仍然能感觉到他的存在……信念很重要。虽然查尔斯发现的手稿和油画都是仿作，但它们在他内心所激发的情感比任何真实的东西都重要。他温柔地说："你知道，我们没必要非得忘记。我们可以坚守这一信仰。"他看着维维恩笑了。"重要的是查尔斯的想象，我们可以继续保持。那不是幻觉，想象力是永恒的。……现在，通过运用查尔斯的理论，我觉得我也许能创作我的小说了。我必须用我自己的方式讲述查特顿为何会不朽。"②

显然，菲利普想让维维恩明白，查尔斯虽然已离世，但和查特顿一样，他的精神与影响还在，他将继承查尔斯的研究。阿克罗伊德借菲利普之口阐明了一个重要思想——虽然查尔斯发现的手稿和画都不是真的，但是它们能激发作家和艺术家的真实情感，并且通过历史演变和各代人的努力可以成为民族情感，小说中的查尔斯、沃利斯和菲利普都拥有这种情感。这说明，查特顿虽然早已成为古人，但是他的想象力和激情将永远影响着生者，并最终演变为"英国性"的一部分。这些表明，阿克罗伊德旨在通过描写不同时代作家和艺术家对查特顿本人及其作品表现出的极大兴趣和热情指出，"英国性"是每一时代作家共同努力所形成的传统。

阿克罗伊德认为查特顿对古人作品的模仿是"尚古情怀"的很

---

① Peter Ackroyd, *Chatterton*, London: Hamish Hamilton, 1987, pp. 229-230.
② Peter Ackroyd, *Chatterton*, London: Hamish Hamilton, 1987, pp. 231-232.

好体现，因此，他是"一位可以恢复和重建历史的伟大天才"①，是浪漫主义文学的先驱和"英国性"的象征。这是在小说的结尾，作者通过运用绘画叙事手法，让不同世纪的人超越时空界限同框出现，让生者与死者同时在场的根本原因。类似这样的结尾模式在作者其他的小说中得到多次重复和强调，决定了作品的内在结构和意义内核，不容忽略。

第三节 《伦敦的兰姆一家》

阿克罗伊德的多数伦敦小说遵循了他在《伦敦传》中所提及的创作模式：通过重写相关事件或人物的文本、话语和叙事，重新演绎这座城市的过去。《伦敦的兰姆一家》很好地代表了这种创作方法和过程。它既刻画了英国著名作家查尔斯·兰姆（Charles Lamb）、玛丽·兰姆（Mary Lamb）、威廉·亨利·爱尔兰（William Henry Ireland）等几位主要人物，又涉及理查德·布林斯利·谢利丹（Richard Brinsley Sheridan，1751—1816）、德·昆西（Thomas De Quincey，1785—1859）等几个著名文学人物，并让他们与小说中虚构的人物共存，生动地再现了一幅英国摄政时期的伦敦社会图景。小说主要围绕两个故事展开：一个是关于伪造，另一个是关于谋杀。在第一个故事中，威廉·亨利·爱尔兰为赢得父亲认可，伪造了莎士比亚的作品，最终被揭穿。第二个故事聚焦英国著名散文家查尔斯·兰姆和姐姐玛丽·兰姆，以他们的母亲被玛丽谋杀而告终。和第一个故事中的爱尔兰一样，兰姆和玛丽也喜欢莎士比亚并编写了散文版《莎士比亚戏剧故事》（1807）。因此，莎士比亚是将两个故事联系在一起的桥梁。可见，在阿克罗伊德的作品中，他往往能运用不同的媒介将多条叙事线和人物神奇地联系在一起。

作为一部传记小说，《伦敦的兰姆一家》一方面有生命书写的纪实性特征，另一方面又有小说的虚构性，也是典型的跨文体创作。

---

① Wright, Thomas, ed., *Peter Ackroyd, The Collection: Journalism, Reviews, Essays, Short Stories, Lectures*, London: Vintage, 2002, p. 393.

第二章 传记小说与跨界叙事

通过梳理传记小说发展史可以发现,许多传记小说有一个共同特征,即为了明确作品的文类,作家往往在小说的前言、注解或后记中强调该文本是小说。例如:

> 莱纳德·埃利希(Leonard Ehrlich)在《上帝愤怒的人》(*God's Angry Man*,1932)的注(author's note)中说:"这部作品是一部小说,不是传记或历史"……罗伯特·格雷夫斯(Robert Graves)在《弥尔顿先生之妻》(*Wives to Mr. Milton*,1962)的前言(foreword)中指出"这本书是一部小说,不是传记"。乔治·加勒特(George Garrett)在对《狐狸之死》(*Death of the Fox*,1971)的注(note)中说:"这是一部虚构的作品,它不是沃尔特·罗利爵士(Sir Walter Ralegh)的传记。在《一个虚构的生活》(*An Imaginary Life*,1978)的后记(afterfowd)中大卫·马洛夫(David Malouf)说,他"想写的既不是历史小说,也不是传记,不过是小说"[1]。

在一些传记小说家看来,与读者签订"文类契约"很有必要。一方面,可以避免不必要的责难和追究,另一方面,标明文本兼具传记和小说特征,可以让读者明白该书是虚实结合的混杂文体。一般而言,"传记小说的'文类契约'明确而具体,分布于小说的标题、前言与文后致谢之中。从内容与功能角度而言,这三处的内容大致相当于一篇新闻稿的标题、导语和主体,或者相当于一篇学术论文的标题、摘要和正文"[2]。

阿克罗伊德在《伦敦的兰姆一家》的前言题记中也采用了"文类契约"的方法声明:"这不是一本传记,而是一部小说。我虚构了一些人物,为了宏大叙事目的,我还对兰姆一家的生活进行了改编。"[3]虽然作者声言虚构了一些人物,且对兰姆一家的生活做了改

---

[1] Michael Lackey, *Biographical Fiction: A Reader*, New York: Bloomsbury Academic, 2017, p. 2.

[2] 蔡志全:《英美传记小说的文类困境与突围——以戴维·洛奇传记小说为例》,《现代传记研究》2019年第1期。

[3] Peter Ackroyd, *The Lambs of London*, London: Vintage, 2005.

编，但依然与纯虚构小说不同。小说中的许多材料取材于历史事实，主要故事情节都有文献依据，不是作者的完全杜撰。重要的是，作者能够通过运用小说技巧，把这些历史材料进行加工改造，将历史与想象高度融合。作者虚构的内容主要包括那些历史记载中没有的内容或一些次要人物，旨在对已有材料进行补充，而不是解构原有历史记载。这是传记小说中的虚构与其他完全虚构小说的根本不同之处，是有一定限制和底线的虚构，而不是随意的戏说或杜撰。作为一名严肃作家，阿克罗伊德往往是在大量掌握相关资料信息的基础上，通过合理"推断"和认真分析来进行创作，始终以历史事实为依据，因此他的传记小说厚重而迷人。在《伦敦的兰姆一家》中阿克罗伊德有意让传记与小说保持文类平衡。一方面，力求达到叙事的真实性，例如小说中多次提到历史上真实具体的事件和人物。另一方面，通过虚构、拼贴、混杂等多种小说叙事技巧，凸显作品"小说"的文类特征，以增强艺术感染力。

历史上的兰姆一家人曾引起人们极大兴趣。兰姆出生于伦敦，父亲曾是内殿律师学院一名律师的书记员。由于家境贫寒，虽然嗜书如命，但是14岁就辍学，随后在南海公司做书记员。1792年至1825年在东印度公司工作。1796年姐姐玛丽由于精神病突然发作用一把餐刀杀死了母亲。姐姐的极端行为与她当时的处境有很大关系。为了赡养年迈的父亲，姐姐被迫从事裁缝的苦差事。因此，她感到很压抑，情绪极不稳定，剧烈波动，有时无法抑制，有时感到倦怠。正如凯西·沃森（Kathy Watson）所言，如果姐姐活在今天，将被诊断为躁狂抑郁症，并接受药物治疗以便抑制其过激行为。然而，在她所生活的时代，那些症状往往被忽视。后来，为了照顾姐姐，兰姆终生未婚，自19世纪初开始从事文学创作活动，他的早期作品没有引起评论界的太多赞誉，但是后来他和姐姐合作的《莎士比亚戏剧故事》（1807）和他本人的《伊利亚随笔》让他获得很高的声誉。兰姆不仅喜欢读书，还喜欢交朋友，同当时许多文学家结下了友谊，如华兹华斯、骚塞、德·昆西、威廉·戈德温、哈兹里特、李·亨特等。1834年，兰姆死于严重摔伤，姐姐玛丽一直活到1847年。同阿克罗伊德一样，兰姆对伦敦有深厚情感。因此，他的随笔谈论的大多是伦敦的人和事,"写法则是力求亲切,幽默中有伤感,嘲弄别人,更嘲弄自己,对不幸者则充满了同情,……常做文字游戏,爱好双关语、引语、典故……"①。重要的是,兰姆能把这些方法融合为一,彰显出其高度敏感和独特的个性。这些风格,都被阿克罗伊德创造性地运用在自己的作品中。

阿克罗伊德在对兰姆的描写中插入许多个人情感。他和兰姆对伦敦的共同喜爱使得伦敦在这部小说中同样扮演着至关重要的角色。两人对伦敦的由衷热爱,将他们紧密地联系在一起,甚至有学者认为兰姆几乎可以说是阿克罗伊德的先祖,因为兰姆的生活爱好、写作风格都被阿克罗伊德继承和发展。例如,他们都喜欢喝酒,爱闲逛伦敦,在伦敦的街道上漫步,观看川流不息的人群,《伦敦人》(*The Londoner*,1802)是最能表现两人相似的文章。例如,兰姆在这篇文章中写道:"一群快乐的面孔簇拥在德鲁里巷剧院(Drury Lane theatre)的一楼门前……让我万分快乐,远远胜过那些布满阿卡迪亚(Arcadia)或埃普索姆(Epsom Downs)愚蠢的羊群给予我的快乐。"② 这段话完美地捕捉到了兰姆的伦敦情结。另外,在一篇致华兹华斯的信函中,兰姆同样表达了自己对伦敦的喜爱:

> 我的日子是全在伦敦过的,爱上了许多本地东西,爱得强烈,恐非你们这些山人同死的大自然的关系可比。河滨路和舰队街上铺子的灯火,各行各业的从业者和顾客,载客和运货的大小马车,戏园子,考文特花园一带的忙乱和邪恶,城中的风尘女;更夫,醉汉,怪声的拉拉鼓叫;你如不睡,就会发现城市也没睡,不管在夜晚什么时刻;舰队街不会让你感到片刻沉闷;那人群,那尘土、泥浆,那照在屋子和人行道上的阳光,图片店,旧书店,在书摊上讨价还价的牧师,咖啡店,厨房里飘出来的汤味,演哑剧的人——伦敦本身是一大哑剧,一大化装舞会——所有这一切都深入我心,滋养了我,怎样也不会叫

---

① 王佐良:《英国文学史》,商务印书馆2019年版,第277页。
② Barry Lewis, *My Words Echo Thus*: *Possessing the Past in Peter Ackroyd*, Columbia: University of South Carolina Press, 2007, p.139.

我厌腻。这些景物给我一种神奇感，使我夜行于拥挤的街道上，站在河滨的人群里，由于感到有这样丰富的生活而流下泪来。这种感情可能会使你们感到奇怪，正同你们对乡野感情使我觉得奇怪。"①

阿克罗伊德对兰姆的姐姐玛丽的描写采用了较为悲观的叙事话语和基调，旨在让叙事语法更适合这一人物性格和命运结局。例如，在小说一开始玛丽就流露出阴郁的情绪，她边说着"我讨厌马身上散发出的臭气。这座城市是一个大厕所"②，边走到窗前，轻轻地抚摸着她裙子上褪了色的花边。然后作者借用小说的全知叙述者评论说："那是一件旧衣服，她毫不尴尬地穿在身上，仿佛她选择穿什么都无关紧要。……客厅里没有人和她在一起，所以她仰着脸面对着太阳。由于皮肤上有六年前染上天花后留下的疤痕，于是她把脸对着阳光，把它想象成布满坑坑洼洼的月亮。"③ 随着情节的发展，读者了解到，玛丽不喜欢母亲，母亲的爱打听和过分警惕对她来说是一种敌意。作为一名女性，在那个时代她无法享受到良好教育，心情抑郁，有时会因为一块烤面包被烧焦而对母亲大吼大叫，或在夜游时重新摆放餐具。后来，在1796年9月，她和母亲为了一把茶壶发生争执，并最终用一把叉子将其母亲刺死，"兰姆夫人成了这座城市固有暴力的牺牲品"④。

虽然兰姆一家真实的故事本身已经足够吸引读者，但是阿克罗伊德通过历史想象重写的故事更加迷人和引人深思。他提供了玛丽杀害母亲的另一个版本，通过推测和虚构从一个全新的视角重写历史。为了达到这一目的，他故意为小说叙事增加了犯罪情节：兰姆从酒吧回家的路上被抢劫，两名受人尊敬的牧师性侵了一名扫马路的黑人男孩。当然，小说中最重要的两个犯罪是，爱尔兰对莎士比亚作品的伪造行为，玛丽杀死了自己的母亲。此外，小说中还提到

---

① 王佐良：《英国文学史》，商务印书馆2019年版，第276—277页。
② Peter Ackroyd, *The Lambs of London*, London: Vintage, 2005, p. 1.
③ Peter Ackroyd, *The Lambs of London*, p. 1.
④ Barry Lewis, *My Words Echo Thus: Possessing the Past in Peter Ackroyd*, Columbia: University of South Carolina Press, 2007, p. 139.

最近在伦敦的犯罪新闻报道。例如查尔斯在给姐姐朗读报纸时开玩笑地告诉她说："城市是死亡的地方，我最近读到最早的城市是建立在墓地上的。"① 但是他没有意识到这让她那过于敏感和本来不稳定的心境更加不安。围绕兰姆一家紧张而不安的氛围，阿克罗伊德将伦敦塑造成一个错综复杂的犯罪叙事网，由此引发出一种充满暴力、谋杀和邪恶的环境对身体、社会和情感所造成的无处不在的窒息氛围。通过连接两个历史事件，即玛丽的弑母（其真实情况依然是一个历史之谜）。和爱尔兰的相对完整记载的文学伪造，阿克罗伊德创作了新的重写文本，尝试对两种犯罪事实提供多种可能的和准确的历史叙述。

在构思小说时，阿克罗伊德充分利用了一个历史事实：很少有人知道玛丽谋杀母亲的真相是什么，因为所有涉及人员有意保守任何关于玛丽的行为和心理健康状况的信息，甚至公开记录也没有明确记载玛丽如何摆脱了严重的法律后果。由于没有关于1796年9月22日这个致命的下午之前的任何可靠证据，所以为各种各样的推测留下了想象空间。这些推测只围绕一些仅有的可靠事实，因此，不能完全解释到底什么促使这位温和而顺从的女儿做出暴力举动。在历史记录中，兰姆的父亲死于1799年，而在阿克罗伊德的小说中，约翰·兰姆在"妻子被杀后几个月就去世了"②。更重要的是，作者让玛丽早在1804年就过逝，先于她的弟弟兰姆。阿克罗伊德只忠于两个历史事实：一是兄妹两人合作创作了《莎士比亚戏剧故事》，二是他们葬在同一个教堂墓地。然而，在历史记录中，《莎士比亚戏剧故事》是在1807年完成的。坟墓也不是在小说中所说的在霍尔本的圣·安德鲁（St Andrew），而是在埃德蒙顿的万圣教堂墓地。此外，在小说中，阿克罗伊德让德·昆西分享谋杀案对兰姆和他姐姐的精神所造成的影响。历史中的兰姆和德·昆西的确彼此非常了解，但他真正的"文学"知己是他一生的挚友塞缪尔·泰勒·柯勒律治（Samuel Taylor Coleridge），而他在小说中从未被提及。因此，阿克罗伊德对玛丽弑母一案的虚构演绎是基于事实、猜测、幻想和想象

---

① Peter Ackroyd, *The Lambs of London*, London: Vintage, 2005, p.193.
② Peter Ackroyd, *The Lambs of London*, London: Vintage, 2005, p.210.

的奇特混合，这些混合的动机既是为了让故事更有趣味性和具有可读性，又旨在引出一些引发争议的时代问题。因此，他有意改变历史实事，让德·昆西年长了几岁，让爱尔兰年轻了几岁，让玛丽用烤叉而不是菜刀刺杀了母亲。阿克罗伊德还改变了谋杀发生时兰姆一家的住址，从历史中的小女王街（Little Queen Street）移到垃圾堆街（Laystall Street），他甚至删去了一位家庭成员——约翰·兰姆的姐姐萨拉·兰姆（Sarah Lamb），当时谋杀发生时她也在场。关于兰姆家族背景的其它方面，《伦敦的兰姆一家》也采用事实和虚构结合的叙事方式，作者主要选择一些有助于重构导致犯罪的事实。因此，将阿克罗伊德的小说与那些利用同时代记录和证据试图揭开这个谋杀之谜的研究进行比较既有趣又引人深思。

然而，这些改写或猜测中最重要的是让爱尔兰与兰姆和玛丽相识，这一情节设置并没有历史依据。小说中的爱尔兰和玛丽之所以被彼此吸引，是因为他们的性格和生活状况相似：他们都聪明、体贴、敏感、渴望知识、爱学习，但由于不同原因，都是孤独者，被周围的人忽视和低估。因此，他们都梦想能从刻板习俗、偏见和虚伪的压抑生活中解脱出来。阿克罗伊德让缺乏安全感、但又野心勃勃、性格内向的爱尔兰成为玛丽的密友，让他把玛丽当作知己，并与她分享他新"发现"的秘密。轻信的玛丽很快就对这位善于思考的年轻人产生了特别的好感，为他辩护，不相信他的欺骗行为。她不愿听信弟弟的话，因为弟弟逐渐对这个年轻人的诚信产生了怀疑，同意德·昆西的说法，认为"爱尔兰伪造感情，就像他伪造语言一样"①，并警告她爱尔兰的动机可能并不真诚和可信。当最终发现爱尔兰手稿的真正来源和欺骗行为时，她的精神状态变得更加脆弱和不稳定。

阿克罗伊德在小说中暗示了爱尔兰可能是导致玛丽痛苦的决定性因素。由于玛丽和爱尔兰之间已发展为一种亲密的，近乎恋爱的关系，因此她把他对伪造的坦白视为对他们相互信任、相互理解、几乎是亲密精神和灵魂纽带的最终背叛，她感觉到失去他之后的强

---

① Peter Ackroyd, *The Lambs of London*, London: Vintage, 2005, p. 183.

烈失落感，但是又异常高兴，因为突然摆脱了所有责任和习俗，可以"从生活中解脱出来了"①，仅仅几个小时后就犯了谋杀罪。玛丽的行为特征表明她患有某种心理障碍，最大的可能是躁狂抑郁症。然而，她的情况在那个时代并不罕见，例如戈德史密斯（Goldsmith）、柯勒律治、沃斯通克拉夫特（Wollstonecraft）、布莱克和雪莱夫妇等都疑似患有类似的精神障碍。然而，这些人无论多么独特和古怪，没有一个人的行为触犯法律底线。问题的关键在于，是什么让这样一个胆小而宽容的年轻女子变得如此暴怒而不能自控。仅仅是因为遗传因素？还是一些外部因素导致了她暂时的致命失控呢？因此，阿克罗伊德为玛丽的谋杀设想了一些个人和社会原因，例如玛丽对母亲的愤怒和失望、难以应对的家庭责任，压抑的情感和欲望，被剥夺的教育权利，家族遗传精神病等，这些都是阿克罗伊德所说的宏大叙事目的，隐含着作者强烈的社会责任感。

在故事前言题记中，阿克罗伊德声明，为了更宏大的叙事改写了兰姆一家的生活，虽然他没有说如何改写威廉·亨利·爱尔兰（William Henry Ireland）一家，但是在小说中他以相似的方式改写了他们的命运。同样，事件的基本事实框架也得到了保留。历史中的威廉·亨利·爱尔兰是一个被忽视和低估的年轻男孩，迫切渴望赢得父亲的关爱和尊重。父亲塞缪尔·爱尔兰（Samuel Ireland）是一个固执、自负而野心勃勃的作家、古董收藏家、莎士比亚的狂热崇拜者，并渴望得到这位伟大作家的收藏品。因此，为了讨好父亲和取得成功，威廉伪造了一些莎士比亚文稿，比如一份签过名的契约，一封情书，几首诗和一部全新的戏剧《沃蒂根》（Vortigen），甚至被谢里丹在德鲁里（Drury Lane）巷上演。虽然这部剧在某些地方是对莎士比亚其他戏剧中的人物和场景的拙劣模仿，但这个少年伪造者在短短六周内就写出了他的第一部戏剧，几乎和他的模仿对象一样快，一样流畅，而且没有草稿。就像玛丽和兰姆的故事一样，这个故事既悲情又有趣，笼罩在神秘的气氛之中，伪造品的巨大成功令人难以置信，伪造者的家世也很神秘。因为虽然那些伪造作品是

---

① Peter Ackroyd, *The Lambs of London*, p. 204.

由一位年轻人在短短几个月内所创作,伪造者对于英国文学和历史仅有肤浅的知识,并且在父亲眼里还是一位受教育程度低的傻瓜,缺乏父亲的智慧和成熟,然而"许多文人和学者,包括塞缪尔·帕尔(Samuel Parr)、约瑟夫·沃顿(Joseph Warton)、谢里丹、埃德蒙·伯克(Edmund Burke)和詹姆斯·鲍斯韦尔(James Boswell)等都认为那些'莎士比亚文稿'是真品"[1]。

事实上,历史中关于威廉的个人身世有许多不确定性,是一个谜,因为他本人也无法确定将他抚养长大的塞缪尔和弗里曼太太(Mrs. Freeman)两个人是不是他的亲生父母,虽然他一再询问他父亲,但是他从来没有得到任何明确答复。弗里曼太太是一个令人讨厌的,甚至恶毒的女人,塞缪尔对待她就像对待佣人一样,一直没有和她结婚。塞缪尔对儿子也缺乏热情和兴趣,这深深地困扰着威廉,并在他心中激起一种想要取悦父亲,赢得他的关注和认可的强烈欲望。然而,不管他的伪造有多成功,他都没能实现他的愿望,因为,父亲是一个机会主义者,感兴趣的不是儿子,而是他自己的名誉和利润,因此不顾儿子的劝告展览和发表了那些文稿。在临终之前,即使儿子自己都供认后,他也拒绝相信那些"珍贵"的文稿是由他那愚笨、无能、孩子气的儿子所创作。

在《伦敦的兰姆一家》中,阿克罗伊德充分利用了历史中玛丽和威廉两起犯罪事件几乎同时发生的事实,以及两位主角因类似的社会和个人状况而遭受的痛苦和挫折。此外,小说中塞缪尔·爱尔兰的个性和性格以及他与儿子威廉·爱尔兰的关系也与历史中的人物相似。然而,就像对待兰姆一家一样,阿克罗伊德为小说故事对历史中的威廉·亨利·爱尔兰一家所做的改写从根本上改变了现存的历史记录。首先,家庭成员发生了改变:在小说中,与塞缪尔一起生活的是狭隘的罗莎·庞廷,在爱尔兰的生母死后她与塞缪尔秘密结婚。在历史中,与塞缪尔一起生活的是受过良好教育而博学的弗里曼太太,一个有抱负的作家,有可能是威廉的亲生母亲。在小说中阿克罗伊德也从未提及威廉的两个姐姐。其次,小说中的爱尔

---

[1] Petr Chalupsky, *A Horror and a Beauty: The World of Peter Ackroyd's London Novels*, Prague: Karolinum Press, 2016, p. 264.

兰在他父亲的商店里做助手，历史中的威廉是一个法律代理人的学徒。阿克罗伊德笔下的爱尔兰在拜访莎士比亚出生地斯特拉特福德镇时没有感觉，而历史中的的威廉"因感觉沉浸在诗人呼吸过的空气中，走在诗人走过的地面上而感到狂喜，极大地促成了后续文稿的创作"[1]。阿克罗伊德还改写了神秘文稿发现者的性别，把历史中的 H. 先生，改变成一位不愿意透露姓名的寡妇。此外，小说中还有其他与历史不一样的情节设计。例如，历史中的威廉没有告诉他父亲自己的伪造，因为害怕父亲的反应，但是他向姐姐和弗里曼太太承认了。他在烧毁那些文稿时也没有把房子点着，而是偷偷搬了出去，有段时间家人也不知道他去了哪里。事实上，他很快就和一位女孩结了婚，而这一事件在阿克罗伊德的小说中也没有提及。虽然历史中的威廉确实建立了一个借阅图书馆，但它不在肯宁顿（Kennington），而是在肯辛顿花园（Kensington Gardens）附近，而且他几乎不可能像在小说中一样"把《莎士比亚戏剧故事》寄送给借阅者"[2]，因为这本书出版时，他已经不再经营图书馆。最重要的是，为了将玛丽和威廉的故事结合起来，阿克罗伊德必须改变历史事件发生的时间顺序，因为在历史中，谋杀发生在 9 月 22 日，但威廉已经在 5 月认罪，并于 6 月 4 日结婚。此外，他在 7 月底离开了伦敦，先去威尔士，然后在全国各地漫游，直到 10 月底才回到城里。凶案发生时他正在布里斯托尔拜访托马斯·查特顿的出生地。

阿克罗伊德对其他一些真实的历史人物在威廉伪造案中所扮演角色的处理也没有完全依据历史事实，虽然有些事实被保留，例如塞缪尔·帕尔博士（Dr. Samuel Parr）坚信文稿的真实性；谢里丹上演了《沃蒂根》；著名的演员兼经理约翰·菲利普·肯布尔（John Philip Kemble）的恶意表演严重影响了演出。然而，有些人物被删除了，比如詹姆斯·鲍斯韦尔、约瑟夫·沃尔顿博士和乔治·斯蒂文斯（George Stevens）（尽管调查委员会中有一个斯蒂文斯先生）。还有一些事实被改写了，最重要的一个变化是埃德蒙·马龙（Ed-

---

[1] Petr Chalupsky, *A Horror and a Beauty*: *The World of Peter Ackroyd's London Novels*, Prague: Karolinum Press, 2016, p. 266.

[2] Peter Ackroyd, *The Lambs of London*, London: Vintage, 2005, p. 216.

mond Malone）这一角色。他是当时最杰出的莎士比亚学者，在小说中他彻查了这些文稿，并宣布它们是真实的，然而历史中的"马龙从一开始就高度怀疑这些文稿的真实性，事实上，他也是三十年前第一个抨击查特顿诗歌的人之一"①。

比较以上两个历史事件可以发现，玛丽和威廉的迷人故事有诸多共同点：两人都被忽视和低估，由于缺乏父母之爱和尊重，背负着社会习俗和个人愿望无法实现的重负，都感到孤独、沮丧和绝望。此外，社会地位和后续的犯罪又把他们推上报纸的头版和公众舆论的中心，因此，他们的知识和文学抱负注定无法实现，但是这在某种程度上也使他们从过去生活的限制中解放出来。这两个故事很好地展示了城市如何可以轻易地造就和毁灭一个人，在提供机会方面它是多么慷慨，但在审判那些违法者时又是多么不可预测和无情。矛盾的是，尽管威廉的罪行不如玛丽的罪行严重，但他受到的惩罚要严重得多，被认为是"不可原谅的"，最终剥夺了他作为一名伦敦演员，剧作家和作家的机会，迫使他离开英国而去了法国。尽管他创作了60多部作品，却未能让他获得任何实质性的认可。威廉的结局为阿克罗伊德小说中的人物塑造提供了重要参考依据。

从隐喻层面上讲，小说中的爱尔兰也是一个牺牲品。他受到英国少年天才作家查特顿创作案例的启发，伪造了一些莎士比亚文献和作品。虽然他这样做的目的是取悦父亲，但是他的欺骗行为导致其与父亲更加疏远。爱尔兰的伪造是逐步展开的，从一开始较简单的模仿到最终在伦敦西区上演一部已失传的莎士比亚戏剧。最早的伪造品分别是一本书和一份契约上的签名。后者被著名学者埃德蒙·马龙证实为真迹，他被告知这些物品属于一位不愿透露姓名的赞助人。爱尔兰接下来的伪造更为大胆，甚至拿出一份遗嘱，帕尔和沃伯顿（Warburton）博士很高兴地认可了，因为这证实了他们的假设：莎士比亚不是天主教徒。此外，爱尔兰还自称发现了一些其他东西，包括之前不为人知的一首诗，甚至还有莎士比亚写给妻子安妮·海瑟薇（Anne Hathaway）的情书里夹着的诗人的一绺头发。

---

① Petr Chalupsky, *A Horror and a Beauty: The World of Peter Ackroyd's London Novels*, Prague: Karolinum Press, 2016, p. 267.

爱尔兰因发表与这些发现相关的文章而闻名，投机的父亲为了能得到更多经济实惠，在他的书店里建了一个莎士比亚展览馆，引来众多参观者，甚至包括艺术家托马斯·罗兰森（Thomas Rowlandso）和威尔士亲王（Prince of Wales），他们欣赏地注视着莎士比亚手中的李尔王手稿。当爱尔兰声称又发现了戏剧《沃蒂根》时，在谢里丹的帮助下，该剧在德鲁里巷上演，但是却以失败告终，"被观众的一片嘘声淹没"[1]，爱尔兰的伪造也随即败露。

如前所述，阿克罗伊德在创作时不仅经常与经典作家的作品构成互文关系，而且还让自己的作品之间形成互文。在《伦敦的兰姆一家》中，作者有意使其与他的早期小说《查特顿》形成呼应。例如爱尔兰的红头发、大胆而年轻的野心让人联想到年轻的查特顿，两人开始模仿他人创作时大约都是17岁。他们都痴迷过去，决心通过利用一切创作手段赢得世人赞誉。例如，有一次当爱尔兰与父亲争论，父亲说他太年轻，没有创作能力时，爱尔兰援引查特顿为自己辩护说："那你对年轻的弥尔顿或浦伯有什么话可说？查特顿死时才和我一样大。"[2] 后来德·昆西和兰姆在谈论爱尔兰是否在伪造莎士比亚的作品时，也引用了查特顿。德·昆西认为爱尔兰完全有模仿的天赋，认为"查特顿也做到了这一点。他甚至更年轻。这不是不可能"[3]。阿克罗伊德设计这些情节旨在有意强调两者之间的相似之处，似乎在自我模仿和重写之前的小说。然而，正如帕迪·布拉德（Paddy Bullard）指出的那样，这两部作品之间有根本区别。在《查特顿》中，伪造作品是为一个孤儿提供一种合法性，在《伦敦的兰姆一家》中，爱尔兰的伪造是迫使父亲"承认他的原创性"[4]。

在这部小说中，原创性问题对小说情节的发展至关重要，并主要体现在父子之间的斗争中。爱尔兰和父亲塞缪尔动机截然不同。父亲不像儿子那样有抱负、有野心，只想迅速获得经济利益和公众的尊重以满足其日益膨胀的自负和虚荣。相比之下，爱尔兰看似更

---

[1] Peter Ackroyd, *The Lambs of London*, London: Vintage, 2005, p.175.
[2] Peter Ackroyd, *The Lambs of London*, p.71.
[3] Peter Ackroyd, *The Lambs of London*, p.182.
[4] Paddy Bullard, "The Tragedy of Vortigern" *Times Literary Supplement*, July 30, 2004, p.19.

单纯、更天真，但是这掩盖了他内心的矛盾欲望，他既想满足和挑战父亲，又想青史留名。事实上，爱尔兰对莎士比亚的痴迷源于父亲的影响。塞缪尔本人是一个莎士比亚迷，并希望儿子也能分享他对莎士比亚的兴趣和崇敬。在一次去莎士比亚的出生地斯特拉特福德镇的旅途中，塞缪尔提到学术界错误地把一部戏剧归功于莎士比亚的话题。在对此事做出评价时，他无意中为儿子后来的伪造"丑闻"播下了种子，他对儿子说："他们太注重源头或原创。他们不去研究莎士比亚诗歌本身的伟大之处，而是去寻找莎士比亚可能模仿的原作。这是一种错误的学问。"[1] 这些话激发了爱尔兰模仿莎士比亚的原始冲动，因此，后来当威廉宣布自己的创作成果后，公众怀疑是塞缪尔伪造的。于是，一个由著名学者组成的委员会开始调查这件事，塞缪尔和马龙面临名誉扫地的危险，但此时爱尔兰挺身而出，承担起了一切罪名。

　　为了更好地表现人物之间的关系，阿克罗伊德还在小说中恰当运用了一些典故，其中一个来自莎士比亚的《仲夏夜之梦》（*A MIdsummer Night's Dream*，1596年），用它来暗喻爱尔兰和玛丽与剧中人物的相似处境。兰姆和玛丽对莎士比亚的钦佩使他们与爱尔兰有了密切联系。爱尔兰用一本有罗伯特·格林（Robert Greene）题字的《潘多斯图》（*Pandosto*，1588年）吸引了兰姆的注意力，因为它被认为是莎士比亚《冬天的故事》（*A Winter's Tale*，1611年）的来源。爱尔兰到莱斯托尔街（Laystall Street）给兰姆送书时认识了玛丽，相互之间产生了好感，后来便开始交往。对莎士比亚的共同热爱使他们相互吸引，但他们的爱情注定以不幸告终，因为玛丽的父母不赞成他们交往，于是他们便秘密来往。这一秘密关系在玛丽执导，兰姆等几位朋友共同排演的戏剧中得到暗示。他们要表演的那部剧取自莎士比亚的《仲夏夜之梦》中的剧中剧《皮拉姆斯和提斯柏的传说》（*The Legend of Pyramus and Thisbe*）[2]。在排练时，兰姆和他的朋友们分别扮演波顿（Bottom）、斯纳格（Snug）、昆斯（Quince）

---

[1] Peter Ackroyd, *The Lambs of London*, London: Vintage, 2005, p. 65.
[2] 该故事讲述的是一对巴比伦情侣皮拉姆斯和提斯柏悲剧故事，皮拉姆斯误以为提斯柏已死，于是自杀。提斯柏看到皮拉姆斯死后也自杀追随情人而去。

和其他几个角色。其中的一个情节是,一对恋人只能通过两人房间墙壁上的裂缝进行交流,这一情节暗示了爱尔兰和玛丽在户外的秘密约会。可见,作者让排演的剧本内容映射了小说本身的情节,就像它在莎士比亚戏剧中的作用一样。这部剧最终在霍克顿(Hoxton)疯人院上演,观众是玛丽和她的病友们。不幸的是,玛丽在演出期间突然死去,与剧中剧形成呼应。

另一个贯穿小说的典故来自《哈姆雷特》(*Hamlet*,1601年)。兰姆和玛丽小时候喜欢表演悲剧,"扮演奥菲莉亚的玛丽常会转身哭泣;而扮演哈姆雷特的兰姆会跺着脚怒目而视"①。儿时的表演影响了他们成年后的性格,玛丽经常抑郁,而兰姆则对她任性的感情感到恼火。在和爱尔兰一起去南华克区(Southwark)游玩期间掉进泰晤士河时玛丽落下水的样子颇似奥菲莉亚自杀的模样,"鼓起的红裙子像一朵花一样展开"②。最后,她也像奥菲莉亚一样发了疯。当妻子问痴呆的兰姆先生如何看待女儿时,他回答得很恰当:"天上刮着东北风。"③ 这句话显然戏仿的是哈姆雷特所说的"天上刮着西北风,我才发疯"④,以此暗示玛丽已经精神失常。

像其一贯的风格一样,除运用典故达到叙事目的外,阿克罗伊德在叙事中还采用了其它一些有利于表现人物和再现特定时代的手法。首先,他有时会适时采用批评家的笔法,在文本中嵌入评论,以便让不同人物对伦敦做出不同评价。例如爱尔兰说:"伦敦有探索不完的秘密。"⑤ 其次,为凸显时代特征,阿克罗伊德特别注重对伦敦的细节描写,增强了故事的可信度和时代感。例如小说中的人物在咖啡馆喝着咖啡,在酒吧里喝着"烈性啤酒",在街上吃着小牛肉馅饼,年轻女子的"摩洛哥式"发型,古文字学家戴的"牵牛花"尖顶帽等过去的风格或时尚都被作者一一再现出来。其中,对过去最明显的再现是作者精心描写的《沃蒂根》的表演,读者几乎可以

---

① Peter Ackroyd, *The Lambs of London*, London: Vintage, 2005, pp. 43 – 44.
② Peter Ackroyd, *The Lambs of London*, p. 134.
③ Peter Ackroyd, *The Lambs of London*, London: Vintage, 2005, p. 123.
④ William Shakespeare, *Hamlet*, Beijing: Foreign Languages Press, 1998, p. 372.
⑤ Peter Ackroyd, *The Lambs of London*, London: Vintage, 2005, p. 133.

听到"手工操作的月亮被绳索和滑轮吊到固定位置的声音"①，看到"戴着镶有粉色和蓝色羽毛的银头盔、披着胸甲、穿着方格呢裙的查尔斯·肯布尔（Charles Kemble）"②在后台等待表演古代英国国王的情景。另外，为了更好地再现历史人物性格特征，在小说中，阿克罗伊德还借用鉴兰姆《伊利亚随笔》的写作风格和内容，将其中的一些话题镶嵌在小说叙事之中，不仅使人物形象更加丰满和真实，而且能巧妙地表达叙事主题。例如，小说中提到的"基督教医院"（Christ's Hospital）、莱登荷街（Leadenhall Street）的东印度公司（East India House）和坦普尔教堂（Temple Church）等都源于《伊利亚散文集》。因此，在小说中兰姆的生平与其作品之间存在明显的互文关系。在小说结尾，作者还通过爱尔兰经营的图书馆暗示对兰姆姐弟俩文学成就的肯定："他在肯宁顿开了一家订阅图书馆。在寄给订阅者的图书中有兰姆和玛丽合著的《莎士比亚戏剧故事》。他再也没有提及自己模仿莎士比亚的经历"③。在此，阿克罗伊德对《莎士比亚戏剧故事》成就做出肯定评价，这与历史评价是相吻合的。

《伦敦的兰姆一家》的叙事艺术是阿克罗伊德所倡导的"传记和小说不应该被理解为独立的活动"这一创作理念的代表性作品，为探讨虚构或另类文学史的可能性提供了重要贡献。虽然当时兰姆一家极有可能会从报纸上了解到威廉的伪造行为，但这三个年轻人很可能从未见过面。通过将他们的命运结合在一起，阿克罗伊德为18世纪晚期和19世纪早期文学和学术界创造了一个新的创作模式。同时，通过重写他们的人生故事，阿克罗伊德又为重写伦敦做出重要贡献。诚然，过去永远不能被完全了解，因为有时缺乏可靠的证据，包含太多的秘密和空白。一方面，它诱使一些作家和学者创作出一些推测性的文本，进一步模糊原始事件，阻碍真相的后续披露。另一方面，它同样有可能吸引更多的人关注那些历史之谜。例如，阿克罗伊德认为，只用精神病学诊断不能完全满足对玛丽谋杀事件的令人信服的解释。

---

① Peter Ackroyd, *The Lambs of London*, London: Vintage, 2005, p.171.
② Peter Ackroyd, *The Lambs of London*, p.173.
③ Peter Ackroyd, *The Lambs of London*, London: Vintage, 2005, p.216.

第二章　传记小说与跨界叙事

在小说接近尾声的时候，德·昆西收到了兰姆的一封来信，信中详细描述了其家庭灾难。当最初的惊讶和悲伤过去后，德·昆西穿着衣服躺在床上，望着天花板惊呼："多美好的故事啊！"①《伦敦的兰姆一家》也可被称为是一个凄美的故事：一个关于弑母、造假丑闻和"爱的徒劳"的故事，为阿克罗伊德撰写《莎士比亚传》奠定了良好基础。这部小说也是阿克罗伊德通过糅合旧元素创造新事物这一创作技巧之典范。值得注意的是，这部小说又回到了他反复探讨的主题：伪造、仿作和剽窃。对阿克罗伊德来说，模仿是一种对前人敬慕的表现方式，而伪造是最真诚的模仿形式。因此，在阿克罗伊德看来，威廉的伪造也是英国文学传统的一部分。早在18世纪下半叶，人们就对伊丽莎白时代和中世纪文学的兴趣日益浓厚，尤其是对莎士比亚的生平和作品的兴趣。由于几乎没有人发现他的手稿，许多人相信还可以发现更多莎士比亚的作品。那也是一个著名的、成功的赝品盛行的时代，尤其是詹姆斯·麦克弗森（James MacPherson）在18世纪60年代早期创作的奥西恩（Ossian）诗歌和几年后查特顿创作的罗利诗歌。查特顿的故事激发了威廉的想象力，因为两个男孩的年龄和背景有惊人的相似性。另外，威廉认为查特顿和他一样是一个被埋没的天才，不同的是，他并没有选择伪造一些"遗失的"、出自不知名作家之手的那些鲜为人知的古代诗歌，而是伪造一些出自一位最受崇拜的文学大师之手的作品，这对于一个有抱负的年轻作家来说是非常大胆的举动。

《伦敦的兰姆一家》虽然可能无法帮助文学研究者解决关于玛丽的心理问题或解密威廉的身世，但它无疑有助于让众多读者对两个不幸的年轻人产生兴趣，因此，尽管只是虚构叙事，阿克罗伊德却让玛丽不再永远只在弟弟传记的脚注中被提到，让威廉不再永远活在查特顿的影子中。通过重写历史，阿克罗伊德不仅提出英国摄政时期许多引发深思的个人和社会问题，而且还使伦敦的文学样式更加丰富多彩和令人兴奋。

当代传记小说是传记与小说"联姻"的产物，是典型的跨文类

---

① Peter Ackroyd, *The Lambs of London*, London: Vintage, 2005, p. 209.

创作，也是"生命书写"（life writing）的一个重要分支，反映了新世纪以来英美文学虚实融汇混杂的后现代创作潮流。从文类的角度而言，传记小说当属"非虚构小说"，或当代广义"生命书写"的新模式、新类型，有时甚至被认为可与回忆录、自传、传记、日记等并列，"是历史小说的亚文类非虚构小说的分支，而非传记的下属分支"[①]。在《一个唯美主义者的遗言》《查特顿》和《伦敦的兰姆一家》这三部传记小说中，阿克罗伊德充分发挥传记小说的创作与表现优势，根据已有文献资料进行合理推测与想象，填充历史记录的空白，创造出一种兼容历史与虚构的"杂糅艺术形式"。为了使读者更好地阅读和理解作品，他充分发挥作者的主观能动性和权威，例如在《伦敦的兰姆一家》中，他通过利用题记这一副文本形式，让读者明确了作品的文类归属。同时，他还大胆采用各种小说创作手法与技巧，生动再现真实人物的生平与创作，在写实与虚构之间达到了微妙的文类平衡。因此，阅读阿克罗伊德的传记小说，有利于更好地理解英美传记小说的特征、发展历程与前景，也有助于重新审视文学虚构与历史纪实的复杂关系与内涵，探索虚实融合的叙事方式与限度，反思传记、回忆录等"生命书写"文类的本质与疆界。同时，传记小说还可以被视为传统传记的补充和完善，因为作者运用了多种小说表现手法，通过合理推测和虚构填补了文献记录的空白和裂隙，解决了传统传记无法完全表现历史人物所感、所思、所言等主观维度的难题。小说表现手法的运用，大大提高了传记小说的趣味性与可读性，不仅可以拥有更大的读者群体，而且也激发了读者进一步阅读传记小说"源本"的欲望。

[①] ZacharyLeader, "Introduction", inZachary Leader, ed. *On Life-Writing*, Oxford: Oxford University Press, 2015, p. 1.

第三章　侦探小说与非模式化叙事

阿克罗伊德的《霍克斯默》(*Hawksmoor*，1985) 和《丹·莱诺和莱姆豪斯的魔鬼》(*Dan Leno & The Limehouse Golem*，1994) 被归为两部侦探小说。侦探小说有时也被称为犯罪小说，主要包括以下一些特征：

(1) 似乎毫无破绽的刑事案件；(2) 旁证所指的遭误控的嫌疑犯；(3) 愚笨警察的拙劣工作；(4) 侦探更敏锐的观察力和更强的思维能力；(5) 令人惊奇和意想不到的结局，侦探告诉人们他如何查明谁是罪犯。[①]

埃德加·爱伦·坡 (Edgar Allan Poe) 是西方侦探小说的鼻祖，他创作的《莫格街谋杀案》(*The Murders in the Rue Morgue*，1841) 被认为是第一篇侦探小说。随后，坡还发表了另外几部侦探小说，如《马里·罗盖特的秘密》(*The Mystery of Marie Roget*，1845)、《金甲虫》(*The Gold Bug*，1843) 和《被窃的信件》(*The Purloined Letter*，1845)。此外，其他著名的侦探小说作品还有法国埃米尔·加博里奥 (Emile Gaboriau) 的《勒沪菊命案》(*L'Affaire Lerouge*，1866)；英国威尔基·科林斯 (Wilkie Collins，1824—1889) 的《白衣女人》(1859—1860)、《月亮宝石》(*The Moonstone*，1868)；美国 A. K. 格林 (Anna Katharine Green，1846—1935) 的《利文沃兹案件》(*The Leavenworth Case*，1878) 等。

[①] 美国不列颠百科全书公司：《不列颠百科全书》(国际中文版修订版 第5卷)，中国大百科全书出版社2007年版，第265页。

被誉为英国"侦探小说之父"的柯南·道尔在《福尔摩斯探案集》（Adventures of Sherlock Holmes, 1887—1927）中所塑造的福尔摩斯形象成为世界上最知名的虚构人物，"福尔摩斯探案故事的成功，使侦探小说迅速在西方兴起和流行，并走向成熟。福尔摩斯的侦探风格具有如此大的魅力，以至柯南道尔的逝世并没有结束福尔摩斯的侦探生涯，一些作家常常根据原作中提及的情节加以发挥，试图继承福尔摩斯的传统"[①]。自 20 世纪 20 年代以来又涌现出众多侦探小说作家，最具代表性的有"英国侦探女王"阿加莎·克里斯蒂（Agatha Christie, 1890—1976）、"硬汉派"侦探小说家达希尔·哈梅特（Dashiell Hammett, 1894—1961）和雷蒙德·钱德勒（Raymond Thornton Chandler, 1888—1959）等。与之前不同的是，这一时期有少数侦探小说家开始努力探索人类问题和社会现实。作为一名执着于经典的作家，阿克罗伊德善于吸收这些前辈作家的成就，他们的创作方法和叙事艺术在他的小说中得到创造性地继承和发展。在《霍克斯默》和《丹·莱诺和莱姆豪斯的魔鬼》两部小说中，阿克罗伊德在借用之前侦探小说叙事模式的同时，又能灵活运用传统叙事模式，将其与现代视野相结合并发挥个人叙事才能。重要的是，他注重通过描写犯罪探讨犯罪背后所潜藏的个人和社会问题，为作品增添了重要的现实主义色彩。阿克罗伊德在运用侦探小说叙事技巧，以案件发生和推理侦破过程为主要描写对象的同时，突破了传统侦探小说的模式化叙事和局限性，使叙事实现了从时间维度到空间维度、从平面到立体、从线性和时序到并置和拼贴的叙事方法的创造性转变，更表现出对人类生存问题和社会现实的关怀。

第一节 《霍克斯默》

阿克罗伊德始终认为，特定地方会对生活其中的人产生重要影

[①] 美国不列颠百科全书公司：《不列颠百科全书》（国际中文版修订版 第 5 卷），第 265 页。

响。他曾说:"有时人们认为,地方会影响人的思想,大地力量,即供我们立足的大地力量要比决定人类命运的天空力量更强大。……这当然是古人的智慧,但是,现代作者也已经注意到这一智慧在21世纪伦敦的不同区域依然起作用。"① 这段话再次验证了阿克罗伊德的"地方意识"及其对伦敦的重视和思考,并充分体现在《霍克斯默》的创作中。

在阿克罗伊德看来,伦敦一直是英国的文学和文化中心,对伦敦的历史书写可以实现他维护英国历史文化传统和情感的理想。然而,他发现,"伦敦是天使与魔鬼都想努力掌管的家园"②,因此,"英国性"具有"双面性"特征:既蕴含着民族的精华,如乔叟、莎士比亚和狄更斯等民族作家以及他们所开创的伟大传统,也不乏如《霍克斯默》中以戴尔(Nicholas Dyer)为代表的魔鬼信徒和邪恶传统。

阿克罗伊德相信"历史有回声",并声言能时刻体验到它的力量和在场。他曾说:"当我从圣·安妮·莱姆豪斯来到圣·乔治·沃平的时候,发现似乎每条街道都是一个混杂着现代人和古人声音的回音室。"③ 他指出,他所理解的历史,"不是指像挂毯或华丽的文本一样僵死的过去,而是指那些仍然影响我们的过去,因为这种过去

---

① Peter Ackroyd, *Albion: The Origins of the English Imagination*, New York: Random House, 2004, p. 70.
② Peter Ackroyd, *London: The Biography*, London: Chatto & Windus, 2000, p. 771.
③ Wright, Thomas, ed., *Peter Ackroyd, The Collection: Journalism, Reviews, Essays, Short Stories, Lectures*, London: Vintage, 2002, p. 378.

包含历史进程和时间本身的秘密"①。因此，他试图在《霍克斯默》中重现这种过去，即要以一种令人信服的方式重现过去。与其他作品不同的是，阿克罗伊德在《霍克斯默》中所重现的是一种"黑暗"的过去及其对现在的影响，表征的是"英国性"中的阴暗或邪恶传统，显示出作者自觉的民族意识和宏阔的胸襟。

从叙事艺术方面考查，《霍克斯默》是一部想象大胆、构思巧妙、叙事独特、语言功底深厚的佳作，曾荣获惠特布雷德小说奖（Whitbread Novel Award, 1985）和《卫报》小说奖（Guardian Fiction Prize, 1985），并被美国《纽约时报》评论家评为：

> 一部令人叹为观止的想象作品……机智，阴森而又构思巧妙。在凶杀和侦破小说越来越流于模式化和落入俗套之时，《霍克斯默》无疑是另辟蹊径，一枝独秀。《霍克斯默》有别于其他侦探小说的地方，不仅仅在于它的开篇几乎让所有的读者如堕五里雾中，或者它同时运用的古英文和现代英文，还有许多晦涩难懂的拉丁文，尤为特别的是这是一个原型人物身上派生出来的两个主人公，生活在不同的历史时期，有着不同的生活背景，性格信仰，但是却凭借着作者丰富的想象在小说中鲜活生动，呼之欲出。小说的背景是现实世界中发生的事件，人物也是现实世界的人物。②

以上这段评论足以证明阿克罗伊德小说的叙事魅力。在《霍克斯默》中，阿克罗伊德旨在表现地方承载着传统，现在生活中回荡着过往历史，过去依然影响现在。为了更好地表现这一主题，作者采用了侦探小说情节设置和叙事方式。因此，通过分析文本中蕴含着的一整套复杂而新颖的叙事结构和叙事技巧，可以了解作者更多的感情和心灵隐秘。

人们对于历史小说创作持不同观点。一种观点认为历史小说经

---

① Wright, Thomas, ed., *Peter Ackroyd, The Collection: Journalism, Reviews, Essays, Short Stories, Lectures*, p. 379.

② ［英］彼得·阿克罗伊德：《霍克斯默》，余珺珉译，译林出版社2002年版，第1页。

常受到历史真实的制约或限制。另一种观点认为:"如果没有虚构就没有历史小说,那么,没有大力虚构就没有现当代历史小说。"[①] 事实上,这两种观点不应被视为二元对立。一方面,任何严肃的历史小说创作都应以大量史实为基础,因此,难免会受历史真实的约束,否则就会失去作为历史小说的独特审美维度。另一方面,历史小说毕竟不是史书,更不能照抄历史,必须要有作者的主观意识和想象,理应具有文学作品的审美特性和艺术感染力。因此,缺少任何一方面都将不能被称为历史小说,过分强调任何一种倾向都会使历史小说失去应有的厚重、魅力和韵味。理想的历史小说虽有虚构成分,却依然能巧妙地展现历史风貌和时代精神,做到文史并重、虚实并存。这种虚实相融的杂糅叙事手法使历史小说和历史之间既有潜在联系,又有距离和不同的审美要素。许多评论家认为,处理好这种关系至关重要。阿克罗伊德对历史知识和想象力的娴熟驾驭和兼顾恰当地调和了这种关系,写出了一部部既有历史厚度又有艺术魅力的历史小说,《霍克斯默》是其中一例,与侦探叙事手法的结合,使其更加引人入胜。

《霍克斯默》在最大限度内实现了历史真实和艺术审美的有机融合,在历史和想象之间探索出一条既具有史实厚重感又不失艺术灵性的创作道路,是现实主义和浪漫主义的高度杂糅。一方面,阿克罗伊德强调历史小说创作必须尊重历史,他的多数历史小说都建立在历史基础之上,具有浓厚的历史感。另一方面,他同时强调历史真实与历史虚构的兼容。他的作品虽然依据历史,但不是史料的堆砌,而是作者通过想象把深厚扎实的史料升华为生动有趣的故事。因此,他的历史小说虽然取材于历史,但绝不是对这些历史事件和人物的简单复现和记录,而是通过巧妙处理使人物鲜活、丰满、使作品充满艺术魅力,洋溢着浓重的诗性色彩。例如,在《霍克斯默》中,读者既可以感受到沉郁厚重的历史身影,又可以发现空灵飘逸的想象画面,体现出作者在感知、体验和书写历史方面的独到功力。

[①] 马振方:《历史小说三论》,《北京大学学报》2004 年第 7 期。

（Above: Christopher Wren in a portrait by Godfrey Kneller, 1711, left）

在人物塑造方面，《霍克斯默》是历史真实和艺术真实高度而完美结合的典范，彰显出典型的英国文化杂糅特征。这部小说的主人公原型是英国17世纪的真实历史人物尼古拉斯·霍克斯默（Nicholas Hawksmoor, 1661—1736），即英国最杰出的建筑师之一，英国17世纪晚期至18世纪早期巴洛克建筑风格的领军人物。① 在18岁时，他的建筑天分被以设计圣·保罗（St Paul's Cathedral）大教堂而著名的建筑师克里斯托弗·雷恩（Christopher Wren, 1632—1723）② 发现，并将他留在身边，让他学习建筑。他进步很快。后来，

协助雷恩建造了伦敦圣保罗教堂（1711），协助J.范布勒建造了约克郡的霍华德堡（1699—1726）以及牛津郡的布伦海姆宫（1705—1716）。雷恩逝世（1723）后，他继任威斯敏斯特教堂的总建筑师，设计了西面的两座塔楼（1734—1745）。在此之前已负责设计了牛津大学内多座建筑。1711年10月他被任命为"50座新教堂建设委员会"两名总监督建筑师之一。任职期间还曾设计许多其他教堂，其中4座确立了他的巴罗克式建筑设计奇才的声誉，这4座教堂为：莱姆豪斯的圣安妮教堂

---

① The Buildings designed by Nicholas Hawksmoor mainly include: Easton Neston; Mausoleum Castle Howard; Christ Church, Spitalfields; St. George's, Bloomsbury; St. Mary Woolnoth; St. George in the East; St. Anne's Limehouse; St. Alfege Church, Greenwich; All Souls College, Oxford; The Queen's College, Oxford; West Towers of Westminster Abbey.

② Designer of 54 churches including St Paul's Cathedral, as well as many secular buildings of note in London after the Great Fire.

(1714—1730),东部圣乔治教堂(1714—1729),斯皮特尔菲尔兹的基督教堂(1714—1729),以及伍尔诺斯的圣马利亚教堂(1716—1724)。[1]

霍克斯默为英国教堂建筑做出重要贡献,他所负责建造的六所教堂被誉为"几近完美的建筑风格……充分展示了他渊博的知识背景和无与伦比的艺术风格。霍克斯默受到不同时期的建筑风格的影响和熏陶,他的设计以一种独特的风格见长,即使在强手如林的世界建筑界也堪称一枝独秀"[2]。

在小说中,阿克罗伊德借助大胆想象根据霍克斯默这一真实的历史人物虚构出两个生活在不同世纪的人物:尼古拉斯·戴尔(Nicholas Dyer)和霍克斯默。戴尔是17世纪的建筑师,霍克斯默是20世纪的探长。以这两个人物为中心,作者将小说分为17世纪和20世纪两条平行交叉叙事线索,让两个世纪的事件与人物交替出现,形成神秘联系与重复。在奇数章节中,作者主要描述戴尔在建造6座教堂时用活人祭祀的故事,在偶数章节中,描写霍克斯默探长在侦破数宗教堂谋杀案过程中挑战无形的黑暗力量的故事。在最后一章,霍克斯默和戴尔都来到永恒门前,并合二为一。这一结尾和《查特顿》的结尾形成互文,让不同世纪的人物相遇。

目前理论界对于《霍克斯默》的评论主要有三种观点。首先,一些评论家和学者,如阿德里安·兰格(Adriaan M. Lange)、奥涅加和吕克·赫尔曼(Luc Herman)等将其归为历史元小说。他们认为,这部小说的开放性结尾最符合元小说特征。兰格认为,洛奇对后现代小说的描述,如矛盾、断裂、置换、无度、无序(contradiction, discontinuity, permutation, excess, randomness)等特征都适用于《霍克斯默》。兰格还对这部小说的结尾做出三种解释:第一,有无数个结尾,因为在兰格看来,整个文本并不是一个自我封闭的文本,具有无限的开放性。第二,有12种结尾,他认为每一章都有一

---

[1] 美国不列颠百科全书公司:《不列颠百科全书》(国际中文版修订版 第7卷),中国大百科全书出版社2007年版,第526页。
[2] [英]彼得·阿克罗伊德:《霍克斯默》,余珺珉译,译林出版社2002年版,第1—2页。

个独立的情节，因此每一章都有一个结尾。第三，有三个结尾：第11章是17世纪建筑师戴尔故事的结尾，第12章是20世纪探长霍克斯默故事的结尾，同时，它也是17世纪和20世纪故事的共同结尾。其次，另一些评论家和学者将其归为后现代侦探小说，如约翰·佩克（John Peck）和理查德·斯沃普（Richard Swope）等。另外，还有学者因这部小说中所使用的哥特风格将其视为哥特式小说。以上评论界的这些观点虽然具有一定的代表性，但是阿克罗伊德本人对《霍克斯默》的解释不可忽视。他曾说：

> 哥特风格在英国和伦敦有着深厚的历史，比如哥特式小说，情节剧和戏剧。我深受这一传统的感染，但是我本人并没有为此着迷。在书中安排这样的情节主要是为了吸引读者的注意力。比如《霍克斯默》，我需要一部侦探小说来展开情节而我正好又了解在基督教以前风行的宗教祭祀。我认为这是一个联结历史和现代的最好途径。这正是我刻意安排的情节。①

这段话可以证明，哥特风格和侦探小说叙事手法在《霍克斯默》中的运用只是作者展开小说情节的手段而不是目的。作者的观点很明确，《霍克斯默》旨在通过对历史的重新组合和书写，在揭示过去与现在的联系中梳理历史发展脉络，追溯英国文化中的阴暗传统，因为它也是"英国性"的一个主要构成部分。

在《霍克斯默》中，阿克罗伊德依然通过书写伦敦历史来探讨和反思"英国性"。他曾多次强调，地方和风景在一定程度上会决定文化传统、人的性格和行为。在评论盖斯凯尔夫人（Mrs. Gaskell, 1810—1865）的《夏洛蒂·勃朗特传》（The Life of Charlotte Bronte, 1857）时他曾这样说："霍沃斯表征了勃朗特，勃朗特也表征了霍沃思。"② 在他看来，霍沃斯的险要地势和勃朗特的坚强性格互为写照。《霍克斯默》也隐含着作者这样的观点，认为地方和生活其中的

---

① [英] 彼得·阿克罗伊德：《霍克斯默》，余珺珉译，译林出版社2002年版，第5页。
② Peter Ackroyd, Albion: The Origins of the English Imagination, New York: Random House, 2004, p.369.

人相互影响。例如,小说中的戴尔是一个很好的例子。他的思想和行为与当时伦敦的社会背景有直接关系。戴尔时期的伦敦曾遭遇过1665年大瘟疫和1666年伦敦大火的破坏,此后,整个城市荒凉、破败、阴森、恐怖,哀鸿遍野,戴尔亲身经历和看到这一切。如作者借戴尔之口说:

> 这个悲惨世界的首都仍然是黑暗之都,或者说是人类欲望的地牢;它的中心没有像样的街道和房屋,却到处是肮脏腐朽的棚户,到处不是坍塌就是失火,道路弯弯曲曲,密布了泥沼的湖泊和散发着淤泥恶臭的小河,倒是适合做莫洛克神①的烟雾灌木林。②

同时,阿克罗伊德还让读者了解到,伦敦人也变成"空心人",人与人之间的关系疏远、冷漠、缺乏友情和关爱,这些都对戴尔产生了极大影响。戴尔生于伦敦的贫民窟,自幼孤僻,然而爱好读书和四处游荡。在戴尔11岁那年,母亲染上了瘟疫,后来父亲坚持陪伴母亲并宁愿和母亲一起死去。戴尔躲进房顶上一间狭窄的储藏室里,看着父母躺在下面,垂死挣扎,一直等到他们魂归西天。亲眼看着父母的尸体被抛进深坑后,戴尔茫然不知所措。后来,当家里的房子和周围几所房子一起被拆除后,他被迫流落到外地,过着漂泊的生活。无助的戴尔格外谨慎小心,因为父母曾告诉他,"瘟疫到来之前,光天化日之下可见化成人形的魔鬼,袭击它们所遇到的人,那些受袭击的人就会感染瘟疫。即使那些目睹这些魔鬼的人(他们被称做空心人)也会性情大变"③,戴尔相信这些话。

那场"瘟疫"改变了戴尔的人生观,使他开始怀疑上帝的仁慈和伟大。例如他后来回忆说:"就是在那瘟疫流行的一年,遮盖着世界的陈旧的帷幕,好像挂在一幅画面前,终于被拉开了,我看到了

---

① 莫洛克神为犹太人的一位火神,以儿童为祭品。在小说中,戴尔在建造每座教堂时也以儿童为祭品。
② [英]彼得·阿克罗伊德:《霍克斯默》,余珺珉译,译林出版社2002年版,第57页。
③ [英]彼得·阿克罗伊德:《霍克斯默》,余珺珉译,译林出版社2002年版,第17页。

上帝伟大而又令人敬畏的真容。"① 同时,"瘟疫"也让戴尔开始憎恨人心的虚伪和丑恶,他不会忘记,"在过去那些噩梦的日子里,看见我的人都会摇头叫道'可怜的孩子'或者'真让人同情',但是他们绝不肯给我丝毫帮助,只会让我走开。我会一声不响地离去,但是将这些全部埋在我的心底,从而我可以像看书本一样看透人的内心"②。同"瘟疫"一样,"大火"给了戴尔同样痛苦的回忆。他说:"在我的记忆里,从烟雾中看去的太阳像血一样鲜红,人们的喊声震天动地,他们腐烂的心灵凝聚了丑恶,向四周传播着他们内心的污秽。"③ "瘟疫"和"大火"所造成的伤害引发戴尔对人生之脆弱和荒诞的思考,他领悟到:

> 生命并不总是一成不变的:我们受到主宰,他像一个顽童用手指摇动蛛网的中心,不假思索地扯坏了它。……我看到这整个世界是一张惊人的死亡清单,每当人放纵自己的时候,魔鬼就走在街上;我看到这污秽的地球上到处是苍蝇,然后考虑谁是他们的上帝。④

对上帝和人类的失望、对命运无常的思考使戴尔最终投向黑暗力量,体验了一种非同寻常的人生经历。

一天,无家可归而流浪街头的戴尔在红十字街偶然结识了"一个相当清瘦的高大男人,穿着一件天鹅绒外套,系着领带,披着一件黑色的斗篷"⑤。这个"黑衣男人"是黑暗力量的代表人物米拉比利斯。戴尔被他领进象征黑暗和邪恶之地的"黑步巷",自此之后,戴尔便追随米拉比利斯。他传授给戴尔的人生信条是:

> 那位创造这个世界的神,也是死亡的制造者,我们只能以作恶去躲避邪恶神灵的愤怒。……生命本身就是一种根深蒂固

---

① [英] 彼得·阿克罗伊德:《霍克斯默》,余珺珉译,译林出版社2002年版,第14页。
② [英] 彼得·阿克罗伊德:《霍克斯默》,余珺珉译,第60页。
③ [英] 彼得·阿克罗伊德:《霍克斯默》,余珺珉译,第61页。
④ [英] 彼得·阿克罗伊德:《霍克斯默》,余珺珉译,第18页。
⑤ [英] 彼得·阿克罗伊德:《霍克斯默》,余珺珉译,第19页。

第三章　侦探小说与非模式化叙事

的致命的"瘟疫"。……什么是痛苦？痛苦是世界的营养。什么是人？人是永恒不变的邪恶。什么是身体？身体是无知的网络，是一切邪恶的基础，是堕落的羁绊，是黑暗的掩护，是行尸走肉，是我们所携带在身上的坟墓。什么是时间？时间是人类的解脱。……再进一步说：魔鬼撒旦就是这个世界上的上帝，适合受人顶礼膜拜。①

这些信条影响了戴尔的一生，使他相信人生缺乏光明，人类都是黑暗的产物，黑暗将会呼唤更多黑暗。米拉比利斯预言戴尔一生将与石头结缘，并让戴尔心中埋下以血祭石的种子。他对戴尔说："让石头成为你的上帝，你将在石头中找到你的上帝。"② 后来戴尔做了石匠克瑞德的学徒，好学强记，喜爱钻研建筑学，并对阴影建筑情有独钟，一次偶然的机会，凭借其对石头的渊博知识，赢得了时任城市建筑检察官克里斯托夫爵士的赏识。从此，在克里斯托夫爵士的关照下，他从一名学徒开始，步步晋升，直到成为皇家工程助理检察官和皇家工程建筑师，并负责火灾后在伦敦和威斯敏斯特地区重建6座教堂的工程。戴尔的特殊人生经历使他对堕落的世界和在社会最底层挣扎的人充满愤怒，相信只有黑暗和恐怖才是济世之道，于是，他在建造每一处教堂时，都用无辜牺牲者的血祭奠他所崇拜的黑暗神灵。为此，他开始用各种方法杀害无辜的男孩，有时唆使无家可归的流浪男孩自杀，有时深夜乔装成流浪汉，接近离群的流浪男孩，并将其杀害。他认为，真正的神只在阴暗而令人畏惧的地方，使人战战兢兢地走近敬拜，而石头是上帝的形象，令人生畏。不幸而畸形的人生经历使戴尔开始感觉生存的重负并几乎让他失言，甚至变得愤世嫉俗，因此，在小说的结尾戴尔来到他建造的最后一座小圣休（Little St. Hugh）教堂，试图了结自己的一生，遗言是："我的人生已经走到尽头，我现在很平静。"③

　　阿克罗伊德创作历史小说的动机虽然与他的"历史情结"分不

---

① ［英］彼得·阿克罗伊德：《霍克斯默》，余珺珉译，第23—24页。
② Peter Ackroyd, *Hawksmoor*, London: Hamish Hamilton, 1985, p. 60.
③ Peter Ackroyd, *Hawksmoor*, p. 261.

开，但决不是只为发古思之幽情，《霍克斯默》也不例外，彰显着作者强烈的现代意识和对"英国性"的深刻领悟。作家的现代意识往往被认为代表着作家对人生和世界的动态理解，在历史小说的创作中，它还关系到历史小说对历史的超越，超越的完成会使历史与现在和未来相沟通，《霍克斯默》在很大程度上完成了这种超越。阿克罗伊德是一位在艺术上追求独创性的作家，在历史小说创作中也是如此，始终重视历史小说的现代意识，例如在一次采访中，他曾对此发表过富有哲理的见解：

  我们只能活在当下，但过去已被融入现在之中，因此过去与现在时刻共存。语言创造了这个世界，而且我们现在的语言包含了它自身完整的历史。以前的词汇，以前的风格都嵌入在我们现在所说的语言之中。这样就形成语言的层次，如同地表下面的化石地层一样。①

可见，阿克罗伊德认为历史和语言一样，都有层次，过去嵌入现在之中，《霍克斯默》最好地传达出这一思想。在这部小说中，阿克罗伊德并没有拘泥于对历史的真实再现，而是通过对历史材料进行大胆虚构和加工将过去和现在联系在一起，使作品产生一种时代感。正如刘易斯所说："阿克罗伊德通过把当代小说与过去联系而使当代小说得以复苏。"②

  为了更好地再现过去与现在的联系，在《霍克斯默》中，阿克罗伊德运用了双线并行和交替的叙事策略，将过去与现在进行交叉和并置。这一技巧源于艾略特的长诗《荒原》中所采用的方法，即通过将过去与现在并置的方式强调历史的连续性，充分显示了阿克罗伊德对传统的继承和发展。《霍克斯默》从结构到内容都强调一种连续性或传统，特别是"英国性"中的邪恶传统。在叙事结构方面，作者运用各种修辞技巧将章节之间首尾衔接。具体而言，描写 20 世

---

① Barry Lewis, *My Words Echo Thus: Possessing the Past in Peter Ackroyd*, Columbia: University of South Carolina Press, 2007, p. 43.

② Barry Lewis, *My Words Echo Thus: Possessing the Past in Peter Ackroyd*, p. 187.

纪的偶数章节的开篇往往在词语、动作、内容或意象上重复和回应描写 17 世纪的奇数章节的结尾，让过去与现在在话语层面上形成自然过渡和彼此呼应。

例如第一章的结尾写道："以至于我可以看见明亮的星光出现在'正午'（noon）"；第二章的开头重复了"正午"一词："他们在'正午'的时候到达斯波特尔费尔兹教堂"①。第二章和第三章的结尾和开始以"看"的动作连接，如第二章结尾是："当他向上看去的时候他看见一张脸"；第三章这样开头："有人俯视着我，然后我听见一个声音"②。第三章和第四章的衔接是通过重复"喊声"，如这两章的尾句和首句分别是："我张开双臂朝他们跑去，大声喊道：'你们记得我吗？我永远、永远不会离开你，我永远、永远不会离开你'"；"当呐喊渐渐消失的时候，车水马龙的喧闹变得更加清晰"③。第四章和第五章通过重复"阴影"形成呼应，如第四章结尾写道："他来到教堂前停下，双臂交叉在胸前，沉思自己生命的空虚。他已经来到通往地下室门的台阶前，听见一声低语，可能说的是'我'。这时影子落下来"；第五章的开头是，"影子自然地落在这里，因为云虽然只是高空中飘浮的迷雾，却在水面投下一片阴影"④。第五章的结尾是海斯（Yorick Hayes）先生和戴尔的对话："'这是第三座教堂，是不是，戴尔先生？'……'正是'我说，'没错''是第三座。'"这个简短的对话也是第六章或小说第二部分的开头，如小说中写道：

"这是第三个吗？"

"是的，第三个。在斯彼尔费尔兹的男孩，石灰屋的流浪汉，现在是另外一个男孩。第三个。"

"是在葳坪吗？"

"没错。"⑤

---

① ［英］彼得·阿克罗伊德：《霍克斯默》，余珺珉译，译林出版社 2002 年版，第 29—30 页。
② ［英］彼得·阿克罗伊德：《霍克斯默》，余珺珉译，第 50—51 页。
③ ［英］彼得·阿克罗伊德：《霍克斯默》，余珺珉译，第 81—82 页。
④ ［英］彼得·阿克罗伊德：《霍克斯默》，余珺珉译，第 102—103 页。
⑤ ［英］彼得·阿克罗伊德：《霍克斯默》，余珺珉译，第 126—127 页。

同样，第六章的结尾和第七章的开头也是通过强调文本中的一个关键句子形成呼应。如在第六章的结尾霍克斯默问沃尔特："现在几点了？"而在第七章开头韦斯特太太（Mrs. West）问了戴尔同样的问题："现在几点了，亲爱的戴尔先生？"①

第七章和第八章之间的连接方法与其他章节之间的连接方法不同，不是通过重复关键词语或句子，而是通过由现实转到梦境的方法。如第七章的结尾描写的是现实中的戴尔正在一妓女处，他说："任她在我背后折腾"；在第八章的开始，霍克斯默在梦中梦到"自己后背的皮肤正在被剥去……他在这样的梦中战栗着直到他尖叫起来而他的尖叫又变成他旁边的电话铃声"②。阿克罗伊德运用这种方法旨在暗示，过去有时是有形的，会实实在在地存在于我们的现实生活中，如古代的建筑等；有时是无形的，只在我们的潜意识中再现，但无论如何，过去永远不会消亡，会以不同的样式活在当下。

作者运用回环修辞法（Antimetabole）将第八章和第九章进行连接。这种修辞法，一般由两部分构成，第二部分与第一部分在表达上结构平衡，但词语的语法顺序正好相反。用一个简单的公式表示就是，如果第一部分是从 A 到 B，那么第二部分则是从 B 到 A。如第八章结尾写道："他已经回到葡萄街的寓所，正站在窗前回忆刚刚听到的歌。沃尔特自始至终看着他，好奇地研究着他苍白的脸色"；第九章开头描写戴尔时说："当太阳从对面的陋室上升起时，我向下俯视大街，但是我对此却视而不见，因为我全部心思都集中在最近杀死海斯以及我和那妓女的纠缠上"③。虽然重复了"凝视"（gaze）这一动作，但沃尔特和戴尔"凝视"的方向是相反的，这也正是这种修辞格的特点。

第九章和第十章之间的连接通过一个穿越时空的对话而实现。第九章结尾时戴尔夸口说："我建成了永恒的顺序，我可以笑着依次跑过，没有人能抓住我"；在第十章开头霍克斯默说："你可以用你

---

① ［英］彼得·阿克罗伊德：《霍克斯默》，余珺珉译，第151—152页。
② ［英］彼得·阿克罗伊德：《霍克斯默》，余珺珉译，第182—183页。
③ ［英］彼得·阿克罗伊德：《霍克斯默》，余珺珉译，第204—205页。

第三章　侦探小说与非模式化叙事

喜欢的任何顺序来看待事情，沃尔特，而我们还是会抓住他"①。通过这样的叙事手法，作者让戴尔和霍克斯默之间进行了一次跨越时空的较量。

"醒来"这一动作将第十章和第十一章连接起来。在第十章结尾，霍克斯默因一直没能抓住凶手而被调离，回到住处后，"倒在床上沉睡过去，直到清晨的晨曦照在他的脸上才醒过来"；在第十一章开始，戴尔也因晚上吐酒很晚才"醒来"，他说："早晨的阳光没有将我唤醒，当我醒来的时候，我几乎不知道自己身在何处，也不知道自己所处什么时代"②。同第四章和第五章的联结方法一样，第十一章和第十二章又被"影子"这一意象连在一起。在第十一章结尾戴尔进入小圣休教堂后说："我跪在灯前，我的影子覆盖了整个世界"；在第十二章开始，霍克斯默醒来之前，"阴影缓缓地笼罩在他的脸上直到他的嘴唇和眼睛变得模糊难辨"③。

从以上分析可以看出，通过采用不同叙事手段作者巧妙地让前一章结尾和后一章开头形成直接或间接联系，使各章节之间形成内在呼应。值得注意的是，各章节之间的联系和回应不仅体现在修辞层面，而且也体现在内容方面。最明显的是，两条叙事线中发生的谋杀案有许多相似性，例如谋杀地点、谋杀的人数，被谋杀者的姓名等，使得"地方"和"传统"之间的神秘联系更为凸显。

例如在描写17世纪的叙事线中，6个人被谋杀。第一个被谋杀的是石匠的儿子黑尔（Thomas Hill），他在帮助建造斯帕托菲尔德教堂时从塔楼上摔下而死。根据当时的习俗，石匠的儿子要爬到塔楼顶部，铺完最高处的最后一块石头。虽然这个男孩不是戴尔亲手所杀，但是他是导致男孩死亡的间接凶手。戴尔最后求孩子的父亲把儿子埋在他摔落的地方，因为这样戴尔可以很方便地达到用孩子做教堂祭祀品的目的。他自豪地说："于是，我为斯帕托菲尔德教堂找到了所需要的祭品，而且并不是我亲手所为：正如他们说的，是一

---

① ［英］彼得·阿克罗伊德：《霍克斯默》，余珺珉译，第228—229页。
② ［英］彼得·阿克罗伊德：《霍克斯默》，余珺珉译，第250—251页。
③ ［英］彼得·阿克罗伊德：《霍克斯默》，余珺珉译，第260页。

石二鸟。"① 第二个牺牲品是一个叫奈德（Ned）的流浪汉。他曾在布里斯托尔做过印刷工。戴尔引诱他在石灰屋的圣·安娜教堂附近自杀。对戴尔来说，这个流浪汉也适合做祭品，因为"他好像被生活的苦难退化到了孩童状态"②，于是在他不想自杀时戴尔对他说："你不能因为死的痛苦而害怕死，因为你生之承受的痛苦超过了你死之痛苦"③。在第三次谋杀案中，戴尔找了约瑟夫（Joseph）帮忙。约瑟夫和戴尔都是黑步巷的议会成员，他们的集会地点被毁坏后，约瑟夫便开始为戴尔效力，帮他在葳坪教堂杀死一个叫丹（Dan）的小男孩，随后将他埋在那里。戴尔说："他曾是一个漂亮的小男孩，大约和我膝盖一般高，最近才开始上街行乞。"④ 在第三次谋杀后不久，戴尔收到一封匿名恐吓信，写信的人似乎掌握了他所犯的罪行。戴尔怀疑信是他的同事海斯所写，因此，他决定将他杀死，作为他第四个祭祀品。戴尔先引诱海斯出去，把他灌醉，然后引领他到圣·玛利沃尔诺斯教堂并将他掐死。在进行第五次谋杀时，戴尔把自己打扮成一名乞丐的模样在布鲁姆斯伯里的圣·乔治教堂杀死了一名叫托马斯·罗宾逊（Thomas Robinson）的小男孩——一位从他的主人处逃跑的小仆童。接下来，戴尔的助手沃尔特·派恩（Walter Pyne）成了格林尼治的圣·阿尔弗莱治教堂的牺牲品。在戴尔的刺激下沃尔特在自己的卧室里上吊自杀。对此，戴尔暗自庆幸地说："就这样我又玩了一石二鸟的把戏。海斯的死已经嫁祸到沃尔特身上，而我就可以逍遥法外，沃尔特咎由自取，因此就省却了我的麻烦。我非常愿意将我的衣钵悉心传授给他，但是他监视我，跟踪我，恐吓我，背叛我。"⑤

在描写20世纪的章节中也有6个人被谋杀，并且和17世纪6位被杀害者在诸多方面有惊人的相似性。第一个牺牲品也叫黑尔，并且也在斯帕托菲尔德教堂的通道里被杀害。第二个死者也是一个叫奈德的流浪汉。他和几百年前的那个17世纪的流浪汉奈德有许多共

---

① ［英］彼得·阿克罗伊德：《霍克斯默》，余珺珉译，第29页。
② ［英］彼得·阿克罗伊德：《霍克斯默》，余珺珉译，第78页。
③ ［英］彼得·阿克罗伊德：《霍克斯默》，余珺珉译，第80页。
④ ［英］彼得·阿克罗伊德：《霍克斯默》，余珺珉译，第109页。
⑤ ［英］彼得·阿克罗伊德：《霍克斯默》，余珺珉译，第253页。

同之处：都到处流浪，心智退化到和孩子一样，都来自布里斯托尔，并死在石灰屋处的圣·安娜教堂附近。第三个死者同样叫丹，也是在葳坪教堂被谋杀。第四个被谋杀的男孩叫马修·海斯（Matthew Hayes），和17世纪的死者海斯一样在圣·玛利沃尔诺斯教堂被发现。第五个和第六个死者也分别在布鲁姆斯伯里的圣·乔治教堂和格林尼治的圣·阿尔弗莱治教堂被找到。

  此外，作者还通过设计一系列巧合将小说中的两位主人公，即17世纪的建筑师戴尔和20世纪的探长霍克斯默神秘地联系在一起。虽然两个人生活的时代相差几个世纪，但是两个人物之间有着奇特的轮回。例如戴尔在旧苏格兰场地工作，他的助手是沃尔特·派恩（Walter Pyne），霍克斯默在新苏格兰场地工作，助手也叫沃尔特。戴尔和霍克斯默的仆人都叫耐特·艾略特（Nat Eliot）。两个人的女房东都被称为韦斯特夫人，并且都是寡妇。霍克斯默在20世纪所居住的地方就是戴尔在17世纪住过的那个区，且两人都有梦游症。另外，作者还通过疯人院的一个疯子之口将两个人联系起来。例如当戴尔和克里斯托弗爵士去看圣玛丽疯人院新近关起来的一个疯子时，那个疯子对戴尔喊到："听，小子！我会告诉你，总有一天一位霍克斯默会震撼你！"[①] 作者对小说结尾的安排更紧密地把两人联系起来。由于案件一直没有进展，霍克斯默被调到另一职位，这使他压力极大，几近崩溃。最后当他离开办公室回到葡萄街住处后，从电视中播放的斯帕托菲尔德教堂的早间弥撒节目中了解到戴尔是这所教堂以及所有其它与谋杀案有关的教堂建筑师。他推断，唯一那座由戴尔设计的还没有发生谋杀案的教堂是小圣休教堂，因此，他最后决定亲自去那里查看，果然在那里见到戴尔，最终两人的影子合二为一。戴尔和霍克斯默的相遇在小说中具有重要象征意义，很好地渲染了作品的主题：过去与现在，黑暗与光明同在。

  阿克罗伊德试图通过以上一系列复杂而重复的叙事技巧说明，罪恶和不幸有时会重复发生在特定的地点和有相同名字的人物身上，并形成一种传统，如小说中的黑步巷、石灰屋、教堂等，这些都体

[①] ［英］彼得·阿克罗伊德：《霍克斯默》，余珺珉译，第119页。

现出作者对"地方"与传统之间关系的思考。通过运用这些叙事技巧，阿克罗伊德不仅极大地丰富了侦探小说的艺术表现力，而且还更好地阐明了小说的主题，使读者可以更清楚地看到过去和现在时而交叉、时而重叠、直到最后融合，互为"影子"，让小说的形式与内容相得益彰。

为了更好地表现主题，阿克罗伊德还在小说中运用了一些重要意象。例如"影子"是作者在小说中多次提到的一个重要概念，寓意深刻。在小说的开头，建筑师戴尔对他的助手沃尔特说："只有阴影，才给我们的作品赋予真正的形状，才给我们的建筑真正的透视，因为没有阴影就没有光，没有阴影就没有实体。"[1]"阴影"在这部小说中不仅指光学概念，而且暗示一个人的另一个自我，即指戴尔和霍克斯默互为"影子"。在小说的结尾，霍克斯默和戴尔在小圣休教堂相遇，不仅象征着过去和现在的融合，而且还暗指两个自我的最终融合。小说结尾处写道："他们面对面，但是他们的目光越过彼此落在他们刻在石头上的图案上；因为有形的地方必定有倒影，有光的地方必定有阴影，有声音的地方必定有回音，谁又能说明何处是结尾，何处是开端？"[2] 小说首尾这两段对"影子"的描写形成前后呼应，共同暗示了作品的主题：光与阴影、过去与现在始终同在，永远不可分割。

除了"影子"这一重要意象外，阿克罗伊德在小说中还通过运用其他一些意象来渲染主题。如象征永恒的"石头"、象征威严和阴森的"教堂"、象征腐朽、渺小、易逝而微不足道的"灰尘"等意象频频出现。这些意象不仅丰富了小说的修辞手法和增强了艺术表现力，而且还担负着疏通文脉、贯穿叙事结构的功能，同时也渗透着作者对历史、个人命运、人性和人类社会的哲理思考。"石头"在小说中象征的是有形、厚重和永恒，而"灰尘"却象征无形、轻浮和瞬间。如戴尔说："渺小的人类，同石头相比何其短暂！"[3] 在巨石镇时，他看到石头后感慨地说："我沉浸在奇妙的幻想中，这里

---

[1] ［英］彼得·阿克罗伊德：《霍克斯默》，余珺珉译，第4页。
[2] ［英］彼得·阿克罗伊德：《霍克斯默》，余珺珉译，第269页。
[3] ［英］彼得·阿克罗伊德：《霍克斯默》，余珺珉译，第62页。

的一切都变成岩石,连天空和我都变成了岩石,我仿佛融入了那像一颗石头一样飞过太空的地球。"① 小说的结尾处有描写"灰尘"的句子。例如在去小圣休教堂前,霍克斯默"沿着窗台在'灰尘'中描画着自己的名字然后又抹掉"②,这句话再一次暗示了个人渺小的主题。"教堂"的意象在这部小说中不是象征人们心目中的圣地,而是代表黑暗、恐怖和阴森,同时也是联系生者与死者,过去与现在的场所,见证着人类的所有历史。戴尔曾说:"如果我把耳朵贴近地面,我可以听见他们彼此相互交错地躺在那里,他们发出的细微的声音回响在我的'教堂'里:他们是我的支柱和基石。"③ 通过这些意象,作者再一次强调了他的历史观,即虽然每一代人的生命是短暂的,在历史的长河中犹如可以弹指抹去的"灰尘",但他也坚信,在历史中有一种联结过去和现在的如"石头"般坚固而永恒的力量,正是这种力量将地方与传统,死者与生者联结在一起,并逐渐形成"地方精神"和"英国性"。

米兰·昆德拉(Milan Kendera,1929—)曾说:"小说家既非历史学家,又非预言家:他是存在的探究者。"④ 据此,可以说阿克罗伊德是一个很好的人类存在的"探究者",因为《霍克斯默》中流露出作者对人类生存状况的哲理思考。阿克罗伊德怀着对人类堕落本性的揭示塑造了《霍克斯默》中的戴尔形象,传达出作者对人类生存的终极关怀,蕴含着存在主义的哲学思想。存在主义是一种典型的人本主义哲学思潮,承载着对人们普遍的生存危机和精神危机的独到思考,其最为核心的部分表现在对人的生存状况的分析概括上。正如昆德拉所说:"小说审视的不是现实,而是存在。"⑤ 阿克罗伊德的《霍克斯默》同样借鉴了存在主义哲学思想的元素,如小说中戴尔这一人物在生命痛苦与荒诞的表现方面显得尤其厚重,生存意识挖掘极深。戴尔奇特的身世、畸形的人生和无限的激情始终变化莫测,引发人们对生命意义的忧思与追问。戴尔的生命意识中

---

① [英] 彼得·阿克罗伊德:《霍克斯默》,余珺珉译,第72页。
② [英] 彼得·阿克罗伊德:《霍克斯默》,余珺珉译,第263页。
③ [英] 彼得·阿克罗伊德:《霍克斯默》,余珺珉译,第27页。
④ [捷克] 米兰·昆德拉:《小说的艺术》,董强译,上海译文出版社2012年版,第49页。
⑤ [捷克] 米兰·昆德拉:《小说的艺术》,董强译,第47页。

包含着内在的矛盾性和悲剧性，透露着无奈的苍凉和悲哀，因此在小说的结尾，戴尔选择以自杀的极端方式解脱，以化解生命承受之重，证明存在的荒诞。然而，值得注意的是，阿克罗伊德不是单纯为了描写人的恶行和堕落，而是试图发现其背后的更多隐秘。

阿克罗伊德之所以浓墨重彩地刻画戴尔的形象，是因为戴尔这一人物在小说中担任着重要角色，携带着作者个人的心灵密码——通过对戴尔的描写揭示出人类的邪恶本性和"英国性"中的阴暗层。因此，阿克罗伊德并不是单纯为描写"恶"本身，而是想透过戴尔这一人物的思想发展历程和特殊人生经历使人们对"恶"的本质有更深刻的认识，因为他相信，有时通过"恶"可以认识到在常态下认识不到的东西。例如，在小说中，作者使读者通过戴尔的视角看到世界的"真容"比通过别的人物看到的更多：

> 我就是这样作为一个人类的异己走过自己的路。我将不会是一个旁观者，但是你绝不会看见我同这个世上的人为伍。这是个什么样的世界啊，欺诈和交易，买进与卖出，借债与贷款，付款和收款；我走在最肮脏的东西和令人尊敬的绅士之中的时候，我听到："金钱可以让老太婆小跑，让驴子劳动"。[①]

戴尔还认识到，这个阴暗的人类社会陷入了黑夜，疯子传播预言而智者处于困境，因此他感叹道："当大街上只有愤怒和罪恶，谁还能谈论人性善良和公共福利？"[②] 阿克罗伊德还让戴尔发表如下见解："我们的生活延续着历史；它蕴含在我们的词汇和音节中，回荡在我们的街道庭院上。"[③] 戴尔不介意把"教堂"建在坟墓旁是因为他相信，"古代的死者散发出一种巨大的力量，将融入这座新建筑的结构中"[④]。显然这些都是阿克罗伊德在借戴尔之口表达他对人类世界和历史的深刻认知和理解。另外，小说中戴尔（尼克）和克里斯托弗

[①] [英] 彼得·阿克罗伊德：《霍克斯默》，余珺珉译，第58页。
[②] [英] 彼得·阿克罗伊德：《霍克斯默》，余珺珉译，第161页。
[③] [英] 彼得·阿克罗伊德：《霍克斯默》，余珺珉译，第217页。
[④] [英] 彼得·阿克罗伊德：《霍克斯默》，余珺珉译，第76页。

之间的一次争论同样传递着作者对理性、感情和人性的深度思考：

"造化屈从于人的勇敢和顽强。"

"不是屈从而是吞噬：人无法主宰或掌握大自然。"

"但是，尼克，我们的时代至少能清理垃圾，打筑地基，这也就是我们之所以必须研究自然规律的原因，因为它是我们的最佳方案。"

"不，先生，你必须研究人的性格和本质。正因为人们堕落了，所以才成为你理解堕落的最佳向导。地球上的事物不能用理性理解而必须用感情去理解"。①

在此，作者借戴尔之口再次表达了一个重要观点：感性有时比理性更重要。在历史小说的创作中，阿克罗伊德始终关注对人性和激情的探索，因为对他而言，历史小说不仅是历史的寓言，而且更是全部人类生命的寓言，因此应表现出对生命的热情和体验，唯有如此，历史小说才会有真正的灵魂和深度。

通过以上分析可以发现，在《霍克斯默》中，阿克罗伊德凭借大胆的虚构创造了一个具有历史厚度的文本世界，文学叙事和历史叙事、过去与现在的高度融合体现出作者与众不同的审美意识和精湛的小说艺术，代表了一种全新的、陌生的美。例如他说："我自己也说不清《霍克斯默》是一部以过去为背景的当代小说还是以当代为背景的历史小说。"② 在阿克罗伊德的作品中，历史往往表现为现在性，即历史会影响现在或活在现在，《霍克斯默》也是这样一部作品，虽然它是一部"历史小说"，但是，"像所有优秀的历史小说一样，它关注的是自己的时代"③。阿克罗伊德曾说，在某种意义上，"英国性"就是要努力找出历史的连续性，在这部小说中，他通过追溯戴尔和霍克斯默的人生经历找到了一种关于人类存在的历史连续

---

① [英]彼得·阿克罗伊德：《霍克斯默》，余珥珉译，第172页。
② Wright, Thomas, ed., *Peter Ackroyd*, *The Collection*: *Journalism, Reviews, Essays, Short Stories, Lectures*, London: Vintage, 2002, p.379.
③ Peter Ackroyd, *Dickens*, London: Random House, 2002, p.187.

性，揭示出"英国性"中的阴暗传统，体现出作者对民族文化的自觉意识。

第二节 《丹·莱诺和莱姆豪斯的魔鬼》

阿克罗伊德的第 8 部小说在英国和美国有不同标题。在英国，它题为《丹·莱诺和莱姆豪斯的魔鬼》（*Dan Leno and Limehouse Golem*, 1994），在美国出版时它的标题是《伊丽莎白·克里的审判：一部关于莱姆豪斯谋杀案的小说》（*The Trial of Elizabeth Cree：A Novel of the Limehouse Murders*, 1995）。相比之下，"英国书名更好地概括了小说的主题"[1]。

小说中的丹·莱诺（Dan Leno）有真实的历史人物原型。据《不列颠百科全书》记载：

> 莱诺（Dan Leno, 1860—1904）原名乔治·高尔文（George Galvin）。英国大众喜爱的演员，被视为 19 世纪英国杂耍剧场鼎盛时期的第一流代表人物。1901 年为国王爱德华七世作御前演出，成为第一个获得这种荣誉的杂耍剧场演员。出身于一个旅行表演者的家庭，4 岁时就作为翻筋斗者和柔体表演者首次在舞台上露面。从 1888 年起到去世前，一直是伦敦特鲁里街剧院一年一度圣诞童话剧中的明星。其余时候则在全英国各杂耍剧场为场场满座的观众演出。他那令人难忘的、滑稽的漫画式动作，使他深受观众喜爱。[2]

在小说中，阿克罗伊德基于史料记载将丹·莱诺塑造为一名音乐厅哑剧演员，擅长异装表演、声音模仿和独白等，并让他"象征着所

---

[1] Gibson, Jeremy and Julian Wolfreys, *Peter Ackroyd：The Ludic and Labyrinthine Text*, London：Macmillan, 2000, p. 199.
[2] 美国不列颠百科全书公司：《不列颠百科全书》（国际中文版修订版 第 10 卷），中国大百科全书出版社 2007 年版，第 12 页。

有的生活、精神和伦敦这个城市本身的多样性"①。小说的英国书名本身就暗示着作者旨在通过丹·莱诺这一人物让小说充满戏剧性以及仪式和模仿的背景。小说的英国和美国书名虽然不同，但是也有一个共同点，都标明了小说故事发生的地点——伦敦的莱姆豪斯。这一点很重要，因为在英国历史中，莱姆豪斯是"英格兰东区陶尔哈姆莱茨自治市临近一地区。位于泰晤士河北岸。以水手旅店、教堂和酒店众多为地方特色。在18和19世纪莱姆豪斯是伦敦港口，在对外贸易中发挥重要作用……建于1724年的堂区教堂为少数幸存历史建筑之一"②。同时，莱姆豪斯也是一个因极端贫困和犯罪率高而臭名昭著的地方，肮脏和残忍是其典型的地域特征，因此阿克罗伊德认为它是展示历史犯罪的最佳场景。

小说题目中提到的恶魔是作者通过吸收犹太民间传说元素，创造出的一个神秘连环杀手的名字，目的是制造悬念和恐怖的神秘氛围。在犹太民间传说中，恶魔或"有生命的泥人"（Golem）是一个被赋予生命的偶像或由无形状的黏土以超自然的方式做成的有生命的假人，像傀儡一样受其创造者控制。它的历史源自中世纪，"那时产生了许多关于术士的传说，这些术士能够以一道符咒，或把字母拼成一个神圣的字或一个神的名字而赋予一个雕像以生命……早期的假人故事中，假人往往是一个完美的仆人……16世纪时，假人拥有犹太人被迫害时的保护人的性格，但却有一副吓人的面孔"③。由于这一传说的神秘性，引发一些作家依据它塑造出一些文学形象。例如G. 梅林克的小说《假人》（1913）和一套德国无声片（1912）都曾以此传说为基础。后来许多关于人造妖怪或以怪物为主题的恐怖故事都采用假人的传说，它甚至被认为是玛丽·雪莱创作的著名弗兰肯斯坦怪物的原型。同样，阿克罗伊德在这部小说和他的另一部小说《维克多·弗兰肯斯坦个案》中采用的也是这一原型，不同的是，在《维克多·弗兰肯斯坦个案》中怪物是一个外表恐怖，内心完美的形

---

① Wright, Thomas, ed., *Peter Ackroyd, The Collection: Journalism, Reviews, Essays, Short Stories, Lectures*, London: Vintage, 2002, p. 341.

② 美国不列颠百科全书公司：《不列颠百科全书》（国际中文版修订版 第10卷），中国大百科全书出版社2007年版，第103页。

③ 美国不列颠百科全书公司：《不列颠百科全书》（国际中文版修订版 第7卷），第195页。

象，而在这部小说中却是一个令所有伦敦人毛骨悚然的连环杀手。

《丹·莱诺和莱姆豪斯的魔鬼》情节设计相当复杂，主要围绕19世纪80年代早期发生在伦敦的一系列谋杀案展开，谋杀案的性质类似于19世纪80年代末邪恶的开膛手杰克（Jack the Ripper）犯下的罪行。小说采用不同叙事手法和视角叙述了这些事件，包括法庭笔录、日记、第一人称回忆录以及新闻报道等，所有这些叙事难辨真伪。因此，有学者认为，这部小说就像它所描绘的城市一样，是"一种文本嫁接结构，一层又一层，一叠又一叠"①。

小说主要分为两条叙事线。在第一条叙事线中，伊丽莎白以第一人称叙事视角讲述她的童年、音乐生涯以及结婚后的日子。第二条叙事线以第三人称全知视角或外视角讲述对她谋杀案的审判报告，这些内容主要摘自于1881年2月《警察新闻法庭》和《每周记录》。由于这两种叙述同时进行，读者必须小心翼翼地展开他们之间的复杂纠葛。法庭上的证词显示伊丽莎白的丈夫约翰·克里（John Cree）的死因是中毒身亡。以李斯特（Lister）为首的辩护律师声称，致命的物质是他自己服用的，死者不稳定的精神状态导致了自杀。然而，检察官声称，伊丽莎白在丈夫死亡前几天购买的砷并不是像她所说的那样是为了毒死地下室老鼠，而是为了杀死丈夫并获得其遗产。据此，伊丽莎白被判有罪并被处以绞刑。

从伊丽莎白的自述中，读者可以了解到，小时候她叫"小莉齐"，是郎伯斯沼泽（Lambeth Marsh）处一个可怜的寄宿者，和母亲住在一起，为渔民们缝制船帆。不幸的是，母亲由于个人的不幸命运，被人始乱终弃，经常在肉体上虐待女儿。后来，母亲患了肾病，十几岁的伊丽莎白通过秘密下毒向母亲复仇。为了庆祝母亲的死亡之夜，她去了克雷文街的一个音乐厅剧院，观看了丹·莱诺的表演。明亮的灯光让她陶醉，因此，在母亲葬礼后，她又去了那里。演出结束后，她帮助一个叫哈里（Harry）的叔叔把一些馅饼送到后台给演员们吃，并介绍自己叫"郎伯斯·马什·莉齐"（Lambeth Marsh Lizzie）。她被邀请第二天晚上到巴特西（Battersea）给他们帮

---

① Jeremy Gibson and Julian Wolfreys, *Peter Ackroyd: The Ludic and Labyrinthine Text*, London: Macmillan, 2000, p.200.

忙。于是开始了她第二阶段的人生——在音乐厅里当雇员。剧团雇用她做提词员、戏剧抄写员和其它一些杂活。于是，她搬了家，和其他艺人住在一起。几个月过去后，她与走钢丝的多丽丝（Doris）和喜剧演员托蒂·吉莱特利（Tottie Gilightly）等人相处得很友好。身材娇小的维克多·法雷尔（Victor Farrell）也对她献殷勤。一天晚上，当她在食堂被维克多骚扰时，有一位叫约翰·克里的记者帮她解了围，后来约翰成为她的丈夫。第二天早上，维克多被人们发现已经死亡。

莉齐常在私下里模仿维克多的表演，因此提出要接替他在节目中扮演"小维克多的女儿"，并获得巨大成功，逐渐增加了票房。经过两年的巡回演出，莉齐厌倦了这种表演，又想出一个异装表演的主意，把自己装扮成"小维克多的哥哥"，不久就将其缩写为"哥哥"，再次受到观众的欢迎和认可。后来她将舞台上的异装表演运用到生活中，常在晚上穿着男装出去，以一个"调戏妇女者"的身份在伦敦东区闲逛。有一次回来时，她的秘密被多丽丝发现。几周后，多丽丝被疑似酒精中毒死亡。

莉齐演艺生涯的最后一年对她来说是一场灾难。首先，由于被演员艾夫琳·莫蒂默（Aveline Mortimer）算计，她在克拉肯威尔（Clerkenwell）演出时辱骂了一名犹太观众，当场激怒了当事人。其次，有一次她在新剧《玛丽亚·马滕》（Maria Marten），又名《红谷仓谋杀案》（The Murder in the Red Barn）中扮演的是杀手角色，结果在舞台上她竟然差点勒死丹·莱诺。另外，她的经理，即哈里叔叔发现了她在晚上经常秘密出去后想以此胁迫她，让她为他表演性受虐狂。她为此很恼火和痛苦，三个月后，哈里死于心脏衰竭，这让她很方便地达到了除去他的目的。

1867年，伊丽莎白离开剧院，嫁给了曾在食堂帮她摆脱维克多骚扰的记者约翰，因为他将在父亲去世后得到一大笔遗产。结婚后，她步入人生的第三个阶段，和丈夫住在贝斯沃特（Bayswater）的一座别墅里，为了报仇雇用了曾算计过她的同事艾夫琳做她家女佣。约翰正在写一部情节剧《不幸的结合》（Misery Junction），然而进展困难，于是，伊丽莎白决定替他完成这部剧。写完之后，她在一家

127

剧院租下一个晚上时间来表演这部剧，并且要亲自扮演剧中的女主角凯瑟琳·达夫，希望给丈夫一个惊喜。然而，当她告知他这个秘密时，约翰惊呆了，拒绝去看她的演出。事实证明，那天晚上的演出很失败，成为一场闹剧，伊丽莎白试图呈现一个现实悲剧的企图迎来的却是起哄和狂笑。她感到既窘迫又苦恼，从此再也不愿意提起这件事。为了报复丈夫和女仆，她事先策划丈夫和女仆之间的婚外情，然后假装"发现"了他们之间的关系，这使她成功地控制住了他们。后来，当搬到新十字（南伦敦）一个更好的别墅时，伊丽莎白掌管了家里的一切。

　　第二条叙事线讲述了对伊丽莎白谋杀案的审判，这事实上模仿了历史上一场真实的审判，即1889年谋杀丈夫的弗洛里·梅布里克（Florie Maybrick）的审判。詹姆斯·梅布里克（James Maybrick）是一位成功的棉花商人，大部分时间都在弗吉尼亚州做生意。1880年，在一艘开往利物浦的船上，他结识了一个善于卖弄风情的女子弗洛里，她比他小24岁，来自亚拉巴马州。随后他们便结婚了，但婚后不久弗洛里发现詹姆斯对砒霜和毒鼠碱上瘾，这些在当时被广泛用于缓解疾病的痛苦。然而，当詹姆斯1889年5月死于砒霜中毒时，弗洛里却被怀疑为谋杀者。她被指认有杀人动机，原因是丈夫经常虐待她，并且在白教堂还有一个情妇。同时，她还被指认有杀人手段，因为仆人曾看见她从捕蝇纸上提取砒霜。弗洛里声称她那样做是为了美容，但由于没有人告诉陪审团詹姆斯之前对砒霜和毒鼠碱上瘾的癖嗜，因此没有人相信她。事实上，整个审判并不公正，詹姆斯·菲茨詹姆斯·斯蒂芬（James Fitzjames Stephen）法官对弗洛里有偏见，因此让证据朝向不利于她的方面倾斜。然而，不到两年，这位法官就被关进疯人院。这一审判成为一桩轰动的案件，弗洛里是第一个在英国法庭受审的美国妇女，最终维多利亚女王将她的死刑改判为15年监禁。令人没想到的是，在1992年，这一历史审判案发生了转折。据称詹姆斯写的一本日记曝光，让人相信他就是肢解者杰克。初看证据似乎令人信服，因为日记是用那个时代的纸和墨写成，描述了肢解者谋杀案的图形，甚至包括一些不为人知的细节。更重要的是，詹姆斯的情妇就住在谋杀案发生地白教堂。

另外，警方根据目击者的描述绘制的肢解者画像看起来也很像这位利物浦商人。出奇的是，警方曾收到的来自犯罪嫌疑人的信件"亲爱的老板"中的几句话也能在日记中找到。这本日记引起众多人的关注，一位废金属交易商迈克尔·巴雷特（Michael barrett）还把这本日记拿给一家出版商，它随即便成为几本畅销书的原型。然而，巴雷特后来声明这本日记是他伪造的。事实上，一些专家也已得出结论，证实那些日记是假的，那些看似真实的书写材料很容易在拍卖场买到。巴雷特在对谋杀案的描述中也有错误，因为他的数据是从当时报纸上的报道获得的，并不完全准确，因此，警方将这份文件视为一场骗局而不再理会。

阿克罗伊德以这一历史审判案为范本，描述了一场虚构的对女杀人犯伊丽莎白·克里的审判。首先，在小说中，伊丽莎白也被指控谋杀亲夫。她的辩护律师和检察官类似于历史人物查尔斯·拉塞尔爵士（Sir Charles Russell）和约翰·艾迪生（John Addison）先生，他们的盘问记录也与历史记录相似。伊丽莎白在坎伯威尔监狱（Camberwell Prison）被处死时，监狱长的姓氏也是斯蒂芬（Stephens），也表现出患有精神病症状，因为他私下里竟穿上了被绞死的伊丽莎白的长袍。其次，阿克罗伊德也在小说中融入了关于巴雷特日记的争议元素，让小说中散布着约翰·克里从1880年9月6日至10月9日的日记片段，生动地描述了他进行的"开膛手式"的杀戮。另外，在历中上肢解者杰克连环谋杀案和一些早期恐怖小说的启发下，阿克罗伊德在小说中也描写了一系列恐怖的谋杀案。

历史中的"肢解者杰克"是一个臭名昭著的名字，曾是许多文学作品与戏剧作品的主题。其中以B.郎兹夫人的长篇恐怖小说《房客》最著名。事实上，肢解者杰克不是一个真实的名字，根据文献记载是：

1888年8月7日至11月10日在英国伦敦东区的怀特查帕尔区内和附近杀死至少5名妓女凶手的假名。此案成为英格兰有名的疑案之一。被害者除1名外，都是在街上拉客时被杀的。受害者均被割断喉管。与一般作案方法不同的是尸体都被肢解，说明凶手具有高深的人体解剖学知识。警察曾收到过寄来的可能是凶手从被害者身上取下的半个肾脏。市政当局也多次收到一个自称为凶手的署名肢解者杰克的奚落信,有关当局竭尽全力,有时甚至采用了很另类的方法,企图识别和诱捕凶手,但均告失败。由于未能捕获凶手,引起了公众的极大愤慨,群起反对内务大臣和伦敦警察局长,迫使他们立即辞职。①

正是因为凶手"肢解者杰克"身份的不确定性,有上百种关于这一凶手的作品出版,许多书都提出对凶手真实身份的臆测。阿克罗伊德也很好地利用了这一历史人物身份的不确定性为小说叙事增加了悬念。

在阿克罗伊德的小说中,第一起谋杀案是关于一个名叫简·奎格(Jane Quig)的妓女,人们发现她时,看到她被肢解的尸体散落在泰晤士河边莱姆豪斯河段的一些台阶上。第二起谋杀案发生在6天后,死者是犹太学者所罗门·韦尔(Solomon Weil),案发地点在莱姆豪斯的"老耶路撒冷"区。和第一个被谋杀者一样,他的尸体也被肢解,阴茎被放在一本打开的书页上。又过了几天,另一名妓女爱丽丝·斯坦顿(Alice Stanton)在圣安妮教堂(St. Anne's)的小金字塔旁被砍死。最后一起谋杀案发生在拉特克利夫高速公路(Ratcliffe Highway)附近,杰拉德(Gerrard)一家人全部被杀。谋杀本身没有什么悬念,因为作者在第二章就已披露其细节。更确切地说,让读者感兴趣的是谁犯下了这些暴行?令人们感到恐怖的是,由总督察基尔代尔(Kildare)领导的警方无法确定被恐慌的市民们称为"莱姆豪斯魔鬼"的杀手身份。在迫于公众压力和急于寻找凶手的情况下,嫌疑便落在了三个不太可能的候选人身上:卡尔·马克思(Karl Marx)、乔治·吉辛(George Gissing)和丹·莱诺(Dan Leno)。

马克思之所以被牵连进所罗门·韦尔的谋杀案是因为有证人说在斯科菲尔德街(Scofield Stree)犹太人住处附近看到过一个留着胡子的外国人。事实上,马克思和威尔是好朋友,他们每周见一次面,

---

① 美国不列颠百科全书公司:《不列颠百科全书》(国际中文版修订版 第8卷),中国大百科全书出版社2007年版,第503页。

一起吃饭和聊天。他们谈论了很多事情，但主要是关于宗教和神秘主义，因此犯罪现场才会看到打开的一本书页上面那幅魔像图。基尔代尔和他的同事布莱登一起拜访了马克思，然而随即就排除了对他的怀疑。马克思讲述了他和威尔的关系，并提供了不在场证据，谋杀发生的那天晚上，他因为患支气管炎在家卧床休息，妻子和两个女儿可以为他做证。乔治·吉辛因涉嫌爱丽丝·斯坦顿谋杀案被捕，因为在她被谋杀的前一天，他曾把自己的名字和地址给她。事实上，他的妻子内尔也是一个妓女，已经失踪了三天，他之所以给爱丽丝他的个人信息是指望她知道妻子的下落后告知他。那张纸条是在爱丽丝的尸体上发现的，当警探们询问吉辛时，却发现他也有不在场证据。基尔代尔原以为自己追踪的线索是正确的，因为吉辛有过犯罪记录，曾因盗窃在曼彻斯特监狱服刑一个月，因此他很失望。在杰拉德一家被杀之后，警方的压力变得越来越大，希望能尽快找到凶手。不久案件有了进展，警方发现，杰拉德拥有一家袜子公司，并曾为丹·莱诺做过"化妆师"。这很好地解释了为什么这位喜剧演员在杰拉德夫妇被谋杀三天前曾拜访过他们。此外，还有其他线索也将莱姆豪斯的魔鬼谋杀案与莱诺联系在一起。例如，第一个受害者简·奎格是在去观看这位滑稽演员表演的路上被杀的。第二个受害者爱丽丝被杀时穿着莱诺曾经用过的骑马服。尽管有这些巧合，但是最终基尔代尔不得不排除莱诺，因为经核实后发现，谋杀案发生时莱诺正在牛津演出。

然而，基尔代尔在调查莱诺的过程中注意到的一个细节使案件有了突破性进展。他发现莱诺正在阅读德·昆西的一本书，并认为它提供了一条重要线索：在拉特克利夫高速公路附近对杰拉德一家人的谋杀，重演了距今差不多70年前，即1811年在同一地点对马尔斯（Marrs）一家的谋杀。德·昆西在《论谋杀作为一门艺术》（*On Murder Considered as One of the Fine Arts*，1827）一书中曾详细描述了这一事件。虽然基尔代尔相信莱诺对德·昆西的兴趣出于偶然，但是他确信凶手肯定读过这篇文章，因为莱姆豪斯的魔鬼使用了和他的前辈一样的武器：木槌和刀刃。按照这一思路，警方发现了更多将马克思、丹·莱诺和吉辛联系起来的线索，让他们的调查有了更大收获。

约翰·克里的日记似乎证实了侦探的判断是正确的。据他在日记中所说，在这起谋杀案发生之前，克里去过杰拉德先生在拉特克利夫高速公路上的二手服装店。以给他的女仆买衣服为借口，他仔细观察了那个地方的布局。想到自己设计的这一重复历史的谋杀案，以及谋杀这家人的方式"将成为永恒的模式"，他从中获得极大乐趣：

> 我又一次意识到自己来到圣地，代表店主和他的家人表示感谢。他们将成为永恒的模式，用他们自己的伤口反映时间循环所造成的惩罚。和著名的马尔斯一家一样，在同一地点，以同样的方式死去，这就是城市力量对人类行为影响的伟大证据。①

在日记中克里还表示，德·昆西的文章给他带来永恒的快乐和惊奇，认为他笔下的杀人犯约翰·威廉姆斯引起的毁灭性悲剧"足以配得上米德尔顿（Middleton）或图纳尔（Tourneur）"②，克里自称是威廉姆斯的"替角"。克里对这位特殊作家作品的痴迷使他与之前几位嫌疑人联系在一起。在大英博物馆，吉辛也曾读过德·昆西的文章，他阅读的是《浪漫主义与犯罪》（Romantism and Crime），文章描述了耸人听闻的威廉姆斯案。德·昆西把凶手描绘成一种"都市的华兹华斯"③，一位选择血液而不是墨水作为诗歌创作方法的孤独艺术家。这篇文章让吉辛着迷的另一个原因是，他认为德·昆西小心翼翼地把他的创造物放在一个巨大而可怕的城市背景之下，很少有作家对地方有如此敏锐和恐惧的感觉。在这篇短文中，他描绘了一个阴森的、黄昏时分的伦敦，一个异类势力的天堂，一个充满脚步声和耀眼灯光的城市，一个房屋密密地挤在一起的城市，一个布满阴暗小巷和假门的城市。"伦敦成为一个令人恐惧的存在（谋杀发生

---

① Peter Ackroyd, *The Trial of Elizabeth Cree: A Novel of the Limehouse Murders*, New York: Nan A. Talese, 1995, p.150.
② Peter Ackroyd, *The Trial of Elizabeth Cree: A Novel of the Limehouse Murders*, p.27.
③ Peter Ackroyd, *The Trial of Elizabeth Cree: A Novel of the Limehouse Murders*, p.32.

后，或者甚至可能参与了谋杀）。约翰·威廉姆斯好像成为这座城市的复仇天使"①，因此，这座城市几乎成了所有这些恶行的诱因。另一个读过德·昆西作品是马克思。警方了解到，马克思阅读了德·昆西的《三个圣殿骑士关于政治经济学的对话》（1824），并认为最近的这些谋杀与城市的严酷环境有关。

将这些嫌疑人联系在一起的另一个因素是：他们都是大英博物馆阅览室的常客。马克思在写"伦敦的神秘悲伤"这首诗前，查阅了丁尼生和狄更斯的著作。在那里，吉辛阅读了他本人发表的第一篇文章和为查尔斯·巴贝奇（Charles Babbage）写的下一篇文章的研究资料。莱诺经常去查阅由博兹（狄更斯的笔名）编辑的《约瑟夫·格里马尔迪回忆录》（The Memoirs of Joseph Grimaldi）。克里也是阅览室里最常去的人之一。他正在写剧本《不幸的结合》（Misery Junction），想给他的妻子提供一个表演的机会，但他秘密地参考了亨利·梅休（Henry Mayhew）以及其他关于伦敦穷人的作品。他经常和吉辛坐在一起，甚至在一个雾蒙蒙的晚上曾和马克思一起从博物馆乘出租车回家。还有一次，他还在博物馆看到了奥斯卡·王尔德（Oscar Wilde），他的羔羊皮大衣漫不经心地搭在一把椅子上。

所有这些联系、巧合、线索和推测都给小说增加了诸多悬念和恐怖氛围，为最终揭秘真正的凶手做好了重要铺垫。在小说的后半部分，谋杀案的秘密终于被揭开，原来真正的凶手是另一个也经常到阅览室去的人，这个人就是伊丽莎白本人。1880年春天，她伪造了一封推荐信，于是被获准进入大英博物馆。据查，她曾浏览了德·昆西的作品集、丹尼尔·笛福的《魔鬼史》（History of the Devil），以及最引人注目的一本关于现代外科手术技术的书。最后警方确认，伊丽莎白的这些阅读清单足以证明她罪证确凿，是真正的杀人凶手，克里的日记也是她伪造的。然而，刘易斯却说："真正的凶手可能是你最想不到的人：叙述者。也许真正的莱姆豪斯恶魔不是卡尔·马克思、乔治·吉辛、丹·莱诺、约翰·克里，甚至不是伊丽莎白·

---

① Peter Ackroyd, *The Trial of Elizabeth Cree: A Novel of the Limehouse Murders*, p. 33.

克里，而是彼得·阿克罗伊德。"① 这一评论不无道理，因为小说中的谋杀是作者的巧妙构思和想象。

粗略阅读，这部小说似乎与其他犯罪小说相似，但是细读之后会发现它的立意与叙事方法却与众不同，具有典型的阿克罗伊德风格。作者不仅仅描写凶杀案本身、关注凶手是谁或警察如何侦破案件，而是更注重对谋杀发生的地点、规律或传统的探索。例如作者在小说中通过引入德·昆西和他的著名作品，借他之口强调了整个伦敦是一个巨大、阴森、令人可怕的场所，甚至伦敦本身也参与了所有的谋杀。可见，在这部小说中，作者再次强调了"地方意识"的重要性。小说场景的选择是作者"地方意识"的最好体现。小说中描写的那个存放了诸多超凡作品和思想的阅览室是在"四十步场"（Field of Forty Footsteps）原址上建造的。正是在这里，两兄弟曾经进行过一场可怕的决斗，最后双双被杀死，此后那里的草木再不生长。在阿克罗伊德看来，大英博物馆及其周围的神秘组织和书店是"真正的伦敦精神中心，在这里许多秘密最终可能被揭示"②。例如阿克罗伊德引用查尔斯·巴贝奇（Charles Babbage）的话说："空气就像是一个巨大的图书馆，男人的话声或女人的低语永远写在它的页面上。"③ 作者引用这句话旨在强调，人的说话行为所产生的空气运动永不消失，会影响生活其中的人，暗示着历史回声和时间永恒，也可以说是其作品的使命宣言。

虽然死亡和谋杀的主题贯穿整部小说，但是身份探索也是该部小说的一个重要关注点。作者引领读者对谋杀者、被谋杀者和嫌疑者的身份都做了一一辨别。最难辨别的当然是伊丽莎白的身份，刘易斯说："人们说猫有九条命，伊丽莎白·克里至少有三条命——甚至还有更多身份。"④ 为了更好地探讨伊丽莎白身份的多样性，作者

---

① Barry Lewis, *My Words Echo Thus*: *Possessing the Past in Peter Ackroyd*, Columbia: University of South Carolina Press, 2007, p. 87.

② Peter Ackroyd, *The Trial of Elizabeth Cree*: *A Novel of the Limehouse Murders*, New York: Nan A. Talese, 1995. p. 249.

③ Peter Ackroyd, *The Trial of Elizabeth Cree*: *A Novel of the Limehouse Murders*, p. 109.

④ Barry Lewis, *My Words Echo Thus*: *Possessing the Past in Peter Ackroyd*, Columbia: University of South Carolina Press, 2007, p. 81.

在小说中融入了他在一部研究异装癖的非虚构作品《异性装扮和男扮女装痴迷史》(*Dressing Up: Transvestism and Drag: The History of and Obsession*) 中的元素。阿克罗伊德发现，男扮女装或女扮男装在许多民族文化传统中都可以找到，且经常发生在祭祀仪式、结婚、葬礼等重大场合。同时，异性装扮在戏剧表演中也担负着重要角色，因为可以让演员的表演达到很好的戏剧效果，例如丹·莱诺就是一位著名的男扮女装戏剧明星。因此，在小说中，丹·莱诺在舞台上表演时男扮女装，伊丽莎白在舞台上表演时女扮男装，这让读者并不感到奇怪。然而，阿克罗伊德在小说中还让伊丽莎白晚上出去时也把自己打扮成男人，回来时被同事发现，这一情节设计显然旨在暗示读者伊丽莎白身份的可疑性。如果说在台上她的女扮男装是为了表演角色，那么在台下她的装扮是为了掩盖自己的凶手身份。正如阿克罗伊德所说："异装癖也会给人带来戏剧性甚至可怕的变化。"[①] 可见，通过巧妙引入异性装扮这一叙事元素，作者不仅为小说增添了戏剧效果和小说人物身份的不确定性和神秘性，而且还让人们看到当莱姆豪斯魔鬼的真实身份被揭露时性别的终极跨越，凶手不是男扮女装的丹·莱诺，而是女扮男装的伊丽莎白。

上述分析表明，阿克罗伊德能将历史事实和虚构融合成一个迷人故事的超凡叙事才能在这部小说中得到极大彰显，他对维多利亚时代伦敦的描绘如此真实以至于使人感觉也住在莱姆豪斯煤气灯照明的街道上。同时，作者在融入众多真实历史事件和历史人物的同时还为小说赋予丰富的想象和合理推测，为这个困扰了人们100多年的历史疑案又增添了一份有价值的探讨和解说，蕴含着作者对伦敦犯罪传统的历史思考，是他对伦敦阴暗传统书写的一个重要部分。

《霍克斯默》和《丹·莱诺和莱姆豪斯的魔鬼》两部小说再一次彰显出阿克罗伊德的精湛叙事艺术和地方精神的完美结合，更体现出作者对伦敦不同地域特征的谙熟和深入了解。在他看来，伦敦的每一个地方就像每一个人一样，都有自己的特殊身份和个性特征，且具有永恒的连续性，可以代代相传，从而形成传统。因此，在这

[①] Peter Ackroyd, *Transvetism and Drag: The History of an Obsession*, New York: Simon and Schuster, 1979, p. 37.

两部小说中他追溯了这种传统，尽管是阴暗的传统。同时，他还通过丹·莱诺和伊丽莎白两个人物表征了伦敦的戏剧性一面。例如，在1997年接受杰洛米·吉伯森（Jeremy Gibson）的一次访谈中他曾说，他所感知的伦敦比英国作家伊恩·辛克莱（Iane Sinclair）笔下的伦敦更有活力，更有戏剧性，并指出这种戏剧性对伦敦人来说是非常重要的，甚至认为伦敦人在本质上是戏剧性的，之所以会这样，是因为他们知道他们生活在一个他们必须表演的城市里。这也是为什么他在小说中引入丹·莱诺这一戏剧演员，强调伊丽莎白不仅表演戏剧而且还通过女扮男装表演人生的原因。

第四章　考古小说与超越时空叙事

阿克罗伊德对身份、时间本质、人类起源和历史延续性有特殊兴趣，这突出表现在他的《第一束光》（*First Light*, 1989）和《特洛伊的陷落》（*The Fall of Troy*, 2006）两部考古小说中。这两部小说虽然出版时间跨度较大，但是它们有许多相同之处，显示出作者对有关问题的持续思考和不断探索。第一，根据阿克罗伊德本人声言，在这两部小说中，他旨在追溯人类历史的根源和秘密、个人身份、人类文化传统和时间本质。第二，这两部小说都以考古勘探为主要叙事线索和叙事手法，根据历史事实虚构出一个主人公，并以其为中心拓展出其他叙事线，从而让不同时空的人物和事件相互交织和融合。《第一束光》巧妙地将地下、地上和天空之奥秘融合在一起，表征出一个"多重世界"，而《特洛伊的陷落》将真实的考古发掘和研究与作者丰富的想象相结合，探索人类历史、科学与神话之间的复杂关系。第三，虽然阿克罗伊德的多数小说背景都定位在伦敦，但是这两部小说例外。《第一束光》的主要故事背景位于英国西南部多赛特郡和德文郡交汇处，也是托马斯·哈代和简·奥斯汀小说的故事背景。《特洛伊的陷落》的故事背景是土耳其。然而，这两部小说和作者的其他以伦敦为背景的小说依然有重要联系，因为，在此虽然伦敦不是主要故事背景，但它仍然在场，作者通过相关人物曾多次提到它，因此，它依然是小说的一部分，有重要作用。

虽然"考古小说不是一个严格的文学理论层面上的小说类型"[①]，但是因为《第一束光》和《特洛伊的陷落》都以考古发掘为

[①] 施劲松：《考古学家的小说情怀——童恩正"考古小说"释读》，《南方民族考古》（9），2013年第1期。

素材和主线，因此，在此将它们归为"考古小说"。阿克罗伊德的考古小说并不只是把真实的历史考古作为背景和素材简单地"拼贴"或直接"植入"到他虚构的故事中，他还依据人物的个性特征和小说主题把神话、传奇故事、历史学、天文学、量子物理学等问题和知识融入考古故事中，因此，透过这些精心编织的迷人故事，人们能够看到作者对于考古学本身以及考古学对人类社会影响所做的历史思考，促使人们沉思考古学的过去、现在和未来。

为了展现宏阔的时空，在叙事方法上，阿克罗伊德主要采用全知全能的第三人称叙事视角，以考古挖掘为核心，采用多线并置的叙事手法联结不同时空的人与事。同时，他还大胆打破传统时空观，让空间并置，让时间循环、重复或重叠，其强烈的时空感和叙事才华使小说显示出"故事时空"被重新安排后的审美效果。从这两部小说中也可以发现，阿克罗伊德对考古学理论、发展、和成就有充分的了解和认识，因此，虽然是作者的虚构，但是由于他真实、可感、可信的细节描写，让读者如身临其境，好像同小说人物一起在考古场地挖掘古老的地层，体验考古队员挖掘和发现文物的艰辛与欣喜，揭开一个个历史之谜。

第一节 《第一束光》

在《第一束光》之前发表的4部小说中，阿克罗伊德已经彰显出他是一位善于进行宏大叙事的作家，其叙事范围往往涵盖几个世纪的语言和思想。在《第一束光》中，时空跨度更深远，作者对遥远的过去进行了更大胆地推测和想象。与其他小说不同的是，阿克罗伊德将《第一束光》的故事空间定位在皮尔格林山谷（Pilgrin Valley），即英国西南部多赛特郡（Dorset）和德文郡（Devon）交汇处。该地区的丰富历史遗存和人文景观让作者怀着"今人不见古时月，今月曾经照古人"的情愫对这一地区远古时代先民的生活状况展开了深刻沉思和辽阔想象。作者充分采用其历史学、考古学、物理学、古生物学、天文学和经济学等知识，在宏大而优美的背景之下运用空间、复线和循环等叙事技巧让三条叙述线分别围绕古墓、天文台和小屋三个重要的故事空间展开，描绘出一个神秘而复杂的"天人合一"的宇宙，试图回答千百年来萦绕人们心头的诸多谜团，激发人们重新审视天、地、人三界。

该小说出版后曾获得众多赞誉，例如旧金山纪事报（*San Francisco Chronicle*）曾评论说：

> 阿克罗伊德对过去的深厚情感得到充分戏剧化展现，……他创造了一种新的混合体——既不是阿西莫夫（Asimov）模式的科幻小说，也不是斯蒂芬·金（Stephen King's）的恐怖故事和唐纳德·E. 韦斯特莱克（Donald E. Westlake）式的犯罪闹剧。相反，他创作的这部作品具有独特的风格，可以称之为超自然小说或元小说——没有作家曾写过类似的作品。[1]

《波士顿环球报》（*The Boston Globe*）也持相同观点，认为这部小说"诙谐，奇特，感人，无疑是独一无二的"[2]。《观察家报》（*The Observer*）也赞美道："当你阅读阿克罗伊德的作品时，他可以让你相信一切。他是一个令人激动的魔术师。"[3] 这些评论毫不夸张，虽然小说是作者的虚构，但描写的风景、人物和情节都真实可感，让读者如身临其中。有学者评价说："《第一束光》就像博尔赫斯的《巴别图书馆》（*Library of Babel*），是一个刻意创作的充满虚构人物的文本世界，然而，凭借彼得·阿克罗伊德的魔幻般的想象创造行为，他们可以获得永生。"[4]

阿克罗伊德曾多次强调，历史像地层一样，厚重而有层次，因为在时间的长河中，每个时代的人们都会留下他们生活的印记。有鉴于此，他往往在作品中以各种叙事方式追溯英国民族的起源和过去，这一点在他最神奇、最深奥和最独特的考古小说《第一束光》

---

[1] Peter Ackroyd, *First Light*, New York: Grove Press, 1989.
[2] Peter Ackroyd, *First Light*.
[3] Peter Ackroyd, *First Light*.
[4] Susana Onega, *Metafiction and Myth in the Novels of Peter Ackroyd*, Columbia: Camden House, 1999, p. 89.

中得到进一步展示。这部小说的独到之处不仅在于其宏大而优美的叙事时空，而且还在于其复杂多元的叙事艺术。在此，故事空间已不再是作者之前小说所聚焦的伦敦，而是转向宁静、优美、开阔而神秘的皮尔格林山谷，伦敦只是作为次要背景偶尔在场。这一转向不只是简单的故事背景的改变，而是旨在表现大地、人类和天空之间的复杂关系。因此，在小说中，作者让象征"多重世界"的皮尔格林山谷中的古墓、天文台和小屋等空间意象相互作用和影响。

为了更好地渲染主题，在设计小说叙事结构时，作者采用了复线叙事模式，以史前时期和宇宙为背景，用三条相互交织的叙事线讲述了几个从事寻找各种起源的人物，巧妙地将人类、大地和天空之奥秘融合在一起，让叙事时间和空间达到无限拓展。具体而言，第一条叙事线围绕坐落在多塞特郡和德文郡边界的皮尔格林山谷发现的一个墓地展开。现代考古学家马克·克莱尔（Mark Clare）和他的考古队在墓地的挖掘工作进展很不顺利，遭到当地农民明特（Mint）父子的反对和暗中破坏，因为他们要隐藏一个家族秘密。同时，挖掘工作还受到两位女性的阻碍：一位是马克的妻子凯瑟琳（Kathleen），她试图收养一个孩子，但由于她本人是一个跛子，未能被获准，这导致她最终对未来生活绝望而自杀。另一位是马克的上司伊万杰琳·塔珀（Evangeline Tupper），来自伦敦环境部，她的无益干预在某种程度上也阻碍了马克的挖掘工作。第二条叙事线讲述退休的喜剧演员乔伊·汉诺威（Joey Hanover）和他的妻子弗洛伊（Floey）的故事。他们也来到皮尔格林山谷，目的是弄清乔伊的身世，并与当地农民明特一家最终团聚。第三条线讲述来自霍尔布莱克荒野天文台（Holblack Moor Observatory）的天文学家达米安·福尔（Damian Fall）对星云的观察和对宇宙起源的推测。当通过望远镜发现恒星毕宿五（Aldebaran）要飞驰地球时，他产生一种奇怪的念头：如果世界只是人们编造的故事而根本不存在怎么办？怀着这样的念头，他最终精神崩溃，直到安静地离去。

虽然三条线的叙事空间不同，几位主人公在来到皮尔格林山谷之前也从未见过面，但是他们却有一个共同点：都痴迷于关于人类起源的神话：

马克·克莱尔俯视谷底,挖掘地层,试图找到人类史前文化繁荣时期;达米安·福尔仰望天空,通过研究群星的运行了解宇宙大爆炸(Big Bang),即第一束光(First Light)……乔伊·汉诺威漫游在山谷表层,试图通过找回失去的家族和出生地证实自己的身份。然而,他们在一开始都没有意识到他们各自对人类起源的探索是相辅相成的,即大地、人类和群星的过去都是宇宙统一体相互关联的显现。①

在叙事视角方面,为了更好地表达万物统一的思想,作者除采用全知的一级叙事者外,还采用了二级叙事者,即借用小说人物的内视角讲述了一系列故事和异象。这不仅有利于拓展叙事维度和空间,使叙事内容具有层次感,与作品所表现的"多重世界"的主题思想形成内外呼应,而且还使小说彰显出文体风格的多样性特征,增强了作品的审美效果。例如,马克讲述的秘鲁飞人的故事,为墓葬的主人天文学家增添了更多的神秘色彩。同时,作者还运用了一些重要的意象,例如在小说中"圆圈"(circle)这个词的出现频率极高,贯穿整个小说叙事,是理解小说内容和形式的主要意象,具有"圆圈、循环、圆满"等多重含义。

虽然故事背景皮尔格林山谷是作者的虚构,但不是作者的凭空想象,而是有重要历史依据,因为作者曾在英格兰西南部多塞特郡和德文郡交界处的一个山谷旁居住,对那里的遗存十分好奇,有过认真的思考,渴望追溯其先民的历史和起源。根据作者所言,小说的构思来源于他在英格兰西南部山谷小屋居住时长期凝望窗外沉思的结果,对那里原始居民建造的石柱组成的圆形图案和祭祀仪式感到好奇:

我曾有一段时间住在山谷旁的一个小农舍里,那里是多赛特郡和德文郡神秘交汇处,我透过书房的窗户观察外面的山谷长达数月,想象曾在这一地区居住的先民。在遥远的古代,这

---

① Susana Onega, *Peter Ackroyd*, Plymouth: Plymbridge House, 1998, p. 50.

里最早的居民是谁呢？新石器时代时谁生活在这里呢？谁帮助他们建造了处处可见的石柱圈呢？他们为什么要建造这些石柱呢？为什么石柱组成的图案和天空中的星图一样呢？……他们是否也看到了能量波？他们是否相信自己踏上了浩瀚的大海？他们在空中认出了什么生物？于是，这就是《第一束光》的构思。因为这些问题使我着迷。我一直对我们生活其中的这个世界的时间本质和最遥远的过去的在场深感兴趣。我也相信，如果有死者的安息地，如果世界真实存在，那么可以说，所有这些都能在时间的流逝中找到。对我来说，也许这是为什么在英国所有地方中多塞特郡从最远古时期起就是一个特别有趣、一直有人类定居的地方，在那里有一种使人难忘的连续性。因此，在《第一束光》中，故事围绕一座古墓和当地的居民展开。当然，我阅读了关于过去的所有资料，包括考古学、古生物学、经济学等书籍。但是证据分散，难以解读，因此，谜团依然存在。没有人真正了解我们的祖先。人类的起源消失在黑暗之中，而我们所知道的也只不过是一些过往的故事而已。但是，有时关于那些作为天文台的石柱圆圈、仪式祭祀、智者修会的故事十分精彩，因此，我把其中一些引入小说中，因为小说家也经常需要用故事来解释一个难以理解的世界。[1]

另一个影响阿克罗伊德创作这部小说的因素是量子物理学和宇宙学所揭示的谜团。他说：

当我正在写《第一束光》时，我开始关注到另一个奥秘，因为那时我正在阅读关于量子物理学和宇宙学新发现的书籍和相关杂志，因为这两个密切联系的微观和宏观领域的科学探索代表了我们时代最激动人心的发展……电子同时沿任何轨道运行，而且可以同时出现在两个地方。亚原子粒的旋转取决于科学家的随机选择，好像是科学家本人在创造宇宙。也许可以说，

---

[1] Wright, Thomas, ed., *Peter Ackroyd, The Collection*: *Journalism, Reviews, Essays, Short Stories, Lectures*, London: Vintage, 2002, pp. 381–382.

第四章 考古小说与超越时空叙事

宇宙总能满足我们的愿望,群星的图案正是我们预言它们会呈现的图案。一旦我们设想神奇"黑洞"的可能性,它就会出现,并耐心等待我们去观察。从这一意义上说,科学家也必须是寓言家、魔术师和讲故事的人,有了解令人费解的宇宙的权威。那是为什么在《第一束光》中一个天文台出现在距古墓挖掘地不远的荒原上,为什么当意识到在各个时代天空会变成人们希望看到的天体图案,反映最近的关于物质本质的理论和宇宙历史时天文学家达米安会精神崩溃。开普勒、托勒密、哥白尼和爱因斯坦的理论只是故事吗?……在《第一束光》中,我认为宇宙和物质的奥秘与地球上我们人类起源的奥秘是有关联的。多塞特郡的沙丘和古冢像宇宙一样充满奥秘。……这是为什么在《第一束光》中,在挖掘现场的考古学家和在天文台的天文学家象征着两个领域相互作用的各种力量,在古墓的发现会影响星象。这也是为什么故事采用了环形叙式,像天空中圆形的繁星和大地上石头遗存的圆圈形状一样。像往常一样,当我写作时,小说中的人物便浮现在眼前,开始大声讲话以至于我只得倾听并记录下他们所说的一切,如这一地区的居民、科学家、令人难忘的失踪者、从伦敦来的闯入者等,所有这些人都相互影响着对方。[①]

以上两段引文对了解阿克罗伊德的这部小说至关重要,不仅传递出小说创作的背景信息,而且也让读者了解到,作者将自己的重要生活体验也融入小说创作过程中,例如阿克罗伊德对着窗外长期凝视这一生活细节,通过凯瑟琳这一人物得到重复和再现,使人物塑造更加逼真。

阿克罗伊德之所以将小说背景定位在皮尔格林山谷有重要原因。在作者看来,皮尔格林山谷是一处圣地,细心的读者从山谷的英文名字"Pilgrin Valley"中可以发现这一点。例如,第一个词"Pilgrin"很容易让人联想到"Pilgrim"(朝圣)一词。事实上,历史已经证明,

---

[①] Wright, Thomas, ed., *Peter Ackroyd, The Collection: Journalism, Reviews, Essays, Short Stories, Lectures*, London: Vintage, 2002, pp. 382-383.

这一地区确实有丰富的历史遗存，值得人们来此朝圣，作者通过运用诸多隐喻已暗示了这一点。例如，小说中的皮尔格林山谷坐落在英国作家哈代（Thomas Hardy）多数小说的故事背景威塞克斯（Wessex）中心地带，即英格兰西南部，因有大量墓地和散见于各处的排列成圆圈状的石柱遗存使这一地区与远古时代形成紧密联系，成为许多文学作品的故事背景。首先，著名的巨石阵（Stonehenge）是哈代小说《德伯家的苔丝》中的苔丝被捕的地方。哈代的多数小说都以多塞特郡为背景，富有浓厚的地方色彩，因此，这一地区是哈代作品的持久景观。其次，历史小镇莱姆里吉斯（Lyme Regis）不仅是《第一束光》中多数人物的生活场所，而且还是简·奥斯汀（Jane Austen）的小说《劝导》（Persuasion, 1818）、约翰·弗尔斯（John Fowles）的小说《法国中尉的女人》（The French Lieutenant's Woman, 1969）和其他一些经典小说的故事背景。这些地理和文学景观的共鸣进一步强调了阿克罗伊德旨在挖掘的历史连续性。此外，小说还涉及这一地区的其他历史遗存，如圣·加布里埃尔海岸（St. Gabriel's Shore）的菊石和1.4亿年前的生物遗迹等。

　　第一条叙事线是小说的主线，主要描写马克带领的考古队所进行的挖掘工作，其它两条叙事线都由其引出，并与之形成重要联系。透过一级叙述者的视角，读者可以了解到，马克是整个小说叙事的中心人物，和妻子一起住在历史小镇莱姆里吉斯山谷西部附近的科尔科勒姆村庄（Colcorum village）。马克领导的考古队成员中主要有勘探员欧文·查得（Owen Chard）、文物主管马莎·坦普尔（Martha Temple）和环境保护论者朱利安·希尔（Julian Hill）。他们不久将仔细勘察皮尔格林山谷，因为春天的一场大火将山谷旁的一片榉树林烧毁后暴露出一座古墓。据马克判断，它至少有四千年的历史，因此引起社会各界高度重视，因为这一发现有可能成为近年来最重要的考古发现之一。环境部接到马克的汇报后随即指派一名高层人员伊万杰琳从伦敦赶到此地负责指导考古工作。马克陪同伊万杰琳来到山谷对古墓及周围环境进行查看，发现谷底有一条小溪穿过，周围的天然环境宁静而迷人。山谷的顶部有个山脊，上面长着一丛丛山毛榉，在山毛榉丛中混杂着一丛小白桦树，其光滑的灰色树皮

在深色的老树林中像一道道亮光。更远处,即在被烧毁的森林边缘,就是古墓:

> 覆盖古墓的草皮的绿色比任何其他地方的颜色都深,虽然初看起来它似乎是自然景观的一部分,但是其形状却像一个沙丘,仔细观看后,它显然与山谷的其它地方不成比例。它大约有十二英尺高,八九十英尺长,似乎是从山谷的一侧延伸出来,然后逐渐上升,最后突然向下倾斜。①

看着古墓,马克认为此地过去应是一处圣地,当时人们也许认为这里就是地球中心,因为一切迹象表明这个墓地很重要。例如古墓的大小、周围石柱排列成的迷人石圈以及地理位置本身等。在他看来,古墓现在依然神圣,当注视着它的时候,他感觉它似乎变得更亮了,因为里面发出的是历史之光。这是一个充满能量的地方,一处祭祀场所,因此,看着古墓时,他的眼睛里充满对过去的浪漫幻想,看到风吹草木的那一刻,感觉好像看到千军万马在行军。

阿克罗伊德对考古学有个人见解,并通过马克这一人物得以传达。例如当看着眼前的古墓时,马克发出感慨:"一旦我们打开它,就会破坏它。要挖掘就得把它拆毁。在考古时,我们总是在找到证据的同时不小心又将其毁掉,还不如就这样让它保存完好。"② 马克的感慨体现出作者强烈的历史责任感和忧患意识,也暗示着其对考古学的科学思考。

为了更好地揭示古墓之谜,作者通过借用不同人物视角和评论展开叙事。例如,考古队员们对墓主人的身份有不同阐释和猜测,并进行争论。受同事朱利安·希尔发表在杂志《新考古学》上的一篇文章的影响,马克也相信墓葬的主人是一位天文学家,然而这并非唯一解释。当考古学家挖掘到更深层,发现墓地入口时,对古墓又有各种其它解释。有媒体认为,埋葬在坟墓里的人是传说中的

---

① Peter Ackroyd, *First Light*, New York: Grove Press, 1989, p. 7.
② Peter Ackroyd, *First Light*, New York: Grove Press, 1989, p. 10.

"梅林"①，马克的妻子凯瑟琳也赞同朱利安·希尔的观点，认为"墓主人是一名智者或天文学家。据推测，他们生活在新石器时代晚期，通过诗歌和民谣将知识世代相传。马克认为他们也有可能像秘鲁雨林中的飞人"②，甚至可以被追溯到"巨石时代"③。然而，根据当地农民明特所言，墓主人生活的时代更古老，是"明特家族的祖先，守护天使，象征着人类的起源"④。天文学家达米安·福尔认为它们是"飞跃天空的光生物"⑤，存在于史前时期。换句话说，对于明特父子和天文学家来说，他们是神秘的生物，像亚当和夏娃一样，住在天堂般而有秩序的宇宙之中，在那里，人类、上帝与魔鬼可以和谐共处。后来，他们因过失或犯罪被驱逐到天堂之外的旷野和混沌之中。在世时，这位被埋葬在古墓中的智者曾试图控制毕宿五（金牛座中的一等星，最亮的星）的影响，因为"这颗星影响着地球上所有的痛苦和不幸"⑥。为了确保对这颗星的控制力在他死后继续有效，他让人建造了一个像星图一样的坟墓，把自己封闭在里面，为了人类，他牺牲了返回天堂的愿望。

在小说的多处描写中，阿克罗伊德都是通过马克这一核心人物的视角和心理描写揭示出关于古墓及其周围的更多秘密。例如，随着挖掘工作的进展马克发现，有明显的迹象表明，山谷拥有宇宙的神秘特征，它复制了传说中黄金时代的原始和谐。在皮尔格林山谷，古老的灰树林象征着荒野或混沌，包围着代表宇宙王国的天文台、小屋和坟墓，三者的垂直排列象征着宇宙三界的相互交叉。这种垂直结构象征世界的中心，在不同的古代文化中有不同表征，有的用一块垂直的圆形石头，有的用一圈石头，还有的用山或柱子，塔庙，金字塔，梯子或树等表征。当时封墓后火葬仪式中被烧毁的临时木桩是模仿一颗星的位置所建，描述了其围绕太阳运行的抛物线轨迹。中央古墓的建筑是对恒星毕宿五图案的复制，这从它和墓主人天文

---

① Peter Ackroyd, *First Light*, p. 199.
② Peter Ackroyd, *First Light*, pp. 46–48.
③ Peter Ackroyd, *First Light*, p. 99.
④ Peter Ackroyd, *First Light*, pp. 302–304.
⑤ Peter Ackroyd, *First Light*, p. 327.
⑥ Peter Ackroyd, *First Light*, p. 295.

学家或智者名字（Old Barren One）发音的相似度可以看出。同时，马克还发现，散布在山谷别处的古墓群和柴堆在很大程度上复制了他在中央古墓室墙壁和天花板上发现的石刻图案，也就是说，智者在皮尔格林山谷的基本设计图案是依据昴宿星（Pleiades）复制的，中心古墓复制的是毕宿五的图案，而"智者本人"是毕宿五或人类的象征。初秋时节，墓地完全暴露，考古队又发现一个侧门，但它依然是一个谜团。马克第一个进入墓地，通过判断回声他意识到墓室空间的巨大规模，"极大、极复杂、不可估量"①。几周后，更多的文物被发现，显示的年代介于公元前4300至公元前2600之间，但古墓的秘密始终令人费解。考古学家们距古墓里的文物越近，感觉对古墓越无法理解，因为"它们似乎反对阐释，变得越来越幽深莫测"②。然而，当马克进入墓室时，发现了有关古墓的一个重要线索。墓室的多边形顶部和墙上都有许多雕刻的线条和螺旋形状，确认了他之前对于古墓中天文学家的猜测。在一个浅坑里有一具人体，怀抱着一个白垩质小雕像。几天后，经过更加耐心的考查，考古学家们确定尸体是被绞死的。

在皮尔格林山谷发现墓葬的消息传开后，人们从四面八方蜂拥来到考古现场，似乎相信了那具尸体就是传说中的梅林。马克不相信这种猜测，因此深夜又独自回到古墓查看。他由侧室进入，沿着走廊爬向墓室，结果意识到之前发现的那个墓葬原来只是一个入口，通向一个更大更复杂的"地下通道。一个地下室。一个'地窖'（Fogou）"③。马克到达里面后竟然不知不觉睡着了，体验了一种奇异的经历：一开始进入黑暗的走廊感觉像重生，进入里面后看到一些异象，听到了不同的声音，看到了不同的死者，内心由焦虑突然转为平静。他还预见到妻子站在斯威森纪念塔（Swithin's Column）顶部，后来证明，凯瑟琳就是从这座塔上跳下自杀的。随后，马克在墓中发现一具棺材，顶面画着一幅人像的轮廓，是用赭红色绘成的，人像蜷伏在地上，双膝抵着胸膛。他跪下来，用手电筒照着棺

---

① Peter Ackroyd, *First Light*, New York: Grove Press, 1989, p. 184.
② Peter Ackroyd, *First Light*, p. 187.
③ Peter Ackroyd, *First Light*, p. 245.

材的一侧,看到上面清楚地写着"智者"(Old Barren One)的字样。他不知道这些字何时被刻在上面,但是知道他已经找到了他一直寻找的中心——源头。这座古墓是在大约4500年前为棺材中的这具尸体而建,赭红色的图像代表里面尸体的形状——如果其形状还可辨认的话。他知道,这样包裹起来的遗体可以保存许多世纪。

为了更好地凸显小说的主题思想,作者对小说中的人物描写也采用了不同手法,对于一些次要人物,主要采用粗线条勾勒法,对于一些承载着作品主题思想的核心人物,如马克、乔伊、达米安等更注重心理描写。马克不仅是联系小说中其他几位主要人物的媒介,而且还承载着小说的重要思想,因此,作者对马克的描写最全面、最详细,让他承载的信息也最多。例如,马克的妻子死后,他漫无目的地来到莱姆和卢德口之间的海岸小路,虽然那里有危险警告标志,但是马克由于内心过分悲伤没有注意到,一直走了下去。作者借此描写了马克内心的矛盾和挣扎:

> 他走着走着,雨停了,但直到雾散去,才停下来往下看。他现在已经到达圣加布里埃尔岬的灰色悬崖上,脚下几百英尺是大海和岩石。他能看到许多传说中的那十二块石头,但是一点也不害怕。他只是饶有兴趣地朝下看了看,因为觉得脚下的地面就像能听到海浪拍打的海滩一样遥远。他为什么要跳下去呢?在他身后,他可以听到鸟儿在荒废了很久的圣加布里埃尔庄里歌唱,此刻,在为他歌唱。他从悬崖边上退了回来,继续往前走……一直走到路德口。那是悬崖上一个浅浅的弯道,这里的石灰岩和黏土已经被橙绿色石砂所取代,从悬崖顶上有一条小路通向海边的一片沙滩和鹅卵石地。他急忙从悬崖上下来,向岸边走去,没有脱鞋和袜子就走到水里,直到水掩没脚踝。这就是凯萨琳小时候来过的地方,也是他过去在此遇见她的地方。"总有人被抛弃",这是她小时候听到的。但现在,他被抛弃,而她却安全了。后来,天空已经放晴,在冬日的阳光下,海浪本身似乎在发光。或许只是他脸上的光?他转过身来,看着身后的橙色悬崖。橙色的岩石上面是浅蓝色的天空。橙色

第四章　考古小说与超越时空叙事

和蓝色使他平静下来，因为他看到了世界的原始模样：橙色的石头和蓝色的空气。这里的宁静是逝去时间的遗物，想到这一点，他意识到自己的生命是从时间那里借来的，他个人没有权利放弃。①

想到此，他涉水而出，向崖壁上走去。来到它跟前时，他伸出双臂，把脸和手贴在那块橘色的石头上。它摸起来感觉很暖和，比周围的空气还暖和，或者是因为他自己的体温变热了。他两只手掌摸着石头，闭上眼睛，将温暖的景色吸进体内，让橘色的石头吸走他的眼泪。睁开眼时，他看见一群海鸥降落在峭壁上，栖息在凸起的奇石上，饶有兴趣地低头看着他。从卢克嘴走开时，马克知道悲伤和内疚很快就会随之而来。但是他明白，必须回到现实中去，勇敢地面对一切。

通过描写马克经历的心理活动，阿克罗伊德表达了对时间的独到理解，认为在某一时刻，生者可以和死者融为一体，死者和过去可以影响生者和现在，让生者对死亡和时间产生顿悟。在小说中这一思想主题通过马克、乔伊和达米安这三位人物的切身经历进行多次重复和强调。例如当马克因为妻子的自杀而悲伤和内疚，甚至产生轻生之念时在墓室中央发现一口木棺的那一刻获得重要顿悟。找到棺木后，他明白自己已经到达墓地的终点，但他此刻感觉好像什么也看不见。于是他关掉手电筒，低下头，双手放在木棺上。达米安的助手业兆曾告诉他，人体里有宇宙碎片，即消失的群星的遗迹。此刻，他感觉的确如此，因为发现地上和地下都有星光。他也看到了永恒，因为对于他来说，那一刻他突然获得顿悟，与时间融合，意识到"这里没有开始与终结"②。他想永远待在这里，想到此，他感觉与妻子和所有死者同在，让他心平气和。想到死者，想到过去，他看到的是永恒的星光在沉默中穿过天空，就像这里一样沉默。这里的沉默是死者的沉默，是先人的沉默，是那些把他带到地下的人的沉默，就像他们牵着他的手一样。他们是他靠着的石头、

---
① Peter Ackroyd, *First Light*, New York: Grove Press, 1989, pp. 257–258.
② Peter Ackroyd, *First Light*, New York: Grove Press, 1989, p. 289.

立在上面的岩石，是整个世界。他知道现在是什么时间：这是一个任何生物都不能理解的词语，因为理解它就要存在于它之外。只有死者才能理解时间的本质，因为时间就是上帝。此刻，虽然在墓室里，但他一点儿也不感到害怕。

第二条线讲述退休的喜剧演员乔伊和他的妻子弗洛伊来到山谷寻根，和明特一家团聚的故事。他们来到山谷的目的是为了寻找他身世的真相和5岁时失去的父母和家族，最终发现自己是明特家族的一员。在叙述乔伊的故事时，作者主要采用了倒叙的手法，通过追溯这一人物的身世引出小屋所承载的历史和故事。乔伊有超凡的喜剧表演和模仿才能，在20世纪60年代成为当时最杰出的艺人。然而，他一直为自己的身世所困扰，想知道自己的父母是谁。为了弄清身份之谜，他和妻子来到多塞特郡，寻找他的出生地——记忆中的小屋。他只记得它坐落在一片森林旁，院子里种着紫色的花，屋内天花板上有天使的雕像。他渴望凭借记忆找到亲生父母，因为在5岁时他就被人收养。

当乔伊和妻子经历数月最终在僻静的山谷远远看到小屋后他异常兴奋，于是和妻子一起穿过田野，一直跑到小屋的白色大门前。租住这座小屋的达米安出门发现他们后，把他们领进了前屋，乔伊立刻看到了房间角落里的石膏雕像正俯视着他们，看到它们依然在那儿他非常激动地大喊，因为它们是他的守护天使。他对达米安说，他的养父母认为他来自这个地方。他也记得这间小屋，所以他一直在寻找它，想知道父母是谁，从哪里来。乔伊激动地从一个房间走到另一个房间，然后来到花园里，看到他记忆中的"紫色花朵"时不由得再次大喊。达米安对他说："您一定要拜访明特一家，多年来他们一直是这座小屋的主人，什么都知道。"① 乔伊之所以如此兴奋是因为他一生都被某种遥远而宁静的过去印象所萦绕。他对这件事不太确定，他的养父母知道的不多，只说他来自德文郡和多塞特郡之间的某个地方，然而，他对这个地方的印象却总是那么深刻而丰富："可以看到高高的绿色树篱，紫色的花朵，附近的树林……万里

---

① Peter Ackroyd, *First Light*, New York: Grove Press, 1989, p.148.

第四章　考古小说与超越时空叙事

无云的天空,山谷旁吃草的羊群,听到秃鼻乌鸦的叫声。当时,他相信这些羊群是飞离天空的白云,想到大地上停留片刻"①。随后,乔伊拜访了小屋的主人明特,发现他们竟然是堂兄弟。同时,他也了解到父亲塞缪尔·明特在母亲珍妮失踪后自杀,因此,他才被送给别人收养。最终,他如愿以偿,和族人团聚,人们为他举行了一场宴会。在庆祝他与明特家族团聚的宴会上,乔伊意识到他不再需要为自己是谁而烦扰。他找到了族人……"合唱团……上前解释说,那些发生过的事件永远不会消失,而会永远回响"②。

阿克罗伊德不仅让生者相遇,让时空交叉,而且还通过人物内心活动和幻想让生者与死者交融和同时在场。这是他小说的一个永恒主题。例如,在小说的结尾作者通过乔伊的内心体验进一步重复和强调了第一条线中马克在古墓中获得"顿悟"和与死者同在的情节。马克在古墓中发现的那位"智者"棺木被认定是公元前4500年前明特家族的先祖,因此,明特家族将其从古墓中偷出并存放在乔伊的住处,然而后来被考古队发现。当无法保护"智者"免遭考古学家破坏时,明特最终决定放火将古尸烧毁,作为明特家族的一位新成员,乔伊承担了焚烧古尸的任务。在焚烧的那一刻,乔伊感受到时间的中断和逆转。看着尸体,他感觉穿越到了智者死时的那一刻,看到智者与周围的人握手。当乔伊和其他人一起凝视古尸被烧时,他发现,"从古人的脸上可以看到亲人的脸,当看到母亲的面容时,他向她伸手哭喊着。他还看到了把他从紫色的花丛中高高举起的父亲"③。

至此,乔伊终于找到了身份认同感,与自己的族系在心灵上达到交融。同时,其他几位在场人物也都经历了同样的体验。当看着焚烧古尸的烟灰飞入天空时,他们都经历了与死去的亲人进行的穿越时空的精神交流:

伊万杰琳突然意识到她的父亲就站在她身后,她微笑着转

---

① Peter Ackroyd, *First Light*, p. 149.
② Peter Ackroyd, *First Light*, p. 152.
③ Peter Ackroyd, *First Light*, p. 323.

151

向他，与他进行无声的交流。马克感觉到又和凯瑟琳在一起。乔伊感觉在用双臂搂着重新回到他身旁的父母。赫敏（Hermione）感觉被圣·加布里埃尔海岸那些曾经想飞的孩子们包围着。明特一家不需转身就明白还有其他人和他们在一起，所有在场的人都默默地站着观看，然而他们并不感到恐惧，正如人们所说，人根本不会死。在生者与死者交融的那一瞬间，人们听到从大地发出的一种深沉的叹息声也升向天空。此刻，他们既感觉是孩子，好像父母就站在身后，用手抚摸着他们，同时，又感觉是老人，厌倦了尘世，渴望安息。时光飞逝，所有这一切发生在顷刻之间，如昙花一现。当看着烟变得越来越淡时，明特对儿子说："一切都结束了，他现在安全了。"①

最终，所有人陷入沉默，看着骨灰飞向空中，穿越马克去过的卢德嘴，失踪的孩子们坠落的圣·加布里埃尔悬崖，凯瑟琳自杀的斯威森纪念塔，皮尔格林山谷和墓地上空，越来越高，升向毕宿五和其它群星，直到最终消失在光亮中。对于明特家族来说，一切都结束了，智者现在安全了。然而，智者尸体和灵魂回归本原和释放也意味着他一直以来控制的那些埋在"地下"的各种邪恶力量的释放，这对达米安影响最大，因为他最终要接替智者的任务，为了全人类也像智者一样牺牲个人。

第三条叙事线围绕达米安展开。他是一位天文学家，性格内向，为人诚实、可靠，因被授命观测恒星毕宿五的运行轨迹，常常来往于他在皮尔格林山谷旁租住的小屋和工作地霍尔布莱克荒野天文台之间。他观察的恒星毕宿五（Aldebaran）的名字与第一条叙事线中马克在古墓中发现的那位天文学家或"智者"的名字（The Old Barren One）相呼应。达米安通过观测发现，毕宿五正朝向地球方向疾驰，于是变得心神不宁，最终精神崩溃，举止失常。事实上，达米安的最终命运已在其姓氏"Fall"（坠落）中暗示。

阿克罗伊德不仅设计出三条叙事线，而且还通过不同方式让三

---

① Peter Ackroyd, *First Light*, p. 325.

第四章　考古小说与超越时空叙事

条叙事线中的人相互联系、相互影响和互为观察者,从而揭示出更多的人类隐秘,解决共同面临的问题。为此,作者将达米安和他居住的小屋作为这一重要联系的媒介。从小说的情节设计可以发现,达米安与小说中的几位重要人物都有联系,是他们之间相互沟通和认识的桥梁。例如,乔伊曾来到他住的小屋前寻根,而他所住的小屋又是从明特那里租来的。作者让达米安和马克的交集最多,对他们的相遇和一次次谈话进行了详细描述。两位人物的对话在小说中具有重要作用,既是小说人物之间的正常交流,又是现代考古学和天文学的交融,二者相互启迪对方,破解出一个个考古和科学之谜。同时,从作者对达米安所住小屋内部的厚描也可以看出,它不仅是小说中一个重要的故事空间,而且还承载着几代人的故事和历史,既是汉诺威的美好回忆,也是其父母悲剧故事的发生地,见证着达米安与其他几位重要人物的相遇,因此,具有重要的象征意义,可被视为过去、现在、天空、大地、人类、科学、宗教与神话的共同交汇点,隐藏了世间的所有秘密。

　　达米安和马克的第一次相遇发生在考古现场被破坏之后。由于不知道谁是破坏者,而且只有达米安住在山谷附近,因此马克和伊万杰琳决定到他的小屋询问情况。这时作者通过两位来客的视角细致地描写了小屋的内外环境、布局以及他们之间的第一次重要谈话。站在远处的山脊上,马克和伊万杰琳就可以看到田野尽头的那座小屋,茅草屋顶和楼上的窗户隐约可见。他们朝那扇白色的大木门走去,马克打开大门,两人沿着一条石径来到房屋门前,"看到两个白色的人物雕像分别挂在门楣两边,是两张年轻面孔的白色石膏像,也许不是死者面像,但却有点阴沉"[1]。小屋做工精细、坚固、厚重,看起来很美。伊万杰琳冲进房间中央,看到高高的天花板上刻着的几张白色石膏头像很激动,不敢相信手工工艺可以做得如些精美。钉在一面墙上的是一组用黑色镜框裱着的照片,她激动得叫出声,并朝它们跑过去。她看到的第一幅照片是伽利略(Galileo)发表在《星际使者》(1610)中的昴宿星图的雕刻图。第二幅是托勒

---

[1] Peter Ackroyd, *First Light*, New York: Grove Press, 1989, p. 96.

密（Ptolemy）画像，高举着一幅灿烂的太阳图像。第三幅是哥白尼（Copernicus）肖像，他右手放在星盘上，望着一扇打开的门。第四幅是第谷·布拉赫（Tycho Brahe）的雕像，周围摆放着模仿星座的字母和数字。第五幅是开普勒（Kepler）的画像，正用手指向一个半球，画像的下方有一段铭文："天文学有两个任务，拯救天空，思考世界本质"[1]。第六幅是牛顿（Newton）的一张照片，透过其中拉开的窗帘和屋内的灯光可以看到太阳系运动模型。最后一幅是爱因斯坦（Einstein）站在黑板前的照片，上面有粉笔写下的符号。另一面墙上有三幅较大的精心排列着的照片。第一幅照片中是一个老和尚，他正透过一扇开着的窗户向外凝视，并举着双手，掌心向外，作祈求的姿势。第二幅照片拍摄于17世纪，其中的三个男人戴着领带，正透过一根长管往外看。最后一幅年代较近，画中有三个维多利亚时代的人，戴着大礼帽，在一个黑暗的圆顶中忙碌着。可见，通过描写墙上各个时期天文学家的照片，阿克罗伊德巧妙地梳理出天文学发展史，同时也将达米安与这些天文学家的研究联系在一起。

当伊万杰琳在独自欣赏墙上的照片时，马克正在和达米安讨论关于古墓的历史。他说：

> 我们认为，皮尔格林山谷的坟墓大约建于公元前2500年，而且猜测这曾是一位天文学家的坟墓。在建造这座坟墓时，英国各地都有石柱圈建筑。所有的证据都表明这些石圈是天文台。因此，部落中最伟大的人似乎是那些能观察天空并能以某种方式读懂星座的人……没有人知道为什么在这一时期人们会对恒星产生如此广泛的兴趣。没有人知道为什么大地上的人开始明白他们在天空的意义。这就好比问为什么有些生物长了翅膀，然后变成鸟类……甚至很有可能坟墓周围的石圈对应着天空的某个地方。它的形状如此不同寻常，以至于它可能代表一个固定的观星台，观察时间可能是在春分时候。[2]

---

[1] Peter Ackroyd, *First Light*, p. 97.
[2] Peter Ackroyd, *First Light*, New York: Grove Press, 1989, p. 99.

第四章 考古小说与超越时空叙事

达米安解释说:"我在研究星座……昂宿星离我们有 300 光年,毕缩星团有 140 光年。毕缩五距离我们只有 68 光年。它们看起来都很近,但实际上却相距很远。"① 他们谈得很投机,于是达米安邀请马克抽时间到天文台一起观星。事实上,在他们到来之前,达米安在仔细研究托勒密、哥白尼、开普勒和牛顿的照片,思考他们的理论。他发现,他们各自的理论和发明只持续了很短一段时间,他在想,如果所有的知识都只是故事,那还有什么意义呢?也许没有恒星,没有行星,没有星云,也没有星座,也许它们只是为了满足人们的愿望和要求才出现的。如果有那么一个时刻,地球上没有人研究天空——没有孩子好奇地仰望星星,没有射电望远镜瞄准遥远的星系,没有天文学家坐在观测台里——那将会发生什么?天堂有可能消失吗?如果我们头顶上只是一片空白,就像现在我体内是空白一样会怎样呢?在此,作者通过恰当运用戏剧独白的方式揭示了达米安的担心和忧虑,让小说叙事自然可信。

马克和达米安的第二次相遇是在霍尔布莱克荒野天文台。去之前马克给达米安写过一封信,告诉他在墓地石头上发现的一些神秘符号,因为渴望知道这个躺在皮尔格林山谷坟墓里的人究竟是谁。通过达米安的解读,马克才明白了古墓石门上的图案。原来那是一张星图,有昂宿星团、毕宿星团和毕宿五星。所有的证据表明,这座陵墓建于公元前 2500 年左右春分时节,那些星座会出现在东方地平线上。马克激动地意识到,墓室结构和入口处雕刻的星图一致。达米安说:"这些古人一定能够像我们一样准确预测星体运动。至少我知道那些群星真实存在。不管这些人是谁,至少他们看到了同样的星光。"② 达米安还告诉马克:

> 其实我们什么都不知道。我们看到的只是我们想看到的而已。在每一代人中,天堂只不过是一幅人类欲望的天体图。这些反映了我们最近关于宇宙的所有理论,尽管我们不再看到似神或动物形状的星群,但是我们自己的理论也同样令人难以置

---

① Peter Ackroyd, *First Light*, p. 101.
② Peter Ackroyd, *First Light*, New York: Grove Press, 1989, p. 162.

信。你可以看到，群星呈现的是我们为它们选择的形状。它们变成了我们自己的形象，照耀着我们，安慰着我们。我不确定是否希腊人是对的，也许真有马和鱼飞跃天空。也许几个世纪前我们就希望它们存在，因此从那时起它们就被定格在那里了。还有科学，谁敢说我们的科学比埋在皮尔格林山谷那位天文学家的科学更好呢？你告诉过我他是天文学家？你明白，科学就像小说。我们编造故事，勾画故事梗概，试图在事件背后找到某种模式。我们是有趣的观察者，喜欢继续讲故事，喜欢取得进步……你知道在量子物理中物体会突然出现和消失吗？然后我们又看到物体同时出现在两个不同的地方，我记得这本来应该是不可能的……我们看到电子在这一点，但是然后又看到它在另一点，而且它可以同时沿着所有可能的轨迹到达那点。对于一个相信恒星有序运行的人来说，这是一件怪事。还有一件事，我们现在知道，科学家在观察现实的同时，实际上也在控制现实。例如，亚原子粒子的旋转总是按照物理学家的预期进行，它总是听从他的随机选择。[①]

达米安的这些观点事实上也是阿克罗伊德想表达的观点：科学不一定能完全解释世界的本质，现在的科学不一定比过去的科学更先进，现在的人不一定比过去的人对世界了解更多。随后，达米安和马克都透过敞开的房屋圆顶抬头望着天空中的蛇夫座。通过这一观望动作，作者又将小说中的几位人物和现实人物，古代和现代的人物联系在一起。例如作者写道："此时，马克的妻子凯瑟琳正坐在克鲁克小巷的窗前凝视着同一星座。欧文也在仰望它们，乔伊也一样。还有数不清的人们也在仰望天空。星星在湍流的空气中为他们跳舞，他们的思绪像薄雾一样从身上升到冰冷的天空。"[②]

通过达米安和马克两个人物的交集，阿克罗伊德自然地将考古叙事线和天文观测叙事线形成神秘联系，揭示出当代物理学发现的新问题。例如，有一次当达米安在天文台观察毕宿五时，惊奇地发

---

① Peter Ackroyd, *First Light*, pp. 158 – 160.

② Peter Ackroyd, *First Light*, p. 160.

现它竟然变成了皮尔格林山谷的形状。在另一个屏幕上，当他调出一个恒星光谱发射的模型时，看到它的气体外壳是一个旋转的黑色球体——球体表面的波纹和起伏很像地球上的沙丘和坟墓。达米安边观察正在形成的形状边说："我知道这个地方，这是真的吗？这颗星真的变成皮尔格林山谷的形状了吗？是的，快看，它在转动。"[①]通过这样的描写，作者旨在表达大地和天空的神奇联系和相互影响，这在小说的另一处表现得更为明显。例如，作者在第 33 章中告诉读者，达米安有强烈的地方感，往往因其所居住的房间改变而改变，从小时候起他就意识到房间的变化对他所造成的影响。他发现，在目前所住的小屋里，同样能感觉到这一影响："当他刚到这里的时候，感觉到的是一种压倒一切的耐心和平静；在最初几个月里，这所农舍拥有几代人的耐久力，有习以为常的开始和完成工作后的宁静"[②]。然而当古墓被考古学家逐渐破坏后这种状态便已结束，四千多年来保持着善与恶、宇宙和混乱之间平衡的神秘和谐结构被破坏。自此，他再也无法平静，感觉自己的努力如此徒劳和无意义，以至于他个人的情绪也影响到这间小屋本身。挫败感萦绕着他，现在这个地方对他而言只不过是一个脆弱的掩体，一个藏身之地而已。他感觉到"墙壁里面还隐藏着别的东西，一种似乎起伏不定的绝望。今晚他的这种感觉异常强大"[③]。这种改变被达米安认为是"宇宙之死"（the death of cosmos）的原因。在"智者"被明特家族从古墓中移走后，达米安注意到毕宿五也在改变着其运行轨道，"正朝向地球方向移动，以极高的速度逼近地球"[④]。在这之前，他也曾注意到农舍墙上的雕刻"不再是静止状态，似乎被赋予了生命。昴宿星的图表也开始移动和闪烁，此时此刻，他感觉小屋也是一座坟墓，很害怕，具体说是害怕自己的影子"[⑤]，因为他认为它就是毕宿五，"他正被毕宿五鬼魂所困扰，认为鬼魂和他一起在房间里"[⑥]。他还发现

[①] Peter Ackroyd, *First Light*, p. 155.
[②] Peter Ackroyd, *First Light*, p. 128.
[③] Peter Ackroyd, *First Light*, p. 128.
[④] Peter Ackroyd, *First Light*, pp. 293–295.
[⑤] Peter Ackroyd, *First Light*, pp. 293–294.
[⑥] Peter Ackroyd, *First Light*, p. 295.

电脑里记录着从毕宿五上坠落的数字"正迅速地融合在一起,看起来就像一张张脸重叠在一起"①。事实上,达米安早已经注意到古老的小屋已失去了往日的和谐与宁静,他对枯燥的日常工作感到厌烦,有强烈的失败感,认为有一种陌生的东西正注视着他,邪恶力量正涌入小屋中,感觉自己"被某种无法解释的、深不可测的恐怖包围着"②。

达米安在小说中可谓是一个现代智者,正如苏珊娜曾说,他是"新星人"(the new Star Man)③,一个有远见卓识的人,将天地之力融于一身,因此,作者在他身上赋予神秘性。例如,当马克和伊万杰琳一起去达米安小屋拜访他时,他们听到从他的 CD 播放机中传出的勋伯格(Schoenberg)唱的歌词片段,"我们面前的庄严肃穆/遮蔽了黑暗之门/全人类之门……"(Solemn before us/Veiled the dark portal/Goal of all mortals)④。熟悉歌德(Johann Wolfgang von Goethe,1749—1832)的读者可能会发现,这三句唱词实际上是歌德的那首"共济会所"(Mason Lodge)诗歌的片段,即这首诗第三节的前三行,作者在小说中没有提到这节诗的最后两行,它们是"群星沉默在我们的上方,坟墓在我们的下方沉默"(Stars silent o'er us,/Graves under us silent)⑤,歌德用一个含有"上方"和"下方"的对句结束了本节。阿克罗伊德在此通过达米安引出歌德显然不是随意为之,是想强调达米安与歌德离世之前的相似情境:渴望光明。歌德的临终遗言是"给我更多光明吧"⑥。同样,在小说的结尾,当达米安从床上向窗外望时,"什么也看不见了。只看到充满光明的天空"⑦。可见,作者通过达米安这一人物,再次强调了万物联系、古今联系、天地联系的观点,探讨了科学、神话和文学之间的关系问题,引发读者对当代考古学、量子物理学、天文学等新理论的兴趣

---

① Peter Ackroyd, *First Light*, p. 296.
② Peter Ackroyd, *First Light*, p. 177.
③ Susana Onega, *Peter Ackroyd*, Plymouth: Plymbridge House, 1998, p. 52.
④ Peter Ackroyd, *First Light*, p. 94.
⑤ BarryLewis, *My Words Echo Thus: Possessing the Past in Peter Ackroyd*, Columbia: University of South Carolina Press, 2007, p. 57.
⑥ BarryLewis, *My Words Echo Thus: Possessing the Past in Peter Ackroyd*, p. 193.
⑦ Peter Ackroyd, *First Light*, p. 328.

和思考。

　　达米安的助手亚历克虽然在小说中不是主要人物，但是却担任着重要角色，作者仅用寥寥数笔就通过亚历克之口表达出一些重要见解。例如，在妻子自杀三天后，马克收到达米安写给他的一封信，内容是"让我们一起观星吧。星期一晚上请来霍尔布莱克荒原"①。可是令马克吃惊的是，当他按时到达天文台后，达米安却拒绝见他，这种突如其来的意外拒绝唤起了他对凯瑟琳死亡的记忆，令他感到孤独和害怕。让他安慰的是，达米安的助手亚历克热情地接待了他，领着马克来到荒野上，两人在星空下散步、谈话。亚历克年轻、乐观、充满活力，深深地感染了马克。因此，作者通过马克和亚历克的对话再次强调了一些重要思想。亚历克对马克说："达米安曾经跟我说过，我们不比古代天文学家知道的东西更多。我们只是知道不同的事情，就像我们穿不同的衣服，说不同的语言一样。"② 亚历克还说："一切事物都是相互关联的。地球是由太阳星云形成的，太阳星云是由银河气体形成的。每个事件都是其它事件的一部分，即使是最遥远的恒星也可能对我们产生影响。"③ 马克认为，每个人的灵魂在死亡的那一刻都会变成一颗星。亚历克赞同马克的观点，认为也许灵魂是由同一种物质构成，生命的一切物质都来自宇宙的微量元素，人人体内都有一个宇宙。万物皆有联系，即使我们的身体也是由毁灭的星星化石碎片和灰烬组成。这些恒星在地球形成前数百万年就不复存在了。亚历克还告诉马克，如果把血浆放在显微镜下，它看起来就像一个星场。和亚历克谈话，让马克很开心，感到一阵突如其来的幸福。可见，作者通过巧妙的情节设置，让人物之间形成自然联系，通过对话引出重要话题，引发读者对当代科学问题的深度思考。

　　在这部小说中，阿克罗伊德还充分运用了重复和循环叙事手法。重复和循环叙事既是小说的重要美学特征，也是作者表达主题所采用的一种重要叙事策略，因此，在小说中有多处重复的情节描写。

---

① Peter Ackroyd, *First Light*, p. 260.
② Peter Ackroyd, *First Light*, p. 264.
③ Peter Ackroyd, *First Light*, pp. 262 - 263.

例如，作者让达米安从电脑中的数字上看到一张张脸重叠在一起的画面与马克、乔伊分别在墓室和焚烧古尸时看到的画面相似。同时，这些画面也重复了作者的其它小说如《霍克斯默》中戴尔和霍克斯默两人重合的画面，《查特顿》中查特顿、梅瑞迪斯和查尔斯手牵手的场景。通过这种重复与互文，作者强调了他作品的永恒主题：过去是不朽的，可以与现在同时在场。

最典型的重复和循环叙事见于小说的首尾段。为了与小说所探讨的时间循环的观点相呼应，在小说首尾章节，作者采用了重复和循环叙事手法，让小说呈现出"首尾圆合"的模式。小说的结尾章节和第一章的标题和内容完全一样，似乎让小说叙事又回到原点。事实上，其中的一句话暗示着作者的用意，"为什么我们认为圆周运动是最完美的呢？是因为它没有开始也没有结束吗？"[1] 首尾章节的重复让叙事形成一个完美的圆形，表征了作品的主题思想。在小说第一部分的第一章"不确定性原理"（The Uncertainty Principle）中，阿克罗伊德通过达米安的观星视角将读者引向一个浩瀚神秘的宇宙空间：

> 让我进入浩瀚的宇宙吧，进入人们对其一无所知的黑暗世界。在那里，曾经有活跃的光生物，它们的运行轨迹布满天空。但是，这些生物很快就消失了，巨大的星体取代了它们的位置，发出的美妙音乐响彻整个世界。这些和声太美了，无法持久。时钟已在上帝苍白的手中滴答作响，钟表已开始转动。德比的约瑟夫·赖特（Joseph Wright of Derby）画的那幅画是什么来着？我曾经见过那幅画。是叫"实验"吗？我还记得，画中的烛光怎样透过一个钟形玻璃罩向上折射并遮住整个天空。但是，当电能横扫天空时，烛光被来自巨大熔炉的风吹灭了。但总算还有时间，并可以延伸到永恒。至少我小时候是这么想的。接着，突然一切变得不确定。没有了时间，没有了空间。一切都消失了。现在只有能量波，它们的运动轨迹不同寻

---

[1] Peter Ackroyd, *First Light*, New York: Grove Press, 1989, p. 328.

第四章　考古小说与超越时空叙事

常。这颗星叫"奇特",那颗星叫"迷人"。梦醒之后还能看到什么呢?黑暗会以什么样的形状呈现呢?达米安·福尔转向他的同事(或影子)。你当然知道我们将观察什么对吗?是的。毕宿五,比太阳亮 120 倍,燃烧的恒星。看起来是红色的,但颜色会像幻象一样变化。在天空的同一区域,他看到了被称为毕宿星团的小光锥,距离地球更远,冷却的红色星体在环绕它们的气云中发光。附近的昴宿星团所发出的光融入一个蓝色星云中,这个星云似乎要粘住每颗恒星,其蓝色光线和细丝涂抹在无尽的黑暗中。在这些星团的后面,他可以看到巨大的蟹状星云,它离地球如此之远,从地球上看它不过是一层薄雾或一片云,像爆炸后在眼睛里形成的影像一样模糊。达米安还可以看到更远的星系、星云、流星、旋转的圆盘、发光的星际碎片、螺旋行状、包含着数百万个太阳的光束、黑暗、苍白的月亮、光的脉冲。所有这些都来自过去,笼罩在迷雾中的幽灵形象让达米安感到困惑。因此,他感觉自己像在一艘被风暴抛在海面上的小船上,被黑暗的海浪包围着。这就是最早的人类在他们头顶上看到的天空———一个深不可测的海洋,他们在上面漂流。现在,我们也在谈论一个充满波浪的宇宙。我们又回到了最初的神话。如果星星真的是举起的火把在照亮我的路怎么办?我看到的甚至和在光生物出现之前人们在天空中看到的一样。我能看到最早的人类天空,是的,毕宿五。这个地方曾经被认为是金牛座中一张人脸的轮廓。达米安朝他的影子笑了笑。昴宿星团虽然包含 300 颗恒星,但是没有形成真正的图案。燃烧过后就被摧毁,然后向外冲去。最后一片云已经消散,整个夜空又一次再现,天空如此明亮,如此清澈,达米安·福尔不由得向它伸手,然后转动手腕,好像他能通过操控一个大轮子转动天空。甚至有那么一会儿,当他转动脑袋的时候,星星似乎也跟着转动起来。①

---

① Peter Ackroyd, *First Light*, New York: Grove Press, 1989, pp. 3 – 4, 327 – 328.

作者之所以不厌其烦地有意重复整个章节内容肯定是想让叙事形式产生重要意义。马克·D·富勒顿（Mark D. Fullerton）曾说："每个情节本身要么是采取单一场景叙述，要么是采用综合性叙述方式……这种循环式叙述可以达到令人吃惊的效果，其表现出来的情节的复杂性可以和荷马对阿喀琉斯之盾的描写媲美。"① 龙迪勇认为，这种循环式叙述"消解"了时间性与因果关系，遵循的是"空间逻辑"②。阿克罗伊德的叙事也达到了这样的效果，通过循环叙事，也让时间得以循环，打破了常规线性叙事的发展模式，让叙事最终回到原点，在结构上形成一个圆（circle）。事实上，"圆"常被古人用来喻天，在古代艺术思想中是完美的象征，例如杨义先生曾说：

> 贯穿儒道释三教，泛化于天地万物的富有动感的圆形结构，必然也深刻地渗透到中国人的诗性智慧之中。因此，中国叙事学的逻辑起点和操作程序，带点宿命色彩的是与这个奇妙的圆结合在一起了，是否可以在一定的意义上这样说：中国历代叙事文本都以千姿百态的审美创造力，在画着一个历久常新的辉煌的圆？③

虽然杨义先生在此谈论的是中国叙事学，但也适用于评价阿克罗伊德的作品。通过让叙事的起点和终点汇合，他不仅让叙事形式与内容形成前后呼应，画了一个美好的圆，而且形象地强调了作者旨在探讨的问题：宇宙的神秘起源和循环发展，在不完美的现实中寻找完美的愿望，实现天一合一。这种明显的大段重复不仅有助于强调宇宙时间的循环，暗示完美，而且还有作者的另一层深意：让恒星毕宿五与达米安完成身份认同，实现"天人合一"。换句话说，小说结束时，作者让达米和其之前小说中的一些"智者"陷于同样处境：被同时代的人认为是疯子，而事实上，他并非真疯，而是比其他人

---

① 龙迪勇：《空间叙事学》，生活·读书·新知三联书店2015年版，第448页。
② 龙迪勇：《空间叙事学》，第448页。
③ 杨义：《中国古典小说史论》，中国社会科学出版社1995年版，第518页。

第四章　考古小说与超越时空叙事

知道得更多，他是智者选择的一位新天文学家，并会将知识传递给他，也可以说智者会借他重新转世。可见，作者通过运用循环叙事手法而达到的刻意重复把科学思维想小说叙事很好结合，引发人们深刻思考科学、人类与神话之间的复杂关系。这种循环叙事也反映出作者对当下科技取得不断突破的重要思考，有助于人们通过文学话语了解当前科技新发展，激发人们对量子物理的兴趣。这将有利于提升人们对所生活其中的世界乃至人类本身的再认识，积极关注人类在量子力学方面取得的重大成就。

小说中的重复和循环叙事不仅是修辞和形式层面上的考虑，而是作者表达主题和内容的需要，因此，意义深远，不容忽视。米勒曾说："无论什么样的读者，他们对小说那样的大部头作品的解释，在一定程度上得通过这一途径来实现：识别作品中那些重复出现的现象，并进而理解由这些现象衍生的意义。"[1] 同样，从《第一束光》首尾段的重复和循环叙事可以看出，达米安这一人物具有重要的象征意义，表征着科学家的责任和献身精神，这也是作者对科学与人类进步关系的重要思考。作为新时代的"智者"，他最早感觉到"那颗火星从它原来的位置上动摇了。不知何故毕宿五从它的球体上掉落下来，达米安凭借洞察力观察到这一情况，并把它的坠落与山谷的古墓挖掘联系起来。他看到的那些影子和声音毕竟都是真实的；他们是来警告他的"[2]。他要担负起恢复人类与宇宙之间和谐的责任，但是在别人眼里，他是一个背负世界痛苦和悲伤的傻瓜，他自己也意识到这一点。虽然这项任务一开始让他感到害怕，但达米安似乎最终接受了命运的安排，因为他不再害怕自己的影子，而是欣然微笑，眼中看到的是"光明"[3]。作者将达米安的微笑和光明联系起来让小说结尾更加神秘而迷人，引发无限联想。

《第一束光》可谓是阿克罗伊德探索人类和宇宙的一个奥秘。多塞特郡的沙丘和古墓如同宇宙一样隐藏着无尽的秘密，并且，宇宙

---

[1] ［美］希利斯·米勒：《小说与重复：七部英国小说》，王宏图译，天津人民出版社2007年版，第1页。
[2] Peter Ackroyd, *First Light*, New York: Grove Press, 1989, p. 296.
[3] Peter Ackroyd, *First Light*, New York: Grove Press, 1989, p. 326.

和物质的奥秘与地球上人类起源的奥秘是相互关联的，这是为什么在《第一束光》中存在着相互作用的各种力量，为什么古墓的挖掘影响了星图和小屋。

阿克罗伊德不是仅仅努力追求那些华美、宏大，但与日常生活毫不相干的事件的作家，他在作品中常常能将当下日常所了解的知识融入作品之中，《第一束光》就是一个很好的案例。作者把考古学、现代量子物理学和天文学方面的新发现都很好地融入这部小说之中，并将其对宇宙起源和奥秘的思考通过达米安、马克和亚历克等人物表征，显示出其对当前人类所面临生存和进步问题的积极思考和回应。同时，作者在小说中采用的环形叙式，犹如天空中的圆形星图和大地上石头遗存的圆形图案一样，象征着时间的无始无终，寄托了作者对未来宇宙的美好愿望和期待。

第二节 《特洛伊的陷落》

《特洛伊的陷落》（*The Fall of Troy*，2006）是阿克罗伊德的第13部小说。作者依据真实的历史人物，通过融入个人想象和虚构创造了一个迷人的，充满神话和传奇色彩的人间故事，讲述了一位考古学家执迷地寻找和挖掘特洛伊遗址的特殊经历，描绘了真相和欺骗之间的辩证关系。小说主人公海因里希·奥伯曼（Heinrich Obermann）是一位著名的德国学者，相信他发现的古特洛伊遗址可以证明他毕生珍视的荷马史诗《伊利亚特》（*Iliad*）和《奥德赛》（*Odyssey*）中的英雄们真实存在。但是，奥伯曼年轻的希腊妻子索菲亚（Sophia Chrysanthis）质疑他的动机，后来，当发现了丈夫隐藏的古物和另一位质疑他的考古学家威廉·布兰德（William Brand）死于神秘的热病时，她对奥伯曼的怀疑更加强烈。凭借精致的细节描写，阿克罗伊德再次展示了他能唤起历史时空的高超叙事能力，引发人们对历史、神话、科学之间关系的历史思考。

该书出版后引起一些媒体关注。巴里·昂斯沃思（Barry Unsworth）在《卫报》（*The Guardian*）上发表了评论，认为它"让人激动、不安、构思巧妙、读起来令人愉快"[1]。《泰晤士报文学副刊》(*The Times Literary Supplement*) 评论说:"《特洛伊的沦陷》是对19世纪50年代城市考古故事的巧妙改编……彼得·阿克罗伊德的虚构甚至胜过海因里希·施里曼 (Heinrich Schliemann, 1822—1890) 的梦想。"[2] 还有一些国外学者在期刊上发表了少数关于这部小说的文章,例如,德国学者芭芭拉 (Barbara Puschmann-Nalenz) 的《21世纪小说框架故事与嵌套叙事的再定义:"特洛伊的陷落"与"诸神黄昏"》(*Reconceptualisation of Frame Story and Nested Narrative in 21 st-Century Novels*:"*The Fall of Troy and Ragnarok*")[3] 和费利克斯·尼克洛 (Felix Nicolau) 的《自命英雄的假身份》(*False Identities of Self-Proposed Heroes*) 等。[4] 然而,与作者的其他小说相比而言,学者们对这部小说的评论相对较少。

小说中奥伯曼这一人物的历史原型是德国传奇式考古学家海因里希·施里曼,他在特洛伊的考古发现曾引发热议,为阿克罗伊德提供了充分的想象空间。例如,在2001和2002年兴起的一些德国学者之间的学术争论中,有学者不仅怀疑施里曼对古代特洛伊的定位和他对《荷马史诗》历史性的信仰,而且还怀疑近期的研究结果。同时,还有关于《伊利亚特》属于希腊—欧洲还是属于小亚细亚和古代东方文化殖民城市的讨论。针对这些历史问题和争论,阿克罗伊德试图用小说形式做出个人回应,为此,他设计出复杂的叙事模式,有意樟糊真与假的界线,让事实与虚构,历史与神话,理性与幻想等多种对立元素跨界与融合,使小说充满含混和张力,引发读者对如何平衡历史、神话和人类生活的追问和沉思。

从叙事艺术考察,《特洛伊的陷落》采用了传统小说的第三人称

---

[1] BarryUnsworth, "Digging for Victory", *The Guardian*, October 21, 2006, https://www.theguardian.com/books/2006/oct/21/fiction.Peterackroyd.

[2] Peter Ackroyd, *The Fall of Troy*, New York: Anchor Books, 2008.

[3] Barbara Puschmann-Nalenz, "Reconceptualisation of Frame Story and Nested Narrative in 21 st-Century Novels: The Fall of Troy and Ragnarok", *AAA: Arbeiten aus Anglistik und Amerikanistik*, Vol. 41, No. 2, 2016, pp. 49–72.

[4] Felix Nicolau, "False Identities of Self-Proposed Heroes", *Hyper Cultura*, Vol. 1, January 2012.

叙事视角和框架结构模式，因此，在当代文学中并没有得到批评家的足够重视，甚至被认为是对历史故事的刻板重写。事实上，《特洛伊的陷落》所呈现的小说结构和叙事模式既不是完全忠实于历史的重写，也与传统的框架小说结构不同。传统的框架故事（frame narrative）"是指在主要叙述者中有一个或多个第二层叙事者讲述一系列简短的故事。这种方法在东方和中东的口头和书面文学中广泛流传，就像在《一千零一夜》的故事集中一样。这种方法曾被许多作家使用，包括薄伽丘（Boccaccio）的《十日谈》（*Decameron*, 1353）和乔叟用诗体写成的《坎特伯雷故事集》（*Canterbury Tales*, c. 1387）"[①]。在这种框架结构小说中，作者往往在开头用一个楔子或引子构成故事框架，将一些毫无关系的故事连接在一起。有时故事之间可以没有关联性，主要靠楔子或引子将它们联系起来，形成大故事套小故事的"中国式盒子"或"俄罗斯套娃"式结构。在英国，自乔叟的《坎特伯雷故事集》继承了欧洲文学"框架故事"的伟大传统以来，框架和嵌入式叙事结构便构成英国文学的一种重要叙事形式。类似这样的文学作品在英国文学史中比比皆是，如19世纪英国作家玛丽·雪莱的《弗兰肯斯坦》和21世纪伊恩·麦克尤恩的《赎罪》都是典型的框架叙事。作为一位尊重经典和传统的作家，阿克罗伊德也继承了乔叟所开创的这一伟大传统，他的小说《弗兰肯斯坦个案》采用的也是框架结构。同时，他还能将之发挥和创新，将"俄罗斯套娃"或"中国盒子"的模式变为中国刺绣的工艺，用刺缀运针绣出美丽的图案和花纹，让所有故事以不同的花纹和图案出现在同一缎面，而不是用一个故事套另一个故事，《特洛伊的陷落》是一绝佳案例。具体而言，在这部小说中，框架故事由叙事性的历史事件构成，即作者将历史人物施里曼的考古工作改写后作为前景故事引入，利用主人公奥伯曼对荷马史诗的痴迷将《伊利亚特》作为嵌入故事以碎片化形式引入前景故事中。小说的独特之处在于作者对框架故事和嵌入的神话史诗的独特安排。嵌入的荷马史诗元素建构出框架故事中奥伯曼的审美幻想，主导了他的形象，影响了

[①] M. H. Abrams, *A Glossary of Literary Terms*, Beijing: Foreign Language Teaching and Research Press, 2010, p. 332.

他的话语、思想和行为，并通过他又影响了其他人物，因此，在小说中无处不在。同时，"嵌入"的神话故事也起到阐释和映射框架故事的作用，隐含和预示了它的沉迷者奥伯曼的命运，就像荷马《伊利亚特》中的那些英雄们一样，奥伯曼会最终陨落，作者在小说的标题《特洛伊的陷落》中已暗示了这一点。

小说的主要故事情节包括海因里希·奥伯曼的生与死，由一位全知的第三人称叙述者讲述，并让三条叙事线镶嵌在一起，构成复杂的叙事网。第一条线主要通过奥伯曼之口以碎片化形式讲述荷马《伊利亚特》和《奥德赛》中的故事，让荷马与奥伯曼同在。第二条线讲述荷马的现代接受情况，主要是奥伯曼如何把《伊利亚特》当作历史书来读，并根据其中精确的地形信息描写进行考古的经历。第三条线讲述其他人物对奥伯曼的接受和评价，主要通过其妻子索菲亚的视角揭示他的神秘过去和欺骗行为。纵观整个叙事结构可以发现，三条线叙事线虽然交织在一起，难以将其分开，但具有明显的层次感。作者以第一条叙事线中的内容为核心，在第二条叙事线中讲述奥伯曼对第一条叙事线中内容的评价，在第三条叙事线中让奥伯曼妻子和其他人物对第二条叙事线中的内容，特别是奥伯曼进行评价，使三条叙事线相互交织。这样的叙事安排可以让作者从多个人物视角、多种维度展示主人公奥伯曼的复杂个性，给读者留出足够空间对其进行全面审视和评价。

作者采用复杂的叙事结构不是纯粹小说形式上的诉求，而是想让小说结构与深厚的历史内涵形成内外呼应。他始终以历史事实为创作基础，让小说人物和事件扎根在历史土壤之中。同时，他又能结合历史和当下对历史人物和事件进行大胆而理性的虚构和哲理思考。为此，他才设计出精湛而复杂的叙事模式，并充分运用细节和心理描写，让历史事实与虚构人物和事件之间形成张力和含混，使小说叙事时空得到最大限度的延展。

《特洛伊的陷落》与传统的框架故事不同，有一个清晰的故事框架标志着神话故事重写的开始和结尾。例如，第三人称叙述者，描写了奥伯曼的生与死，奥伯曼死后，框架结构关闭，随后小说结束。嵌在这个框架里的是荷马史诗《伊利亚特》和《奥德赛》的神话片段。荷马的《伊利亚特》在小说中并没有以连贯的文本进行呈现，同样，历史考古学家施里曼的传记也是如此，同样以碎片化的形式呈现。然而，它们让读者感到无处不在，因此，阅读这部小说需要读者对荷马史诗和施里曼有充分了解，因为阿克罗伊德在作品中将它们糅合在一起，使他们之间时而形成套层，时而相互交织，很难区分。可以说，阿克罗伊德的小说叙事安排已经超越了"纯粹的"互文性，暗指或引用的传统模式，而是一种崭新的模式。一方面，奥伯曼对荷马史诗的理解去掉了虚构的特质，形成了一种无所不包的真实存在，因为他坚信荷马史诗不仅是神话，而且也是历史。另一方面，奥伯曼沉浸在诗歌语言世界中，以至于他经常很自然地讲出诗意的语言。因此，小说中的两种叙事之间存在着持续的交流和互动，揭示了讲故事和叙事是所有人类不可避免的行为活动。

在小说的开篇，作者通过陌生化手法让读者一开始就进入叙事的迷宫之中，因为小说第一句话就颠覆了读者最初根据书名所建立起来的阅读期待，具有明显的框架叙事特征。书名《特洛伊的陷落》似乎是要给读者讲述古代神话史诗，然而，读者会发现，开篇却是奥伯曼向希腊女孩索菲亚求婚的场景："他重重地跪在地上，抓住她的手，把它举到嘴边。我吻的是未来的奥伯曼太太的手。他说的是英语。她和父母都不懂德语，他也不喜欢说通俗的希腊语，认为它很庸俗。索菲亚低下头时发现了他秃头顶上的一个小伤疤"[1]。从这样的开篇可以发现，叙述者讲述的不是如小说标题所暗示的著名希腊神话，而是一位希腊神话的热心接受者的个人传记细节，显然叙述者旨在创建一个框架叙事经构。同时，开篇的一个细节描写也为读者提供了一个重要信息：索菲亚是一个很细心的女孩，作者让她注意到奥伯曼头上的一个小伤疤，这一细节描写是作者有意为后面的叙事埋下伏笔，旨在通过索菲亚的视角揭示奥伯曼的许多秘密。

奥伯曼这一人物的历史原型施里曼被认为是特洛伊（Troy）、迈锡尼（Mycenae）、梯林斯（Tiryns）和史前希腊的发现者。然而，他是一位引发极大争议的人物。据20世纪末和21世纪初的学术研

---

[1] Peter Ackroyd, *The Fall of Troy*, New York：Anchor Books, 2008, p.1.

究表明，他的声望与自我神化有很大关系，正因如此，这一历史人物为阿克罗伊德的小说人物塑造留下诸多想象和自由发挥的空间。在《特洛伊的陷落》中，奥伯曼的经历和历史人物施里曼的经历一样充满神秘色彩，并有许多相似之处，因此，要想更好地阐释奥伯曼这一人物，有必要首先了解施里曼的人生经历。

据史料记载，施里曼7岁时，父亲送给他一本历史书，书中有一幅描绘特洛伊大火的插图，从此他深信荷马诗中的故事有真实历史根据。他曾在杂货店工作了几年，并声言14岁时在此听到有人用希腊语朗读荷马史诗。后来他移居国外，做过侍者、勤杂工，还在阿姆斯特丹的一家贸易公司做过会计。他在学习语言方面既具有天赋，又不乏毅力和决心，因此掌握了多种语言。1846年，公司把他派到圣·彼得堡做代理商，在那里，他创办了自己的企业，并开始从事靛蓝贸易。1852年，他与叶卡捷琳娜·莱辛（Ekaterina Lyschin）结婚，后在克里米亚战争（Crimean War）期间做军事承包商并发了财，19世纪50年代成为美国公民。后来他又回到俄国，开始投入考古学研究之中，并集中精力探索特洛伊遗址。为此，他特意到德国、叙利亚、印度、中国和日本等许多地方考察，还到巴黎学习考古学，还参观了荷马时代的遗址，随后发表了第一本考古学著作《伊萨卡、伯罗奔尼撒和特洛伊》（*Ithaka, der Peloponnes und Troja*），提出小亚细亚的希萨利克（Hissarlik）是特洛伊旧址。另外，他还声称，希腊地理学家包萨尼亚（Pausanias）所描述的希腊指挥官阿伽门农（Agamemnon）和他的妻子克吕泰涅斯特拉（Clytemnestra）在迈锡尼（Mycenae）的坟墓不是城堡墙外的拱形坟墓，而是应在城堡内部。在接下来的几年里，他通过挖掘证实了他的理论。在此期间，他与俄国妻子离婚，并在1869年与一位名叫索菲亚·英格斯塔梅诺斯（Sophia Engastromenos）的希腊女学生结婚。

施里曼的重要贡献是发现了特洛伊。1873年，他发掘了土耳其希萨利克的一座古老城市及碉堡遗址，发现了大量黄金珠宝以及一些青铜、黄金和白银器皿，并把它们偷运出土耳其。他认为此城就是荷马笔下的特洛伊城。当然，后来证明它属于更早时代，土丘的第六层而不是最低层是荷马的特洛伊城。尽管如此，他发现并偷运出去的财宝后来被确认为普里阿摩斯宝藏（Priam's Treasure）。他把这些发现写成《特洛伊古物》（*Trojanische Alterthümer*，1874），对此，多数学者持怀疑态度，但有些学者相信了他。1874年至1876年4月，在挖掘工作受阻期间他又发表了《特洛伊及其遗址》（*Troy and Its Ruins*，1875）。1876年4月他开始在迈锡尼（Mycenae）挖掘，先后在"拱券墓"和"狮子门"附近城墙内部发现了圆形墓井里的16具尸体和一大堆金、银、青铜和象牙制品。施里曼相信自己找到了阿伽门农和他妻子的坟墓，并在《迈锡尼》（*Mycenae*，1878，）一书中发表。

1878年在伊萨卡岛（Ithaca）的挖掘失败后，施里曼又重新开始在希萨利克进行挖掘。随后在1880年至1886年间，他又在位于贝奥提亚城（Boeotia）奥科美娜斯（Orchomenus）的"米尼亚斯宝藏"（Treasury of Minyas）遗址挖掘，但只发现了一个美丽的天花板遗迹。在1882年至1883年间，他还在特洛伊进行过第三次挖掘，后来自1888年起又开始第四次挖掘，一直延续到他去世。起初，只有他和妻子两人，1879年，他得到了古典考古学家埃米尔·伯努夫（Emile Burnouf）和德国著名病理学家鲁道夫·魏尔肖（Rudolf Virchow）的帮助。1884年，谢里曼和威廉·德普菲尔德（Wilhelm Dorpfeld）一起挖掘了迈锡尼附近的大型设防遗址梯林斯（Tiryns）。施里曼"晚年苦于耳疾，遍走欧洲寻医访药，希望能治愈，但是，没能如愿，最后，极度痛苦和孤独，在1890年12月25日，昏倒在那不勒斯广场，第二天去世"①。

人们对施里曼的评价不一。对弗兰克·卡尔弗特（Frank Calvert）及其论文的研究表明，在为希萨利克的特洛伊考古选址方面卡尔弗特的贡献更大。施里曼的考古实践也有不足之处，在一心渴望发现特洛伊城的过程中，他破坏并摧毁了其它地层的人类文明。尽管他使人们对该地区的古代历史有了更广泛的认识，但是他的自以为是和疑似剽窃行为使人们对他的成就产生怀疑。然而，不可否认，施里曼是考古学的最早普及者之一，无疑对考古学做出重大贡献，

---

① Kathleen Kuiper and Glyn Edmund Daniel, "Heinrich Schliemann", Encyclopedia Britannica, January 2, 2021, https：//www.britannica.com/biography/Heinrich-Schliemann.

为后来的考古学家留下重要遗产。通过著述以及发给《泰晤士报》《每日电讯报》和其他报刊的报道，他让全世界了解了他的考古发现，并为之兴奋不已，因为这是前人没能做到的。正如有学者所说："无论人们如何评价他的不道德行为，然而施里曼永远是考古学的浪漫和激情的象征。"①

正是世人对施里曼的多元评价激发了阿克罗伊德的创作灵感，使他在《特洛伊的陷落》中对奥伯曼的塑造在很大程度上依据了施里曼的传奇人生，隐含着作者对历史人物的独特思考和评价。首先，在小说中作者让奥伯曼和施里曼的基本情况相似。第一，小说的主人公奥伯曼与历史人物施里曼的名字相似，叫海因里希·奥伯曼（Heinrich Obermann）。第二，他们都是德国著名考古学家，精力充沛，抱负远大、学识渊博，记忆力强，掌握多种语言。同时，两人的经历也相似，"奥伯曼在圣·彼得堡经商7年，主要经营靛蓝和硝石，在那个动荡年代，这让他获得一笔可观的财富。后来，他把这笔资金投资在柏林和巴黎的房地产，并在古巴铁路公司获得大笔股份"②。第三，他们的婚姻也相似，第一个妻子都是俄国人。第二个妻子同名，都叫索菲亚（Sophia），并且都来自希腊。施里曼当时是通过婚姻介绍所挑选的一名希腊女学生，奥伯曼是从他在雅典的朋友斯特凡诺斯（Stephanos）寄给他众多女孩照片中精挑细选的，认为这位上校的女儿最适合做他的新娘。当了解到索菲亚懂英语，酷爱阅读荷马的作品时，他更加激动。正如他在给斯特凡诺斯的回信中所说："索菲亚是一个出色的女孩，和善、富有同情心、充满活力、有良好教养、善良，会成为一个好妻子。我从她的眼睛里能看出她很好学，我相信她一定会爱我，尊敬我。……我太高兴了，我一生都希望有这样一位伴侣，我想在三个月内结婚"③。另外，两人对荷马史诗的痴迷和评价也相同。奥伯曼像施里曼一样，自幼对荷马史诗极为痴迷，把它视为生活的一部分，对其内容谙熟于心，可

---

① Kathleen Kuiperand Glyn Edmund Daniel, "Heinrich Schliemann", Encyclopedia Britannica, January 2, 2021.
② Peter Ackroyd, *The Fall of Troy*, New York: Anchor Books, 2008, p. 21.
③ Peter Ackroyd, *The Fall of Troy*, p. 7.

顺手拈来，因为对他而言，荷马所描写的故事不是过去，而是"永恒的，超越时空的"①，他相信荷马描写的神话故事是真实历史，因此，在对特洛伊的考古挖掘过程中表现出超凡的热情和活力。

鉴于奥伯曼对荷马史诗的极度痴迷和陶醉，作者在讲述第一条线中的荷马史诗故事时主要通过奥伯曼之口巧妙地引出嵌入在框架故事中的荷马史诗内容。由于奥伯曼一生深受古希腊文化的影响，因此，作品中他随时引入的古希腊元素清晰可见，叙事自然，与人物个性特征形成很好呼应。例如，在小说的开篇，当索菲亚发现奥伯曼头上的小伤疤，问他是否受伤时，奥伯曼随即引出许多荷马史诗的内容。他说："这是我在伊萨卡（Ithaca）岛时被宙斯雕像的碎片砸伤的。在那里我找到了旅行者奥德修斯（Odysseus）的宫殿，发现了他妻子佩内洛普（Penelope）织锦的房间。她一直对他忠心耿耿。你将是我的佩内洛普，索菲亚。"② 历史人物施里曼曾经称他的儿子为阿伽门农，奥伯曼也崇拜荷马所描写的英雄，他为前妻所生儿子取名为忒勒马科斯（Telemachus），和奥德修斯的儿子同名。他还为自己的马取名为珀伽索斯（Pegasus），即希腊神话中的飞马。和索菲亚结婚后，奥伯曼迫不及待地想回到考古现场，并对索菲亚说，"我想尽快带你去特洛伊平原。带你去赫克托（Hector）和阿基里斯（Achilles）打仗的地方，看普里阿摩斯宫殿和特洛伊妇女曾在那里观看她们的勇士与入侵者阿伽门农和他的士兵战斗的城墙。它会让你热血沸腾，索菲亚"③。在与索菲亚的婚宴上，他竟然违背惯例发表演讲，首先赞美了索菲亚的父母和索菲亚，然后说，"当我回到特洛伊平原的时候，我要带着比保护古城的守护神（Palladion）更伟大的祝福！说到此，他开始凭记忆背诵《伊利亚特》中的一段，这段描写的是眼睛闪闪发光的雅典娜女神把勇气和希望注入伟大的狄俄米底斯（Diomedes）的胸膛。"④《伊利亚特》在小说中频繁地被奥伯曼引用和提及，不断地穿插进描写考古挖掘过程的前景叙事

---

① Peter Ackroyd, *The Fall of Troy*, p. 2.
② Peter Ackroyd, *The Fall of Troy*, p. 1.
③ Peter Ackroyd, *The Fall of Troy*, p. 2.
④ Peter Ackroyd, *The Fall of Troy*, p. 2.

第四章 考古小说与超越时空叙事

"框架故事"之中。例如，从希腊回到特洛伊后，奥伯曼对索菲亚说："特洛伊的每一天都是神圣的日子。这是一个神圣的地方。"①

有一次，当在考古现场发现一具骸骨时，奥伯曼称呼她为欧律克勒亚（Eurycleia），与奥德修斯儿子的保姆同名，虽然人们为其举行的是基督教仪式，但是奥伯曼在葬礼上背诵的是《伊利亚特》的诗句。村民们虽然不能完全听懂他背诵的每个词，但是有些词语他们比较熟悉。他们被奥伯曼在叙述特洛伊厄运时的激情所吸引，"当奥伯曼讲述阿基里斯的悲剧时，他眼中充满泪水。在他朗诵完之后，一些村民站起来为他歌唱"②。

后来，当挖掘出奥伯曼所说的"普里阿摩斯宫殿"（Priam's Throne Room）后，他们却找不到剑和盾，然而，奥伯曼认为应该找到这些武器，他的理由是，在荷马史诗中，希腊人和特洛伊人是在平原和河边作战的，赫克托和阿基里斯就在此战斗。当索菲亚说荷马史诗只是诗歌，不能完全相信时，奥伯曼激动地说：

> 我的生活不能没有荷马史诗。我坚信它是真实的。我小时候曾在弗斯滕堡（Furstenberg）的一家小杂货店工作。卖鲱鱼、土豆和威士忌等诸如此类的东西。我永远记得一个醉汉来到店里的那个晚上。他名叫赫尔曼·尼德霍夫（Herman Niederhoffer），是罗贝尔（Roebel）一位新教牧师的儿子，由于生活不幸，便开始酗酒，然而他没有忘记荷马。他给我背诵了大约一百行荷马的诗，节奏宏伟。我让他给我背诵了三遍，每背一次我都给他一杯威士忌。③

作者让奥伯曼讲述的这一经历也与施里曼的童年经历相似。据历史记录，施里曼早年在杂货店工作时听人朗诵过荷马诗歌，令他十分着迷。这段描述让读者了解到奥伯曼对荷马的持久热爱。

阿克罗伊德还通过让奥伯曼安排一次郊游的情节引出艾达山

---

① Peter Ackroyd, *The Fall of Troy*, p. 25.
② Peter Ackroyd, *The Fall of Troy*, p. 51.
③ Peter Ackroyd, *The Fall of Troy*, p. 62.

173

（Mount Ida）和三位女神争夺金苹果的故事。例如，为了让来到考古现场的德西穆·哈丁（Decimus Harding）牧师和来自英国的学者亚历山大·桑顿（Alexander Thorton）两位客人快乐和安心，奥伯曼决定带领他们前往艾达山朝圣。他告诉桑顿会让他们看到特洛伊所有灾难的发源地——艾达山，欣赏雅典娜（Athene）、阿芙罗狄蒂（Aphrodite）和赫拉（Hera）争夺金苹果的地方。当桑顿说他不相信神话时，奥伯曼又发表了个人见解，他说：

这些古老的故事里蕴含着真理。雅典娜穿着闪亮的盔甲出现在帕里斯（Paris）面前，答应他如果他将金苹果授予她，他将拥有无上的智慧。赫拉以王族的庄严出现，许诺给他财富和权力。阿芙罗狄蒂手持着被施了魔法的腰带走近王子，答应让他拥有一位和她一样美丽的新娘。他还有别的选择吗？你不渴望一个美丽的新娘吗，桑顿先生？也许和索菲亚一样漂亮吧？①

奥伯曼的最后几句话旨在提醒桑顿，因为他感觉桑顿对自己的妻子索菲亚有好感。他们到达那里后，他认真地在圣地下跪祈祷。当在去艾达山路上买的一尊小雕像失踪后，他认为是被神拿走了。因此，可以说，奥伯曼对荷马史诗深信不疑，并将它视为其生命的一部分或他的本身生命。

阿克罗伊德在第二条线中主要讲述奥伯曼的考古经历，作者设置的许多奥伯曼考古细节都与施里曼真实的考古经历相似，因此奥伯曼不只是小说中的一个人物，还承载着重要的历史信息和作者对历史人物的后现代思考。首先，两人的考古场地都在小亚细亚，即现代土耳其的希沙里克（Hissarlik）。当然，作者没有照搬历史，而是通过想象虚构出一些合理情节。小说中奥伯曼和索菲亚结婚刚一周，他就擅自预定了去达达尼尔海峡（Dardanelles）的船票，因为想尽快回到希沙里克。作者在此用闪回（flashback）的叙事方式讲述了奥伯曼向索菲亚求婚时给索菲亚父母写的信。奥伯曼在信中介

---

① Peter Ackroyd, *The Fall of Troy*, p. 150.

第四章　考古小说与超越时空叙事

绍了他在特洛伊和伊萨卡的考古工作，然而，当索菲亚母亲劝说女儿嫁给奥伯曼时，因怕女儿不答应这桩婚事只说他是位有影响力的人，会带索菲亚去巴黎和伦敦，有意隐瞒了他在土耳其的挖掘工作，因为在希腊人眼中，那是一个蛮荒之地。然而，后来见到奥伯曼本人时，索菲亚的确被他对荷马史诗的痴迷、决心以及对考古的热情和雄心所折服，认为和他在一起可以不断前行，比翼双飞。因此，她尽管因结婚一周后就要离开父母和家园很伤心，但是她还是满怀希望地同意和奥伯曼一起回到特洛伊。其次，作者对奥伯曼考古经历的一些情节设计也与历史人物施里曼的考古经历相似，甚至可以说是直接借用，例如，在第12章，阿克罗伊德描写了考古挖掘的一个细节。一天早上，当索菲亚暗示奥伯曼发现地下有发光的金子时，他慢步来到她工作的壕沟，跪下来，凝视着漆黑的深沟，瞥见了金子。他随即走到沟顶，让工人们停工吃饭，然后立刻回到洞里，挖出了金花瓶、金杯子、金戒指和金手镯等各种金首饰。他急切地让索菲亚把它们放在她的披肩里，藏在裙子底下，然后让她装做身体不舒服的样子，于是"他用手臂搂住她的肩膀，用身体部分遮挡住隐藏的金子，搀扶着她来到他们的住处"[1]。由于担心这些宝物被土耳其监督卡德里·贝（Kadri Bey）发现，奥伯曼让索菲亚当天就把它送到一个农舍，那里住着他的前妻和他从伊萨卡带过来的仆人。这与施里曼的考古经历很相似，据记载：

  有一次，在5月初的一个早晨，他看到地下发光的金子和铜，为了避免让别人看见，宣布让工人们先停工休息。这次发现的物品很珍贵，包括一只带有把手的金杯、装饰耳环、金戒指和手镯、银器和一顶精致的由16000片黄金制成的带状头饰，其中大部分被称为'海伦的珠宝'。把这些宝物藏在他妻子索菲亚的披肩里后，他们匆忙来到自己的房间。由于担心被发现，他们连夜就把这些物品转移到附近的一个农舍[2]。

---

[1] Peter Ackroyd, *The Fall of Troy*, New York: Anchor Books, 2008, p.100.
[2] Gaynor Aaltonen, *Archaeology: Discovering the World's Secrets*, London: Arcturus Publishing Limited, 2017, p.47.

奥伯曼的意图是将这些文物从土耳其人手中"拯救"出来，然后将它们带到雅典，因为他认为那里才是这些文物的真正故乡。不同的是，施里曼当初将文物偷运到了俄国。

阿克罗伊德对奥伯曼欺骗行为的设计和其他人物的塑造也不是完全凭空想象，与人们对施里曼的评价有关。例如有学者认为，施里曼似乎一直在说谎，他的日记被严重篡改，当他发现"普里阿摩斯宝藏"时，索菲亚甚至都不在，由于父亲生病，她当时在雅典。《纽约时报》的一篇评论甚至暗示，施里曼伪造了这些珠宝，并将其埋在地下。因为，"施里曼从不让真相妨碍一个美好的故事。他让索菲亚戴上那些'海伦的珠宝'并为她拍照，然后宣布说'伟大的施里曼发现了特洛伊！'"[1] 作者在小说中对奥伯曼身边几位人物的塑造也与施里曼有重要联系。1858年施里曼遇到了弗兰克·卡尔弗特，一个文静谦逊的外交家和荷马研究专家。20年来，卡尔弗特一直在研究达德纳内尔（Dardenelles）附近的"特拉德"（Troad），描绘考古地点，比较记录，并试图说服大英博物馆资助发掘工作。他相信自己在希沙里克的一个小山丘找到了传说中的特洛伊遗址。事实上，波斯统治者薛西斯（Xerxes）、土耳其奥斯曼帝国时期的亚历山大（Alexander the Great）和苏丹的迈赫默德二世（Mehmed II）都曾认为这里是特洛伊城。卡尔弗特挖出的壕沟表明，这个地方曾两次被烧为平地，这与荷马的描述相符。嗅到了成名的机会后，施里曼正

---

[1] Gaynor Aaltonen, *Archaeology*: *Discovering the World's Secrets*, London: Arcturus Publishing Limited, 2017, p.48.（Above: Sophia Schliemann in the "Jewels of Helen".）

第四章　考古小说与超越时空叙事

式迷恋上了特洛伊的传说，并声称这是他少年时的梦想。他很快成为卡尔弗特的商业伙伴，然后接管了公司。施里曼最早的发现是在土耳其官员阿敏·埃芬迪（Amin Effendi）的监督下完成的，数量并不多，主要是一些黏土杯和雕刻着代表女神雅典娜圣像猫头鹰的碗。从他的日记中可以看出，他缺乏考古经验，对自己挖出的壕沟感到很困惑，他没有意识到挖掘工作有多么艰苦。让他欣慰的是，他最终找到了一堵墙，并宣称这是"特洛伊城圣塔"。他写道："现在每个人都必须承认，我解决了一个伟大的历史难题。"① 随后，他开始从特洛伊寄出一封封关于考古发现的信件。正是依据施里曼身边这些真实的历史人物，如弗兰克·卡尔弗特和土耳其官员阿敏·埃芬迪等阿克罗伊德在小说中构思出文静的威廉·布兰德、谨慎的亚历山大·桑顿、以及警觉的土耳其监督卡德里·贝等人物形象。

　　事实上，在第二条叙事线中，两种揭示历史的叙事模式是并存的，即神话与科学两种叙事模式。第一种叙事通过奥伯曼对宫殿、寺庙和坟墓等的考古挖掘工作揭示特洛伊历史。读者可以发现无论在言语上还是行动上奥伯曼看起来都是不可战胜的，因为和施里曼一样，他决定将他的一生奉献给一个伟大的谜团——《伊利亚特》，不能容忍任何人的质疑。相反，第二种叙事通过桑顿对挖掘出的文物进行科学研究解读历史秘密。奥伯曼坚信，在希沙利克附近可以找到荷马所描述、赞扬和哀悼的城市，包括与希腊联军作战的许多痕迹和纪念品。最终，奥伯曼认为自己挖掘出了特洛伊城，并试图把荷马史诗描写的细节在那里刻上记号。事实上，他挖掘的地层比荷马的特洛伊城更深，"属于铁器时代"。唯一能够坚持科学方法和分析思维的是桑顿，但是，他写给大英博物馆的信件和报告被奥伯曼截获，他发现的刻有铭文的泥板和另一具带有活人献祭仪式痕迹的骸骨也化为尘土。因此，奥伯曼得意洋洋地宣称他打败了敌人，当然他所说的敌人是指所有和他持不同意见的人，主要包括先后来到考古工地的哈佛教授威廉·布兰德、来自大英博物馆的亚历山大·桑顿和土耳其监督卡德里·贝。

---

① Gaynor Aaltonen, *Archaeology: Discovering the World's Secrets*, London: Arcturus Publishing Limited, 2017,, p.46.

第三条叙事线主要通过索菲亚的视角逐渐揭示奥伯曼的过去及欺骗行为，因为她既年轻、漂亮、聪明、善良，又勤奋、好学、对人热情而诚恳，且具有很强的悟性和洞察力。同时，作者还借用其他人物视角对奥伯曼的是非与功过进行全面评价。作者通过索菲亚和其他人物的对话让不同人物对奥伯曼进行多元评论，多维度地展现其复杂个性，为读者留出充分的阐释空间。因此，奥伯曼除了透过他妻子索菲亚的视角被观察外，还有临时加入夫妇俩的考古队伍中的其他人物，包括威廉·布兰德，一位对特洛伊的发现感兴趣的哈佛教授，然而，在他到达后不久就神秘地死于发烧；德西姆斯·哈丁（Decimus Harding），一位来自牛津的英国牧师，参加了布兰德的葬礼；失明的法国艺术历史学家利诺（Lineau）；来自大英博物馆的亚历山大·桑顿，后来成为奥伯曼的对手。这些人物和奥伯曼之间的争论和冲突使叙事生动而充满张力，让读者看到一个孤高自傲、自以为是，甚至危险的奥伯曼，为小说结尾奥伯曼之死做好重要铺垫和渲染。透过这些人物视角作者让读者了解到奥伯曼是一位神秘而复杂的人物，正如历史中的施里曼一样，充满传奇色彩和争议。事实上，在小说中，两种揭示历史的叙事也是同时展开的，在奥伯曼揭示特洛伊历史的同时，随着小说情节的发展和一个个考古发现，索菲亚和其他人也在揭示奥伯曼的历史，充分展示了作者的叙事才华。

索菲亚发现奥伯曼的第一个秘密是他的前妻。在为考古现场发现的欧律克勒亚（Eurycleia）骸骨举行葬礼时，奥伯曼朗诵了荷马史诗，感动了在场所有人。然而，"索菲亚虽然看出他很兴奋，但发现无法分享他的激情，感觉和他仍然有距离感，认为它是一个值得研究和观察的人"[①]。让她没想到的是，正是在这个隆重葬礼中，奥伯曼不小心在索菲亚面前提及他的第一次婚姻，在索菲亚的追问下，他不得不承认有一个俄国前妻。但是他又说了谎话，告诉索菲亚自己是鳏夫，没有孩子。事实上，他并没有离婚，而且有一个儿子叫里奥尼德（Leonid）或忒勒马科斯，也在考古工地上，索菲亚刚来

---

① Peter Ackroyd, *The Fall of Troy*, New York: Anchor Books, 2008, p.51.

特洛伊时就是他去接的她，他对外人称呼奥伯曼为教授，除忠于奥伯曼的法国学者利诺（Lineau）外没有人知道他们之间的父子关系。事实上，"索菲亚对奥伯曼曾经有另一个女人并不感到惊讶。让她惊讶的是，在他们的婚礼前他对此只字未提。或者说她不是惊讶，而是为他感到羞耻。她无意中发现了他的弱点，而在此之前，只看到他的坚定和意志力，因此她很生气"①。

后来，奥伯曼的第二个秘密也被索菲亚发现。之前奥伯曼说他前妻已经自杀，然而后来索菲亚了解到，她依然在世，只是已经疯癫，由奥伯曼原来的仆人夫妇俩照顾，生活在距特洛伊附近奥伯曼为他们买的一个小农场中。这一秘密是奥伯曼让她去农场送珠宝时发现的。奥伯曼曾把挖掘到的一些重要珠宝藏在考古现场附近他和索菲亚住的小屋地板下。但是，由于担心土耳其监工卡德里·贝会对他们房间进行搜查，奥伯曼决定让索菲亚把一些贵重物品送到他前妻所居住的那个农场。去农场时，奥伯曼让索菲亚给他的仆人带去一封信。因为之前奥伯曼曾对索菲亚隐瞒了他的第一次婚姻，这次的旅行安排让索菲亚感到有许多疑点。于是她在到农场之前拆开了那封信。信里写道：

> 很遗憾告诉你，我们受到严密监视，我预料土耳其监工明天会搜查我们的房间，他对我很生气，我不知道是什么原因。因此，我想把一些物品存放在你这里，我知道你会把它们锁起来，藏在土耳其人无法接触或发现的地方。村民们把我出卖给了土耳其人，所以我不能用他们的马。我来取这些物品时，请在晚上为我准备好三匹马。再见！我告诉过你，我的妻子索菲亚不知道那段历史。②

看完信后，索菲亚不明白信里说的"索菲亚不知道那段历史"是什么意思，但是对她来说，它意味着背叛，因为她感觉信中奥伯曼对他的描述既无礼又无情。虽然她不知道这种背叛是什么性质，但是

---

① Peter Ackroyd, *The Fall of Troy*, p. 52.
② Peter Ackroyd, *The Fall of Troy*, p. 106.

她感到既害怕又懊恼，猜想肯定不是好事。看完后，她把信又放回信封，重新封好，并在背面抹上灰尘，让它看起来像是曾掉在路上。然后她继续前行，15分钟后来到农场。她看到房子是当地的标准建筑样式，墙壁由大黏土砖垒砌，屋顶用的是平板，上面堆了一层厚厚的防雨黏土，"这是一所不同寻常的大房子，前面有一个木门廊，几个谷仓和陪房，给人感觉很奢华"①。随后，她见到了奥伯曼所说的西奥多（Theodore）和玛丽亚（Maria）夫妇俩。在与他们一起喝茶与谈话之间，西奥多问起了里奥尼德。索菲亚很惊讶他们竟然认识里奥尼德，于是她想，"那他应该也来过这里。帮奥伯曼带钱过来了吗？还是他给他们运送过其它宝藏？"②当索菲亚问他们为什么不回老家佛里吉亚，以什么为生时，他们说是因为要忠诚于奥伯曼才留下的，并且说这是他们的责任和义务。他们说靠种庄稼养活全家，并说很容易满足，因为他们是简单的人，但是敏锐的索菲亚认为他们并不简单。由于不想在这里多待，因此，她说想趁天亮赶回去。然而，当她想从椅子上站起来时却晕倒了，第二天早上才醒过来，发现自己衣服整齐地躺在一张华丽的床上。索菲亚虽然知道这里平原上的气候会令人昏昏欲睡，但她从来没有这样突然地、如此强烈地受此影响。她发现里奥尼德也来了，说是来接她回去的。走之前里奥尼德和西奥多带着她来到一块田野，那里有一只白色的大山羊正在吃草。当西奥多从衬衣口袋里掏出一个烟斗模样的东西开始吹奏一段轻柔、缓慢的旋律时，山羊用后腿站起来，好像在跳舞，"它在她面前跳着，前腿优雅地弯曲着，在远处群山的映衬下，它转着圈。当西奥多放下烟斗，山羊又开始吃草"③。里奥尼德告诉她说，这只羊天生会跳舞，不是被训练的。

随后，索菲亚和里奥尼德一起离开农场返回特洛伊。当他们骑行了大约二三百码远，正享受着早晨清新的空气时，突然听到从农舍传来一种凄厉的、歇斯底里的、无助的女人尖叫声。索菲亚惊恐地回头看了看，但是里奥尼德没有任何反应，只对她说"山羊跳舞

---

① Peter Ackroyd, *The Fall of Troy*, p.107.
② Peter Ackroyd, *The Fall of Troy*, p.109.
③ Peter Ackroyd, *The Fall of Troy*, p.112.

之后就会闯进厨房，引起玛丽亚哭叫"①。当索菲亚问起夫妇俩和奥伯曼的关系时，里奥尼德告诉她说，他们把奥伯曼当做他们的保护人，而奥伯曼也很慷慨地帮助他们。作为回报，他们为他做事，比如像这次帮他存放珠宝。他还说奥伯曼想建造一个大型古物博物馆，以便储藏他所有的考古发现，因为他不想把在特洛伊的任何发现留在君士坦丁堡或巴黎。索菲亚对博物馆一事一无所知，但是她尽力掩饰自己内心的惊讶。虽然里奥尼德说："奥伯曼太太，您应该感到自豪。教授希望把他的博物馆建在你家乡的城市中心。这将是对荷马本人的致敬"②，然而，索菲亚并没有为此感到安慰。

发现奥伯曼的这些秘密后，索菲亚尽管不开心，但是看到奥伯曼对考古的激情和对荷马的执着和痴迷，依然愿意和他一起从事辛苦的考古工作。然而，索菲亚一直忘不掉农舍女人的哭叫声，对那次发生的事始终感觉很奇怪：她为什么会晕倒？里奥尼德去那里目的是为护送她回去？他对哭喊声为何没有反应？于是她决定再到农场去。她对奥伯曼谎称要去坎那卡勒（Kannakale）商店和市场。奥伯曼信以为真地说："你将是一个乔装成凡人的阿尔忒弥斯（Artemis 美丽的女猎神和月神），踏着白云站在众人之中。"③ 当她来到上次经过的看海人石屋门前讨水喝时，他告诉她说："别去那个农舍，一个疯女人住在那里，疯女人。"④ 这证实了她之前对那个奇怪声音的怀疑，让她更想去看个究竟。她边思考边赶路，但是前面突然传来的马蹄声打断了她的沉思，让她警觉起来，并吃惊地发现里奥尼德正骑着马朝向农舍奔去。她立刻下马，来到河边一棵桤木树荫下，把马拴在小溪边，然后沿着泥路也朝农舍走去。她从远处就能看到里奥尼德坐在地上，在他身边站着一个女人，裹着白毯子，灰白的头发垂到肩上，面容很可怕。随后那个女人跪了下来，他们俩开始玩游戏，互相用手抓对方。索菲亚再也无法忍受这一切，快速走向前去。那个女人先看到了她，便对她咆哮起来。里奥尼德转过身看

---

① Peter Ackroyd, *The Fall of Troy*, p. 112.
② Peter Ackroyd, *The Fall of Troy*, p. 113.
③ Peter Ackroyd, *The Fall of Troy*, p. 178.
④ Peter Ackroyd, *The Fall of Troy*, p. 180.

见索菲亚向他走来，不得不承认那个女人是他妈妈。这时，"那个女人对着索菲亚尖叫，用俄语喊着'妈妈，妈妈'。索菲亚一动不动地站着，然后明白了一切，转身拼命地跑开，后面传来那个女人不断的笑声。她走到马跟前急忙上马，疾驰而去"①。

事实上，阿克罗伊德在索菲亚第一次去农场时就通过对故事空间的描述暗示了索菲亚对奥伯曼的疏离感。小说中第三人称叙述者部分采用了一种全知的、鸟瞰的视角，尤其在描写地方和风景的段落中占主导地位。由于文字叙事中的故事空间是"抽象的，需要读者在意识中建构"②，因此阿克罗伊德对视觉化的强调，就像"他作品中强烈的地方感"③，是其小说的特点，也说明了叙事幻觉构建功能的力量，将受述者置于特洛伊废墟及其周围环境中。叙述者唤起了特洛伊平原的炎热、风暴和洪水，附近的村庄、居民住所，或者沿海城镇，这些为索菲亚逃离奥伯曼包罗一切的"幻想"世界做出暗示。例如，作者对索菲亚去农场路上以及在农场经历的描写便是如此。当走上通往卡拉米克村的大路时，她感觉很放松。经过坎纳卡勒郊区的小屋和摊位后，"发现自己置身于一片片长草覆盖的田野和有沙丘和杂草丛生的沼泽之中。这里的天空显得很广阔，呈拱形，无边无际的淡蓝色与大地和草原相接。在索菲亚看来，特洛伊上空的天空总是转瞬即逝、令人不安、变幻莫测，但在这里，它却轻盈而沉静"④。事实证明，她的感觉是对的，奥伯曼让她感觉不可靠，她不知道他还有多少秘密。

索菲亚在农场的发现使她如遭雷击。匆匆离开农舍后，她来到中央酒店，睡了一整夜，第二天醒来后才发现自己躺在酒店房间的床上，但是不记得自己如何回到了酒店，因为在离开农场的一路狂奔中，脑子一片空白，现在清醒之后更加痛苦。因此，接下来，作者通过内心独白的方式描写了索菲亚的痛苦和思绪。她在想：

---

① Peter Ackroyd, *The Fall of Troy*, p.181.
② 龙迪勇：《空间叙事学》，生活·读书·新知三联书2015年版，第9页。
③ Barry Unsworth, "Digging for Victory", *The Guardian*, October 21, 2006, https://www.theguardian.com/books/2006/oct/21/fiction.Peterackroyd.
④ Peter Ackroyd, *The Fall of Troy*, p.106.

第四章 考古小说与超越时空叙事

那个疯女人是奥伯曼的妻子,他在俄国娶了她。当他无意中承认这段婚姻时,他说她已经自杀了。但她并没有死,而是被奥伯曼的两个希腊仆人养着,他们和他一起从希腊来到小亚细亚。里奥尼德是奥伯曼的儿子,她已经开始发现他们之间有一些她以前没有注意到的相似之处——下巴的轮廓,宽阔的前额。这一切她都知道得清清楚楚,就像丈夫亲口告诉她一样。是她的丈夫吗?他好像根本没有与那个疯女人离婚,如果是这样的话,她和他的婚姻是不合法的。她在床上翻了个身,呻吟起来。她现在是谁?她现在成了什么样子?未来除了一片黑暗,什么也看不见,她迷失了。……她现在的第一个念头是逃跑——逃离他,逃离她自己,逃离特洛伊。如果她回到雅典,当然会蒙受耻辱,但这种命运并没有使她感到不快。她知道,从经济方面考虑,她不能指望母亲会理解她,但是她相信她能经受住母亲的责备。至于父亲,嗯,他无所谓。她又一次扑倒在床上哭了起来。但是,她不知道为什么自己突然停止了哭泣。她用外套的袖子擦了擦眼睛,站了起来。她的焦虑和无助消失了,相反,让她感到的是愤怒。他对她撒谎了,向她隐瞒了"那段历史",正如他在给西奥多的信中所说的那样。他冒犯和背叛了她。"我不会害怕的,"她大声说:"我不能让自己如此懦弱。我不能被毁掉。我要和他斗争并取得胜利。她不能逃跑。她要回到希沙里克和他对质。她会让桑顿和利诺作为她指控他的证人。既然她有和他一样坚强的意志,有比他纯洁得多的良心,她为什么要成为他欺骗的牺牲品呢?[①]

下定决心后,她下楼来到院子里,告诉旅馆服务员为她长期保留这个房间,然后把马牵来,前往希沙里克。天空一片漆黑,海上刮来一阵狂风。她离开小镇时,一道闪电闪过,随后是雷声。在她急切而警觉的状态下,闪电似乎变成了箭,把她指向特洛伊。马张开鼻孔,忧虑地拱起脖子,但索菲亚催促它向前跑。开始下雨的时候,

---

① Peter Ackroyd, *The Fall of Troy*, pp. 186–187.

她放声大笑。几秒钟后，她的衣服就湿透了，就像刚从海里出来一样，但是她对此几乎没有注意到，因为她依然很生气。

看到前面被倾盆大雨笼罩着的巨大的希沙里克山后，索菲亚再次策马向前，急切地想要面对奥伯曼，于是她迅速骑马朝向考古发掘现场。但是，她不久便停了下来，被眼前的景象惊呆了。桑顿的住处着火了，茅草屋顶已被烧毁。大雨正倾盆而入。她下马朝它跑去。桑顿此时正从屋里跑出来，看到索菲亚后说："一切都消失了。被冲走了。全被毁了……这是他想要的。"① 他把她带进屋里，她看到那些黏土碑变成了黏稠的深褐色黏土，桑顿所做的笔记和图画也被火烧焦了，又被暴风雨浸透。索菲亚仔细查看桑顿的屋子，希望有些碑文和图画还能留存下来。然后她感觉到桑顿的床上有轻微的动静，便把头转向床，看到一条棕色的小蝰蛇（毒蛇）在他的枕头上爬来爬去。她急切地说："我们必须离开这个地方，现在就离开。他想杀了你。蛇不会偶然出现在这里。我知道是他找来的。"② 索菲亚和桑顿现在都怀疑所有这些都是奥伯曼所为，于是，索菲亚跑到她和奥伯曼的住处取了她从雅典带来的珠宝，然后和桑顿一起冒着倾盆大雨骑着马朝向坎那卡勒，暂时住在了中央旅馆。由于下雨，除了给奥伯曼跑腿的小男孩外，没有人看见他们离开。

桑顿这一人物形象在小说中有重要象征意义，因为他和奥伯曼代表了两种不同的考古学观点，有重要分歧，桑顿是理性和科学的象征，而奥伯曼是浪漫和想象的符号。例如，在一次聚餐中，他们就"想象力"展开激烈争论。奥伯曼对桑顿说："考古学家必须要拥有灵感、幻象和想象力"③，并举例说明他在伊萨卡考古时如何凭借想象挖掘出一口井。桑顿也肯定想象力的重要，认为没有一个考古学家能够在没有想象力的启发下进行工作。他甚至说："我经常注意到宇宙似乎很自然地迎合我们的信念和描述。当天文学家想寻找新星时，就发现了海王星。"④ 事实上，索菲亚很早就认识到，想象力

---

① Peter Ackroyd, *The Fall of Troy*, New York: Anchor Books, 2008, p. 188.
② Peter Ackroyd, *The Fall of Troy*, pp. 188–189.
③ Peter Ackroyd, *The Fall of Troy*, New York: Anchor Books, 2008, p. 122.
④ Peter Ackroyd, *The Fall of Troy*, p. 132.

才使奥伯曼变得强大。桑顿承认所有知识与个人想象有一定关系，但是，他认为一位考古学家只有想象力还不够，还应具有科学知识，这让奥伯曼很生气。随着考古挖掘的新发现，奥伯曼所理解的"真相"与历史和科学研究的事实以及生活在希沙里克平原上的土耳其人的信仰越来越不同，甚至相互矛盾。例如，有一次一具小孩尸体被发现，桑顿认为是活人祭祀，奥伯曼极力反对，理由是这与荷马描述的史诗不符。因此，当最终尸体因阳光而化为灰尘后，他很开心地对桑顿说："你的食人族理论消失了，桑顿先生，证据消失了，上帝的意志显现了。我什么也没看见，没有什么能推翻这首世界历史上最著名的诗。"① 他们争论的焦点集中在挖掘出的泥板上发现的文字符号。奥伯曼固执地认为这些书写符号是特洛伊人留下的，属于西方文化。桑顿认为它们属于亚洲文化，"根本不代表印欧语系；在他看来，这些迹象太明显了"②。后来，一次地震在字面和隐喻层面上证实了桑顿的猜测，证明古城特洛伊居住的不是希腊人，而是亚洲人，西方书写文化的根基可以追溯到东方。因此，桑顿认为奥伯曼是个骗子，在中央酒店时他对索菲亚说："他无法忍受他想象的特洛伊城被摧毁。他看到的是荷马英雄的军队。我看到的是其他有活人祭祀风俗的部落。"③ 此后，桑顿努力研究自己的理论，试图破译泥板上的文字，充满自信，但处事谨慎，不想再与奥伯曼争论，因为奥伯曼会对所有不相信他的人发动攻击。奥伯曼以为自己胜利了，并没有察觉到索菲亚已经发现了他的秘密，也想不到她会和他的"敌人"桑顿一起逃走。奥伯曼在考古过程中表现出的文化殖民主义颇像他的历史原型施里曼，不容许任何人质疑或毁灭他心中的神话。因此，当他的理论受到挑战时，他有时会毁坏挖掘出的重要文物，有时甚至会采取阴暗手段对付或谋害与他持不同意见的学者。

除了索菲亚和桑顿外，阿克罗伊德还通过设计各种情节让其他人物对奥伯曼做出评价，让叙事更加丰富多元。例如，性情温和的利诺曾对桑顿说："你很勇敢，桑顿先生。你竟敢质疑奥伯曼先生最

---

① Peter Ackroyd, *The Fall of Troy*, pp. 141–142.
② Peter Ackroyd, *The Fall of Troy*, p. 127.
③ Peter Ackroyd, *The Fall of Troy*, p. 193.

坚信的理论。你竟敢质疑荷马。……奥伯曼先生不相信假设或论证。这是荷马的特洛伊。不然它什么都不是。他是一个有坚定信念的人，容不得被他人挑战。如果他受到攻击，他就会像老虎一样。"① 奥伯曼和为他工作的土耳其农民之间也在展开一场隐性斗争：争夺在考古现场发现的黄金和宝石。因此，土耳其监管卡德里·贝也是奥伯曼的反对者，曾对奥伯曼说："你曾经问我为什么土耳其村民崇敬荷马英雄的坟墓。现在我回答你。他们在祭拜祖先。"② 这使得奥伯曼极为愤怒，甚至厌恶，因为在他看来，"土耳其人是来自东方的亚洲人。特洛伊人是来自北方的欧洲人"③。在这一争论中，他言辞激烈，犹如一个暴君和宗教狂热者。

　　通过让这些人物对奥伯曼的行为及其神秘"家庭"和"历史"的怀疑，阿克罗伊德很好地烘托出奥伯曼的自负、固执、阴险和对荷马的极度痴迷。虽然遭到多数人反对和质疑，但是奥伯曼依然坚信特洛伊城就是希腊的"荷马之城"，特洛伊人是欧洲人，和希腊的"亚该亚人"一样属于同一种族，因此，他将特洛伊人确立为西方的祖先。奥伯曼对荷马史诗的痴迷让他的语言带有宗教色彩，他的生命也好像成为古神的祭品。例如，当得知索菲亚和桑顿一起出走后，他对儿子说："这就是命运的规律。他们竟敢违背宙斯至高无上的意志。克洛索（Clotho）纺织生命之线，拉克西斯（Lachesis）编织人类命运，而阿特洛波斯（Atropos）剪断生命之线。"④ 他声称挖掘现场就是荷马为欧洲研究者留下的伊利昂，"在这里，我们是世界灵魂的一部分"⑤。奥伯曼显然在一系列的对抗中取得了胜利，但不可否认的是，他的方法令人质疑：布兰德教授在一个洞穴中经历了某种所谓的超自然体验后因发烧莫名其妙地死亡，而桑顿研究粘土碑的重要资料和证据被烧毁，他的生命两度受到威胁：一次是他和奥伯曼进行长跑比赛时被人在背后袭击，另一次是他所住的小屋着了火，暴风雨中发现自己床上竟有一条毒蛇。当然，索菲亚揭露出他还是

---

① Peter Ackroyd, *The Fall of Troy*, p.133.
② Peter Ackroyd, *The Fall of Troy*, p.148.
③ Peter Ackroyd, *The Fall of Troy*, p.148.
④ Peter Ackroyd, *The Fall of Troy*, p.197.
⑤ Peter Ackroyd, *The Fall of Troy*, p.198.

一个重婚者。

然而，在奥伯曼与桑顿等人的争斗中近乎取得完全胜利之时，作者设计出一种令所有人完全意料之外的结局——奥伯曼突然身亡。安·杰斐逊（Ann Jefferson）认为，"框架故事的结局总是在嵌入故事中显现出来"[①]。这也适用于《特洛伊的陷落》中奥伯曼的命运和《伊利亚特》的叙事。因此，小说的名字可被视为双关语，既蕴含着嵌入的故事内容《伊利亚特》，又预示着框架故事中主人公奥伯曼的最终命运。作者旨在暗示，奥伯曼之死的情节设计与施里曼的历史传记虽然相似，但是有根本不同。施里曼是自己晕倒在广场上，奥伯曼却死于意外事故。作者特意为小说叙事安排了一个震撼人心的悲剧结局，这不仅与嵌入的荷马史诗悲剧故事形成完美呼应，而且也蕴含着作者对奥伯曼这一人物的惋惜和同情，这可见于他对奥伯曼之死的详细描写中。

一天，在索菲亚和桑顿将要乘船去君士坦丁堡时，奥伯曼也来到了他们两所住的中央宾馆，因为曾见到他们两人一起离开特洛伊的小男孩告诉了奥伯曼他们一起逃走的事。同时，里奥尼德也决定立刻骑马去坎那卡勒，因为，那天清晨，就在奥伯曼去镇上的时候，又有一个新发现。暴雨冲走一大堆石头和碎石后，暴露出宫殿建筑群西南部一间石屋的入口，两个工人看到成百上千块泥板整齐地堆放在内墙边。里奥尼德在这些泥板上看到了桑顿之前在那些被暴风雨毁掉的泥板上试图破译的同样的符号和标记，这意味着暴风雨过后，那位英国人又可以重新工作了。里奥尼德意识到这个发现对桑顿和奥伯曼来说意义很重大，因为泥板的发现可能会让他们和解。同时，如果桑顿回到特洛伊，那么他和索菲亚的突然离去也会被忘记。因此，他认为应该去坎那卡勒，在见父亲之前先找到那个英国人。于是，他骑着乌在平原上疾驰，他的兴奋和紧迫感随着接近城镇而逐渐增强。在里奥尼德来到之前，奥伯曼已与索菲亚和桑顿在酒店附近相遇，索菲亚曾和他争论：

[①] Puschmann-Nalenz Barbara, "Reconceptualisation of Frame Story and Nested Narrative in 21st-Century Novels: The Fall of Troy and Ragnarok", *AAA: Arbeiten aus Anglistik und Amerikanistik*, Vol. 41, No. 2, 2016, pp. 49–72, p. 60.

"你的神不存在，海因里希。……它们只是你的想象和傲慢"……

"但是你欺骗了自己，索菲亚。你在英国是找不到幸福的。在特洛伊工作时，你很满足。我还记得你发现楼梯时高兴的样子。"

"你不明白吗？我这样做是为了你。"

"为了我？"他似乎有些困惑。

"是的，海因里希。为了你。"

"你是在告诉我你爱我吗，索菲亚？"

"我不能回答。"

"我们必须回旅馆去，"桑顿对她说。"我们必须尽快赶到船上。他挽着她的胳膊，没有再跟奥伯曼说什么，一起穿过广场前的马路。奥伯曼看着他们离去，然后突然朝他们跑过去。"你爱我吗，索菲亚？"①

在一部涉及超现实描写的小说中，能把现实的细节描写好是一种挑战，要求作者有深厚的叙事功底，阿克罗伊德对细节的描写显示出其非凡的现实主义叙事才华，这见于小说的多处。例如，他为读者展示了一个坚实可信的考古挖掘现场：泥浆、废墟、零乱、像蚂蚁一样的挖土工作、重要的地貌特征等，让读者总能体验出强烈的地方感，因为他对风景的描写，虽然充满神话色彩，却让人深信不疑。例如他对特洛伊多风的平原、圣河、艾达山以及三位女神在那里争夺帕丽斯金苹果的小树林等的描写营造出强烈的画面感，让读者感觉身临其境一般。同样，奥伯曼之死虽然是作者的想象，但生动的细节描写让读者犹如亲眼所见，厚实感人：

当里奥尼德到达坎那卡勒时，他从东门飞快地骑下大道，拐了个弯后，来到公共广场。他看见了右面的酒店，但并没有勒住马，这时，有人突然跑到他马面。马受到惊吓，站立起来，

---

① Peter Ackroyd, *The Fall of Troy*, New York: Anchor Books, 2008, pp. 203–206.

第四章 考古小说与超越时空叙事

前腿猛踢了奔跑的人。那人立刻倒在受惊的马下。马又直立起来,马蹄沉重地踩在倒下的人身上。在惊慌失措的那一刻,里奥尼德听到一个女人的尖叫声。听到马声,索菲亚转过身来,看见奥伯曼被击倒在地,惊恐地看着乌踏在他身体上。里奥尼德跳下来,跑回去,发现躺在泥泞的公共大道上受伤和布满血迹的身体是自己的父亲。认出那人是父亲后令他震惊的不由得倒退;摇摇晃晃地靠在路边的一根木桩上,茫然地看着索菲亚和桑顿向倒下的人跑去。人们注意到,奥伯曼一动不动,头被马蹄踩裂了,血流满面,不停地流进泥地里。他们费了好大劲才把他抬进酒店,放在门厅的一张长沙发上。店主哈萨德发现,沙发上绿色的丝绸很快就被奥伯曼的血浸透,意识到他活不了。①

这样的细节描写,不仅让叙事自然可信,而且还增强了小说的画面感和震撼力。

奥伯曼之死的场景让小说叙事达到高潮,在此,作者通过细节描写和不同人物之口引出对奥伯曼的更多评价和回应,引发读者重新审视这一人物。例如作者写道:"索菲亚走到长沙发旁,看到血开始凝结时,她意识到奥伯曼将永远离开了,为自己的眼泪感到惊讶。她一直在逃离他,但是这次意外的分别使她感到异常痛苦。这就是悲剧的意义吗?当生命充满片刻的光明时,然后便随即消失,又进入黑暗?"② 为奥伯曼诊断的希腊医生说:"这就是伟大的奥伯曼,瞬间消失。"③ 里奥尼德对索菲亚说:"必须把他带回特洛伊,这是他的愿望……他曾经谈起过这件事,谈到过他在特洛伊城的火葬柴堆,希望自己的骨灰能被撒在斯卡曼德河(Scamander)里。"④ 随后,索菲亚、桑顿陪着里奥尼德一起用马车拉着奥伯曼的尸体回到特洛伊。到达挖掘场地时,迎接他们的是利诺和卡德里·贝。两人

---

① Peter Ackroyd, *The Fall of Troy*, p. 208.
② Peter Ackroyd, *The Fall of Troy*, p. 209.
③ Peter Ackroyd, *The Fall of Troy*, p. 209.
④ Peter Ackroyd, *The Fall of Troy*, p. 210.

看见那辆色彩鲜艳的四轮马车穿过平原时，立刻明白出事了，沉默不语，瞥见了灯芯草下面的奥伯曼尸体。卡德里·贝双手捂着头，低声祈祷着。利诺喃喃地低语《伊利亚特》第20卷中奥伯曼经常引用的句子："阿基里斯在母亲生下他的时候就得忍受命运的一切安排。"① 利诺认为，对奥伯曼来说，这是不可抗拒的命运，也许是因为他没有和前妻离婚，又与索菲亚结婚，因此，"他编织了自己毁灭性的命运"②。有评论者认为，这是为什么"小说的标题为《特洛伊的陷落》。当伪造的特洛伊的发明者被一匹受惊的马蹄击倒时，整个的虚构也成为泡影。特洛伊这一传奇式的名字也被拖进了泥潭。奥伯曼的宏伟想象受到挑战"③。

　　阿克罗伊德对奥伯曼这一人物复杂个性的刻画既彰显出作者塑造人物的天赋和技巧，又反映出其对历史、人生和人性的深刻感悟和理解。然而，作者没有给出过多说教式的评论，而是将人物的行为和其他人物对他的印象展现给读者，让读者自己去发现、判断和思考，对人物的所作所为作出客观全面的认识，进而对历史问题和历史人物做出恰当判断和评价。有学者认为，小说中的奥伯曼也许是为了获得想象的东西才展开了想象的翅膀。因为，想象力对他和当地人的事业都有用。奥伯曼骗取了他年轻的希腊妻子索菲亚的期望，她由衷地相信未来丈夫的热情和天才。因此，"整个世界都被这一惊人发现的真实性所愚弄。奥伯曼凭借想象虚构的事物是纯粹的重商主义。他能够模仿仪式和古代英雄的行为，其开明的观念背后隐藏着卑鄙的目的"④。这样的评价显然并不是作者塑造奥伯曼这一人物的全部意义。尽管奥伯曼有着强烈的物质欲望，但他还是受到宏伟而神圣的场面的影响，例如，和威廉争论时，他说："我来这里是为了重建特洛伊，而不是让它变成一堆尘土和骸骨。"⑤

---

① Peter Ackroyd, *The Fall of Troy*, p. 211.
② Peter Ackroyd, *The Fall of Troy*, p. 211.
③ FelixNicolau, "False Identities of Self-Proposed Heroes", *Hyper Cultura*, Vol. 1, January 2012, p. 4.
④ Felix Nicolau, "False Identities of Self-Proposed Heroes", *Hyper Cultura*, Vol. 1, January 2012, p. 4.
⑤ Peter Ackroyd, *The Fall of Troy*, p. 83.

第四章　考古小说与超越时空叙事

阿克罗伊德虽然通过采用不同人物视角多维度地展现奥伯曼的神秘、复杂，欺骗、伪造甚至阴险的个性，但是作者并没有谴责他，相反，他认可他对考古学的重要贡献，而且还善于通过描写悲悯的场面创造悲剧效果，这主要见于小说结尾描写奥伯曼死后其他人物的回应中。像尊重桑顿所代表的科学精神一样，作者对奥伯曼的学识、勤奋、激情和想象也同样充满敬意。作者的叙述紧紧围绕奥伯曼周围人物的视角，通过他人之口对奥伯曼表示同情、惋惜甚至赞美，让他的名字与超凡的魅力和突出的学识不可分割地联系在一起。例如，作者通过他儿子里奥尼德之口肯定奥伯曼的影响和贡献。当奥伯曼的尸体被土耳其工人从马车上抬走时，里奥尼德对索菲亚说：

> 一切都结束了，没有奥伯曼的特洛伊不是特洛伊……他了解特洛伊的心脏，它的生命，他让我们为其着魔……那种魔力从来不会有了……我会与我的母亲一起回到俄国，在那里好好照顾她。我现在无法忍受住在这个地方，父亲在时，每一块石头都是神圣的，每棵树上都能看到神灵……他的想象有真知灼见，没有想象的世界是不可想象的。①

同样，索菲亚也曾对威廉说：

> 我不爱他，但我钦佩他，他不是一个普通人。你质疑他是完全正确的，他值得被质疑，如果没人纠正他，他会为所欲为，他的激情和热情常使他做一些奇怪的事情……我知道有些人认为我丈夫疯了，他们的表情告诉我这一点，但是海因里希并没有疯。他的想象使他变得强大，但并没有疯狂。我承认，他有时很难对付，而且说了许多无情的话。但是他根本没注意到自己在说什么，只是随口所说。我现在可以满怀信心地说，特洛伊对我的影响超过了我的婚姻。②

---

① Peter Ackroyd, *The Fall of Troy*, p. 212.
② Peter Ackroyd, *The Fall of Troy*, pp. 90–91.

作者让小说中与奥伯曼最亲近的两个人对他的肯定传递出一个重要信息：如果没有奥伯曼，从某种意义上讲，特洛伊可能就不会存在，因为只有他一个人相信它被保存在19世纪奥斯曼帝国希沙里克附近的土丘下。阿克罗伊德对奥伯曼之死的精心构思和大胆虚构，让小说叙事达到意想不到的高潮，更好地渲染了作品的主题，让其他人物对奥伯曼有了一次再评价的机会，也可以说，是作者对考古历史进行哲理思考的总结。阿克罗伊德笔下的奥伯曼的确自负到令人可怕的地步，不能容忍丝毫的异议，极端傲慢，和荷马笔下的英雄一样，善于表白，却缺乏自省。然而，他的精力和幻想、他对荷马史诗的兴趣、痴迷和谙熟又让人钦佩和赞赏，因此，当他的生命结束时，令人深感惋惜。

在《特洛伊的陷落》中，奥伯曼和他的对手桑顿的形象形成对比，是"两种文化"的化身，象征神话与科学的对立，因此，可以被视为隐喻，蕴含着深厚的主题。借此，作者在小说中暗示了一些引发人们深思的问题：一种观念优于另一种观念吗？科学一定比神话和想象力更可信吗？哪一个影响更大呢？有人认为这些不断出现的问题都在以奥伯曼失败告终的情节发展中得到了明确的回答。如上所述，在他意外死亡之前，考古现场又发现了许多黏土碑，可是，奥伯曼还没等看到，就被马踩死。这一情节安排似乎让以桑顿为代表的科学观念最终取胜，因为，正如利诺对桑顿所说："我们发现了数百块焙制的泥板，就像你之前研究的那些一样。你又有工作可做了，我的朋友。你和索菲亚一起。"[①] 然而，答案并非如此简单。事实上，奥伯曼所信仰的神话没有因为他的死而消亡，相反，它依然影响着人们的生活、信仰、甚至行为。诚然，想象力虽然有时会滥用科学，但是其结果有时也是惊人的，没有假设、想象和天才，隐藏的宝藏也许永远不会显露出来。科学的准确和客观有时的确是在想象力启发之下才出现。据此，可以说，想象力为人们提供了一个预见的机会，绝不应该被轻视，因为想象也是在古人辛苦创作基础上的想象，当科学方法无效时，想象力有时的确很有用。历史已经

[①] Peter Ackroyd, *The Fall of Troy*, p. 211.

证明，曾经属于想象的东西后来得到科学的证实，科学史上想象变成现实的例子不胜枚举。因为，当不能从前提推导出结论时，科学家们也往往会歪曲三段论。这也正是小说中的奥伯曼试图做的，他认为他的挖掘会改善人类的精神状态，"被神化的特洛伊城是勇气和爱情、背叛和轻率的象征。这座圣城将好与坏一起展现出来。这是人性的寓言。这种发现的目的是教育，而不是盈利"①。通过塑造奥伯曼这一人物，阿克罗伊德旨在暗示，神话和科学虽然不能被等同，但也不应该是敌对关系，他们可以互补和共存。虽然现在不是神话时代，荷马的神话虽然不能被认定为历史，但是荷马描写的神话故事却依然影响着人们，让人们拥有美丽的想象，为冰冷的科学增添了一丝神秘，因此科学的时代依然需要神话。正如阿克罗伊德所说："在希腊，历史是真实事件，同样是神话和故事。"②

当然，有的想象是良性的，也有的想象是有害的。让·鲍德里亚（Jean Baudrillard）曾在他的《重要的幻想》（*The Vital Illusion*，2000）一书中说："我们必须为这个世界的令人震惊的不完美而战。反对这种技术性和虚拟性的人造天堂，反对试图建立一个完全积极、理性和真实的世界，我们必须保留虚幻世界里那种绝对的不透明和神秘的痕迹。"③ 奥伯曼之过错并不在于他虚构了历史文物，而是因为他的偷窃损毁了特洛伊的美好形象，"让苦难和壮丽恶性循环：一方面，他使不可见的东西得以可见，另一方面，他让由想象变为现实的珠宝消失"④。

阿克罗伊德笔下的奥伯曼也蕴含着作者对历史人物施里曼的历史思考和评价。虽然施里曼"不是科学的信徒，几乎可以肯定的是，他花费了几个月时间，把分散零星的金饰集合成宝藏，……他的发

---

① Felix Nicolau, "False Identities of Self-Proposed Heroes", *Hyper Cultura*, Vol. 1, January 2012, p. 4.

② ［英］彼得·阿克罗伊德：《古代希腊》，冷杉、冷枞译，生活·读书·新知三联书店2007年版，第73页。

③ Felix Nicolau, "False Identities of Self-Proposed Heroes", *Hyper Cultura*, Vol. 1, January 2012, p. 4.

④ Felix Nicolau, "False Identities of Self-Proposed Heroes", *Hyper Cultura*, Vol. 1, January 2012, p. 4.

掘方法即使在他那个年代也是非常不科学的"①，他的行为和人格也引发诸多争议，然而他那不屈不挠的精神和执着地讲述的故事激发了整整一代人从事考古学。当今，大多数专家都认为希沙里克的土丘确实是特洛伊城。阿克罗伊德曾说：

> 施里曼犯了很多错误，譬如，他把阿伽门农的传说同迈锡尼联系到一起是毫无根据的。但是，在他的发现被公之于世之前，还无人知道希腊历史的这段遥远的时期。多亏了海因里希·施里曼和那些跟随他的考古学家，我们现在才能对迈锡尼人的那个迷失已久的世界有了一些令人沉迷的了解。②

施里曼的主要成就是证明了荷马笔下的特洛伊是真实的历史存在，为荷马考古奠定了基础，激发了后继者的更多想象。因此，阿克罗伊德认为，施里曼留给后人的真正遗产是：完全揭开了另一种文明的面纱，一种我们几乎不知道曾存在过的文明。虽然那个社会不是荷马所生活其中的社会，而是迈锡尼社会。施里曼和他的追随者们已向我们证明，先进的文明存在于青铜时代的遥远过去。同时，施里曼在特洛伊和迈锡尼的挖掘工作激起了公众的兴趣。例如，继施里曼之后，牛津阿什莫尔林博物馆（Ashmolean Museum）的新任馆长亚瑟·埃文斯（Arthur Evans）"在希腊克里特岛（Crete）进行了有史以来最伟大的发掘工作之一"③。事实上，土耳其考古学家至今仍在挖掘这一地区。

历史中的施里曼是一个传奇，"很少有人的职业生涯能像海因利希·施里曼（Heinrich Schliemann）那样如此接近童话故事"④。同

---

① [英]布赖恩·费根：《考古学入门》（插图第11版），钱益汇等译，北京联合出版公司2018年版，第20—21页。
② [英]彼得·阿克罗伊德：《古代希腊》，冷杉、冷枞译，生活·读书·新知三联书店2007年版，第16—17页。
③ Gaynor Aaltonen, *Archaeology: Discovering the World's Secrets*, London: Arcturus Publishing Limited, 2017, p.138.
④ Barry Unsworth, "Digging for Victory", *The Guardian*, October 21, 2006, https://www.theguardian.com/books/2006/oct/21/fiction.peterackroyd.

样，阿克罗伊德塑造的奥伯曼也蕴含着作者对历史人物、神话和科学的积极思考与评价。在这部小说中，阿克罗伊德取得了非凡的成就，他将一个传奇式的人物，重新塑造成一个神话般人物，一个史诗般的英雄，能够按照自己的想象塑造真理，召唤仍然居住在城市废墟中的众神的力量。奥伯曼有一个坚定不移的目标：不顾众人反对，竭尽全力向世界证明，荷马讲述的特洛伊战争是真实的历史事件，而特洛伊勇士是欧洲人，来自高贵的种族，并不是亚洲人。同样，和历史中的施里曼一样，奥伯曼在阿克罗伊德的笔下也是一个神秘人物，其行为和隐藏的诸多秘密让小说蒙上一层面纱，增添了叙事的神秘感。作者不仅通过利用不同的人物视角很好地展现出奥伯曼的复杂个性，而且还以他为媒介将所有人物和事件联系在一起，因此，整部小说叙事既集中、紧凑，又意义繁复，读后使人情不自禁地陷入对神话与科学关系的思考和追问之中。

  阿克罗伊德想借奥伯曼之口表达一个重要观点，即古老的故事里蕴含着真理。的确如此，从寓言和神话故事中寻求真实的历史，是贯穿整个小说复杂叙事的中心元素，正是为此，阿克罗伊德塑造了奥伯曼这一人物，并巧妙地让真实与虚构，寓言与事实，理性和幻想、神话与科学等对立元素实现跨界和交织。一个个未解的谜团，让小说充满悬念，为读者留下想象的空间。那些怀疑奥伯曼或反驳他的人会受到伤害，但是不清楚是谁造成的。是神，是人，还是意外，是奥德修斯的诡计，还是宙斯的愤怒？例如，敢于对他持怀疑态度的哈佛教授威廉在进入洞中后脑部受到打击，然后发烧，莫名其妙地染病去世。同他赛跑的英国学者桑顿在奔跑途中被石子打中后扭伤了脚踝，最终输了比赛。后来，又有致命的毒蛇爬到桑顿床上。就在奥伯曼需要证明特洛伊曾有勇士居住时，他拿出一把青铜剑。但是没人知道他是在特洛伊发现的，还是从其他地方带来的。如果这些都是诸神所为，他们的干预是出于保护真理还是维护神话？这种质疑的张力，这种未被完全解决的怀疑，使《特洛伊的陷落》成为一部复杂而迷人的小说，其叙事力量自始至终从未减弱。虽然神话不能等于科学，但历史已经证明，神话的背后，有时候的确隐藏着历史上真实发生过的事件。关于宇宙的诞生，各民族的传统神话有时会不谋而合，例如印度神话中的天神梵天睡醒后劈开了天地和中华民族传统神话中盘古开天地的故事有惊人的巧合。因此，神话和科学一样，也应被视为人类文化和生活的一部分，神话也是古人留下的智慧结晶。

以上分析表明，在《第一束光》和《特洛伊的陷落》这两部小说中，作者都能将个人想象和沉思与其丰厚而宽广的知识素养相结合，在宏大而优美的背景之下，描绘出一个神秘而复杂的故事世界，让小说具有独特的魅力。当然，多种叙事技巧的运用不只是追求形式的华丽，而是蕴含着作者明确的创作目标：叙事层面的多维性，只是为了与小说内容形成呼应。作者对千百年来萦绕人们心头诸多谜团的探讨，引发读者对科学、宗教和神话之间关系的深度思考，挑战人们对考古学、人类起源、人类生存问题的传统认知和理解。两部考古小说激发了人们对人类世界的重新审视，对过去、现在和未来充满无限遐思，因此，阿克罗伊德的叙事在很大程度上拓宽了文学话语的表现空间，彰显了文学的原动力。

第五章　成长小说与魔幻现实主义叙事

《英国音乐》（*English Music*，1992）、《迪博士的屋子》（*The House of Doctor Dee*，1993）和《三兄弟》（*Three Brothers*，2013）三部小说在此被归为成长小说（Bildungsroman），因为它们都在一定程度上符合成长小说的叙事特征，"相对完整地描述了一个人的生活，包括试图阐述其性格、气质和社会环境，以及这个人的活动和经历"①，探讨了主人公身心成长过程中所经历的身份困境、冷漠的父子关系、心理发展过程以及后来的成熟和顿悟，让个人生活与家人和社会相融合。

成长小说"尽管可以掺和着无奈与怀旧的情绪，但它总是以积极的调子结束全文。主人公年轻时代的宏伟梦幻结束的时候，许多荒谬的错误和痛苦的失望也随之结束，展现在面前的是一种能够有所作为的生活"②。虽然成长小说起源于德国，但是英国成长小说也有较长的历史传统，自18世纪以来，涌现出许多成长小说的佳作，例如亨利·菲尔丁的《汤姆·琼斯》、狄更斯的《远大前程》和詹姆斯·乔伊斯的《一个青年艺术家的画像》等。阿克罗伊德的成长小说也是传统的一部分，小说中的主人公都经历了缺失父母之爱的童年、身份的流动、心理痛苦和矛盾，也曾犯下过荒谬的错误，但最终都对人生产生顿悟，思想发生了重要改变，因此，作者为他们安排了美好而充满希望的结局。

---

① M. H. Abrams, *A Glossary of Literary Terms*, Beijing: Foreign Language Teaching and Research Press, 2010, p. 25.
② 美国不列颠百科全书公司：《不列颠百科全书》（国际中文版修订版 第2卷），中国大百科全书出版社2007年版，第472页。

在叙事手法上，阿克罗伊德的成长小说博采众长，既秉承了英国成长小说的历史传统，采用了经典成长小说家的叙事手法，如菲尔丁的人物对比创作法，狄更斯的自传成分、巧合、错综复杂的故事情节，喜剧结尾等，又吸取了20世纪以来一些创新和实验叙事手法，如乔伊斯的意识流和顿悟的创作方法，注重对主人公内心情感、矛盾和戏剧性改变的描写。然而，最重要的是，阿克罗伊德的成长小说具有其独特性，在集英国成长小说传统与创新手法于一体的同时，他还积极吸取其他民族的叙事手法，并将它们巧妙地融合在作品中，形成自己独特的叙事风格。例如，他还采用了魔幻现实主义（magic realism）叙事手法，与作品中采用的巧合叙事手法形成呼应，不仅拓展了作品的叙事空间，而且为作品增添了神秘元素，彰显出作者强大的吸纳力和广博的知识储备。据《不列颠百科全书》所述：

> 魔幻现实主义是一种主要在拉丁美洲使用的一种叙事手法。其特征是，将一些幻想或神秘的元素自然地加到似乎是现实的虚构中去。虽然这种手法很久以来在许多文化的文学中都已存在，但"魔幻现实主义"的出现还是最近的事。1940年由古巴小说家A.卡彭铁尔首先使用，他认为在许多拉丁美洲的文学作品中有这种特征。某些学者认为魔幻现实主义是后殖民地时期写作的自然结果，因为它必须懂得至少两种分立的现实——征服者的现实与被征服者的现实。拉丁美洲的著名魔幻现实主义作家有哥伦比亚的G. G. 马尔克斯、巴西的J. 亚马多、阿根廷的J. L. 博尔赫斯和J. 科塔萨尔，以及智利的I. 阿连德[①]。

在《英国音乐》《迪博士的屋子》和《三兄弟》三部小说中，阿克罗伊德也将一些幻想或神秘的元素自然地加到似乎是现实的虚构中去，描写了主人公所经历的一些超自然现象或神迹，并通过运用一系列神秘意象、梦境、幻象和象征等手法凸显主题内容，激发读者对人类神秘历史传统的兴趣和想象。

[①] 美国不列颠百科全书公司：《不列颠百科全书》（国际中文版修订版 第10卷），中国大百科全书出版社2007年版，第382页。

此外，为了拓展小说的叙事时空，作者没有只围绕主人公个人情感生活展开，而是采用复线和分行叙事手法，通过让不同叙事线交叉与融合，将小说中的不同时代、不同地点的人物和事件联系在一起，使小说厚重而具有层次感，不仅更好地凸显了作品的丰富主题意蕴，而且还拓展了成长小说的理论研究和审美情趣。

第一节 《英国音乐》

阿克罗伊德的第5部小说《英国音乐》被认为是"最具狄更斯风格的作品。这本小说追随成长小说的传统，身份认同的体裁，以《大卫·科波菲尔》（*David Copperfield*，1849—50）和《远大前程》（*Great Expectations*，1861）的风格，塑造了一位年轻人走向成熟的人生经历（通常以回忆的视角）"[①]。小说主要讲述了蒂莫西·哈库姆（Timothy Harcombe）在他身为灵术师的父亲克莱门特·哈库姆（Clement Harcombe）的鼓励下，如何成为一名灵媒（medium）的经历。

小说故事情节分为两条叙事线索平行展开，奇数章节内容从蒂莫西的视角叙述，故事发生的时间是1992年秋，也是小说出版的年份。在这些章节中，蒂莫西以第一人称视角回忆了从20世纪20年代以来所经历的非凡生活，突出了他早期受到的教育以及他与经常失踪的父亲之间的关系。同狄更斯的作品一样，这部小说也融入了作者的个人生活元素，因为蒂莫西成长过程中的一些细节折射出阿克罗伊德自己的童年经历。在偶数章节中，作者以第三人称视角叙述，采用狄更斯式的"插曲"风格，讲述了蒂莫西的一些奇怪梦境或幻象。为了使两条叙事线索更好地衔接，像在《霍克斯默》中一样，作者再次采用首尾段连接的方式，在单数章节的结尾部分，让蒂莫西听着父亲或父亲的信徒玛格丽特为他朗读英国文学经典作品进入梦乡，或看着电影《远大前程》入睡，在音乐老师讲解音乐家的课堂上出神，或在画廊里凝视英国著名风景画看到幻象。在紧接每

[①] Barry Lewis, *My Words Echo Thus: Possessing the Past in Peter Ackroyd*, Columbia: University of South Carolina Press, 2007, p.66.

个单数章节的偶数章节中，作者会让蒂莫西在梦境或幻觉中跟那些伟大的文学家、音乐家和画家以及他们创造的人物、音乐和风景相遇，让他获得重要启迪和顿悟，使他对英国文化传统理解更深刻，也使他成为连接现在与过去的情感纽带。因此，有学者认为"《英国音乐》可以看作是一部招魂之作，专注于今昔两个世界之间的联系"①。

事实上，不仅小说的内容涉及众多经典文学或艺术大师，所有章节叙事也都呈现了作者对英国经典作家和艺术家所创作的杂糅叙事风格传统的高度肯定和出色模仿。例如，阿克罗伊德既赞美威廉·伯德（William Byrd）和威廉·贺加斯（William Hogarth）在创作中善于把各种艺术形式杂糅在一起，形成和声艺术，共同唤醒不同时代人们的民族认同感和归属感，让传统源远流长，又模仿了布莱克的笔法写下"苏醒吧，阿尔比恩，倾听英国音乐那不朽的曲调……"② 同时，作者还故意让不同作品的内容杂糅，例如在蒂莫西的第一个梦中便是如此。

《英国音乐》和其它小说一样，也是作者长期思考和酝酿的结果。根据阿克罗伊德本人所说，有段时间，他一直希望写一部与16世纪英国作曲家有关的小说，包括伯德、泰利斯（Tallis）和道兰（Dowland）等，但他无法从他们的生活中找到重要线索。然而，关于古老音乐的想法一直萦绕在他脑海中，而且以独特的方式逐渐与他的另一个想法相结合。在写《第一束光》时，他感觉一个人物突然冒了出来：一个对书籍极为痴迷的女人，以至于实际上她已走进那些书中，在作者想象的风景中漫游。他说："我本想把她放在图书馆里，让她永远也不要从书中逃出来。最后，我没这么做，只是让她待在我的意识中，直到她通过与古典音乐的联系而复活。"③ 除了探索"英国音乐"以及过去与现在联系的主题之外，《英国音乐》中的第三个主题以一种更加明确的形式逐渐形成，他声称：

---

① 金佳：《孤岛不孤——〈英国音乐〉中的共同体情怀》，《外国文学》2018 年第 4 期。
② Peter Ackroyd, *English Music*, London: Hamish Hamilton, 1992, p.349.
③ Wright, Thomas, ed., *Peter Ackroyd, The Collection: Journalism, Reviews, Essays, Short Stories, Lectures*, London: Vintage, 2002, p.384.

自从在《查特顿》中尝试后，我就一直想更详细地探讨父子关系。在一次偶然机会，我读到了一部关于维多利亚时代的灵媒的自传，这再次唤醒了我的兴趣。灵媒丹尼尔·霍姆（Daniel Home）有一个年幼的儿子，在他的传记中只简略地提到，但是后来我开始考虑所有的可能性。儿子疑惑父亲是一位真正的灵术师还是一个骗子？这一问题的不同答案会让儿子作何反应？想到这些问题，《英国音乐》的思路变得清晰了。此时我正在写《狄更斯传》，利用空闲时间，构思出《英国音乐》的主要情节，让我笔下这对特殊父子踏上他们的奇怪旅程。但是准备工作还没有结束。起初，我只想写一部关于一个家庭的小说。但是，一天深夜，当我躺在床上无法入睡时，先前对古老音乐和文学的思考又在脑海中闪现，于是，将其融入这个新故事中。突然之间，我感觉当把两个故事结合在一起时主题变得更加深刻和宏大；父亲和儿子的故事成为一个更大故事的一部分，即一个民族历史和文化的叙事。①

从作者的自述中可以发现，《英国音乐》的灵感最初来自维多利亚时代的灵媒丹尼尔·邓格拉斯·霍姆（Daniel Dunglas Home）和他的著作《我生命中的事件》（1872）。霍姆经常用音乐来形容自己的天赋，据说有一次他竟然能让吉他自己弹奏。他说："乐器的一部分处在阴影中，看不见拨动琴弦的手；但音乐美丽无比。听者都认为它极为新颖，比我听过的任何东西都更甜美，更温柔，更和谐。有些旋律既柔和又狂野，似乎是远处音乐的回声，无法用语言形容其美妙。"② 霍姆的通灵能力最早在美国显露，当时他和母亲住在一起。1855 年回到英国后，他的降神会变得很受欢迎，有许多名人参加，英国著名诗人罗伯特·勃朗宁（Robert Browning）也在其中，后来还以霍姆为原型创作了诗歌《斯拉奇先生，灵媒》（*Mr. Sludge,*

---

① Wright, Thomas, ed., *Peter Ackroyd, The Collection: Journalism, Reviews, Essays, Short Stories, Lectures*, London: Vintage, 2002, pp. 384–385.
② Barry Lewis, *My Words Echo Thus: Possessing the Past in Peter Ackroyd*, Columbia: University of South Carolina Press, 2007, p. 67.

'*The Medium*',1855)。

在《英国音乐》中,阿克罗伊德也以霍姆的故事为素材,创作了他的小说人物克莱门特及其儿子蒂莫西。父亲的灵术师生涯对蒂莫西影响极大。在小说的开头,即20世纪20年代,在儿子蒂莫西的帮助下,哈库姆扮演一名通灵者和治疗师。他能够或者看起来能够与死者沟通,为人治病。例如,有一次他治好了一位老妇人。通过让这位老妇人死去的儿子丹尼尔(Daniel,这个名字与历史人物霍姆的名字形成呼应)隔着远处的面纱告诉母亲说她肋部的疼痛将会消失,这位老妇人果然好了。《英国音乐》中的其他人物形象塑造模仿了狄更斯笔下的一些小人物,特别是蒂莫西父亲身边的那些人物。哈库姆因为熟悉传统文化"通灵术",能为人治病,从而吸引了一群特殊的追随者,他们被称为"哈库姆圈子"(Harcombe Circle),包括形形色色的狄更斯式的怪诞人物。例如,有口吃的斯坦利·克莱(Stanley Clay)、发育不良的玛格丽特·柯林斯(Margaret Collins)、狂躁的侍者贾斯帕·伯勒(Jasper Burden)、迷惑的马修·卢卡斯(Matthew Lucas),还有漂亮但尖酸刻薄的格洛里亚·帕特森(Gloria Patterson)。他们定期到哈克尼广场的哈库姆住处讨论通灵术,试图解决各自的痛苦、困惑或病痛等不同身心问题。因此,这个圈子对于每个成员都很重要。例如玛格丽特说:"如果你觉得自己在监狱里,你可以试着逃跑。这就是我们来见哈库姆先生的原因,因为我们可以逃避痛苦。我们可以看到,现实世界不是唯一世界,还有其他世界,其他声音,成为它的一部分是一种美妙的感觉——即使只是一瞬间。"[1] 斯坦利说:"你们看,我的怪脖子已经治好了。我感觉轻松多了,我只能这样来表达,因为我觉得如此轻松。这不仅仅是因为我被治愈了,还因为我看到和听到了不同的东西,更伟大的东西。你们知道。"[2] 贾斯帕也发言说:"音乐。所有那些美妙的音乐。我也想听。"[3] 听着他们讨论这些时,蒂莫西非常理解他们,"意识到他们在另一个世界里比在真实世界里要平静得多。他们在我

---

[1] Peter Ackroyd, *English Music*, pp. 62 – 63.
[2] Peter Ackroyd, *English Music*, p. 63.
[3] Peter Ackroyd, *English Music*, p. 63.

父亲的房间里很快乐,但一旦他们离开这个地方,他们就会再次变得尴尬和孤独"①。在蒂莫西看来,父亲对所有人的谈话做了很好的总结,哈库姆说:

> 音乐或声音中有一种更伟大的东西,我们都是其中的一部分。你们今天晚上看到了,就像你们很久以前看到的一样。在你们的生活中,你们肯定知道这些吧?在那一刻,当你突然感觉喜悦时,你不觉得是被一个更宏大愿望在推动着你前进吗?……是的,斯坦利说得很好:当你不快乐的时候,会变得渺小和狭隘,永远不想和别人联系,觉得天要塌下来。正因如此,那个更大的世界,另一个世界,才是一个充满爱的世界,它不会落在你身上,你可以站在它上面。现在它就在我们身边,我能感觉到,触摸到它。在这个世界里,我们不再有痛苦、疾病和不幸,以及所有那些把我们与他人隔离开来的东西。这是一个充满爱的世界。②

这个圈子不仅对每个参与的成员重要,对于蒂莫西来说也同样重要,因为那些参与者都像是他的家人,甚至可以代替他那死于难产的母亲塞西莉亚的角色。正是对于传统文化的共同信仰和守护,才让这些没有机会接受良好教育的特殊群体中的每位个体在此获得平静、慰藉和快乐。

蒂莫西从这些神奇的经历中了解到很多东西,但是他真正的教育起始于在父亲私人图书馆的阅读经历。父子俩阅读的许多书都涉及"英国音乐",即"英国音乐、英国历史、英国文学和英国绘画"③。正是因为阅读了这些书,蒂莫西开始有奇怪的"梦境"或陷入恍惚状态和幻象中。

在第一个梦中,蒂莫西迷失在约翰·班扬(John Bunyan)的《天路历程》(*Pilgrim's Progress*,1678、1684)和刘易斯·卡罗尔

---

① Peter Ackroyd, *English Music*, p. 63.
② Peter Ackroyd, *English Music*, pp. 63-64.
③ Peter Ackroyd, *English Music*, p. 21.

(Lewis Carroll)的《爱丽丝漫游奇境记》(*Alice's Adventures in Wonderland*, 1865)两部小说场景混合的世界中。例如，当爱丽丝出现时边跑边喊："生命，生命，不朽的生命。"① 这句话事实上是《天路历程》中的基督徒曾说的。当基督徒出现时却说："天啊，天啊，我要迟到了"②，这实际上是《爱丽丝漫游奇境记》中的大白兔所说的话。后来，当蒂莫西不知道自己是谁，在做什么时，红桃王后告诉他："你可以去问基督徒，他此刻应该已经到奇境了。当然你也可以去问爱丽丝，不过人们最后是在毁灭之城见到她的，此刻她可能心情不好。"③ 随后，蒂莫西发现爱丽丝和基督徒正手拉着手跑向他。阿克罗伊德之所以让蒂莫西把这两部作品错织，一方面是因为父亲为了帮助儿子入睡，每天晚上在他睡觉之前轮流给他朗读两本书中的一些章节。另一方面，作者有意采用英国文学中典型的杂糅叙事手法，以便与作品的内容形成呼应。

接下来，蒂莫西又做了第二个梦。一次，蒂莫西和父亲到盐街墓地祭拜完母亲塞西莉亚后，去金士兰路的电子剧院观看电影《远大前程》。在此期间，蒂莫西睡着了，恍惚中发现自己在一幢大房子的花园里，房子里传出一个声音，一直重复着一句话"重新开始"④。接下来的独白是由十多部狄更斯小说开头几句话的片语组成。蒂莫西走进屋子，看到一个眼睛缠着绷带的人，竟然是查尔斯·狄更斯本人。随后，快速闪现了一系列《远大前程》中的著名场景和人物：着火的郝薇香小姐（Miss Havisham），傲慢的艾斯黛拉（Estella），寒冷的沼泽，奥里克（Orlick）在谷仓中对皮普（Pip）的攻击，马格威奇（Magwitch）拜访皮普在伦敦的公寓，向大海逃跑，返回烧毁的房子遗址等。

阿克罗伊德为了更好地表达父子关系，建立了穿插于全书的父亲在场与缺场的基本情节节奏。儿子的恍惚和失意让哈库姆感到不安，特别是当目睹了儿子第二次失去知觉后，他更担心儿子会卷入

---

① Peter Ackroyd, *English Music*, p. 27.
② Peter Ackroyd, *English Music*, p. 27.
③ Peter Ackroyd, *English Music*, p. 32.
④ Peter Ackroyd, *English Music*, p. 73.

第五章　成长小说与魔幻现实主义叙事

灵术师行业，因为他凭直觉知道自己的灵力实际上来自儿子。因此，他安排蒂莫西去威尔特郡上哈福德（Upper Harford, Wiltshire）的外公家住，让他们替他照顾儿子。在小说中，这是父子之间的第一次分离。蒂莫西和外祖父母住在一起（这呼应了阿克罗伊德的成长过程，带有一定的自传成分）后，不久便适应了在乡村农舍的安静生活。他睡在母亲之前的卧室里，播放她的留声机，演奏她的乐器。他发现，一个令他喜欢的地方是一片松树林。他每天早晨都和小狗"星期五"去那里。这条狗非常喜欢他，总跟着他，即使他休息时它也会耐心地躺在他身边。对他来说，

> 那片树林是一个令人着迷的地方，远离尘世，它的温和与秘密预示着一种永生……有一棵我特别喜欢坐的树，它那盘根错节的灰色根部为我形成了一个完美的休息场所，当我靠在它的树干上时，我可以看到天空透过它羽毛般光滑和有条纹的树枝闪烁……日光透过树木和松针形成的冠盖闪闪发光，这是一种宁静和安宁的形象。它唤醒了我内心深处的平静，给予我力量。①

事实上，蒂莫西的母亲生前也喜欢这片松树林，显然作者有意将他和母亲无形地联系在一起，因此，蒂莫西才能在此感到莫大安慰。例如他说："我从不感到孤独，甚至当我抬头看房子和母亲的房间时也不感到孤独，因为在某种程度上，大地本身就是我的伴侣。我对它低语，想象着这些话在地球的任何角落传播。有时在我痛苦时还能听到令我安慰的声音。因为一直以来我都明白，这并不是一片死寂的风景。"②

五个月过去了，父亲没有来看过他，直到斯坦利和玛格丽特把蒂莫西"解救"（或者说是绑架）并带回伦敦后，人们才发现父亲在哈克尼广场的住所空无一人。事实上，哈库姆已经失踪了几周，儿子一离开他就中断了"哈库姆圈子"的集会。这一事件导致了蒂

---

① Peter Ackroyd, *English Music*, London: Hamish Hamilton, 1992, p. 110.
② Peter Ackroyd, *English Music*, p. 110.

莫西的第三个幻象，想象自己和侦探奥斯汀·斯莫尔伍德（Austin Smallwood）一起着手调查"父亲失踪案"。由于斯莫尔伍德对夏洛克·福尔摩斯（Sherlock Holmes）很着迷，因此，这一人物的形象刻画在很多方面都与福尔摩斯相呼应，或者可以说是福尔摩斯的化身。作者通过斯莫尔伍德之口传达了一些重要思想，例如他对蒂莫西说："我有一个奇妙的发现。我清楚地认识到，英国音乐很少改变。乐器可以更改，形式可以多样化，但精神似乎永远不变。精神永存。我想这就是我们所说的和谐。此外，音乐还有助于我思考。"① 在调查过程中，斯莫尔伍德在观察和推测的基础上形成了自己的理论，他认为"同样精神和身体类型的人在每一代人中都会再现，他们居住在相同的地区，甚至执行相同的任务"②。当然，这也是阿克罗伊德的观点，他一直坚信"地方影响论"，认为一个地方对生活其中的人们的思想和行为有重要影响，一方水土养一方人，这也是他在其他小说中多次强调的思想。

回到伦敦后由于父亲不在，好心的玛格丽特收留了蒂莫西，让他和她一起住在那个被称为"孤岛"的房子里。在那里，玛格丽特经常给他读丹尼尔·笛福（Daniel Defoe）的《鲁滨逊漂流记》（*Robinson Crusoe*，1719）。几周后，蒂莫西的父亲终于出现，当时他正和他以前的信徒格洛丽亚（Gloria）住在一起，因为收到了警方关于他儿子被绑架的报警才肯露面。由于蒂莫西的失踪，法院开始对他的情况进行调查，经过几个月的协商，裁定他应该回到外祖父母家开始上学。因此，蒂莫西的第四个梦幻由他第二次要离开哈克尼广场时引发，他预感到这次将永远离开那些"哈库姆圈子"朋友，孤独感使他梦见自己像鲁滨逊一样独自生活在一座孤岛上。一个陌生人把他带到一个洞穴，并提出一个问题："一个只有回声没有声音的世界会怎么样？"③ 陌生人还给他讲述了丹尼尔·笛福的作品，岛上的情况以及时间、英国音乐和传统。他告诉蒂莫西："黑暗也许会遮蔽你的双眼，但不会遮蔽你的想象力……不要希望在一个没有桅

---

① Peter Ackroyd, *English Music*, p. 128.
② Peter Ackroyd, *English Music*, p. 134.
③ Peter Ackroyd, *English Music*, p. 171.

第五章　成长小说与魔幻现实主义叙事

杆和帆的破树皮上回到英格兰。要在你内心深处感受到祖先的存在，不要只相信你的指南针。要用英国音乐扬帆起航。"① 这对蒂莫西影响很深，后来，当他在小洞穴点燃树枝照明和取暖时，他的小王国里立刻充满火光投下的奇异影子，虽然他的眼睛闭着，似乎要睡着，但无数的影像掠过他的脑海，这时"他感觉自己看到了父亲的脸，接着又看到了母亲的脸在阴影中闪现；后来是他外祖父母以及其他人的面孔，仿佛列队在他面前经过。其中一些和他自己的脸很像，他笑了笑，但是怎么也数不清有多少张脸，也算不出他们来自哪个世纪……蒂莫西成为一个集众多生命于一体的人"②。如第四章所述，类似这样的叙事场景和其所蕴含的寓意在作者的另一部小说《第一束光》中也出现过，再次传达出作者旨在强调过去与现在之间的联系、过去与现在融为一体以及个人是传统不可分割的一部分的重要思想，也是作者在这部作品中所着意表现的英国传统精神。

正如作者本人曾言，阿克罗伊德将其对音乐的兴趣和热爱也化为作品中的重要元素，并通过蒂莫西的特殊经历表现出来。蒂莫西再次回到上哈福德外祖父母家后进入一所古老的文法学校圣威廉姆斯（St. Williams）。他和同学爱德华·坎皮恩（Edward Campion）成为好朋友，并逐渐适应了学校的日常生活。爱德华就像《第一束光》中的凯瑟琳一样是一个跛足。蒂莫西有模仿他人的特殊本领，经常模仿老师，和爱德华在一起走时，出于对他的同情便故意让自己也跛行。三年后，蒂莫西经历了第五次"梦幻"之旅。这一幻象最重要，因为在语言和隐喻层面上都涉及英国音乐。在学校的一次音乐课上，阿米蒂奇（Mr. Armitage）先生表达了他对威廉·伯德、道兰和珀塞尔（Purcell）等音乐家的推崇。听着这些狂想曲式的讲座，蒂莫西陷入恍惚状态，穿越到过去，于是发现自己成为1608年4月伯德音乐班上的一名学生。伯德教导蒂莫西和他的朋友古德费勒（Goodfellow）和博伊斯（Boyce）如何通过将现有的形式和旋律重新组合来创作自己的音乐。换句话说，蒂莫西学习了"英国音乐"的基本知识，并欣赏这种能使其得以构建和传播的重复过程。很明显，

---

① Peter Ackroyd, *English Music*, p. 170.
② Peter Ackroyd, *English Music*, p. 170.

伯德所提倡的创作技巧也是阿克罗伊德本人提倡的创作方法和创作过程，这是他在多数作品中都强调的。

为了更好地凸显作品思想，作者对故事情节进行了精心安排。三年之后，父子再次见面。此时，蒂莫西已经完成学业，离开外祖父母家回到了伦敦。哈库姆现在住在靠近波多贝罗路（Portobello Road）的阿尔比恩巷（Albion Lane）一所破房子里。格洛丽亚不久前离开了他，他被迫靠算命和做灵媒来谋生，事实上，现在他的灵力已经严重减弱，更难的是，20世纪30年代的顾客与10年前他的信徒截然不同，他们比之前的"哈库姆圈子"成员更自信，期望更高。然而，自从蒂莫西开始做他的助手后，哈库姆越来越受到欢迎，吸引了更多顾客。后来，父亲发现儿子依然有幻觉，并且能够用自己的灵力给人治病。作者的这一情节设计有重要寓意，暗示了其重要创作理念。阿克罗伊德始终认为，前代作家一方面影响后代作家，另一方面也依赖后代作家才可以传承和延续。同样，后代作家的创作既要尊重和学习前代作家，又要有个人创新和发展。因此，民族文化传统是过去和现在作家共同努力的结果。

阿克罗伊德还坚信，某些东西可以世世代代重复，在这部小说中他曾多次表达这一思想。有一次，当参观威廉·贺加斯故居时，蒂莫西看到一幅题为"疯狂，你这混乱的大脑"（Madness, thou of the Chaos of the Brain）的雕刻后晕倒。于是，他再次进入梦境，发现自己和贺加斯（Hogarth）在一起。这位艺术家带领蒂莫西在伦敦散步，并给他讲解英国艺术之美。他坚信气质和外貌可以世代循环的理论，认为"时尚可能会改变，可能会此起彼落，但有些东西是永恒不变的。性情和构成我们俗世状态的情感或嫉妒不会改变：我认真地观察它们并模仿"①。在蒂莫西的梦中，贺加斯还强调：

> 音乐有独特的线条美，因为它似乎能使我们从目前的状态中跳出来，沉思过去和现在所构成的统一体。我觉得我自己也是其中一部分，因为当我们从整体中分离出来时，我们什么都

---

① Peter Ackroyd, *English Music*, London: Hamish Hamilton, 1992, pp. 258–259.

第五章　成长小说与魔幻现实主义叙事

不是。我们的文明繁荣形象不应丢失。在我的作品中，我试图将它保存，并把对我们英国民族风俗习惯的描述也留给未来。我们的英国音乐必须延续，直到弹完最后一个音符。①

以上观点在阿克罗伊德其他作品中曾多次出现，体现出作者对英国音乐的执着坚守和热情书写。

阿克罗伊德还通过另一梦境梳理了英国文学和绘画传统。回到伦敦两年后，蒂莫西截获了一封格洛丽亚写给他父亲的信。后来，他去了她在莱恩街（Lane Street）的住所，这次的拜访开始了他们之间不正常的性关系。格洛丽亚对待蒂莫西很残酷，有时引诱他，有时嘲弄他，颇似狄更斯小说《远大前程》中戏弄皮普的艾斯黛拉。在与蒂莫西交往的同时，她还引诱了为蒂莫西在朗伯斯桥附近斯宾塞画廊（Spencer Gallery）谋得一份工作的斯坦利。到画廊工作后，蒂莫西每天晚上都会研究一幅不同的绘画，然后陷入沉思。一天晚上，他将注意力集中在盖恩斯伯勒（Gainsborough）的一幅风景画上，这让蒂莫西又开启了一段非凡的梦幻之旅。在梦中，他穿越了许多因理查德·威尔逊（Richard Wilson）、约翰·康斯特布尔（John Constable）、约瑟夫·赖特（Joseph Wright）、威廉·特纳（William Turner）、塞缪尔·帕尔默（Samuel Palmer）和福特·马多克斯·布朗（Ford Madox Brown）等英国著名画家而闻名的地点。穿插于其中的还有一些来自经典小说的场景，比如塞缪尔·理查森（Samuel Richardson）的《帕梅拉》（*Pamela*，1740）、托比亚斯·斯摩莱特（Tobias Smollett）的《佩里格林·皮克尔历险记》（*The Adventures of Peregrine Pickle*，1751）、劳伦斯·斯特恩的《项狄传》（*The Life and Opinions of Tristram Shandy*，1760—1767）和艾米莉·勃朗特的《呼啸山庄》（*Wuthering Heights*，1847）等。通过这些绘画和小说场景阿克罗伊德再一次梳理了英国音乐传统，让过去与现在形成一个统一整体。

为了强调父子之间的离合关系，阿克罗伊德设计了父子分别与

---

① Peter Ackroyd, *English Music*, p. 269.

重聚的循环情节。自从蒂莫西搬到他自己在朗伯斯（Lambeth）的房子后便和父亲逐渐失去联系，后来他又回到威尔特郡和外祖父母住在一起。此时，他了解到父亲现在是布莱克莫尔（Blackmore）马戏团的舞台监督，并且马戏团将于春天在附近一个集市上演出。当马戏团来后，蒂莫西到那里找到了父亲，父子再次团聚。哈库姆向他透露，事实上，在儿子出生前，他一直在马戏团工作。蒂莫西为父亲的这一职业感到很羞愧，并试图鼓励父亲回忆他之前为人治病的日子，希望他能重操旧业。这时，父亲才告诉他第二个秘密：一直以来真正拥有灵力的是儿子蒂莫西，而不是父亲自己。这个秘密被披露之后，让蒂莫西因过于震惊而病倒。在接下来的几天里，蒂莫西连续高烧，精神错乱。父亲一直照看着他，为他朗诵诗歌。这些诗歌在蒂莫西的想象中变成布莱克的诗歌，讲述了自凯德蒙（Caedmon）至道森（Dowson）时期的英国诗歌史，是阿克罗伊德在小说中运用到极致的"英国音乐中永恒的音符"[①]。

　　经过几个月的休养后，蒂莫西答应再次担任父亲的助手，不过这次是在马戏团表演。一年的旅行演出之后，父子俩又回到上哈福德，并决定帮助治疗爱德华的瘸腿。治疗很成功，但是也付出很大代价，哈库姆死于劳损过度。在父亲去世的那一刻，蒂莫西又有了亚瑟王式的幻象。他看到一位先王的儿子经历了一种寻找解决时间奥秘的危险旅程后使枯萎的荒原恢复了生机。在小说的高潮部分，儿子看着死去的父亲，"然而，当他看着父亲的脸时，发现它在发生奇妙的改变，呈现出他认识的所有人的脸部轮廓"[②]。这一场景重复了蒂莫西第四个梦中在孤岛上的情景，也颇似作者的另一部小说《第一束光》中的结尾场景。可见，"重复"这一修辞形式在小说中再次得到强调，也是阿克罗伊德本人的艺术信条。父亲死后，马戏团中其他演员鼓励蒂莫西子承父业，于是他便开始了自己在马戏团的表演生涯，擅长运用腹语术，这将蒂莫西和阿克罗伊德进一步联系起来，因为，阿克罗伊德在《一个唯美主义者的遗言》里也曾用腹语术讲述了王尔德的故事。1938年当外祖父母去世后，蒂莫西继

---

① Peter Ackroyd, *English Music*, p. 349.
② Peter Ackroyd, *English Music*, p. 392.

第五章　成长小说与魔幻现实主义叙事

承了他们的农舍。

为了更好地表达小说的主题思想,即英国音乐或英国历史、英国文学和英国绘画共同形成的英国精神的世代相传和源远流长,除运用循环、重复、梦境等叙事手法外,作者在小说中还运用了两个重要而美好的意象:小鸟和向日葵。首先,蒂莫西的父亲和外祖父都在自家的花园里种了向日葵,并在小说中多处出现,且都通过蒂莫西的视角描述,例如,他说:

> 我家前面有一个小小的"花园",虽然它只是一小块地,但是在夏末时分,上面会长出一些向日葵。我当时特别喜欢那些向日葵,目前在记忆中依然喜欢它们,那时候对我来说它们与我父亲和父亲的生活有不可分割的联系。当父亲谈到另一个世界时,我想象它们的花瓣转向天空。当他谈到光时,我想象那是从它们身上散发出来的光辉。那时它们比我还高,当我站在花丛中间时,它们好像在保护我,是我的监护人。①

接下来他又说:"透过父亲卧室的窗户,我能看见哈克尼广场斑驳的绿色。窗外长着向日葵,正是初秋时分,向日葵长得很高,当我抬头看时,它们的影子会投射到房间里和我的脸上。"② 另有一天晚上,当看到三个"哈库姆圈子"成员在他家大门口等待见他父亲的情景时,蒂莫西联想到向日葵。他说:"当我在玛格丽特·柯林斯和斯坦利·克莱的陪伴下走近时,三个人在门口等着。他们似乎在煤气灯下微微摇摆,虽然这无疑是影子闪烁的效果,但是让我想起在夏末生长在我家窗外的三棵向日葵。三个生命在这一刻相聚在一起。"③ 有一次,当蒂莫西和父亲两人在谈论向日葵时,父亲说:"向日葵不是野生的,蒂姆。他们是受过训练的。它们被训练得追随太阳。在我们家,所有的东西都追随太阳。"④ 在此,显然作者旨在

---

① Peter Ackroyd, *English Music*, p. 18.
② Peter Ackroyd, *English Music*, p. 20.
③ Peter Ackroyd, *English Music*, pp. 58–59.
④ Peter Ackroyd, *English Music*, p. 94.

通过父亲对向日葵的评论引出这一意象所蕴含的深意，既向儿子传达出希望、生命、力量和生机的含义，又暗示了希望儿子幸福、热情和高尚的心愿，因为出于对儿子的未来着想，他想将儿子送到在乡村的外祖父母家去。后来，由于他被玛格丽特和斯坦利偷偷接回伦敦，外祖父发现他失踪后报了警，父亲也不得不露面，最后人们在玛格丽特家找到蒂莫西，外祖父也来到伦敦接他回家。在不得不离开伦敦之际，他内心充满矛盾，既为要与玛格丽特和其他"哈库姆圈子"成员分别而悲伤，又深爱着眼前来接他回去的外祖父，在两难之境，他借口要离开一会儿，然后不由自主地来到向日葵丛中寻找安慰：

> 我不知道我要去哪里，但在那一刻，我感到如此孤独，如此失落，好像真的独自在一个岛上。我本能地跑向哈克尼广场，拐弯时，看到盛开的向日葵，我放慢了脚步，以便能更轻柔地接近它们。我想平静下来看着它们。它们在微风中轻轻摇摆，令人心情豁朗、安心，它们的深黄色带走了我的痛苦。它们在这里的泥土和尘埃中茁壮成长，我哑然伫立在它们面前，看着它们，直到眼中全是它们，别无他物。此时，我感到自己被吸引到那充满活力的花丛中心，那一刻我真想躺在里面，让明亮的花瓣围绕着我。①

中学毕业后蒂莫西又回到伦敦，几年后当他再次回到乡村看望外祖父母时，作者又提到向日葵。在回乡村的路上，蒂莫西对自己的身份做出评价，他认为，虽然自己现在是成人，但是仍然像那个曾经不情愿陪着外祖父去新家的男孩，他说：

> 我非常了解自己，无论环境和情绪如何变化，我的本性始终没变，还是原来的我。我也明白了，我依然保留着孩提时代对世界的看法。对我来说，它永远是一个幽灵出没的地方，处

---

① Peter Ackroyd, *English Music*, pp. 156–157.

第五章　成长小说与魔幻现实主义叙事

处有父亲在场。所以，当走在白色的小路上时，我开始意识到为什么我的外祖父总是用同样直接的方式对我说话，他知道这个小男孩能和成年人理解得一样多。现在，他依然这样对待我。推开大门后，我看到他在弯着腰种东西，向我问好，好像我昨天才离开似的。他直起身，叹了口气说："为了等你回来，我想在这里种些向日葵。"①

小说中作者多处对向日葵的描写和提及不仅强调了其丰富的象征意义如希望、生命、力量、高尚、幸福、热情等，而且还为整个小说叙事增添了一抹明亮色调，更有利于强化小说的积极意义。

除向日葵外，作者还利用小鸟意象传递出世代相传的英国音乐传统。例如，小说的结尾段落所描写的情节具有重要的象征意义，既出现了向日葵也出现了小鸟，让画面既优美又寓意深刻。作者采用浪漫主义叙事手法描写了老年蒂莫西所经历的一桩轶事：蒂莫西帮助朋友爱德华孙女塞西莉亚埋葬了一只死去的小鸟。一天早晨，关掉电视后，年迈的蒂莫西坐在窗前，望着旧石墙边新长出的向日葵，这时他注意到爱德华的孙女塞西莉亚跪在草坪边。他没有看见她什么时候进入了花园，她似乎在背诵祈祷文或诗歌。他很好奇地走出房间，来到她身边，问她在做什么。她转过身，泪流满面。这时他才发现她在地上挖了一个小坑，里面放了一只死去的小鸟。他安慰她说不用哭，告诉她小鸟现在很安全，它的灵魂已经飞走了。他吃力地跪在她旁边，帮她挖出更多的土，然后和她一起把小鸟的尸体埋好，用手掌把泥土弄平。她说她已经为小鸟祈祷过了，并且告诉他如果愿意的话，他也可以祈祷，然后作者让蒂莫西说：

　　所以我们跪在一起，为那只死去的小鸟的灵魂祈祷。我不知道我为什么要在结尾时告诉你这么一个简单的故事，但也许这是我现在所做的最好的事情，或者说最简单的事情，就像这个葬礼。我们祈祷完后，另一只小鸟从我们前面的树上飞了下来，栖

---

① Peter Ackroyd, *English Music*, p. 327.

息在大门上，不一会儿，它的歌声响彻整条白色的小径。所以你应该明白，就像我之前向你解释的那样，过去都已铭刻在我的脑海中，现在我不再需要打开那些旧书本就可以听到音乐。①

这一结尾可以联系作者本人曾用小鸟形容"英国音乐"世代传承的美好比喻。阿克罗伊德在《阿尔比恩》一书中曾说，20世纪的英国音乐受到了16世纪和17世纪音乐的启发和激励，旧音乐唤醒了新音乐，新音乐又唤醒了旧音乐。沃恩·威廉姆斯（Vaughan Williams）的音乐之所以迷人是因为它对现在和过去的拥抱，使英国古音乐变成一种炼金术，在他的作品中产生了一种奇妙的永恒。为了更好地说明这一点，阿克罗伊德运用了一个美丽而形象的比喻：

比德（Beda Venerabilis，673—735）在《英格兰人教会史》（*Historia Ecclesiastica gentis Anglorum*）中描绘的那只小鸟，穿越了盎格鲁—撒克逊宴会厅，呼吸到户外的空气，变成了在沃恩·威廉姆斯的乐队背景中腾飞的百灵鸟。它就是雪莱诗歌中的云雀，"啼声婉转如清澈的溪流"。这只鸟还出现在乔治·梅瑞狄斯的诗行中，沃恩·威廉姆斯借用过这些诗行："飞腾而起，继而盘旋，/她的歌声宛如银链，/环环相扣，一环又一环。"这牢不可破的银链就是英国音乐之链。②

在阿克罗伊德看来，已死小鸟所唱的音乐已被新的小鸟延续，而这种延续就是"英国音乐"。在此，作者用一个简单的寓言传达出关于轮回、新生和继承的思想。此外，作者还有意让葬鸟的小姑娘跟蒂莫西的母亲同名，都叫塞西莉亚，而这一名字也正是音乐圣人塞西莉亚（Saint Cecilia）的名字。例如作者在第九章描写的蒂莫西的第五个梦中，音乐教师阿米蒂奇（Armitage）询问了蒂莫西母亲的名字，告诉他这一名字的特殊意义并发表议论说：

---

① Peter Ackroyd, *English Music*, p. 340.
② 殷企平：《英国文学中的音乐与共同体形塑》，《外国文学研究》2016年第5期。

第五章 成长小说与魔幻现实主义叙事

> 我们可以把英国音乐的起源追溯到 16 世纪，温柔的节奏、清晰的和声、甜美的旋律、纯洁的音乐，纯洁，孩子们。我们今天仍然可以听到，音乐永存！你们听说过埃尔加或沃恩·威廉姆斯……伯灵顿、霍尔斯特、亚瑟·布里斯的音乐吗？好吧，天真的朋友们，音乐是不朽的，古老的音乐仍然是我们的一部分，永远是我们的一部分。几百年来，同样的旋律不断重复，传给每一代人。①

可见，塞西莉亚这一名字的世代相传同样具有重要的象征意义：古人虽去，但是她们所承载的英国音乐或英国精神却在后代人身上得到延续，与小鸟的意象形成很好呼应。事实上，正像阿克罗伊德在他的作家传记中一样，在这部小说中，他再次强调，为了让英国音乐或传统源远流长，每位作家都是连接过去与现在的纽带，都肩负连接过去与现在的重要使命。他曾说：

> 布莱克听到了代代相连的音乐……为后继者铺好了道路，不是为没有创意的格拉比，而是为柯勒律治和华兹华斯，他们是天才诗人……然后，拜伦出现……尽管他的记忆充满悲伤，但是他的智慧不会被遗忘……雪莱继承了拜伦的音乐，紧接着济慈吟唱出"美即真，真即美"，……济慈的诗又唤醒了丁尼生，……丁尼生的音乐又传递给史文朋，随后又有勃朗宁、汤普森、约翰逊……②

因此，在阿克罗伊德看来，英国音乐之所以能延绵不断，主要在于每一代人的共同努力才创造出无数旋律优美的诗句来表达英国人的想象，并让其延续至今，形成源远流长的传统。

阿克罗伊德善于跨文体创作，《英国音乐》也是一绝佳案例。它是一部有趣的混合体，集自传、回忆和狄更斯小说风格于一体。一些评论家称赞阿克罗伊德对父子关系的描述，以及按时间顺序编排

---

① Peter Ackroyd, *English Music*, p. 196.
② Peter Ackroyd, *English Music*, pp. 356–358.

的描写各种梦境的章节。然而，有些评论者对这本小说持否定甚至敌对态度并抱怨说，故事太呆板，缺少变化，主角太被动，次要人物太扭曲，历史背景粗略，语气严肃，结局平淡。詹姆斯·伍兹（James Woods）的评论最严厉。他指出这本书有太多缺点，并宣称它是"一本穷尽所有缺点的最差的书"[1]。约翰·巴雷尔（John Barrell）的评论也同样尖锐，但更为圆滑。他不欣赏小说中对英国连续性的描述以及"将所有的艺术和艺术家都同化到同一个重复模式中，没有多样性，没有个性，没有历史的方式"[2]。杰弗里·罗斯纳（Jeffrey Roessner）认为，"阿克罗伊德的议题是民族主义的，他试图通过诉诸一种不明确的历史力量，将文化遗产如何传播的过程神秘化"[3]，并将阿克罗伊德的文学政治与T. S. 艾略特和布鲁姆的文学政治联系在一起，但同时又承认阿克罗伊德对文本性的后现代主义强调使他有别于他们。

这些评论也许有道理，但是也稍有偏颇，阿克罗伊德的叙事才华和贡献不应被忽视。刘易斯说："无论小说的梦境/幻想在意识形态上有何弱点，它们都为阿克罗伊德提供了充分的空间，让他从一系列英国经典中吸取营养，创作出一部集各种风格于一体的佳作。"[4] 读者也许注意到，这些梦境都与蒂莫西"现实"生活事件形成很好呼应，也可以说是"现实"生活的拓展，充分展现出作者瑰丽的想象力。此外，与早期的小说和传记一样，《英国音乐》的叙事声音也与其模仿的主题如卡罗尔、班扬、狄更斯、道尔、笛福、布莱克、马洛里等作品的节奏和语调相呼应，这也充分说明阿克罗伊德继承和发展了英国文学传统。借用、吸纳和模仿经典作家和作品是阿克罗伊德创作的重要方法，也是他为英国文学传统延续和发展所做的重要贡献。

阿克罗伊德在评论他的小说《一个唯美主义者的遗言》时曾说：

---

[1] James Woods, "English Primer All Blotted and Blurred", *Guardian*, May 21, 1992, p. 27.
[2] John Barrel, "Make the Music Mute", *London Review of Books*, July 9, 1992, p. 7.
[3] Jeffrey Roessner, "God Save the Canon: Tradition and the British Subject in Peter Ackroyd's English Music", *Post-Identity* 1, No. 2, 1998, p. 104.
[4] Barry Lewis, *My Words Echo Thus: Possessing the Past in Peter Ackroyd*, Columbia: University of South Carolina Press, 2007, p. 72.

第五章　成长小说与魔幻现实主义叙事

小说创作过程是"一种渗透（osmosis）或共生（symbiosis）"①。渗透意味着吸收，通过细读和模仿，潜移默化地获得相关作者的典型特征。共生关系更像吸血鬼，因为它指的是宿主和寄生物之间的关系，尽管它们互惠互利，但它们仍然是独立的实体。这两个过程都可被视为一种幻觉，一种激发创造力的方法或灵感。例如，阿克罗伊德正是通过运用19世纪晚期的语言，通过渗透或共生的行为进入王尔德那个时代观念的。

另一个用来解释阿克罗伊德喜欢模仿经典作家的理论可以追溯到鲁珀特·谢尔德雷克（Rupert Sheldrake）。20世纪60年代末，这位颇有争议的生物学家与阿克罗伊德曾都在剑桥克莱尔学院。在其著作《生命新科学：形态场假说》（*A New Science of Life*：*The Hypothesis of Morphic Resonance*，1981）和《过去的在场：形态场和自然习惯》（*The Presence of the Past*：*Morphic Resonance and the Habits of Nature*，1988）中，谢尔德雷克介绍了他的形态场概念。这一概念的提出，自然有一种可以影响未来行为的内在记忆，并解释了新的有机体如何通过遵循旧的图谱完成结构形式。这些例子类似荣格的集体无意识概念，其信息通过形态发生场传递。因此，当过去的活动结构塑造现在时，形态共振就会发生。虽然这听起来像是只适用于实验室的深奥理论，但谢尔德雷克渴望强调，这一过程也适用于文化形式，其影响领域是通过习惯和重复产生的。例如，英语并不是每一个以英语为母语的人都重新发明的语言，其语法和语法的复杂性是被继承下来的。我们往往会遵循以前的方法。当一个人与另一个时期的另一个人有心灵感应时，就像把两个不同时期的作家联系在一起一样，一种特殊的亲和力或形态场在他们之间产生。谢尔德雷克的科学有助于理解阿克罗伊德。当模仿狄更斯或查特顿的作品时，他是在以相同的语言频率与他们产生共鸣或心灵感应，受到他们语言模式的影响。这一理论表明，文学也有一种内在记忆。也许它通过提供一系列图谱或模板来塑造新的创作。事实上，T. S. 艾略特的散文《传统与个人才能》中也有人们熟悉的关于文学方面的

---

① Wright, Thomas, ed., *Peter Ackroyd*, *The Collection*：*Journalism*, *Reviews*, *Essays*, *Short Stories*, *Lectures*, London：Vintage, 2002, p. 369.

形态场表达："历史感不仅包括对过去的感知，还包括对过去的存在的感知；历史意识迫使一个人不仅要在骨子里怀着他那一代人去写作，而且要带着这样一种感觉：从荷马开始的整个欧洲文学，以及包含其中的他自己国家的全部文学同时共存，并构成一种共同的秩序。"[1]

刘易斯对《英国音乐》的评价是，把 T. S. 艾略特所说的"'欧洲'换成'英格兰'，把'荷马'换成'贝奥武夫'，你就找到了《英国音乐》的秘籍和它那柔和而狂野的旋律，悠远的回声，以及无与伦比的美妙"[2]。这一评价是对阿克罗伊德作品的最好总结，《英国音乐》是一本将英国文化和传统呈现为一场盛会的书。然而，阿克罗伊德虽然怀古蓄今，大量用典，但他从不照搬，而是对其进行增值改造，达到了陌生化的效果。他对前人的重复也不是刻板的，而是犹如在弹奏一首乐曲，虽然有重复，但却是有变化的重复，让读者感到既熟悉亲切，又新颖迷人，为作品增添了无穷韵味。因此，可以说，在这部小说和在其它小说中一样，阿克罗伊德融入作品中的不仅仅是娴熟的创作技巧和对艺术的执着追求，还有一份对经典执着追求的淡定与从容，对古代大师的遥望与祈求，以及对古人的理解、同情与膜拜。

虽然有些评论家对阿克罗伊德描述的英国文化表示不满，甚至认为不正确，但是作者早已声明："这只是我个人观点，因为《英国音乐》的用意不是对英国文学进行客观或规范化描述。这是一部小说，不是演讲或批评著作。它只是我个人兴趣和爱好的记录，蕴含在这对想象的父子故事里。我希望你愿意与我分享这一想象。"[3] 因此，读者不能以文学批评的标准评判这一作品，正如作者所言，这只是一部小说，应该充许作者展开想象的翅膀，带领读者一起寻找"英国音乐"源远流长的秘籍。

---

[1] Thomas Sterns Eliot, *The Sacred Wood*: *Essays on Poetry and Criticism*, Dodo Press, 1920, p. 32.

[2] Barry Lewis, *My Words Echo Thus*: *Possessing the Past in Peter Ackroyd*, Columbia: University of South Carolina Press, 2007, p. 73.

[3] Wright, Thomas, ed., *Peter Ackroyd*, *The Collection*: *Journalism*, *Reviews*, *Essays*, *Short Stories*, *Lectures*, London: Vintage, 2002, p. 385.

第五章　成长小说与魔幻现实主义叙事

第二节　《迪博士的房屋》

《迪博士的房屋》(*The House of Doctor Dee*，1993）是阿克罗伊德的第 7 部小说，虽然它是虚构成分最多的小说之一，但是约翰·迪（John Dee，1527—1608）就像《霍克斯默》中戴尔的原型尼古拉斯·霍克斯默一样，也是真实的历史人物。

约翰·迪的人生经历丰富、神秘而复杂，据史料记载，他是：

> 英国炼金术士、占星家和数学家，对英国数学的复兴有重大贡献。1547—1550 年，在欧洲大陆讲学和学习，1551 年回到英国，获得政府授予的奖金。后任玛丽·都铎女王的占星官，不久以魔术师罪名遭监禁，1555 年获释。他受到伊丽莎白一世的宠幸，除在宫廷中从事占星术和卜卦外，还向正在探险的驾驶员和航海家作出指导和建议。1570 年欧几里得著作的第一部英译本出版，虽然公认此书是亨利·比林斯利爵士所译，但很可能是他译了该书的一部分或全部，他还写了序言，提高了当时人士对数学的兴趣。1595 年成为曼彻斯特学院院长。[①]

虽然迪在天文学、数学和航海领域都做出过重大贡献，但是因沉迷于魔法和灵术实验而声名狼藉。1558 年伊丽莎白一世登基后，迪成为女王的科学和医疗顾问，后来在伦敦附近的莫特莱克（Mortlake）定居。在那里，他修建了一个极好的图书馆，据说是当时英国最大的私人图书馆，有 4000 多本书和手稿。他慷慨地向学者们开放，也慷慨地帮助了许多寻求建议的实习者。在这里，他曾招待过许多显赫的访客，包括有权势的外国朝臣，学者菲利普·西德尼（Philip Sidney），甚至还有伊丽莎白女王本人。他还深入研究了数字命理学、占星学和炼金术，这些在当时与自然科学并无区别。在灵媒

[①] 美国不列颠百科全书公司：《不列颠百科全书》（国际中文版修订版 第 5 卷），中国大百科全书出版社 2007 年版，第 205 页。

(medium)爱德华·凯利（Edward Kelley）的帮助下，他在水晶球里召唤出许多幽灵和天使。有一次，其中的一个幽灵告诉迪去布拉格面见一个人，并当面责备他的罪行。这个人不是别人，正是鲁道夫二世（Rudolf II），即统治欧洲大部分地区的哈布斯堡（Hapsburg）王朝的总领袖。迪侥幸从这次疯狂的冒险中毫发无伤地逃脱了，然而，这却提高了凯利在魔法师中的声誉。迪和凯利分手的原因是迪发现凯利不仅是个江湖骗子，而且还偷偷觊觎他的妻子。迪回到了莫特莱克后，发现自己的图书馆被洗劫了，于是心烦意乱。在他生命的最后几年里，他生活贫困而孤独，失去了之前得到的社会恩宠。对于他的死说法不一，一种是他于1608年12月死于莫特莱克，被葬于英国国教教堂里。但也有证据表明，他于次年3月死于约翰·蓬图瓦（John Pontois）在伦敦的家中。虽然对于迪的死有争议，但是多数学者就另一问题达成一致意见，即认为"威廉·莎士比亚在《暴风雨》（*Tempest*，1611）中塑造的普洛斯彼罗（Prospero）这一人物形象直接受到约翰·迪的启发"①。

　　迪对科学有极大兴趣，对自然哲学和占星术有独到见解。《蒙娜斯象形符号》（*Monas Hieroglyphica*，1564）是迪的一部重要著作，是他发明和设计的一个深奥的象征符号，隐含着作者的神秘观点。他试图用单个数学魔法符号作为解开大自然奥秘的钥匙。后来，他还编辑了欧几里得《元素》（*Elements*，1570）的第一个英译本，并为它撰写了一篇有影响力的序言，为数学科学的尊严和实用性提供了强有力的宣言。迪满怀激情地相信数学的日常用途，同时也坚信数学具有揭示神圣奥秘的神奇力量。由于无法对自然知识进行全面理解，迪试图通过与天使交流来寻求神灵的帮助。1583年至1589年间，他和灵媒爱德华·凯利在英国和欧洲大陆举行了多次降神（通灵）会（séances），并曾一起前往波兰和波西米亚，即现在的捷克共和国旅行。据奥涅加所说，历史上的迪曾在剑桥大学学习自然魔法，并建造了自动机。但是，就像小说中的迪一样，他不久就放弃了这种试验，因为喜欢上了卡巴拉（Cabbala）。作为犹太教的神秘

---

① GeraldSuster, *John Dee*, Berkeley: North Atlantic Books, 2003, p.130.

第五章 成长小说与魔幻现实主义叙事

哲学,"卡巴拉与自然魔术相反,试图将魔术师的地位提升到宇宙自然力量之上,并渴望达到上帝的创造能力。在犹太魔法和神秘传统中,造物被认为是一种可以被破译和复制的密码"①。迪将这些原则应用在他最具影响力的著作《蒙娜斯象形符号》中,他用"蒙娜斯象形符号"代表人(人作为微观世界)的复杂统一和完整。这个符号包含三元素(身体、灵魂和精神)和四元素(四种基本元素:土、气、水和火),从而形成一个七元素,其中隐藏着最神秘的第八个元素,共同构成一个复杂统一的完整符号,即炼金术士所说的"魔法石",因此,这个符号代表了万物的统一。(迪的蒙娜斯象形符号如上图所示)

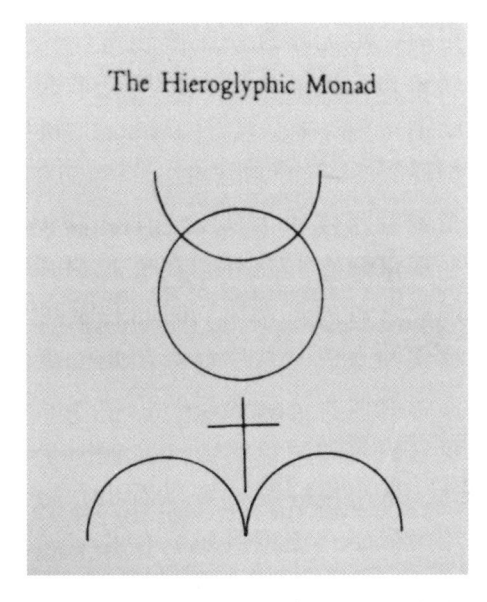

阿克罗伊德在小说中基本遵循历史人物迪的主要人生经历,书写着这一历史人物的身后传奇,但是有时为了达到叙事目的,他也会进行虚构和想象。例如,小说中的迪与凯利相遇后,他们并没有出国旅行而是在迪的房屋里进行神秘实验。此外,小说中也没有迹象表明凯利试图与迪的妻子发生婚外情。相反,当发现自己的身份和动机被她怀疑后,凯利毒死了她。

然而,最大的变化是作者把迪的房子从莫特莱克搬到了克拉肯威尔(Clerkenwell),这一地点转移有重要意义,与阿克罗伊德本人对伦敦的理解以及他所信奉的"地方影响论"相一致。这一改变不仅强调了迪作为伦敦梦想家的地位,而且也旨在强调克拉肯威尔地区"神圣的精神联系"②。例如,圣殿骑士团(The Knights Templar)和医院骑士团(Knights Hospitaller)都曾驻扎在那里。同时,这里既是圣·约翰修道院所在地,也是上演中世纪神秘戏剧的地方,16世

---

① Susana Onega, *Peter Ackroyd*, Plymouth: Plymbridge House, 1998, p. 56.
② Peter Ackroyd, *London: The Biography*, London: Chatto & Windus, 2000, p. 462.

221

纪时，附近还有一座修道院。克拉肯威尔不仅与激进主义有着紧密联系，而且还是许多持不同政见者的大本营，包括罗拉德派（Lollards）、耶稣会士（Jesuits）和宪章派。著名的约翰·威尔克斯（John Wilkes）和卡尔·马克思等革命思想家也住在那里，伦敦的一个政治团体通信协会（The London Corresponding Society）的会员也在那里聚会。此外，在克拉肯威尔还居住着许多钟表匠和修理工，因此它也被认为是"时间和时间划分的象征"①。因此，对于迪的神秘实验来说，克拉肯威尔是一个合适的地点，因为它位于伦敦一个古老的地方，有强烈的精神和激进思想传统，这里的街道和小巷都令人想起阿克罗伊德在之前的小说中曾详细描述过的那些名字。因此，从小说标题就可以看出，房子本身很重要，在小说中，它的作用类似于《英国音乐》中作者对英国音乐的幻想。然而，正像作者之前的作品一样，《迪博士的房屋》不仅关注建筑本身，而且还关注这所建筑在伦敦的特殊地理位置，因为这里有重要的故事可以讲述，承载着重要的历史事件。因此，在阿克罗伊德的笔下，像房子、图书馆、克拉肯威尔或莱姆豪斯等建筑或区域都通过时间和空间的结构共振形成，对作者来说这是一种从整体上了解伦敦神秘历史和灵魂的象征方式，这个城市的所有痕迹都被交织在一起。然而，《迪博士的房屋》与历史人物约翰·迪在巴恩斯（Barnes）居住过的房屋无关。相反，这是另一个房子和另一个迪，是作者想象中的迪。

综观整部小说叙事可以发现，《迪博士的房屋》由两条平行叙述线组成，两个叙述者以第一人称叙事视角交替叙述两个故事和时期，并以各种方式相互呼应。这种叙事结构与《霍克斯默》的叙事结构相似，甚至包括小说不同叙事线中人物相遇和会合的结尾章节。具体而言，第一个故事由马修·帕尔默（Matthew Palmer）叙述，时间是1993年，即小说出版的那一年。马修叙述的章节按照数字编成一、二、三、四、五、六、七等章节，只构成小说的基本结构，几乎没有任何特性，这符合马修最初对自己的感觉，不知道自己是谁，找不到身份认同感。第二个故事由迪叙述，时间设定在16世纪。房屋的建筑

---

① Peter Ackroyd, *London: The Biography*, p. 462.

第五章　成长小说与魔幻现实主义叙事

结构在小说中被赋予重要意义，这不仅体现在小说的标题中，而且也体现在迪所叙述的章节中。不难发现，迪叙述的多数章节题目都是一个实体建筑物，例如"奇观"（The Spectacle）、"图书馆"（The Library）、"医院"（The Hospital）、"修道院"（The Abbey）、"演示室"（The Chamber of Demonstration）、"城市"（The City）、"密室"（The Closet）、"花园"（The Garden）等。最后一个章节题为"幻景"（Vision），由马修、迪和阿克罗伊德三个人共同叙述，在此，不仅两条叙事线会合，作者也干预进来，形成三个人的合声，与《霍克斯默》和《查特顿》的结尾章节相似，不同时期的人相聚在一起。此外，马修和迪所叙述的大部分章节是在现在和过去之间交替展开的，作者对各章节的叙事顺序也做了精心安排，具体排列如下：第一章/奇观；第二章/图书馆；第三章/医院；第四章/修道院；第五章/演示室/城市；第六章/密室/花园；第七章/幻景。同《霍克斯默》的叙事结构一样，作者通过重复前一章结尾句作为下一章开头句的方式，让马修和迪所叙述的不同章节之间的内容形成联系。这种安排的重要意义在于，比较小说结构和迪的蒙娜斯象形符号可以发现，蒙娜斯象形符号的组成元素和小说章节分布结构之间形成整齐对应关系，"前四章节对应于土、气、水、火四种基本元素。标有五、六、七的三个章节分别对应于身体、灵魂和精神，并与迪所叙述的四个章节，演示室、城市、密室、花园一起构成七个元素，其中隐含着的第八个元素相当于最后一章的'幻景'"[①]。最后一章"幻景"是跨界或象征永恒的章节，也是最隐秘、最难理解的章节，因为它只存在于由马修/迪/阿克罗伊德和英国传统中早期幻想作家和人物一起创造的"精神世界"之中。这种复杂而巧妙的叙事结构不仅彰显出作者对这本小说形式的精心设计，也体现出作者对迪的深入了解，因此才能让叙事形式和内容达到如此完美的结合。虽然马修和迪生活的年代相差几个世纪，但在小说中，马修可以看到或听到迪，迪也可以看到或听到马修，两个人寻找过去的叙事交织在一起，马修试图通过查阅古文献寻找个人身份真相，迪试图用神秘

[①] Susana Onega, *Peter Ackroyd*, Plymouth: Plymbridge House, 1998, p.64.

的方法探索伦敦古城的奥秘。

《迪博士的房屋》以马修·帕尔默的叙述开始，首句就是"我继承了父亲的那座房子"①。显然，这是一种开门见山的叙事策略，没有任何介绍性铺垫，直接从人物行动的中间开始。通常情况下，这种叙事手法对事情的详细阐述往往随着情节的逐步进展通过人物对话、闪回或对过去事件的描述等迂回表达或逐渐填充。例如，《哈姆雷特》的叙事从哈姆雷特父亲死后开始，作者只是通过相关人物之口提及国王之死的实事，而在戏剧开始时并没有这样的情节安排。由于该剧侧重于哈姆雷特和复仇本身，而非复仇动机，因此莎士比亚通过运用开门见山的手法回避了多余的阐述。使用"开门见山"手法的作品，在多数情况下会随后使用倒叙和非线性叙述来阐述先前发生的事件，以填充背景故事。例如，在荷马的《奥德赛》中，读者第一次了解奥德修斯的旅程是从他被囚禁在卡里普索岛（Calypso's Island）上开始的，然而，在整个叙事中，奥德修斯的大部分旅程都发生在那一刻之前。

阿克罗伊德使用"开门见山"也有其深刻用意。作为小说一半的叙述者，马修的第一句话暗示了一个无穷无尽的继承传统，因此让这部小说和阿克罗伊德的其它小说之间的主题构成联系，特别是那些与父子有关的小说如《英国音乐》和《三兄弟》。作者让小说以回忆过去和继承过去的遗产开始，旨在将其作为叙述主体寻求自我定位，确定个人身份与他者身份的关系以及展开叙述的方式。值得注意的是，虽然是第一人称叙述，但是作者在第一句却保持了匿名叙述，读者不知道"我"是谁。显然，作者有意采用这样的隐秘方式，因为他试图完成一种双重写作，"既具有个性化又具有普遍性，讲述的既是马修·帕尔默的故事，在某种程度上又是每个人的故事"②。

小说标题首先让读者想到的是"房子"，然后才是迪，这一点至关重要，值得引起读者重视。可以说，在这部小说中，"房子"

---

① Peter Ackroyd, *The House of Doctor Dee*, London: Penguin Books, 1993, p. 1.
② Jeremy Gibson and Julian Wolfreys, *Peter Ackroyd: The Ludic and Labyrinthine Text*, London: Macmillan, 2000, p. 188.

(house) 对文本的重要性和詹姆斯·乔伊斯第一部小说《一个青年艺术家的画像》(*A Portrait of the Artist as a Young Man*, 1916) 标题中的"画像"(portrait) 一样意义深远。评论家弗朗西斯·金(Francis King) 曾说:"阿克罗伊德在小说中偏爱的时间隐喻是考古学或建筑学。"[①] 吉卜森赞同金的观点,认为他"既谈论了城市,也谈论了创作"[②]。然而,阿克罗伊德并不仅仅关注将这一双重隐喻作为象征过去、现在和未来时间相互渗透的一种手段,而是渴望尽力追求城市的物质存在和它本身的幽灵"他者"之间的关系。阿克罗伊德试图揭示出在一个感知物体内总是有另一个物体,即一个本体的另一面其实就存在于这个本体之内,无论这个本体是一个人、一座建筑、一个地区,或者延伸到整个伦敦,它只能通过这个本体之另一面的持续共鸣和反射来追踪。正是这种对同一体中他异性的认识使得阿克罗伊德有可能把伦敦书写为"地球上最奇妙的城市,一座宇宙的神秘之城"[③]。

当马修搬进继承自父亲的那所"迪"的房子时,他便开始产生幻觉,忍受不断加剧的精神错乱。从一开始,马修就感觉迪的精神弥漫在房子里,有时还进入他的梦中,甚至在那间封闭的房间里也能听到迪和他的助手凯利谈话的声音。反之,迪博士同样也能听到马修和朋友丹尼尔在房间中的部分谈话。此外,随着小说叙事的展开,读者会发现,马修和迪博士的所作所为很相似,有惊人的相同人生经历。搬进房子后,马修在迪的书房里发现了一根玻璃管,后来玻璃管消失了,取而代之的是几张纸,上面写着"迪博士制造假人的秘方"[④]。园丁还在花园里"一个小坑"底下发现了"一些骨头",有可能是死狗或死猫的骨头,但在马修的想象中,它更像是"一个儿童的遗骸"[⑤]。同时,马修被无法回忆起自己童年的经历所困扰,对父亲从事迪的魔法实践了解得越多,对自己的身世就越质

[①] Francis King, "The Older the Better", *Spectator*, September 11, 1993, p. 1.
[②] Jeremy Gibson and Julian Wolfreys, *Peter Ackroyd: The Ludic and Labyrinthine Text*, London: Macmillan, 2000, p. 195.
[③] Peter Ackroyd, *The House of Doctor Dee*, p. 168.
[④] Peter Ackroyd, *The House of Doctor Dee*, p. 123.
[⑤] Peter Ackroyd, *The House of Doctor Dee*, p. 122.

疑。因此，当母亲说他是被领养的时候，让马修和读者都会认为迪博士的实验可能是成功的，马修，这位29岁的叙述者，实际上可能是一个人造生物，长到30年后会入睡并返回到最初未成形的状态①，以便获得重生。在经历了一系列不可思议的事件后，马修有了一种强烈的欲望，想了解自己的身份和房子之前主人的更多信息。当马修决定调查房子的历史时，作者已经很巧妙地让克拉肯威尔的房子将伊丽莎白时代迪的故事与马修讲的现在故事联系在一起，为后面的叙事做好了重要铺垫。

在第二条叙事线中，和马修一样，迪也在进行探索。迪的一生主要从事两项任务：第一，"找到我们的祖先"，"大洪水之前的种族，他们不是肉体，而是精神力量的巨人"②。例如，迪曾告诉凯利说，城市"已有三千多年的历史，当时地球上到处都是神，甚至可以说，所有的男人都像神"③。显然，迪心目中的城市像布莱克的"阿尔比恩"（Albion）和培根的"新大西洋"（New Atlantic）一样，是一个神秘的城市，存在于人的灵魂之中，因为迪相信自我与世界是一样的，可以合二为一，"成为自己就是成为世界，观察自己就是观察世界，了解自己就是了解世界"④。第二，迪试图创造一个人造生命，以便找到"使地球运转的内在神性"⑤，也就是说，发现所有事物之中的"上帝的灵光"⑥。迪的野心被贪婪的骗子凯利所利用。为了寻找"魔法石"，凯利主动要求给迪博士当助手和"占卜师"。起初，迪本人对炼金术很感兴趣，对物质财富过分痴迷，甚至抛弃临终的父亲，去"寻找隐藏的黄金和钱袋"⑦。然而，他很快就明白了这一追求是徒劳的并放弃，随后便转向炼金术之精神追求。自此以后，迪集中精力创造"不用借助子宫的新生命，一种永恒的生

---

① Peter Ackroyd, *The House of Doctor Dee*, p.123.
② Peter Ackroyd, *The House of Doctor Dee*, p.190.
③ Peter Ackroyd, *The House of Doctor Dee*, p.190.
④ Peter Ackroyd, *The House of Doctor Dee*, p.68.
⑤ Peter Ackroyd, *The House of Doctor Dee*, p.104.
⑥ Peter Ackroyd, *The House of Doctor Dee*, p.77.
⑦ Peter Ackroyd, *The House of Doctor Dee*, p.102.

第五章　成长小说与魔幻现实主义叙事

物"①。迪相信人可以通过禁欲有望达到精神或本质转变，从物质世界转到精神世界。然而，作为一个炼金术士，迪相信这种改变只能将四种基本构成要素（通常用颜色象征）分离（或"解码"）才能实现，需要通过"火熔技术"的帮助。通过炼金术分离这些元素还可以创造人，也就是15世纪的物理学家帕拉塞尔苏斯（Paracelsus）所说的人造生物（或者卡利巴术语中的有生命的泥人），正如迪在幻象中所见到的第二次诞生的生物一样，哭喊着来到山顶后说："我是黑中之白，白中之红，阳光之黄，我只说真相不说谎。"②

小说中的迪和历史人物迪一样被凯利欺骗。从迪的叙述中可以得知，迪曾拜访过浮士德（Faustus）在维特堡（Witterburg）的出生地，以及他与魔鬼为伴的树林。考虑到浮士德博士的起源，迪的这一举动便具有讽喻意味。浮士德是克里斯托弗·马洛（Christopher Marlowe）著名戏剧《浮士德博士的悲剧》（*The Tragical History of Dr. Faustus*，1589）中的主人公，一位追求无限知识的德国博士，把自己的灵魂出卖给了魔鬼，是作者"根据德国民间故事中关于魔术师浮士德博士的题材创造的又一部巨星陨落式的悲剧"③。尽管马洛的创作灵感来自死于1540年左右的德国恶魔约翰内斯（Johannes）或格奥尔格·浮士德（Georg Faustus），"但是马洛的角色同样也以迪本人为原型"④。凯利最初是被迪浮士德式的名声所吸引，但是他并不明白，迪研究咒语和魔药的目的是善意的，只是想成为"星体人，体内不包含星魔……而是神性物质本身"⑤。相反，凯利相信迪知道如何利用魔法石将贱金属转化为贵重的黄金。为了获得他的信任，这个江湖骗子想方设法让迪开始对英国古老的编年史和传说感兴趣，并送给迪一些声称是在格拉斯顿伯里（Glastonbury）修道院遗址附近发现的羊皮纸文稿。那些著名的里普利卷轴（Ripley Scrolls）包含了古代伦敦的秘密和四个德鲁伊（druids）的名字，据

---

① Peter Ackroyd, *The House of Doctor Dee*, p. 104.
② Peter Ackroyd, *The House of Doctor Dee*, p. 51.
③ 侯维瑞：《英国文学通史》，上海外语教育出版社1999年版，第111页。
④ Barry Lewis, *My Words Echo Thus: Possessing the Past in Peter Ackroyd*, Columbia: University of South Carolina Press, 2007, p. 76.
⑤ Peter Ackroyd, *The House of Doctor Dee*, p. 78.

说是他们建立了首都。查阅了这些文件后，迪和凯利决定前往沃平（Wapping），希望在那里找到伦敦起源的证据，但什么也没有发现。然而，迪已经进入凯利设好的陷阱，于是邀请凯利住在自己家中。在接下来的一年里，他们定期在迪的房屋里研究一个水晶球。在研究过程中，他们看到过许多幽灵出现，包括一个小男孩，一个正观井的男人，一个小女孩，还有天使扎波尔（Zalpor）。迪请求这些幽灵为他提供线索，让他找到被埋葬的伦敦城的秘密，在此期间，迪并没有怀疑凯利在骗他。

历史中的迪相信天使和恶魔存在于不同维度，人类有可能在特定的空间之门与他们联系，并认为格拉斯顿伯里就是这样一个地理空间。它是萨默塞特（Somerset）郡一个古老的地方，与亚瑟王和圣杯有关，据说迪曾在这里寻找灵丹妙药。迪认为，另一个空间之门是格陵兰岛（Greenland），当时被称为图勒地（Thule）。依据以上历史记载，在小说中，阿克罗伊德让迪和凯利也在格拉斯顿伯里寻找空间之门。例如小说中的迪说："这是整个王国中最古老的学术中心，据说，最初居住在这里的巨人将他们的秘密留在了这里。"[1] 迪和凯利还寻找了位于沃平沼泽的伦敦古城遗址（马修父亲在那里拥有一间车库）。另外，凯利还让迪相信另一个连接不同维度之"门"的媒介是"小透明玻璃球"[2]，并利用它让迪相信天使可以从精神世界进入物质世界。最后一个空间之门是迪博士家地下室里那扇被密封的门。同时，也可以说，迪的整座房子就是一个巨大的穿越之门，这一点作者通过马修的离奇经历进行暗示，例如，当他第一次进入房子后梦到打开四扇不同的门时看到：

> 它有四扇门，第一扇门是黑色的，第二扇门是白色的，透明如水晶；第三扇门是绿色的，第四扇门是红色的。当打开第一扇门时，我看到屋子里充满黑色灰尘，像火药一样。当打开那扇白色的门时，房间里苍白而空无一人。我打开第三扇门后，发现一片水云，好像房子是一个喷泉。然后我又开了第四道门，

---

[1] Peter Ackroyd, *The House of Doctor Dee*, p. 145.
[2] Peter Ackroyd, *The House of Doctor Dee*, p. 165.

第五章　成长小说与魔幻现实主义叙事

看见一个火炉。①

　　四扇门的颜色黑、白、绿和红具有重要的象征意义，暗示了四种炼金术色彩，也就是说，是四种基本构成元素的色彩：土（"尘"）、空气（"苍白而空虚"）、水（"云"和"喷泉"）和火（"炉"）。房子本身的结构也是一个重要意象，共有三层，包括地下、地面和地上，其造型看起来像是一个人体，这一点已被马修明确指出。例如他说："房子中间部分就像一个人站立的躯体，手臂展开放在两侧的地面上……好像我在进入一个人身体中。"②

　　事实上，房子的形状既像是一个张开双臂的人体，又像是"蒙娜斯象形符号"，也是迪博士作为宇宙人或人类的具体化身，因此作者多次让马修和迪通过房子自然地联系在一起。马修曾说："我成为老房子的一部分"③，这样的叙述更强调了马修和迪之间隐含的神秘关系。然而，这所房子比迪本人所生活的年代还要久远得多。正如马修所注意到的，它"不属于任何一个时代"④。就地理位置而言，迪的房屋位于伦敦中心，曾是一个中世纪妓院所在地，旁边是一个尼姑庵，也就是说，在善与恶的十字路口，并且在中世纪一个知名的克拉肯井附近，这口井被认为是"精神幸福的象征"⑤。房屋所占居的中心位置、双重性质（好与坏）、与生命之水"克拉肯井"的联系，及其三层结构更加肯定了房子是世界的中心。就此而论，迪博士的房子和"失落的古老伦敦城市"之间的象征关系更加明显。在题为"演示室"的章节中，也有类似的描写："有四把打开五个城市大门的钥匙（一个门从未被打开过），它们会以不同方式将秘密公正而明智地授予你。"⑥ 换言之，迪博士的房子既是"永恒的伦敦"的微观复制品，也是它的中心。同时，房子也是一个象形符号，是宇宙人的象征，而且伦敦这一神秘之城只存在于英国人的"精神"

---

① Peter Ackroyd, *The House of Doctor Dee*, pp. 9 – 10.
② Peter Ackroyd, *The House of Doctor Dee*, p. 3.
③ Peter Ackroyd, *The House of Doctor Dee*, p. 44.
④ Peter Ackroyd, *The House of Doctor Dee*, p. 2.
⑤ Peter Ackroyd, *The House of Doctor Dee*, p. 16.
⑥ Peter Ackroyd, *The House of Doctor Dee*, p. 193.

(spiritual body)中，因此，这座房子也是整个英国民族的"宇宙"（Cosmic Body）中心，并且在迪之后住进这座房子里的人大都是与伦敦激进主义有关的"梦想家"。

两条叙事线在情节设置方面也有相似之处。正如在16世纪的故事中迪被凯利欺骗一样，马修在20世纪的故事线中也被朋友丹尼尔欺骗和误导。29岁的历史研究员马修在父亲去世后继承了在克拉肯威尔的房屋，也就是小说中的迪曾住过的房屋。自从搬进房子以来他就有了一系列奇怪的经历，例如，当他的朋友丹尼尔来访时，他们一起仔细搜查房子，并在地下室一扇密封的门上方发现一些标记或符号。马修感到既好奇又困惑，因为他感觉丹尼尔似乎很熟悉这所房子。事实上，正如凯利在策划水晶球占卜时别有用心一样，丹尼尔也有一个隐秘的计划，那就是把马修引向迪，这一动机在马修搬进克拉肯威尔房屋后不久暴露。一次午夜散步时，马修看见一个女人离开夏洛特街（Charlotte Street）的一家俱乐部，后来惊讶地发现那人竟是丹尼尔，戴着假发，穿着裙子和高跟鞋，还化了妆。后来当他询问丹尼尔的异装癖时，马修了解到了更令人震惊的事实：丹尼尔是马修父亲的异装情人，就是在这所房子里他们经常实验"性魔法（Sexual magic）"[①]。但是更糟糕的事情是，马修的父亲临死之前曾吩咐丹尼尔照顾马修，因此，两位研究人员的友谊绝非偶然，于是，马修决定调查这所房子的历史，和迪一样，开始探索过去。一次，马修在国家档案中心查到了16世纪的教区登记册，惊讶地发现他继承父亲的克拉肯威尔房屋曾为迪所拥有。后来，他又阅读了彼得·弗伦奇（Peter French）和尼古拉斯·克洛利（Nicholas Clulee）为迪写的传记，又在英国历史图书馆查阅了各个时期的研究资料，最后，在大英博物馆认真研究了迪的水晶球原件和他的著作。在那本著作的扉页上他看到了与父亲房屋地下室门上方相同的四个符号，另外还有迪曾在凯利给他的羊皮纸文稿中看到过的四个德鲁伊的名字。在拜访了迪协会的伊丽莎白·斯凯尔顿（Elizabeth Skelton）之后，马修得知父亲在沃平也拥有财产，于是和母亲一起参观

---

① Peter Ackroyd, *The House of Doctor Dee*, p. 83.

第五章　成长小说与魔幻现实主义叙事

了那里的车库，发现砖墙上也有同样的符号。

《迪博士的房屋》在很多方面可以说是《霍克斯默》的姊妹篇或模仿，因为它们有一些共同特征：首先，虚构真实的历史人物，并且这些人物都热衷于探索神秘事物和时间奥秘。其次，两部小说的叙事结构相似，讲述现在和过去的章节交替出现。然而，就其创作过程而言，《迪博士的房屋》更具自反性，以各种各样的方式检验和反思文本作为虚构作品的地位，是阿克罗伊德小说叙事艺术日益提升的典范。例如，迪所做的一系列与书籍有关的梦已表明这一点。在第一个梦中，"他看到了一本以他的房子为标题的巨著。在第二个梦里，迪确信有人在书写他。在第三个梦中，他梦到死后的生活。紧接着又做了第四个梦，梦到妻子流产，她排出的不是胎儿，而是一本黑皮书。在第五个梦中，迪自己变成一本书"①。

初看起来，《迪博士的房屋》似乎和《霍克斯默》风格一样，描写伦敦的神秘和恐怖事件。然而，"随着小说情节的发展，当灵魂、时间和历史等问题被探讨，最终以宏伟、梦幻的场景结尾时，阿克罗伊德似乎更着迷于威廉·布莱克的精神，而不是迪。这一叙事技巧及其高超的语言驾驭能力，标志着阿克罗伊德的创作能力达到一个新阶段"②。最典型的特征是，作者让两条叙事线中的人和事相互监听、交流和对话。例如，当更多真相被丹尼尔揭露后，马修心烦意乱，于是他游荡到一个教堂墓地，在那里偶遇到一个叫玛丽的妓女。随后，他们一起来到克拉肯威尔房子地下室里做爱，重复着他父亲过去和丹尼尔的淫荡行为。在此期间，马修可以听到一个来自过去的声音对他低语："你为什么叫我？"③ 同时，马修和那位妓女的行为也能被16世纪的迪看到，例如，迪从玻璃球中"看到一个裸体的男人和女人躺在实验室地板上，他转身向我喊叫："你为什么叫我？"④ 这种现在和过去故事互相交流和对话的情节在小说中多次出现。例如，另有一次，凯利从玻璃球中"看到了马修和丹尼尔，

---

① Peter Ackroyd, *The House of Doctor Dee*, pp. 71–72.
② Linda Proud, "The House of Doctor Dee by Peter Ackroyd", *Historical Novels*, November 20, 2018, http://www.historicalnovels.info/House-of-Doctor-Dee.html.
③ Peter Ackroyd, *The House of Doctor Dee*, p. 173.
④ Peter Ackroyd, *The House of Doctor Dee*, pp. 217–218.

窃听到了他们之间关于夏洛特街异装癖的那一段对话"①。还有一次,马修参观完大英博物馆回到地下室时,被那扇密封的门所吸引,进去后"偷听到了迪和凯利之间的对话"②。小说中类似这样的情节设置既是小说叙事艺术需要,也是作者渲染小说主题的重要手段之一,是形式和内容高度糅合的典范。

克拉肯威尔房屋本身也可以说是一个被谢尔德雷克称之为"形态共振"的通道。在过去几个世纪里,相似的人和活动在此反复出现。值得注意的是,这座房子本身并不属于任何一个特定时期。门和顶窗可以追溯到18世纪,第三层的砖砌和线条属于维多利亚时代,而底层和地下室的建筑时间更早,因此,克拉肯威尔房屋是一个汇聚所有时间的地方,类似于博尔赫斯在其著名短篇小说《阿莱夫》(Aleph)中所描写的一个包含所有空间的地方。博尔赫斯说:"在阿莱夫,你会发现,全部空间宇宙都在一个细小的、闪光的球里,直径仅一英寸多。"③ 可以说,阿克罗伊德小说中的克拉肯威尔房屋相当于时间上的阿莱夫,是永恒的,所有的时间——过去、现在、将来——都共时存在,因此,意义深远。

虽然《迪博士的房屋》的叙事结构及其对神秘事件的关注与《霍克斯默》和《第一束光》紧密联系在一起,但是,这本小说的另一方面与作者的另一部小说《伊丽莎白·克里的审判》(The Trial of Elizabeth Cree, 1994)联系更紧密,都涉及人造生命的传说。例如,在马修调查迪的历史活动期间,他发现这个炼金术士最重要的工作之一就是制造假人。根据神秘传说,这种生物可以由一个玻璃管制成,里面装着精子,然后埋在粪便里,用露水和星光养40天。这样创造出来的神秘生物每三十年就会死去,但只是为了重生。因此,它的生命周期体现了永恒循环或时间重复的原则。马修来到父亲留给他的房子不久,就在一个抽屉里发现了一个旧玻璃管。一个园丁还在房子前面发现了一个类似的吸液管,和一些小骨头埋在一

---

① Peter Ackroyd, *The House of Doctor Dee*, p. 186.
② Peter Ackroyd, *The House of Doctor Dee*, p. 229.
③ [美]爱德华·W. 索尔:《第三空间:去往洛杉矶和其他真实和想象的地方的旅程》,陆扬等译,上海教育出版社2005年版,第68页。

起。后来马修发现一份父亲手写的文件,题为"迪博士的秘诀"①,主要解释如何制作一个人造生命,这引起他进一步怀疑自己的身份。

为了更好地彰显小说的主题,作者采用了两个不同的意象:"城市"和"花园"。在迪看来,两种幽灵将通过"城市"和"花园"两个不同幻象的对比来帮助他重新找回正义和爱心。"城市"和"花园"两个幻象形成鲜明对比,并且都对迪产生了重要影响。可以说,"城市"幻象对迪造成了邪恶影响。首先,城市的影响体现在迪对父亲的态度中。迪的父亲死在"养老院",死前没有得到儿子的任何关爱。因此,父亲的鬼魂给了迪可怕的"城市"幻象,或者如他所说的"没有爱的世界"的景象。在这个幻象中,人类看起来像艾略特式的"空心人",爱情变成性欲,伦敦变成一个男人强暴女人的形象。它成为一个充满"悲伤"、"破碎"和"黑暗"的城市,一个充满腐败和疾病的世界,在这里,迪因毒死妻子而被判处死刑,见证了自己如何被绞死,如何被送往地狱。此外,迪的爱心缺失被作者设定为一种重复循环模式,会一代代延续,因此,马修的父亲也受到迪邪恶行为的致命影响并投射到马修身上。例如他父亲曾回忆说:"我成长在一个没有爱,只有魔法,金钱和财产的世界,所以我一无所有。"② 同样,马修对待父亲的态度也非常冷漠,甚至在父亲死前也不想去见他。可见,在小说中生活在"城市"幻象中的人们是痛苦和不幸的。

在小说中,如果"城市"的意象是沉闷和压抑的话,那么可以说"花园"的意象是一个充满阳光、美好和爱的世界。然而,"花园"却是封闭的,只有心中有爱的人才能进入其中。迪一直被凯利欺骗和误导,在凯利到来后,虽然迪在他的神秘学知识进展方面获得戏剧性提高,但是并没有提升他的幸福指数。当迪开始寻求用炼金术创造生命的方法时,变得以自我为中心。事实上,他越相信凯利和卡巴拉神秘哲学,就变得越没有正义感和爱心,因而,使家人很不快乐。直到妻子凯瑟琳死后,他才真正明白自己之前是多么无知,才开始真正理解爱的真谛。凯瑟琳的临终场景,洋溢着浪漫的

---

① Peter Ackroyd, *The House of Doctor Dee*, p. 123.

② Peter Ackroyd, *The House of Doctor Dee*, p. 178.

启示，例如，她承诺死后会返回，以便给丈夫指明通向智慧之路。这一智慧当然不是创造假人的卡巴拉知识，而是让他心中有爱，因为唯有"爱是世界之光"①。因此，在《花园》一章中，迪对这个世界有了更多的感悟，在这里，城市的破碎、黑暗和痛苦已经让位于"哲学家花园"的美丽和平静。然而，没有爱心的人会发现，"它通常用锁和栏杆封闭着，因此，无法进入"②。因为现在迪心中有了爱，所以他才能进入其中。在这个可爱的封闭花园中，迪看到了怀孕的妻子，她告诉迪说："我是上帝派来的，……约翰，我来教导你观看内心，看看什么才是真正属于人们内心的东西……你曾经没有用爱心来看待这个世界。现在看看这个，带着爱去看这个世界。"③迪开始沉思并注意到，"美之精神犹如一个炽热的灯塔或一个闪闪发光的火炬一样在鲜花丛中永恒燃烧"④，男人和女人一起跳舞，像艾略特作品《燃烧的诺顿》中的农民一样，每个人都有舞伴，"走上了真正的人生道路"⑤，然后，他看到这些男人和女人形成"一个井然有序而对称的图案"⑥。妻子让他明白，如果他带着爱心融入这个世界，就会找到他一直寻找的"星体人"（the star man），她告诉他："他在你体内，一直在那里，但不能通过实验或推测被发现。他始于美德，具有如此高贵的天性，通过神圣之善滋养，在那里生根，健康地生长，结出永恒之果。"⑦

在花园中看到"爱之世界"幻象之后，迪获得重要顿悟，以一种类似莎剧人物普洛斯彼罗的姿态放弃了对人造生物的错误追求，并像其他阿克罗伊德式人物一样意识到，"只有想象可以征服时间和永生。超越生活的是精神，而不是肉体"⑧。迪的最终顿悟起始于他在克拉肯威尔的房子被逃跑的凯利烧毁。凯利的欺骗行为最终被揭

---

① Peter Ackroyd, *The House of Doctor Dee*, p. 257.
② Peter Ackroyd, *The House of Doctor Dee*, p. 247.
③ Peter Ackroyd, *The House of Doctor Dee*, p. 245.
④ Peter Ackroyd, *The House of Doctor Dee*, p. 252.
⑤ Peter Ackroyd, *The House of Doctor Dee*, p. 253.
⑥ Peter Ackroyd, *The House of Doctor Dee*, p. 256.
⑦ Peter Ackroyd, *The House of Doctor Dee*, p. 256.
⑧ Peter Ackroyd, *The House of Doctor Dee*, p. 270.

第五章 成长小说与魔幻现实主义叙事

露后,迪的世俗野心彻底破灭,于是放弃了魔法,承认对人造生命的探索是一种错觉,并宣称生活只能通过想象而不能通过物质的东西来超越。

在最后一章,叙事与《霍克斯默》的结尾相似,作者再次让生者与死者相遇。迪回到沃平,走下古老的台阶,来到永恒的伦敦城,漫步在这虚幻的风景中,看到"金字塔和寺庙,桥梁和广场,高大的天桥和大门,纯金的雕像和透明的玻璃柱。它似乎来自一个新的天堂或新的地球,是一个从未存在过的圣城"①。因此,迪开始意识到,"我从未知道我的城市如此美丽,当漫步在此,我第一次也是最后一次看到了这一切。既是开始,也是结束。那些我认为失去的人并没有死,而那些我认为属于过去的依然活在现在"②。在这里,迪遇到了许多熟悉的面孔,例如那个曾经在他的花园里睡过觉的乞丐,已故的父亲和妻子,国家档案中心赞助人丹·贝里(Dan Berry),马修和丹尼尔。最后他母亲出现,预言迪将在数年后遇到一个能让他起死回生的神秘人物。当然,最后这位来自未来的神秘人物不是别人,正是阿克罗伊德本人。就像马修在研究历史时感觉自己是在把迪从历史中复活一样,阿克罗伊德也在思考他在书写过去时扮演的角色。他介入文本,质疑他所描述的事件是真实的还是想象的。他承认,小说中的许多短语几乎一字不差地从迪或他同时代人那里照搬过来,然后重新排列,就像迪年轻时在三一学院组装的机械甲虫一样。这就引出作者的一个最重要问题:"迪博士这个人物只是我个人一厢情愿的想象呢,还是一个我真诚地想要重现的历史人物呢?"③

《迪博士的房屋》的结尾迷人而美丽,很好地阐明了作品的主题意蕴。在小说的最后几段作者重复了艾略特《荒原》(*The Waste Land*, 1922)中的诗句,试图编织伦敦废墟的碎片。首先,作者让迪退出时唱着童谣《伦敦桥要塌了》(*London Bridge is Falling Down*),体现出典型的艾略特风格,因为这正是艾略特《荒原》中"雷声说了些什么"(What the Thunder Said)一节的结尾诗句。其

---

① Peter Ackroyd, *The House of Doctor Dee*, p. 272.
② Peter Ackroyd, *The House of Doctor Dee*, p. 273.
③ Peter Ackroyd, *The House of Doctor Dee*, p. 275.

次，叙述者在结尾章节还采用了闯入法，直接向读者讲话，这类似于艾略特在"死者葬仪"一节中最后一行所采用的波德莱尔式（Baudelaire）干预方式，对读者说："你！虚伪的读者！——我的同类——我的兄弟。"① 艾略特的这句诗行取自波德莱尔的《恶之花》中的"结尾诗行"②。阿克罗伊德在小说结尾也邀请读者加入作者、迪、马修、丹尼尔等人同时在场的"神秘之城"③。这一情节安排再次说明，通过追随经典作家的创作风格，阿克罗伊德再次让不同世纪的人出现在同一时空之中，进一步强调了作者的时空观和创作观。

像在作者的其他小说中一样，重复叙事与合声叙事在这部小说中表现得也较突出。在最后一章中，作者有意让马修和丹尼尔在第一章中的对话内容得到重复和再现。例如马修告诉丹尼尔自己曾看到的幻象，"一年前……它像一座连接两岸的光之桥"④。在这座桥上，他遇到了迪，迪怀孕的妻子宣布迪的自我重生。同时，读者还可以听到阿克罗伊德的声音与迪和马修的声音混合在一起，阿克罗伊德正在担心他再现的这位16世纪魔术师是否符合历史事实。在被这座"光之桥"打开的明亮的想象世界中，马修/迪/阿克罗伊德都失去了个性，将声音融合在人类精神的神秘结合中，"永恒存在"⑤。这一融合就像在作者的另一部小说《查特顿》中罗利、查特顿、查尔斯和梅瑞狄斯的融合一样，不同世纪的人同时出现在同一画面中。小说以阿克罗伊德劝告迪结尾，"哦，试图寻找万物之光的你，请帮助我建造另一座横跨两岸的桥梁。和我一起庆祝吧。走近些，向我走来，让我们合而为一。那么伦敦将被救赎，不管是现在还是将来，所有与我们生活在一起的人——无论生死——将成为宇宙的神秘之城"⑥。在此，阿克罗伊德请求迪和他成为一体，并帮助他建造另一座横跨两岸之桥。可以说，这种叙事方式已成为典型的阿克罗伊德

---

① T. S. Eliot, *The Complete Poems & Plays*, Croydon: CPI Group, 2004, p. 63.
② CharlesBaudelaire, *Les Fleurs du Mal*, trans. Richard Howard., Boston: David R. Godine, 2010, p. 5.
③ Peter Ackroyd, *The House of Doctor Dee*, p. 277.
④ Peter Ackroyd, *The House of Doctor Dee*, p. 17.
⑤ Peter Ackroyd, *The House of Doctor Dee*, p. 276.
⑥ Peter Ackroyd, *The House of Doctor Dee*, p. 277.

风格。

在马修所叙述的故事中，和16世纪的迪一样，生活在20世纪的马修也经历了类似的精神体验，获得重要启示后达到最后的顿悟，真正理解了爱之精神和神圣。为了更好地呈现这一过程，阿克罗伊德在小说中运用了一些象征时间、和解以及真爱的意象。图书馆在小说中是一个重要的时空隐喻，让马修感觉越来越重要，尽管他"从前害怕过它们……灰尘和木头的气味，褪色的书页，使他产生一种失落的惆怅感"[1]，但是当他成为一名研究者并开始了解过去的时候，意识到图书馆是一个神奇的地方，为他提供了"一个可以让自己沉浸其中的甜蜜的学习迷宫……"[2] 在这里，马修想象"书籍之间永远处于一种无声的交流之中，如果幸运的话，我们还能无意中听到"[3]。马修对书籍的评论暗示出，在城市中任何东西都不曾丢失，这也是作者试图传达的思想。值得注意的是，马修对其身份与图书馆之间联系的思考几乎正好位于整个小说叙事的中间部分，阿克罗伊德似乎旨在建立一个文本迷宫，让马修在意识到与这座城市联系之前必须在其中探寻，读者也紧随其后。因此，图书馆不仅提供了一个简约的建筑环境，而且本身就是一个重要象征，因为在这里，时空相互联系和重叠，过去、现在、自我和他者聚集在一起并相互作用。

小说中另一个重要意象是向日葵，因为它们象征着马修开始了与母亲和"爱之世界"的联系。一天，马修来到母亲住处，和继父杰弗里（Geoffrey）一起"沿着小路慢慢地走着，欣赏着每一种灌木和植物，一直来到向日葵前，它们生长在花园后面的垃圾堆旁"[4]。然后，他们一起穿过花园来到母亲房间前，此时，母亲的凯恩小猎犬（cairn terrier）从屋里冲出来，用尖锐的叫声迎接他们。马修以前从来没有真正注意过这只小狗，现在才看到它的光彩和凶猛，认为在这个水与土的花园里，它是火之世界之生物。马修开始认真思

---

[1] Peter Ackroyd, *The House of Doctor Dee*, p. 129.
[2] Peter Ackroyd, *The House of Doctor Dee*, p. 129.
[3] Peter Ackroyd, *The House of Doctor Dee*, p. 129.
[4] Peter Ackroyd, *The House of Doctor Dee*, p. 179.

考的一个问题是：这些元素是否能够在某个地方得到调和——在那里鬼与人、失落的"城市和现在的城市、我过去的生活和现在的生活、我的母亲和我自己，能够在爱中重聚？"①

同图书馆、花园和向日葵一样，石头在这部小说中也是一个重要意象，也可被认为是蒙娜斯象形符号中一个重要构成元素。在遗嘱中，迪博士神秘地说他留下一块石头，但是只能给那些能找到它的人。最后，马修找到了这块石头。当了解到父亲在沃平还有一个车库时，马修和母亲一起去了那里。他看到一大块石头似乎发出一种模糊的光，但实际上那些光只不过是一块块苔藓和地衣。仔细观察后，他注意到这块石头有三个台阶——就像迪在地狱幻象中为了乘坐卡隆的船而走下的楼梯一样，但也像通向迪博士家里那扇密封的门的台阶。然而，在车库里，这些台阶并没有通向任何地方，这让马修领悟到"在这里上下是一样的"②。这一看似平常的领悟，"概括了赫尔墨斯神智学（hermeticism）的核心：相信通往地狱和天堂之门是同一条路"③。上台阶时，马修感到头晕眼花，下台阶时也"有一种强烈的眩晕感，觉得好像掉进地下几英里深"④。事实上，马修发现了第八个符号（octonarivs），即整个象形符号中最隐秘的符号，是迪博士在遗嘱中为那些可能会发现它的人留下的神秘伦敦之城的穿越之"门"，上面以红色字体写着这样的句子："追随我的脚步。"⑤ 阿克罗伊德在其之前的作品中就强调过，楼梯是时间的象征，因此可以说，这些台阶也是通往过去的时空之门。马修接下来的另一启示来自迪的房屋。在车库有了一段离奇的经历后，马修回到了克拉肯威尔房屋，意外地遇到了栖息在大门上的一个未成形的生物，相互对视后马修对他说："你只不过是那些过度注重物质世界人们的一种幻想。你是我父亲创造的小人，也是我的恐惧。但是现在我发现了一种更高级的生活，它超越了时间。我要摆脱你的缠扰

---

① Peter Ackroyd, *The House of Doctor Dee*, p. 180.
② Peter Ackroyd, *The House of Doctor Dee*, p. 264.
③ Susana Onega, *Peter Ackroyd*, Plymouth: Plymbridge House, 1998, p. 62.
④ Peter Ackroyd, *The House of Doctor Dee*, p. 264.
⑤ Peter Ackroyd, *The House of Doctor Dee*, p. 226.

第五章 成长小说与魔幻现实主义叙事

了,因为我明白从来就没有人造人。"①

在小说的结尾章节中阿克罗伊德所推崇的杂糅叙事艺术得到最充分展现。作者通过运用转换视角和闯入叙事手法,打破叙事框架,直接向小说人物讲话。这个叙事声音以说教的方式促使读者深思时空连续体,"联想到哈代在《德伯家的苔丝》结尾时那段著名的闯入叙事……这种明显而直接的干预也是哈代作品的标志"②。小说最后一章的标题是"幻象",为了与这一标题的意义相符,作者的叙事变得更加自由、灵动、浪漫、大胆,让时空重叠,让叙事者闯入。与此同时,叙事时间已超出马修和迪两个叙述时间之外,作者也闯入故事之中,和小说人物直接交流。可以说,小说结尾章节中迪、马修和阿克罗伊德之间的相遇是作者在其它作品中越界叙事特征的进一步延伸。通过明确作者和书写主体之间的关系,作者让叙事者或如皮影戏中的傀儡操控者从展台后面走出来一样,揭示出他的幻觉是如何通过线、烟和镜子产生的。阿克罗伊德的傀儡迪以一种幽默的、完全不同的观点,斥责操纵他的人的虚假陈述:"你的小调太差劲了。我不是你的小人。我不是你的傀儡。"③ 同时,马修也加入进来。当马修决定放弃之前荒唐的想法并追随迪的"脚步"摆脱物质世界的束缚时,时空界限便不复存在,生与死融合,16世纪和20世纪的人物在想象的跨界王国相遇。这座向迪和马修同时敞开大门的城市是一座美丽、和谐、神圣的城市,没有时间,只存在于人的精神之中。正是在这个由激情之爱所构建的精神之城/体中,迪遇见死去的父亲和妻子,也正是在这里,遇到了马修和阿克罗伊德本人,而阿克罗伊德还遇到了"阿罗巷的莫拉维亚人,喧骚派,雅各布·伯梅(Jakob Boehme)的追随者……穿着皮外衣的玛丽、纳撒尼尔·卡德曼、玛格丽特·卢卡奇、丹尼尔·摩尔、凯瑟琳·迪,还有许多其他的人,他们都住在这座城市里"④。也就是说,阿克罗伊德在这里会遇到对世界有同样幻象的真实和虚构的人,正如马修在

---

① Peter Ackroyd, *The House of Doctor Dee*, p. 266.
② Barry Lewis, *My Words Echo Thus: Possessing the Past in Peter Ackroyd*, Columbia: University of South Carolina Press, 2007, p. 60.
③ Peter Ackroyd, *The House of Doctor Dee*, p. 275.
④ Peter Ackroyd, *The House of Doctor Dee*, p. 276.

档案馆查阅资料时档案保管人玛格丽特·洛萨斯（Margaret Lucas）对他所说的："斯韦登伯格（Swedenborg）告诉我们，每个人都要进入一间房子和一个家——它们不是我们在地球上拥有的房子，绝对不是，而是指符合我们真正欲望的房子和家。无论我们在地球上想要什么，我们都会在死后找到它。"① 阿克罗伊德在"黑暗的伦敦街头点着灯……看到光落在被遗忘的人们的脸上"②。对于他来说，这些被遗忘的居民，以及其他许多仍住在城市里的人，就是"我们生活在一起的所有人——无论活着的或死去的"③。可以说，在这部小说中迪博士的房子结构本身既体现出阿克罗伊德这部小说的结构特征，也暗示了阿克罗伊德书写历史的共振结构特征，即将不同时期的人和事杂糅，例如，马修曾说："一楼的外观是十八世纪的，而室内的设计是 16 世纪的。"④ 房子的整个结构层次分明，阿克罗伊德认为这种建筑模式近似于城市的书写模式，"一层又一层，整体结构你中有我，我中有你"⑤。

　　小说另一个重要叙事手法是魔幻现实主义的运用。对神秘事物的描写不仅出现在《迪博士的房屋》中，而且在作者的其他作品中也曾多次出现。例如在《伦敦大火》《英国音乐》《霍克斯默》和《第一束光》等小说中，都有类似的描写。然而，阿克罗伊德对神秘事物的痴迷不只是为了探索神秘事物本身，也是作者表达作品主题的需要，因此小说中的神秘元素承担着"麦高芬"（MacGuffins）的作用。熟悉电影叙事的读者可能知道，"麦高芬"是英国著名导演阿尔弗雷德·希区柯克（Alfred Hitchcock）所用的一个电影术语，指的是能够吸引注意力，推动情节发展，但除了人物之外，与任何人都无关的情节手段。关于"麦高芬"的一个经典例子出现在电影《恶名昭彰》（Notorious, 1946）中，片中一个女人负责监视战时为纳粹工作的前情人。他把铀矿藏在酒窖的酒瓶里，铀元素在整部电影中是附带事件（这部

---

① Peter Ackroyd, *The House of Doctor Dee*, p. 90.
② Peter Ackroyd, *The House of Doctor Dee*, p. 276.
③ Peter Ackroyd, *The House of Doctor Dee*, p. 277.
④ Peter Ackroyd, *The House of Doctor Dee*, p. 16.
⑤ Jeremy Gibson and Julian Wolfreys, *Peter Ackroyd: The Ludic and Labyrinthine Text*, London: Macmillan, 2000, p. 194.

第五章　成长小说与魔幻现实主义叙事

电影实际上主要讲述两个男人和一个女人之间的爱），只是在最后一刻才临时替换了剧本中的钻石这一元素。然而，角色们对此深信不疑，足以让故事推进。因此，"《迪博士的房屋》和《霍克斯默》中的魔法——尽管毫无疑问是经过充分研究的，其影响令人不安——就像《恶名昭彰》中的铀矿一样，只是阿克罗伊德小说主题的副产品"①。正是通过对迪的作品进行了深入研究，阿克罗伊德才创造了一个具有逼真话语、行为和思想的人物。在保留了迪的丰富词汇和神秘风格的同时，作者对其语言进行了恰当改编，以便使之更贴近现代读者。因此有学者认为，"迪的叙述比马修的更有趣，相比之下，马修的叙述显得枯燥乏味，但是这往往是历史小说以当代为背景的结果"②。然而，马修的作用不可轻视，事实上，马修在某种程度上是一个更能象征伦敦的人物，在小说的结尾，他逐渐认识到自己身份与城市的特定区域紧密地联系在一起，虽然在小说开篇，他觉得自己无足轻重，例如他对丹尼尔说："我不愿意看自己，或者审视自己的内心。我不相信我身体里有任何东西，它只是一个不时冒出几个字的空壳而已。"③ 马修的身份认同感是随着他发现自己与伦敦的关联性而发生变化的，他逐渐明白不仅与这座房子有关，也与克拉肯威尔有关，而且通过它还与伦敦时间有关，时间在他体内流动，给了他一种特殊的自我感，例如他说，"身份是一个很奇怪的东西……有时候我觉得我好像在自己体内挖掘失落的城市"④。

纵观整部小说叙事可以发现，虽然阿克罗伊德运用了许多叙事技巧，但只是他为了达到叙事目的而采用的艺术手段，事实上，在评论《霍克斯默》时他曾表明这种观点，一切叙事方法皆为达到叙事目的服务，为了更好地表现作品的思想主题的需要。这部小说很好地说明了这一点，一切复杂叙事皆为了表现主题。例如，在小说的结尾，作者让马修、迪、作者以及其他所有人的相遇不只是为了

---

① Barry Lewis, *My Words Echo Thus: Possessing the Past in Peter Ackroyd*, Columbia: University of South Carolina Press, 2007, p. 80.
② Linda Proud, "The House of Doctor Dee by Peter Ackroyd", *Historical Novels*, November 20, 2018, http://www.historicalnovels.info/House-of-Doctor-Dee.html.
③ Peter Ackroyd, *The House of Doctor Dee*, London: Penguin Books, 1993, p. 81.
④ Peter Ackroyd, *The House of Doctor Dee*, London: Penguin Books, 1993, p. 83.

让叙事线索重合和交叉,增强叙事审美维度,而是想让那些获得顿悟、心中有爱的人都能够和作者一同进入爱的"花园",有光的世界,因此,复杂的叙事形式背后蕴含着作者对人类未来的美好愿望。《迪博士的房屋》结束于"宇宙的神秘之城"[1],很好地点明了伦敦在作者心目中的重要身份和地位,这也是阿克罗伊德在所有作品中对伦敦不懈书写的真正原因。

第三节 《三兄弟》

对伦敦的特殊情感使得阿克罗伊德在自20世纪80年代以来出版的16部小说中都用不同叙事方式书写伦敦,表现出强烈的家园意识,《三兄弟》(*Three Brothers*,2013)也是如此。正如捷克学者佩特·查鲁普斯基(Petr Chalupsky)所说:"这部小说是作者整体伦敦书写作品中的一部,尤其与作者的第一部小说《伦敦大火》有明显关系。"[2]《三兄弟》的故事可被视为1960年代伦敦社会生活的象征和隐喻,蕴含着作者构建生态家园和理想共同体的美好愿望。

《三兄弟》出版后,虽然在国内还少见评论文章,但是在西方学界赢得众多好评。马克·桑德森(Mark Sanderson)说:"这部关于三个伦敦人物传记的小说是一部夸张而精妙的杰作……是另一种自传,是一部集传记、鬼故事和暗杀于一体的书……是阿克罗伊德风格之典范。"[3] 彼得·卡蒂(Peter Carty)认为,这部小说"语言简单,但优美而有深度。这种风格,很适合表现小说的深厚寓意"[4]。《每日邮报》指出:"伦敦是小说中一个重要人物。在阿克罗伊德娴

---

[1] Peter Ackroyd, *The House of Doctor Dee*, p. 277.

[2] Petr Chalupsky, *A Horror and a Beauty: The World of Peter Ackroyd's London Novels*, Prague: Karolinum Press, 2016, p. 35.

[3] Mark Sanderson, "Three Brothers by Peter Ackroyd, Review", *The Telegraph*, https://www.telegraph.co.uk/culture/books/fictionreviews/10334154/Three-Brothers-by-Peter-Ackroyd-review.html.

[4] Peter Carty, "*Three Brothers* by Peter Ackroyd, Review", *The Independent*, https://www.independent.co.uk/arts-entertainment/books/reviews/book-review-three-brothers-by-peter-ackroyd-8857364.html.

第五章　成长小说与魔幻现实主义叙事

熟的笔下，伦敦变成一个神秘的地方。极力推荐。"① 虽然一些学者分别从叙事风格或创作主题对《三兄弟》做出评论，然而，多数评论都是简短的书评，还没有学者从叙事视角对其进行深入探讨。该小说既是一部叙事形式和主题内容完美糅合的典范，又是一部融合不同文体的佳作。作者不仅运用梦境、巧合、魔幻现实主义、自传、日记、信件等诸多小说和传记叙事元素，而且还有意采用先单线后复线、先综述后分述的叙事模式讲述三兄弟的童年和成年经历，这既有利于叙述者用不同语气和视角讲述三兄弟的故事，又为作品叙事赋予厚重和繁复之美，使作者能够多维度地揭示主人公及其所处时代的种种问题和矛盾。

　　阿克罗伊德曾说："我的每部小说都是一个新的开始。"② 诚如作者所言，在创作中，他不拘一格，善于为每部小说精心设计最佳叙事模式，巧妙地让形式和内容相得益彰，因此，虽然他的小说都是书写伦敦，但叙事风格各具特色，往往能依据作品的特点和内在需求，认真"选择素材，并把这些素材安排成一个审美整体，精心处理不同人物和情节在整个叙述中的关系"③。例如，在小说的开篇，作者采用单线叙事手法对全家人进行综述，因为这时三兄弟都和父母一起生活在一个完整的家中，享受天真、快乐的童年生活。从第二章开始作者将叙事线分为三支，让它们既平行，又相互交织，让叙事形式与内容形成内外呼应，因为从第二章起，三兄弟开始分离，各奔前程。

　　在开篇章节，为使读者全面了解三兄弟，作者采用了全知视角，"既可以从任何角度来观察事件，透视所有人物的内心活动，也可以偶尔借用人物的内视角或佯装旁观者"④。戴维·洛奇（David Lodge）曾说："小说的开始是一个入门界限，它把我们居住的真实世界和小说家想像出来的世界区隔开来，就像俗话说的，它'把我

---

① Peter Ackroyd, *Three Brothers*, London: Chatto & Windus, 2013.
② Wright, Thomas, ed., *Peter Ackroyd, The Collection: Journalism, Reviews, Essays, Short Stories, Lectures*, London: Vintage, 2002, p. 384.
③ Kent Puckett, *Narrative Theory: A Critical Introduction*, Cambridge: University of Cambridge, 2016, p. 123–124.
④ 申丹、王丽亚：《西方叙事学：经典与后经典》，北京大学出版社2010年版，第95页。

们拉了进去'。"① 洛奇认为，小说开始的方式是千变万化的，然而只有好的小说的开头句才能一下子让读者"上钩"。据此标准，《三兄弟》的开头也可以说是一个好的开头，因为阿克罗伊德采用了巧合的叙事手法，让小说的开篇就像一个童话故事，很容易使读者"上钩"。例如，他写道：

> 上世纪中叶，在伦敦卡姆登区住着三兄弟；他们是三个小男孩，年龄相差一岁。然而，他们的关系非同寻常，竟然在同月同日同一时间出生，确切地说，是在5月8日中午。这种可能性微乎其微，甚至令人难以置信。但事实的确如此。当地报纸曾记录下这一巧合，第三个儿子出生后，汉韦家这三个男孩引起诸多猜想。②

这样的开头为三兄弟的人生增添了神秘色彩，让读者对三兄弟的命运充满兴趣和好奇，渴望继续读下去。接下来，阿克罗伊德让读者了解到，童年时期的三兄弟有共同的兴趣和爱好，常一起玩各种游戏，关系极为亲密，一起在伦敦长大，"虽然从未曾见过山峰或瀑布，但在他们熟悉的环境中，生活得自由而快乐"③。

然而，在哈利（Harry）10岁，丹尼尔（Daniel）9岁，和萨姆（Sam）8岁那年，母亲离家出走，这时作者才用倒叙的方式告诉读者三兄弟的家世。父亲菲利普在第二次世界大战期间曾做过军队弹药员，战争结束后来到伦敦，梦想成为一名作家，便去索霍区（Soho）寻找机会和希望，然而没有成功。当退伍津贴所剩不多时，他不得不到附近一家酒店做招待。后来，与在一家蛋糕店工作的女孩莎莉·帕利瑟（Sally Pallise）相识并同居。菲利普因和酒店同事吵架而被辞退，莎莉怀孕后，两人便匆匆结婚。婚后菲利普又先后找到做守夜人和长途汽车司机的工作，同时他们也申请到卡姆登区（Camden）地方政府的出租公寓，三兄弟正是在此出生和长大。母

---

① [英]戴维·洛奇：《小说的艺术》，上海译文出版社2010年版，第5页。
② Peter Ackroyd, *Three Brothers*, London: Chatto & Windus, 2013, p.1.
③ Peter Ackroyd, *Three Brothers*, p.3.

亲出走后父亲变得沉默寡言,且由于工作原因很少能和三个儿子在一起,三兄弟只能相依为命。上小学后,三兄弟之间的关系开始发生微妙变化。哈利活泼,结交了自己的朋友。丹尼尔严肃、深沉、常喜欢和同学探讨深奥的问题。萨姆内向,更乐意独处。后来,随着年龄的增长,三兄弟之间变得越加不同和疏离。哈利开始为校足球队踢足球,"他喜欢带球运球、巧妙传球和突然射门的快感,享受在足球世界中所彰显的力量。在此方面,哈利和两个弟弟截然不同,因此,他们之间的关系逐渐疏远。丹尼尔天生爱读书,有远大抱负,把生活看作一系列必须跨越的跨栏"①,因此,每天晚上坐在餐桌旁写作业。萨姆经常独处,尽管他不知道"忧郁"这个词的含义,但已经开始体验它。

阿克罗伊德所精心安排的开篇,不仅开门见山地把读者巧妙地引入小说世界,而且还让读者对三兄弟的家庭背景、生长环境和不同性情有了初步了解,这样"可以使读者对人物有一个总体把握,可以为人物在以后的情节事件中的种种活动与表现寻找到某种根源"②,为后来的情节发展做好铺垫和埋下伏笔。

母亲的缺场让一个充满神话般的家园丧失了朴素的幸福和完美,因此,从第二章开始,作者采用三条叙事线交替讲述三兄弟的人生故事。阿克罗伊德善于将传记和小说叙事手法融合,他曾说:"我认为我的小说和传记没有区别,因为它们都是讲述故事。"③ 如果将《三兄弟》中的一些章节分类与合并,就会发现描写哈利和丹尼尔的故事犹如是两个人物简传,而描写萨姆的章节更像是一部成长小说。具体而言,在第二、五、八、十一、十四、十七、二十章中,作者主要讲述哈利的故事。16岁中学毕业后,哈利无意继续上学,打算找一份工作,因为"他活跃、坚定而精力充沛,渴望尽早进入社会"④。于是,他在地方报社"卡姆登军号"(*Camden Bugle*)面试

---

① Peter Ackroyd, *Three Brothers*, London: Chatto & Windus, 2013, p. 10.
② 谭君强:《叙事学导论:从经典叙事学到后经典叙事学》,高等教育出版社2014年版,第170页.
③ Wright, Thomas, ed., *Peter Ackroyd, The Collection: Journalism, Reviews, Essays, Short Stories, Lectures*, London: Vintage, 2002, p. 384.
④ Peter Ackroyd, *Three Brothers*, London: Chatto & Windus, 2013, p. 11.

通过后做了一名通信员，负责递送稿件。他积极向上，充满活力，因此，获得编辑乔治·布拉德韦尔（George Bradwell）的赞扬。一天傍晚，在递送完最后一份稿件回去的途中，他跟踪并制服了一位想在"忧伤女神"（Our Lady of Sorrows）教堂纵火的男人。第二天，当哈利向编辑布拉德韦尔生动地描述如何制服那位纵火犯后，布拉德韦尔极为赏识他的敏锐、胆识与叙事天赋，并立刻将哈利晋升为记者。成为记者后的哈利奔走于各个场所，有机会接触社会各阶层人士。一次，他偶然结识了曾在法院工作的一位老书记员皮博迪先生（Mr. Peabody），并通过他了解到当年母亲离家出走的真相是因为"拉客卖淫触犯了公共道德罪，地方法院判了她三个月监禁"[①]。这一发现使哈利倍感羞辱，一天他趁父亲不在时悄悄离开家，在报社附近租了一间小屋。后来，他在一家咖啡馆与一位在银行做打字员的女孩希尔达（Hilda）相识、相恋和同居。一次，他偶然在《晨报记事》（Morning Chronicle）上瞥见一则由该报赞助的青年作家创作比赛公告，要求参赛者撰写一个本地人物简传。哈利立刻想到他曾在教堂制服的那位纵火犯，为此他又专门采访了他，了解到关于他的更多故事。三周后，《晨报记事》刊登了他的《西蒙·西姆》（Simon Sim）。又过了一周，他收到一封信，信的内容是让他亲自到《晨报记事》办公处领取奖金：一张25英镑的支票。他认为这是他一直以来梦想在《晨报记事》谋得一位记者职位的天赐良机。因此，他有备而去，果然得到《晨报记事》副编辑约翰·艾斯丘（John Askew）的赏识，于是随即成为《晨报记事》的记者。接下来，因为他表现出色，并且掌握了商界、政界以及新闻界等一些高层人士之间的秘密交易，得到《晨报记事》老板马丁·弗拉克斯曼（Sir Martin Flaxman）的关注和器重。然而，这时的哈利已被心中的欲望之火完全支配，为了私欲开始向权威和金钱屈服，为达到目的甚至不择手段。因此，虽然他发现开发商亚瑟·拉普特（Asher Ruppta）和住房部的科马克·韦伯（Cormac Webb）之间的行贿受贿行为，但是在老板的施压和利诱下放弃了揭发他们，相反，却替他们隐瞒真相。

[①] Peter Ackroyd, *Three Brothers*, p. 19.

后来，为了能与老板的女儿吉尼维尔（Guinevere）结婚以便能进入豪门，他抛弃了曾与他共患难并帮助他走向成功之路的前女友希尔达。婚后，为了金钱和权利，在老板病危期间他与岳母保持乱伦关系。然而，当受到岳母威胁时，他竟然用电话线将其勒死，随后，走投无路的他，来到泰晤士河边，投河自尽。

　　第二条叙事线，即小说的第三、六、九、十二、十五、十八、二十一章讲述的是丹尼尔的故事。和大哥一样，丹尼尔也越来越不喜欢伦敦贫民区的家，在放学后乘公交车回家时经常提前三站下车，因为不想让同学知道他的家庭住址。中学毕业后他考入剑桥大学，便迫不及待地住进了学校，说话时小心翼翼，唯恐别人会听出他的伦敦口音。更让他不安的是他的同性恋身份，他先后和两个男人来往密切，但在那个年代只能秘密约会。在毕业考试中，他因成绩优异，获得留校继续做研究的资格，获得博士学位后，被学院正式聘为英语系初级研究员和导师。由于表现突出，得到当时一些作家、评论家、出版商和电视台的关注和赏识，并邀请他著书，参加录制电视直播文学评论节目等。随着在文学界地位和关注度的提升，同性恋身份让丹尼尔背负着极大的心理压力，因此，他想与男妓斯巴克勒（Sparkler）断绝来往，于是尽一切可能竭力疏远和回避他。然而，斯巴克勒对他纠缠不休。在大哥哈利跳河自尽的那天中午，当看到斯巴克勒赤身裸体地出现在他所住的剑桥宿舍楼下向他挑衅时，丹尼尔在极度惊恐之下气绝身亡。

　　阿克罗伊德在创作传记时曾说，他善于将目光聚焦在珍贵而独特的人类个体上，因为透过典型个体可以了解整个人类社会。《三兄弟》也隐含着作者对个体和整个人类社会的拷问。哈利和丹尼尔的悲剧既源于1960年代的伦敦社会，也源于两兄弟内心深处的阴霾。对金钱和地位的盲目崇拜、对成功的曲解，以及缺乏对社会清醒而深刻的认识与理性判断，致使他们无法获得身份和空间认同感，导致人格扭曲，为追求浮华与名利放弃了本该珍爱的家人与家园。两兄弟都以家为耻辱，哈利为了和老板女儿结婚，不仅无情地抛弃前女友，而且谎称自己是孤儿，在与老板女儿结婚时出于虚荣和自卑没有邀请任何家人参加。丹尼尔也为家境感到自卑，视贫穷为耻辱，去剑桥上学后，放假后也不回家。例如，他曾在日记中写下对家的厌恶，以及内心的极端自负和清高：

> 今天我走了五英里。离这个地方越远，我越高兴。事实上，我脸上已露出微笑。显然我不应该属于这里，有时我真想大声喊出来。我不想成为水晶街或卡姆登镇的一部分。我讨厌在街上遇见人。我像个战俘一样，时刻计划逃跑。这里的人太粗俗，没有教养。天哪，他们那些无聊的想法让我恶心。他们活着有什么意义？哎，但愿我能超越这里所有的人。①

虽然两兄弟都是社会精英，可悲的是，他们都试图抹去自己的自然身份和令他们感到耻辱的过去。然而，不幸的是，他们并没有找到想要的生活。事实上，正是哈利和丹尼尔对家的不适和逃离，才导致了他们的他者身份和无根的漂泊感。哈利虽然后来和老板女儿结婚后搬进了豪宅，在地理空间上从边缘进入中心，但是，在精神层面他更加孤独，甚至害怕，和妻子之间的疏离、冷漠，和岳母的相互利用和乱伦行为，始终让他滞留在中心的边缘，即使和他们同处一室，也使他感觉自己是一个"他者"或"闯入者"。同样，丹尼尔也一直在寻找属于自己的理想空间，想在文学界赢得声誉，但是因为自己的同性恋身份，又感觉自己是个"异类"，认为这种感情是"不正常、不健康、应该避免的"②。因此，他同样找不到真正的自我身份认同和归属感，最终身心崩溃。如果说母亲的缺席使汉韦一家丧失了朴素的幸福和完美，那么哈利和丹尼尔的逃离使汉韦一家在物质层面上彻底破裂。

第三条叙事线主要聚焦于萨姆的成长经历和喜剧结局。与两位哥哥不同的是，萨姆拥有自我身份和社会阶层认同感，正直、善良、有爱心，能包容他人，因此，阿克罗伊德将构建生态家园的愿望寄托在萨姆身上，让萨姆成为联系家与家人的桥梁，在小说中承担着

---

① Peter Ackroyd, *Three Brothers*, London：Chatto & Windus, 2013, p. 30.
② Lois Tyson, *Critical Theory Today：A User-Friendly Guide*, New York：Taylor & Francis Group, 2006, p. 319.

重要角色。首先,萨姆是家园的守候者。卡姆登区是三兄弟出生和度过童年的地方,承载着全家人的共同生活经历和故事,也承载着三兄弟的自然身份和过去。因此,阿克罗伊德对卡姆登区的描写蕴含着作者本人深厚的家园情结,"其开篇对20世纪中期破败的伦敦的描写取材于阿克罗伊德本人在东埃克顿地方政府出租的公寓中成长的历程"①。作为"家园"的正面意象,"大多数人会将想象联结到童年时自己诞生的家屋,并体验到生活在其中的幸福感、安全感、宁静感和圆整感"②。然而,哈利和丹尼尔都将其视为贫穷和耻辱的象征,最终选择远离。两位哥哥离家后,萨姆依然留守在家园,和父亲相依为命,直到父亲去世,因此,在阿克罗伊德的笔下,三个兄弟中只有萨姆是家园的守候者。

其次,萨姆是母爱的寻找者和拥有者。如果说《三兄弟》中讲述哈利和丹尼尔的章节像是两部传记的话,那么描写萨姆的第四、七、十、十三、十六、十九、二十二章更像是一部成长小说,因为作者"通过描写主人公从童年到成年的成长过程中的各种人生经历和精神危机,讲述了主人公所经历的思想和性格的发展,对自己身份和角色的再认识"③。中学毕业后,萨姆到本地一家超市工作,负责为顾客打包。一天,当他正站在收银台旁工作时,认出排在队尾的一名中年女顾客竟是他失踪10年的母亲。在他因发现母亲而分神之际,一位男顾客不耐烦地向他大吼,萨姆因一时冲动打了那位顾客,因此被解雇,母亲也再次消失。善良的萨姆失去工作后到伦敦各处游走,经常帮助一位在公园里遇到的流浪汉,还定时到"忧伤女神"教堂帮助修女们做一些杂活。幸运的是,一次他在教堂附近又偶然发现母亲,并暗暗跟随。虽然还没有机会和母亲相认,但萨姆感觉已经和母亲心有灵犀,因为在跟踪母亲时心情特别愉快,"被某种本能的、强烈的情感所吸引。当发现母亲目视前方,陷入沉思

---

① Ian Thomson, "Three Brothers by Peter Ackroyd, Review", *Financial Times*, November 1, 2013, https://www.ft.com/content/0ccc18f0-3fd6-11e3-a890-00144feabdc0.
② 龙迪勇:《空间叙事学》,生活·读书·新知三联书店2015年版,第19—20页。
③ M. H. Abrams, *A Glossary of Literary Terms*, Beijing: Foreign Language Teaching and Research Press, 2010, p.229.

时，萨姆似乎能体会到她焦虑不安，想走近她，安慰她"①。在接下来的第三天，他终于找到母亲并与其相认。此后，"他每周按时来到她的住处，在那里享受一壶茶，欣赏蓝色花瓶里的鲜花，聆听母亲的声音，得到莫大的放松和安慰"②。母爱不仅让萨姆有了归属感，而且也让他体会到生活的温情和诗意，母亲的声音让他感觉平静、安全。在萨姆和母亲相认两周后，父亲为他找到一份做守夜人的工作，使萨姆有机会结识在同一栋楼办公的开发商亚瑟·拉普特，并随后到他公司上班。后来，当拉普特被他大哥哈利的老板马丁·弗拉克斯曼暗杀后，萨姆才得知，早年他母亲离家出走后曾与拉普特同居，并为他生下一个儿子，名叫安德鲁（Andrew）。根据拉普特的遗嘱，由萨姆的母亲先替安德鲁接管公司，因此，母亲成为萨姆的老板，并和他一起经营家业。

另外，萨姆也是两位哥哥的精神联结纽带。不难发现，如果按照小说的自然章节来读，三条叙事线在形式上构成错综复杂的时空交叉网。同时，阿克罗伊德还通过运用巧合的叙事手法和偶然性事件，让三兄弟间形成神秘联系与回应。迈克尔·帕拉斯科斯（Michael Paraskos）曾说："作为一种文学手段，巧合是作者在小说中的在场，像古希腊神一样控制着所有事件。"③ 的确如此，阿克罗伊德在这部小说中多次运用巧合和非自然叙事技巧，大胆打破叙事时空局限性，"使文学作品取得空间艺术的效果"④。例如，在第二章中，当哈利在图书馆查阅到母亲当年出走秘密后感到焦虑不安时，此刻，"远在别处的两个弟弟丹尼尔和萨姆也感觉一阵恐慌"⑤。在第三章中，丹尼尔与哈利偶然相遇，萨姆虽然当时正在家里睡觉，但当两个哥哥谈到他时，萨姆却大叫一声回应。在第二十章结尾，作者描写哈利跳河自尽前的情境时写道："当他靠近河上的栏杆时，他想知

---

① Peter Ackroyd, *Three Brothers*, London：Chatto & Windus, 2013, p. 87.
② Peter Ackroyd, *Three Brothers*, p. 90.
③ MichaelParaskos, "What a coincidence Peter Ackroyd convincingly stretches the truth in *Three Brothers*", *Spectator*, October 12, 2013, https：//www.spectator.co.uk/2013/10/three-brothers-by-peter-ackroyd-review.
④ 龙迪勇：《空间叙事学》，生活·读书·新知三联书店2015年版，第8页。
⑤ Peter Ackroyd, *Three Brothers*, London：Chatto & Windus, 2013, p. 19.

道萨姆和丹尼尔此刻正在做什么。"① 在接下来的章节中，作者通过描写萨姆和丹尼尔此刻的情景回答了哈利死前的疑问：

> 大哥哈利跳河自尽的当天，丹尼尔感到一段时间以来从未有过的精神焕发。那天上午他在 10 点钟和正午分别有指导学生的任务。当指导完第一位学生后，他听到楼下传来上周他回剑桥途中听到的斯巴克勒的敲鼓声，顿时极度惊恐，几乎失去知觉。他痛苦而艰难地走到窗前，看到斯巴克勒赤身裸体地站在楼下的草地上，用右手拍击着小鼓，仰着头，看到丹尼尔后，发出一声尖叫。此时，丹尼尔意识到，再也无法将同性恋身份隐瞒，吓得踉跄后退，倒在一个旧皮椅上。当第二名学生来接受指导时，发现丹尼尔已气绝身亡。②

同时，在两个哥哥死去的当天晚上，萨姆梦到"三兄弟坐在一个黑暗、一望无际的空间里；然后他们像云朵一样开始消散，最后化为黑暗的一部分"③。此外，作者还通过小说中其他人物让三兄弟间接形成联系。例如，马丁·弗拉克斯曼既是哈利的老板和岳父，又和萨姆有交集。斯巴克勒与哈利的岳父、二弟丹尼尔皆有同性恋关系，同时又和哈利的妻子与萨姆熟悉。因此，巧合是阿克罗伊德精心构思的叙事模式，与小说开头的神话叙事形成呼应，是作者旨在为三兄弟构建精神联系的努力。

事实上，萨姆的角色不仅是联结所有家人的纽带，而且还是伦敦过去、现在和未来的见证者，阿克罗伊德采用魔幻现实主义叙事手法阐明了这一观点，通过"建构不寻常或不可能的虚构世界"④，让萨姆看到一个个神迹，例如有一次他竟然看到街上石柱发生的奇迹：

> 当他观察石柱时，它似乎感觉到了他的存在。石柱升到了

---

① Peter Ackroyd, *Three Brothers*, London: Chatto & Windus, 2013, p. 232.
② Peter Ackroyd, *Three Brothers*, p. 238.
③ Peter Ackroyd, *Three Brothers*, p. 243.
④ ［美］布莱恩·理查森：《非自然叙述学概要》，王长才译，《英语研究》2019 年第 9 期。

几英尺高的空中，萨姆很震惊；他发现，当石柱在空中盘旋时，竟然从中长出几根石头肋拱和柱子，几道拱门和线脚，变成了一个错综复杂的神殿或石屋。他好像能听到锤击、敲击和施工的声音。随后神殿消失在空中，只剩下石柱在空中盘旋，最后下降并恢复到原来的位置。所有这些好像发生在瞬间，又好像是经历了几个世纪。①

见到这一景象后，萨姆感到莫名其妙，因此，想找个地方静下来想想，于是，便来到附近的"忧伤女神"教堂。当抬头看着女神想询问自己为什么会看到"神迹"时，他又吃惊地看到另一"奇迹"，发现神像竟然活了，"把手指放在嘴唇上，同情地看着萨姆"②。这种非自然叙事手法"虽然在本质上是神话性的，而不是摹仿性的"③，但却达到了现实主义效果。正如伊恩·瓦特（Ian Watt）曾说，有的现实主义者和自然主义者会忘记"对现实的准确记录不一定会创作出真实或具有持久文学价值的作品"④。确实如此，阿克罗伊德虽然运用了魔幻现实主义和非自然叙事手法，将想象和虚构融入人物日常生活的描写，但丝毫没有削弱小说的现实主义成分。相反，它在拓展叙事空间的同时，也让萨姆这一人物形象更有深度和神秘色彩，更好地展示出生活的复杂性，体现着作家努力构建现代神话的愿望。

阿克罗伊德在小说结尾对萨姆的描写用意颇深。作者采用书信体形式，让萨姆收到"忧伤女神"教堂寄来的一封信，内容是："亲爱的萨姆，我们对您之前为我们所做的工作感到由衷满意，期待您随时回来。"⑤ 同时，萨姆最后说出的"等待"和"希望"两个词也意味深长，可以让读者"用一种希望而不是绝望的感觉来读完故事，尽管说没有这种希望，故事将是不可读的有点夸张，但是这种

---

① Peter Ackroyd, *Three Brothers*, London: Chatto & Windus, 2013, p. 46.
② Peter Ackroyd, *Three Brothers*, London: Chatto & Windus, 2013, p. 47.
③ [美]罗伯特·斯科尔斯等：《叙事的本质》，于雷译，南京大学出版社 2015 年版，第 186 页。
④ Ian Watt, *The Rise of the Novel*, Harmondsworth: Penguin Books, 1963, p. 32.
⑤ Peter Ackroyd, *Three Brothers*, London: Chatto & Windus, 2013, p. 244.

第五章 成长小说与魔幻现实主义叙事

夸张会使这部小说既具有悲剧特质又可以让我们对人物的未来充满希望"①。亚里士多德在《诗学》中谈论悲剧时曾说: "所有人的成败都取决于他们的行动。"② 三兄弟的不同命运在一定程度上也取决于他们自己的行动。萨姆的正直、善良和包容以及强烈的家园情结既是决定其命运的关键因素,也是构建生态家园和人类共同体的核心元素和重要载体,因此,作者在讲述萨姆的故事时,采用的是开放式结尾,将生态家园的构建寄托在萨姆身上。

阿克罗伊德的小说形式之所以充满魅力,是因为其丰厚的内涵和主题意义,因为,对他而言,"叙事技巧本身不是目的,而是为达到某种目的所使用的方法"③。正如帕拉斯科斯所说: "阿克罗伊德从未忘记,小说的主要目的不是炫耀作者对文学理论的巧妙运用。而是为了讲述一个伟大的故事,这是他写《三兄弟》的目的。"④《三兄弟》虽然描写的是三个兄弟的成长故事,但却承载了历史与当下、自我与他者、个人与社会的多重关系。因此,小说中的三兄弟可被视为"隐喻"或"提喻",蕴含着作者对人性的思考和对人类诗意生存的憧憬、诉求、甚至呐喊,体现出作家为人类构建生态家园所做的不懈努力。小说中的哈利和丹尼尔的生存困境和悲剧结局引人深思,例如丹尼尔在临死前指导学生时说: "伦敦本身就是一座监狱,其中的每个人都被铐在墙上。即使它不是一座牢房,也是一个迷宫,几乎没人能找到出口。他们都是迷失的灵魂。"⑤ 丹尼尔虽然是在和学生讲解狄更斯的作品,但其意义已远远超越文本本身,蕴含着他本人对 60 年代伦敦的感悟和理解。他说: "伦敦的人际关系犹如一张拉紧的网,轻微触动任何一部分就会影响到整张网。一次偶然的相遇可能会导致严重的后果,一句误听的话会带来意想不

---

① James Phelan, *Experiencing Fiction: judgments, progressions, and the rhetorical theory of Narrative*, Columbus: University of The Ohio State University, 2007, p. 77.

② Aristotle, *Introductory Readings*, trans. Terence Irwin and Gail Fine, Indianapolis: Hackett Publishing Company, 1996, p. 319.

③ WallaceMartin, *Recent Theories of Narrative*, Peking: Peking University Press, 2006, p. 152.

④ MichaelParaskos, "What a coincidence Peter Ackroyd convincingly stretches the truth in *Three Brothers*", *Spectator*, October 12, 2013, https://www.spectator.co.uk/2013/10/three-brothers-by-peter-ackroyd-review.

⑤ Peter Ackroyd, *Three Brothers*, London: Chatto & Windus, 2013, p. 237.

到的好运,对一个问题的随便回答可能会导致死亡。"① 因此,《三兄弟》的意蕴已超越了故事时间和空间本身,既书写过去,又指涉当今,还引发人们对未来整个人类生存境遇的历史思考。

概而言之,在《英国音乐》《迪博士的房屋》和《三兄弟》三部小说中,作者不仅表现出惊人的讲故事天赋,采用梦境、魔幻现实主义、非自然叙事、巧合等叙事手法生动逼真地讲述了主人公的不同人生经历,且通过父子关系、英国音乐、英国文学、英国绘画等再一次强调了历史文化的继承关系和连续性主题。同时,阿克罗伊德还在作品中采用了一些重要的意象和异象,如小鸟、向日葵、城市、花园、石柱等,不仅丰富和拓展了作品的叙事手法,而且让作品的意蕴和内涵更加深远,让人物具有了超越个人时代的品质,成为所有人类的象征。因此,这三部小说的共同特征之一是幻想丰富,指向远方。例如在《迪博士的房屋》结尾处,迪经历了两种幻象:一个是没有爱的城市世界,另一个是有爱的花园世界。作者旨在强调,一个人必须心中有爱、有信仰、真诚、友善,只有如此,才能真诚地关爱家人、他人以及整个世界,才能最终收获幸福和成功。

---

① Peter Ackroyd, *Three Brothers*, p.184.

第六章 虚拟小说与反历史事实叙事

《弥尔顿在美国》(*Milton in America*, 1996) 和《柏拉图文稿》(*Plato Papers*, 1999) 对历史事实进行了不同程度的虚构和假设, 其叙事特征符合虚拟小说。在这两部小说中, 作者通过运用时空交叉、时空并置和分形叙事方法, 以冷峻的笔触, 细腻的心理与情绪刻画展示人物的奇异经历、生存困境和顿悟, 走出了线性世界的单调和机械, 提供了一个超越单一世界的多重世界。通过假设和想象, 作者为历史提供了另类版本, 为读者创造了一个大胆的想象空间, 戏说的背后蕴含着作者对人性、当代人类社会和知识界的暗讽和警示, 凸显了精湛的叙述艺术和深刻的主题意义的兼容, 充满叙事魅力和繁复之美。

美国当代学者凯瑟琳·加拉格尔 (Catherine Gallagher) 曾说: "希望历史进程以不同方式发展的愿望, 与历史写作本身一样古老, 但直到19世纪, 才有人将这种愿望精心设计为成熟的另类历史叙事。"[①] 她对反历史事实叙事做出如下解释:

> 过去半个世纪中三种密切相关的叙述模式在英语世界经历了迅速发展: 专业历史领域中的反事实 (counterfactualism)、通俗历史领域中的虚构 (假设或推测历史) (alternate, hypothetical or conjectural) 和小说领域中的虚构历史小说 (alternate-historical novel)。这三类作品在本质上都是以反事实为前提, 因此我想将反历史事实定义为一种对过去的假定推测 ("如果情况是

---

① Catherine Gallagher, *Telling It Like It Wasn't: The Counterfactual Imagination in History and Fiction*, Chicago: The University of Chicago Press, 2018, p. 50.

a，那么就会导致 b"），旨在探讨前提条件（条件从句）与事实相反时会怎样。例如，"如果约翰·F. 肯尼迪（John F. Kennedy）没有在 1963 年被暗杀，并且当了两届总统，越南战争就会在 1968 年结束"这句话是一种反历史事实。这一假设的前提显然与普遍接受的、无可争议的事实相反（约翰·F. 肯尼迪在 1963 年被暗杀）；然而，这一前提却大胆引出一种可能的结果。①

根据加拉格尔的这一定义，阿克罗伊德的《弥尔顿在美国》和《柏拉图文稿》两部小说均可被视为反历史事实小说，因为，英国作家弥尔顿并没有逃往美国，而《弥尔顿在美国》描述的却是弥尔顿为了躲避对他的迫害从英国逃到美国后所经历的一系列事件。《柏拉图文稿》也是对历史的虚构和假设，小说中的柏拉图也不是生活在古希腊而是生活在公元 38 世纪的未来社会，是伦敦最伟大的演说家。加拉格尔指出："虚构历史小说不仅虚构了另类历史轨迹，也虚构了一些人物。通过融合各种小说叙事形式，这些小说往往虚构出一个较完整的另类历史，详细地呈现出其社会、文化、技术、心理和情感统一体。"② 事实上，反历史事实叙事具有叙事性小说的所有特征，具体而言，主要有两种叙事形式，"一种是虚构历史（alternate histories），这种叙事主要从真实的历史记录中选取人物；另一种是虚构历史小说（alternate history novels），这种小说不仅虚构历史事件，还虚构人物。因此，他们把反事实的模式的范围延伸到了想象文学的领域"③。诚然，反事实叙事不可能改变真实的历史，但是，它提出的假设，描述的另类历史"不仅鼓励人们思考造成当下状况的原因，而且还鼓励人们想象另一种可能性会是什么，这是判

---

① Catherine Gallagher, "Telling It Like It Wasn't", *Pacific Coast Philology*, Vol. 45, 2010, pp. 12–25.
② Catherine Gallagher, *Telling It Like It Wasn't: The Counterfactual Imagination in History and Fiction*, Chicago: The University of Chicago Press, 2018, p. 3.
③ Catherine Gallagher, *Telling It Like It Wasn't: The Counterfactual Imagination in History and Fiction*, Chicago: The University of Chicago Press, 2018, p. 48.

断它们和利用这些判断来决定未来的必要步骤"①。阿克罗伊德的《弥尔顿在美国》和《柏拉图文稿》也是如此,虽然叙事是虚构,但是其故事对当前社会有重要启示。

第一节 《弥尔顿在美国》

《弥尔顿在美国》是一部以 1660 年英国民主政体 (The English Commonwealth) 崩溃后英国著名诗人约翰·弥尔顿 (John Milton, 1608—1674) 逃往美国为假设前提的"反历史事实"小说。

这部小说一出版就引发评论家们的争议。雨果·巴纳克尔 (Hugo Barnacle) 将其斥为"智慧和学问的抽象运用"②;约翰·克鲁特 (John Clute) 认为弥尔顿被刻画成一个"卡通人物"③;托尼·坦纳声称,"清教徒和天主教徒的两分法就像小孩子画的图画一样简单而粗糙"④;特雷弗·布劳顿 (Trevor Broughton) 不满意其中阻碍叙事进程的"雪崩式的寓言"⑤。布劳顿的评价虽然是否定的,但同时也揭示出这部小说的一个重要特征:丰富的隐喻和寓言的运用。然而,刘易斯却与以上评论家持不同见解,他说:"虽然我们不得不承认这一试探并非完全成功,但重要的是要承认阿克罗伊德在选择'虚构历史'这一体例方面的胆识。"⑥ 在他看来,真正的虚构历史不仅仅是简单地改变过去的书面记录或公认的形象,而往往是引出一个独特的反历史事件命题,然后研究事情可能发生的其他后果。两个最常见的命题是:如果纳粹赢得第二次世界大战和南部邦联在美国内

---

① Catherine Gallagher, *Telling It Like It Wasn't*: *The Counterfactual Imagination in History and Fiction*, p. 5.
② Hugo Barnacle, "Let's Not Be Puritanical", *Sunday Times*, August 25, 1996, Books sect, p. 8.
③ John Clute, "Pastures New", *New Statesman*, September 27, 1996, p. 90.
④ Tony Tanner, "Milton Agonistes", *New York Times*, April 6, 1997, p. 7.
⑤ Trevor Broughton, "The Poet Crying in the Wilderness", *Times Literary Supplement*, August 30, 1996, p. 23.
⑥ Lewis, Barry, *My Words Echo Thus*: *Possessing the Past in Peter Ackroyd*, Columbia: University of South Carolina Press, 2007, pp. 95 – 96.

战中取得胜利结果会怎样。这种推测性的小说有许多不同的名称：异构历史、如果世界、负历史等。有学者认为，界定《弥尔顿在美国》最贴切的词是"乌托时"（uchronia）①，因为阿克罗伊德笔下的弥尔顿与历史上的弥尔顿虽然有相似之处，但也有根本不同，在某种程度上颠覆了弥尔顿在人们心目中的"基督学院淑女"形象。然而，正如刘易斯所言，阿克罗伊德笔下的弥尔顿形象不能被简单化，事实上，作者试图让读者思考的是历史中的弥尔顿如果真逃到美国后会怎样的命题。阿克罗伊德相信"地方影响论"，特定地区会滋养特定性格的人，弥尔顿的选择很可能会影响他的行为和决定。因此，小说中的弥尔顿形象不仅不让人感觉是一个"卡通人物"，而且能引发人们深思人生选择的重要性。每个人都会在不同的时期面临不同的选择，而不同的选择往往会导致截然不同的结果。弥尔顿当时如果真逃往美国，作者假设的后果不是完全没有可能。

历史上的弥尔顿被认为是英国资产阶级革命时期一位美男子、革命家、最伟大的清教徒诗人，以及仅次于莎士比亚的作家。他出生于伦敦，家境殷实，先后在有名气的圣保罗学校和剑桥大学基督学院学习。弥尔顿兴趣广泛，学习十分勤奋，1628年和1632年以优异成绩先后获剑桥大学学士和硕士学位。毕业后，他立志成为一名让人尊敬、爱戴和欣喜的真正诗人。因此，在父亲的鼓励下，他隐居在霍顿（Horton）家乡的别墅里，潜心读书，"在古典文学、希伯来文学、意大利文学、英国文学的海洋里自由遨游。在此期间，他创作了《快乐的人》（*L'Allegro*）和《幽思的人》（*IL Penseroso*），音乐假面剧《科玛斯》（*Comus*），和悼念溺海身亡的同学爱德华·金（Edward King）的诗作《利西达斯》（*Lycidas*）"②。随后，他出游欧洲大陆，遍访名师，结识了许多著名艺术家、文人，还见到了意大利科学家伽利略。然而一旦获悉英国内战爆发的消息，他毅然中止了旅行，赶回英国，认为"在我的祖国公民们在国内为自由而战时，

---

① Lewis, Barry, *My Words Echo Thus: Possessing the Past in Peter Ackroyd*, Columbia: University of South Carolina Press, 2007, p. 96.

② 侯维瑞：《英国文学通史》，上海外语教育出版社1999年版，第177页。

第六章 虚拟小说与反历史事实叙事

我还在为娱乐而旅行就太卑鄙了"①。不久他担任了革命政府的外文秘书，致力于写十分激进的政论文章和小册子，为英国人民处死国王查理一世（Charles I）进行辩护，由于过分劳累，1652 年双目失明。1660 年查理二世（Charles II）王朝复辟，他身受迫害、著作被焚毁、财产也被充公。亲历民主政府的崩溃令他身心痛苦，一腔孤愤只能泄之于诗，因此，他集中精力进行创作，实现了早年希望成为伟大诗人的梦想。通过他个人口述和他人记录，弥尔顿终于完成伟大的史诗《失乐园》（*Paradise Lost*, 1667)、《复乐园》（*Paradise Regained*, 1671）和希腊式诗体悲剧《力士参孙》（*Samson Agonistes*, 1671）三部杰作，"在他身上，不仅有清教主义的严峻，还有人文主义的文雅，二者结合，使他的诗既雄迈，又俊美"②。1647 年，弥尔顿罹患痛风而逝。此后，他的文学声誉和影响与日俱增，《失乐园》被认为是其代表作和英语语言中最伟大的史诗之一，因为"弥尔顿不仅将它写得波澜壮阔，生动引人，而且实现了深刻的思想和卓越的诗艺的高度结合，使得又一部英国杰作闪耀在欧洲文坛之上，更加提高了英国诗歌在世界文学里的地位"③。

然而阿克罗伊德的小说在一定程度上讲述了一个与历史事实相悖的弥尔顿。作者推测，如果诗人为了躲避迫害而逃到新大陆，会发生什么？如果他试图建立一个以清教徒原则为标准的理想社会将会怎样？据此，《弥尔顿在美国》通过巧妙地改变历史叙事，假设弥尔顿没有留在英国，而是前往新英格兰。为此，作者在小说中插入一个"引子"，概述了弥尔顿的处境，为小说开篇叙事做了以下铺垫：

> 诗人约翰·弥尔顿是《科玛斯》和《幽思的人》的作者，也是奥利弗·克伦威尔政府（the Council of Oliver Cromwell）的外文秘书。他同情弑君者，甚至更坏的是，还写了小册子，为处死查理一世进行辩护。所以，在 1660 年初，当共和国即将崩

---

① 王佐良：《英国文学史》，商务印书馆 2019 年版，第 85 页。
② 王佐良：《英国文学史》，第 86 页。
③ 王佐良：《英国文学史》，第 86 页。

溃，查理二世要回到英国时，弥尔顿很清楚自己所面临的危险处境。他会被逮捕入狱，毫无疑问还会因与新国王的敌人勾结而被处决。早在八年前他已失明，在伦敦很难保持默默无闻或不被人认出来，因此，他别无选择，只好趁机逃跑。还有什么地方比逃亡到新英格兰（New England）更好呢？在那里，他肯定会受到已经定居在那里的清教徒们的热烈欢迎。[1]

通过运用这个"引子"，作者不仅让叙事更加自然，而且还可以让读者获得充分的信息储备，这样当作者在小说开篇直接从弥尔顿逃往美国的旅程开始时，叙事并不让读者感到突兀和不可思议。

阿克罗伊德笔下的弥尔顿虽然没有创作伟大的史诗《失乐园》，但作者在小说叙事中却吸收了其叙事技巧的"丰富、深刻和俊美"[2]，让小说彰显出迷人的魅力，因此，一些学者认为，"阿克罗伊德创作出了一部几乎天衣无缝的作品"，"一如既往的有趣。他的喜剧天才得以尽情展现"，"一部非常好的小说……凄美而令人难忘"，"比《霍克斯默》和《查特顿》更简洁、更讽刺、更精彩，让读者的脑海里充满了异常生动的形象"[3]。以上这些赞誉之词并不夸张，《弥尔顿在美国》的确是一部值得回味的佳作，充分展现出作者的高超叙事才华。

就叙事视角而言，阿克罗伊德通过融合全知和有限视角，不仅突破了单一视角的局限，而且还可以更好地凸显作品的深刻主题。具体而言，除少数章节运用全知叙述视角外，其他章节主要通过第一人称叙述，并在古斯奎尔和弥尔顿本人的视角之间进行转换。作者既融合了梦境、书信、日记、第一和第三人称叙事视角、对话和对话中的对话等，又运用了诸多典故，讲述了一个充满冲突、背叛、虚伪和贪婪的迷人故事，与《失乐园》的叙事有许多相同之处。弥尔顿的史诗中充满了神名、人名、地名、典故，"有若干层次，各种情调，在史诗这一总体裁之中包含了几类明显不同的小体裁，在叙

---

[1] Peter Ackroyd, *Milton in America*, London: Sinclair-Stevenson, 1996.
[2] 王佐良：《英国文学史》，第86页。
[3] Peter Ackroyd, *Milton in America*, London: Sinclair-Stevenson, 1996.

事体中有回忆、自白、感叹、呼吁等极富于个人色彩的抒情体"①。

对比手法的运用也是这部小说叙事的一个重要特点。阿克罗伊德在塑造弥尔顿这一人物时不仅很好地运用了真实的弥尔顿资料而且还善于运用比较和对照手法。虽然《弥尔顿在美国》的标题似乎已明确标示叙事的主体，但这并不等同于说弥尔顿是小说中唯一主要人物。陪同弥尔顿一起去美国的古斯奎尔在某种程度上也扮演着重要角色，甚至也可以被认为是小说中的主人公。因此，《弥尔顿在美国》中所描写的"乌托时"一开始就围绕两个截然不同的主要人物展开。一个是心高气傲的诗人弥尔顿，另一个是陪伴弥尔顿来到美国的朴实率直的古斯奎尔。他们的不同主要表现在语言、行为、和对新世界的态度等方面。虽然这是一部反历史事实小说，但作者在塑造弥尔顿时也没有完全脱离历史，而是基于历史基础上的想象。例如，弥尔顿和古斯奎尔在语言方面的主要差别是文雅语言和俗语之别，这样的设计既让虚构的弥尔顿吻合了历史人物，又很巧妙地将历史元素融入虚构的文本之中。历史上的弥尔顿很早就在语言方面显露出非凡天分，喜欢音乐和文学，能阅读希伯来文，用拉丁文写作，还懂法文和意大利文，精通古典名著。弥尔顿不仅学习十分勤奋，兴趣极为广泛，而且还曾因为面貌较好，生活极为严谨而获得了"基督学院淑女"的绰号。同时，据历史记载，弥乐顿思想十分激进，情绪颇为激烈，这些历史元素都被作者融入弥尔顿的人物塑造中。综合考查，小说与历史中的弥尔顿在相貌、语言、学习和生活经历等方面有诸多相似之处，这主要体现在一些细节描写中。例如，在小说的开篇，弥尔顿和古斯奎尔已在逃往新英格兰的船上，作者借弥尔顿之口让他在梦中用艾略特式碎片化语言说出许多关于他个人情况的重要信息："我年轻时很英俊，没有胡子。那时我渴望伟大的事物……我是个盲人，……和奥德修斯一起顺流而下。"② 与历史人物弥尔顿一样，阿克罗伊德笔下的弥尔顿同样英俊、刻苦、精通古典文学、语言文雅、处处用典，为人严谨。

然而，不同的是，小说中的弥尔顿为人严厉、脾气暴躁、固执，

---

① 王佐良：《英国文学史》，第 86 页。
② Peter Ackroyd, *Milton in America*, pp. 5–6.

有时甚至是一个暴君,这些在与古斯奎尔的对比中表现更加突出。古斯奎尔为人随和,心胸开阔,语言幽默,能以愉快和诙谐的方式尽力适应新世界中的特殊环境,并经常把美国和英国进行比较。古斯奎尔原是一个普通的书记员,为了躲避学徒生涯而逃离英国,他对待生活的平常心态与弥尔顿的傲慢和严肃形成鲜明对比。两人的关系和《堂吉诃德》(*Don Quixote*)中的堂吉诃德(Don Quixote)和桑丘·潘萨(Sancho Panza)之间的关系很相似。例如,在几次幽默的场景中,仅仅是古斯奎尔的在场就让弥尔顿的自负受到打击,尤其是当船沉没后他们穿过马萨诸塞荒野时的情景很好地证实了这一点。当弥尔顿在一条河里沐浴时,古斯奎尔说:"他用双手遮住他的隐私部位,……像少女一样谨慎地背对着我。"① 后来,当诗人以他惯常的高雅风格慷慨陈词而跌进沼泽地时,古斯奎尔必须为他"脱掉靴子"②。这些情节设置不仅让作品具有了强烈的戏剧性和讽刺效果,而且也为弥尔顿后来的滑稽行为埋下伏笔。

整部小说叙事分为两大部分,第一部分包括前13章,主要讲述弥尔顿如何在古斯奎尔的陪伴下逃往美国并在那里建立小镇。第二部分包括后17章,主要讲述弥尔顿领导的小镇和玛丽山附近小镇之间的矛盾冲突以及最终的战争。虽然小说第一部分的标题是"伊甸园(Eden)"③,但是他们刚到达美国时,那里的条件很差,因为他们乘坐的船在新英格兰海岸遭遇海难。弥尔顿在荒野和草木覆盖的乡村中挣扎,陪伴他的只有和他一起来的忠实的助手和小杂工古斯奎尔。幸运的是,在历经海难生存下来后,他受到新蒂弗顿(New Tiverton)小村庄居民的热烈欢迎,成为新世界中清教徒社区的一员,不久就被选为他们的政治和精神领袖。后来,他们从印第安人那里买下一块地,于是将整个村庄搬到了那里,并把这个小镇命名为新弥尔顿(New Milton),以纪念他们心中这位杰出的移民领袖。弥尔顿在那里建立了严厉的政权,因此这个小镇的居民与居住在玛丽山(Mary Mount)附近相对宽松的天主教邻居产生了摩擦。两个

---

① Peter Ackroyd, *Milton in America*, p. 77.
② Peter Ackroyd, *Milton in America*, p. 102.
③ Peter Ackroyd, *Milton in America*, p. 4.

城镇之间的紧张关系不断升级,导致了不可避免的战争,因为这两个相互排斥的社区都想争夺这个"荒野中的伊甸园"①。

弥尔顿和古斯奎尔承载着小说的重要思想,因此,作者有意在叙事时将两位人物比较和对照。弥尔顿和古斯奎尔最显著的不同之处在于他们的语言表达方式和对世界的看法。例如,当弥尔顿和古斯奎尔讨论他们在美国的新定居地点时,弥尔顿说:"这里的空气充满了太多的雾气。"②古斯奎尔却说:"我觉得它闻起来像托西尔荒原(Tothill Fields)的味道。"③在此,弥尔顿引用了哈姆雷特的诗句,而古斯奎尔却用一个引发感伤的比喻来指代他心爱的伦敦。当然,此时他们之间的分歧还处于萌芽阶段。古斯奎尔来自史密斯菲尔德(Smithfield)一个香肠制造商家庭,是彻头彻尾的伦敦人。"他常常吹着口哨唱着流行歌曲《伦敦的紫罗兰》"(*London Violets*)④,"还习惯引用歌谣《伦敦桥倒塌了》"(*London bridge is broken down*)⑤。他往往根据家乡熟悉的地方来感知美国陌生的风景,他用的修辞也经常暗指伦敦。例如,他把以利亚泽·鲁舍(Eleazer Lusher)的小屋比作白宫(Whitehall Palace)⑥;把新蒂弗顿比作"新温"(New Wen)⑦;在与妻子凯特·杰维斯(Kate Jervis)的谈话中,古斯奎尔夸口说:"伦敦有康希尔(Cornhill),虽然不是美国的小山(hills),有摩尔菲尔德(Moorfields),虽然不是美国的荒野(Moors),有马夏尔西(Marshalsea),虽然不是美国的海(sea)。"⑧在古斯奎尔看来,虽然身处异乡,但一切令他很熟悉,因此他充当了盲土人弥尔顿的眼睛。相比古斯奎尔,弥尔顿却将自己置身于一个文本世界中,一有机会就炫耀其文雅的语言智慧,甚至在加布里埃尔号(Gabrie)沉没后溺水时,还认为是"被水和话语包围"⑨,

---

① Peter Ackroyd, *Milton in America*, p. 8.
② Peter Ackroyd, *Milton in America*, p. 85.
③ Peter Ackroyd, *Milton in America*, p. 85.
④ Peter Ackroyd, *Milton in America*, p. 28.
⑤ Peter Ackroyd, *Milton in America*, p. 60.
⑥ Peter Ackroyd, *Milton in America*, p. 81.
⑦ Peter Ackroyd, *Milton in America*, p. 89.
⑧ Peter Ackroyd, *Milton in America*, p. 69.
⑨ Peter Ackroyd, *Milton in America*, p. 19.

当陷入深水时，诗句竟然浮现在他脑海中。后来，当安全到达陆地上，听到苍蝇的嗡嗡声和鱼儿的戏水声时，他对古斯奎尔说："我看到了一行行文字在喃喃自语和相互呼唤。"① 显然语言是弥尔顿理解自然的最好方法，一旦在新蒂弗顿定居下来，他便与纳撒尼尔·卡尔佩珀牧师（Reverend Nathaniel Culpepper）举行了一场持久的谈判，以了解该殖民地的情况。因此，有时语言不仅是弥尔顿理解世界的媒介，也是他理解的世界本质。

为了让叙事与主人公弥尔顿的身份和学养相呼应，阿克罗伊德还大量运用典故。例如，弥尔顿把他去美国的经历描绘成类似圣经和经典作品中所描写的故事。在小说开篇，当横渡大海时，在梦中他将自己的航行与巴利纽拉斯（Palinurus）、埃涅阿斯（Aeneas）和奥德修斯（Odysseus）的航行等同，"当走进沼泽时，由于只顾着谈论维吉尔（Virgil）和狄俄尼索斯（Dionysus），而没有注意到靴子上的泥"②。除了引用希腊罗马神话外，《弥尔顿在美国》也回响着弥尔顿自己的作品《失乐园》。虽然在阿克罗伊德的文本中弥尔顿没有写这首诗，但它贯穿整个叙事之中。同时，小说中还运用了纳撒尼尔·霍桑（Nathaniel Hawthorne）作品的典故。阿克罗伊德笔下的"新弥尔顿"很容易让人想起霍桑小说中对清教徒的描写。当带领选民希伯恩·杰维斯（Seaborn Jervis）和普里泽夫德·科顿（Preserved Cotton）到达他们自己的"应许之地"（Promised Land）后，弥尔顿在那里建立的社区不仅反教会和反君主制，而且还制定了残酷的法律。他们排斥印第安人，严惩违法者，醉汉和妓女要被当众鞭打，亵渎神明的人要被打上烙印，通奸的人要被处死。此外，还有许多其他禁令，有些类似于早期乌托邦作品柏拉图的《共和国》（Republic）中的规定。例如，弥尔顿让古斯奎尔记下这些禁令："不能有音乐，不能有歌声……除了柏拉图所说的那些禁令外，还不允许有舞者。所有的琵琶、小提琴和吉他都必须有特许"③，最不受欢迎的一项禁令是禁酒令。弥尔顿以严格的纪律治理他的共和国，就像管理

---

① Peter Ackroyd, *Milton in America*, p. 77.
② Peter Ackroyd, *Milton in America*, p. 101.
③ Peter Ackroyd, *Milton in America*, p. 193.

自己的生活一样,"每件事都必须像圣·马格努斯(St Magnu)的钟一样有条理、有规律"①,甚至除去了花园里所有的野花,"按字母顺序种植草药"②。

新弥尔顿的严厉制度必然会与居住在玛丽山的天主教徒较宽松的生活方式发生冲突。阿克罗伊德在叙事中通过借用霍桑的《快乐山的五月柱》(*The May-Pole of Merry Mount*,1836)来描绘两个社区之间的对立,使自己的作品与经典作品形成互文。霍桑的这个短篇故事取材于17世纪早期一个真实的历史事件。英国人托马斯·莫顿(Thomas Morton)在新英格兰殖民地(今马萨诸塞州昆西附近)创始人沃拉斯顿(Wollaston)上尉离开后接管了该地,并将"沃拉斯顿山"(Mount Wollaston)改名为"快乐山"(Merry Mount)。他管理的这个小镇里的人喜欢演出和娱乐、允许饮酒、对当地印第安人很友好。附近的普利茅斯(Plymouth)殖民地是英国教会分裂派(Separatists)所在地,他们不赞成莫顿的轻浮行为,最终导致两个小镇交战的事件发生在1627年。为了庆祝异教徒的"五一节"(May Day festival),莫顿竖起了一根"五月柱"(maypole),这让那些分裂派忍无可忍,随后莫顿被逮捕并被驱逐出境。霍桑的故事以"寓言"的形式叙述了这些事实。战斗发生在五月柱仪式当天,随后,清教徒狂热分子在约翰·恩迪科特(John Endicott)的指挥下入侵了快乐山。恩迪科特是一个真实的历史人物,即严厉而顽固不化的马萨诸塞州州长。他最令人难忘的是把圣·乔治的红十字从国王旗帜上剪下来,这一事件被记录在霍桑的另一篇短篇小说《恩迪科特与红十字》(*Endicott and the Red Cross*,1838)中。他不仅追捕天主教徒,还迫害贵格会教徒,并发动了反对佩科特印第安人的运动。恩迪科特这一人物成为阿克罗伊德小说中弥尔顿的原型,而莫顿成为小说中拉尔夫·坎皮斯(Ralph Kempis)的原型。坎皮斯是一位来自弗吉尼亚州天主教徒们的领袖,他们定居在"玛丽山"(Mary Mount),大部分时间都在与印第安人痛饮狂欢,和睦相处。阿克罗伊德以霍桑为榜样,从讽喻的角度看待天主教徒和清教徒之间的斗

---

① Peter Ackroyd, *Milton in America*, p. 118.

② Peter Ackroyd, *Milton in America*, p. 161.

争。正如霍桑在故事《快乐山的五月柱》的开篇所言："欢乐和忧郁在争夺帝国。"①

《弥尔顿在美国》的第二部分标题"堕落"（Fall）②暗示了弥尔顿的"堕落"以及与之相关的《创世纪》（Genesis）和《失乐园》中撒旦、亚当（Adam）和夏娃（Eve）的堕落。在这一部分的开篇，弥尔顿已远离殖民地，一个人在外流浪时迷了路。作为一个盲人，他感觉双重的黑暗将他包围。进入旷野后当黑夜降临时，他感觉更加黑暗。森林与城镇完全相反，是一个混乱、富饶和狂野的地方。在混乱之中，他闻到了水果的味道，但当试图抓住它时，突然被一个抓捕印度鹿的抓捕器抛到空中，倒挂起来，血液涌向头部，这时他的视力竟然奇迹般地恢复。事实上，这只是他一时的幻觉，即他试图触摸禁果时将拥有的视力和洞察力，于是"他的黑暗世界被颠覆了"③，因此后来遇到当地的印第安人后，经历了顿悟。在第二部分的结尾，当弥尔顿的腿伤被他所鄙视的印第安人治愈后，一切又发生逆转。出于一时被诱惑，弥尔顿和一名年轻印第安女人同睡。那天晚上，睡眠向他揭示了其所做所为的全部含义："弥尔顿梦到伊甸园和天堂，正伸手触摸导致所有这些痛苦的禁果。"④ 这一梦境表明弥尔顿对肉体的屈服，开始堕落，根据基督教的《圣经》，这一堕落会使人陷入原罪。当他离开印第安人回到树林时，真跌倒了，又恢复到失明状态。弥尔顿的遭遇或顿悟，使他开始对自己的他者身份有了清醒认识。正是这种认识促使他在小说的高潮部分表现出对他人的残暴。

与"新弥尔顿"小镇对立的"玛丽山"社区建立后不久，古斯奎尔就被弥尔顿派去监视他们，回来后如实报告了他们如何无节制地饮酒、唱歌和跳舞等行为，这证实了弥尔顿对弗吉尼亚人纵欲的怀疑。尤其让弥尔顿愤怒的是，他们竟然同时敬拜圣母玛利亚（Virgin Mary）和印度神基瓦萨（Kiwasa）。对于清教徒来说，天主

---

① Nathaniel Hawthorne, *Hawthorne's Short Stories*, New York: Vintage Books, 2011, p. 23.
② Peter Ackroyd, *Milton in America*, p. 155.
③ Peter Ackroyd, *Milton in America*, p. 158.
④ Peter Ackroyd, *Milton in America*, p. 276.

教已经让他们难以容忍，当它与异教混合在一起时，让他们更加愤怒。这也是为什么当弥尔顿向同胞们转述古斯奎尔报告说在玛丽山竖起了一根五月柱的消息时，普里泽夫德·科顿（Preserved Cotton）大为吃惊地叫道："太可憎了。"① 更糟糕的是，古斯奎尔曾多次回到玛丽山，每次回来后都会讲述一些让他们生气的事，例如英国男人如何与印第安女人厮混，如何与巫医一起练魔法，如何表演亵渎神灵的戏剧等等。然而，古斯奎尔与弥尔顿对玛丽山的居民有截然不同的态度，事实上，当弥尔顿派他去监视玛丽山时，古斯奎尔却越来越喜欢和那里的居民待在一起。例如作者让小说的第三人称叙述者说：

> 古斯奎尔对那些骑着马、唱着歌、喝着酒进城的随从很是钦佩。然而在新弥尔顿，没有什么欢乐，也没有什么色彩，有时他觉得它只不过是繁茂绿地上的一片阴影。所以他选择和印第安人坐在一起，耐心地学习他们的语言，观察他们的习俗，了解他们在英国人到来之前是如何生活的。他们给他讲了梦中勇士的故事，并说有时还能看见他们在夜里穿过黑暗的森林。他们以树皮和朽木为食，整天蹲着，像个病人，但当夜幕降临时，他们就用弓和箭猎取动物。在古斯奎尔看来，这样的故事比教友会所宣扬的任何教义都更真实、更有趣。教友们的庄重神态，一本正经的态度，黑色的外衣和褪了色的颈带与这个地方并没有真正的亲密关系。古斯奎尔意识到，他们要么死在这里，要么设法使这个地方屈服于他们的意志。只有他和凯瑟琳·杰维斯的婚姻才能让他容忍新弥尔顿的生活——他们在弥尔顿的住所附近有一座小木屋，现在他们一起做弥尔顿的仆人和伴侣。所以，当坎皮斯和他的追随者们骑马来到新弥尔顿时，古斯奎尔感到由衷高兴，终于看到了在荒野中狂欢的英国人，他们穿着像印第安人一样鲜艳的衣服，在溪流和树林中歌唱。②

---

① Peter Ackroyd, *Milton in America*, p. 181.
② Peter Ackroyd, *Milton in America*, pp. 170–171.

古斯奎尔的态度显然是包容的、开放的，例如，他对弥尔顿说："我们不需要害怕他们，先生，他们虽然比教友会兄弟们更吵，但他们并没有害处。"① 听到这些话，弥尔顿却生气地说："他们是毒蛇，身上有致命的毒刺。"② 作者让两个人形成的鲜明对比更强调了弥尔顿的失明不仅仅是生理上的，还是心理上的。他的狭隘和武断让他无法容纳他人和其它文化，最终只能像第二部分的标题所暗示的那样让自己走向堕落，让他人遭到毁灭。

小说第二部分中关于莎拉·维恩（Sarah Venn）的事件与霍桑的另一部小说《红字》（*The Scarlet Letter*，1850）也形成互文。在霍桑的小说中，17世纪40年代初，塞勒姆（Salem）的人们因为女裁缝海丝特·白兰（Hester Prynne）的通奸行为而惩罚她，并在她非婚生子后将她流放。她被迫佩戴一个红字A作为耻辱和惩罚的象征。在第十二章中，天空中出现了一颗火一般的彗星，其形状看起来也像字母A的形状。塞勒姆的居民将其解读为可怕的灾难预兆。阿克罗伊德笔下的莎拉与霍桑笔下的海丝特有相似之处。首先，她们的名字几乎是同音异义词。其次，和海丝特一样，莎拉也是一名女裁缝，曾为古斯奎尔的妻子做过一顶帽子。不同的是，莎拉并不是一个通奸的女人，她的罪行是阅读了禁书。她读那本书时当场被狂热的泼妇蒂莉（Humility Tilly）发现并报警。随后莎拉被带到弥尔顿面前接受审问。在询问她时，弥尔顿抚摸着那本祈祷书说："啊！我摸到了红字的印记。"③ 最后莎拉被判为"令共和国痛恨的瘟疫"④，要遭鞭打后被驱逐出共和国。后来，就像在霍桑的故事中一样，正当弥尔顿决定号召新英格兰全部力量向敌人宣战时，"一颗彗星划过天空"⑤。当莎拉被关进监狱后，潇洒的坎皮斯找到弥尔顿为她求情，两人进行了激烈争论。然而，坎皮斯没能说服弥尔顿释放她，因此，他带领天主教徒们帮助莎拉逃出监狱。这一事件以及坎皮斯为自己做"玛丽山国王"举行加冕礼的决定，促使弥尔顿对这些天

---

① Peter Ackroyd, *Milton in America*, p. 171.
② Peter Ackroyd, *Milton in America*, p. 171.
③ Peter Ackroyd, *Milton in America*, p. 212.
④ Peter Ackroyd, *Milton in America*, p. 214.
⑤ Peter Ackroyd, *Milton in America*, p. 243.

主教徒采取行动。于是，弥尔顿在各殖民地召集支持者，组建成一支美国联合殖民军向对方宣战。

在最后一章中，准备战争和战争本身与弥尔顿《失乐园》的主题构成强烈呼应。在坎皮斯和弥尔顿面对面的争论中，坎皮斯说："我宁愿留在地狱，也不愿意生活在你的天堂中。"[1] 这些话正是弥尔顿史诗中撒旦（Satan）所说的话。然而，在阿克罗伊德的小说中，不是坎皮斯而是弥尔顿本人，常与上帝的对手联系在一起。弥尔顿召集的那次战争会议让读者联想到《失乐园》第二卷中撒旦在地狱的演说。当弥尔顿向集会者宣布坎皮斯可能会与印第安人联手反对他们时，人群发出的呻吟和咆哮声正如"万魔殿中的声音"（the voices of Pandaemonium）[2]。清教徒和天主教徒之间的战争也类似撒旦军队和迈克尔（Michael）领导的天使们之间的冲突，新英格兰军队对坎皮斯的军队使用的火炮令人记起《失乐园》第六卷中致命的战争机器。为了不使读者错过这一点，阿克罗伊德借弥尔顿之口说："当天堂和地狱发生冲突时，那肯定是惊天动地的大事。"[3] 弥尔顿发起的这场战争，杀死了大多数天主教定居者和许多印第安人。不幸的是，在这场战争中，古斯奎尔和坎皮斯也战死。因此，作者让小说以一个盲人在黑暗的森林中徘徊、哭泣的形象而结尾。这样的安排既是对小说中弥尔顿这一人物的极大讽刺，也是对世人的一种警示。弥尔顿的失明在小说中显然不仅仅指他的视力，也暗指他思想的盲目和狭隘，是重要的隐喻，引发人们思考何为理想共同体，不同共同体之间应如何相处的议题。事实上，在小说第二部分中作者已经暗示出这一议题的答案，最好地体现在作者对古斯奎尔参加玛丽山狂欢场景的描写中：

> 有人给古斯奎尔一陶罐蜂蜜和葡萄酒，他迫不及待地喝了下去。然后，一个印第安女人拉住他的手，让他跟着定居者和当地人绕着五朔节花柱围成一个圆圈，在春天的早晨又蹦又跳。

---

[1] Peter Ackroyd, *Milton in America*, p. 231.
[2] Peter Ackroyd, *Milton in America*, p. 242.
[3] Peter Ackroyd, *Milton in America*, p. 269.

然后他们停下来，看着印第安人一个接一个地独自跳舞，古斯奎尔非常喜欢他们的舞姿。一个人把一只手放在背后，另一个人单腿旋转，第三个人跳跃到空中。突然有一股强烈的香料或熏香气味，这似乎使他们跳得更加卖力。但是，突然一声响亮的铃声打断了表演。从一个淡蓝色的帆布帐篷里，两名牧师拿着一尊圣母像走了出来。每个人，无论是英国人还是印度人，都跪在这幅画像前。就连古斯奎尔也跪了下来。但他饶有兴趣地看着这尊被漆成白色和浅蓝色的雕像被小心地放在五朔节花柱前。牧师们祈求它的帮助，妇女们为其祝福。接着，牧师们抱着圣母像慢慢地绕着杆子转，然后回到他们的蓝色帐篷。狂欢又开始了，一整天都在跳舞、喝酒、玩游戏。①

这个场景（玛丽山的洗礼）显然是一个狂欢节，在此，各种宗教、各类人、各种信仰杂糅，构成一个包容、开放的共同体，一切平等，没有优劣之分。可见，作者有意让弥尔顿的共和国与玛丽山形成鲜明对比，一个是封闭和单一的，另一个是开放和包容的，所有人都可以融入其中，甚至从新弥尔顿来的古斯奎尔也可以和他们一起享受美好的时光。

纵观整个小说叙事，《弥尔顿在美国》是一部充满讽刺意味的小说。首先，虽然弥尔顿已逃往美国，但在小说中，伦敦无处不在。事实上，弥尔顿自己都情不自禁地引用这座城市，就像在小说第一页艾略特式的片语中一样，也许是被希腊神话中的盲人先知提瑞西阿斯（Tiresias）的形象所困扰，弥尔顿在梦中说："利西达斯。漫步在东齐普赛街（East Cheap）。"② 除伦敦的齐普赛街外，他还提到了伦敦的面包街、舰队街、沃尔布鲁克街和伦敦的河流。同样，在他的日记中，与古斯奎尔一样，他也提到伦敦，例如，他写过"伦敦的瘟疫（London Plague）"③。然而，具有讽刺意味的是，虽然弥尔顿决心要抛弃旧世界，但是由于失明，他的日记不得不由古斯奎尔

---

① Peter Ackroyd, *Milton in America*, pp. 176–177.
② Peter Ackroyd, *Milton in America*, p. 5.
③ Peter Ackroyd, *Milton in America*, p. 38.

代写，而古斯奎尔却永远不会把伦敦排除在外。因此，通过被古斯奎尔书写，弥尔顿的声音受到干扰和影响，尽管他渴望自己的声音完整而纯洁。作者让古斯奎尔为弥尔顿代笔这一叙事安排有深刻寓意，因为可以让读者获得两个重要信息：第一，伦敦在阿克罗伊德的作品中无处不在，即使在其不以伦敦为背景的小说中伦敦也永远在场；第二，弥尔顿所渴求的单一、纯洁、封闭的共和国永远不可能存在，因为世界本身是多样的，互文的，世界文化也是多元、杂糅、开放的。任何一种文化都无法保持所谓的纯洁，都会或多或少受到其他文化的影响或影响其他文化。另外，更讽刺的场景是弥尔顿访问马萨诸塞州剑桥学院时和同学查尔斯·昌西（Charles Chauncy）在那里的重聚。查尔斯现在是院长，对弥尔顿现在的情景感到十分吃惊，并提醒他说，在年轻的时候，他们经常讨论托马斯·莫尔（Thomas More）的乌托邦和建立一个以和平与公有制为基础的国家的可能性。由于弥尔顿的思想已发生很大变化，因此，他现在认为应把年轻时幼稚的东西收起来，并谴责莫尔是一个"盲目崇拜的亵渎者"①，尽管莫尔的许多乌托邦构想是他创作灵感的重要来源。查尔斯建议他应该放弃对玛丽山的战争计划，但弥尔顿对此置之不理。当弥尔顿和查尔斯参观图书馆时，偶然撞见了一位年轻诗人约翰·桑顿（John Thornton）。受斯宾塞《仙后》（*Faerie Queene*，1590—1596）的启发，桑顿正在写一首无韵英雄诗，书名是《美国》或《复乐园》。可见，在小说中，作者虽然没有让弥尔顿写《失乐园》，没能在美国的土地上创造他的天堂，但作者让他发现了《复乐园》。不难看出，阿克罗伊德对这一情节设计蕴含着他试图恢复弥尔顿在小说中毁灭的社区或人间乐园、理想共同体的愿望。

第二节 《柏拉图文稿》

《柏拉图文稿》（*The Plato Papers*，1999）是阿克罗伊德挑战叙

---

① Peter Ackroyd, *Milton in America*, p. 55.

事艺术的一部与众不同的经典之作，风格独特，想象丰富。然而，评论家们对这部小说褒贬不一，约翰·穆兰（John Mullan）对它的"'沉闷的嬉闹'感到震惊；埃里克·科恩（Eric Korn）认为它是一个'没有肌肉的骨架'；彼得·格林（Peter Green）称它是'向轻信的公众抛出的最大、最平淡、最复杂、最无趣的学术笑话'"[1]。然而也有学者评论说："阿克罗伊德是个了不起的作家，他的句子既风趣又有力。这本新书兼具知识性和娱乐性，成就非凡。"[2]

整部小说篇幅并不长，只有173页，共55个章节，分为四大部分。第一部分叙述柏拉图关于过去各个时代不同状况的演讲和语录；第二部分讲述柏拉图的地下世界之旅；第三部分讲述柏拉图因散布关于地下世界的情况而被审判；第四部分是对柏拉图的最终判决。《柏拉图文稿》在阿克罗伊德所有小说中时间跨度最大，既是对未来的想象，又是对过去的歪曲，还是对现代社会的间接评论。具体而言，作者设定了五个时期：（1）俄耳甫斯时代（The Age of Orpheus, c. 3500 BC-c. 300 BC）；（2）使徒时代（The Age of the Apostles, c. 300 BC-c. AD 1500）；（3）摩尔德沃普时代（The Age of Mouldwarp, c. AD 1500-c. AD 2300）；（4）维特斯贝尔时代（The Age of Witspell, c. AD 2300-c. AD 3400）；（5）现代（The Present, c. AD 3700）。作者将叙述视角定位在公元3700年，即小说中的主要人物柏拉图所处的年代，地点是高度现代化的伦敦。柏拉图是一位演说家，在伦敦的四个城门向伦敦居民传授历史知识，并重点论述了摩尔德沃普时代。柏拉图生活其中的那个未来的伦敦并不是一个人口众多、喧嚣繁华而充满科技神话的大都市，而是一个宁静的生存空间。他是一个很受年轻人喜欢的思想家和演说家，有众多的追随者。为了达到更好的叙事效果，阿克罗伊德让想象和现实之间构成张力，使小说充满许多讽刺和幽默。因此，在一定程度上可以说这是一部喜剧小说。不过，有些读者对阿克罗伊德这本书的文类归属感到困惑，因为它虽然包含了寓言、讽刺和幻想，但叙事似乎并没有完全

---

[1] Barry Lewis, *My Words Echo Thus: Possessing the Past in Peter Ackroyd*, Columbia: University of South Carolina Press, 2007, p. 108.

[2] Peter Ackroyd, *The Plato Papers: A Novel*, New York: Anchor Books, 2001.

第六章　虚拟小说与反历史事实叙事

满足任何一种体裁的要求。这些评论不无道理，因为，《柏拉图文稿》的确巧妙地融合了多种体裁，包括未来历史、哲学对话、科幻小说、警诫寓言、讽刺等元素。另外，它甚至有两个不同的副标题。在美国，它的标题为《柏拉图文稿：一个预言》（The Plato Papers: A Prophecy），让读者感觉它好像是一部科幻小说。在英国，它的标题是《柏拉图文稿：一部小说》（The Plato Papers: A Novel）。阿克罗伊德本人似乎并不在意这本书的标题到底是什么，但是他坚持说："我不认为它是一部科幻小说。首先，这里面几乎没有科学。其次，对我来说，这是一种通过难以想象的遥远过去来认识现在的方法。"①

当然，即使有作者本人的声明可能也会让读者怀有疑问。如果这不是科幻小说，为什么背景设在未来？约翰·克鲁特（John Clute）的观点或许可为阿克罗伊德的声明提供理论依据，在克鲁特看来，"小说创作有一个传统：作品中的未来背景只是作为借口，目的是考问现在，即一种被误解成'过去'的现在"②。例如，约翰·埃姆斯·米切尔（John Ames Mitchell）的《最后的美国人》（The Last American，1889）就是这样一部小说。它以公元2951年为故事背景，描写了一支波斯探险队前往曼哈顿荒地，探险者在那里发现了生锈的自由女神像遗迹，还发现了爱尔兰人领导起义的证据，以未来视角提供了一个对镀金时代的美国进行间接评论的机会。另一个例子是沃尔特·M. 米勒（Walter M. Miller）的《雷博维兹的赞歌》（A Canticle for Leibowitz，1959）。小说讲述了20世纪后半叶、26世纪和32世纪人类依次经历的"全球核大战引发的核爆烈焰和辐射尘埃——为了未来保存人类的知识和文化——再次核大战，全球出现蘑菇云，世界消失"这一悲剧的轮回：由毁灭到重建再到毁灭。米勒用奇异的背景来告诫人们警惕核扩散的风险，因为当这部小说出版时，核扩散在冷战时期是一个非常热门的话题。可见，虽然这两部小说的背景是未来，但是它们的共同目的是引发人们对当

---

① Wright, Thomas, ed., *Peter Ackroyd, The Collection: Journalism, Reviews, Essays, Short Stories, Lectures*, London: Vintage, 2002., 2002, p. 368.
② Barry Lewis, *My Words Echo Thus: Possessing the Past in Peter Ackroyd*, Columbia: University of South Carolina Press, 2007, p. 109.

下问题的思考，因此，未来背景只是作者的叙事手段而不是叙事目的。阿克罗伊德的小说像米切尔和米勒的小说一样，虽然作者采用的是未来视角，但是它的目的是从未来视角审视当下。小说的中心人物是柏拉图，但他并不是古希腊哲学家柏拉图，尽管他们两人有很多共同点。他们都相信存在一个超越感官的"理念世界"，并鼓励人们对其所生活其中的世界持怀疑态度。在小说中，公元3700年的伦敦与五世纪的雅典相呼应，两地的市民都花费了大量时间进行形而上学的讨论和沉思。同时，阿克罗伊德笔下的柏拉图，与古希腊时期的柏拉图的代言人苏格拉底也有明显的相似之处。他们都相貌平平，并宣称他们的智慧在于承认自己一无所知："之所以比别人聪明，是因为我知道自己的无知。"[1] 此外，小说中的柏拉图的命运与苏格拉底的命运也一样，长老们以思想煽动为罪名对柏拉图进行审判，指控他用教义腐蚀年轻人。因此，小说中的柏拉图形象同时具有古希腊柏拉图和苏格拉底两位哲学家的一些个性特征，是两位历史人物的有趣融合。

　　阿克罗伊德在塑造经典历史人物时善于模仿人物本人作品的创作风格，以便使历史人物的个性更加丰满和厚实。在《柏拉图文稿》中，作者也是如此，大部分叙事形式都模仿了古希腊哲学家柏拉图式的对话传统。作品中很多片段是关于柏拉图的朋友或其追随者对其演讲的回应。对话的参与者主要有斯巴克勒（Sparkler）、马德里加尔（Madrigal）、奥内特斯（Ornatus）和米安德（Myander），作者借他们之口评论柏拉图越来越荒诞的想法。小说中另有一小部分内容展示了柏拉图和他的女同学西多尼亚（Sidonia）之间的相遇。此外，还有一部分对话是柏拉图与自己灵魂的辩论，并向它诉求道德指引，这种设计与历史人物相吻合，因为历史上古希腊哲学家柏拉图认为，灵魂是独立于肉体的，并对其行为负责。在小说中，作者在叙事中安排柏拉图和他的灵魂之间的对话有两个目的：首先，大量的解释性材料（关于柏拉图的童年和哲学发展）可以较好地传递给读者。第二，对话可以将柏拉图的内心冲突戏剧化，因为他开始

---

[1] Peter Ackroyd, *The Plato Papers: A Novel*, p. 142.

第六章　虚拟小说与反历史事实叙事

质疑自己对过去推测的正确性。通过与自己灵魂的对话，柏拉图最后决定努力超越自己，即使没有灵魂的保护。因此，柏拉图与其灵魂的辩论是小说叙事的一个重要部分。

阿克罗伊德笔下的柏拉图与古希腊时期的柏拉图之不同表现在一个重要方面：他是一个演说家，而历史中的柏拉图对雄辩术怀有敌意，认为修辞是一种危险的力量，因为它用一种与真理基本知识相背离的说服力来打动人心。显然，阿克罗伊德笔下的柏拉图借用了苏格拉底这一历史人物的个性元素，即喜欢对话和辩证法。在《柏拉图文稿》中，柏拉图想成为雄辩家的一个前提条件是，他不得不在四个城门进行演讲。他的演讲题目是"过去的时代"[1]。

通过柏拉图的演讲，阿克罗伊德有效地总结了未来世界的"背景故事"，并阐明了柏拉图和公民对过去的错误看法。柏拉图演讲从希腊神话人物所生活的"俄耳甫斯时代"开始，那是一个众神在大地上随处漫游的时代。在希腊神话中，俄耳甫斯走下冥府（Hades）去救他的爱人欧律狄刻（Eurydice），但他的旅程以灾难告终，因为他在离开冥界时，违背了不能回头的劝告。柏拉图将这个神话故事解读为"古代历史中一个重要而真实的事件"[2]，这是他如何误解历史的一个很好例子。柏拉图演讲的第二个时代是"使徒时代"。在这一时期，众神已逃离大地，只有一位神留了下来，这便是基督教时代，"一个令人痛苦和悲叹的时代，地球本身被认为是邪恶的，所有人都被判定为罪人"[3]。第三个时代是科学取代宗教的"摩尔德沃普时代"。在这一时代末期，对网络的狂热使人们受到控制和奴役，但当了解到在感知世界之外根本没有现实世界时，人们对信息的崇拜彻底崩溃。群星随即消失，在恐慌中，人们用一场大火烧毁了机器。在这个时代之后，人们迎来了一个"维特斯贝尔时代"。此时，人类了解到，他们并不是物质的，而是由光构成的。由于此时想象力至高无上，神话生物（人头马，凤凰，塞壬）和神话地点（亚特兰蒂斯，阿瓦隆，科克涅）再次出现。在这个时代，人们重新发现了伦

---

[1] Peter Ackroyd, *The Plato Papers: A Novel*, p. 49.
[2] Peter Ackroyd, *The Plato Papers: A Novel*, p. 54.
[3] Peter Ackroyd, *The Plato Papers: A Novel*, p. 55.

敦的传奇历史，并开始把这座城市尊崇为新耶路撒冷。

小说中柏拉图所处的"现在"时间被设定在公元3700年，和之前几个时代不同的是，没有具体时代名称。在这个世界里，只有伦敦一个城市。这一时期的居民不允许离开伦敦边界。城市里教区的名字还沿用之前人们熟悉的名词，例如，柏拉图在"白教堂"（the white chapel）做了一次演讲，他的朋友们发现他在"克拉肯威尔"（the clerk's well）旁和"残门"（the crippled gate）外自言自语。城市里的人们在"黑修道院"（the black friars）旁祈祷，在"主教门"（the bishop's gate）宣布对柏拉图的判决。以上提到的四个名字事实上对应着四个地名：白教堂（Whitechapel）、克拉肯威尔（Clerkenwell）、残门（Cripplegate）和黑衣修士（Blackfriars），是伦敦之前的地名。尽管在地下已消失了几个世纪，伦敦的古老河流，如利河（the Lea）、舰队河（the Fleet）和泰本河（the Tyburn）等河水又可以再次畅流。在这个未来的仙境中，市民们从城市中获得能量，作为回报，极为尊重它的神圣性。他们相信，过去、现在和未来永恒共存，并且说："我们发现创新不断发生，我们就是创新，我们是音乐。"① 显然，在38世纪，每个人都是伦敦幻想家，这也正是阿克罗伊德和艾略特的信仰。

作为一名演说家，柏拉图最喜欢谈论的话题是科技时代，在此方面他是权威。然而，他越来越意识到在这个领域他事实上一无所知，且误读颇多。他对那个时期的误解很大程度上源于他对仅存的关于那个时代的几件文物的过度依赖。其中一件是查尔斯·达尔文的《物种起源》，虽然有扉页，但是七页文字已经丢失，而且作者的名字也模糊不清。因此，在演讲中柏拉图错误地将这本书解读为查尔斯·狄更斯的一部"喜剧杰作"②。对于柏拉图时代的居民来说，进化论近乎是荒谬至极的，因此他们能理解这些观点的唯一方式就是把它视为一种虚构手段，因为作者可以借此手段嘲弄自己所处时代的竞争和侵略。第二件同样误导柏拉图的文物在城墙外"废弃的

---

① Peter Ackroyd, *The Plato Papers: A Novel*, p. 84.
② Peter Ackroyd, *The Plato Papers: A Novel*, p. 10.

第六章　虚拟小说与反历史事实叙事

厄洛斯（Eros）马戏团的一个密封棺材里被发现"①。它是爱伦·坡（E. A. Poe）的《故事与历史》（*Tales and Histories*），然而，爱伦·坡的名字缩写却被那些未来居民误解为是"杰出的美国诗人"（Eminent American Poet）的缩写"②。爱伦·坡对有神经质的罗德里克·厄舍（Roderick Usher）一家和他们哥特式住所的描写被认为是美国生活方式的有力证据，以及对早葬（premature burial）和普遍的诅咒感之恐惧。柏拉图认为美国人的外表和罗德里克一样，有苍白的皮肤、薄薄的嘴唇、长长的头发和神经质。柏拉图对另一部著作的理解也是错误的，他认为西格蒙德·弗洛伊德（Sigmund Freud）是个小丑并创作了"幽默小说《玩笑及其与无意识的关系》，把俄狄浦斯说成是为弗洛伊德喜剧演出的一个配角，二人合作进行喜剧表演"③。在另一次演讲中，柏拉图同样做出错误推测。阿尔弗雷德·希区柯克（Alfred Hitchcock）的电影《狂凶记》（*Frenzy*）中的一部分胶片被出土，比柏拉图时代早600年左右，这让人们对科技时代的伦敦生活有一种奇怪的印象。他们发现第一组镜头是从空中拍摄的伦敦桥，柏拉图断言这可能是"天使的杰作"④。接着，镜头对准了一位政府官员，他正在向河堤上的人群发表关于河流清洁问题的讲话。当他正在赞美成功治理污染的成就时，一具漂浮的裸体女尸进入人们的视野，柏拉图将其解读为原始仪式或祭祀的一部分。镜头接着突然跳转到一个酒吧里，显示布莱尼（Blaney）正在角落里喝酒，这给柏拉图造成很大的解读困难，于是他被迫得出的结论是："科技时代生命的本质确实令人不安，时间和空间的突然跳转似乎并不影响这个不断发展世界中的居民"⑤。在演讲中，柏拉图做出的最奇怪的错误假设是关于一份烧焦的文稿，其中包含了艾略特《荒原》中的6个单词。这是留存下来的这首诗中最碎片化的那部分，主要讲述艾略特试图在废墟上重建破碎的现代文明。艾略特认为："整个文

---

① Peter Ackroyd, *The Plato Papers: A Novel*, p. 37.
② Peter Ackroyd, *The Plato Papers: A Novel*, p. 38.
③ Peter Ackroyd, *The Plato Papers: A Novel*, p. 74.
④ Peter Ackroyd, *The Plato Papers: A Novel*, p. 89.
⑤ Peter Ackroyd, *The Plato Papers: A Novel*, p. 90.

学史可以作为一个巨大的材料宝库，可供人们拼贴。"① 这种理念对阿克罗伊德自己的美学和创作产生了深远影响，因此，他将其运用到对柏拉图形象的塑造中。在滑稽而离题的误读中，柏拉图将艾略特的诗与一个旧音乐厅海报上的内容联系起来，认为这几行诗的作者是乔治·艾略特（George Eliot），一个"非洲歌手"②。柏拉图推测艾略特可能在预言科技文明的衰落，是"历史悠久的废墟文学传统的最后一个代表"③。

可以说，《柏拉图文稿》本身就是"废墟文学"类型的一个很好的例子，因为它是由万花筒般的碎片构成。小说中除了柏拉图的演讲、公民之间的对话、柏拉图与西多尼亚，以及与他本人灵魂交流外，还包括许多来自柏拉图正在编纂的科技时代文稿术语的摘录，然而，这些术语也都被柏拉图误解。例如，他把"dead end"解释为"一个停尸的地方"（a place where corpses were taken）④，把"logic"解释为"一种木制的物体，像原木桌子"（a wooden object, as in log table）⑤，认为"rock music"是"古石的声音"（the sound of old stones）⑥。有些评论家赞美阿克罗伊德的独特构思，但是也有些评论家认为这些都是蹩脚的双关语。此外，还有更引人注目的一些关于创作的条目也被误解，例如，"传记作家（biographer）"被解释为"口述算命者"⑦；而"田园的（pastoral）"则被认为是"对过去的崇敬"⑧。

正如有学者所说，如果阿克罗伊德的小说只包括那些术语表中的条目、柏拉图演讲和对话中那些静态而呆板的摘录，那它就不能被称为是一部小说。小说应包含叙事进程，而不仅仅是一系列笑话、对人物和事件的简单勾勒或描述。事实上，显然这些只是阿克罗伊

---

① Barry Lewis, *My Words Echo Thus: Possessing the Past in Peter Ackroyd*, Columbia: University of South Carolina Press, 2007, p. 112.
② Peter Ackroyd, *The Plato Papers: A Novel*, p. 98.
③ Peter Ackroyd, *The Plato Papers: A Novel*, p. 99.
④ Peter Ackroyd, *The Plato Papers: A Novel*, p. 17.
⑤ Peter Ackroyd, *The Plato Papers: A Novel*, p. 25.
⑥ Peter Ackroyd, *The Plato Papers: A Novel*, p. 31.
⑦ Peter Ackroyd, *The Plato Papers: A Novel*, p. 16.
⑧ Peter Ackroyd, *The Plato Papers: A Novel*, p. 25.

德小说叙事的一部分，而不是全部。在小说的第二部分，当柏拉图踏上通往冥界的旅程时，叙事进程有了重要发展。作者让柏拉图穿越到20世纪晚期的伦敦，在那里的经历激起了他极大兴趣，因为他发现过去的世界与他根据残存的少量文物做出的假设和解释并不相符，有许多误读。柏拉图自己也不清楚究竟是如何到达那里，只说："我一转身就进入了科技时代的世界。"① 无论如何，最终他发现自己来到一个空气厚重、极度黑暗的洞穴里。他走下一个斜坡，来到一段楼梯前，走下台阶后，进入了一个巨大空间，天空中群星闪烁。他发现下面是伦敦"巨大的玻璃塔、圆顶、屋顶和房屋"②。柏拉图的旅行与俄耳甫斯进入地狱的故事产生了神秘的共鸣和互文，柏拉图曾在他关于"俄耳甫斯时代"的演讲中详细叙述过这一故事。这也与阿克罗伊德的另一部小说《第一束光》中马克进入地下墓室的情景有相似之处，和马克一样，柏拉图也获得重要顿悟，了解到更多关于科技时代的真相。

阿克罗伊德让柏拉图进入另一个世界之门的重要性还在于，它不仅使叙事更复杂迷人，而且还与历史人物柏拉图的"洞穴理论"相呼应。据此理论所述，一群囚犯从出生起就被锁在一个地下空间里，他们所能看到的只是面前的一堵墙。他们没有察觉到的是，在他们身后有一堆火，还有一些木偶师把剪影投射到墙上。如果囚犯们能够回过头来就会明白，现实只不过是影子的游戏，创造视觉和声音的实际物体与他们能看到的世界有根本区别。可见，作者让小说中的场景解释了历史人物柏拉图的本体论观点：我们所认为的真实世界中的物体，只不过是存在于另一个世界中的"理式"的产物。阿克罗伊德笔下的柏拉图进入洞穴后，看到的是一个科技时代的伦敦。当他走过老街、史密斯菲尔德、齐普赛德和克拉彭这几条宽阔的大道时，虽然人们看不见柏拉图，但是他能看到人们四处奔忙，永无止境，不知道自己是时间的奴隶。他发现人们甚至把手铐做成手表的形状戴在手腕上，就像布莱克笔下的伦敦人一样，他们看上去既柔弱又悲哀。在这里，人们不停地从事科技活动和追求改变，

---

① Peter Ackroyd, *The Plato Papers: A Novel*, p. 110.
② Peter Ackroyd, *The Plato Papers: A Novel*, p. 111.

这使柏拉图极为着迷，因此，当回到自己的世界时，他大力宣扬所目睹的一切，甚至像被魔鬼附体一样，在市民面前又唱又跳。他告诉人们，他之前的演讲有许多错误，科技时代并不是像他之前认为的那样随着机器的燃烧而结束，而是仍然存在于一个巨大的洞穴中，并且"我们的世界（现在）和他们的世界（过去）是混合在一起的"[1]。柏拉图传递的这一信息事实上是阿克罗伊德在所有作品中所重复强调的：过去与现在相互影响，同时共存。从洞穴回来后，柏拉图演讲的方式也发生了重要改变。他不再满怀信心地对现在或过去进行说教，而是提出谜语，做出间接评论，并即兴创作有关手表、骰子和硬币的寓言。因此，年轻人对他十分着迷，老年人对他变幻莫测的无常行为感到困惑，有人指控他，认为他的异端邪说已经引起了社会的动荡不安。

在这一控告中，阿克罗伊德的情节设计也体现出反历史叙事的特点，特别是相对于柏拉图的《申辩篇》（ca. 360 B.C）而言。早在公元前399年由美勒托（Meletus）、安尼托（Anytus）和莱孔（Lycon）提出的是针对苏格拉底的指控，与历史记录不同的是，在阿克罗伊德的笔下，是柏拉图而不是苏格拉底被指控为一个对社会有威胁的人。当年，在雅典审判中，苏格拉底作了三次演讲。第一次是他的个人辩护，他解释说，他对那些本以为有智慧的人质疑，结果却发现他们的确缺乏智慧，从而引起了他们的怨恨。他说自己是明智的，因为他承认自己一无所知。在被判有罪后他发表了第二次演讲，遵照惯例提议对自己的处罚应该是罚款。然而，这一提议被拒绝，他最终被判处死刑。于是，在演讲中他谈论了冥府，认为惧怕来世是错误的，因为没人知道来世会是什么样子。同样，在阿克罗伊德的小说中，柏拉图否认散布谬见和异端邪说，声称只是在尽自己的义务。公民们对他作出的判决是无罪，然而柏拉图却自己判自己永远流放，他知道他之所以被判决无罪是因为人们认为他疯了，但是他不想让人们这么对待他，因为他相信自己在地下看到的是真实的世界。因此，他宁可成为殉道者也要坚持真理，同苏格拉底、

---

[1] Peter Ackroyd, *The Plato Papers: A Novel*, p. 152.

弥尔顿和托马斯·莫尔一样,他的殉道也带有宗教和神话色彩。

阿克罗伊德的小说是反事实叙事,让古希腊哲学家柏拉图穿越到未来的38世纪,虽然是虚构,但是却隐含着真理和事实。作者选取柏拉图,并将苏格拉底的生活经历和思想也融入对柏拉图这一人物塑造中,有深刻用意。第一,选取柏拉图更便于作者表达主题思想。柏拉图的重要性首先在于他是古希腊最伟大的三大哲学家之一,以苏格拉底的生活和思想为根据,建立起博大精深的哲学体系。柏拉图的重要性还在于他在公元前387年创立了"学园",一个系统探索哲学和科学的教学研究机构。此后,他一直主持"学园",直到生命结束。他曾写下许多对话,从传记和哲学的观点看,《第七封信》最重要,虽然关于它的真实性长期存在着争论。在苏格拉底的影响下柏拉图提出"理念论"、"回忆说"和"灵魂三分说"。柏拉图的思想主要见于他的对话中,而苏格拉底在对话中常扮演主角。基于这样的历史背景,在小说中,作者采用对话形式让柏拉图和自己的灵魂对话不仅不会让读者感到不真实,而且还可充分借用柏拉图对话的戏剧魅力、艺术感染力和明辨敏锐的长处,使小说叙事更为迷人和生动。第二,选取柏拉图为小说赋予了哲学深度。这部小说文字简洁,篇幅短小,然而作者让柏拉图作为小说的主要人物,在很大程度上弥补了这一形式上的不足。作为古希腊三大哲学家之一,柏拉图与苏格拉底和亚里士多德共同奠定了西方文化的哲学基础,其思想之深刻不容怀疑,即使从小说中的柏拉图对伦敦市民的演讲中也可见一斑。作者的这一安排巧妙地为小说增加了一部严肃小说应有的厚度和深度。事实上,有长度和有分量的题材本身不一定能保证作者写出伟大的作品,只要有丰厚的内容和深刻的哲理,能留给读者更多的思考空间,即使作者没有采用繁复的文字也可以让小说有深刻意义。正如亚历山大·薄伯所说:"言语就像树叶,最茂密的地方很难找到丰硕的理智之果。"[1] 第三,选取柏拉图这样一位让现代人并不完全了解的历史人物可以更好地引导人们重估历史、前瞻未来和反思现在。小说中柏拉图对过去的误读,看似幽默和荒谬,实则隐含着重要话题,值得人们思考和追问。

---

[1] 王佐良等:《英国文学名篇选注》,商务印书馆2003年版,第431页。

现代人真的了解过去吗？我们对古希腊和柏拉图的解读有小说中的柏拉图那样可笑的错误吗？未来社会将会是什么样呢？科学和人工智能会把人类引向何方呢？这些问题事实上都隐含在这部短小的作品中，也是作者的创作旨归。

阿克罗伊德是一位严肃而有远见的作家，《柏拉图文稿》表现得最为明显。它堪称是一部现代寓言，虽然有点夸张，但是却成功地嘲笑了人们对过去时代的误读、曲解和狭隘偏见，同时也试图证明虽然我们的祖先对过去的误解令人震惊，但是在我们的后继者看来，我们可能同样愚蠢。正如小说中的柏拉图所说："在许多方面，他们就像我所描述的那样野蛮和愚蠢，但是当看着他们的眼睛，或对他们的灵魂低语时，我意识到他们确实是我们的祖先。这也许是我喜欢他们的原因。他们不可能知道他们住在一个隐蔽的洞穴里。但是，我们又怎么能确定，在我们自己的世界之外，没有一个更光明的世界呢？"① 可以说，《柏拉图文稿》是作者站在未来的高度通过歪曲和戏仿历史以警示当代社会和知识界的一部佳作，暗示了我们这个时代对于之前的古代希腊文明以及苏格拉底和柏拉图的诠释也同样会有曲解。因此，虽然这是一本小部头作品，但是却提出许多重大问题。反事实叙事的目标是"塑造历史，而不仅仅是记录、分析或理解历史"②，因此，阿克罗伊德的故事"并没有陷入对一段从未有过的历史的怀旧之情，而是渴望复活和恢复另类历史的可能性，以便作为对未来的指导"③。

《弥尔顿在美国》和《柏拉图文稿》可谓是精彩的"虚构纪实叙述"④，蕴含着作者对历史的分析、理解和深度思考，令人回味、久久深思，引发人们回望过去，从或然历史和真实历史的比较中获得指导现在和未来的人生经验和启迪。

---

① Peter Ackroyd, *The Plato Papers*: *A Novel*, New York: Anchor Books, 2001, p. 131.
② Gallagher, Catherine, *Telling It Like It Wasn't*: *The Counterfactual Imagination in History and Fiction*, Chicago: The University of Chicago Press, 2018, p. 8.
③ Gallagher, Catherine, *Telling It Like It Wasn't*: *The Counterfactual Imagination in History and Fiction*, p. 50.
④ 赵毅衡：《论虚构叙述的"双区隔原则"》，载乔国强主编《中西叙事理论研究》，上海外语教育出版社2019年版，第54页。

第七章 改编小说与经典的后经典重构

自20世纪90年代以来,国内外文坛涌现出一批经典重写作品。在英语小说界,"以18、19世纪经典小说作为显性或隐性前文本(pretext),当代小说家通过重置情节、反转人物关系、重塑人物形象、切换视角、变换叙述声音等叙事策略,出版了一大批被评论界称为修正写作的小说"[1]。事实上,对经典作品进行模仿、改编和借用是英国文学创作的一个重要传统。阿克罗伊德对经典作家和作品的无限尊重和热爱充分体现在他依据英国经典作家杰弗里·乔叟(Geoffrey Chaucer)、玛丽·雪莱(Mary Shelley)和托马斯·马洛礼(Thomas Malory)的作品创作的《克拉肯威尔故事集》《维克多·弗兰肯斯坦个案》和《亚瑟王之死》三部改编小说中。

阿克罗伊德深受艾略特的传统观影响,坚信任何一位伟大作家在创作实践中都与前代作家有联系,"诗人,任何艺术的艺术家,谁也不能单独具有他完全的意义。他的重要性以及我们对他的鉴赏就是鉴赏他和以往诗人以及艺术家的关系。你不能把他单独评价,你得把他放在前人之间来对照,来比较,……这不仅是历史的批评原则,也是美学的批评原则"[2]。阿克罗伊德也认为每个作家都是历史传统中的一部分,甚至说:"写作的灵感来自于他人的写作。"[3] 因此,他认为每一时代的作家都有责任承担起继承和发扬传统的使命,为传统的延续贡献出一份力量,因为"在世界的舞台上,人人都扮演着一个角色,

---

[1] 王丽亚:《经典重写小说叙事结构分析》,载乔国强主编《中西叙事理论研究》,上海外语教育出版社2019年版,第302页。
[2] Thomas Sterns Eliot, *The Sacred Wood*: *Essays on Poetry and Criticism*, Dodo Press, 1920, p. 32.
[3] Peter Ackroyd, *Notes for a New Culture*, London: Biddles Ltd., Guildford, Surrey, 1993, p. 64.

重要的是要让自己成为一名成功的演员"①。受艾略特的启发，阿克罗伊德认为"独创性包括对原有思想重新进行美好的组合，而不仅仅是刻意寻找从未有过的思想"②，改编也是创造，"模仿名家名作是写作的基本要求，这种模仿不能算是剽窃，而是一种通过改编和消化从而获得启发的行为"③。基于此理念，阿克罗伊德把对名著的模仿和改编作为其创作方法之一，自觉地从前人作品中吸取营养，同时又在改编作品中融入个人思想和见解，以拓展原作的内涵，因为他坚信，"仿作如果没有自己的灵魂，就只能成为空洞的回音"④。

改编被认为是"互文性的一个分支"⑤。克里斯蒂娃认为，"任何文本都是由引语的镶嵌品构成的，任何文本都是对另一文本的吸收和改编"⑥。从狭义上讲，改编主要指从艺术形式 A 到艺术形式 B 的转换，从广义上讲，改编除了指不同艺术形式之间的相互转化外，还包括相同艺术形式之间的转换。例如，哈琴（Linda Hutcheon）在《改编理论》(*A Theory of Adaptation*, 2006)一书的前言中说："如果你认为改编仅指小说和电影，你就错了。"⑦ 哈琴还指出，改编主要指"公开承认对其它作品的转换；对借用的一种创造和解释行为；与被改编作品形成一种绵延的互文关系。因此，改编虽然是派生物，但并不缺乏创意，虽然是二度创作，但并不是第二位的或次等的创作"⑧。朱莉·桑德斯（Julie Sanders）也认为，"改编往往指从一种文类转换到另一种文类的一个特定过程：例如从小说到电影、从戏剧到音乐、从叙事散文和小说到戏剧或从戏剧到叙事散文等"⑨。她还说："我们也往往在新的语境中重新解读已有文本或把原始文本重

---

① Peter Ackroyd, *Chaucer*, London: Random House, 2005, p. 36.
② Peter Ackroyd, *Chatterton*, London: Hamish Hamilton, 1987, p. 58.
③ ［英］彼得·阿克罗伊德：《莎士比亚传》，郭骏译，国际文化出版公司2010年版，第59页。
④ ［英］彼得·阿克罗伊德：《霍克斯默》，余珺珉译，译林出版社2002年版，第2页。
⑤ Julie Sanders, *Adaptation and Appropriation*, New York: Routledge, 2006, p. 17.
⑥ Julia Kristeva, *Desire in Language: A Semiotic Approach to Literature and Art*, trans. Thomas Gora, Alice Jardineand Leon S. Roudiez, Oxford: Blackwell, 1980, p. 36.
⑦ Linda Hutcheon, *A Theory of Adaptation*, New York & London: Routledge, 2006, p. xi.
⑧ Linda Hutcheon, *A Theory of Adaptation*, p. 8.
⑨ Julie Sanders, *Adaptation and Appropriation*, New York: Routledge, 2006, p. 19.

新置放在新的文化或时代背景中,这有时不一定会引起文类变化"[1],因此,"将改编研究仅仅用于由经典戏剧和小说到电影显然是一种误导,虽然它是最常见和最易理解的表现方式"[2]。

改编一直以来是一种颇有争议的文学创作形式,然而,在后现代文化语境下,改编越来越成为人们关注的热点,在国内外都很流行,一些评论家开始肯定文学改编的价值和意义,认为改编作品也属于创造。例如在《影响的焦虑》一书中,布鲁姆说:"影响不会使作家失去原创,相反,会使他们更富有原创。"[3] 哈琴和桑德斯也是持这一观点的两位领军人物。在哈琴看来,改编是一种持久而普遍存在的方式。桑德斯说:"我们需要积极看待文学改编和挪用,要把它看作和原文本一样具有创造新文化和审美的可能性,改编本旨在丰富原文本,而不是'掠夺'原文本。"[4] 哈琴也说:"改编不是吸血鬼:它不是把原著的生命之血吸干而使其消亡,也不比原著逊色,相反,可以使原作充满生机,具有更长久的生命力。"[5] 随着改编理论的出现涌现出许多改编作品,阿克罗伊德的作品堪称是改编作品中的杰作。

概而言之,改编主要有三种方式。第一种是"忠于原著"的改编,它往往被奉为改编的一个基本原则,因为人们评价改编本的标准常依据它是否传达了原著的精神和意蕴。例如《哈利·波特和魔法石》的导演克里斯托弗·哥伦布(Christopher Columbus)曾说:"如果我的改编没有忠于原著的话,人们会把我钉死在十字架上。"[6] 因此,"忠于原著"的改编常被视为"带着脚镣的舞蹈"[7]。一般认为,"忠于原著"的改编的高级境界是达到"神似",即改编者能牢牢把握住原著中最深刻、最恒久的东西。桑德斯曾说:"改编的一个单纯动机是通过近似化处理和更新原文本使其能适应新读者或更容

---

[1] Julie Sanders, *Adaptation and Appropriation*, p. 19.
[2] Julie Sanders, *Adaptation and Appropriation*, p. 23.
[3] Harold Bloom, *The Anxiety of Influence* (Second Edition), Oxford: Oxford University Press, 1997, p. 7.
[4] Julie Sanders, *Adaptation and Appropriation*, New York: Routledge, 2006, p. 41.
[5] Linda Hutcheon, *A Theory of Adaptation*, New York & London: Routledge, 2006, p. 176.
[6] Linda Hutcheon, *A Theory of Adaptation*, New York & London: Routledge, 2006, p. 123.
[7] 原小平:《名著的阐释和改编类型——以中国现当代文学名著的改编为例》,《唐山学院学报》2009 年第 1 期。

易被新读者理解。"① 阿克罗伊德的《亚瑟王之死》实现了这一动机,忠实而简洁地传达出原著的风貌和意蕴。第二种改编是"疏离式改编"或"改写"。有学者认为:"主流的改写和重写,是通过全新的情节和人物,表达一种更为深刻或更为独特的主旨,显示出奔腾不羁的想象力和思想锋芒的穿透力。"② 在"疏离式改编"中,作者有时会保留原文本的基本结构框架和主要人物,但有时会因与原著所表现的主题思想不同而转变叙事视角,增添一些有利于表现改编本主题的人物和情节,删去原著中那些与新的主题关系不大的人物或情节。在《维克多·弗兰肯斯坦个案》中,阿克罗伊德主要采用的就是这一改编策略,让改写本"通过选择不同叙述者或情节重置扩充或改变前文本叙事信息"③。第三种改编是"颠覆式改编"或"重写"。它往往对原著的人物、情节等进行颠覆和再创造,其精神意蕴和原著往往成对立状态。例如桑德斯说:"改编和原著的关系可以是对立的甚至是颠覆的。在改编中,不同与忠实、颠覆与崇拜的机会一样多。"④ 哈琴也指出,一些评论家坚持认为,"真正艺术性的改编绝对要颠覆原著"⑤。《克拉肯威尔故事集》属于颠覆式改编,作者"使用前文本中的母题、暗指,以及采用前故事中的人物、地点、同名名词,颇有悖论意味地叙述与前文本全无关系的新故事"⑥,对原著的情节和人物都做了大胆改动和发挥,原创性更强。

第一节 《克拉肯威尔故事集》

在对经典的重构中,阿克罗伊德能以后现代视野凭借大胆想象

---

① Julie Sanders, *Adaptation and Appropriation*, New York: Routledge, 2006, p. 19.
② 原小平:《改编的界定及其性质——兼与重写、改写相比较》,《贵州师范学院学报》2010年第1期。
③ 王丽亚:《经典重写小说叙事结构分析》,载乔国强主编《中西叙事理论研究》,上海外语教育出版社2019年版,第302页。
④ Julie Sanders, *Adaptation and Appropriation*, New York: Routledge, 2006, p. 9.
⑤ Keith Cohen, "Eisenstein's Subveersive Adaptation" *Perary and Shatzkin*, 1977, p. 255.
⑥ 王丽亚:《经典重写小说叙事结构分析》,载乔国强主编《中西叙事理论研究》,上海外语教育出版社2019年版,第303页。

和历史学素养挖掘和表征原文本所隐含的深层英国历史和文化内容,这充分体现在他根据乔叟的《坎特伯雷故事集》(*The Canterbury Jales*, 1387—1400)改编的《克拉肯威尔故事集》(*The Clerkenwell Jales*, 2003)中。

《克拉肯威尔故事集》属于"重写"或"颠覆式改编",然而,阿克罗伊德保留了乔叟作品的框架结构和人物,因为在他看来,"乔叟作品中的那些人物可以象征所有时代和民族的人"[1]。在改写本中,阿克罗伊德虽然保留了原著中的人物,但是也对原作进行了较大改动,使两部作品中的主题、情节和人物都有根本不同。

颠覆式改编有时只运用原文本中的故事情节,然而所表现的主题与原文本大相径庭,有时与原著的关系只限于人物的名字,而情节和命意都和原著相背离。阿克罗伊德的《克拉肯威尔故事集》体现出颠覆式改编的主要特征,虽然保留了原文本的人物名字和结构风格,但是情节和意蕴都与原著不同,具有较大的独立性,可谓是一部极具原创性的改编,因为"通常正是那种不忠于原著的改编才是最具有原创性的改编"[2]。

需要指出的是,阿克罗伊德虽然采用的是"颠覆式改编",但他无意颠覆原文本,而是旨在以后现代视角通过运用陌生化手法对其进行拓展和深度挖掘。英国文艺评论家弗兰克·克默德(Frank Kermode,1919—2010)曾说:"事实上,被我们看重并称之为经典的作品,只是这样一些作品,它们就像它们流传所证明的那样,复杂和不确定性足以给我们留出必要的多元性。"[3] 阿克罗伊德也认为,名著的魅力就在于其自身的可无限阐释性。然而,他反对那些毫无历史根据的阐释,对他而言,名著巨大的阐释空间并不意味着改编者可以随心所欲。例如,在评价当代一些学术研究时他曾明确表达过这一观点:

> 昨日的英雄可以变成今日的恶棍。昔日赫赫有名的大人物

---

[1] Peter Ackroyd, *The Clerkenwell Tales*, New York: Anchor Books, 2005, p. vii.
[2] Julie Sanders, *Adaptation and Appropriation*, New York: Routledge, 2006, p. 20.
[3] [美] 华莱士·马丁:《当代叙事学》,伍晓明译,北京大学出版社1991年版,第209页。

后来可能被发现原来只是奸诈小人。例如，琼斯（Terry Jones）在《乔叟的骑士》中指出，乔叟的《坎特伯雷故事集》中的那个被视为高尚美德典范的骑士就是一个残酷的、不能令人信赖的雇佣兵，一个从事抢劫和杀人的14世纪青年而已。①

阿克罗伊德认为，在一个倡导多元文化的时代，这种与众不同的阐释不可避免，因为学术研究本来就应该是开放、包容、多元的。他虽然赞同从多种视角对前辈的作品进行多维阐释，但是认为后来的阐释不应以推翻或解构以前的解读为旨归，而是应以丰富和深化原来的解读为导向。因此他说，如果琼斯把乔叟解读为一个愤世嫉俗和极尽讽刺挖苦之人的话，那么很可能会导致对作品理解的简单化倾向。因为：

> "旧"乔叟无疑是一个充满悖论的诗人，创作过一首长诗，并将多种语言杂糅，如同一架钢琴上的音符。琼斯可以证明总序里描写的骑士是一个常见的雇佣兵，但这不一定就意味着乔叟在有意戏仿或讽刺。乔叟不是普劳图斯，也不是斯特拉奇。如果以此来看待他就会使其语言失去光彩而变成"现实主义"的呆板工具。②

阿克罗伊德不认为琼斯不可以对乔叟作品中的骑士形象做出独到解释，而是认为他不应该徒劳地证伪原来的骑士形象，这不是文学批评的应有态度。阿克罗伊德认为："乔叟笔下的骑士既可能是品德高尚的，也可能是奸诈的，既可能是唯利是图的，也可能是勇敢侠义的。"③这样的观点看似平常却耐人寻味，因为它表明，不同的观点往往取决于不同的读者从何时、何地、以什么样的视角去解读一部

---

① Wright, Thomas, ed., *Peter Ackroyd, The Collection: Journalism, Reviews, Essays, Short Stories, Lectures*, London: Vintage, 2002, p. 68.
② Wright, Thomas, ed., *Peter Ackroyd, The Collection: Journalism, Reviews, Essays, Short Stories, Lectures*, London: Vintage, 2002, p. 69.
③ Wright, Thomas, ed., *Peter Ackroyd, The Collection: Journalism, Reviews, Essays, Short Stories, Lectures*, p. 69.

作品。正如我国宋代张择端的《清明上河图》，它之所以能成为国宝并吸引着中外学者的原因就在于它可能有完全相反的解释。如果一个欣赏者单从构图布局和笔法上欣赏这幅画，那么它看起来是千岩竞秀，万壑争流，宫院巍峨，民屋纵横，男女百姓比肩接踵，整个画面之中风和日丽，淑气迎人。相反，如果一个欣赏者能走进那个时代，了解那个时代的社会背景，他可能不只是从笔力和结构上去欣赏这幅画，而会从一个整体的印象去把握画者的报负与情操，会看出别的欣赏者难以看出的画中所隐藏的勇气和担当。因为这幅画作于12世纪宋徽宗统治年间，此时正值宋金对峙时期，"靖康之变"之前，整个社会动荡不安。了解这些之后，一个能居安思危，防患于未然的欣赏者，很可能会把眼前的风和日丽与一团淑气看成瞬间即逝的海市蜃楼，会认为张择端要告诉世人的不是巍峨的宫院和纵横的民房，而是隐藏在背后的残垣断壁和烽火战乱。这两种截然相反的解读不应被认为非此即彼的二元对立，而应是相互补充，相互丰富的关系，同样，欣赏乔叟的《坎特伯雷故事集》也应如此。阿克罗伊德可谓是一个既能把握作者的叙事技巧又能了解作者用意的欣赏者，既能欣赏乔叟用巧妙的叙事结构和丰富的语言所描写的欢快、明亮、和谐的画面，又能在深入了解作者时代背景基础上，从后现代视野洞察作品中所暗示的阴谋、矛盾和谋杀。因此，阿克罗伊德的改编与后现代一些对经典的毫无根据的无度阐释和戏说有根本区别。

对于经典人们可能有不同看法，然而多数学者认为，经典往往是指那些具有"崇高性和代表性"[1]，"那些能够产生持久影响的伟大作品，它具有原创性、典范性和历史穿透性，并且包含着巨大的阐释空间"[2]。乔叟的《坎特伯雷故事集》被认为是一座文学宝库，无疑是一部经典。作为经典，它代表了一个时代，一个民族的文化高度，凭借其丰富而深刻的内涵赢得了长久的生命力，因此提供给人们的东西是丰富灵动和无比深刻的，阿克罗伊德的《克拉肯威尔故事集》进一步证实了这一点。

---

[1] ［美］布鲁姆：《西方正典》，江宁康译，译林出版社2011年版，第2页。
[2] 黄曼君：《中国现代文学经典的诞生与延传》，中国社会科学出版社2004年版，第150页。

《坎特伯雷故事集》与《克拉肯威尔故事集》既有渊源关系又截然不同，一个是中世纪的经典诗篇，一个是后现代小说，虽然后者以前者为蓝本，但作者力图在最大限度内依据历史和想象再塑和重写经典。通过对两部作品的地点、主题、情节和人物的比较分析可以发现，二者在创作上既存在明显联系和承接，又表现出差异、疏离甚至颠覆。在改编过程中，阿克罗伊德既保持了乔叟作品的艺术魅力，又融入英国历史知识和作者本人的丰富想象，使改编作品在内容上与原作形成对照与互补，呈现出"英国性"的另一面。可以说，阿克罗伊德的《克拉肯威尔故事集》的最大魅力就在于它与原作之间的不同与张力，彰显出作者独到的阐释能力和不凡的学识和胆识。首先，阿克罗伊德的改编表明，改编者对原著的阐释是文学作品改编的核心问题。改编者的艺术素养从根本上决定了改编者阐释空间的大小和改编本艺术成就的高下。一般而言，作品的阐释主要包括主观性和客观性两个方面，不同改编者的阐释方式和视角常常有明显差异，从而导致名著改编结果的巨大差异。因此，改编往往是包含改编者个性色彩的改编。阿克罗伊德的改编也是如此，体现出对原作的独到阐释。其次，好的改编还需要改编者具有一定的胆识。如魏明伦所说：

　　　　凡是改编，都得再创造，但再创造的幅度或大或小，效果或好或坏，就要看原著情况怎样，改编者胆识如何了。无胆无识的改编，必是照搬原著，搬又搬不完，流汤滴水，反而遗漏精华。有胆无识的改编，不吃透原著的精神，为改而改，横涂竖抹，增删皆误。有识无胆的改编，明知因地制宜的道理，刚举大刀阔斧，复又慑于名著声望，不敢越过雷池。有胆有识的改编，熟谙原著得失，深知体裁之别，调动自家生活积累丰富原著，敢于再创造，善于再创造。[①]

从这段话可以看出，有胆有识的改编是敢于再创造，善于再创造的

---

① 魏明伦：《戏海弄潮》，文汇出版社2001年版，第6页。

改编，而绝不是对原著的刻板重复或再现。据此标准，阿克罗伊德的《克拉肯威尔故事集》显然是一部当之无愧的有胆有识的改编，因为作者对原作既有结构上的继承，也有人物和内容上的颠覆和创新，还能运用自己的生活经验积累和知识丰富原著，因此，其主题的深刻性和复杂性都可与乔叟的原著相媲美。

在改编过程中，为了更好地达到陌生化效果，阿克罗伊德借用了乔叟《坎特伯雷故事集》的叙事结构和人物。乔叟所运用的叙事结构属于框架结构，源于他对薄伽丘的《十日谈》的模仿。这种结构的优点在于能把众多的小故事纳入到一个更大的故事之中，不仅可使所有故事形成一个有机整体，而且还可以保持每个故事的独立和完整。阿克罗伊德很欣赏这种结构，因此他在改写本中将其保留下来，以便在每一章的叙事中能使用不同人物的视角，从而达到复线叙事的效果。阿克罗伊德对《坎特伯雷故事集》的人物和结构风格的保留使读者能自然地把两部作品联系起来，在重复中找到阅读的乐趣，"这种乐趣可以比做一个儿童听到同样的童谣或重复阅读一本书所感觉到的快乐。如同仪式一样，这种重复可以带来一种令人熟悉的舒适感，更充分的理解和自信"[1]。同时，阿克罗伊德之所以保留原作的人物，是因为对他而言，这些人物不仅是乔叟时代的人物，而且也可以被视作是整个人类的象征，正如布莱克曾说："乔叟作品中的那些人物是整个人类的象征：因为一个时代一旦结束，另一个时代就会开始，对于凡人来说是不同的，但对于不朽的上帝来说是一样的"[2]。这段话说明，不同时代的人们在历史的长河中都是一个短暂的存在，虽然相互不同，但是同样作为人类，他们又具有共性。阿克罗伊德正是从乔叟作品中的人物身上看到了人类的共性，因此才将他们移植在自己的作品中，用同样的人物叙述了不同的故事，从特殊的历史时期中揭示出人类的普遍性。

然而，《克拉肯威尔故事集》这部作品的艺术审美和思想价值更多地体现在它与原著的差异方面。美国著名剧作家、音乐和电影编导特伦斯·麦克纳利（Tarrence McNally，1939— ）曾说："歌剧和

---

[1] Linda Hutcheon, *A Theory of Adaptation*, New York & London: Routledge, 2006, p. 114.
[2] Peter Ackroyd, *Chaucer*, London: Random House, 2005, p. 157.

音乐剧的成功在于如何重新使用熟悉的材料并使其更具活力。"① 哈琴认为麦克纳利的这一观点对任何一种改编都适用,"因为只专注于重复,仅能启发观众对改编做出保守的反应……,真正的乐趣不在于重复,而在于以各种不同的方式去重新理解一个主题"②。阿克罗伊德的作品借用乔叟的人物和故事结构框架,实现了改编中的"重复"给读者带来的期待视野。但是,他并没有满足于重复,而是在借助原著的历史背景下,通过运用陌生化、解构、重构等方法传达出与原著不同的历史文化意蕴,挖掘出伦敦历史所暗藏的恐怖,揭示出原作轻松与友善的基调下所遮蔽的紧张与阴谋,拓展了原著的内涵,使两部作品之间形成一定的张力。具体而言,主要表现在语言、故事情节、人物塑造和主题方面。

改编主要有同一艺术形式内、不同艺术形式之间、同一文体内和不同文体之间的改编。如玛丽·雪莱的小说《弗兰肯斯坦》被改编成阿克罗伊德的小说《维克多·弗兰肯斯坦个案》属于同一艺术形式内或同一文体内的改编,因为改编本和原文本都是小说。主流的改编往往是不同艺术形式、不同文体和不同传媒形式等之间的改编。如《理智与情感》(*Sense and Sensibility*,1811)、《苔丝》(*Tess of the d'Urbervilles*,1891)、《飘》(*Gong with the Wind*,1936)、《卖花女》(*Pygmalion*,1912)等众多小说、戏剧被改编成影视作品都属于不同艺术形式之间的改编。从乔叟的诗歌《坎特伯雷故事集》到阿克罗伊德的小说《克拉肯威尔故事集》应被视为不同文体之间的改编,这种改编的关键问题之一就是文体转换。这要求改编者能对相关文体都有很好把握,能熟练地穿插于不同文体和体裁之间。此外,一位好的改编者还需要具有丰厚的生活积累和人生经验。因此,阿克罗伊德所面临的首要问题是要转换原著的语言和文体。乔叟的《坎特伯雷故事集》是英国文学史中第一部用英语写成的故事集,是英国民族文学的源头。然而,它采用的是古英语,并且在 24 个故事中,除《梅利比的故事》(*The Tales of Sir Thopas and Melibee*)

---

① Terrence McNally,"An Operatic Mission: Freshen the Familiar",*New York Times*,September 1,2002,p. 19.
② Linda Hutcheon,*A Theory of Adaptation*,New York & London: Routledge,2006,p. 115.

和《牧师的故事》(*The Parson's Tale*)采用的是散文体以外,其余各篇都采用不同的诗体,例如有双行体、七行体、八行体等。要想将所有这些诗体转换为当今的散文体,其难度可想而知,对任何作家来说都是一种挑战。实践证明,阿克罗伊德娴熟地将乔叟的古英语诗体改编成富有魅力的当代散文体,这主要在于他集众多能力于一身,特别是他本人在诗歌和散文方面深厚的功底和学养。因此,改编后的作品行文流畅、优美、简洁、生动,很好地满足了现代读者的阅读期待。

当然,阿克罗伊德的改编不只局限于语言和文体的转换,而主要在于其对原著故事情节和人物的创造性颠覆。在改编本中,阿克罗伊德延长了读者体验对象的感知过程,维克多·什克洛夫斯基(Victor Shklovsky,1893—1984)曾把这种感知过程称为"陌生化",他说:

> 艺术的存在就是为了使人能够恢复对生活的感知,为了让人感觉事物,使石头具有石头的质地。艺术的目的是传达事物的视觉感受,而不是提供事物的识别知识。艺术的技法是使事物'陌生化',使形式变得困难,加大感知的难度和长度,因为感知过程就是审美目的,必须把它延长。艺术是体验事物艺术性的途径,而事物本身并不重要。[①]

阿克罗伊德的《克拉肯威尔故事集》通过在原著的情节和人物层面上运用"陌生化"手法,使作品有了新意,让读者获得奇异感,有助于探讨新主题。

乔叟的《坎特伯雷故事集》包括一个858行的"总引",各故事前的小引、开场语和收场语等共2350多行,此外还有不同朝圣者讲述的各种类型的故事24篇。这部诗集主要讲述30位朝圣客从英国各地来到伦敦南岸萨得克的泰巴客店,然后结伴到圣·托马斯·贝克特(St. Thomas a Becket,1120—1170)圣地坎特伯雷朝圣的故

---

① 朱刚:《二十世纪西方文论》,北京大学出版社2006年版,第6页。

事，伴随这一旅程的是他们讲的 24 个故事。这些朝圣客来自社会各阶层，每人都可以根据自己的兴趣讲故事，因此故事类型多种多样，涉及范围极广。整体来讲，乔叟的作品读起来轻松、欢快、生动、有趣、有幽默、有讽刺、具有很强的戏剧性。例如，在故事的开篇有这样的描写："当四月的甘霖渗透了三月枯竭的根须，沐濯了丝丝茎络，触动了生机，使枝头涌现出花蕾；当和风吹香，使得山林莽原遍吐着嫩条新嫩芽，青春的太阳已转过半边白羊座，小鸟唱起曲调，通宵睁开睡眼，是自然拨弄着它们的心弦。"[①] 作者在开篇对春天甘霖、花蕾、和风、小鸟等景色的描写预示着整个作品的创作基调——轻松、明快。

然而，《克拉肯威尔故事集》的阴郁风格和恐怖情节与原著明快的基调和幽默风趣的语言和故事形成鲜明对照。阿克罗伊德描绘的是一个混乱而令人恐怖的伦敦，因为他描写的时代正值亨利四世（Henry IV）在密谋篡夺理查二世（Richard II）王位时期。读者从小说中可以了解到，在 1399 年 2 月，当英王宝座背后的真正当权者，亨利的父亲岗特的约翰去世后，亨利被流放到法国。一个来自克拉肯玛丽修道院的名叫克拉丽斯（Sister Clarice）的疯修女因预言死亡、末日和毁灭而使伦敦处于混乱和恐怖氛围之中。当理查二世前往爱尔兰平息骚乱时，亨利趁此机会回到英格兰，并集结军队逐渐向南推进，最后将理查控制并俘虏。同年 10 月份，议会提议亨利为国王，自此，兰开斯特王朝在英国建立，并最终导致天主教在英国的彻底崩溃。小说叙事主要聚焦于分别代表理查二世和亨利四世的两个对立派别："先知派"（the Foreknown）和"上帝派"（Dominus）。"先知派"声称自己是上帝的选民，反对现有的宗教，期待第二个基督的降临，并决定"对圣地连续制造五起恐怖事件，以加速末日的到来"[②]。他们之所以设计 5 次纵火事件是因为 5 代表基督身上的 5 处伤，具有重要的象征意义，因此人们在每个发生恐怖事件的现场都能发现一个 5 连环符号。"先知派"通过制造一系列纵火案达到了他们的预期目的，使伦敦充斥着恐怖与混乱，但是他们并不

[①] ［英］杰弗里·乔叟：《坎特伯雷故事》，方重译，人民文学出版社 2007 年版，第 1 页。
[②] Peter Ackroyd, *The Clerkenwell Tales*, New York: Anchor Books, 2005, p. 38.

知道另有一个秘密组织一直在支配着他们的一切行动。小说中的威廉·伊克斯密（William Exmewe）实际上是一个"双面间谍"，除了操纵"先知派"之外，他还参与"上帝派"的秘密组织。这一秘密组织的成员主要包括一些上层特权人物，如骑士、教士、高级律师等，因为理查二世为资助爱尔兰远征曾向他们征收过重税，因此这些人都想推翻理查二世的统治，于是在暗中操纵伦敦爆炸事件。这一派希望通过先知派对教会攻击所造成的混乱来增加民众对亨利上台的支持率，以便实现借力打力的目的。一个名叫岗特的医生发现了这些阴谋，由于他不小心将其透露给两个不同派别的成员，即牧师和高级律师，结果被暗杀。在小说的结尾，亨利四世成功加冕后，一个更大的秘密被揭开，原来正是散布恐怖预言的年轻女尼克拉丽斯在背后控制着所有的秘密组织。可见，阿克罗伊德的作品中充满阴谋、恐怖和谋杀，与原著中和谐、轻松与平静的氛围形成鲜明对比。

在《克拉肯威尔故事集》中，人物形象的塑造也与原著中的人物形象构成鲜明反差，乔叟笔下的一些人物形象几乎被彻底颠覆，如骑士（The Knight）、巴斯婆（The Wife of Bath）、赦罪僧（The Pardoner）、教会法庭差役（The summoner）和牛津学者（The Clerk）等。在乔叟的作品中，骑士是骑士精神的象征和骑士阶层的完美典范，例如乔叟在《坎特伯雷故事集》的总引中说："有一个骑士，是一个高贵的人物，自从他乘骑出行以来，始终酷爱武士精神，以忠实为上，推崇正义，通晓礼仪。为他的主子作战，他十分英勇，参加过许多次战役，行迹比谁都辽远，不论是在基督教国家境内或在异教区域，到处受人尊敬。"① 然而在《克拉肯威尔故事集》中，这个在乔叟作品中最受人尊敬的骑士却变成一个政治阴谋家，例如，阿克罗伊德描写道：

> 这是一个高层会议，但奇怪的是，骑士而不是助理执行官在主持会议。……这些人被称为"上帝派"，他们在18个月前

---

① ［英］杰弗里·乔叟：《坎特伯雷故事》，方重译，人民文学出版社2007年版，第2页。

曾秘密聚会，目的是密谋废黜理查二世。这个秘密组织中有著名的神职人员、议员和伦敦的一些显要人物，如助理执行官和两位杰出的市议员。骑士本人被国王理查二世任命为沃灵福德（Wallingford）和基尔特恩（Chilterns）领地的治安官，是一个有年薪的挂名好差事。但现在由于国王的干涉，他们的土地和财富都失去保障，因为理查要征收新税，并找借口没收财产，所以他们愿意冒一切危险废黜他，也正是他们同意资助亨利入侵的原因。……骑士接着说：将会有更多的火灾和破坏。亨利将返回英国并召见一位伟人。如果亨利可以击败理查，他肯定会被视作教会的救主……。同时我们必须稳如磐石，你们不必知道我们的全部计划，不用知道我们在做什么，但要知道我们不应该做什么。①

在此，骑士成为一个操纵秘密组织的领导者和伦敦教堂纵火案密谋者之一，乔叟笔下那位忠诚、勇敢、高贵的骑士形象完全被颠覆。

在阿克罗伊德的作品中，教会法庭差役和赦罪僧也与乔叟作品中的人物形象截然不同。乔叟这样描述他们：

和我们一起的还有一个教会法庭差役，火一样红的天使般的脸，长了满头脓疱，眼睛只剩下两条线，黑眉上生了很多痂，稀朗朗几根胡须，他热情、好色，好似一只麻雀。小孩们看到他的脸就害怕。……他是一个好心眼的痞子，我从未见过一个更温良的人；只要有了一大杯酒，他就可能装聋作哑让这位朋友蓄娼一年，满不在意，而同时他自己也好照样去偷鸟儿。同他在一起骑行的有一个赦罪僧，是伦敦查令十字寺庵所的一员，这次才从罗马教廷回来。他和法役两人是至好朋友。赦罪僧高唱，"这里来，心爱，到我这里来"，而法庭差役以坚强的低音伴唱着，喇叭也吹不到他俩一半的响声。……赦罪僧的口袋里有一个枕套，他说是圣母的面巾，还有一小块船帆，他说是圣

---

① Peter Ackroyd, *The Clerkenwell Tales*, New York: Anchor Books, 2005, pp. 73–75.

第七章 改编小说与经典的后经典重构

彼德在海面行走被耶稣基督擒住并救助的时候所用。他有一个黄铜十字架，上面嵌着许多假宝石；在一只玻璃杯里他装了许多猪骨头。他带着这些宝贝，往往在乡间碰到穷牧师，就施展起他的伎俩，一日之间，他所搜集的钱币，可以超过那穷牧师两个月的所得。他甜言蜜语，欺诈诡谲，牧师乡民，哪个不上当。①

在乔叟的作品中，由于虚伪、好色和贪婪，教会法庭差役和赦罪僧是常常遭人唾骂的朝圣者和神职人员。在《克拉肯威尔故事集》中，教会法庭差役和赦罪僧的形象却被彻底颠覆。阿克罗伊德以同情和欣赏的眼光描述他们，说他们都是有同情心、有正义感的人。例如，教会法庭差役好心地向岗特医生透露了一些重要信息，告诉他在祈祷室附近和圣·保罗教堂发现的"奇怪的五环图案"的谣言，并提醒他伦敦暗藏的阴谋。同样，赦罪僧出售赎罪券被公民看作是有意义的事业，而不是作为象征教会贪婪和腐败的形象被责骂。他曾善意地提醒岗特医生说："岗特医生，在这个城市里有一些帮派和组织，他们深藏不露，伪装得很巧妙，白天看起来像是诚实的公民。这个世界太复杂了。"② 后来，当无意中听到修士和教士之间的谈话，了解到他们在密谋杀害岗特医生和高级律师时，他感叹道："耶路撒冷阿！耶路撒冷！哪里有同情？哪里有谦恭？"③

另外，阿克罗伊德笔下的巴斯婆形象也被解构。在乔叟的作品中，她被认为是一个坚定的女权主义者，竭力捍卫女性在婚姻生活中的平等权利和地位。如乔叟写道："她一脸傲态，皮肤洁净红润。她一生煞有作为，在教堂门口嫁过五个丈夫，年轻时其他有交往的人不计其内。……她足迹遍及各地，扩大了见闻。"④ 这样一位女性形象在阿克罗伊德的小说中却被描写成妓院的老鸨：

---

① ［英］杰弗里·乔叟：《坎特伯雷故事》，方重译，人民文学出版社2007年版，第13—14页。
② Peter Ackroyd, *The Clerkenwell Tales*, New York: Anchor Books, 2005, p. 118.
③ Peter Ackroyd, *The Clerkenwell Tales*, New York: Anchor Books, 2005, p. 181.
④ ［英］杰弗里·乔叟：《坎特伯雷故事》，方重译，人民文学出版社2007年版，第10页。

爱丽丝女士，也就是人们所熟知的巴斯婆，是这个城市最臭名昭著的老鸨。她经营了一家叫"破损的小提琴"（Broken Fiddle）的酒馆，然而由于其所经营的行业性质，人人都称其为"破损的小姑娘"（Broken Filly）。……尽管受到过各种惩罚，如被游街示众，但是多年来爱丽丝女士依然从事她的行业。近来，她只被获准在市外经营。无论如何，她现在掌握着太多的秘密以至于没法对她提起公诉。据说，如果她说出自己所知道的一切，修道院和修女院就会被清空。①

从这一段描写中可以看出，这个无视女性地位和尊严的巴斯婆与乔叟笔下那个主张维护女性地位和权力的巴斯婆形象形成极大反差。

阿克罗伊德对这些人物的颠覆使人们在阅读《克拉肯威尔故事集》时会因乔叟式原型记忆而干扰对作品中相应人物的理解，并不由自主地将他们和原作中的人物进行对照。这正是作者所期望的，因为他旨在通过采用陌生化叙事的手法让改编作品与原文本之间在情节、人物、基调和主题等方面都形成一种张力，以便更好地表现新的主题。库切（J. M. Coetzee）曾说："在每一个故事中，都有缄默，有视觉隐蔽，有些未说出的话。"② 对比《坎特伯雷故事集》和《克拉肯威尔故事集》两部作品可以发现，阿克罗伊德的小说虽然以乔叟笔下的朝圣者所生活的中世纪为背景，但是他讲述了与原著完全不一样的故事，说出了原故事中"未说出的话"，揭示出原著中被隐蔽的历史事件，因此，阿克罗伊德所渲染的政治阴谋、宗教狂热、恐怖主义主题与乔叟笔下所描写的那个轻松、幽默的朝圣之旅形成鲜明对比。然而，作者的这种后现代改编并不是旨在颠覆原著而是"旨在改变我们对已经在西方文化中形成经典的权威叙事的阅读……使我们意识到有不同的创作和观察故事的方法"③。据此，阿克罗伊德的改编在证明经典文本具有跨文化和跨时空的流动性时，开启而

---

① Peter Ackroyd, *The Clerkenwell Tales*, New York: Anchor Books, 2005, p. 141.
② J. M. Coetzee, *Foe*, Harmondsworth: Penguin, 1987, p. 141.
③ Jack Zipes, *Fairy Tale as Myth: Myth as Fairy Tale*, Lexington: University of Kentucky Press, 1994, p. 157.

第七章　改编小说与经典的后经典重构

不是关闭了经典流动的可能性，提供的不只是复原而是变化。

《克拉肯威尔故事集》中另一个与原著的不同之处是故事背景。从两部作品的题目就可以看出，阿克罗伊德将乔叟的《坎特伯雷故事集》改为《克拉肯威尔故事集》，这一改动意义重大，再一次彰显出作者强烈的地方意识。细心的读者会预见到作者要讲述的故事应该与乔叟所讲述的故事不同。众所周知，坎特伯雷是位于伦敦东南部的一处圣地，圣奥古斯丁于公元597年曾在此传道，在著名的朝圣之所大主教贝克特圣堂，有无数教徒曾来此朝圣。相反，克拉肯威尔在历史上曾是一个臭名昭著的地方，是各种各样宗教和政治异端分子的聚集地。因此，在小说中，阿克罗伊德指出，连接女修道院和附近的圣·约翰修道院之间的地道因僧侣和尼姑之间的私通关系享有淫乱的声誉，年轻女尼克拉丽斯就是尼姑艾莉森（Alison）和僧侣奥斯瓦尔德（Oswald）私通的结果。在克拉丽斯出生那年，即1381年，泰勒的军队攻击并烧毁了圣·约翰修道院，修道院院长就在克拉肯威尔被斩首。可见，通过这一改动，阿克罗伊德让故事内容与地方精神达到高度融合，因此，当他在小说中指出，克拉肯威尔是伦敦一个具有黑暗和邪恶传统的地方、是阴谋和邪恶的象征时让读者感到熟悉、真实、可信。同时，为了更好地突出伦敦的典型特色，在改编中，阿克罗伊德还通过对不同气味的描写重现了中世纪伦敦的生活氛围。如"史密斯菲尔德屠宰动物的气味"[1]，"沃特林街头乞丐的臭味"[2]，以及更令人愉快的香味，如饭馆中那些"鲈鱼，韭菜，豆类，绿色无花果和白菜的味道"[3]。此外，阿克罗伊德通过使用英国中世纪伦敦语言的风格使其对伦敦的描写更具历史感，如叫醒某人时要说的"Torolly-lolly"，请人拦截被追赶的人时要喊的"Give good knocks"，结束一个陈述时要说"quoth Hendyng"等都是典型的中世纪伦敦用语，这些词汇的运用使小说中描写的历史时刻更加真实可信。

整体而言，《克拉肯威尔故事集》既保持了乔叟作品的艺术魅

---

[1] Peter Ackroyd, *The Clerkenwell Tales*, New York: Anchor Books, 2005, p. 18.
[2] Peter Ackroyd, *The Clerkenwell Tales*, p. 115.
[3] Peter Ackroyd, *The Clerkenwell Tales*, p. 148.

力，又融入了英国历史知识和作者的丰富想象，揭示出乔叟作品中未凸显的英国历史。阿克罗伊德能按照自己的理解对材料进行重释，知道如何为其作品灌输新鲜内容，因为他明白，"一部文学作品，如果仅仅受到大众欢迎，而实际上并没有包含任何新的内容，这样的作品的新颖性不久就会消失：这是因为后一代的读者宁愿读具有独创性的作品，而不愿读模仿它的作品，当二者都已成为历史上的陈迹时，尤其是如此"[1]。因此，阿克罗伊德的改编不只是把前人的作品翻新，也没有停留在单纯的故事层面上，而是通过"对照"、"陌生化"和虚构与想象等创作手法，把大量来源不同的材料组成新的艺术整体，挖掘出更深刻、更复杂的伦敦历史，揭示出中世纪英国社会的宫廷阴谋与背叛，丰富和深化了原作的历史和文化底蕴。事实上，在阿克罗伊德的作品中，始终贯穿着一个21世纪观察者对过去的审视和深思，因为作者能以后现代视野，挖掘出有时代意义的崭新主题，绘制出另一幅能表现时代风貌的现实主义图画。阿克罗伊德对改编的大胆尝试，不仅为改编艺术提供了重要的参考和借鉴，而且让人们在改编中看到"重述"和"重建"的可能性与重要性，从而获得知识和审美上的愉悦。

哈琴曾说："改编作品本身也必须是一部完整的作品。"[2] 在哈琴看来，改编作品往往会面对两种读者：其一，了解原著的读者。其二，没有读过原著的读者。对于不了解原著的读者来说，改编作品本身的完整与否至关重要，如果过于依附原著，不仅会给读者带来阅读上的困难，而且有时会使他们失去兴趣。阿克罗伊德的《克拉肯威尔故事集》是一部独立性较强的作品，因此，了解和不了解原著的读者都可以把它当作一部独立的作品来阅读，并获得第一次阅读一部作品的新鲜体验。对于了解原著的读者来说，《克拉肯威尔故事集》所产生的"陌生化"效果不仅会使读者获得新鲜感和阅读兴趣，而且还可以使他们从两部作品的比较中发现它们之间的诸多互文和异同，对两部作品进行重新审视和思考，激发更大的阅读兴

---

[1] [英] T. S. 艾略特：《传统与个人才能》，载《艾略特文学论文集》，李赋宁译注，百花洲文艺出版社1994年版，第263页。

[2] Linda Hutcheon, *A Theory of Adaptation*, New York & London: Routledge, 2006, p. 127.

第七章 改编小说与经典的后经典重构

趣。正如哈琴所说:"像经典的模仿一样,改编为读者理解作品之间的相互影响和文本的互文性效应增添了知识和审美的愉悦。改编和被改编的作品在读者对其复杂关系的理解中融合。"[1]

改编本与原著的关系往往是一种"主体间性"的"间性互动"的关系,是一种互为文本的再创造关系。可以说,《克拉肯威尔故事集》也是一种明显的再创作,想象丰富、构思新奇、挖掘较深,寄寓着作者对英国中世纪历史文化的深刻认识与思考,实现了对原著的现代性重写,升华了原著,具有经典性和示范性。

第二节 《维克多·弗兰肯斯坦个案》

玛丽·雪莱(Mary Shelley,1797—1851)的小说《弗兰肯斯坦》(*Frankenstein*,1818)被认为是世界上公认的第一部真正的科幻小说。哈琴曾说:"科幻小说最难改编。"[2] 阿克罗伊德知难而进,凭借其对原著精神的准确把握和对人性的深刻洞察与理解,为原著赋予瑰丽奇崛的想象与艺术个性,将其从科幻的世界召回到英国的现实生活中,将理想、理性与人性完美结合,创作出改编小说中的杰作《维克多·弗兰肯斯坦个案》(*The Casebook of Victor Frankenstein*,2008)。

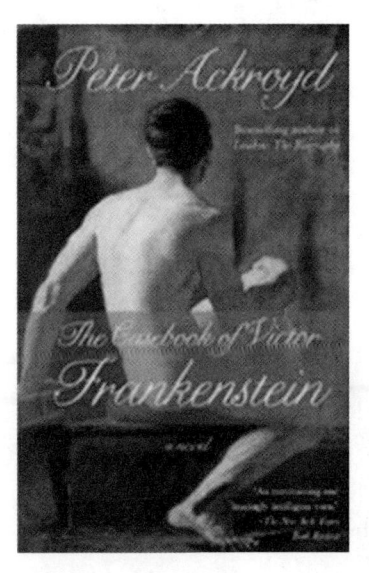

阿克罗伊德敏锐地发现,用纯粹科学的眼光来看待人类世界有可怕的局限性,因此在作品中对科学和人类社会进行重新审视。他曾多次表示对未来科学发展的担忧,甚至预言,科学会走到不该走的程度,会反过来报复人类。当然,他对科学所取得的惊人成就表示认可,但他认为社会

---

[1] Linda Hutcheon, *A Theory of Adaptation*, p.117.
[2] Linda Hutcheon, *A Theory of Adaptation*, New York & London: Routledge, 2006, p.127.

和人类的发展不能完全依靠科学和理性，情感和责任同样重要，在《维克多·弗兰肯斯坦个案》中，他借助改编再次阐明这一思想。

何成洲教授在谈到改编外国戏剧时曾说："改编外国戏剧往往不是为了再现外国的生活场景，传达原剧作者的意图，而是为了向本土的观众讲述一个与他们的生活密切相关的故事。"① 虽然这段话谈论的是戏剧，但同样也适用于阿克罗伊德的小说《维克多·弗兰肯斯坦个案》，作者并不只是为了重复一个以前的故事，而是旨在将其转换成一个地地道道的本土故事，因为创造发明这一行为本身就是英国人的性格特征之一。爱默生曾说："美国的制度更民主、更人道，但却没有养育出比英国更多的天才，也没有流传比英国更多的发明创造。"② 为了将这部作品的背景最大限度地定位在英国文化语境中，阿克罗伊德在改编时选择了"疏离式改编"的方法，即哈琴所说的"不是复制的重复"③。"疏离式改编"既参照原作又与原作不完全相同，既与原作有一定疏离，但又不是旨在颠覆原著的一种改编。这种改编往往通过改变原作的语言、时间、地点、人物、情节等对其进行"跨文化"或"本土化"转换，以达到凸显民族文化特色的效果。在《维克多·弗兰肯斯坦个案》的改编过程中，阿克罗伊德充分发挥这一方法的长处，不仅为作品赋予典型的"英国性"特征而且还流露出作者对科学与人性的历史思考。虽然作者基本上采用的是原著的情节框架，改编作品和原著之间也仍有明显的比照关系，但它们之间因语境不同意义也产生了明显差异，因为"语境可以改变意义，无论何时何地"④。

不可否认，经典具有超越时间和空间的永恒价值，但并不是说，经典表达的就是永恒不变的"真理"。经典文本所承载的传统文化只有融入当下的语境中，通过不同时代的读者对其做出新的诠释，才能具有持久的生命力。对此，姚斯（Hans Robert Jauss，1921—1997）曾评价说：

---

① 何成洲：《全球化与跨文化戏剧》，南京大学出版社2012版，第21页。
② [美] 拉尔夫·沃尔多·爱默生：《英国人的特质》，王勋等编译，清华大学出版社2012年版，第206页。
③ Linda Hutcheon, *A Theory of Adaptation*, New York & London: Routledge, 2006, p.149.
④ Linda Hutcheon, *A Theory of Adaptation*, p.147.

第七章 改编小说与经典的后经典重构

> 一部文学作品,并不是一个自身独立、向每一时代的每一读者均提供同样的观点的客体,它不是一尊纪念碑,形而上学地展示其超时代的本质,它更多地像一部管弦乐谱。在其演奏中不断地获得读者新的反响,使文本从词的物质形态中解放出来,成为一种当代的存在。①

阿克罗伊德也表达过类似的观点,因此,在改编过程中,不仅最大限度地还原了故事的背景,即18世纪时的英国社会和生活状况,以增强作品的历史维度,使小说的英国地域文化特色更为明显,而且还通过将其融入当下语境的方式使原作的主题得到进一步深化和拓展。此外,阿克罗伊德在改编中尤为注重表现人物的心理变化和思想发展,将一个复仇故事转换成对生命意义的探寻和形而上的哲学沉思,淡化了原作的科幻和恐怖色彩,增加了写实的成分和对人性的观照。阿克罗伊德的改编本与原著相比,虽然体裁和题材都变化不大,但观照主题的视角和用意大相径庭,让人有焕然一新之感,引发人们无限联想和深度思考。

阿克罗伊德借鉴和保留了玛丽原著中主要人物的原型和部分情节。两部小说中的主人公维克多·弗兰肯斯坦都是一位从事人类生命科学的研究者,有远大的抱负和雄心,相信科学,充满幻想,力图利用科学创造生命,挽救生命。例如,玛丽小说中的弗兰肯斯坦说:

> 在我看来,生和死完美地结合在一起,这是我应首先攻克的难关,把一道亮光注入我们黑暗的世界。一个新的物种将奉我为创造者,从而赞美我,很多快乐和优秀的生灵也会感谢我给了他们生命。没有任何一位父亲比我更值得享有孩子们全心全意的感激。于是我想,如果我能赋予无生命的物体以生命,那么我以后就能(现在我认为这是不可能的)使腐烂的尸体起死回生。②

---

① [美] H. R. 姚斯、R. C. 霍拉勃:《接受美学与接受理论》,周宁、金元蒲译,辽宁人民出版社1987年版,第26页。

② [英] 玛丽·雪莱:《弗兰肯斯坦》,张剑译,中国城市出版社2009年版,第71页。

在阿克罗伊德的作品中,弗兰肯斯坦也表达过同样的理想,他说:"给死亡带来生命,恢复失去的灵魂和人体的功能,什么还能比这更仁慈呢?"①

两部小说中的科学怪人或创造物在最初也有类似的性格发展轨迹。刚开始时,虽然他们相貌丑陋,看上去令人恐惧,但是都秉性善良,对人类充满好感、善意和感恩之情,并愿意与人类成为朋友,渴望得到他人的理解和关爱。例如,原文本中的科学怪人说:

> 我过去经常在夜里偷一点他们的东西吃,但是当我发现这样做增加了他们的痛苦,我就不再那么做了,而是到附近的树林里找浆果、坚果和根茎来充饥。我还发现了可以帮他们的方法。由于见那个年轻人每天花很多时间打柴,我很快就学会了使用他打柴的工具,经常在夜里拿着他的工具打来够他们烧几天的柴火。②

这里讲述的是科学怪人在他刚找到一处栖身之所后的生活情形。由于他相貌丑陋,人见人怕,所以他偷偷地在一家农舍找到一个矮小的小木屋住下。后来,科学怪人发现,这家人虽然过着俭朴的生活,但是他们善良、快乐、互相关爱。因此,他开始羡慕这一家人,并曾无数次幻想自己出现在他们面前而受到欢迎的情景。为此,他尽最大努力改变自己,想通过自己的文雅举止和言谈不让他们嫌弃自己,偷偷地为他们砍柴,默默地帮助他们,以便赢得他们的好感和关爱。不幸的是,他最终没能被他们接受,而是被他们招来的众人赶走。当处处遭到人们追打,甚至也被他的创造者嫌恶和歧视时,他感到极度痛苦和绝望,因为他只能孤零零一个人忍受严冬的残酷和人情的冷漠,于是他最终变得憎恨人类,特别是他的创造者,并开始对其实施报复,决心与他同归于尽。阿克罗伊德作品中的创造物起初和原文本中的科学怪人相似,也心地善良,对人类充满希望,渴望被人理解,然而后来的发展与原著不尽相同。

---

① Peter Ackroyd, *The Casebook of Victor Frankenstein*, New York: Anchor Books, 2010, p.109.
② [英] 玛丽·雪莱:《弗兰肯斯坦》,张剑译,中国城市出版社2009年版,第169页。

第七章　改编小说与经典的后经典重构

爱德华·萨义德（Edward Wadie Said，1935—2003）在《起源：意图和方法》（*Beginnins*：*Intention and Method*，1985）中指出，文学"是一种重复而不是创新的秩序，但是，这是一种特殊的重复的秩序，而并非完全一模一样"①。作为文学的一种创造形式，改编也是如此。对于一位有艺术追求、认真严谨、有创新意识的改编者而言，改编并不是照搬原著的一切或刻板的模仿，而是一种特殊的、有创新的重复，不仅要展示原作的特点和精神，还要有能力去深化原作的立意，将原作的精神发扬光大。阿克罗伊德在改编中做到了这些，虽然依附原著，但并没有教条地照搬原著，而是对原著内容做了一些重要改动，达到了理想的艺术效果和思想高度。总体而言，原文本的创作基调阴冷、恐怖，而阿克罗伊德小说的色调则主要是暖色的、人性的。在叙事艺术方面，和原著相比，《维克多·弗兰肯斯坦个案》的结构更严谨、叙事更生动、更富有层次感。粗略地阅读，《维克多·弗兰肯斯坦个案》似乎是对玛丽作品的翻版，然而细读文本可以发现，阿克罗伊德对原著中的一些情节、人物、叙事视角、人物的称谓等都做了较大改动，具体而言，主要体现在以下几个方面：人物和情节的增减、叙事视角的转换、创造物的名称等。

为了将作品放置在英国历史和文化的特定时期，使整个故事真实可感，阿克罗伊德增添了一些故事情节。对于某些重要情节，改编作品的描写要比原作详细得多，特别是弗兰肯斯坦创造人的经过，在原著中作者只是粗略地概括弗兰肯斯坦的造人过程，粗线条地勾勒出情节的发展。读者只了解到，当弗兰肯斯坦在德国的英格斯塔（Ingolstadt）大学读书时，瓦德曼教授使他对化学产生了兴趣，并对他说："如果你付出努力并且能力相当，我敢肯定你一定会成功。化学是自然科学中已经并且还会取得更大成功的学科。"② 后来作者又说，在这里，弗兰肯斯坦进步飞快，两年后在改进化学仪器方面取得新发现，随后又对人体结构产生兴趣，想探索生命的起源。他认真研究和分析人从生到死，从死到生的过程中体现出的微妙因果关

---

① Edward W. Said, *Beginnings*：*Intention and Method*, New York：Columbia University Press, 1985, p.12.

② ［英］玛丽·雪莱：《弗兰肯斯坦》，张剑译，中国城市出版社2009年版，第63页。

系,直到有一天,黑暗中灵光一闪,充满自信:坚信自己能创造出和人一样复杂、神奇的生命。接下来,作者指出,因为人体构造非常精细,妨碍他的进度,于是他决定不再按照原计划进行,而是先造一个巨人出来,身高约八英尺,其它部分也按比例相应放大。决定之后,他又花了几个月时间收集材料,然后就着手实验,最终成功地创造出一个怪物。小说中是这样描写的:

> 那是个阴郁的十一月之夜,我目睹了我辛苦研究的成果。带着近乎痛苦的焦急,我把工具放在身边,准备给躺在我脚下的无生命的东西注入生命的火花。已经是凌晨一点钟了,雨打在玻璃上,我的蜡烛也快燃尽了,这时,在昏暗的微光中,我看到那个家伙混沌的黄眼睛睁开了,艰难地呼吸着,在一阵痉挛中四肢乱抖起来。我该怎样形容在这场灾难面前的感受呢?或者我该怎样描述这个我经历无数苦痛、费尽心思才造出来的可怜的人呢?他的四肢很成比例,我在选材时想把他造得漂亮些。漂亮!天哪!他黄色的皮肤几乎盖不全下面的肌肉和血管组织,他的头发乌黑发亮而且飘逸,他的牙齿珍珠般洁白,但是这些配上看起来几乎和眼眶一样苍白发黄的水汪汪的眼睛,皱巴巴的皮肤和僵硬的黑嘴唇,使他显得更加可怕。①

这种粗线条的描写读起来虽然有趣,但是细读之后让读者感觉与文本内容有一定距离,只能当做科幻小说来读。不过,正是原著留下的一些细节空白为阿克罗伊德在重构弗兰肯斯坦故事时提供了丰满弗兰肯斯坦形象的美好契机。

在改编过程中,为了增强作品的现实主义维度,阿克罗伊德对弗兰肯斯坦的造人过程进行了重度渲染,使其比原著的描写更细腻、生动、扎实、可信。首先,作者描写了弗兰肯斯坦如何做了一些前期的准备工作。例如,他讲述了弗兰肯斯坦如何在伦敦找到一处旧工厂做实验室,如何从海曼工程师(Mr. Francis Hayman)那里定购

---

① [英]玛丽·雪莱:《弗兰肯斯坦》,张剑译,第77页。

实验室设备，如何拜访他在巴黎遇到的一个叫阿米蒂奇（Armitage）的小伙子，并向他父亲询问有关外科医生约翰·亨特（Mr. John Hunter）以前所做的用电流激活人体的试验，以及如何了解到有关盗尸者（Resurrectionist）的情况。后来他与三个盗尸者做成交易，让他们帮他不断地提供尸体以满足他做实验所需。接下来，作者详细描述他首次用两具尸体做试验的细节和过程，并指出，弗兰肯斯坦对自己的实验很满意，因为第一次试验就使他看到生命复活的迹象，坚定了他取得最后成功的信心。弗兰肯斯坦不厌其烦地、夜以继日地进行大量试验，当对结果有完全把握时便决定创造出一个完美的人。这些前期准备工作比原著中的描写详细得多，为主人公后来的造人成功做好重要铺垫，使叙事更为真实可信。

两部小说中主人公造人的方法也不尽相同。玛丽笔下的科学怪人是弗兰肯斯坦把从解剖室和屠宰场找到的材料拼凑在一起而创造的，因此他的方法是，"赋予了无生命的东西以生命"[①]。阿克罗伊德笔下的弗兰肯斯坦是让真人的尸体起死回生，因为对他来说，让死者复活是一项对人类有益的事业。小说中写道，当弗兰肯斯坦正为找不到供他做试验的尸体发愁时，一个偶然的机会使他从盗尸者那里了解到有一个叫杰克·基特（Jack Keat）的年轻人。这位年轻人是圣·托马斯医学院的一名学生，得了不治之症，并将不久于人世。杰克为了在临死前给他唯一的亲人可怜的姐姐留下一点钱，竟然在临死前亲自找到三个盗尸者，与他们做成一笔交易，并承诺如果他们可预付他20几尼，他一断气他们就可以把他的尸体带走，因为这样盗尸者可以把尸体卖个好价钱。通过三个盗尸者的安排，弗兰肯斯坦被允许在他们与年轻人交易过程中在一旁先暗地里观察这位年轻人，以便查看是否符合他的要求。看完后，弗兰肯斯坦对年轻人的相貌和身材都非常满意，并立即答应盗尸者预先买下这具活尸体。一周以后，杰克断气不到一小时他的尸体就被盗尸者送到弗兰肯斯坦的试验室。弗兰肯斯坦这样描述：

[①] ［英］玛丽·雪莱：《弗兰肯斯坦》，张剑译，中国城市出版社2009年版，第71页。

>他是我见过的最漂亮的尸体。脸颊上的红光似乎还没有消退，嘴巴弯曲成微笑时的弧线。脸上没有悲伤或恐怖的表情，相反，是一种庄严而温顺的表情。身体健美、匀称，肺痨已耗尽了一切多余的脂肪，胸部、腹部和大腿都很完美。腿部纤细、健壮，手臂优美、对称。头发浓密，在背后和两侧卷曲，我还注意到左眉上有一个小疤痕，这是我能看到的唯一瑕疵。①

弗兰肯斯坦迫不及待地想趁尸体僵硬之前便激活这位学生。他激动地说："我怀着愉快的心情在手术台上整理着他，好像我是一个正要完成自己作品的雕塑家或画家。"② 然后他描述了激活尸体的过程：

>我用颤抖的手接通两个电柱，痴迷而兴奋地看着电流在年轻的身体中流动。有轻微的鼓动，后来，使我吃惊的是，暗红色的鲜血从他的鼻子和耳朵中流出。然而，我自我安慰道，这是一个显示动脉运动的很好迹象。如果血液正在他体内循环，这表明试验的第一步已成功完成。他的心脏开始快速地跳动，当我把手放在他的胸部时，能明显感觉到体温。可怕的是，我闻到一股烧糊的味道。他的下肢冒烟了，我立刻发现他的脚底起了可怕的疱。我想降低电荷，但发现高潮已经过去，烟和糊味都消失了……他用力咬着牙齿，嘎嘎作响，我担心他会把舌头咬掉，便把一个木铲放在他嘴唇之间
>……然后，眼泪顺着他的脸颊流下。③

读完这段后，会使人感到，作者对弗兰肯斯坦这些试验的细节描写，既没有使作品结构松散，文本膨胀，也没有使人感到"琐屑"和"拖沓"，因为正是这些细节描写做足了铺垫，不仅生动感人，充满悬念，而且使读者对后面高潮的来临不会感到突兀或者不真实，并和主人公一样期待着最后的试验结果：

---

① Peter Ackroyd, *The Casebook of Victor Frankenstein*, p. 153.
② Peter Ackroyd, *The Casebook of Victor Frankenstein*, p. 153.
③ Peter Ackroyd, *The Casebook of Victor Frankenstein*, p. 154.

第七章　改编小说与经典的后经典重构

　　在接下来的几分钟内发生的一切给我造成如此深刻而可怕的影响，使我永生难忘，日夜萦绕着我，简直是一种难以忍受的恐怖。我注意到的第一个变化是，他的头发从光亮的黑色逐渐变成可怕的黄色，从卷曲状变得平直而无生机，是一种死者复活的恐惧。但接下来的变化更可怕，顷刻之间，我面前的尸体在复活之前经历了各种变形。他的皮肤似乎像波浪一样在起伏，后来逐渐平静下来，现在他的外貌就像柳编品。他的眼睛睁开了，但之前的蓝绿色已变成现在的灰色。身材本身没有变形，和以前一样结实、健壮，但质地已完全不同，看起来好像是被烤过一样。脸部仍然有美好的轮廓，但颜色已完全改变。所有这些变化在瞬间发生。我恐惧地向后退，然而他的眼睛跟着我移动。……这个人不再是杰克。①

整个试验过程经过作者的细致描写使叙事更加生动有趣、自然、可信，具有较强的可读性。

　　除情节外，阿克罗伊德还增添了一些真实的历史人物如雪莱、拜伦（George Gordon Byron，1788—1824）、柯勒律治、玛丽·雪莱和他的父亲威廉·戈德温（William Godwin，1756—1836）、雪莱的第一位妻子哈利特·韦斯特布鲁克（Harriett Westbrook）等。阿克罗伊德有意让这些人物都与弗兰肯斯坦有直接或间接联系，特别是雪莱和柯勒律治，都对弗兰肯斯坦的思想发展有直接影响。通过他们之间的相互关系，作者让故事情节不断向前推进，形成一个个悬念、冲突和高潮，不仅能激起读者的兴趣，而且可以通过将主人公置于一定的思想、文化和历史语境之中，引发人们对历史问题的现实思考。小说中的弗兰肯斯坦在牛津大学和雪莱相识，后来雪莱因写了一篇题为《论无神论的必要性》（*The Necessity of Atheism*，1811）的反对教会的小册子而被学校开除并回到伦敦。弗兰肯斯坦一直与他保持联系，直到1822年雪莱在意大利海岸因遇到暴风雨而溺死。雪莱对科学的兴趣和他的无神论思想对弗兰肯斯坦影响极大，例如，

---

① Peter Ackroyd, *The Casebook of Victor Frankenstein*, pp. 154–155.

雪莱曾对他说："我亲爱的维克多，路易吉·阿洛伊西奥·加尔瓦尼（Luigi Aloisio Galvani，1737—1798）已证明我们周围有电，自然本身就是电。通过运用一根简单的金属线，他就让一只青蛙重新复活。他为什么不能在人体方面取得同样的成就呢？"① 雪莱还说："最小的事物也有生命和能量……肉体和灵魂有什么不同呢？在闪电中，它们是一样的。"② 正是受雪莱这些思想的影响，弗兰肯斯坦越发对电感兴趣并开始考虑，"如果我能将闪电转化为实际的、有利的用途，我就是人类的造福者。不仅如此，我还会被认为是一个英雄"③。怀着极大的希望和热情，弗兰肯斯坦开始用最小的动物做实验，观察周围的一切事物，把自己看作是"人类的解放者"。他试图把世界从牛顿和洛克的机械哲学中解放出来，因为他坚信，"如果我能从对各种生物的观察中发现一种定律，如果在对细胞组织的研究中可以发现一种重要元素，然后我就可以系统阐述生理学原理"④。同样，柯勒律治的想象力也对弗兰肯斯坦的思想有关键影响。弗兰肯斯坦在牛津大学读书期间，柯勒律治曾到牛津做关于"英国诗歌"的演讲。他说："牛顿声称，他的理论是由实验和观察创造的，不是这样的。它们是由他的思想和想象力创造的。……在想象力的影响下，自然本能地被赋予激情和变化。……所有知识都依赖于生命统一体中主体与客体的融合。我们必须发现所有事物的本质。"⑤ 柯勒律治对想象力的强调和阐释使弗兰肯斯坦深受启发和鼓舞，使他相信凭借想象力有时也可以创造奇迹。

其他历史人物如拜伦、玛丽·雪莱等也都与弗兰肯斯坦有一定联系和交集。这些英国文学人物的加入，不仅为作品增加了文学品格，而且使整部作品中的人物更加丰富多彩，拓展了主人公的活动空间，有助于从不同侧面了解主人公的心路历程。此外，作者借助这几位真实历史人物对18世纪英国社会的描摹，使作品中的故事空间较之原作更为广阔和纵深，为小说增添了恢宏的气势与宏阔的社

---

① Peter Ackroyd, *The Casebook of Victor Frankenstein*, p. 9.
② Peter Ackroyd, *The Casebook of Victor Frankenstein*, p. 10.
③ Peter Ackroyd, *The Casebook of Victor Frankenstein*, p. 10.
④ Peter Ackroyd, *The Casebook of Victor Frankenstein*, p. 57.
⑤ Peter Ackroyd, *The Casebook of Victor Frankenstein*, pp. 86 – 87.

会生活画面，在客观上起到勾勒主人公所处时代背景的作用。同时，这些历史人物的登场不仅使得阿克罗伊德能够通过错综复杂的人物关系来衬托弗兰肯斯坦，使人物形象更加丰满，个性更为突出，而且有助于推动故事情节的发展，从而增强整部作品的戏剧性效果，使小说情节跌宕起伏。例如，雪莱与哈利特的相识与私奔、哈利特被科学怪人杀害、雪莱的溺死等，为小说增添了冲突的场面和紧张氛围。

在增添一些情节和人物的同时，阿克罗伊德还删去原著中一些无关紧要的结构、情节和人物，避免了情节发展的缓慢和偏离。例如，作者去掉了原著中第一层结构内容，即罗伯特·沃尔顿（Robert Walton）船长给其姐姐写的书信部分。原著第一章中详细描述弗兰肯斯坦父母的婚姻以及收养伊丽莎白的情节也被删去。另外，在原著中，科学怪人藏身之处的那家人是由父亲德莱赛、儿子菲力克斯、女儿阿加莎和儿子的女朋友萨菲组成的。玛丽·雪莱通过借科学怪人之口让读者了解到：

> 老人的名字叫德莱赛，他出生在一个背景不错的家庭。他在那里生活了很多年，生活富足，深受上层人士尊重和同阶层人士的爱戴。他的儿子为国家服务，女儿也是地位最高的淑女阶层。我到来之前他们居住在一个叫巴黎的奢华的大城市里，朋友众多，拥有美德、文化修养、优雅的品位和相当的财富，所有这些都使他们享尽生活的快乐。萨菲的父亲破坏了他们的生活。他是一位土耳其商人，在巴黎住了很多年，但是由于不明原因得罪了政府，被判监禁，而那天萨菲正好从君士坦丁堡来巴黎和父亲会面。后来他被判死刑。对他的判决非常不公，整个巴黎都愤愤不平，因为，导致他被判死刑的真正原因是宗教和财富而不是他被指控的罪行。①

后来老人的儿子菲力克斯把萨菲的父亲救出去，然而遗憾的是，这

---

① ［英］玛丽·雪莱：《弗兰肯斯坦》，张剑译，中国城市出版社2009年版，第187页。

位商人不懂知恩图报，甚至还后悔在狱中临危关头为让菲力克斯竭尽全力救自己而将女儿萨菲许配给他。后来菲力克斯因救商人的事败露而连累父亲和妹妹进了监狱，五个月后他们等到了判决结果：没收财产并永久被驱逐出法国。后来，他们在德国找到一个破旧的农舍住下，即科学怪人发现他们的地方。萨菲不愿随其父亲一起逃走，而是设法找到了菲力克斯一家，以履行她和菲力克斯之间的婚约。这些枝蔓的情节在阿克罗伊德的作品中大都被删除，创造物藏身之处的那家人只有父亲和女儿。事实上，其他人物与作者所要表达的主题关系不大，对创造物的改变来说，有父亲和女儿的在场已经足够推动情节的发展。因此，作者对这些人物和其他许多细节描写的删除，不仅对小说的主题无损，而且还可以使人物之间的关系更加紧凑集中。可以说，阿克罗伊德有意让小说中所出现的每个人物都以弗兰肯斯坦为中心发散开来，让弗兰肯斯坦和创造物之间的冲突与最后和解作为小说的重点和灵魂，以便更好地强化小说所要体现的人与科学、理智与情感、现实与理想之间关系的主题。

  阿克罗伊德不论增加或删减人物和情节都服务于一个目标：即对原著进行最大程度的本土化改编。哈琴在谈到跨文化改编中的语境问题时曾说："改编作品和原著一样，总是发生在一定的背景之中——如时间和地点、社会和文化，它不可能存在于真空中。"[1] 在她看来，"背景决定意义"[2]，阿克罗伊德也对小说背景做了精心设置。"地方意识"体现在阿克罗伊德的所有作品中，彰显着典型的英国地域文化特色，在这部作品中也是如此。为完成本土化改编，阿克罗伊德对玛丽小说中的故事背景做了重要改动。例如在原著中，主人公弗兰肯斯坦只在德国的英格斯塔大学接受教育并在那里进行发明创造。在阿克罗伊德的作品中，弗兰肯斯坦离开英格斯塔大学后进入英国的牛津大学，并在这里开始对人体生命科学产生兴趣，最后又来到伦敦，在杰明街（Jermyn Street）住下。为秘密研究人体科学，他在"莱姆豪斯"找到一个因破产而被废弃的旧陶器厂，并将其买下，作为他进行秘密研究的实验室。作者对这些地点的改动

---

[1] Linda Hutcheon, *A Theory of Adaptation*, New York & London: Routledge, 2006, p. 142.
[2] Linda Hutcheon, *A Theory of Adaptation*, p. 145.

意义重大，使这部作品和其它作品一样具有了鲜明的阿克罗伊德风格：通过书写伦敦历史表征"英国性"。同时，为了增强作品的英国特色，阿克罗伊德在增加一些英国历史人物的同时也有意删掉一些其他国籍的人物或改变作品中一些人物的国籍。例如，作者删去了原著中弗兰肯斯坦的日内瓦朋友亨利·科勒威尔（Henry Clerval）。在原著中，科学怪人藏身的那家人是居住在德国的法国人，但是在阿克罗伊德的作品中，创造物的隐身之所是地地道道的英国农民之家。

阿克罗伊德还指出，创造物的性格形成和演变与他所居住的地域环境有密切关系。在他的作品中，创造物后来独自一人长期居住在距弗兰肯斯坦的实验室几英里之外的泰晤士河口处，是一片荒凉的沼泽地，这一地点显然是作者的匠心安排，旨在强调创造物的性格是由环境所致，是被异化的结果。因为在阿克罗伊德看来，不同的地域可以滋养人的不同性格，创造物后来变得沮丧和厌世，主要因为他长期居住在阴暗和荒凉的环境里所致，是一种典型的英国性格特征。作者借弗兰肯斯坦之口再次强调了这一观点，他说：

> 旅行既缓慢又辛苦，在第一周结束时，我们都已精疲力竭。然后我们不得不面对海洋的严酷，在那里停泊两天后等到顺风时才能驶向英格兰。当我们开始泰晤士河上的短暂航程时我无比欣慰。在我们的周围是两岸河口的平地，当然我特别留意观察我认为我的创造物可能居住的地方，那里的一切看起来似乎都很荒凉。这和我们刚离开的阿尔卑斯山地区形成鲜明对比。在这里没有宏伟、没有崇高、只有阴暗和消沉。也许这就是为什么那个被囚禁在沼泽里的创造物对生活厌倦的主要原因。①

这样的描写和小说的开头作者对弗兰肯斯坦所看到的宏伟、美丽的阿尔卑斯山的描写形成鲜明对比和呼应，那时弗兰肯斯坦自豪地说：

---

① Peter Ackroyd, *The Casebook of Victor Frankenstein*, New York: Anchor Books, 2010, p. 327.

  我出生在瑞士的阿尔卑斯山地区，我的全家住在父亲所拥有的日内瓦和夏蒙尼乡村之间宽敞的领地内。我最早的记忆是那些雄伟的山峰，我相信我的勇气和雄心是因为对高远之物的观察而滋长。我能感觉到大自然的力量和伟大。……我看到暴风雨时会欣喜若狂。没有什么比陡峭的岩石中呼啸的风声和我家乡那些峭壁和洞穴使我更着迷。当风卷烟雾而起时，松树和橡树林充满音乐般的呼啸声。空中飘浮的云朵似乎希望能触摸到美的源头。此刻，我的个体已经消失，感觉自己好像已融入周围的宇宙中，或者说宇宙已被吸收进我的身体中。像子宫里的婴儿一样，我与自然融为一体。这是一种诗人渴望达到的境界，这时世界上的一切都化为"一树之花"。不过，我已经被自然之诗赐福。①

  对比这两段描述可以发现，作者对地域环境的重视流露出强烈的"地方意识"。可见，阿克罗伊德通过将故事空间置于英国背景之中为小说赋予了典型的英国特性，巧妙地实现了对原著进行"本土化"改编的目的。

  另外，为了更好地表现主题，阿克罗伊德也转换了原作的叙事视角。在叙事学中，"叙事视角指叙述时观察故事的角度"②，既决定着读者从何处看，看什么，又决定着文本的意义。例如在马克·肖勤（Mark Schorer，1908—1977）的《作为发现的技巧》（Technique as Discovery，1948）一文中，"视角甚至跃升到界定主题的地位"③。目前，越来越多的学者认为，叙事视角的不同决定着叙事内容和意义的不同。例如申丹教授曾说："无论是在文字叙事还是在电影叙事或其他媒介的叙事中，同一个故事，若叙述时观察角度不同，会产生大相径庭的效果。"④

  从叙事视角层面来讲，玛丽·雪莱和阿克罗伊德的作品从表面

---

① Peter Ackroyd, *The Casebook of Victor Frankenstein*, New York: Anchor Books, 2010, pp. 1-2.
② 申丹、王丽亚：《西方叙事学：经典与后经典》，北京大学出版社2010年版，第88页。
③ 申丹、王丽亚：《西方叙事学：经典与后经典》，第88页。
④ 申丹、王丽亚：《西方叙事学：经典与后经典》，第88页。

上看似乎没有太大区别，因为两部作品都采用双层结构或框架结构叙事，并且都在第二层故事中采用第一人称叙事视角，即让主人公本人作为故事的叙述者。但细读文本可以发现，两部作品的第一人称叙事视角并不完全一样，具体而言，一个是外视角，一个是内视角，因此产生的效果和意义也截然不同。在玛丽·雪莱的《弗兰肯斯坦》中，第一层结构讲述的是沃尔顿船长给其姐姐写的书信的内容，第二层结构是弗兰肯斯坦被沃尔顿船长救起后在船上给沃尔顿讲述他造人的经历，并被嵌入沃尔顿船长给姐姐写的信件中，沃尔顿以旁观者的身份倾听弗兰肯斯坦讲述自己的故事。另外，对于弗兰肯斯坦所讲述的故事，玛丽·雪莱采用的是"第一人称主人公叙述中的回顾性视角"[1]，即"作为主人公的第一人称叙述者从自己目前的角度来观察往事。由于现在的'我'处于往事之外，因此这也是一种外视角"[2]。小说中有多处可以表明作者采用的是外视角叙述，因为弗兰肯斯坦在叙述自己的经历时，不断地让叙述从往事的回忆中跳转到当前的情景，例如在讲到自己的不幸时他对沃尔顿说：

> 我亲爱的朋友，你的眼神中充满了期待、惊讶和希望，你知道我的秘密。但是不行，耐心听到故事的结尾，你就会明白我为什么会有所保留了。我不会把你引上毁灭和痛苦之路，虽然你和我当年一样热情，毫无戒备。请从我的身上得到教训，掌握知识是一件多么危险的事！一个把自己的家乡当做整个世界的人比一个一心想超越自己命运的人不知要快乐多少！[3]

在讲到科学怪人把他的好友科勒威尔杀死后，弗兰肯斯坦又说：

> 科勒威尔，我亲爱的朋友，他现在已在天堂了，但此时想起他说的话，我仍然充满快乐。他是天生具有"诗意"的人，他的情感敏锐，想象力极为丰富，他的心灵充满热烈的爱，他

---

[1] 申丹、王丽亚：《西方叙事学：经典与后经典》，第95页。
[2] 申丹、王丽亚：《西方叙事学：经典与后经典》，第95页。
[3] [英]玛丽·雪莱：《弗兰肯斯坦》，张剑译，中国城市出版社2009年版，第69页。

的友谊忠诚而伟大，只有在人们的想象之中才能找到。……他现在在哪里？这个温柔可爱的人永远消逝了吗？他的心中充满神奇而伟大的思想和想象，而如今他的心灵真的不复存在，只存在我的记忆中吗？不，不是这样的，你健美的身躯不复存在了，可是你的精神还留在世上，时时安慰你不幸的朋友。请原谅我过分的悲伤，这些无用的话是献给无与伦比的亨利的，也安慰一下我那因他而伤痛的心。我接着讲我的故事。①

小说中还有许多类似这样的段落，这充分表明弗兰肯斯坦是从目前的角度来观察往事的，在讲述时，他早已知道故事的一切。

  阿克罗伊德的《维克多·弗兰肯斯坦个案》虽然采用的也是双层结构，但不同的是，为了凸显主人公的切身经历，作者没有在故事的开头，而是在小说的结尾用简短的一句话注明故事的来源："1822 年 11 月 15 日星期三，病人维克多·弗兰肯斯坦赠与我，有霍克顿精神病院院长弗里德里克·纽曼的签名。"② 这样的安排可以使读者读完故事才知道读的是故事中的故事，在此之前可以和主人公一起体验故事的激情和魅力，大大增强了小说的可读性。另一个与原著的不同是，阿克罗伊德采用的是"第一人称叙述中的体验视角"③，即"叙述者放弃目前的观察角度，转而采用当初正在体验事件时的眼光来聚焦。因为当时的'我'处于故事之内，因此构成一种内视角"④。作者采用弗兰肯斯坦正在体验事件时的眼光来叙事，不仅可使作者以细腻的笔触描写主人公当时的心理变化和微妙感觉，逼真地追述他经历的全过程，而且还可以使读者始终沉浸在故事中，跟着弗兰肯斯坦一起体验、一起激动、一起受惊吓、一起去发现科研的秘密，始终能融入主人公的世界中，获得在外视角叙述中难以获得的人生体验。从叙事学的视角重新审视《维克多·弗兰肯斯坦个案》可以发现，故事还是原来的故事，但叙事视角的变化不仅产

---

① [英] 玛丽·雪莱：《弗兰肯斯坦》，张剑译，第 243—245 页。
② Peter Ackroyd, *The Casebook of Victor Frankenstein*, New York: Anchor Books, 2010, p.353.
③ 申丹、王丽亚：《西方叙事学：经典与后经典》，第 97 页。
④ 申丹、王丽亚：《西方叙事学：经典与后经典》，第 97 页。

生了较强的戏剧性效果，而且也改变了作品的意义。例如，主人公自述中对科学实验的激情描述使得他的性格更符合英国人的性格，因为"英国人在追寻公共目标上有着极大热情，比如那些科学探索者和考古探险家"[1]。阿克罗伊德甚至认为，"英国哲学史就是经验主义和科学实验的历史"[2]，因此，在他的笔下，主人公也被赋予更多的英国人的典型性格，特别热衷于创作发明。此外，作者通过第一人称内视角叙述使整个故事从以德国为背景的浪漫主义描写中转到以英国为背景的现实主义的叙事中，让整个作品更切合实际，更符合英国文化，因为在他看来，英国人一直以来是一个务实和讲究实际的民族。

《维克多·弗兰肯斯坦个案》与原著的不同还在于它没有像原作那样着重渲染恐怖成分，而是融入作者对人类与科学、人类与自然、人与人之间的关系、人性异化的现代性思考，比原著更具人文关怀。这些改动是阿克罗伊德对于经典作品现代化所做的重要尝试与努力，更贴合当代观众的审美趣味与审美期待。莱文森（Michael Levenson）曾说："我们如何能够在接受科学浸染的同时仍然保留希望的信念和对美的想象？"[3] 阿克罗伊德的小说显然也蕴含着作者同样的问题和思考，他始终希望科学能永远与情感、希望和美好同在。通过分析他作品中的主人公和他的创造物之间的关系可以更好地理解这一点。

对比两部小说可以发现，两位作者用来称呼创造物的名字是不一样的。在原著中，玛丽用的词汇是"wretch"和"monster"。在字典中"wretch"的意思主要是"可怜的人""恶棍""坏蛋"，"monster"是"怪物""恶魔""恶人"的意思。作者选择这两个词本身就已经暗示这个"科学怪人"是异类，甚至是人类的敌人，因此在小说中，弗兰肯斯坦和"科学怪人"的关系是死敌，他们相互憎恨、

---

[1] ［美］拉尔夫·沃尔多·爱默生：《英国人的特质》，王勋等编译，清华大学出版社2012年版，第51页。
[2] Peter Ackroyd, *Albion*: *The Origins of the English Imagination*, New York: Random House, 2004, p.463.
[3] Michael Levenson, "Angels and Insects: Theory, Analogy, Metamorphosis" in *Essay on the Fiction of A. S. Byatt*. New York: Twayne Publisher, 1996, p.168.

相互仇视。"科学怪人"虽然在诞生之初表现出善良的美德，但在遭到人类和他的创造者鄙视后，为引起弗兰肯斯坦对他的关注而杀害了弗兰肯斯坦的小弟威廉，并嫁祸于弗兰肯斯坦家的女仆贾丝廷，使她被判为绞刑。起初，弗兰肯斯坦在科学怪人的恳求下答应为他创造出一个配偶，可是当科学怪人看到弗兰肯斯坦因后悔而毁掉为他创造女伴的材料时，便威胁弗兰肯斯坦说：

> 你毁掉了自己的作品，你到底想干什么？难道你敢食言吗？我已经饱受艰难困苦，跟随你从瑞士出发，一路潜伏在莱茵河畔的岛屿和山上，我已经在英格兰的树丛和苏格兰的荒漠中待了几个月，我受尽了无数的磨难，寒冷、饥饿，而你竟敢毁灭我的希望？……卑鄙的家伙，以前还和你讲道理，但事实证明你根本不值得我这么做。记住，我有能力让你变得更加不幸，你会连阳光也讨厌。你创造了我，但是我是你的主人，你要服从我！①

后来，科学怪人因遭到弗兰肯斯坦的憎恨和鄙视而变得冷漠与残忍，并开始报复，首先杀死弗兰肯斯坦最亲密的朋友科勒威尔，接着又在弗兰肯斯坦的新婚之夜杀死他的新娘伊丽莎白。当知道弗兰肯斯坦几个月来一直跟踪他，想毁灭他时，"科学怪人"为激起弗兰肯斯坦的怒火故意在石头上刻下这些字：

> 你只要活着，我就是无所不能的。跟着我，我会去北方，那里有终年不化的冰雪，在那里你会饱受严寒之苦，我却不会有什么不适。如果你走得不是太慢，你会发现离你不远的地方有一只死兔子，吃了它，打起精神来。来吧，我的敌人，我们要决一死战，但是在此之前你还要尝尽苦痛。……做好准备！你的艰难困苦刚刚开始。穿上毛皮，带上干粮，我们马上上路，那时你的苦难将使满怀仇恨的我得到快感。②

---

① ［英］玛丽·雪莱：《弗兰肯斯坦》，张剑译，第261—263页。
② ［英］玛丽·雪莱：《弗兰肯斯坦》，张剑译，第325页。

看到这些后,弗兰肯斯坦陷入极度痛苦之中,他深感自责地说:"威廉和贾丝廷是我那亵渎神灵的研究所造成的第一批牺牲者"①,"悔恨和罪恶感将我牢牢抓住,将我推向地狱,接受无以言表的痛苦的折磨"②。因此,弗兰肯斯坦对科学怪人充满仇恨,并发誓说:"可恶的魔鬼!我再次发誓,我要让你这个恶魔受尽折磨,我要消灭你!除非我俩有一个死去,我绝不会停止搜寻。"③临死前,弗兰肯斯坦对沃尔顿船长说:"他的灵魂和外貌一样可怕,丑陋而邪恶。别听他的,呼唤着威廉、贾斯廷、科勒威尔、伊丽莎白、我的父亲和可怜的维克多的名字,把剑插进他的胸膛。我会盘旋在你周围,引导着你的剑准确地刺中他。"④

与原著不同,在阿克罗伊德的《维克多·弗兰肯斯坦个案》中,作者没有用"monster"而是改用"creature"来称呼他的"创造物"。这个词的意思主要包括"生物""动物""人""创造物"等。阿克罗伊德选用这个词已暗示出弗兰肯斯坦和他的"创造物"之间的关系将不再是原著里那种相互痛恨的死敌关系,而是可以互相沟通和理解的同类。虽然和在原著中一样,起初他们也相互仇视,但和原著不同的是,他们最终达成和解。例如,当创造物杀害了雪莱的妻子哈利特和女仆玛莎后感到既自责又痛苦,甚至想自杀。当尝试多种自杀的办法失败后,他想请求弗兰肯斯坦帮忙杀死他,以避免自己再伤害更多的人,于是主动来到弗兰肯斯坦实验室,真诚地说:

> 我潜入河中,我的肺部虽然充满水,可是我没有死。我从悬崖上跳到大海,然而我还是安然无恙地浮出水面。所以我才回来找你帮我结束痛苦。……我一直在考虑我的困境。我不知道你使我复活的确切方法,但我推测过。我花了几天几夜的时间思考这事件,我知道电流的能量,我想那一定是你所采用的

---

① [英]玛丽·雪莱:《弗兰肯斯坦》,张剑译,第129页。
② [英]玛丽·雪莱:《弗兰肯斯坦》,张剑译,第133页。
③ [英]玛丽·雪莱:《弗兰肯斯坦》,张剑译,第325页。
④ [英]玛丽·雪莱:《弗兰肯斯坦》,张剑译,第331页。

方法。你肯定可以通过改变电流方向使其朝着与激活我时相反的方向流动，你说呢？你肯定有办法，是吗？①

听到创造物讲完这些话后，弗兰肯斯坦开始反省自我，认为他有责任对自己的创造物负责，因此他不再讨厌他，并开始理解他、同情他、接受他，甚至赞美他的智慧，他说：

> 令我吃惊的是，创造物竟然能得出类似于我自己所得出的结论。我们之间有了一种超出普通同情力量的关系。他现在似乎愿意接受让自己毁灭的想法，为此，我感到既惊讶又高兴。因为已经没必要再用给他创造一位女性伴侣的承诺来欺骗他了。于是我回答说："我可以试试，让我先研究一下，先做个试验。"②

这段话不仅说明了主人公和其创造物之间已开始和解与合作，而且还说明创造物和人类一样充满智慧，而不是像在原著中一样是异类和邪恶的象征。最后，当弗兰肯斯坦认为对试验有把握时，创造物从容地找到弗兰肯斯坦并同意进行试验。他们在实验室里的对话，特别是创造物的话，可怜、可爱，真诚、感人，引人反思：

> "你来了。你希望怎样？"
> "你知道的。结束生命，忘记一切。"
> （……像个水手一样，他穿着一条短裤，一件棕色的夹克和一件衬衫，黄色的头发披在胸前，仍然赤着脚。可见他在河口的沼泽地生活得很艰苦。）
> "你还有什么话要对我说吗？"
> "我为自己犯下的罪恶感到痛苦。我希望结束这种痛苦。"
> （……他脱下衣服，躺在我指定的位置上。我用皮带固定住

---

① Peter Ackroyd, *The Casebook of Victor Frankenstein*, New York: Anchor Books, 2010, pp. 321–322.

② Peter Ackroyd, *The Casebook of Victor Frankenstein*, p. 322.

他的手腕和脚踝,他身上散发出一股污泥味。)

"我身上有污泥味,"(他说,好像明白我的心思。)"我会很安静地躺着。你不用把我绑得太紧。"

……

(我只能到此为止。……过了一会儿,他来到我跟前,坐在我身边的椅子上,身上有皮肤被烧焦的味道,但我没有感到厌恶和鄙视。毕竟,我应对他负责。……)

"我死不了?"

……

"让我们一起面对未来的命运吧。"[1]

经过试验,弗兰肯斯坦无法将"创造物"电死。于是他决定与创造物共同面对将来的一切,因此,"让我们一起面对未来的命运吧"这句话意味深长,隐含着作品的主题。

阿克罗伊德所设计的与原著不一样的结局使原著中复仇的主题得以转移,暗示出科学、理性与情感、责任同样重要,科学家不应从一个审美者渐渐变为一个审美感觉和人性缺失的"麻木者",否则未来的人类世界将会变得冰冷而可怕。事实上,阿克罗伊德对未来的人类社会提出过令人警醒的预言,如在《飞离地球》(Escape from Earth,2003)中,他虽然赞颂人类在太空探索中所取得的惊人成就,但是,也不无担忧地说:"遥远的将来又会如何呢?"[2] 因此,阿克罗伊德对这部作品的改编不仅暗示着作者的忧患意识,而且也可使读者反思这些问题:科技的迅速发展会不会带来人类的异化?科技成果会成为人们最终掌握的工具和方法还是会让人成为它的奴隶?

名著改编被认为是一个重新创造的文化过程,是将名著加工并艺术化的过程,也是改编者表达个人意图的过程,阿克罗伊德的改

---

[1] Peter Ackroyd, *The Casebook of Victor Frankenstein*, New York: Anchor Books, 2010, pp. 349 – 351.

[2] [英]彼得·阿克罗伊德:《飞离地球》,暴永宁译,生活·读书·新知三联书店2007年版,第129页。

编也是如此。因此，他没有简单重复过去的故事，而是从多种维度对原著进行了本土化构建，使作品体现出明显的"英国性"。《维克多·弗兰肯斯坦个案》既承袭了原作的精华，又有创造性发挥。阿克罗伊德以其对世界、对人生的生命体验，在依据事实的基础上，将主人公置于当时那个宗教、理性和想象之间正处于相互论争的时代背景之中，使整部作品具有了历史的厚重感。同时，他又利用丰富的想象填补了原作的空白，拓展了原著的时空维度和主题意蕴，讲述了一个更温情的英国式弗兰肯斯坦故事，使作品凸显出"诗"和"情感"的特性。

第三节 《亚瑟王之死》

历史证明，对经典作品的改编和再创作，不仅是一个引人注目的文学现象，更是一个社会文化现象，既反映出人们对于经典文学传统的重视与传承，也反映出人们对自我与民族文化的重新认识与思考。阿克罗伊德的《亚瑟王之死》（The Death of King Arthur, 2010）是这一现象的集中体现，彰显着作者对民族文学传统和文化传承所做的长期努力。

希利斯·米勒认为："我们需要对'同一'故事一遍遍重复，因为这是用来维护我们文化中基本的意识形态的最强大的方式之一，也许是最强大的方式。"[1] 阿克罗伊德对《亚瑟王之死》的改编反映出作者持有同样的观点，和米勒一样，阿克罗伊德也认为对同一故事的不断重复有益于文化的传承和发展。他的《亚瑟王之死》彰显着作者对原著的特殊认识和思想观照，在他心目中，亚瑟王的故事是永恒的传奇，承载着民族文化传统的思想精髓，蕴含着民族精神内核，亚瑟王和他的那些圆桌骑士们不只是浪漫传奇人物，更是英国民族精神和民族身份的象征。阿克罗伊德曾高度评价丁尼生的《国王之歌》（Idylls of the King, 1885）："这是亚瑟王的真正意义：

---

[1] J. Hillis Miller, "Narrative", in Frank Lentricchia and Thomas McLaughlin, eds. *Critical Terms for Literary Study*, 2nd (66-79), Chicago: University of Yale, 1995, p.72.

第七章 改编小说与经典的后经典重构

他不但没有死,而且还会重生,并代表英国人的理想……这部史诗表明,亚瑟王传奇不只是传说,实际上是伟大的民族神话和象征的源泉。因此,在追溯国王的悲剧人生时,丁尼生同时也是在追溯民族文学的源泉。"① 阿克罗伊德的改编也和丁尼生一样,蕴含着作者对民族文化根源的不懈探索。

(Above: *The Death of King Arthur by James Archer* [1823–1904])

据文献记载,亚瑟王的故事从最初的历史传说到最后马洛礼故事的出现经历了300多年的演变。1469年,托马斯·马洛礼(Sir Thomas Malory,1415—1471)在前人基础上通过汇集各种庞杂凌乱的亚瑟王传奇故事在狱中完成散文体《亚瑟王之死》(*Le Morte d'Arthur*,1649)。1485年,出版商威廉·卡克斯顿(William Caxton,1422—1491)将此书出版,它便成为一本里程碑式的著作。马洛礼的《亚瑟王之死》是欧洲骑士文学中的经典之作,"英国第一部叙述亚瑟王成败兴衰及其圆桌骑士们的伙伴关系的散文作品"②,是英国文学的经典之作,其流传之广仅次于《圣经》和莎士比亚的作品。《亚瑟王之死》充满了冒险、屠杀、奇迹、打斗场面,以及男女之间的爱情描写等。从它见诸文学版本到今天,亚瑟王的形象在流传过程中逐渐演变为一种英国文学和文化的象征。在众多有关亚瑟王的故事中,马洛礼的《亚瑟王之死》最完整地保留了亚瑟王及其圆桌骑士的传说,为后代的文学创作提供了重要的材料来源。经典文学作品在传播过程中都往往会被改编为不同的艺术形式,《亚瑟王之死》也是如此。自问世以来它影响了其后的许多佳作。意大利诗人

---

① Peter Ackroyd, *Albion: The Origins of the English Imagination*, New York: Random House, 2004, p. 123.
② 美国不列颠百科全书公司:《不列颠百科全书》(国际中文版修订版第10卷),中国大百科全书出版社2007年版,第435页。

323

但丁在《神曲》的《地狱篇》（*Inferno*）第三歌中曾提到特里斯坦（Tristan）骑士、兰斯洛特（Lancelot）骑士和寻找圣杯的骑士加拉哈（Galahad）以及桂乃芬（Guinevere）王后。16世纪英国著名诗人斯宾塞的《仙后》（*The Faire Queen*，1596）、19世纪英国诗人丁尼生的《国王之歌》、威廉·莫里斯（William Morris，1834—1896）的《桂乃芬辩》（*The Defence of Guenevere*，1858）以及阿尔杰农·查尔斯·史文朋（Algernon Charles Swinburne，1837—1909）的《郎纳斯的特里斯坦》（*Tristram of Liones*，1882）等都采用了亚瑟王传说的素材。19世纪后半叶的德国作曲家和诗人威廉·理查德·瓦格纳（Wilhelm Richard Wagner，1813—1883）曾创作脍炙人口的歌剧《特里斯坦》（*Tristan*，1865）和《帕西法尔》（*Parsifal*，1882）。20世纪的众多英美作家也从中获得创作灵感，如美国著名诗人埃德温·阿林顿·罗宾逊（Edwin Arlington Robinson）曾在诗歌创作中运用亚瑟王传说的素材创作出《特里斯坦》（*Tristan*，1927）、《梅林》（*Merlin*，1917）和《兰斯洛特》（*Lancelot*，1920），马克·吐温（Mark Twain，1835—1910）的小说《亚瑟王朝廷的美国佬》（*A Connecticut Yankee in King Arthur's Court*，1889）也取材于亚瑟王传奇的故事，艾略特则在他的《荒原》（*The Waste Land*，1922）中以寻找圣杯作为构架诗歌的一个重要原型。这些都见证着《亚瑟王之死》对西方文学的深远影响。

进入21世纪，著名导演杰瑞·布鲁克海默（Jerry Bruckheimer，1943— ）还将《亚瑟王》（2004）这一好莱坞大片搬上银幕。在文学创作领域，阿克罗伊德的《亚瑟王之死》堪称是改编领域的一部力作。他坚持认为，改编要挖掘出经典作品中那些在当下仍有意义的东西，不是单纯膜拜或颠覆，也不是无度的乱改，而是要以能延续经典的生命力为指向。可以说，阿克罗伊德的《亚瑟王之死》让几个世纪以来的"亚瑟王热"得到延续和发展，将原著的精髓充分展现，挖掘出其中对当下仍有启示意义的精神内核。阿克罗伊德以苍凉美丽定格历史人物的一生，以深层的心理剖析展现人物的内心世界，引发当代读者对历史、人生、爱情的重新审视与思考。在改编过程中，阿克罗伊德能超越意识形态束缚，以艺术审美为价值参照，既尊重原著，又遵循去芜存精的艺术准则，对人物、情节、结构等进行大胆整合与删减，为原著融入时代元素和人生体验。同时，作者通过重现《亚瑟王之死》中亚瑟王和兰斯洛特两个重要人物的伟大而悲剧的人生，使读者体味到值得深思与感悟的内容。

就叙事艺术而言，在改编《亚瑟王之死》的过程中，阿克罗伊德采用的是"还原改编"。在实现从人物到情节，从时间到空间对原著的再现过程中，作者生动而简洁地传达了原著的精神风貌，通过重述使得《亚瑟王之死》这一神话叙事传统得以在当下进一步延续，通过缩写和重组的方式生动地再现了马洛礼作品中所描写的有关亚瑟王时期的各种精彩故事，主要包括亚瑟王的黄金时代、寻找圣杯的冒险故事、桂乃芬和兰斯洛特、特里斯坦与伊索尔德的爱情悲剧以及亚瑟的儿子莫俊德的背叛等。在阿克罗伊德的笔下，原著的历史风貌虽已改变，但其内涵却并不因此而衰减，也没有失去原作的风采和意义。例如菲利普·普尔曼（Philip Pullman, 1946— ）说："我认为阿克罗伊德的《亚瑟王之死》十分精彩。这部作品最让我钦佩的是叙事的清晰。这个故事要求叙事风格既简洁又庄重，兼顾好这两种技能并非易事，但是阿克罗伊德非常娴熟地做到了这一点。我认为，他可以做好任何事情。我非常欣赏这个版本。"①

还原改编面临的最大挑战是能否传达出原文本的原有魅力，因为读者常常会以其对经典文本的审美经验或定势来理解、判断和评价改编作品。依据这样的审美接受心理，可以说，《亚瑟王之死》很好地传达出了马洛礼原著的阅读和审美体验。具体而言，阿克罗伊德对原著的改编主要体现在题目、语言、叙事结构、内容和主题方面。例如，阿克罗伊德曾说：

在我的改编本中，我将题目从法文的《亚瑟王之死》（*Le Morted d'Arthur*）改为英文的《亚瑟王之死》（*The Death of King Arthur*），这样可以更准确地传达原著的内容。这个改编并没有完全拘泥于原著的形式，我已将马洛礼原著的中世纪散文改为

---

① Peter Ackroyd, *The Death of King Arthur*, New York: Penguin Group, 2011.

当代散文。为了达到简洁的效果,我对原著进行了缩写。我希望通过采取这些方法,亚瑟王和他的骑士们的故事精髓能被清晰地呈现,并使人物更令人信服。马洛礼原著中有一些杂乱而重复的内容,这虽然可能会使中世纪的读者感兴趣,但并不适应现代读者的期待视野。我还修改了马洛礼作品中相互矛盾的部分。尽管我对原著作了这些改动,我希望我依然能传达出这部伟大著作的庄严和悲怆。①

这段话基本概括了阿克罗伊德的改编策略和意图:即通过对原文本语言的现代改编和对原故事的缩写,以简洁的形式呈现亚瑟王故事的精髓,最大限度地传达出原著的庄严和悲怆,让现代读者产生共鸣,使民族精神和神话叙事传统得以更好地延续和流传。

马洛礼原著中的题目采用的是法语,因为这部作品并不是作者的原创,而是起源于法文故事。在法国,早在12世纪,就有形形色色的亚瑟王传奇故事流传,马洛礼在借鉴和吸收这些故事的基础上,以亚瑟王为主线将其重新编排成一系列独立的故事,并使之形成一个有机整体。阿克罗伊德将原著的法文题目转换为英文,让文本意义也随之发生变化,既强调了这部作品作为英国民族史诗的地位,又肯定了亚瑟王的英国身份。此外,作者优美而明晰的散文风格让经典再次焕发出不朽的魅力。同时,作者对叙事结构和内容也进行了重新调整,因为叙事结构关系着改编作品的好坏,改编者不能毫无保留地照搬原作,否则改编将失去个性,缺乏新意,对此,阿克罗伊德有准确的把握和认知。

鉴于原著的情节庞杂而繁复,阿克罗伊德在最大限度地保存原著面貌的基础上也对其做了适度调整,使主要故事情节得以更合理地呈现。阿克罗伊德在改编时非常谨慎,严格把握原作的悲剧精神,把亚瑟王的生死、兰斯洛特和桂乃芬、特里斯坦和伊索尔德之间的情感作为情节枢纽,集中展现他们的凄美爱情。为此,阿克罗伊德使用精心剪接的方法,通过删减掉那些穿插场面和情节以及一些无

---

① Peter Ackroyd, *The Death of King Arthur*, p. xvii.

关紧要的线索来加快叙事节奏，推动情节发展。这种精心修剪，在使主要情节线索更为自然显明、叙事更加流畅、紧凑的同时，也更好地凸显了诱人的故事和精彩的场面，使作品更具可读性。改编本对亚瑟王、兰斯洛特与桂乃芬、特里斯坦与伊索尔德情感世界的着力刻画不仅完全贴合浪漫传奇的本体生命和艺术特色，而且也是贴合现在观众品位和期望的明智之举。

通过梳理和分析两部作品的故事架构可以看出，阿克罗伊德对原作进行了极为精心的调整和压缩，把整个故事的长度从800多页减至300多页。同时，为使删减后的情节连贯、意义明确、形象鲜明厚实，作者在对人物进行刻画时也适当补充了一些细节和心理描写。马洛礼的《亚瑟王之死》有21卷之多，卷下又分若干回，整个内容包括四个部分：第1至5卷描写亚瑟王的出生和早年经历，叙述其建立亚瑟王朝，组织圆桌骑士集团，平定各地诸侯叛乱，统一英格兰、苏格兰、威尔士以及远征罗马的功绩；第6至12卷主要叙述兰斯洛特骑士的冒险经历和特里斯坦与伊索尔德的爱情故事；第13至17卷讲述圆桌骑士寻找圣杯的故事；第18至21卷主要描写兰斯洛特骑士与桂乃芬的爱情悲剧以及亚瑟王之死。不容置疑，马洛礼的《亚瑟王之死》最完整、最全面地讲述了亚瑟王系列的各种传奇故事，是一部当之无愧的经典。但是，这样长达800多页的巨著对当代普通读者将是一个挑战，相比之下，阿克罗伊德的改编本更适合现代读者的阅读期待。当然，要把800多万言的浩瀚篇幅和丰富的思想内容都容纳在300多页的文本里实属不易，因为马洛礼《亚瑟王之死》中的原始事件比比皆是，这对改编者的艺术选择眼光和表现力都是考验。然而，阿克罗伊德的创作实践证明，他娴熟地完成了这些改编，彰显出非凡的叙事才华。

为了最好地再现原作，阿克罗伊德保留了马洛礼的主要叙事结构和风格，也以亚瑟王、特里斯坦与伊索尔德、寻找圣杯、兰斯洛特与桂乃芬等作为故事的主要线索。同时，和原著一样，故事以亚瑟王的出生开始，以亚瑟王朝的毁灭终结。具体而言，阿克罗伊德将原著的21卷压缩成6部分：依次是（一）"亚瑟王的故事"（The Tale of King Arthur）、（二）"兰斯洛特的冒险"（The Adventure of Sir

Lancelot)、(三)"特里斯坦与伊索尔德"(Tristram and Isolde)、(四)"圣杯传奇"(The Adventure of The Holy Grail)、(五)"兰斯洛特骑士与桂乃芬"(Lancelot and Quinevere)、(六)"亚瑟王之死"(The Death of Arthur)。比较原文本和改编文本可以发现，如果将改编本中第二和第三部分，第五和第六部分合在一起，整个结构就会正好对应着原作中的四大部分。然而，阿克罗伊德的叙事结构给读者以简洁而端庄的审美体验。同时，不难发现改编本中的各部分在内容上都形成很好的对称。例如第四部分"圣杯传奇"占据中心位置，第一部分和第六部分形成对称与呼应，讲述亚瑟王的生与死。第二和第五部分前后呼应，主要讲述兰斯洛特的故事，这两部分还与亚瑟王的章节形成对称和并列。此外，第三部分和第五部分所讲述的两对爱情故事也形成对称，这样，作者可以通过两对爱情故事的比较更好地彰显兰斯洛特的人格魅力。因此，细心的读者会发现，阿克罗伊德试图让整个作品从内容到形式都体现出典型的英国建筑风格：对称、宏伟、庄严、有层次感。这样的结构很好地适应了作者表达悲剧主题的需要，让形式和内容达到互为阐释的目的。

阿克罗伊德对《亚瑟王之死》的精剪和压缩使改编本体现出一些突出优点。首先，文本风格的简洁不仅没有削弱原作的风貌，反而使故事有一个更清晰的开始、发展和结局的脉络。其次，简洁的风格使叙事更加有力，如哈琴所言："当情节被浓缩和精选之后，它们有时会更为有力。"[1] 另外，可以巧妙地嵌入改编者的动机。扎迪·史密斯在谈论她的小说《白牙》(2000)被改编成电视剧时也表达过改编过程中精剪的重要性，她说：

> 为了使这部臃肿而凌乱的作品更完美，削减是必要的，至少其中的一个变化是启迪性的…篇幅虽然缩短了，但嵌入了改编者的动机，最终达到的是艺术简洁的效果。在看到它的那一刻，我大吃一惊，因为我情不自禁地想到，如果在写小说时我能运用同样的策略，那么我会写得更好。[2]

---

[1] Linda Hutcheon, *A Theory of Adaptation*, New York & London: Routledge, 2006, p. 36.
[2] ZadieSmith, "White Teethin the Flesh", *New York Times*, May 11, 2003, p. 10.

第七章　改编小说与经典的后经典重构

可以说，阿克罗伊德的改编很好地达到了这一效果，不仅简洁地再现了原著的精彩内容，而且还嵌入了改编者的动机。重要的是，他的文本风格虽然简洁，但传达的信息和原著的内容一样丰厚。

具体而言，在第一章中，阿克罗伊德着重再现的是有关亚瑟王的重要情节。包括潘德雷根王（Uther Pendragon）怎样同康沃尔公爵（Cornwall）开战，怎样采用梅林（Merlin）的计策去亲近公爵夫人，使她受孕而生下亚瑟；亚瑟怎样表演从石台里拔出宝剑的惊人奇迹；亚瑟王怎样得到湖上仙女（Lady of the Lake）的神剑（Excalibur）；亚瑟王怎样命令全国，凡出生在5月1日的孩子，一律送交政府处理，而莫俊德（Mordred）怎样逃脱；亚瑟王怎样娶桂乃芬（Guinevere）为妻，并得到她父亲的圆桌（Round Table）。同时，作者还简要描述了梅林怎样为亚瑟王献计，拯救亚瑟的性命，怎样痴爱湖上仙女的一位同伴并被其压在一块磐石底下而最终死在那里；亚瑟王的姐姐怎样叛逆并设法陷害亚瑟王等。在第二章中，阿克罗伊德侧重讲述兰斯洛特的冒险故事。例如，兰斯洛特怎样同陶昆骑士决斗并救出所有的俘虏，以及怎样解放一个城堡等。第三章主要讲述朗纳斯的特里斯坦骑士和爱尔兰的伊索尔德的爱情故事。如特里斯坦骑士怎样爱上伊索尔德；马克王怎样派特里斯坦到爱尔兰去迎接伊索尔德；亚瑟王怎样被一个女人带到"危险森林"里并被特里斯坦营救；特里斯坦怎样精神失常；马克王怎样找到赤身裸体的特里斯坦；特里斯坦怎样携带着美更·拉·费送给他的一面盾牌同亚瑟王比武；特里斯坦和兰斯洛特怎样在墓碑旁边相遇并因互不相识而决斗；特里斯坦和伊索尔德怎样在兰斯洛特的快乐城堡团聚等。第四章讲述寻找圣杯的故事，以兰斯洛特和其儿子加拉哈为主线，侧重描写兰斯洛特如何见到异象、加拉哈怎样领受圣杯和加拉哈之死。第五章主要描写兰斯洛特和桂乃芬的爱情故事，例如王后怎样驱逐兰斯洛特离开朝廷，如何在设筵招待骑士时被陷害；兰斯洛特怎样为王后同马杜尔骑士决斗；桂乃芬王后被麦丽阿干斯骑士掳走后兰斯洛特怎样乘战车去营救她。最后一章是整个小说的高潮部分，讲述兰斯洛特怎样和朋友一起营救桂乃芬王后脱离火刑；亚瑟王怎样听从高文（Gawain）骑士的要求对兰斯洛特发动战争；教皇怎样吩咐他们讲和；兰斯洛特骑士怎样带着王后来到亚瑟王面前；高文和兰斯洛特为何决斗；莫俊德骑士怎样自立为英格兰君王而且想同桂乃芬王后结婚；亚瑟王和莫俊德怎样战死；桂乃芬王后怎样到奥姆斯伯里修道院做修女；兰斯洛特怎样和桂乃芬王后痛苦决别后做了修士；桂乃芬王后和兰斯洛特先后死去。纵观整部小说可以发现，虽然阿克罗伊德的改编本删去了一些内容，但是它没有失去原著的精神意蕴。仅从以上列举的详细条目就可以看出，阿克罗伊德虽然减少了对打斗场面的过分渲染，更多地关注事件和人物本身，但这并没有削弱作品的文学韵味，整部作品依然引人入胜、生动有趣。

诚然，阿克罗伊德对原著内容的删除不只是考量作品的形式需求，而是有其深刻动机和高远意旨。对历史和传统的独特认识，使他能在作品中更注重挖掘和彰显民族精神内核，饱含着他对"英国音乐"的重要思考。在亚瑟王故事可被利用的众多元素中，选择凸显哪些元素，与不同时期的主流文化诉求和作者本人的创作思想有直接关系。当代社会距离马洛礼笔下的那个骑士时代已很遥远，已从一个游侠历险、宗教忠君的时代演变为一个世俗化的消费社会。在这样的语境下，在他人看来，阿克罗伊德选择这部作品改编似乎显得过时，但是他本人并不这么认为，对他而言，不仅不过时，而且还很必要，因为他要传达的思想正是当下消费文化语境中所缺失的东西。他始终认为，经典承载的传统文化思想和丰厚的主题内容值得每一代人认真反思。不可否认，骑士制度已是历史，但是骑士精神中的一些美好品质，如诚实、勇敢、忠诚、美德等却可以跨越千年万载而得到不同时代人们的称赞和肯定，那些可敬的骑士形象也成为后世读者所敬仰的审美对象，阿克罗伊德正是想在当下语境中重现这些可以穿越时空的不朽品质和形象。因此，阿克罗伊德的改编并不满足于仅讲述古人的浪漫故事，借古人故事传达民族魂才是他的终极目标。

阿克罗伊德对原著中所蕴含的悲剧精神有深刻领悟，并通过再现亚瑟王、兰斯洛特和特里斯坦等几位悲剧人物形象传达出原著中深沉的悲剧意识，引发人们对人类命运的终极思考。作者对亚瑟王和兰斯洛特的抒写恢宏而又不失细腻，始终关注人物情感的动态发展而不是仅满足于对人物情感作纯然静态的欣赏、观照和感受，不断发掘出人物行动的内在动机，使改编本中人物之间的矛盾冲突更为集中。在阿克罗伊德的笔下，亚瑟王是"世上最高贵的国王和骑士，最爱戴他的那些圆桌骑士们"①。由于具有皇室血统，亚瑟王是唯一能从巨石中拔出宝剑的人，因此被推举为新国王。在此后的几年内，亚瑟王凭借其勇敢、胆识和威望征服了整个北部地区和苏格兰。后来，当五位王爷率兵前来侵犯亚瑟王国时，亚瑟王与他们英勇交战并大获全胜，五位王爷被杀，亚瑟王随后在战场上建起一座漂亮的寺院，取名"丰功寺"（Abbey of Good Adventure），以纪念他的丰功伟绩。不久亚瑟王回到凯姆莱特城堡（Camelot），挑选八位优秀的骑士替补上了在战争中牺牲的八位圆桌骑士。此时，他便成为人们心目中所有国王里最伟大、最讲诚信的国王。

在改编作品中，阿克罗伊德高度赞美了他心中的"骑士之花"兰斯洛特，认为"从来没有任何骑士赢得过如此多的荣誉。整个世界都在赞美兰斯洛特爵士"②。在叙事中，他巧妙地借用不同人物视角对兰斯洛特进行全面评价。例如塔昆爵士说："你是和我交过手的最伟大的骑士。"③ 特里斯坦对勃里奥伯勒斯说："你是兰斯洛特的姪子？那我不会再和你打了。我太爱那位盖世无双的骑士了。"④ 桂乃芬也曾告诉加拉哈："兰斯洛特是世界上最好的骑士，并且有高贵的血统。你和他很像。"⑤ 深爱他的少女伊莱恩说："上帝保佑，他是最完美的骑士。他是我在这个世上爱过的第一个人，也是最后一位。"⑥ 高文对她说："小姐啊，你真好福气，他是世上最勇敢、最尊贵的骑士。"⑦ 在小说最后一章，鲍斯说：

> 兰斯洛特啊，您是我们所有基督徒骑士的领袖，您如今虽

---

① Peter Ackroyd, *The Death of King Arthur*, pp. 299–300.
② Peter Ackroyd, *The Death of King Arthur*, p. 88.
③ Peter Ackroyd, *The Death of King Arthur*, p. 75.
④ Peter Ackroyd, *The Death of King Arthur*, p. 107.
⑤ Peter Ackroyd, *The Death of King Arthur*, p. 179.
⑥ Peter Ackroyd, *The Death of King Arthur*, p. 241.
⑦ Peter Ackroyd, *The Death of King Arthur*, p. 242.

已躺在这里，但我还是要说，人世间没有一个骑士是您的对手。在持盾的骑士中，您是最谦逊的；在骑马的武士中，您是最诚实的；在跟女人相爱过的有罪的男人中，您是最忠心的；在佩剑的骑士中，您是最仁慈的。普天下所有的骑士，没有人能比您更善良！在聚宴厅陪伴贵妇人的男人群中，没有人比您更温和、更优雅！在手持长矛与仇敌作战的骑士中，没有人比您更威武、更豪迈！①

阿克罗伊德还通过描写兰斯洛特的高尚品格和行为赞扬他的忠诚和伟大。例如当亚瑟王和高文征讨兰斯洛特而他又不得不应战时，他也无怨无恨，竭尽全力保护亚瑟王并对鲍斯说："千万别杀他，你如果再敢碰他，我就要你的命。我决不能眼睁睁看着敕封我为骑士的高贵国王被你杀死或蒙受耻辱"②。他帮助亚瑟王上马后说："我的国王啊，请我们别再战了。您在这里不会赢的。我已命令我的人不要伤害您和高文的性命，而您却让您的人置我于死地。国王啊，我请求您想想我以前对您的好吧。"③

然而，和在原著中一样，阿克罗伊德笔下的亚瑟王和兰斯洛特这两位最伟大、最高尚的骑士最终都以悲剧而告终。亚瑟王在和造反的莫俊德交战时而死，兰斯洛特与王后各自在修道院度过余生。此外，在详写亚瑟王和兰斯洛特同时，作者还用略写的方法讲述其它对恋人的故事，例如他巧妙地通过一个简单的闪回叙事让读者了解到特里斯坦和伊索尔德两人的爱情也是悲剧结局。罗伯特·麦基认为："一个讲得好的故事能够向你提供在生活中不可能得到的那一样东西：意味深长的情感体验。"④ 阿克罗伊德的《亚瑟王之死》在对主人公悲剧命运的渲染中也让读者获得了这种不同寻常的感情体验。与原著不同的是，阿克罗伊德的改编本让原著中的那些浪漫传奇人物更鲜活，与读者的时空距离更近，更可知、可感。因此，亚

---

① Peter Ackroyd, *The Death of King Arthur*, pp. 315 – 316.
② Peter Ackroyd, *The Death of King Arthur*, p. 285.
③ Peter Ackroyd, *The Death of King Arthur*, pp. 285 – 286.
④ [美] 罗伯特·麦基：《故事—材质、结构、风格和银幕剧作的原理》，中国电影出版社2001年版，第132页。

瑟王、兰斯洛特与桂乃芬、特里斯坦与伊索尔德等人物以及他们的悲剧已被作者处理为一种隐喻,给予读者无限联想和回味,这正是阿克罗伊德在改编过程中遵循的一个美学原则:通过重复讲述古人的故事,让现代读者充分体验悲剧艺术的力与美,了解过去,反思现在。可见,阿克罗伊德的改编不只是简单的形式重复和删减,而是试图再现和传承民族文化传统和民族精神的努力,因为改编也是"英国性"的一个重要组成部分。

在这部作品中,阿克罗伊德还借助了爱默生的"地方影响论"来阐明"英国性"中的一些重要特质,如忧郁、勇敢、忍耐等。爱默生在谈到英国人的"才能"时就已注意到环境和民族性格的关系,例如,他说:

> 一批伟人出现在英国历史上,因为这里人杰地灵,谁来到这块充满魔力的土地,都将脱胎换骨。荒芜的沙滩、恶劣的天气,令每个探险者都不自觉地变成了劳动者,他们拼命地改造自然,为生存奋斗。这些人的品格令人钦佩,性格中有种猛犬般刚毅、暴躁的气质。①

爱默生认为,英国人之所以被认为是一个具有忧郁性格的民族是因为这个岛国的潮湿气候,同时,在阴冷严寒气候的洗礼下,又造就他们性格中勇敢和忍耐的一面。和爱默生一样,阿克罗伊德也相信气候在国民性格和民族文化的形成过程中扮演着重要角色,赞成弥尔顿的观点,即"一方水土养一方人"②,同时,他也认同查尔斯·孟德斯鸠(Charles Montesquieu,1689—1755)的思想,即"英国温和的气候适合于诗人和音乐家,但因太潮湿和寒冷而不太适合画家"③。在改编《亚瑟王之死》时,阿克罗伊德自觉地将原作中所隐含的民族性

---

① [美]拉尔夫·沃尔多·爱默生:《英国人的特质》,王勋等编译,清华大学出版社2012年版,第52—53页。
② Wright, Thomas, ed., *Peter Ackroyd, The Collection: Journalism, Reviews, Essays, Short Stories, Lectures*, London: Vintage, 2002, p. 328.
③ Wright, Thomas, ed., *Peter Ackroyd, The Collection: Journalism, Reviews, Essays, Short Stories, Lectures*, p. 328.

格和民族精神与英国地方特色联系起来思考，强调其本土化特征。桑德斯认为："神话作为原型无疑关注那些能穿越文化和历史时期的主题：如爱情，死亡，家庭，复仇等。这些主题可能在某些情况下被视为'普遍的'，然而，改编的本质是使神话原型变得具体化、本土化、现代化。"[1] 据此，阿克罗伊德对《亚瑟王之死》的改编实现了"具体化、本土化和现代化"目的。在改编作品中，阿克罗伊德通过结合地域文化特征着重再现和渲染原作中所弥漫的英国精神。地域文化的书写是文学民族化的一个重要标志和手段，历史上许多伟大的作家都是如此。例如，奥诺雷·巴尔扎克（Honoré de Balzac，1799—1850）曾说："许多历史家忘记写的那部历史，就是风俗史。"[2] 列夫·托尔斯泰（Leo Tolstoy，1828—1910）也曾说："'小说家的诗'是'基于历史事件写成的风俗画面'。"[3] 和两位作家一样，阿克罗伊德也坚信，一个民族的文学要想获得新的生命力，必须从地方性，即地域文化方面寻求突破。他的创作实践证明，书写地域文化已成为阿克罗伊德自觉的艺术追求，因此他才选择了《亚瑟王之死》这部承载着英国民族性格和气质的作品再现和表征"英国性"。

阿克罗伊德认为，英国的典型地域环境滋养了亚瑟王和他的圆桌骑士们的民族性格特征："忧郁、勇敢、责任、牺牲、奉献"等。在他的作品中，阿克罗伊德利用不同人物的独白强调了马洛礼的《亚瑟王之死》中所蕴含的这些典型的民族性格特征、民族精神和民族情感。如加拉哈在临死前说："请传达我对父亲兰斯洛特的问候和爱，并提醒他在尘世上的生命是短暂的。"[4] 兰斯洛特曾告诉亚瑟王说："所有的人都得死，陛下，但我们要死的荣耀。"[5] 阿克罗伊德认为，这些人物身上都彰显出典型的民族性格和民族情感，"亚瑟王

---

[1] Julie Sanders, *Adaptation and Appropriation*, New York: Routledge, 2006, p. 71.
[2] ［法］奥诺雷·德·巴尔扎克：《人间喜剧》（前言），载伍蠡甫主编《西方文论选》（下），上海译文出版社1979年版，第168页。
[3] ［俄］列夫·托尔斯泰：《古典文艺理论译丛》（第1册），人民文学出版社1961年版，第200—201页。
[4] Peter Ackroyd, *The Death of King Arthur*, New York: Penguin Group, 2011, p. 222.
[5] Peter Ackroyd, *The Death of King Arthur*, p. 178.

第七章 改编小说与经典的后经典重构

和他的王国的悲剧命运和民族情感是一致的"[1]。当然,作者还通过加拉哈之口传达出民族精神的不朽,例如他说:"我的身体将死亡,但我的灵魂将永生。"[2] 亚瑟王身上也蕴含着作者同样的信念,他在小说中写道:"一些人说亚瑟王并没有死,当我们需要他时,基督会派他回来。我不知道这是不是真的[3]。我只能说他已经转世去了,在他的坟墓上写有这样的碑文:亚瑟王长眠于此,他将来还会转世为王。"[4] 阿克罗伊德坚信,"亚瑟王可能仅仅是民族想象的一个虚构形象。然而,它是马洛礼的天才发明,因为亚瑟王和他的圆桌骑士在英国人的情感中已占据一个牢固而永久的地位"[5]。

以上分析表明,阿克罗伊德对原著情节的浓缩虽然使作品少了一些细节描写,"但赢得的却是被压缩的情节使故事结局快速到来时的那种宿命感"[6],既具有原文本的精髓,又不像原著那样包罗一切,而是懂得制造留白,给读者提供无限的想象、回味、思考的空间和余地。这种风格又颇似海明威所倡导的"冰山创作论",即创作要像海上漂浮的冰山,有八分之七应该隐藏在水下,因此,"获得的是一种言外之意,趣外之旨"[7]。

通过改编,阿克罗伊德捕捉到英国文学中的悲剧意识,使之得到延续和保留,并能用历史的眼光来审视当今社会,例如,小说中有这样的评论:

> 今天,一个男人爱上某个女人仅仅一周,便要求她为他献身。一切都显得既不牢固,又不真实,既卑微又不稳定。爱情热得快,冷得更快。古人的爱并非如此。那时的男女,即使相爱七年,在此期间,相互间绝无苟且之事。在亚瑟王时代,相

---

[1] Peter Ackroyd, *Albion: The Origins of the English Imagination*, New York: Random House, 2004, p.115.
[2] Peter Ackroyd, *The Death of King Arthur*, New York: Penguin Group, 2011, p.220.
[3] 这句话在马洛礼的原著中是:"我不同意这种说法",阿克罗伊德的改动更好地传达出作者的历史观,他相信,亚瑟王所代表的民族精神长存。
[4] Peter Ackroyd, *The Death of King Arthur*, New York: Penguin Group, 2011, p.308.
[5] Peter Ackroyd, *The Death of King Arthur*, p.xv.
[6] Linda Hutcheon, *A Theory of Adaptation*, New York & London: Routledge, 2006, p.157.
[7] 朱维之等主编:《外国文学史》(欧美卷),南开大学出版社2004年版,第521页。

爱的人之间最看重真情和忠诚。①

作者还在小说的另一处说："英国人缺乏的就是稳定和真诚，总爱喜新厌旧。没什么能使他们长久地得到满足。"② 桑德斯认为："尽管受多种习俗和传统、受以前知识和以前文本的约束，但是每一时期的人们对同一文本的接受是各具特色、相互不同的，在此意义上，古老的故事成为新故事，好像是首次被讲述和阅读。"③ 阿克罗伊德的改编本正如桑德斯所说，虽然他讲述的是旧故事，但读者、语境和语言都是新的，注定会产生原著中所难以企及的新意，使古老的故事成为新故事。阿克罗伊德认为，马洛礼的《亚瑟王之死》是英国民族身份和民族精神的源头和象征，因此值得不同时代的作家用各种艺术载体对其进行阐释。亚瑟王和他的骑士们是英国民族精神的代表，值得一代代人的继承和发扬。

概而言之，在《克拉肯威尔故事集》《维克多·弗兰肯斯坦个案》和《亚瑟王之死》三部改编作品中，阿克罗伊德通过"忠实性原则""疏离式改编"和"颠覆式改编"等叙事策略对英国文化传统进行了自觉挖掘、构建和再现。正如哈琴所说，改编者可以根据不同的目的将一部著作进行"本土化"（indigenization）改编，即改编成适合本土或本民族文化需要的作品，例如"莎士比亚的作品所承载的文化力量可以被英国人以弘扬爱国主义和民族文化为旨归进行改编。但对于美国人、澳大利亚人、新西兰人、印度人、南非人或加拿大人来说，那种文化力量在被转换成新的作品之前必须被改编成不同的历史语境"④。阿克罗伊德在三部作品中都进行了不同程度的"英国化"或"本土化"改编，使作品更具有英国文化意蕴。当然，作者强调的并不是狭隘的"英国性"，对此，他曾明确说明，"我不想采用某种小英格兰立场的文学形式，对我来说，没有比上世纪50和60年代的英语诗歌和小说在法国文学的创新和美国文学的

---

① Peter Ackroyd, *The Death of King Arthur*, New York: Penguin Group, 2011, p. 251.
② Peter Ackroyd, *The Death of King Arthur*, p. 300.
③ Julie Sanders, *Adaptation and Appropriation*, New York: Routledge, 2006, p. 81.
④ Linda Hutcheon, *A Poetics of Postmodernism, History, Theory, Fiction*. London: Routledge, 1988, p. 151.

活力面前选择保守和狭隘更令人沮丧了，我希望表达更宏大的目标，我想追溯的是贯穿英国文学传统的连续性"[1]。显然，阿克罗伊德的立意更高、更远、更深，他想梳理的是英国文化源远流长的历史和文脉。事实上，通过书写历史，他发现了许多惊人的可以表征"英国性"的连续性，他曾说：

> 在英国文化中有许多惊人的连续性，如从过去两千年的英国诗歌头韵到普通英国人房子的形状和大小。但最主要的联系都与地方有重要关系，因为一个地方往往会影响居住其中的人，伦敦就是典型的例子。但"地方性"也可以用来指"民族性"。英国作家和艺术家，英国作曲家和民间歌手都有"地方感"，因此他们之间所形成的传统往往使得一个地方变得神圣。传统的力量无疑还可以在其它地方和国家发现，但在英国，传统与地方是密切联系在一起的。[2]

正是基于这样的信念，阿克罗伊德在所有作品中都通过地方或伦敦历史传统表征"英国性"。

阿克罗伊德的经典改编对于改编理论和实践以及英国文学改编传统的延续都具有重要意义。一方面，他通过创作实践证明改编作品也是创造，不是派生或二流的作品，因为它同样彰显着作者的创作才华。可以说阿克罗伊德为经典的后经典改编做出了重大贡献。另一方面，阿克罗伊德的改编有助于英国文学改编传统在当下的延续。桑德斯曾指出："改编既需要经典也可以使经典长存。"[3] 德里克·阿特里奇（Derek Attridge, 1945—）也曾言："任何经典的不朽都在一定程度上依赖于后人对前人的引述。"[4] 在此，阿特里奇旨在

---

[1] Wright, Thomas, ed., *Peter Ackroyd, The Collection: Journalism, Reviews, Essays, Short Stories, Lectures*, London: Vintage, 2002, pp. 330–331.

[2] Peter Ackroyd, *Albion: The Origins of the English Imagination*, New York: Random House, 2004, p. 464.

[3] Julie Sanders, *Adaptation and Appropriation*, New York: Routledge, 2006, p. 8.

[4] Derek Attridge, "Oppressive Silence: J. M. Coetzee's Foe and the Politics of Canonisation" in Graham Huggan and Stephen Watson, eds. *Critical Perspectives on J. M. Coetzee*, Basingstoke: Macmillan, 1996, p. 169.

强调，经典的文本之所以经典，不是在于文本的固定形式，而是在于它的价值和意义的无限生成，因此每一代人都有义务去传承经典，而改编也是延续传统的一种方式。有鉴于此，可以说阿克罗伊德通过改编完成了传承经典的义务，给经典注入了时代元素，从而使经典在流动和不断兼容的过程中得以继续延续。他用自己的改编实践证明，经典在流动中既有传统经典的焕发活力，也有新经典的成长，因此，他的改编是经典的延续与延续的经典。在他的作品中，过去通过艺术形式复现，现在则同样通过艺术形式与历史联系在一起，因此，他的作品既拥有当代读者的现实经验意义，又具有传统文化的精华，是古典美和现代思想的有机融合。同时，阿克罗伊德的改编作品还具有经典作品所特有的恢宏气势，展示出历史的连贯与宏大，从一己之感传达出人类历史的普遍经验，体现出丰沛的历史意识。他没有像有些后现代改编者那样，仅仅满足于戏说、调侃和解构，他明白，仅仅追求语言和情感的狂欢与宣泄是肤浅的做法。作为一位严肃作家，他不仅忠实于自己独特的艺术个性、艺术风格和艺术气质，而且能站在民族文化的高度，懂得沐浴在文学史的长河中，尽力吸取传统的营养，将人类文化优秀成果和前人作品的精华化为自己作品的元素，使作品既渗透着经典作品所特有的恒久魅力和价值，又闪耀着作者本人的智慧和思考。因此，阿克罗伊德是一位沉浸在前辈作家之中，但仍然保持着自己个性的作家，并善于挖掘出经典名著中能引起当代人共鸣的元素，体现出作者穿越文化的能力和动态的历史观。

阿克罗伊德发现，最杰出、最具独创性的作家往往向别人学习和借用最多，如乔叟、莎士比亚、斯宾塞、弥尔顿、狄更斯等都是如此。桑德斯说："改编永远在进行。"[①] 的确如此，从整个英国文学史来看，经典改编是一个历史传统，是文学史和艺术史上的一个永恒现象。阿克罗伊德对经典的改编、改写和重写这一创作行为本身也是对前辈作家所开创的"英国性"的创造性继承和发展。阿克罗伊德的改编不仅依附于传统和以前的作品，而且也在一定程度上

---

① Julie Sanders, *Adaptation and Appropriation*, New York: Routledge, 2006, p.24.

改变了以前的作品，实现了对传统的创造性继承。还有学者说："一部文学作品不只是经验的表现，而且总是一系列这类作品中最新的一部；无论是一出戏剧，一部小说，或者是一首诗，其决定因素不是别的，而是文学的传统和惯例。"[1] 阿克罗伊德的作品也是如此，承载着深厚的文学传统。事实上，他选择的改编文本具有一定的代表性，它们不仅承载着自己时代的精神，也蕴含着英国文化传统的精髓和全人类共同关心的问题，因此，值得不同时代的人们不断书写和重读。

---

[1] ［美］勒内·韦勒克、奥斯汀·沃伦：《文学理论》，刘象愚等译，生活·读书·新知三联书店1984年版，第72页。

结　　论

　　阿克罗伊德在互文小说、传记小说、侦探小说、考古小说、成长小说、虚拟小说和改编小说中所采用的丰富多样的叙事手法彰显出其高超的小说叙事艺术和功底，为小说创作提供了新的范式，对叙事学理论做出重大贡献。阿克罗伊德的小说犹如我国著名画家徐渭的《杂花图》，尽显无与伦比的杂糅之美和叙事功力。又如贝多芬的交响乐，情感真实、表现力强、风格多元。然而，阿克罗伊德的小说不仅仅彰显出形式或美学上的魅力，更承载着丰厚的内容和所指。刘建军教授曾说，研究小说结构"就是要从艺术的角度，来考察其如何与内容相辅相成，更重要的是，它与时代发展之间的密切关系"[1]。可以说，阿克罗伊德对小说艺术的追求并不只是为了炫技，而是能依据每部作品的具体内容选择恰当的叙事形式，让每部小说的形式和内容达到完美结合，既散发着作者个人的缕缕馨香，又蕴含着丰厚的民族历史和文化，让每部作品深深地根植于英国民族文化的土壤之中，因为他相信，"我们精神和文化生活中那些有价值的东西大都源于我们自己的国土"[2]。阿克罗伊德曾说，他的每部小说都是伦敦书写的一部分，因此，它们虽然不尽相同，但都从不同侧面透视了伦敦的风景，让读者从不同维度了解了伦敦，就像探讨视角概念的西方元老亨利·詹姆斯所说，为读者提供了无数个"窗户"，让"这些不同形状和大小的窗户，一起面对着人生的场景"[3]。为了让

---

[1] 刘建军：《西方长篇小说结构模式研究》，华东师范大学出版社2017年版，第4页。
[2] Peter Ackroyd, *Albion: The Origins of the English Imagination*, New York: Random House, 2004, p.458.
[3] James, Henry, *The Portrait of a Lady* (A Norton Critical Edition, Second Edition), New York: W. W. Norton & Company, 1995, p.7.

结　论

"驻在窗口的观察者"看到更多风景，阿克罗伊德发挥了一位艺术家的决定性作用。

在谈到何为理想的历史小说时，有学者认为："理想的历史小说应该是一部民族的风俗史、一部人类的心灵史；同时，它还应该是一种深层的对话结构，不仅与历史对话，而且也与现在的乃至将来的读者对话，引导读者提升文化品位而不是迎合读者的流行趣味。"[①] 以此为标准，阿克罗伊德的历史小说堪称是理想的历史小说，因为他始终希望在历史与现实之间建立起对话的桥梁与精神的连接，通过历史书写梳理英国民族的心灵史。

阿克罗伊德的小说叙事质朴而不缺乏韵致，既饱含历史生活的真实感又能激起审美上的愉悦感，总能在"尊重史实的基础上放飞文学的想象"[②]，使历史和想象融为一体，体现出英国文化的杂糅性。概而言之，阿克罗伊德的历史小说都体现出"深度艺术加工"和"历史情味"相结合的特征。"历史情味"是印度诗人拉宾德拉纳特·泰戈尔（Rabindranath Tagore，1861—1941）在评论历史小说时所使用的一个术语。他认为："如果历史学家曼森对莎士比亚这个剧进行历史考证，那他可能会找出许多违反时代的错误和历史错误，但是莎士比亚在读者心灵上所施加的魔力和通过虚构的历史所复制的'历史情味'，不会因为历史的新证据的发现而泯灭。"[③] 在泰戈尔看来，"历史情味"比历史事实更重要，这是因为：

> 小说创作得到了一个与历史结合的特殊情味，小说家已成为历史情味的贪婪者，他们不特别注意某些历史事实，如果有人不满意小说中的历史的特殊意味，想从中拣出与小说已不可分割的历史，那等于要从已煮熟的菜肴里找出香料、调料、姜黄和芥子。我们同那些只有证实了调料之后才做可口的菜肴和把调料压成一个模式做菜肴的人，没有任何可争执的，因为这

[①] 杨建华：《唐浩明历史小说创作综论》，《湖南大学学报》2003年第9期。
[②] 王向远：《日本当代历史小说与中国历史文化》，宁夏人民出版社2003年版，第55—56页。
[③] ［印度］拉宾德拉纳特·泰戈尔：《历史小说》，载吕同六主编《20世纪世界小说理论经典》（上），华夏出版社1995年版，第12页。

里味道毕竟是主要的，调料是次要的。①

事实上，蕴含着"历史情味"的小说往往被认为是当下性与文学性的高度统一。据此，阿克罗伊德的历史小说都是具有"历史情味"的小说。一方面，他通常能在现代文化的意义上尊重和反观历史，并发现历史的现实指涉和现代性内涵，因此他实现了小说的现代性。另一方面，阿克罗伊德把史性的"历史"转化成了诗性的"小说"，大胆地发挥了艺术想象力和创造力，充分运用各种艺术方式，以"历史情味"为目标创造出历史小说中的佳作，使读者从中获得丰富的审美愉悦。

大卫·科沃特（David Cowart）曾指出，后现代历史小说至少有以下两种目的或功能："一是探索过去；二是间接评论当代社会问题。"② 阿克罗伊德的历史小说同样兼具这两种目的。首先，探索过去是阿克罗伊德历史小说的共同目标。事实上，阿克罗伊德的历史小说之所以卓然不群，主要在于他始终能立足于英国历史。其次，阿克罗伊德的历史小说虽然写的是过去，但它们往往在对过去的书写中直接或间接地指涉当下。另外，阿克罗伊德历史小说的意义还在于有作者的情感寄托和对历史的人性注入。这种人性注入，不仅可以帮助现在的读者走进"历史"，而且也使历史活在"现代"，因为虽然历史中的一切人与事都只是短暂的存在，但人性是不变的、永恒的，可以穿越时空。人性的注入还可以使历史内容具有鲜活的灵魂，一切人物和事件都不再是过眼云烟，而是人们心中的永恒，因此，他的历史小说既能促动读者对历史的思考，又能引起读者的情感共鸣。阿克罗伊德历史书写的动机既来自对历史的兴趣与反思，也来自对历史传统被忽视的忧虑，体现出一位作家的历史责任感和对整个人类未来命运的终极思考与展望。

阿克罗伊德的创作实践证明他是一位能立足当下、珍视过去与憧

---

① ［印度］拉宾德拉纳特·泰戈尔：《历史小说》，载吕同六主编《20世纪世界小说理论经典》（上），第12—13页。

② David Cowart, *History and the Contemporary Novel*, Carbondale: Southern Illinois University Press, 1989, p. 8.

结 论

憬未来的严肃作家。虽然身处后现代语境，但是他拒绝追随任何新奇潮流和理论，而是在历史书写中挖掘英国文化传统。他以恒定的意志守护着对传统与经典的审美与信仰，梳理出一个个源远流长的英国文学传统，从前辈作家身上找到了身份认同的愉悦和民族身份记忆的连续性，彰显出宏阔、深邃的历史感和史诗性的创作追求。弗雷德里克·詹姆逊（Fredric Jameson，1934— ）曾说："从根本上说，历史是非叙述的、非再现的。"[①] 阿克罗伊德虽然知道历史真实的不可能完全企及，但是依然不放弃对历史的兴趣和执着追溯，因为他相信，"历史除非以文本的形式才能接近我们"[②]。通过历史书写，阿克罗伊德使得英国的过去与现在得到神秘联结，把原是零散、无序的历史梳理成具有内在联系的有机体，使英国人找到定位民族身份的根本。阿克罗伊德对历史连续性的再现和对"英国音乐"的表征带来一种多数后现代作品中所缺少的严肃性和历史感。然而，他明白，虽然历史只有通过文本才能被认识，但是历史永远不能被简约为文本，而是永远无法完成的文本，因此，值得一代代人不停地书写下去。

阿克罗伊德认为，英国历史和文化的内在连续性是"英国音乐"的一个重要方面，值得深入研究。他曾说："我们可以发现一些难以想象的遥远的过去与现在连续的证据。"[③] 例如，现在的公路正是沿着古代的道路修建而成，多数现代教区采用的是以前古老社区的格局，并保留着古代的墓葬，这说明古人依然在我们身边。另外，一些圣地的历史几乎和民族史一样古老。例如，教堂和修道院往往坐落在巨石纪念碑、圣泉和早期青铜时代举行仪式的地点，东约克郡拉兹顿教区教堂的墓地有英国最高的新石器时代的孤赏石，中世纪肯特郡的朝圣道路可以追溯到史前通往圣泉和圣地的路线。因此，阿克罗伊德认为："我们仍然能体验到遥远的过去。"[④] 有人提出英

---

① ［美］弗雷德里克·詹姆逊：《政治无意识》，王逢振、陈永国译，中国社会科学出版社1999年版，第72页。
② ［美］弗雷德里克·詹姆逊：《政治无意识》，王逢振、陈永国译，第72页。
③ Peter Ackroyd, *Foundation*: *The History of England From Its Earliest Beginnings to The Tudors*, New York: St. Martin'sPress, 2011, p. 443.
④ Peter Ackroyd, *Foundation*: *The History of England From Its Earliest Beginnings to The Tudors*, p. 444.

国的城市和乡镇随着罗马统治的终结而衰败，阿克罗伊德却认为这是错误的推断，作为现在的行政中心，它们的功能只是与以前不同而已。事实上，城市人口仍然保留着，并延续了以前城镇的生活传统，这可以在康沃尔郡新石器时代的社区看到，在公元前3000年那里就有坚固的石墙，人口约200人。阿克罗伊德还指出，在乡村甚至可以看到更多连续性的证据。例如盎格鲁·撒克逊人的"入侵"并不是与过去决裂的标志，事实上，这些日耳曼移民制定了同样的田地制度，保留了旧时的边界。他们尊重土地的原有状态，保留同样的首府，他们的圣地就是之前新石器时代的遗址，所有这些证据都彰显着过去的存在与历史的源远流长。阿克罗伊德曾深有感触地说过，回溯历史时，我们可以再次生活在12或15世纪，发现我们自己时代的回声和共鸣，同时，还可以认识到，有些东西如虔诚和激情等永远不会过时和消失，因此，他说，我们可以得出这样的结论："人类精神的伟大戏剧是常新的。"[①]

阿克罗伊德对连续性的重视和尊重使得他对前辈作家所开创的民族文化传统怀有浓厚兴趣和情感。虽然罗兰·巴特（Roland Barthes, 1915—1980）曾宣称"作者已死"，但是阿克罗伊德却坚信那些经典作家不仅没有死，而且永远活在当下，如乔叟、莎士比亚、查特顿、狄更斯等都是如此。历史证明，当一些流行作家被历史遗忘后，这些经典作家的作品却能承受得起时间洪流的冲洗和当今电影、电视、广播等多种媒体以及戏剧、音乐、绘画、舞蹈等不同艺术形式的不断改编。例如有学者指出，莎士比亚历经四百年之后还能无所不在，并"将在我们时代消逝之后继续存在下去"[②]。在阿克罗伊德看来，真正的经典作品不会轻易被历史淘汰，经典作品永远具有影响力并且使当今重要的新创作成为可能，它们不仅是自身时代现象的反映，也是现代社会的最好借鉴，仍然可以影响和改变当下人们的生活和价值观念，因为无论世界如何变化，有些传统永远不会变，经典之所以能引起不同时代人们的共鸣，就在于它们蕴含

[①] Peter Ackroyd, *Foundation: The History of England From Its Earliest Beginnings to The Tudors*, New York: St. Martin'sPress, 2011, p. 446.

[②] ［美］哈罗德·布鲁姆：《读什么，为什么读》，黄灿然译，译林出版社2011年版，第12页。

结　论

着那些永恒不变的传统。例如，以乔叟、莎士比亚和狄更斯三个典型而最能代表"英国音乐"内核的作家所形成的英国文学伟大传统得到后代作家的继承和发展，并演变为能够表征民族文化特征和民族身份的"英国性"。虽然在他们作品中的那些历史人物都是有一定时空距离的人，但是阿克罗伊德从他们身上找到能激起他内心共鸣的思想和情感，因此他们成为他表达个人理想、表征民族精神的重要载体。在阿克罗伊德的笔下，这些作家都是伦敦记忆的一部分，是英国文化传统得以形成的根本，因为以他们为代表的英语文学创造出了可以同任何民族、任何时代的杰作相媲美的传世之作，取得了永远值得英国人骄傲的成就，形成了一个表现英国社会文化、表达英国人思想情感和弘扬英国民族意识的文学传统。为了更好地表现这一源远流长的英国传统，在叙事形式上，他自觉地在不同小说中采用不同经典作家的叙事策略，让自己的作品和经典作家的作品形成互文，用个人的创作实践让传统延续至今。

　　阿克罗伊德尊重过去与传统，但不拘泥于过去，更强调在继承传统的同时能充分发挥个人才能。例如，他在追溯和梳理英国经典作家所开创的英国文学传统时注意到，英国文学史上一些杰出的作家都善于在改编前人作品的基础上进行创作。有鉴于此，阿克罗伊德也将改编经典作为其创作手段之一，积极改编经典作品，并能以后现代视野对经典作品进行创造性历史书写。阿克罗伊德的改编既有对原著的再现，又有与原著的疏离，还有对原著的颠覆，勇于通过创造新作品丰富传统，因为他认识到，学习和效仿固然重要，但模仿的再好也不能代替独创性的艺术创造。因此，在改编过程中，他不仅注重作品的本土化和历史感，而且也能为原作注入对时代问题的思考，从而创造出与当代人类生活更贴近，更能令人信服的历史故事。在后现代语境中，当经典文本面临被大众文化冷落和挑战时，阿克罗伊德选择改编经典这一创作行为本身和他选择经典作家为传主一样都足以说明他对民族文化传统的深爱与尊重。

　　阅读过阿克罗伊德全部作品的读者会发现，他的历史小说创作手法和传记创作方法形成巧妙对照和呼应，充分展现出他同时作为传记家和历史小说家的才华，因为他既能"给传记戴上小说的面具",还能"给小说蒙上传记的面纱",丰富了历史书写的艺术空间。例如,在作家传记中,他首先采用传统现实主义的写实手法通过历史书写勾勒出传主的人生经历,将传主定位在他们所生活的真实的历史背景之中,呈现给读者一个真实可感的历史人物。然后,在依据历史事实的基础上,作者对一些有关传主的历史记录空白进行合理的后现代想象、虚构和阐释,在不改变历史事实的基础上还原出一个个鲜活而丰满的传主形象。然而在历史小说中,作者采取了相反的写作策略。如果说阿克罗伊德在传记中主要采用的是建构方法的话,那么在历史小说中他采用的却是先解构后建构的方法。作者往往一开始就使用大胆的想象将真实的历史人物或事件解构,例如他对查特顿之死的大胆设想、依据霍克斯默这一真实的历史人物想象出戴尔和霍克斯默两个人物、对王尔德的戏仿、对玛丽·兰姆弑母原因的不同阐释、对弥尔顿与柏拉图的反事实叙事等都彰显出明显的小说创作特征,因此,无论作者重构的故事有多么逼真,读者一开始就明白它们不是传记而是小说。由此可见,阿克罗伊德的作家传记书写和历史小说的书写虽然有共通之处但存在重要区别,即他的传记虽然有小说的面具,但它们不是小说,因为作者在传记中没有使想象超越历史的限度,从而达到小说的想象程度。同样,他的历史小说,尤其是传记小说,如《一个唯美主义者的遗言》《查特顿》和《伦敦的兰姆一家》等,虽然被蒙上传记的面纱,但毕竟不是传记,依然是小说,因为一些看似历史真实的部分完全建构在虚构和想象的基础上。另外,阿克罗伊德历史小说中的主人公与作家传记中的传主也形成鲜明对比。在传记中,那些传主多数都是有定论的英国正典中的人物如乔叟、莎士比亚、狄更斯等,而历史小说中的主人公或事件都是颇有争议的人物或事件,如查特顿、王尔德、玛丽·兰姆等。阿克罗伊德的这种选择显然是深思熟虑的结果,是为表达不同的主题思想而进行的精心设计。在传记中他要树立"英国性"不可动摇的核心与象征,而在小说中他要表达"英国性"的多元性、开放性和杂糅性,因此,这些性格各异、个性鲜明的人物恰恰可以给他提供发挥想象和阐明主题的空间。

阿克罗伊德的历史小说旨在通过对"过去"的探索,获取超出

结　论

我们记忆和生活经验的知识，找到过去和现在之间错综复杂的联系。因此，在他的小说中，"过去"扮演着双重角色：既是探究和表征的对象，也是了解现在和整个人类状况的重要途径和方法。有鉴于此，阿克罗伊德的历史书写不应被视为文化保守主义，而是一种精神溯源，因为他敏锐地意识到，历史和传统是保障文化生命力的根基，它使记忆连贯，让古今互鉴，可告知不同时代的人们如何应对同样的生存困境。他曾说："一个没有身份的国家是一个没有记忆的国家，而一个没有记忆的国家根本就不能称为一个国家。"[1] 阿克罗伊德始终尊重历史和传统，因此，他常将经典作家和作品镶嵌在自己的作品中，通过新的叙事使文学传统保持新鲜活力和生命力。正是因为能从前辈作家身上找到身份认同的愉悦，从古人的故事中获得对人生的启悟，他才精心选取英国历史中富有典型意义的文化人物和事件作为书写对象，采用不同叙事手法描述出一个个连续不断的英国文化传统。阿克罗伊德的历史书写也并非厚古薄今，他没有钻到故纸堆里，无视当下的存在，而是能以当代视角回望过去、考察过去，书写过去，担负起一位作家的时代责任。塞缪尔·贝克特（Samuel Beckett，1906—1989）曾说："昨日不是一个被我们甩在身后的里程碑，而是岁月的足迹留下的日程碑，它沉重而危险地进入我们的生命，成为我们无可更改的组成部分。"[2] 贝奈戴托·克罗齐（Benedetto Croce，1866—1952）也认为："历史不是关于死亡的历史，而是关于生活的历史……一切历史都是当代史。"[3] 同样，阿克罗伊德也始终相信，"过去"是活着的，"过去"较之"现在"或未来能给予我们更深沉的生活。因此，阿克罗伊德往往能以现代视野去领略古代文化遗风，揭示过去与现在的有机联系。

阿克罗伊德对"英国音乐"的深厚情感彰显着一位严肃作家的历史担当精神和民族责任感。他希望英国人能真切地感受到自己国

---

[1] Wright, Thomas, ed., *Peter Ackroyd, The Collection: Journalism, Reviews, Essays, Short Stories, Lectures*, London: Vintage, 2002, pp. 316–317.

[2] [英]塞缪尔·贝克特等：《普鲁斯特论》，沈睿等译，社会科学文献出版社1999年版，第9页。

[3] [意]贝奈戴托·克罗齐：《历史学的理论和实际》，道格拉斯·安斯利英译，商务印书馆1982年版，第69页。

家的历史及其独特之处,因此,才试图通过历史书写多侧面地展示"英国性"的不同特质。他在评论莫林·杜菲(Maureen Duffy)的《英格兰:神话的形成》(*England: The Making of the Myth*,2001)一书时曾说:"从未有过一个比这个时期更有必要认识到民族身份特征的时期。"① 这句评论道出了他对民族身份的责任心,因此在后现代语境中,当民族身份受到冲击时,为弘扬民族精神和民族身份,阿克罗伊德选择追溯过去,不像有些学者一样,认为"伟大的传统业已消失"②。他认为,"如果我们失去了传统与继承,那么我们就会失去自我"③,因为过去是我们存活的证据,是自我意识的根基,可以帮助我们获得心灵的充实与安稳。莫里斯·哈布瓦赫(Maurice Halbwachs,1877—1945)在解释过去时说:"过去如同一块坚固的石碑,上面牢牢铭刻着往昔的'自我',当我们回忆过去时,会觉得自己在那其中是绝对存在的。因此过去绝不仅仅是对世界感知的简单记录,它是个人塑造自我意识的基础。"④ 阿克罗伊德怀着同样的信念和精神的操守,在创作中始终以优美的文笔、严肃的内容和高度的激情守护着自己对过去的信仰,从过去的传统中找出使"英国音乐"长久不衰的文化细胞。

在一个强调"全球化"的后现代语境中,阿克罗伊德对"英国性"的坚守和维护招来不少评论家如特里·伊格尔顿(Terry Eagleton,1943—)、赫尔曼·约瑟夫·施耐克兹(Hermann Josef Schnackertz)和杰弗里·勒斯纳(Jeffrey Roessner)等学者的非议。他们对阿克罗伊德的"英国性"颇有微词,认为他是一个"保守的后现代主义者"⑤。刘易斯不以为然,并且说:

---

① Wright, Thomas, ed., *Peter Ackroyd, The Collection: Journalism, Reviews, Essays, Short Stories, Lectures*, London: Vintage, 2002, p. 318.
② [法]夏尔·皮埃尔·波德莱尔:《1846年的沙龙》,郭宏安译,广西师范大学出版社2002年版,第263页。
③ Wright, Thomas, ed., *Peter Ackroyd, The Collection: Journalism, Reviews, Essays, Short Stories, Lectures*, London: Vintage, 2002, p. 351.
④ [法]莫里斯·哈布瓦赫:《论集体记忆》,毕然译,世纪出版集团2002年版,第82页。
⑤ Barry Lewis, *My Words Echo Thus: Possessing the Past in Peter Ackroyd*, Columbia: University of South Carolina Press, 2007, p. 185.

结　论

　　如果我们同意伊格尔顿、莱文森、勒斯纳和其他一些人的看法的话，那么阿克罗伊德作品中对"英国性"的维护和英国传统的认可也许会被认为是最无趣的部分。不过，在民族身份因帝国的消失、分权、欧洲化和全球化而丧失的时候来阐释区域文化似乎是在冒险。……阿克罗伊德可能太固执，但他所做的一切很有价值。[1]

正如刘易斯所说，阿克罗伊德为民族历史，甚至整个人类历史做了一件极有价值的事情，在对伦敦的历史书写中表现出"从一粒沙看世界，从一朵花看天堂"的愿望，试图从伦敦的点滴生活中发现整个宇宙，因此，在他的笔下，伦敦已成为一种隐喻和象征，他对伦敦的历史书写蕴含着其对整个人类历史的哲理思考。事实上，阿克罗伊德在坚守"英国性"的同时并非否定和排斥"全球化"，相反，是他对"全球化"深刻理解的结果。他曾明确表示，对一个民族的信念并不妨碍对整个人类文明的信仰。他指出，英国音乐家拉尔夫·沃恩·威廉姆斯（Ralph Vaughan Williams, 1872—1958）在强调民族性的同时也信奉"统一欧洲和世界同盟"[2]。威廉姆斯在其题为"民族音乐"的系列演讲中曾以巴赫、贝多芬等的生活和事业为例说明，"地方性"的艺术家最有望成为一个"世界性的音乐家"[3]。他说："如果你的艺术之根能牢牢地建立在你家乡的土壤之中，只要那里的土壤还能滋养你，你就可以得到整个世界而不会失去你自己的灵魂。"[4] 阿克罗伊德极为推崇威廉姆斯的观点，坚信没有民族文化无从谈论"全球化"的立论，认为只有真正拥有"民族化"才能找到自己国家的民族特质和独特性，也才能真正地谈论和理解"全球化"，因此，在作品中他一再强调民族文化的重要性，执着地书写"英国性"。可见，阿克罗伊德并不是无视"全球化"而是对"全球化"有深刻的领悟，因此他的创作不是反"全球化"的证据，而是

---

[1] Barry Lewis, *My Words Echo Thus: Possessing the Past in Peter Ackroyd*, pp. 186–187.
[2] Peter Ackroyd, *Albion: The Origins of the English Imagination*, New York: Random House, 2004, p. 458.
[3] Peter Ackroyd, *Albion: The Origins of the English Imagination*, p. 457.
[4] Peter Ackroyd, *Albion: The Origins of the English Imagination*, p. 457.

他对其更清醒的认识和积极回应的结果。在他看来，一个没有民族文化的国家难于应对"全球化"。因此，阿克罗伊德所接受的"全球化"不是一种由外向内的接受主流话语，而是一种自内向外的扩展与渗透。

此外，作为一名博学而全才的作家，阿克罗伊德的小说在叙事手法和语言上都表现出共同的杂糅特征，如古今语言杂糅、语体杂糅和体裁杂糅等，特别是古今语言杂糅的特征不仅在形式上为他的作品赋予一种历史美感而且还有助于表现作品古今交融的思想主题，让叙事内容和形式相得益彰。阿克罗伊德不愧是一位杰出的语言大师，他对古语的娴熟运用使他的作品给人以古朴、优美、典雅之感，字里行间流露着过去时代的气息。此外，阿克罗伊德在追求"拟古化"的叙述语言和注重给读者带来一种陌生感的阅读体验的同时，也能保持现代语言的新鲜活泼。因此，他的作品既有古典语言的韵味和优雅，又有适合现代读者阅读欣赏习惯的清词丽句，变化多姿，充满动态感，这在他所有作品中都可以信手拈来，例如在《霍克斯默》中，阿克罗伊德在对两条故事主线的描写中，根据不同的时代采用不同的语言，用两种不同的文体交替写作，即17世纪的英语文体和20世纪的英语文体。通过运用不同的语言，阿克罗伊德成功地在17世纪文化与20世纪文化之间随意切换，使两者之间的连接自然流畅，转换自如，为整部作品增添了动感魅力。

阿克罗伊德是一位胸襟开阔、抱负远大的作家，其作品的时间和空间跨度之大超越了任何其他同时代作品。他通过创作梳理出一种开放、杂糅、源远流长的英国文学和文化传统，其核心人物包括乔叟、莎士比亚、弥尔顿、约翰·迪、查特顿、兰姆、布莱克、丹·莱诺、狄更斯、艾略特和王尔德等，展示出作者重写英国文学史的雄心。在阿克罗伊德的笔下，他们都是英国文学史中各个时期的文学大师，既构成了一部英国文学思想史，又构成了一曲曲迷人的生命乐章，滋养、陶冶和启迪着一代代人。阿克罗伊德的意义在于，在"后帝国"时代，他依然怀有大国意识，既心系天下和全人类，又有强烈的地方意识，对民族文化传统和精神自觉追求，坚守着自己的创作道路，让小说叙事贯注着民族灵魂和气质。纵观当代

结　论

中国，阿克罗伊德的意义值得深思。长期以来，在"全球化"被过分渲染的后现代语境下，一些人对民族传统和经典文化持虚无主义态度，对所谓的新方法和后经典积极拥抱。阿克罗伊德的经典与后经典叙事艺术的有机融合以及叙事艺术和创作主题的深度关联有重要借鉴价值。中国文化要想走向世界，也需要构建新旧交融的"中国叙事"，而不是顾此失彼。事实上，已有学者提出这样的历史命题，例如杨义先生曾说："中国文化博大精深的独特品格，决定了中国叙事学应该有一个属于它自己的思路和体系。惟有如此，才能为人类智慧贡献出中华人文精神风韵。面对着跨世纪的中华民族全面振兴的事业，是应该设想这类文化历史命题了。"[①]

作为一名严肃而具有历史责任感的作家，阿克罗伊德的历史小说体现了其精湛的叙述艺术和深厚的民族和人性关怀，具有多重解读性，亟待学者深入挖掘，因为他的历史小说已成为世界历史小说的一个重要组成部分，对各民族文化都具有重要意义。事实上，历史书写的重要性已引起国内外众多学者共鸣。例如，杨金才教授曾说："先赋性的、本源性的文化传统，包括一个民族独有的民间故事、神话传统、文学叙事、文化象征、宗教仪式等正是民族认同建构的根基。"[②] 英国学者杰罗姆·德·格鲁特（Jerome De Groot）认为："历史小说可以被看作是民族自我定义的方法，其形式可以影响整个世界，其内容可以影响整个民族……历史小说是国家身份的一部分，有助于定义本尼迪克特·安德森（Benedict Anderson）所说的想象共同体。"[③] 卢卡奇在评论司各特的历史小说时也曾强调："呼吁民族独立和民族性必须唤醒人们对民族历史的重视。"[④] 有鉴于此，对阿克罗伊德历史小说的研究意义深远。一方面，它具有重要的学术价值。阿克罗伊德的作品既涉及英国历史、古代埃及、希腊、罗马、玛雅文化、印加文化等极为丰富的内容，又始终在"英国性"的基点上予以贯通，还自觉融合经典与后经典叙事模式，开拓新的

[①] 杨义：《中国古典小说史论》，中国社会科学出版社1995年版，第715页。
[②] 杨金才、任易：《论〈河湾〉中的民族认同危机》，《外国文学》2014年第6期。
[③] Jerome De Groot, *The Historical Novel*, New York: Routledge, 2010, p. 94.
[④] George Lukacs, *The Historical Novel*, trans. Hannah and Stanley Mitchell, London: Merlin, 1962, p. 25.

叙事领域、发展新的叙事类型和技巧，使叙事空间维度充实而丰满，时间维度厚实而具体，注定会产生跨越时间和地域的久远影响。就此而言，中国学人当为阿克罗伊德小说叙事的社会意义延展增添新的界说和有分量、有见地的成果。另一方面，它还具有重要的应用价值。阿克罗伊德的小说以"伦敦"为恒定风景的动态叙事艺术和"英国性"主题的深度契合成为通过文学书写激活传统文化资源的绝佳案例。如果说中国的迅速崛起和持久发展同样需要一种"中国性"的文化意识，那么阿克罗伊德的价值应当超越文学本身，而为整体的"中国叙事"提供借鉴。正所谓"他山之石，可以攻玉"，"叙事作品不分高尚和低劣，它超越国度、超越历史、超越文化，犹如生命那样存在着"①。因此，阿克罗伊德的小说叙事对任何民族都具有不可低估的历史意义。阿克罗伊德的研究可为我国学界对其作品的后续研究提供智性支持和建设性参考，同时也为我国的文学创作提供可资借鉴的养分。

阿克罗伊德对伦敦的历史书写反映了他与伦敦的对话、默契和贴近，具有重要的现实意义和参照。中国学人可以从阿克罗伊德小说的叙事艺术审美和深厚内容的完美融合中获得重要启示，从他对伦敦这座城市的文化书写中获得讲好中国故事和书写中国城市文化的灵感和自信。可以说，阿克罗伊德的民族情感和历史书写与我国目前弘扬经典文化和保护历史的战略思考是一致的，因此，值得国内学人对其进行深入了解和研究，以便作出无愧于伟大新时代、无愧于民族、无愧于全人类的伟大作品。

---

① ［美］杰拉德·普林斯：《叙事学：叙事的形式与功能》，徐强译，中国人民大学出版社2013年版，第1—2页。

参考文献

蔡志全：《英美传记小说的文类困境与突围——以戴维·洛奇传记小说为例》，《现代传记研究》2019 年第 1 期。

曹莉：《历史尚未终结——论当代英国历史小说的走向》，《外国文学评论》2005 年第 3 期。

常耀信：《英国文学通史》（第 1 卷），南开大学出版社 2010 年版。

陈平原：《中国小说叙事模式的转变》，北京大学出版社 2010 年版。

陈众议：《当前外国文学的若干问题》，《外国文学动态研究》2015 年第 1 期。

费根：《考古学入门》（插图第 11 版），钱益汇等译，北京联合出版公司 2018 年版。

傅修延：《中国叙事学》，北京大学出版社 2015 年版。

何成洲：《全球化与跨文化戏剧》，南京大学出版社 2012 年版。

侯维瑞：《英国文学通史》，上海外语教育出版社 1999 年版。

胡亚敏：《叙事学》，华中师范大学出版社 2004 年版。

黄曼君：《中国现代文学经典的诞生与延传》，《中国社会科学》2004 年第 3 期。

金佳：《"孤岛"不孤——〈英国音乐〉中的共同体情怀》，《外国文学》2018 年第 4 期。

瞿世镜：《当代英国小说》，外国教学与研究出版社 1998 年版。

雷达：《历史的人与人的历史》，《文学评论》1992 年第 1 期。

李赋宁：《英国文学论述文集》，外语教学与研究出版社 1996 年版。

李维屏：《乔伊斯的美学思想和小说艺术》，上海外语教育出版社 2000 年版。

刘建军：《西方长篇小说结构模式研究》，华东师范大学出版社2017年版。

龙迪勇：《空间叙事学》，生活·读书·新知三联书店2015年版。

麦基：《故事——材质、结构、风格和银幕剧作的原理》，中国电影出版社2001年版。

美国不列颠百科全书公司：《不列颠百科全书》（国际中文版修订版第2、4、5、6、8、10、12、18卷），中国大百科全书出版社2007年版。

聂珍钊：《论非虚构小说》，《中南民族学院学报》1989年第6期。

阮炜等主编：《20世纪英国文学史》，青岛出版社2004年版。

尚必武：《交融中的创新：21世纪英国小说创作论》，《当代外国文学》2015年第2期。

申丹、王丽亚：《西方叙事学：经典与后经典》，北京大学出版社2010年版。

施劲松：《考古学家的小说情怀——童恩正"考古小说"释读》，《南方民族考古》（9）2013年第1期。

谭君强：《叙事学导论：从经典叙事学到后经典叙事学》，高等教育出版社2014年版。

王丽亚：《经典重写小说叙事结构分析》，载乔国强主编《中西叙事理论研究》，上海外语教育出版社2019年版。

王守仁：《论格雷夫斯的小说和诗歌创作》，《外国文学研究》2002年第3期。

王向远：《日本当代历史小说与中国历史文化》，宁夏人民出版社2003年版。

王佐良等：《英国文学名篇选注》，商务印书馆2003年版。

王佐良：《英国文学史》，商务印书馆2019年版。

魏明伦：《戏海弄潮》，文汇出版社2001年版。

杨建华：《唐浩明历史小说创作综论》，《湖南大学学报》2003年第9期。

杨金才：《论〈河湾〉中的民族认同危机》，《外国文学》2014年第6期。

杨义：《中国古典小说史论》，中国社会科学出版社1995年版。

姚君伟：《论赛珍珠跨文化写作的对话性》，《外语研究》2011年第4期。

殷企平：《英国文学中的音乐与共同体形塑》，《外国文学研究》2016年第5期。

郁达夫：《历史小说论》，《郁达夫文集》（5），花城出版社、生活·读书·新知三联书店1982年版。

原小平：《改编的界定及其性质——兼与重写、改写相比较》，《贵州师范学院学报》2010年第1期。

原小平：《名著的阐释和改编类型——以中国现当代文学名著的改编为例》，《唐山学院学报》2009年第1期。

张浩：《彼得·阿克罗伊德的历史小说创作》，《外国文学动态》2010年第5期。

赵文书：《再论后现代历史小说的社会意义——以华美历史小说为例》，《当代外国文学》2012年第2期。

赵毅衡：《论虚构叙述的"双区隔"原则》，载乔国强主编《中西叙事理论研究》，上海外语教育出版社2019年版。

朱刚：《二十世纪西方文论》，北京大学出版社2006年版。

朱维之等：《外国文学史》（欧美卷），南开大学出版社2004年版。

［德］席勒：《论悲剧艺术》，载《古典文艺理论译丛》（6），人民文学出版社1963年版。

［俄］普洛普：《故事形态学》，贾放译，中华书局1998年版。

［俄］托尔斯泰：《古典文艺理论译丛》（第1册），人民文学出版社1961年版。

［法］巴尔扎克：《人间喜剧》（前言），载伍蠡甫主编《西方文论选》（下卷），上海译文出版社1979年版。

［法］波德莱尔：《1846年的沙龙》，郭宏安译，广西师范大学出版社2002年版。

［法］狄德罗：《绘画论》，载伍蠡甫主编《西方文论选》（下卷），上海译文出版社1979年版。

［法］哈布瓦赫：《论集体记忆》，毕然译，世纪出版集团2002

年版。

［荷］巴尔：《叙述学：叙事理论导论》（第 3 版），谭君强译，北京师范大学出版社 2015 年版。

［捷克］昆德拉：《小说的艺术》，董强译，上海译文出版社 2012 年版。

［美］爱默生：《英国人的特质》，王勋：纪飞等编译，清华大学出版社 2012 年版。

［美］布莱斯勒：《文学批评：理论与实践导论》（第 5 版），赵勇等译，中国人民大学出版社 2014 年版。

［美］布鲁姆：《读什么，为什么读》，黄灿然译，译林出版社 2011 年版。

［美］布鲁姆，郭尚兴主编：《伦敦文学地图》，张玉红、杨朝军译，上海交通大学出版社 2011 年版。

［美］布鲁姆：《西方正典》，江宁康译，译林出版社 2011 年版。

［美］查特曼：《故事与话语：小说和电影的叙事结构》，徐强译，中国人民大学出版社 2013 年版。

［美］怀特：《后现代历史叙事学》，陈永国、张成娟译，中国社会科学出版社 2003 年版。

［美］卡勒：《结构主义诗学》，盛宁译，中国人民大学出版社 2018 年版。

［美］理查森：《非自然叙述学概要》，王长才译，《英语研究》2019 年第 9 期。

［美］马丁：《当代叙事学》，北京大学出版社 1991 年版。

［美］马振方：《历史小说三论》，《北京大学学报》2004 年第 7 期。

［美］米勒：《小说与重复：七部英国小说》，王宏图译，天津人民出版社 2007 年版。

［美］浦安迪：《前现代中国的小说》，载《浦安迪自选集》，刘倩等译，生活·读书·新知三联书店 2011 年版，第 101—102 页。

［美］普林斯：《叙事学：叙事的形式与功能》，徐强译，中国人民大学出版社 2013 年版。

［美］斯科尔斯等：《叙事的本质》，于雷译，南京大学出版社 2005 年版。

［美］索杰：《第三空间：去往洛杉矶和其他真实和想象的地方的旅程》，陆扬等译，上海教育出版社2005年版。

［美］韦勒克、沃伦：《文学理论》，刘象愚等译，生活·读书·新知三联书店1984年版。

［美］姚斯、R. C. 霍拉勃：《接受美学与接受理论》，周宁、金元蒲译，辽宁人民出版社1987年版。

［美］詹姆逊：《政治无意识》，王逢振、陈永国译，中国社会科学出版社1999年版。

［日］菊池宽：《历史小说论》，载《文学创作讲座》（1），洪秋雨译，光华书局1931年版。

［希腊］亚里斯士德：《诗学》，郝久新译，九州出版社2006年版。

［意］达芬奇：《笔记》，载伍蠡甫主编《西方文论选》（下卷），上海译文出版社1979年版。

［意］克罗齐：《历史学的理论和实际》，商务印书馆1982年版。

［印度］泰戈尔：《历史小说》，载吕同六主编《20世纪世界小说理论经典》（上），华夏出版社1995年版。

［英］T. S. 艾略特：《传统与个人才能》，载《艾略特文学论文集》，李赋宁译注，百花洲文艺出版社1994年版。

［英］阿克罗伊德：《飞离地球》，暴永宁译，生活·读书·新知三联书店2007年版。

［英］阿克罗伊德：《古代希腊》，冷杉、冷枞译，生活·读书·新知三联书店2007年版。

［英］阿克罗伊德：《霍克斯默》，余珺珉译，译林出版社2002年版。

［英］阿克罗伊德：《伦敦传》，翁海贞等译，译林出版社2016年版。

［英］阿克罗伊德：《莎士比亚传》，郭骏译，国际文化出版公司2010年版。

［英］阿克罗伊德：《一个唯美主义者的遗言》，方柏林译，译林出版社2004年版。

［英］贝克特等：《普鲁斯特论》，沈睿、黄伟等译，社会科学文献出版社1999年版。

［英］洛奇：《小说的艺术》，上海译文出版社2010年版。

［英］乔叟：《坎特伯雷故事》，方重译，人民文学出版社 2007 年版。

［英］伍尔夫：《伦敦风景》，宋德利译，译林出版社 2010 年版。

［英］雪莱·玛丽：《弗兰肯斯坦》，张剑译，中国城市出版社 2009 年版。

Aaltonen, Gaynor, *Archaeology: Discovering the World's Secrets*, London: Arcturus Publishing Limited, 2017.

Abrams, M. H., *A Glossary of Literary Terms*, Beijing: Foreign Language Teaching and Research Press, 2010.

Ackroyd, Peter, *Albion: The Origins of the English Imagination*, New Nork: Ranom House, 2004.

—, *The Casebook of Victor Frankenstein*, New York: Anchor Books, 2010.

—, *Chatterton*, London: Hamish Hamilton, 1987.

—, *Chaucer*, London: Random House, 2005.

—, *The Clerkenwell Tales*, New York: Anchor Books, 2005.

—, *The Death of King Arthur*, New York: Penguin Group, 2011.

—, *Dickens*, London: Random House, 2002.

—, *Transvestism and Drag: The History of an Obsession*, New York: Simon and Schuster, 1979.

—, *English Music*, London: Hamish Hamilton, 1992.

—, *The Fall of Troy*, New York: Anchor Books, 2008.

—, *First Light*, New York: Grove Press, 1989.

—, *The Great Fire of London*, London: Penguin Books, 1993.

—, *Foundation: The History of England From Its Earliest Beginnings to The Tudors*, New York: St. Martin's Press, 2011.

—, *Hawksmoor*, London: Hamish Hamilton, 1985.

—, *The House of Doctor Dee*, London: Penguin Books, 1993.

—, *Introduction to Dickens*, New York: Ballantine Books, 1991.

—, *The Lambs of London*, London: Vintage, 2004, prologue.

—, *The Last Testament of Oscar Wilde*, London: Abacus, 1984.

—, *London: The Biography*, London: Chatto & Windus, 2000.

—, *Milton in America*, London: Sinclair-Stevenson, 1996.

—, *Notes for a New Culture*, London: Biddles Ltd. , Guildford, Surrey, 1993.

—, *The Plato Papers: A Novel*, New York: Anchor Books, 2001.

—, *Shakespeare*, London: Hamish Hamilton, 2006.

—, *Three Brothers*, London: Chatto & Windus, 2013.

—, *The Trial of Elizabeth Cree: A Novel of the Limehouse Murders*, New York: Nan A. Talese, 1995.

Allen, Graham, *Intertextuality*, London: Routledge, 2010.

Aristotle, *Introductory Readings*, trans. Terence Irwin and Gail Fine, Indianapolis: Hackett Publishing Company, 1996.

Attridge, Derek, "Oppressive Silence: J. M. Coetzee's *Foe* and the Politics of Canonisation", in Graham Huggan and Stephen Watson, eds. *Critical Perspectives on J. M. Coetzee*, Basingstoke: Macmillan, 1996.

Bakhtin, M. M. and P. N. Medvedev, *The Formal Method in Literary Scholarship: a Critical Introduction to Sociological Poetics*, trans. Albert J. Wehrle, Baltimore MD and London: Johns Hopkins University Press, 1978.

Barnacle, Hugo, "Let's Not Be Puritanical", *Sunday Times*, August 25, 1996.

Barrel, John, "Make the Music Mute", *London Review of Books*, July 9, 1992.

Barthes, Roland, *Image-Music-Text*, trans. Stephen Heath, New York: Hill and Wang, 1977.

Baudelaire, Charles, *Les Fleurs du Mal*, trans. Richard Howard, Boston: David R. Godine, 2010.

Bhabha, Homi K, *The Location of Culture*, London and New York: Routledge, 1994.

Bloom, Harold, *The Western Canon: the books and school of the ages*, New York: Harcourt Brace, 1994.

—, *A Map of Misreading*, Oxford: Oxford University Press, 1975.

—, *The Anxiety of Influence* (Second Edition), Oxford: Oxford University Press, 1997.

"An interview with Peter Ackroyd" Bold Type, Vol. 2. 8, October-November 1998, http: //www. randomhouse. com/boldtype/1098/ackroyd/interview. html.

Bragg, Melvyn, "The Hulk's Gal", *Punch*, February 3, 1982, p. 201.

Bressler, Charles E, *Literary Criticism: An Introduction to Theory and Practice* (Second Edition), New Jersey: Prentice Hall, 1994.

Broughton, Trevor, "The Poet Crying in the Wilderness", *Times Literary Supplement*, August 30, 1996.

Bullard, Paddy, "The Tragedy of Vortigern", *Times Literary Supplement*, July 30, 2004.

Carty, Peter, "*Three Brothers* by Peter Ackroyd, Review", https: //www. independent. co. uk/arts-entertainment/books/reviews/book-review-three-brothers-by-peter-ackroyd-8857364. html.

Chalupsky, Petr, "Mystic London: The Occult and the Esoteric in Peter Ackroyd's Work", *Anachronist*, Vol. 16, 2011.

Chalupsky, Petr, *A Horror and a Beauty: The World of Peter Ackroyd's London Novels*, Prague: Karolinum Press, 2016.

Clute, John, "Pastures New" *New Statesman*, September 27, 1996.

Cohen, Keith, "Eisenstein's Subveersive Adaptation" *Perary and Shatzkin*, 1977.

Conrad, Peter, "Notes for a New Culture: An Essay on Modernism" *Times Literary Supplement*, December 3, 1976.

Cowart, David, *History and the Contemporary Novel*, Carbondale: Southern Illinois University Press, 1989.

Cuddon, J. A., *A Dictionary of Literary Terms*, London: Penjuin Books, 1979.

Dawson, Paul, *The Return of the Omniscient Narrator: Authorship and Authority in Twenty-First Century Fiction*, Columbus: The Ohio State University Press, 2013.

Defoe, Daniel, *The True-born Englishman: A Satyr*, London: British

Library, 1701.

De Groot, Jerome, *The Historical Novel*, New Yourk: Routledge, 2010.

Dickens, Charles, *Little Dorrit*, London: Wordsworth Editions Limited, 2002.

Dryden, John, "Plutarch's Biography", in J. L. Clifford, eds. *Biography as an Art*: *Selected Criticism* 1560 – 1960, London: Oxford University Press, 1962.

Eliot, T. S., *The Sacred Wood*: *Essays on Poetry and Criticism*, Dodo Press, 1920.

—, *The Complete Poems & Plays*, Croydon: CPI Group, 2004.

Emerson, Ralph Waldo, *Essays*, Boston: Houghton Mifflin Company, 1925.

Gallagher, Catherine, "Telling It Like It Wasn's", *Pacific Coast Philology*, Vol. 45, 2010.

—, *Telling It Like It Wasn't*: *The Counterfactual Imagination in History and Fiction*, Chicago: The University of Chicago Press, 2018.

Gates, Henry Louis, Jr., *The Signifying Monkey*: *a Theory of Afro-American Literary Criticism*, New York and Oxford: Oxford University Press, 1988.

Genette, Gerard, *Palimpsests*: *Literature in the Second Degree*, trans. Channa Newman and Claude Doubinsky, Lincoln NE and London: University of Nebraska Press, 1997.

Gibson, Jeremy and Julian Wolfreys, *Peter Ackroyd*: *The Ludic and Labyrinthine Text*, London: Macmillan, 2000.

Gilbert, Sandra M. and Susan Gubar, *The Madwoman in the Attic*: *the Woman Writer and the Nineteenth-Century Literary Imagination*, New Haven CT and London: Yale University Press, 1979.

Glastonbury, Marion, "Body and Soul" *New Statesman*, January 29, 1982.

Gordon, Lyndall, *Charlotte Bronte*: *A Passionate Life*, London: Chatto&Windus. Reprinted, Vintage, 1995.

Graves, Robert, *Wife to Mr Milton*: *The Story of Marie Powell*, New York: Noonday, 1962.

Gross, John, "Reviews of Peter Ackroyd's Earlier Books", *Books of The*

Times, November 7, 1984, (April 12, 2012), http://partners.nytimes.com/books/00/02/06/specials/ackroyd.html#news.

Grubisic, Brett Josef, Encountering this season's retrieval: Historical fiction, literary postmodernism and the novels of Peter Ackroyd, Ph. D. dissertation, The Universityn of British Columbia (Canada), 2002.

Habermann, Ina, *Myth, Memory and the Middlebrow: Priestly, du Maurier and the Symbolic form of Englishness*, London: Palgrave Macmillan, 2010.

Hawthorne, Nathaniel, *Hawthorne's Short Stories*, New York: Vintage Books, 2011.

Hurston, Zora Neale, *Their Eyes Were Watching God*, New York: Harperperennial, 2006.

Hutcheon, Linda, *A Poetics of Postmodernism: History, Theory, Fiction*, London: Routledge, 1988.

—, *A Theory of Adaptation*, New York & London: Routledge, 2006.

James, Henry, *The Portrait of a Lady* (A Norton Critical Edition, Second Edition), New York: W. W. Norton & Company, 1995.

King, Francis, "Lusty Debut", *Spectator*, January 30, 1982.

King, Francis, 'The Older the Better", *Spectator*, September 11, 1993.

Kristeva, Julia, *Desire in Language: A Semiotic Approach to Literature and Art*, trans. Thomas Gora, Alice Jardineand Leon S. Roudiez, Oxford: Blackwell, 1980.

Kuiper, Kathleen and Daniel, Glyn Edmund, "Heinrich Schliemann", *Encyclopedia Britannica*, January 2, 2021, https://www.britannica.com/biography/Heinrich-Schliemann.

Lackey, Michael, *Biographical Fiction: A Reader*, New York: Bloomsbury Academic, 2017.

Leader, Zachary, "Introduction," in Zachary Leader, eds. *On Life-Writing*, Oxford: Oxford University Press, 2015.

Levenson, Michael, "Angels and Insects: Theory, Analogy, Metamorphosis", in *Essay on the Fiction of A. S. Byatt*, New York: Twayne

Publisher, 1996.

Lewis, Barry, *My Words Echo Thus: Possessing the Past in Peter Ackroyd*, Columbia: University of South Carolina Press, 2007.

Lodge, David, *Author, Author*, London: Penguin Books, 2005.

—, *The Art of Fiction*, London: Penguin Books, 1992.

—, "Mine, Of Course", *New Statesman*, March 19, 1976.

—, *The Year of Henry James*, London: Harvill Secker, 2006.

Lukacs, George, *The Historical Novel*, Lincoln: University of Nebraska Press, 1983.

—, *The Historical Novel*, trans. Hannah and Stanley Mitchell, London: Merlin, 1962.

Martin, Wallace, *Recent Theories of Narrative*, Peking: Peking University Press, 2006.

McHale, Brian, *Postmodernist Fiction*, London and New York: Methuen, 1987.

McNally, Terrence, "An Operatic Mission: Freshen the Familiar", *New York Times*, September 1, 2002.

Miller, J. Hillis, "Narrative", inFrank Lentricchia and Thomas McLaughlin, eds. *Critical Terms for Literary Study* (second edition), Chicago: University of Yale, 1995.

Nicolau, Felix, "False Identities of Self-Proposed Heroes", *Hyper Cultura*, Vol. 1, January 2012.

Nielsen, AldonL., *Writing Between the Lines: Race and Intertextuality*, Athens GA and London: University of Georgia Press, 1994.

Oates, Joyce Carol, *Blonde*, New York: Harper Collins, 2009.

—, "Reviews ofPeter Ackroyd's Earlier Books", *Books of The Times*, April 12, 2012, http://partners.nytimes.com/books/00/02/06/specials/ackroyd.html#news.

Onega, Susana, *Peter Ackroyd*, Plymouth: Plymbridge House, 1998.

—, *Metafiction and Myth in the Novels of Peter Ackroyd*, Columbia: Camden House, 1999.

Paraskos, Michael, "What a coincidence Peter Ackroyd convincingly stretches the truth in *Three Brothers*", *Spectator*, October 12, 2013. https://www.spectator.co.uk/2013/10/three-brothers-by-peter-ackroyd-review.

Phelan, James, *Experiencing Fiction: judgments, progressions, and the rhetorical theory of narrative*, Columbus: U of The Ohio State University, 2007.

Proud, Linda, "The House of Doctor Dee by Peter Ackroyd", *Historical Novels*, November 20, 2018, http://www.historicalnovels.info/House-of-Doctor-Dee.html.

Puckett, Kent, *Narrative Theory: A Critical Introduction*, Cambridge: U of Cambridge, 2016.

Roessner, Jeffrey, "God Save the Canon: Tradition and the British Subject in Peter Ackroyd's English Music" *Post-Identity* 1, No. 2, 1998.

Said, Edward W, *Beginnings: Intention and Method*, New York: Columbia University Press, 1985.

Sanders, Julie, *Adaptation and Appropriation*, New York: Routledge, 2006.

Sanderson, Mark, "*Three Brothers* by Peter Ackroyd, Review", *Telegraph*, October 1, 2013, https://www.telegraph.co.uk/culture/books/fictionreviews/10334154/Three-Brothers-by-Peter-Ackroyd-review.html.

Shakespeare, William, *Hamlet*, Beijing: Foreign Languages Press, 1998.

Shaw, Harry, *Concise Dictionary of Literary Terms*, New York: McGraw-Hill Book Company, 1972.

Showalter, Elaine, "Feminism and Literature", in Peter Collier and Helga Geyer-Ryan, eds. *Literary Theory Today*, Oxford: Polity Press, 1990.

——, *The New Feminist Criticism: Essays on Women, Literature and Theory*, London: Virago, 1986.

Smith, Zadie, "White Teethin the Flesh", *New York Times*, May 11, 2003.

Suster, Gerald, *John Dee*, Berkeley: North Atlantic Books, 2003.

Sutherland, John, "Generations" *London Review of Books*, March 4 –

17, 1982.

Tanner, Tony, "Milton Agonistes", New York Times, April 6, 1997.

Thomson, Ian, "*Three Brothers* by Peter Ackroyd, Review", *Financial Times*, November 1, 2013, https://www.ft.com/content/0ccc18f0-3fd6-11e3-a890-00144feabdc0.

Unsworth, Barry, "Digging for Victory", *The Guardian*, 21 October 21, 2006, https://www.theguardian.com/books/2006/oct/21/fiction.peterackroyd.

Vianu, Lidia, "The Mind is the Soul", in Lidia Vianu, eds. *Desperado Essay-Interviews*, Bucharest: University of Romanian, 2006.

Tyson, Lois, *Critical Theory Today: A User-Friendly Guide*, New York: Taylor & Francis Group, 2006.

Watt, Ian, *The Rise of the Novel*, Harmondsworth: Penguin Books, 1963.

Winslow D. James, *Life-Writing: A Glossary of Terms in Biography, Autobiography, and Related Forms*, Honolulu: University of Hawaii Press, 1995.

Woods, James, "English Primer All Blotted and Blurred", *Guardian*, May 21, 1992.

Wordsworth, William, *Lyrical Ballads and Other Poems*, London: Wordsworth Editions Limited, 2003.

Wright, Thomas, eds., *The Collection: Journalism, Revews, Essays, Short Stories, Lectures*, London: Vintage, 2002.

Zipes, Jack, *Fairy Tale as Myth: Myth as Fairy Tale*, Lexington: University of Kentucky Press, 1994.

附录　彼得·阿克罗伊德作品目录

I. Poetry（诗歌）

1）1971：*Ouch*《哎哟》

2）1973：*London Lickpenny*《伦敦便士》

3）1978：*Country Life*《乡村生活》

4）1987：*The Diversions of Purley and Other Poems*《珀利的消遣及其它诗歌》

II. Biography of Person（人物传记）

1）1980：*Ezra Pound and His World*《埃兹拉·庞德和他的世界》

2）1984：*T. S. Eliot*《艾略特传》

3）1990：*Dickens*《狄更斯传》

4）1995：*Blake*《布莱克传》

5）1998：*The Life of Thomas More*《托马斯·莫尔的一生》

6）2004：*Chaucer*《乔叟传》

7）2005：*Shakespeare：The Biography*《莎士比亚传》

8）2005：*J. M. W. Turner*《特纳传》

9）2008：Newton《牛顿传》

10）2008：*Poe：A Life Cut Short*《爱伦·坡简传》

11）2012：*Wilkie Collins*《威尔基·柯林斯传》

12）2014：*Charlie Chaplin：A Brief Life*《查理·桌别林简传》

13）2015：*Alfred Hitchcock*《阿尔弗雷德·希区柯克传》

III. Biography of Place（地方传记）

1）2000：*London：The Biography*《伦敦传》

2）2007：*Thames: Sacred River*《泰晤士：圣河》

3）2009：*Venice: Pure City*《威尼斯：水晶之城》

IV. Fiction（小说）

1）1982：*The Great Fire of London*《伦敦大火》

2）1983：*The Last Testament of Oscar Wilde*《一个唯美主义者的遗言》

3）1985：*Hawksmoor*《霍克斯默》

4）1987：*Chatterton*《查特顿》

5）1989：*First Light*《第一束光》

6）1992：*English Music*《英国音乐》

7）1993：*The House of Doctor Dee*《迪博士的屋子》

8）1994：*Dan Leno and the Limehouse Golem*（the British title）《丹·雷诺和莱姆豪斯的魔鬼》（英国题目）

1995：*The Trial of Elizabeth Cree*（the American title）《伊丽莎白·克莉的审判》（美国题目）

9）1996：*Milton in America*《弥尔顿在美国》

10）1999：*The Plato Papers*《柏拉图文稿》

11）2003：*The Clerkenwell Tales*《克拉肯威尔故事集》

12）2004：*The Lambs of London*《伦敦的兰姆一家》

13）2006：*The Fall of Troy*《特洛伊的陷落》

14）2008：*The Casebook of Victor Frankenstein*《维克多·弗兰肯斯坦个案》

15）2010：*The Death of King Arthur*《亚瑟王之死》

16）2013：*Three Brothers*《三兄弟》

V. Voyages through Time（non-fiction series）（穿越时空系列丛书）（非小说系列）

1）2003：*The Beginning*《生命起源》

2）2003：*Escape from Earth*《飞离地球》

3）2004：*Ancient Egypt*《古代埃及》

4）2005：*Kingdom of the Dead*《死亡帝国》

5）2005：*Ancient Greece*《古代希腊》

6）2005：*Ancient Rome*《古代罗马》

7）2005：*Cities of Blood*《血祭之城》

VI. Criticism（评论）

1）1976：*Notes for a New Culture：An Essay on Modernism*《新文化笔记：现代主义论》

2）2002：*Albion：The Origins of the English Imagination*《阿尔比恩：英国想象之源》

VI. The History of England（英国历史）

1）2011：*The History of England：Foundation*《英国历史：基石》

2）2012：*The History of England：Tudors*《英国历史：都铎王朝》

3）2014 *The History of England：Rebellion*《英国历史：叛乱》

4）2016 *The History of England：Revolution*《英国历史：革命》

5）2018 *The History of England：Dominion*《英国历史：主权》

VII. Others（其他）

1）1979：*Dressing Up：Transvestism and Drag, the History of an Obsession*《装扮：异性装扮癖及异性服装痴迷史》

2）2000：*The Mystery of Charles Dickens*《查尔斯·狄更斯之谜》

3）2009：*The Canterbury Tales：A Retelling*《坎特伯雷故事集重述》

4）2010：*The English Ghost*《英国幽灵》

5）2011：*London Under*《伦敦的地下世界》

致　　谢

本书从国家社科基金立项到结项历经 5 年完成，凝聚了众多外国文学领域专家学者以及同事、同学和家人的鼎力支持和真诚帮助，在此表示由衷的敬意和深深的感谢！

首先，感激我敬爱的导师王守仁教授。本书从博士论文选题、实际撰写到在此基础上的课题立项和完成，导师都为我提出了宝贵意见和建议。特别是在我撰写博士论文期间，导师对我的论文选题、结构和内容进行一遍遍梳理、修改和润色，使我顺利毕业，也为本课题的申请和顺利结项奠定了坚实的基础。导师的学养、操守和成就永远是我仰望的灯塔和前行的方向。在南京大学读博士的三年期间，王老师的谆谆教诲、耐心指导和不断鼓励激发了我对外国文学的浓厚兴趣，增强了我的科研意识，因此才决心以全部身心探索文学的美丽风景，追寻圣者与智者之道。导师的深厚学养和纯净人格使我永远坚信天道酬勤、厚德载物、心底干净，方可读书的道理，更深入理解了导师身上所彰显的南京大学校训"诚朴雄伟，励学敦行"的内涵和深意。因此，在完成博士论文后我才愿意继续前行，以老师为榜样，低调为人，潜心为学，尽心尽责，不断拓展自己的研究空间和视野。持久的努力终于获得美好的馈赠，研究课题最终获得国家社科基金的资助，并在规定时间内顺利结项。没有导师的引领和培养我不可能取得今天的这点成绩。王老师的美德和学养不仅影响了我的学术生涯，更使我明白品格和操守是一名学者的立身之本和为学之道，因此他是当今学界令我最仰慕和最敬佩的学者之一，是我心中的"学界之花"，我为有这样一位恩师而深感自豪和荣幸。

其次，感谢国家留学基金委的全额资助，使我能在做课题期间到美国加州大学伯克利分校访学，在那里充分利用其丰富的图书馆资源收集到一些珍贵的文献资料，使得课题得以顺利展开。同时，在那里的英语系还有幸遇到了一些知名学者，在此特别感谢导师Charles F. Altieri 教授在生活和研究方面对我的热心帮助，同时感谢Dorothy Hale，Pucket Kent，Robert L. Hass，Kwong-Loi Shun，Golburt Luba 等教授，Joshua Gang，Jesse Cordes Selbin，Timothy Clarke 等博士为我提供的珍贵文献和资料。

另外，感谢在课题结项阶段同事张森教授、科研处张延宾处长、姚老师，财务处刘老师、审计处祝杰真处长、外国语学院张素格教授、经管学院李明芳教授等在百忙之中牺牲假期时间为我提供耐心指导和帮助，让我能够顺利完成网上结项材料的提交，令我心存感激，为有这些同事而无比欣慰，在此向他们表示由衷感谢。

同时，感谢同学袁晓明教授、宁静博士、史菊红教授，师姐赵宏维教授、信慧敏博士、宁梅教授、宋艳芳教授、师兄祝平教授等在我做课题期间给予的长期关心和支持。

家人永远是我学习和工作的动力和坚强后盾，无比感谢他们的长期支持和默默奉献。父母、公婆的关心、牵挂和帮助，丈夫的理解、包容和奉献，女儿的聪明、乖巧和优秀为我营造了一个舒适、幸福、温暖和诗意的生活空间，让我可以心无旁骛地专心学习和研究，有足够时间和精力顺利完成课题，继续追寻文学的梦想和远方。

此书的顺利出版离不开中国社会科学出版社同志为该书稿进行的耐心修改和认真校订，在此特感谢宋燕鹏主任的鼎力支持和帮助。

任何人的收获和成就都是长期努力和奋斗的结果，只有日积月累，厚积薄发才能最终获得最大的馈赠。在今后的生活、学习和工作中，我会一如既往地保持乐观向上的积极心态，真诚做人，潜心做文，从小文本中发现大文学，通过个人故事讲好中国故事，为民族文化的传承和发扬尽有限之力，为美好的明天而愉快地奋斗。